본격소설

HONKAKU SHOSETSU
by Minae Mizumura

Copyright © 2002 by Minae Mizumura
Original Japanese edition published by SHINCHOSHA Publishing Co., Ltd.
Korean translation rights arranged with SHINCHOSHA Publishing Co., Ltd.
through Japan Foreign-Rights Centre/Imprima Korea Agency

Korean translation copyright © 2008 Munhakdongne Publshing Corp.

이 도서의 국립중앙도서관 출판시도서목록(CIP)은
e-CIP홈페이지(http://www.nl.go.kr/cip.php)에서 이용하실 수 있습니다.
(CIP제어번호 : CIP2008002494)

미즈무라 미나에 장편소설─김춘미 옮김

본격소설

本格小說

上

문학동네

한국의 독자 여러분께

『본격소설』을 한국어로 출판하게 되어 정말 기쁩니다. 이 소설에도 나오지만 저는 열두 살 때 상사의 미국 주재원으로 발령받은 아버지를 따라 가족과 함께 뉴욕으로 이사를 하였습니다. 그때 알게 된 것이 있었습니다. 내가 아무리 나를 일본인이라고 생각해도 주위의 미국인들은 내가 일본인이든, 한국인이든, 중국인이든 아무 관심 없다는 것입니다.

우리는 전부 검은 머리에 구별이 되지 않는 얼굴을 지니고 있습니다. 모두 두 개의 가는 막대기로 쌀을 먹습니다. 옛날에는 모두 '한자'라는 복잡한 글씨를 썼습니다. 요컨대 미국인에게 우리는 똑같이 이상한 짓을 하는 사람들에 지나지 않았던 것입니다.

그리고 그런 취급을 받으면서 저는 한국인이나 중국인에게 일본에 있었을 때에는 상상도 못 했던 친근감을 갖게 되었습니다. 특히 한국인과 일본인이 생각보다 비슷해서 놀랐습니다.

생각해보면 일본 열도에서 제일 가까운 나라니까 비슷한 것이 당연합니다. 그것도 얼굴이나 표정만이 아니고 말까지 똑같은 것처럼 느껴졌습니다. 예를 들어 맨해튼의 빌딩 계곡 사이를 걷고 있다고 합시다. 저쪽에서 아시아인 세 명 정도가 이야기를 나누면서 다가옵니다. 어느 나라 사람일까? 소녀였던 나는 귀를 기울입니다. 중국인은 말소리를 듣자마자 압니다. 그런데 한국인이나 일본인은 말소리가 들려도 알 수 없습니다. 아, 역시 일본어구나 하면서 지나치려는데 아무래도 무슨 말인지 이해가 안 돼서 비로소 한국어인 줄 알게 되거나, 또 어떤 때는 한국어구나 하고 스치다가 엇, 일본어네, 하고 깨닫게 되는 경험이 미국에 있을 때 내내 되풀이되었습니다.

한국어와 일본어가 그렇게 닮은 것도 놀랍지만 좀더 놀라운 것은 그럼에도 전혀 말이 통하지 않는다는 사실입니다. 언어학상으로는 한국어도 일본어도 독립어이기에 관계가 없다고는 하지만 저는 여전히 수긍이 가지 않습니다.

그렇지만 동시에 한국어와 일본어가 완전히 다른 언어인 것을 부정할 수도 없습니다.

그 증거로 한국의 독자들은 제 소설을 번역하지 않고는 읽을 수 없습니다. 나아가 모처럼 번역되어도 유감스럽게도 저는 한마디도 읽지 못합니다. 『본격소설』을 번역한 김춘미씨는 전에 『필담』이라는 제왕복서간집을 번역한 분입니다. 읽은 분들이 한결같이 번역을 칭찬하고 있었습니다. 한국어 역 『본격소설』 역시 훌륭한 번역본이리라 믿어 의심치 않습니다.

『본격소설』은 연애소설인 동시에 패전 후 일본사회가 어떻게 변화해갔는지를 그린 소설입니다. 열두 살 때 건너간 미국에서 이십 년간 살아온 저는, 일본에 돌아왔을 때 너무도 변해버린 조국에 충격을 받았습니다. 이국에서 꿈꾸던 고향은 이미 사라져버렸던 것입니다.

그리고 그 충격을 형태로 표현한 것이 바로『본격소설』입니다.

일본에서 가난한 사람들은 자취를 감추어갔습니다. 동시에 농촌의 풍경도 사라져버렸습니다. 그리운 모습과 소리와 냄새는 사라지고 이처럼 콘크리트투성이인 나라가 되어버렸습니다.

저는『본격소설』이 외국어로 번역되리라고는 생각도 못 한 채, 일본인들이 패전 후 걸어온 일본의 도정을 되돌아보아주기를 바랐습니다. 죽어간 사람들, 모습이 사라진 수많은 것들, 쓰이지 않게 된 말들을 가득 담아넣어, 아아, 그런 시절이 있었지, 하고 일본 독자들이 흘러가버린 '시간'을 애도해주기를 바랐습니다.

번역 얘기가 나왔을 때, 이런 소설을 과연 외국의 독자들이 재미있게 읽어줄까라는 의문이 떠올랐던 것은 당연했습니다. 그렇지만 이렇게 번역 출판하게 된 지금, 다른 각도에서 사물이 보이기 시작했습니다.

근대화와 자본주의가 급속하게 진행되면서, 전 세계에서 각 나라의 고유한 모습이 계속 사라져가고 있습니다. 특히 동아시아 전체에서 엄청난 기세로 사라져가고 있습니다. 그렇게 생각하면 한국의 독자들이 이 소설을 통해 전후의 일본사회를 알게 됨과 동시에, 어떤 비슷한 감회를 갖지 않을까 하는 생각이 듭니다. 그리고 이건 욕심입니다만, 그러면서 지금 사라져가고 있는 '때-시간'을 애도해주셨으면 합니다.

소설이란 사라져간 '시간'을 애도하고, 그럼으로써 지금 사라지고 있는 '시간'을 애도하며 아끼는 것을 가능케 하는 언어의 예술이라고 믿기 때문입니다.

번역자인 김춘미씨에게 진심으로 감사드리며, 이런 소설을 읽어주시는 한국의 독자 여러분께도 감사의 인사를 전합니다. 정말로 감사합니다.

2006년 10월 29일
미즈무라 미나에

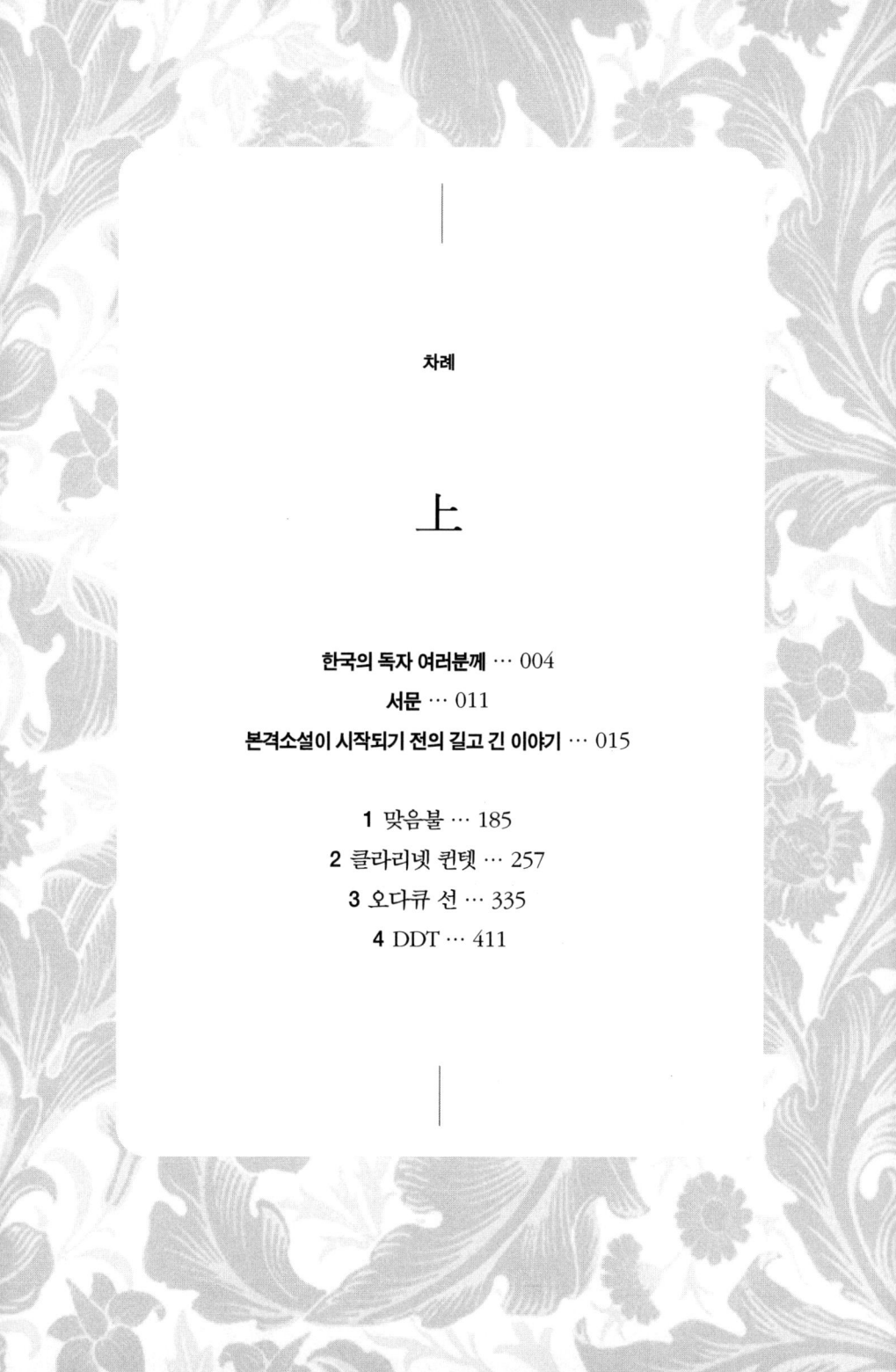

차례

上

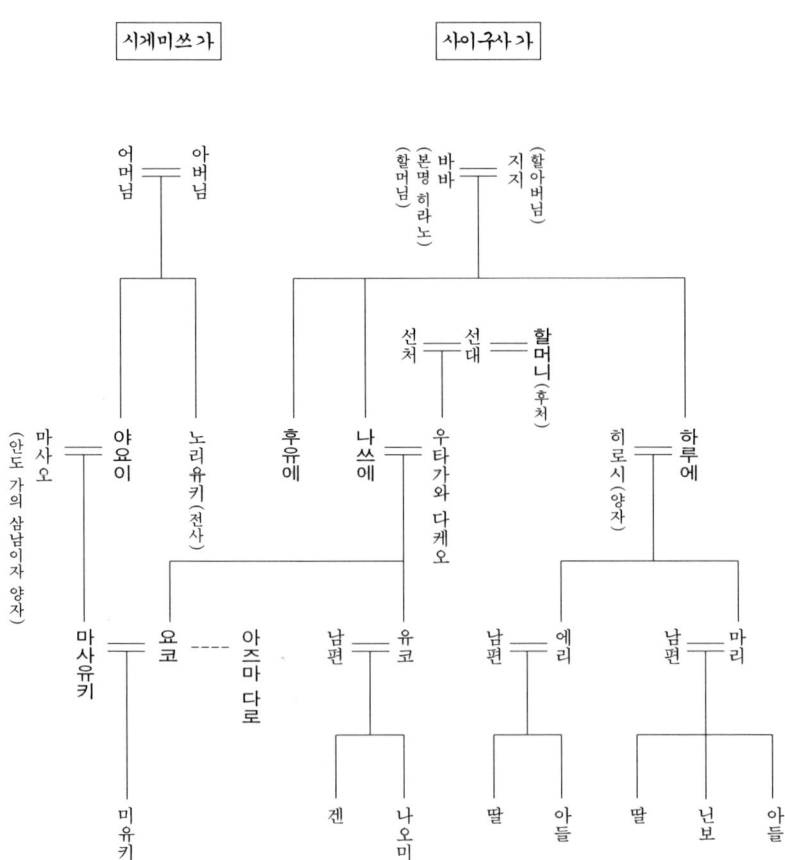

서문

'직업'으로서의 소설가와 '천직'으로서의 소설가는 다르다.

출입국 카드, 비디오 대여점 회원증, 신용카드 신청 등등, 일상생활 가운데서 우리가 기입해야 하는 서류는 생각보다 많다. 거기에는 '성명' '생년월일' '주소' 등과 함께 '직업'이라는 난이 있다. 직업란에 이르면 나는 언제나 당혹스럽다. 그런 데까지 '소설가'라고 쓸 필요는 없을지 모른다. 그러나 '직업'이라는 글자를 보고 있으면, 내가 여태껏 겨우 두 권의 소설밖에 쓰지 못했고, 그 인세만으로는 생계를 유지할 수 없다는 사실을 떠올리게 되는 것이다. 그리고 시원찮은 글씨로 '자유업'이라고 써넣으면서, 도대체 언제쯤 당당하게 스스로를 소설가라고 부를 날이 올까, 소설만 써서 먹고살 수 있다면 얼마나 좋을까 하고 생각하는 것이다.

그러나 이런 고민은 '직업'을 둘러싼 고민이다. 기본적으로는 역 앞에 세탁소를 낸 사람이 장사가 될지 안 될지 고민하는 것과 같다.

이 세상에서 먹고살아야 하는 인간에게는 심각한 고민이지만, 소설을 쓰려는 인간에게 가장 심각한 고민은 아니다. 좀더 심각한 고민은 '천직'을 둘러싼 고민이다.

예컨대 십 년 뒤, 내가 많은 소설을 써 그것만으로 당당하게 먹고살게 되었다고 치자. 그럴 때가 오리라고 생각지는 않지만, 그렇게 되었다고 쳐보자. 그러면 만족할 수 있는가 하면, 그래도 여전히 나는 내가 소설가인가 아닌가라는 회의로부터 자유롭지 못할 것 같다. 왜냐하면 소설가란 예술가이고, 예술가라는 존재는 예술로 먹고살 수 있느냐 하는 문제 이전에, 자기가 예술가로 태어났는지 — 자기가 운명의 별에 의해 이 세상에 예술가로 보내졌는지 아닌지를 문제삼을 수밖에 없는 존재이기 때문이다. 그리고 그 근간에는 눈에 보이지 않는 어떤 힘, 사람의 지혜를 뛰어넘는 힘, 우주를 제어하는 신비한 힘에 의해 필연적으로 자기가 예술가로 태어났다고 믿고 싶어하는 과대망상적인 생각이 있다. 게다가 소설가는 유달리 그런 자의식이 강하다. 음악가나 무용가, 화가가 되려면 천부적인 재능과 오랜 시간의 혹독한 단련, 그 두 가지가 절대적으로 필요하다. 그에 비해 소설가가 되는 것은 정말 간단하다. 누구나 문장을 쓸 수 있고, 누구나 하룻밤 사이에 소설가가 될 수 있다. A는 소설가이고 B는 소설가가 아니라는 이야기는 한없이 자의적인 것에 지나지 않는다. 그렇기 때문에 더더욱 조용한 하늘의 소리가 귓가에 울리면서, 너는 소설가가 되기 위해 태어났다, 그것이 하늘의 뜻이고 섭리다, 라고 말해주었으면 좋겠다고 간절히 바라는 것이다.

그런 나에게 재작년에 기적이 찾아왔다.

캘리포니아 주 북부에 있는 팔로알토라는 마을에 체류하고 있을 때의 일이었다. 나는 세번째 소설을 쓰는 중이었다. 쓰는 중이었다고는 하지만, 확신이 서지 않은 탓에 속도가 아주 느렸다. 그럴 때 갑자기 하늘에서 생각지도 못한 '소설 같은 이야기'를 선물로 내려보내준 것이다. 그것도 바로 나를 지명하여.

그것은 옛날 옛적에 내가, 아니 우리 가족이 뉴욕에서 알게 된 어떤 남자의 이야기였다. 평범한 남자는 아니다. 무일푼으로 일본에서 건너와서, 전형적인 아메리칸 드림처럼 출세하고 부를 일구어, 오래 전부터 뉴욕에 살던 일본인들 사이에서는 인생 자체가 거의 전설이 된 남자이다. 그런데 그 남자에게는 사람들이 모르는 일본에서의 또다른 인생이 있었던 것이다. 전후(戰後)라는 가난한 시대의 각인이 뚜렷하게 찍힌, 마치 소설 같은 인생이었다. 그리고 그 이야기는 애초에 물거품처럼 덧없이 사라질 것이었다. 그것을 우연찮게 한 젊은이가 일본에서 듣고는, 태평양을 건너 멀리까지 소중한 선물처럼 들고 와서 팔로알토에 있는 나에게 건네준 것이다. 물론 그 젊은이에게 그럴 의도는 없었을 것이다. 자기 사정으로 미국에 왔고, 자기 사정으로 나를 만나러 왔으며, 자기가 하고 싶은 이야기를 하고 돌아갔을 뿐이다. 그러나 나는, 마치 하늘이 그를 내게 보내준 듯한 느낌을 받았다.

몇십 년 만에 캘리포니아 북부를 엄습한 엄청난 폭우에 갇혀 있던 밤이었다. 밤새도록 자연의 위력에 희롱당해 신경이 흥분한 탓도 있었을 것이다. 그 이야기를 다 듣고 나서, 나는 일종의 독특한 충격을 받았다. 내가 알고 있는 남자의 인생에 그처럼 '소설 같은 이야기'가 있었다니 ―그리고 세상의 인과가 돌고 돌아, 하필 내가 그 '소설 같은 이야기'를 듣게 되다니…… 모든 것이 우연이 겹쳐 생긴 일이었지만, 그 때문에 더더욱 하늘이 나에게 '너는 소설가로 태어난 거란다'라는 계시를 내려준 것처럼 느껴졌던 것이다.

나는 하늘에 감사드렸다.

물론 진짜 문제는 그때부터 시작이었다. 그것은 '천직'을 둘러싼 문제와는 완전히 다른 차원의 것으로, 소설 그 자체에 관련된 문제였다. 좀더 자세히 말하자면, 일본어로 쓰인 근대소설 자체에 관한 문제였다. 결국 나는 그때 주어진 '소설 같은 이야기'에 근거해 소설을 쓰기 시작했지만, 그것은 하늘의 계시를 받았다는 고양감 가운데 써내려간 것이 아니라, 써서는 안 될 것을 쓰고 있다는 꺼림칙함, 아마 잘 써지지 않을 것이라는 패배감을 끌어안고서 쓴 것이었다. 그러나 나는 얼마 지나지 않아 그래도 상관없다고 생각하게 되었다. 소설이 소설다운 형태를 갖춰감에 따라, 나 같은 것이 무엇을 쓰든 유구한 시간을 살아가는 문학의 대해(大海)에서는 아주 하찮은 것에 지나지 않는다는, 자아를 초월한 마음이 생겼기 때문이다. 이런 글이라도 읽어주시는 독자가 계신다면 행복할 뿐이다.

본격소설이 시작되기 전의
길고 긴 이야기

롱아일랜드에서

내가 아직 미국의 하이스쿨에 다니고 있을 때 일이다. 기억을 더듬어보면 그 당시 나는 11학년, 즉 일본의 고등학교 2학년이었을 것이다. 두 살 위의 언니 나에(奈苗)는 보스턴의 음악학교에 다니고 있었고, 뉴욕 교외의 롱아일랜드에 있는 우리집에는 부모님과 나, 세 명이 살고 있었다. 일본 회사의 뉴욕 주재원인 아버지를 따라 온 가족이 일본을 떠난 지 벌써 사오 년이라는 세월이 흘렀지만, 한심하게도 나는 아직 미국에도 영어에도 익숙해지지 못해, 여름이면 태양이 잔디를 지글지글 태우고, 겨울이면 눈보라 때문에 눈썹까지 얼어붙는 뉴욕의 혹독한 사계절만을 실감하면서, 자신이 미국에 있다는 현실감을 갖지 못한 채 하루하루를 보내고 있었다.

지금 생각하면 그 당시 나에게는 세 가지 세계가 있었다.

하나는 미국인들과 함께하는 하이스쿨 세계이다. 내가 단지 물리적으로 왔다 갔다 할 뿐인 세계. 아침 여덟시가 조금 넘으면, 계절에 따라 슬리브리스 원피스에 맨발이거나 후드가 달린 코트에 물개털 부츠를 신은 나의 작은 몸이, 성조기를 게양한 하이스쿨 벽돌 건물의 현관 안으로 들어간다. 그리고 오후 세시가 지나면 같은 모습으로 나온다. 그뿐이었다. 일본에서는 상상도 못 했던 환경에 갑자기 내던져져, 사춘기를 맞은 인간 특유의 완고함으로, 적응하려고 노력해보기도 전에 스스로 마음을 닫아버린 채로 시간이 흘러갔던 것이다.

두번째 세계는 반대로 내 머릿속에만 있는 세계였는데, 이 세계는 미국에 있다는 현실감이 희박하면 희박할수록 풍요로워졌다. 언니가 음악학교에 진학한 것을 계기로 어머니도 맨해튼에 사무실이 있는 일본 기업에서 일하기 시작해, 학교에서 돌아오면 다락방부터 지하실까지 온 집 안이 나만의 천하였기 때문에 그런 기분은 한층 더했다. 나는 거실 소파의 끄트머리에 앉아, 계란빛 실크 갓을 씌운 사쓰마(薩摩) 도자기 램프―온통 일본 취미에 젖어 있던 내가 어머니를 졸라서 맨해튼의 다카시마야(高島屋) 백화점에서 팔고 있던 항아리를 램프로 만들어 소파의 양끝에 놓아둔 것이었다―를 켜고, 일본에서 데리고 온 델라라는 이름의 살찐 콜리종 개를 발치에 거느리고, 날이 완전히 저물 때까지 부모님이 딸들을 위해 이삿짐에 넣어온 오래된 일본소설을 탐독했다. 어느 틈엔가 내 머릿속은 누렇게 색이 바랜 일본어로 넘쳐나고, 나는 살아본 적도 없는 옛 시대의 일본을 온몸으로 그리워하며 하루 종일 이미 존재하지도 않는 그 일본으로 돌아갈 날을 꿈꾸면서 지냈다. 물론 다른 것이 머릿속에 그림자를 드리우기도 했다. 예컨대 내 머릿속에는 누가 언제 샀는지도 알 수 없는,

페이지 가장자리가 갈색으로 변색된 문고본 번역소설이 있었다. 역 앞에 있는 한산한 영화관 두 곳에서 상영했던, 영어를 충분히 알아듣지 못하는 탓에 어렴풋하게밖에 이해되지 않는 영화도 있었다. 어쩌다 한껏 멋을 내고 어머니가 운전하는 차로 메트로폴리탄 오페라하우스에 가서 본 발레나 오페라도 있었다. 아버지가 일본에서 사오신 흘러간 옛 노래가 담긴 LP 레코드도 있었고, 일본에서 사람들이 잇달아 선물로 갖다주는 일본 최신 유행가들의 도넛판 레코드도 있었다. 부모님이 집에 계시는 주말에는 내 작은 방에 틀어박혀 혼자서 한없이 거울을 들여다보거나 하면서 그 세계 안에서 놀았다. 내 미래는 인생이 줄 수 있는 온갖 아름다운 것, 재미있는 것, 극적인 것으로 가득차 있을 것 같았다. 그것은 한마디로 사춘기에 접어든 인간의 내면세계—'예술' 및 '예술'에 준하는 온갖 매개물로 이루어진 사춘기 인간의 내면생활이라고 할 수 있을 테지만, 특히나 타국에 살고 있단 이유로 내 머릿속 세계는 한없는 망향의 상념에 물들어 있었고, 또래의 친구가 없었기 때문에 우스꽝스러울 정도로 시대착오적이었으며, 게다가 고독하기까지 했기에 그 정도가 더 심했다. 나는 타고난 성격보다 훨씬 더 내성적인 인간이 되어, 나만의 세계에 빠져들었다.

만일 나에게 이 두 가지 세계밖에 없었다면 나는 정신적 균형을 잃고 말았을 것이다. 그런데 다행인지 불행인지 나에게는 세번째 세계가 있었다. 그것은 내가 부모님과 공유하는 세계로, 주로 일본인 어른들, 특히 아버지가 근무하시는 회사 관계자들이 사는 세계였다. 아버지의 부속물에 지나지 않는 나에게 그들은 한결같이 관대했고, 게다가 무엇보다도 그 세계에서는 내가 사랑하는 일본어가 통했다. 그러나 그 세계는 나의 일부라고 생각할 수 없을 만큼 평범하고 속된 세계이기도 했다. 그곳에는 '본사' '총각' '출장' '서비스 부문' '소장' '현지채용' 등과 같은, 샐러리맨의 딸로서는 늘 듣고 있어도 항상 문학적인 소설만 읽는 문학소녀로서는 도저히 친숙해지고 싶지 않은 종류의 단어들—마치 샐러리맨 소설에 나올 법한 종류의 단어가 넘쳐흐르고 있었다. 그것은 애당초 샐러리맨이면서 자신이 샐러리맨인 것을 저주하고 있던 아버지의 생각이 그대로 언니와 나에게 침투했기 때문인지도 모른다. 부자가 대부분인 클래스메이트들과 비교해도 꿀리지 않는 옷들, 그런대로 호사스러운 하루 세 끼 식사, 미국에서는 평균이지만 도쿄에서 살던 집의 배는 되는 큰 집—즉, 모든 의식주가 그 세계에서 주어졌음에도 불구하고, 나는 그 세계를 의식조차 하지 않고 얕보고 있었던 것이다. 나는 그 세계에서는 단순히 말 많은 계집아이였고, 심지어 어쩌면 행복한 얼굴을 하고 있었는지도 모른다. 그렇지만 그 세계는 너무 비근하고 세속적이며 평범한 세계였다.

아즈마 다로(東太郎)라는 이름은 그 세번째 세계에서 나타났다.

어느 날 밤 브렉퍼스트 룸이라고 불리는 부엌 옆의 작은 방에서 우리 세 식구가 저녁식사를 하고 있을 때, 아버지 입에서 그 이름이 나온 것이다. 그때 일이 기억에 남아 있는 것은 아버지가 사용한 '고용 운전사'라는 낯선 단어 탓이었다. 아즈마 다로라는 이름은 아버지가 아는 미국인의 '고용 운전사'로서 화제에 올랐다.

처음 듣는 단어에 이끌려 얼굴을 들자, 늘 보던 브렉퍼스트 룸의 벽지를 배경으로 늘 보던 아버지 얼굴이 보일 뿐이었다.

—고용 운전사?

어머니도 기묘하게 느꼈는지 그 단어를 반복하면서 아버지를 쳐다보았다.

—응, 애투드가 고용했어. 벌써 그 녀석네 집에서 살고 있대.

그렇게 말하고 아버지는 식사를 마쳤다는 표시로 접시를 조금 앞으로 밀어냈다. 그러고는 빈 공간에 뉴욕타임스를 펼치더니, 아직 십대인 나로서는 그 효능을 알고 싶은 생각조차 들지 않는 갈색이나 투명한 색의 약병들을 늘어놓고 소화제니 영양제니 하는 것을 먹었다.

내 마음은 계속 '고용 운전사'라는 단어에 걸려 있었다.

태평양에 면한 캘리포니아와 달리, 대서양에 면한 뉴욕은 옛날부터 극동에서 온 이민자들의 수가 적다. 그런 뉴욕에서 주재원의 딸로 자라고 있던 나는 일본인이라고 하면 검은 양복에 고지식하게 넥타이를 매고 검은 머리카락을 반지르르하게 빗어넘긴 주재원밖에 떠오르지 않았고, 그 밖에는 그런 주재원을 상대로 장사하는 일본 음식점의 초밥 요리사라든가 피아노 바의 호스티스 등이 겨우 떠오를 뿐이었다. '고용 운전사'라는 말은 들어본 적도 없었다. 게다가 그 남자는 일본 회사에서 VIP 송영을 위해 채용한 '고용 운전사'가 아니라, 미국인 집에 입주한 '고용 운전사'라는 것이다.

—어머나, 참 호사스럽네, 애투드도.

모든 것이 서양 취미인 데 비해 오차즈케*와 장아찌 반찬으로 식사를 마무리짓지 않으면 밥을 먹은 것 같지 않다는 어머니가 밥공기에 차를 부으면서 말했다.

아는 사람이 부탁해서 고용하기로 했다나봐, 라고 아버지가 대답

---

* 차에 밥을 말아 먹는 일본의 전통음식.

했다.

　―그러면 호의로 고용했다는 거예요?

어머니가 회의적인 목소리로 말했다.

　―아니지, 애투드는 그런 의협심이 있는 남자가 아니야. 실제로도 필요했겠지.

　―그렇겠지요. 부자란 그런 거잖아요.

어머니가 이번에는 고개를 끄덕이면서 말하자, 아버지가 절세 대책일 수도 있다고 말을 이었다.

　―요즘 그 녀석 회사가 왕창 벌고 있으니까 말이야. 장부상으로는 높은 급료로 고용한 걸로 되어 있지 않을까?

　―저런, 고봉을 받는 운전사라고요?

　―아니, 서류상으로는 적당히 일본 관계 업무의 매니저 같은 것으로 했겠지. 안 그러면 운전사로는 비자가 안 나와. 특수기능이 아니니까.

미국인이라면 누구나 이름만 대면 아는 방송국의 중역인 애투드는 자신도 작은 회사를 갖고 있는데, 그 회사의 고용주로서 아즈마 다로에게 취업비자를 내준 모양이었다.

어떤 사람인데? 라고 나도 어머니를 따라 남아 있는 밤에 차를 부으면서 끼어들었다.

　―어떤 사람이라니?

　―그 운전사 말이야.

　―글쎄, 아빠는 만난 적이 없으니 어떤 사람인지는 모르겠는데.

　―여기 산 지는 오래됐대?

캘리포니아나 남아메리카에서의 오랜 유랑 끝에 몸에 걸친 옷만 갖고 뉴욕에 흘러들어온, 햇볕에 탄 얼굴에 깊은 주름이 새겨진 남자를 나는 머릿속으로 그려보았다.

—아니, 막 일본에서 온 것 같던데.

—그럼 보통 일본인인가봐?

—응. 아마 그럴걸.

—보통 일본인이 왜 구태여 '고용 운전사'가 되려고 미국에 오는 거지?

—왜라니……

아버지는 어떻게 설명해야 할지 망설이는 것 같았다.

미나에(美苗), 이야기가 거꾸로잖니, 라고 어머니가 대신 대답했다.

—누구라도 굳이 '고용 운전사'가 되기 위해 미국에 오지는 않아. 미국에 오려면 다른 방법이 없으니까 '고용 운전사'라도 되는 거지.

—흠.

나는 실망했다.

망향의 상념 속에서 자라는 사이 애국 소녀가 되어버린 나는, 당시 이 나라가 중국인으로 대표되는 동양인 전반을 묘사하는 방식에 적 잖이 굴욕감을 느끼고 있었다. 그 당시 영화에서나 텔레비전에서나 동양인들은 요리사, 정원사, 가정부 등 소위 더부살이하는 고용인으로 등장해, 의미 없는 웃음을 띠고 "네, 그래요"를 연발하면서 머리를 조아리기만 할 뿐이었다. 그 모습을 볼 때마다 피가 거꾸로 솟는 것 같았다. 서해안의 이민사를 더듬어가면 동양인이 그런 역으로 등장 하는 것이 결코 현실과 동떨어진 것은 아닐지도 모르지만, 일본의 경 제성장 덕에 동해안이라는 반대쪽 현관을 통해 초록색 잔디가 깔린 교외의 단독주택에 쉽게 정착한 나에게는 그것이 당치 않은 편견으로밖에 생각되지 않았다. 일본에는 네온사인이 번쩍이는 긴자 거리도 있고, 고속열차 신칸센도 있다. 요컨대 내 딴에는 미국에 절대 뒤지지 않는 일본에서 건너와서 구태여 동양인에 대한 편견을 굳히는 직업을 갖다니, 하고 속이 상했던 것이다.

어머니는 오차즈케를 먹으면서 말했다.

—너는 말이야, 세상물정도 모르는 주제에 항상 제멋대로 판단한 다니까.

나는 노골적으로 불만을 드러낸 채 잠자코 앉아 있었다. 그러나 어찌 됐든 나하고는 상관없는 이야기였다. 아버지가 텔레비전을 보기 위해 이층 침실에 올라간 후 어머니와 둘이 설거지를 하기 시작했을 때는 이미 그 이야기는 머릿속에서 사라졌고, 미니스커트 입고 그렇게 다리를 다 드러내다니 본인은 자랑스러울지 몰라도 그래서야 괜찮은 일본 남자는 못 만나, 라며 음악학교 기숙사에 있는 나에 언니의 앞날을 걱정하는 여느 때와 같은 어머니의 푸념을 받아주고 있었다.

아버지에게 들은 '고용 운전사' 이야기를 거의 잊어갈 때쯤의 일이었다. 어느 날 밤 집 앞에 차가 멈추는 소리가 나서 검지로 침실의 베니션 블라인드에 틈을 만들어 아래를 내려다보았다. 길고 커다란 번쩍이는 차가 잔디밭에 대어져 있고, 아버지를 위해 차 문을 여는 홀쭉한 사람의 모습이 보였다. 가로등의 불빛을 받아, 챙이 있는 운전사 모자를 쓰고 있었다. 얼굴을 보이지 않았던 그는 그 길고 큰 차를 몰고 바로 사라졌다.

그 홀쭉한 모습이 아즈마 다로였다.

이층에서 뛰어내려온 내 얼굴을 보고 아버지가 말했다.

— 애투드하고 같이 있었어. 예의 아즈마라는 녀석이 바래다줬지.

애투드는 같은 롱아일랜드 섬에서도 조금 안쪽에 살고 있었기 때문에, 맨해튼에서의 회식 뒤에 아버지를 바래다준 모양이었다.

— 아빠, 저거 리무진 아니야?

나는 코트를 옷장에 거는 아버지에게 흥분해서 물었다.

— 응. 안에는 무선 전화도 있고, 위스키랑 진 같은 술도 있지.

저녁식사 때부터 벌써 취한 듯한 아버지는 자랑스럽게 말했지만, 아무래도 어른인 만큼 리무진 자체에는 그다지 관심이 없는 듯했다. 내가 뒤를 쫓아 통통 계단을 올라가자 아버지는, 그 녀석 아주 머리가 좋은 것 같더군, 하고 넥타이를 풀면서 아즈마 다로에 대해 어머니에게 보고하기 시작했다. '머리 나쁜 녀석만큼 처치 곤란한 것은 없다'라는 것이 아버지의 입버릇이었으니, 최상급의 찬사였다.

며칠 지나 '고용 운전사' 이야기를 잊어가고 있을 때쯤, 또다시 아즈마 다로가 아버지를 태우고 왔다. 어딘가로 출장을 간다는 애투드와 라가디아 공항에서 헤어지고, 그길로 바래다준 것이었다. 이번에는 애투드가 없었기 때문에, 일본인끼리의 정 때문인지 아버지가 아즈마 다로를 집 안으로 불러들였다.

감색 제복을 입은 아즈마 다로는 경직된 자세로 거실 소파에 앉아, 술은 안 마십니다, 라며 내가 옻칠 쟁반에 얹어 갖고 간 버드와이저에 손도 대지 않았다. 바로 버드와이저를 목구멍 속에 부어넣어 순식간에 목덜미부터 빨갛게 물들기 시작한 아버지가, 아 그렇지, 운전사니까 당연하지, 참 훌륭하군, 하고 기쁜 듯 말하는데도, 일선을 긋는, 좋게 말하면 사려 깊고 나쁘게 말하면 너무 조심스러운 대응을 보였다.

생각도 못 했던 젊고 멋진 남자를 보고 어린 아가씨였던 나는 동요했다. 빨갛게 물든 둥근 얼굴에 안경을 쓰고, 맥주와 자기 이야기에 흠뻑 취해 칠칠치 못하게 웃고 있는 아버지와는 천양지차였다. 그러나 그는 내 존재를 곁눈질로 흘긋 보고 인사한 게 전부라, 나는 목을 움츠린 채 양손으로 쟁반을 가슴에 끌어안고 부엌에 돌아가서, 맥주 대신 차를 내고는 부엌에 틀어박혔다. 그는 나에게뿐만 아니라 어머니에게도 무뚝뚝했던 모양이었다. 손님에 따라서는 종종 아버지를 제쳐두고 독점하여 낮은 목소리로 이야기에 열중하거나 새된 목소리를 내거나 하는 어머니였지만, 그날 밤은 그렇게 손님 접대가 능숙한 어머니도 형식적인 인사만 하고 바로 내 뒤를 쫓아 부엌으로 들어왔다. 그리고 브렉퍼스트 룸에서 차를 새로 따르면서 나를 상대로 그저 그런 얘기를 하고 있었다. 이렇게 부엌에 틀어박혀 있어도 신경이 쓰이는 손님과 쓰이지 않는 손님이 있다. 신경 쓰이는 손님이면 이야기에 열중할 수 없어 그저 그런 잡담만 늘어놓게 된다.

— 음침해 보이네.

어머니가 작은 목소리로 말했다. 그때 아버지가 들어오더니, 맥주 냄새를 풍기면서 기분 좋은 듯한 목소리로 물었다.

— 여보, 전에 당신이 공부하던 링거폰 테이프 어디 있지?

커다란 릴에 감긴 구식 테이프였다.

— 어머, 벌써 어디에 치워버렸는데요.

— 지금 꺼낼 수 있을까?

— 네, 될 거예요.

찻잔을 내려놓고 어머니가 조금 귀찮은 듯 물었다.

— 꺼내올까요?

—아, 부탁해.

얼마 있다 이층에서 내려온 어머니는 거실에 들렀다가 부엌으로 돌아왔다.

—아빠는 생색내길 좋아한다니까.

몇 개씩이나 있는 링거폰 테이프는 미국에 도착했을 당시 영어 연습을 하라고 아버지가 어머니를 위해 사준 것이었지만, 어머니가 디스, 플리즈, 오, 그레이트, 생큐, 등 몇 마디만으로 일상생활을 할 수 있다는 것을 깨닫고 나서는 전혀 듣지 않게 된 상태였다. 그것을 아즈마 다로한테 건넨 모양이었다.

—그거 비싼 거 아니야?

나는 아까워하며 물어봤다. 그런 주제에 나 역시 미국하고는 친하지 못해, 자진해서 영어를 배우려는 기특한 마음이 없었기에 손도 댄 적이 없었다.

그래, 꽤 했을걸, 그렇지만 누군가에게 도움이 된다면 처박아두는 것보다 낫지 뭐, 라면서 어머니는 앞치마를 고쳐 매고는 여느 때의 인심 좋은 어머니로 돌아가, 술을 안 마신다면 그레이프프루츠라도 낼까, 하며 허리를 굽히고 냉장고를 들여다보았다.

버들가지같이 가는 허리라고 모두들 부러워했단다, 라고 엄마는 자랑했지만, 미국에서 자라는 동안 일본 여성의 별 차이 없는 체형에 둔감해진 나에게는 잘 이해되지 않는 자랑이었다.

아즈마 다로는 한 시간 정도 앉아 있었다. 델라가 멍멍 짖는 소리가 나고, 아, 손님이 돌아가시나봐, 하고 어머니와 내가 당황해서 부엌에서 나갔을 때는 이미 현관 홀에 서 있었다. 운전사 모자를 조금 어색하게 손에 들고 있었다. 일본인치고는 가무잡잡한 갈색 피부였고, 기름이라도 바른 것처럼 반들반들 윤기가 났다.

—아직 젊으니까 공부가 될 걸세.

—네.

나는 링거폰 테이프 이야기라고 생각했지만, 그렇지 않다는 것을 그 다음 대화로 알았다.

—미국 부자를 그렇게 가까이서 보는 것도 그런대로 재미있는 일이거든.

아즈마 다로는 아버지 기분을 맞추려는 듯이 웃었다. 그 웃음이 왠지 거북하게 느껴졌다. 이 남자한테 마음을 주어서는 안 될 것 같다는 생각에 아버지가 그를 마음에 들어하는 것이 조금 불안했다. 아버지는 말을 계속했다.

—어쨌든 당분간은 어쩔 수 없군. 비자 문제가 있으니까.

—네.

—일단 영어는 가능한 한 빨리 익히도록 해. 달달 외워버리겠다는 각오로 하지 않으면 안 되네.

남자가 안고 있는 링거폰 테이프를 턱으로 가리킨다.

—네.

아즈마 다로는 이번에는 다소곳한 얼굴로 대답했다. 그리고 모자를 쓰고는, 그럼 실례하겠습니다, 라고 인사하고 사라졌다.

이윽고 현관문 좌우의 길쭉한 장식 유리창 너머로 헤드라이트를 켠 리무진이 멀어져가는 것이 보였다. 어둠 속을 떠가는 듯 고요했다.

거실에 있는 그릇을 쟁반에 받쳐서 갖고 오자, 마침 아버지가 어머니에게 아즈마 다로 이야기를 시작한 참이었다. 아즈마 군은 일본에서 고등학교도 안 나왔대, 하는 말이 들렸다.

나는 어머? 하고 놀란 목소리를 내면서 부엌에 들어갔다.

부모님이 일찍 돌아가신 모양이야, 라고 아버지가 말을 이었다. 아버지는 조금 흥분해 있었다. 아버지도 부모를 일찍 여의고 고생했기 때문에 자기 신세에 오버랩시키고 있었는지도 모른다.

─숙부가 키워주었다던데 무척 고생한 것 같더군.

그렇군요, 라는 어머니의 대답에 맞춰 쟁반 위의 그릇을 싱크대에 놓으면서 내가 물었다.

─지금 몇 살쯤일까?

─스무 살 조금 넘지 않았을까?

─어머, 꽤 젊네.

나는 또 한번 놀랐다. 내 또래의 일본 남자는 아직 미국에서 본 적이 없었다. 그 남자의 나이가 그렇게까지 나와 비슷하리라고 상상도 못 했던 것은, 일을 한다는 얘기를 듣고 처음부터 나와 다른 '어른'으로 분류했기 때문만은 아니었다. 그의 딱딱한 표정에는 젊음을 느끼게 해주는, 그 무엇에도 구애받지 않는 명랑함이 완전히 결여되어 있었기 때문이었다.

─응, 고등학교도 안 나오고 일하기 시작했으니까 젊은 게 당연하지.

요즘 젊은이치고 드문 사람이군요, 하고 어머니가 말했다.

─아, 나도 조금 놀랐어. 하긴 우리 회사에도 중졸이 몇 명 있긴 해. 그리고 아버지는 손가락으로 한 명 두 명 하고 세기 시작했다.

─어머나, 아직도 그런 사람이 있군요.

─나중에는 모두들 야간 고등학교에 가는 모양이지만 말이야. 야

간 대학까지 나온 사람도 있어.

어머, 그래요, 하고 어머니가 감탄한 듯이 말했다.

나는 의자에 앉아 아버지에게 물었다.

─그래서, 아즈마 씨는?

─응?

─야간 고등학교 다닌대?

─아니, 아무 소리 안 하던데.

─안 간 걸까?

─안 갔다기보다 못 간 거겠지.

─흐음.

나는 그렇게 대답하고 나서, 나 자신을 납득시키기 위해 한 번 더 되풀이했다.

─흐음.

당시는 아직 일본에서도 대학에 진학하는 사람이 많지 않던 시대였다. 그러나 미국에 온 후에야 비로소 그런 현실에 눈을 뜬 것은 내가 성장했기 때문만은 아니었다. 이 직장 저 직장 전전한 끝에 무역회사를 만들었다가 실패한 아버지를 픽업해서, 고맙게도 그 영어 실력을 높이 평가해 소장이라는 타이틀을 붙여 뉴욕에 보내준 것이, 당시 엘리트 기업의 대표 주자였던 상사에 비해 한 단계 내지 두 단계 정도 낮게 평가되던 메이커였기 때문이다. 그 회사는 광학기계 메이커였는데, 아버지가 취직했을 당시는 소형 카메라로 이름이 알려져 있었다. 상사에서 미국 지사에 힘을 실어주기 위해 보내는 주재원은 대부분 대졸자다. 그러나 아버지가 취직한 메이커에서 내보내는 주재원은 대부분 제품 수리에 종사하는 사람들이었다. 물론 그들은 대학을 나오지 않았고, 그중 몇 명인가는 고등학교도 나오지 않았다. 대학에 안 가는 것이 당연한 시절이었다고는 해도, 그중에는 대학에 가고 싶었어도 '집안 사정' 때문에 못 간 사람도 있었을 것이다. 게다가 미국 지사는 극단적으로 좁은 세계라 필연적으로 가족도 다같이 어울리게 되기 때문에, 나는 아마 계속 일본에 있었으면 몰랐을 그런 사람들의 존재를 좀더 일찍 알게 된 것이다. 내가 아직 어린아이였기 때문에 그들도 마음을 쉽게 열었는지 모른다. 그런 사람들의 마음의 굴절 — 분노나 체념, 초조나 악바리 근성 같은 것도 조금은 알게 되었다.

그러나 아즈마 다로는 나와 너무 나이가 비슷했다.

희미하게 기억에 떠오르는 것은, 아직 일본에 있었을 때 집에 뒹굴던 주간지에서 본 한 장의 흑백 화보 사진이었다. 아이는 어른들 잡지를 읽으면 안 된다고 했기 때문에, 부모님이 집에 없을 때 소파 — 일본 주둔 미군이 불하한 인조 가죽제품이었지만 — 에 앉아 두근두근하면서 몰래 페이지를 넘기는 사이 그 흑백 사진을 맞닥뜨린 것이다. 목달이 교복과 세일러복을 입은 소년 소녀 들의 잔뜩 긴장한 납작한 얼굴이 어두운 플랫폼에 죽 늘어서 있었다. 중학교를 막 졸업한 그들이 집단 취직을 하러 우에노(上野) 역에 도착했을 때의 사진으로, '황금알' 이라는 글자가 옆에 커다랗게 붙어 있었다. 소년들은 전부 까까머리였고 소녀들은 단발머리 아니면 양갈래로 머리를 땋은 모습이었다. 어딘가에서 읽은 눈 많은 고장의 음습한 가난과 그로 인한 당찬 분위기가, 된장이랑 간장, 김치 통이며 아궁이, 장작과 짚 냄새와 함께 풍겨오는 것 같았다. 그들이 나하고 그다지 나이차가 나지 않는다는 사실에 충격을 받았는지, 그 사진은 당시 초등학생이던 내

마음에 깊이 새겨졌다. 그러나 거기서 본 까까머리 소년들과 오늘 만
난 제복 차림의 아즈마 다로는 내 마음속에서 전혀 연결되지 않았다.

나는 말했다.

— 가난했던 걸까?

— 그야 그랬겠지.

당연하다는 대답이었다.

그래도 말투가 꽤 정중하던데요? 라고 이번에는 어머니가 말했다.

— 응. 괜찮더군.

— 어떻게 미국에 온 거지?

나는 진지했다. 여름방학에 아무리 일본에 가고 싶어도, 비행기 삯
을 생각하면 도저히 부모님에게 말을 꺼내지 못하던 시절이었다. 아
버지는 가끔 출장 때문에 귀국했지만 다른 주재원들이 일시 귀국하
는 일은 거의 없었다. 하물며 가족이 일시 귀국하는 일 따위는 있을
수 없는 일이었다. 돈이 없는 사람이 어떻게 미국에 올 수 있었는지,
나에게는 그것이 가장 큰 관심사였다.

— 처음부터 애투드하고 이야기가 되어서 비자가 나온 것 같더군.

아버지는 머릿속에 비자 문제가 중심이 되어 있는 듯, 딸의 진지한
질문을 이해하지 못했다.

— 비행기 삯도 내줬을까?

— 아니, 그런 건 자기가 냈겠지.

그렇게 대답하고 나서, 아버지는 기억이 났는지 말을 이었다.

— 참, 그러고 보니 배로 왔다는 것 같아.

— 배?

오래된 소설만 읽던 내 머릿속에 순간적으로 요코미쓰 리이치*의

『여수』와 아리시마 다케오**의『어떤 여자』에 나오는 선박 여행 장면
이 떠올랐다. 특히 여러 번 읽은 것은 『어떤 여자』였는데, 나는 빨리
어른이 되어 그 소설의 주인공 요코 ― 이름 오른쪽에 '에후코'라고
애칭이 덧붙어 있지 않으면 제 맛이 안 나지만 ― 같은 아름다운 여자
가 되어 혼자 여객선을 타고 여행하고, 예쁜 옷을 입고 불쑥 식당에
모습을 나타내 모두의 시선을 모으고, 툭하면 "좋아요"라고 말하면서
세상의 위선에 자유분방하게 맞서고, 겁이 나서 아무도 가까이 가지
않는 배 밑바닥에 용감하게 내려가 선원을 간병해주는 꿈을 꾸고 있
었던 것이다.

물론 일등 선실에 머무르면서.

아버지가 대답했다.

― 응, 화물선으로 말이야.

― 네? 화물선?

화물선이 승객도 태운다는 사실을 몰랐기 때문에 나는 눈이 휘둥
그레졌다. 그렇구나, 사람도 화물선에 타는구나.

― 그래, 남쪽으로 돌아서 왔다나봐.

내 상상력은 화물선이라는 말 앞에서 공백이 되었다. 화물선이 나
오는 소설은 알지 못했다.

― 그렇지만 화물선이라도 그렇게 싸지는 않을 거 아니야.

― 글쎄, 일본에 살고 있는 사람한테는 적은 돈이 아니겠지.

― 그러면 가난하면 못 온다는 얘기잖아.

---

* 横光利一, 신감각파 문학운동을 일으킨 일본의 근대 작가.
** 有島武郎, 본격적 사실주의를 실현시킨 일본의 근대 작가.

—인간이란 말이야, 꼭 미국에 오고 싶은 마음이 있다면 그 정도 돈이야 어떻게든 마련할 수 있어. 일본에서도 일을 했었다고 하고.

흠, 하면서도 나는 반쯤밖에 납득하지 못했다.

애투드 놈은 나한테는 잘해주지만, 역시 일본인을 무시하는 구석이 있어, 라고 아버지가 말을 이었다.

주중에 일하는 것은 그렇다 치고, 자가용이 없어서 아무 데도 못 가는 그에게 정식으로는 휴일인 주말에까지 이것저것 잡일을 돕게 하고, 나아가 넓은 정원의 잔디 깎는 일까지 시킨다는 것이었다. 운전사라기보다 옛날의 머슴 같은 성격의 고용인인 셈이었다.

—왜, 애투드한테 젊은 여자가 있잖아.

나는 귀가 번쩍했지만 어머니는 알고 있었던 듯, 네, 라고 이쑤시개를 놀리면서 태연하게 맞장구를 친다.

—부인 몰래 그 여자도 태우곤 하나봐.

—어머, 정말요?

—아즈마 군이 미스 로저스란 사람은 뭐 하는 분이신가요? 라고 물어서 난처했지.

어머니는 약간 비아냥거리듯이 웃었다.

—게다가 이건 애투드한테서 직접 들은 얘긴데, 지난번에는 휴가를 맞아서 집에 돌아온 망나니 아들과 그 걸프렌드를 같이 태웠다는 거야. 여자와 술이 있는 차를 저렇게 젊은 남자가 운전하려니 얼마나 힘들겠어.

'힘들겠어'라는 아버지의 표현이, 아즈마 다로라는 남자를 직접 본 탓인지 사춘기 한복판에 있던 내 귀에 생생하게 울렸다.

—아들이라고는 하지만, 벌써 예전에 독립한 거 아니었나요?

─아니, 둘째 아들 말이야. 그놈은 아직 대학생이래.

─아, 그러고 보니 아래로 또하나 있었죠. 못생기고 주근깨투성이인 애.

어머니는 기억 속에 있는 애투드네 가족 구성원을 떠올리는 듯한 눈빛을 보이다가 덧붙였다.

─이런저런 사정이 있겠지만, 어쨌든 그렇게 근사한 집에서 사는 것만으로도 좋은 경험이지요.

─그건 나도 그렇게 생각해.

─누구나 할 수 있는 경험은 아니니까요.

─나도 그렇게 말했지.

부부는 모처럼 의기투합해서 이야기를 나누고 있었다.

미국에 도착한 지 한 달이 채 되기 전에 온 가족이 애투드 가의 저녁식사에 초대받은 적이 있었다. 그날 '미국인 집에 초대받았을 때를 위해' 어머니가 일본에서 준비해온 기모노를 처음으로 입고, 익숙하지 않은 실크 냄새와 촉감에 언니와 둘이서 출발하기 전부터 흥분한 기억이 있다. 내 흥분은 애투드 가에 도착하고 나서 더욱 커졌다. 어린 시절 남의 집을 방문하는 것은 낯선 나라로 가는 듯 경이에 찬 경험이지만, 애투드 가를 방문했을 때는 실제로 낯선 나라에서 남의 집에 간 것이었으니 한층 더했다. 게다가 그때 나는 태어나서 처음으로 미국의 부자문화라는 것을 접했던 것이다.

우선 차고에 놀랐다. 애투드가 운전하는 차로 도착해서 대문을 들어서자 정면에 하얗고 커다란 콜로니얼 스타일의 집이 있고, 왼쪽 편에도 똑같은 생김새의 하얀 콜로니얼 스타일 건물이 하인처럼 낮고 길게 늘어서 있었다. 그것이 차고였다. 우리도 역시 하얀 콜로니얼 스타일 집에 살고 있었지만, 하인같이 다소곳하게 서 있는 애투드네 차고 쪽이 훨씬 컸다. 안에 들어가자 어쩜! 차가 너덧 대나 늘어서 있고, 게다가 대부분이 옛날 영화에서나 본, 마차의 흔적을 간직한 곡선이 많은 골동차였다. 모든 차가 반짝반짝 잘 닦여 있고, 놋쇠 부분은 탁한 금색으로 빛났다. 당시 나는 차를 여러 대 갖고 있다는 것의 의미를 몰랐다. 골동차를 여러 대 반짝반짝 닦아서 소유하는 것이 무엇을 의미하는지는 더더욱 몰랐다. 정신이 아득해질 듯한 낭비라고만 생각하며 눈을 휘둥그렇게 뜨고 있었다.

집 안은—지금 생각하면 퓨리턴의 전통이 강한 미국에서는 그런 꾸밈없고 강건한 풍취가 고상한 취미였겠지만—사치스럽다기보다 어디에나 있음직한 가구가 평범하게 놓인 방이 여러 개 이어져 있었다. 그래도 놀랄 것이 많았다. 거실도 하나가 아니었고, 도서실도 있었고, 장남이 취미로 찍는 팔 밀리미터 영화를 위해 따로 만든 넓은 영사실도 있었다. 그중에서도 간이 떨어질 만큼 놀란 것은 오래된 라이플총들을 진열해놓은 방이었다. 문을 열자마자 정면 벽에 걸린 성조기가 눈에 들어왔고, 동시에 사방이 라이플총투성이란 것을 깨달았다. 마치 박물관처럼 벽과 책상 위, 유리 케이스 등 온갖 곳에 온갖 형태의 총이 진열되어 있었다. 지금 생각하면 골동품이었겠지만, 당시의 나로서는 태어나서 처음 보는 진짜 총이었다. 게다가 그것이 손이 닿는 곳에 있다니. 갑자기 목숨이 아까워진 나는 덜컥 겁이 났다. 긴장해서 비틀거리다 쓰러지면 어떻게 될지 모른다는 생각에, 탄환이 들어 있을 리 없다는 것은 생각도 못 하고, 오로지 빨리 그 방에서 나오고 싶은 마음뿐이었다. 오래된 차를 반짝반짝 닦아서 모으는 취미도 이해하기 어려웠지만 낡은 총을 수집하는 취미는 더더욱 불가사의해서, 도저히 흉포한 사나이로는 보이지 않는, 우리들을 안내하는 애투드의 넓은 등이 그때는 갑자기 무서워 보이기도 했다.

나중에야 조금씩 이해하게 되었지만, 애투드 가문은 유럽에서 가장 먼저 신대륙으로 건너온 WASP — 앵글로색슨계 백인 프로테스탄트 — 중에서도 특히 선임자라는 긍지를 지닌 집안이었다. 애투드의 조상이 이백 년가량 전에 미국에 왔을 뿐 아니라, 그의 부인 역시 독립전쟁 때 싸운 사람들의 자손밖에 가입하지 못하는 미국에서도 가장 유서 깊은 부인회인 'Daughters of the American Revolution'에 가입했을 정도니, 선임자를 존중하는 미국사회에서 이 일가는 귀족이라고나 할 존재였던 것이다. 라이플총의 역사에 자기 자신을 중첩시켜 가문의 역사를 자랑하는 것 역시 독립전쟁에 참전해서 싸웠다는 자부심 때문이었다. 그리고 남북전쟁, 제1차 세계대전, 제2차 세계대전, 그후로 미국이 싸운 빛나는 전쟁에 잇달아 동참했다는 자부심도 덧붙여졌다. 유리 케이스 안에 총과 함께 리본이 달린 훈장이 여기저기 진열되어 있었던 것도 납득이 갔다.

아즈마 다로는 그 집 부지 어디쯤에서 살고 있을까? 다락방일까, 아니면 얼마 전에 역 앞 영화관에서 본 리바이벌 판 〈사브리나〉의 운전사처럼 저 커다란 차고의 위층일까. 어디든 간에 우리집의 어떤 방보다도 넓은 방, 적어도 멋스러운 방을 쓰고 있는 것만은 분명하지 않을까. 아즈마 다로가 눈부실 만큼 멋진 남자인 것을 직접 본 후로 나는 '고용 운전사'라는 말을 듣고 실망한 것도 잊어버리고, 그의 일상에서 무언가 낭만적인 향내를 찾아보려고 하였다. '고용 운전사'라는 표현도 '본사'나 '총각' '출장'과 같은 비근한 단어의 무리에서 떨어져, 내 머릿속에 펼쳐지는 향기 가득한 세계로 옮겨간 것처럼 느껴지기까지 했다.

―라면 먹을 사람!

어머니가 의자 등에 걸쳐놓은 앞치마에 손을 뻗으면서 일어섰다.

저요, 하고 아버지가 초등학생처럼 손을 든다.

―미나에는?

한 입만, 이라고 나는 대답했다.

밤참 라면은 어머니가 가장 적극적으로 먹고 싶어하기 때문에 다행히 그다지 거들지 않아도 된다.

앞치마 끈을 매고 있는 어머니에게 아버지가 말했다.

―아무래도 미국인들은 뭔가 일이 될 듯하면 치켜세우고 비위를 맞춰주면서도 속으로는 일본인을 깔보니까 말이야, 그 사실을 알고 상대하는 수밖에 없어.

하이스쿨에서 나름대로 분할 때가 많던 나는 아버지의 말에 응, 응, 하고 고개를 끄덕였다.

―그래도 애투드는 골드버그만큼 지독하지는 않겠지요. 참, 여보, 소네 씨 어머니한테서 감사 편지가 왔어요.

까만 손잡이가 달린 알루미늄 냄비에 수돗물을 받던 어머니가 생각났는지 아버지에게 보고했다.

―아, 그래.

이쪽도 아버지에게 꽤 흥미가 있는 화제다.

―예의가 바르군.

―우리가 꽤 많이 돌봐줬잖아요.

38

―그건 그래.

―참 불공평해. 돌봐준 것은 부모인데, 선물은 딸이 받으니.

소네 씨의 딸이 감사의 표시로 놓고 간 후리소데* 기모노 얘기였다.

―미나에, 미안하지만 엄마 방 경대에서 그 편지 좀 가져다줄래?

이층에서 항공 우편을 가지고 와서 아버지에게 건네자, 라면을 젓고 있던 어머니가 고개를 돌리고는 아버지가 봉투에서 편지를 꺼내는 것을 곁눈질하며 말했다.

―어때요? 굉장한 달필이지요?

―야, 이거야 원, 읽지도 못하겠네.

전통종이에 먹글씨가 나긋나긋하게 흐르는 편지지를 아버지는 아까워하는 기색도 없이 바로 테이블 위에 올려놓았다. 어쩌다 이렇게 옛날 헤이안 시대 이래의 우아한 일본문화를 함부로 다루는 부모에게서 태어났을까, 딸인 나는 내심 불만이었다.

그렇지만 '천량'을 보냈다는 부분만은 제대로 읽을 수 있었으니 신기한 일이죠, 호호호. 옛날부터 '입선당'의 '천량'이라는 전병 과자를 좋아하던 어머니가 웃자, 하하하, 하고 아버지가 그 뒤를 이었다. 그날 밤 둘은 사이가 좋아 보였다.

어머니가 골드버그란 이름을 꺼낸 것은 바로 몇 주 전에 '골드버그 집 가정부 소동'이라고나 할 만한 사건이 있었기 때문이다.

어느 주말 소네라는 여자한테서 전화가 왔다. 무슨 얘기인지 알수 없는 대화를 어머니가 한동안 나누는 동안, 그 여자가 골드버그라는 미국인을 통해 아버지가 알게 된 사람의 따님이라는 사실이 밝혀

---

* 기모노 가운데 가장 화려한 것으로, 성인식이나 결혼식 등에 미혼 여성이 입는 예복.

졌다. 일주일 전부터 미국에 놀러 와서 지금 골드버그네 집에 묵고 있는데, 한시라도 빨리 호텔로 옮기고 싶다, 그렇지만 어떻게 찾아야 할지 몰라서 난처해하고 있다라는 이야기가 빠른 말투로 설명되고, 사정은 알 수 없지만 수화기에서 무조건 골드버그네에서 나오고 싶다는 바람이 간절하게 전달되는 것을 느낀 어머니는, 전화로는 뭣하니까 우선 마중 갈게요, 라고 말하고는 나를 데리고 골드버그네로 차를 몰았던 것이다. 집이라기보다는 귀족의 저택, 성이라는 말이 어울리는 어마어마한 저택이었다. 이미 커다란 슈트케이스 두 개가 현관 밖에 나와 있었고, 차 소리를 듣고 나온 미세스 골드버그는 어머니와 여봐란듯이 친근하게 악수를 나누었지만, 뒤에 서 있던 고급스런 슈트를 걸친 이십대 중반의 일본 아가씨는 경직된 표정으로 거의 말도 하지 않다가, 작별 인사도 그 표정을 좀더 경직시키는 것으로 대신하고는 차에 올라탔다. 그러더니 차가 출발하자마자, 미즈무라(水村) 아주머니, 미즈무라 아주머니, 하고 친한 친척 아줌마처럼 어머니의 이름을 계속 부르면서, 일주일 동안 자기에게 닥친 재난에 대해 이야기하기 시작했던 것이다.

골드버그와 오랫동안 비즈니스 관계를 맺고 있던 그녀의 아버지가 돌아가신 것은 일 년 전쯤의 일이었다. 골드버그가 사업상 부인을 데리고 일본에 올 때마다, 도쿄에서는 '미카도'로, 교토에서는 '이치리키'로 초대하고, 골드버그 쪽에서도 꼭 따님을 미국에 보내달라고 말했기 때문에, 소네 씨의 따님은 그 뒤 비즈니스 관계가 다른 사람에게 넘어갔어도 자기가 미국에 가면 쌍수를 들고 환영해주리라 생각하고 일본을 떠났던 것이다. 그런데 믿기 어렵게도, 골드버그 부인이 공항까지 마중 나와준 것까지는 좋았지만 집에 도착한 후로는 완전히 가정부로 전락해, 청소에 세탁, 다림질 등 집안일을 시킨데다가 식사도 부엌에서 다른 고용인들과 같이 먹게 하고, 출입도 정면 현관 말고 뒷문으로 다니게 했다고 한다. 이건 안 되겠어, 하고 놀랐지만 도망치려 해도 아무것도 모르고 차도 없고 물론 영어도 못 하는 상황이었다. 생각다 못해 혹시나 하고 가져온 우리집 전화번호로 전화를 걸었다는 것이다. 일본에서는 포목점과 보석상이 출입하는 집안에서 자랐다는 그녀가 그 며칠 사이에 받은 충격은 꽤 커서, 차를 타고 가는 동안에도, 집에 도착해서 같이 식사를 하는 동안에도, 사이사이 끼어들어 동정의 말을 건네기도 힘들 만큼 빠른 말투로 들끓는 경악과 분노를 계속 호소했다. 호텔 같은 데 가실 필요 없어요, 다행히 큰딸 방이 비어 있으니까 출발하는 날까지 거기서 묵으세요, 라고 어머니가 말을 꺼냈고, 그녀는 그때부터 열흘 정도 우리집에 묵다가 일본으로 돌아갔다. 그 동안에도 그 신들린 듯한 빠른 말투는 멈춘 적이 없었다. 그리고 출발할 때 고마움의 표시로, 우리집에서는 살 엄두도 못 낼 정도로 비싼 후리소데 기모노 한 벌을 속옷부터 허리띠까지 고스란히 놓고 간 것이다.

동양계 유대인인 골드버그는, 이민선으로 뉴욕 항에 도착해 지하철 벤치에서 자면서 날이 새기만 기다리는 극빈생활을 거쳐 당대에 재산을 모은 벼락부자로, 애투드와는 모든 것이 대조적인 타입이었다. 무엇을 취급하는지 일본과의 거래가 많았고, 그를 아는 일본인들이 '골드버그 궁전'이라고 이름 붙인 저택도 애투드와는 대조적인 벼락부자 취미였다. 현관문을 열면 겉멋으로 천장을 까마득히 높인 홀에 진홍색 양탄자가 빈틈없이 깔려 있고, 옛날 은막의 여배우라도 나타날 듯한 넓은 계단이 곡선을 그리며 위로 이어져 있었다. 극치를 이루는 것은 골드버그라는 이름에서 유래했다는 금 수도꼭지였다. 골드버그 부인은 출신을 알 만하다고 남들이 수군거리는, 불타는 듯한 숱 많은 빨간 머리카락을 위로 올리고 짙은 화장을 한 라틴 아메리카계 유대인이었다. 일본인이 초대받아 집에 오면 그녀가 스페인 억양이 강한 영어로 'Let me give you a tour of the house(집 안을 안내해드리죠)'라고 말한다. 수많은 방을 안내받은 후 마지막으로 부부 침실에 도달해, 침대 머리맡의 벽을 넉살 좋게 장식한 그녀의 대형 나체화에 놀란 충격에서 회복할 틈도 없이 안쪽의 욕실로 안내되면, 골드버그 부인은 자랑스러운 얼굴로 세면대며 욕조 여기저기에 여봐란듯이 달려 있는 금 수도꼭지를 가리키며 말한다. 골드버그라는 이름에서 따와 금으로 만들었죠, 18금이에요. 새빨갛게 칠한 입술이 유난히 번들번들 빛나고, 안내받은 일본인은 모두 그 독기에 질려버린다.

나는 하이스쿨, 대학교, 대학원을 유대인에 둘러싸여 보낸지라 얼마 되지 않는 지인들도 거의 다 유대인이지만, 골드버그 부부처럼 옛날 유대인 캐릭터를 그대로 간직한 채 살고 있는 사람들은 달리 알지 못한다.

이것이 오키나와의 빈가타 염색*이라는 거란다. 소네 씨네 아가씨가 놓고 간 기모노를 개면서 어머니는 호화로운 것이나 아름다운 것을 접했을 때 특유의 흥분에 눈을 반짝였다. 낙낙한 몸집의 아가씨여서 그 옷은 당시의 내 허리에 재미날 정도로 둘둘 감겼다. 나는 그 뒤로 그 선명한 색상의 기모노를 볼 때마다 그때 갑자기 우리집에 나타

---

* 오키나와 특유의 전통염색 기법. 화려하고 힘찬 색과 형태가 특징.

난 일본 아가씨를 떠올린다. 기모노에다 띠와 긴 속옷, 허리띠를 눌러 매는 끈, 띠 아래를 매는 좁은 홑겹 띠, 게다가 일본 신과 핸드백, 허리끈, 속옷, 버선. 삼 주도 채 되지 않는 미국 여행에 그렇게 많은 짐을 커다란 슈트케이스에 담아온 것도 그 기모노를 입고 호화저택의 파티에 나갈 것을 꿈꾸었기 때문이었을 거라 짐작하자, 그녀가 딱해짐과 동시에 일본에 사는 일본인들은 생각도 못 할 미국인의 일본인관에 대해 다시금 생각하지 않을 수 없었다. 한 시대 전에 서양을 유람했던 일본의 특권층—즉 작위가 있거나 재벌의 자제였던 일본인들은 어떤 대접을 받았는지 몰라도, 패전 후의 그 시절에 극히 평범한 미국인에게 극히 평범한 일본인 따위는 자기들과 똑같은 인간으로는 보이지 않았던 게 아니었을까. 아즈마 다로도, 소네 씨네 아가씨도 일본인, 그리고 그에 앞서 동양인이라는 사실은 똑같았다. 동양인과 백인의 결혼을 터부시하던 시대는 그리 먼 옛날이 아니다.

그렇지만 소네 씨네 아가씨 역시 아가씨였단 것은 틀림없는 사실이었다.

아버지도 어머니도 없을 때 젊은 처녀끼리 대화하면, 그녀는 당시 가장 관심사인 듯한 결혼에 대해 어린 나를 붙잡고 이야기했다.

연애결혼을 하고 싶지만, 역시 메이지 시대부터 부모가 대학을 나온 집안이 아니면 아무래도 맞지 않는 부분이 생길 것 같지 않아? 그러니까 최종적으로는 맞선으로 결혼할 수밖에 없다고 생각해.

그것은 일본의 전후 민주주의 교육에 듬뿍 물든 채 미국에 건너온 나로서는 들은 적이 없는 종류의 말이어서, 큰 놀라움과 설명할 수 없는 감명으로 내 마음에 남았다.

일본인이라고 가정부로 취급하다니 믿을 수 없지만, 그 아가씨의 노여움도 대단했지, 라고 나와 아빠 앞에 라면을 놓으면서 어머니가 결론지었다. 내 몫은 작은 밥공기에 들어 있다.

— 분명 애투드는 그렇게 지독하진 않아.

— 벼락부자가 아니니까요.

— 그렇지. 근본은 양갓집 도련님이야.

그래도 그는 아즈마 다로와 아버지가 지나치게 가까이 지내는 것을 경계한다고 했다. 일본인끼리 정보를 주고받게 되면 아즈마 다로가 월급을 올려달라든가 고용조건 개선을 요구하는 것이 아닌가 걱정하는 것 같았다.

— 아즈마 군도 언젠가는 뛰쳐나오고 싶겠지만, 비자 문제가 있으니까.

— 네.

— 멋대로 뛰쳐나올 수도 없지.

— 그야 그렇지요.

— 뭐, 조만간 어떻게 되겠지. 능력은 있는 것 같으니 말이야.

그렇게 말한 뒤 아버지는 자문자답하듯이 말을 이었다.

— 다만 중학교밖에 못 나왔으니 보통 일본 회사에서는 좀처럼 고용하지 않을 거야.

그렇게 결론짓고 아버지도 열심히 라면을 먹기 시작했다.

그러나 당시 우리가 생각조차 못 했던 것은, 아즈마 다로가 애투드가에서의 대우를 부당하게 생각할 만한 처지가 못 되는 환경에서 살아왔다는 점이었다. 같은 일본 사람이라고 해도 아즈마 다로와 소네 씨네 아가씨가 미국에 기대하는 것은 하늘과 땅 차이였다. 그것이 아즈마 다로의 강점이었다. 그리고 그 강점은 울거나 화내면서 일본으로 돌아갈 수 없다는 사실에서 오는 것이기도 했다.

사실 그렇게 생각하면 아즈마 다로의 미국에서의 출발은 행운이었다고도 할 수 있을 것이다. 신천지를 찾아 미국에 오는 사람 중에는 보통 미국인의 일상을 엿볼 기회도 없이, 태양이 비치지 않는 우물 바닥을 기듯 사회 밑바닥에서 꿈틀거리다 평생을 마치는 사람도 적지 않다. 그런데 부자의 '고용 운전사'로—그것도 골드버그 같은 종류의 부자가 아닌 애투드에게 고용된 아즈마 다로는 결과적으로 미국사회의 중추에 있는 사람들과 일상을 함께하게 된 것이다. 그들의 말투, 행동, 나날의 삶의 양식, 그리고 편견을 포함한 사고방식 등을 직접 목격함으로써, 마치 프렙 스쿨이라 불리는, 전원이 기숙사에서 지내는 상류층 자제들의 사립학교에 잠시 재학한 것과 같은 유형무형의 지식을 얻을 수 있었을 것이다. 또 사회 밑바닥에서 꿈틀거리고 있으면 절대 볼 수 없었을 미국사회의 조감도도 얻게 되었을 것이다. 그러한 일종의 '교양'이 나중에 그가 출세하는 데 일조했을 것은 틀림없다.

물론 애투드는 소위 말하는 떼부자는 아니었다. 그 뒤로 미국 경제가 몰락을 거듭하다가 기적적으로 회생하여 장기간 공전의 호황을 기록하는 동안 단순한 부자와는 차원이 다른 엄청난 규모의 부자가 우후죽순처럼 탄생하였고, 아즈마 다로도 그 기운을 타고 승승장구하여 애투드와는 격이 다른 큰 부자가 된 것이다. 이것은 예전의, 미국에도 아직 그렇게 큰 부자가 없었던 시절의 이야기이다.

그러고 나서 한두 달 뒤의 일이다. 아버지는 또다시 리무진으로 귀가했지만, 이번에는 애투드가 함께 있었는지 아즈마 다로는 들어오지 않았다. 오셨어요, 하고 어머니와 둘이 인사하러 현관에 나갔다가 브렉퍼스트 룸에서 이야기를 계속하려는데, 아버지는 모자도 벗지 않고 외투를 입은 채로 들어와서 우리 앞에 갈색 종이봉투를 쿵 하고 내려놓았다. 선물 같지는 않은 그 봉투 안을 들여다보니, 지난번에 아즈마 다로에게 주었던 링거폰 테이프였다.

나는 테이프가 든 얇은 봉투를 차례차례 테이블 위에 올려놓았다.

—이게 왜요?

어머니와 둘이서 아버지 얼굴을 쳐다보았다.

—대단해, 전부 암기했대.

아버지는 모자를 벗고 외투 단추를 풀면서 자기 일처럼 의기양양하게 대답했다.

—네?

—교재도 다 베꼈대. 그래서 다른 사람이 또 쓸 수 있을 것 같아 돌려준다나. 아빠도 놀랐어.

이번에는 어머니하고 내가 얼굴을 마주 보았다.

이걸 정말 암기했을까?

나는 테이블에 쌓인 얇은 사각형 더미를 보면서 일순간 의심했지만, 아즈마 다로의 모습이 떠오르자 왠지 사실일 듯한 기분이 들었다.

—대단한 노력가지?

아버지도 젊을 때 대단한 공부벌레여서, 감색 비백무늬 기모노 품에서 툭하면 책이 튀어나와, 그것을 주우려고 몸을 숙이면 또다시 여러 권이 더 쏟아져나왔다고 한다. 사정이 허락했다면 학자가 되는 편이 훨씬 더 행복했을 사람인데, 그 탓인지 여하튼 노력가를 좋아했다.

딸들이 어머니의 향락적인 피와 문화를 이어받은 것을 알고 체념하기도 했고, 뭐니뭐니 해도 구세대이기 때문에 여자한테 많은 것을 요구하지 않아, 언니와 나한테는 공부 쪽으로는 별로 기대하지 않았다. 다만 남자는 공부를 해야 한다는 확신을 갖고 있어서, 노력가야, 라는 말은 머리가 좋은 것 같아, 라는 것과 똑같이 최상급의 칭찬이었다.

아버지는 이층에서 옷을 갈아입고 내려와 이야기를 계속했다.

침실이 떨어져 있는 덕에 애투드에게 빌린 낡은 테이프레코더로 새벽까지 테이프를 들으면서 차례차례 암기했다고 한다. 운전사라 낮에 틈틈이 선잠을 잘 수 있기에 가능한 일이었다. 아버지가 감탄하자, 미국에 도착하자마자 운전면허를 따기 위해 필기시험 공부를 했을 때가 훨씬 더 힘들었다고 대답하더란다.

— 떨어지면 애투드가 일본으로 돌려보내는 게 아닐까 해서, 그 매뉴얼로 필사적으로 영어를 익혔다더군. 사전에서 단어를 전부 찾아가면서 말이야.

그때 나는 마침 하이스쿨에서 운전면허 취득을 위한 수업을 받고 있었고, 역시 필기시험 공부를 하고 있던 참이었다. 고맙게도 교과서는 당시 내 영어 실력으로는 드물게 거의 전부를 속속들이 이해할 수 있는 수준이었지만, 그 문장은 사거리 몇 피트 앞에서 방향 지시등을 켠다든가, 스쿨버스 뒤를 쫓아가게 되었을 때는 어떻게 한다든가 등의 사항이 씌어 있는 무척 산문적인 것이었다. 지금 생각하면 미국에 온 사람들이 일단 운전면허를 따면서 영어를 배우게 되는 것은 너무 당연한 얘기지만, 나도 모르게 문학지상주의자가 된 당시의 나에게 영어 공부는 사전을 찾아가며 영문학의 고전이라 불리는 책을 읽는 것이었다. 나 자신은 영어에 거부 반응을 일으키고 있었기 때문에 그렇게 공부한 적이 없었지만, 머릿속에서는 그렇게 믿고 있었던 것이다. 사전을 찾아가면서 운전면허 매뉴얼을 읽는 것으로 영어에 입문하다니 어쩐지 우스꽝스러웠다.

아버지의 말투는 좀더 동정적이었다.

─아무래도 영어를 정식으로 공부한 적이 없으니까 어디서부터 손을 대야 할지 모르는 것 같아. 아빠가 옛날에 썼던 교과서를 빌려줄까 해.

─그건 너무 구닥다리 아니야?

너무 오래된 책을 주는 것은 흥하기도 하고 미안한 느낌도 들어 내가 말했다.

─영어는 옛날이나 지금이나 똑같아.

그로부터 몇 개월 뒤의 일이었다.

아즈마 다로가 갑자기 아버지 회사의 카메라 수리공이 되었다. 언제 어떻게 그런 교섭이 진행되었는지 딸인 나한테까지 설명해줄 이유는 없었겠지만, 나는 무척 놀랐다. 당시는 아직 회사도 작았고 아버지가 소장으로서 어느 정도 재량권이 있었기에, 본사에 강력히 주장해서 양해를 얻어낸 것이 아니었을까 싶다. 지금 생각하면 아즈마 다로의 취업비자도 그때부터는 아버지 회사를 고용주로 해서 신청하게 되었을 것이다.

─그래서, 애투드는 괜찮대요?

그 이야기가 화제에 올랐을 때, 어머니가 아버지한테 물었다.

─아, 그 여자의 존재를 부인이 알게 되었는데, 아즈마 군이 항상 그 여자를 태우고 다녔던 것이 알려져서 부인하고 사이가 서먹해진

48

것 같아. 그런 일을 아는 사람이 집 안에 있다고 말이지.

애투드도 그런 상황에서 아즈마 다로가 계약위반이니 뭐니 하지 않고 순순히 나가주는 것이 고마웠던지, 부인 몰래 노란색 중고 코베어를 선물로 줬다고 한다.

— 어머, 멋대로네.

어머니는 남자의 뻔뻔스러움을 비웃었다.

— 그리고 그런 곳에 계속 있어봤자 애투드 같은 남자가 장래 일까지 생각해줄 리도 없고 말이야.

— 뭐니뭐니 해도 일본 사람은 일본 회사에 다니는 게 제일이죠.

아버지가 기분이 좋았기 때문에, 어머니도 저절로 아버지에게 공치사를 하고 있었다.

— 처음에는 이것저것 가르쳐야 하겠지만, 곧 간단한 수리 정도는 할 수 있게 될 거야.

나는 그 아즈마 다로가 '고용 운전사'에서 아버지 회사 수리공이 되어버린 것에 배신 비슷한 감정을 느꼈다. '고용 운전사'라는 인생은 적어도 미지의 것을 품고 있을 가능성이 있다. 그러나 아버지가 다니는 회사에서 카메라 수리에 종사하는 인생 따위는 바로 보나 모로 보나, 삶든 굽든, 미지의 것 혹은 마음을 설레게 할 것은 하나도 없지 않은가. 당시의 나는 그렇게 생각했다. 처음에 '고용 운전사'라는 말을 듣고는 흥을 잃었는데, 이번에는 눈부시게 하얀 형광등 아래에서 작은 드라이버를 돌리는 아즈마 다로의 모습을 상상하고 다시 한번 실망한 것이다. 그러나 아버지 딴에는 그에게 은혜를 베풀었다고 생각할 것이 틀림없다.

일 달러가 삼백육십 엔, 일본 GNP가 미국의 육분의 일이었으니,

괜찮은 집에 태어나지 않은 이상 자기 돈으로 미국 땅을 밟을 일이 없던 시대였다. 일본에서 제품 수리를 위해 건너온 사람들은 '선택된 자'라는 의미에서 진정한 엘리트들이었다. 한 사람 한 사람의 일이 중요했기 때문에 근면하고 수리 솜씨가 좋아야 하는 것은 물론인데다, 영어도 조금은 할 수 있어야 하고, 몇 사람 안 되는 살림에서 인간관계의 균형을 잘 맞출 수 있는 섬세한 신경, 거기에 부모가 죽든 집이 불에 타든 몇 년이고 일본에 돌아가지 않고 외국에서 살아갈 만큼 대범한 신경도 지니지 않으면 안 되었다. 중학교를 졸업하고 공원(工員)으로 온 사람이든 고교를 졸업하고 품질 관리직으로 온 사람이든, 당시 우리 가족 앞에 차례차례 나타난 사람은 '선택된 자'라는 인상을 주는 경우가 많았다. '수리공'이 아니라 '테크니션'이라고 불리는 까닭도 거기에 있었다. 그런 참에 아무리 카메라 판매량이 늘어서 일손이 부족하다 해도 어디서 굴러먹은 말 뼈다귀인지 모를 남자를 갑자기 현지에서 채용한 것이다. 월급도 일본에서 오는 사람들 반 정도면 되고 게다가 영어나 미국에 적응하는 문제도 걱정하지 않아도 된다며, 아버지는 아즈마 다로를 고용해도 좋다는 양해를 얻으려고 회사 측에 이점을 열거했을 것이다. 그러니 그 시점에서는 아버지가 아즈마 다로한테 은혜를 베풀었다고 생각하는 것도 당연했다.

　물론 득을 본 것은 회사였다.

　머리만 민첩하고 몸은 둔한 사람이 많지만, 아즈마 다로는 그런 사람들과 달리 이해하는 속도와 손재주가 분리되지 않고 연동하는 듯했다. 당시 일본에서 공장에 들어가면 선배들이 반년은 렌즈닦이로 부려먹으면서 호되게 훈련시킨다는 얘기를 듣고 기겁했던 기억이 있는데, 미국에서는 그런 느긋한 짓은 할 틈도 없이 잇따라 일거리가 주어진 것도 도움이 되었을 것이다. 당분간 반몫밖에 못할 것으로 생각하고 있었는데, 일 년도 되지 않아 거의 한몫의 수리를 해낼 수 있게 되었다고 한다. 게다가 거기에는 아즈마 다로의 과거가 연관되었는지도 모른다는 이야기였다.

어느 날 아버지가 어머니한테 말했다.

—그 녀석은 아무 소리 안 하지만, 주위 사람들 말로는 예전에 무슨 기계 관계 일을 한 것이 아닐까 하더군. 완전 아마추어치고는 누가 뭐라 해도 너무 이해가 빠르단 말이야.

—그런데 왜 아무 소리 안 할까요?

—글쎄, 말하기 싫은 거겠지.

—기계를 만졌다는 사실을 말이에요?

—흠, 어쩌면, 일본에서 있었던 일 전부가 싫은 게 아닐까?

그러나 다른 무엇보다도 모두가 놀란 것은 아즈마 다로의 영어였다. 아니, 영어라기보다 영어에 대한 정열이었다. 다른 주재원보다 젊은 나이에 미국에 왔고 미국인의 집에서 일 년 가까이 먹고 잤으니 영어를 남보다 조금 더 잘하는 것은 당연했지만, 아버지의 기대를 상회한 것은 남이 전혀 존재하지 않는 듯 이목을 꺼리지 않고 정진하는 그의 자세였다. 일본 회사에 근무하면서 아침부터 밤까지 모든 일을 일본어로 처리함에도 불구하고, 수리중에는 늘 한쪽 귀에 이어폰을 꽂고 라디오를 들으며 영어 단어 같은 것을 계속 입 안에서 되풀이한다. 점심시간에는 야간 학교에서 받아온 숙제를 한다. 이민자들을 포함해 영어 쓰기와 읽기가 능숙하지 못한 어른을 위한 야간 학교에 다니는 것은 아버지가 모두에게 권장하는 일이어서 그 때문에 일을 빨리 끝내는 것도 봐주곤 했는데, 회사에서 가장 밑바닥이고 영어를 사용할 기회가 가장 적을 아즈마 다로가 누구보다도 열심히 그 야간 학교에 다녔던 것이다. 일상생활에 지장이 없을 만한 수준 이상은 기대하지 않았는데도 영어를 사용하는 역할이 어느 틈엔지 자연스럽게 그에게 돌아가게 되었고, 세월이 흐르면서 전화 응대뿐 아니라 편지 왕래 등 조금만 복잡한 영어가 나오면 그전처럼 윗사람이 불려나가는 대신 아즈마 다로가 모두 도맡게 되었다고 한다.

가끔 아버지한테 자기가 쓴 문장을 봐달라며 가져오기도 한 것 같았다.

—의미를 이루는 영어를 쓰게 되었어. 대단한 노력가야. 일본의 수출과 같은 데서 으스대고 있는 녀석들한테 아즈마 다로의 손톱에 낀 때라도 먹였으면 좋겠다니까.

아버지는 감탄했지만, 나는 내심 반발심이 일었다. 영어에 등을 돌리고 일본어 소설만 읽고 있는 나까지 야단맞는 것같이 느껴졌기 때문이다. 그러나 다행히도 아버지는 딸을 그런 남자와 비교할 생각은 없는 듯 그저 감탄할 뿐이었다.

—나에가 무슨 영어 단어장 같은 걸 갖고 있었지?

아버지가 나에게 물었다.

—응, Vocabulary cards.

—아, 그래. 그거 어떻게 했지? 보스턴에 갖고 갔나?

—아니, 언니 방에 있던데.

나에 언니 방은 삼층 다락방이다.

—그럼 좀 갖고 와. 아즈마 군에게 주게.

나에 언니가 옛날부터 자기 추억이 담긴 물건이라면 손수건 한 장에까지도 집착하는 성격임을 아는 나는, 어릴 때부터 하루에도 몇 번씩 봤던 그녀의 볼멘 얼굴을 떠올렸다.

—그렇지만 아빠, 그런 건 새걸로 주는 게 아즈마 씨에게도 좋지 않을까?

—아냐, 쓸데없는 돈을 쓰게 하면 안 되잖아.

그리고 어머니한테 말했다.

—그 녀석은 크게 될 거야.

아버지는 만족스러운 듯이 덧붙였다.

—회사가 수지맞았지.

아즈마 다로는 물론 대인관계가 좋은 편이 아니었다.

—아즈마 씨는 꽤 별나요.

짧게 자른 갈색머리에 시원시원한 어조로 아즈마 다로에 관한 정보를 우리에게 전해주는 것은, 아버지의 비서 겸 경리를 담당하고 있는 코엔 부인이라는 일본인 여성이었다.

코엔 부인은 한마디로, 마음에 굴곡이 적은 사람, 혹은 '속이 없는 사람'이라고나 할 만한 사람이었다. 그러나 당시 내가 그것을 명백히 의식하고 있었던 것은 아니다. 어른이 된 후에 남을 그런 말로 이해해도 괜찮다고 생각하게 되면서, 그런 사람이 기본적으론 착한 사람일 수 있다는 것과 애당초 인류에 그런 사람이 많다는 것을 알게 된 뒤에야 명백하게 의식한 것이다. 하지만 당시의 나는 그녀와 같이 있으면 전혀 말이 안 통하는 사람과 함께할 때의 부조리를 실감할 뿐, 그것을 말로 표현할 수가 없는 것이 왠지 거북했다. 머리 회전이 빠르고 성격도 나쁘지 않았으며 이야기도 재미있어서, 이쪽에서 그렇게 느끼는 것이 실례인 것 같은 기분이 들었던 것이다.

인간관계란 종종 비대칭인 법이니, 코엔 부인은 누구 앞에서도 그런 거북함을 거의 느끼지 않았던 게 아닐까. 그녀는 도쿄에 상경해서 영문 타이피스트로 일하면서 알게 된 친일파 유대계 미국인과 결혼해 미국에 왔다고 한다. 그녀로서는 우리가 일본과의 거리가 멀어져가고 있는 가족이라는 것만으로도 이야기를 나누기 편했을 것이다. 집이 비교적 가까웠던 탓에, 주말 오후면 "안녕하세요, 데이브가 지금 애들과 스케이트 타러 가서요"라면서 불쑥 얼굴을 내밀기도 하고, 소파에 앉아서 유일하게 멋을 내어 손톱을 빨갛게 칠한 손가락으로 담배를 피우면서 아버지와 한 시간 남짓 회사에서는 하기 어려운 이야기를 나누곤 했다.

그녀와 아버지가 얼마만큼 잘 맞는지는 몰라도, 두 사람의 화젯거리는 풍족했다.

— 그런 게 일본인의 나쁜 점이거든요.

— 그래, 이쪽 사정을 전혀 모르니까 말이지. 참 곤란해.

— 정말 미즈무라 씨 말씀대로예요.

본사와의 관계에 대한 불평을 하면 언제나 아버지 편이 되어주었기 때문에 아버지는 기염을 토하기 쉬웠을 것이다. 저렇게 정서가 결여된 여자는 절대 아빠 타입이 아니야, 라고 어머니는 뒤에서 단언했지만, 아버지는 그녀가 오면 그런대로 기분이 좋아 보였다. 그녀는 담배 연기를 천장에 내뿜으면서 또박또박한 말투로 이야기를 하고, 정말 도호쿠 지방 대선주(大船主)의 따님이란 게 사실일까, 라며 어머니가 의아해할 만큼 겉으로만 봐도 워킹우먼 같은 활동적인 인상을 주는 사람이었다. 혼자서 주식도 해서 상당히 돈을 많이 번 것 같았다. 실제로 남편의 수입이 적어서라기보다 그녀 자신이 일하고 싶어서 근무하는 것이 틀림없었다. 그리고 뭐니뭐니 해도 일본에 대한 험담을 하는 동시에 일본인과의 유대를 유지하고 일본어도 쓰고 싶었을 것이다. 당시는 아직 두 아들이 어렸기 때문에 아침부터 흑인 메이드가 와서 일해주는 팔자 좋은 생활이었다.

나는 차나 전병을 내기도 하고, 만다린이라는 오렌지 잡종 같은 미국 귤을 내기도 하면서, 학교에서 친구가 없는 여자아이 특유의 처량한 마음으로 흥미진진한 어른들 이야기에 귀를 기울였다. 그중에서도 괴짜로 칭해지는 아즈마 다로의 이야기를 듣는 것이 재미있었다.

— 멋대로 방을 빌려버렸잖아요.

그녀는 조금 통쾌한 듯이 말했다.

일본이 가난했던 그 시절, 소장이나 지점장 직함을 가진 주재원은 회사의 '얼굴'로서 특별대우를 받고 있었지만, 보통 주재원, 특히 가족 수당이 없는 단신 부임자나 독신자는 일본의 가난을 반영한 월급밖에 받지 못했기에, 물가가 비싼 뉴욕에서는 두세 명이 같이 사는 일이 흔했다. 특히 막 부임했을 때는 차도 없고 불안하기 때문에 누군가의 아파트에 얹혀사는 것이 관습이 되어 있었다. 아즈마 다로가 아버지네 회사로 왔을 때 '현지채용'인 그의 급료가 낮은 것은 주지의 사실인데다가, 마침 같이 살 사람을 찾고 있던 남자가 있었기에 모두 당연히 그 남자와 같이 살 거라고 생각했다. 그런데 그는 아무 말 없이 하숙을 치는 미국인 노부인 집의 제일 싼 지하방을 빌려버린 것이다. 사람들이 사는 곳에서 떨어져 있고 우리집에서 비교적 가까운 단독주택으로, 애투드가 선물한 코베어가 있었기에 가능한 일이었다.

—그런데 말이에요. 그 하숙집 할머니라는 사람이 굉장한 수다쟁이래요.

코엔 부인이 아버지에게 설명했다.

아일랜드에서 양친을 따라 이민 와서 어린 시절 맨해튼의 음식점 뒤편에서 하루 종일 찬바람 속에 선 채 굴 껍데기를 까는 일부터 시작했다는 노파인데, 전화를 걸면 우선 헬로우, 라고 지옥 밑바닥에서 솟구치는 것 같은 쉰 목소리로 대답하기 때문에 보통 일본 사람들은 전화를 걸 마음이 들지 않는다고 한다.

—그렇지만 아즈마 씨는 그쪽이 편한가봐요. 사람을 안 사귀어도 되니까. 야간 학교를 열심히 다니는 것도 그러면 그 시간에 약속을 잡지 않아도 돼서 그러는 것 같아요.

—과연.

역시 교제를 싫어하는 아버지가 기쁜 듯이 맞장구를 쳤다.

—주말에는 가끔 어울려 골프를 쳤던 것 같은데, 그 뒤의 약속을 매번 거절하는 것이 귀찮았던 모양이에요. 술도 안 마시고 말이에요.

—그렇지, 그 녀석은 안 마시지. 아니면 못 먹는 건가.

운전사를 그만뒀는데도 아즈마 다로가 술을 안 마시는 것을 아버지는 이상하게 생각하고 있었던 모양이었다.

—글쎄, 뭘까요.

—참 드문 일이야.

—네, 그래서 골프를 그만두려고 했던 것 같은데……

—골프 따위 아무럼 어때.

샐러리맨인 것을 저주하는 아버지는 골프도 저주하고 있었던 것이다. 코엔 부인은 그런 아버지의 반응을 당당하게 무시하고 말을 이어갔다.

— 그렇지만 지난번에 데이브랑 나랑 같이 골프하러 갈까? 하고 물었더니 기꺼이 오던데요.

— 호오.

— 돈도 없으면서 골프는 열심이거든요. 게다가 영어하고 똑같이 골프도 엄청나게 빨리 실력이 늘고 있어요.

— 왜 그런 데 열심일까.

코엔 부인은 또 아버지 반응을 무시했다.

— 운동신경이 발군인 게 아닐까요.

코엔 부인은 당시 아즈마 다로를 가장 동정하는 사람이었다. 아즈마 다로도 미국 사람과 결혼했다는 이유로 일본인들 사이에서 어딘지 모르게 타관 사람으로 취급되는 그녀가 편했는지 그녀와 제일 가까웠던 것 같다. 코엔 부인이 마음에 굴곡이 없는 사람인 점 역시 그처럼 자기 마음을 탐색당하고 싶지 않은 사람에게는 편하게 느껴졌을 것이다. 둘은 나중까지도 교류가 있었던 모양으로, 아즈마 다로가 우리들 앞에서 자취를 감춘 뒤에도 그에 관한 소문을 들을 수 있었던 것은 주로 코엔 부인 덕택이었다.

— 아즈마 군, 상당한 별종이야.

아버지도 어머니도 없는 곳에서 나한테 그런 이야기를 하는 것은, 늘 둘이 함께 행동해 야지 씨와 기타 씨*로 통하던 이십대 중반의 카

---

* 짓벤샤 이쿠(1765~1831)의 베스트셀러 『도카이노추 도보여행』의 주인공 야지로베와 기타하치의 이름을 줄여 말한 것.

메라 부서의 사람으로, 본명도 야지마(矢島)와 기타노(北野)였고 둘
다 독신이었다. 아빠가 있어도 우리집은 남자가 없는 것이나 마찬가
지라니까, 라며 그것을 핑계로 남자들한테 뭔가 부탁하는 것이 취미
가 아닐까 생각될 만큼 들뜬 목소리로 어머니가, 내일 와서 좀 도와
주실래요? 라고 부탁하면, 아, 네, 좋습니다 사모님, 하고 즉시 뒷마
당의 사과나무 가지를 자르거나 천장 페인트를 칠하러 와준다. 집에
젊은 딸이 있는 것을 계산하고 어머니가 부탁하는 것이고, 나도 남자
들이 나를 젊은 아가씨로 의식해주는 기쁨에 거울 앞에서 이걸 입을
까 저걸 입을까 하고 옷을 고르고 머리를 잔뜩 매만지고서 그들을 맞
이했다. 그러나 어머니가 특별히 골라낸 만큼 두 사람 다 너무 사람
이 좋아서 재미가 없었고, 샐러리맨의 주말 제복인 듯싶은 폴로셔츠
를 입고 민틋하게 처진 어깨가 두드러지는 모습으로 나란히 나타나
면, 내 눈에는 아무리 봐도 도토리 두 개가 나란히 서 있는 것으로밖
에 보이지 않았다. 얼굴도 도토리 두 개가 나란히 늘어선 느낌 정도
밖에 주지 않는 생김새였다. 그 두 사람이 아즈마 다로가 일하는 동
안에도 한쪽 귀로 라디오를 듣고 있다고 알려준 것이다.

―게다가 언제나 주머니 가득 영어 단어가 씌어 있는 작은 카드를
집어넣고 다녀요.

나에 언니의 단어 카드 얘기 같았다.

―그렇게 공부를 열심히 하는 녀석이 있으면 분위기가 깨지죠. 일
하면서 농담도 못 하겠다니까요.

―그러면서 우리 농담은 다 듣고 있잖아.

―그래, 글쎄 웃고 있더라니까.

그들의 험담은 대체로 그 정도였다.

—그 녀석은 미친놈이에요, 사모님.

어머니한테 온 집 안에 들릴 만큼 큰 목소리로 말하는 것은 이리에(入江) 씨인데, 서른 살 정도 되는 '뉴욕 총각', 즉 아내를 일본에 두고 일시적 독신으로 온 현미경 부서 사람이었다. 회사에 길들여지지 않은 야취(野趣)가 남은 얼굴에 걸맞은 난폭한 말투를 썼지만, 그것이 또 남자다워서 호감이 가는지 어머니는 그가 오면 들뜨고 상냥해졌다. 나도 그가 오면 어쩐지 거실을 떠나기 싫어 어정거렸다. 내가 봐도 그에게는 점잖은 야지 씨와 기타 씨에게는 없는 매력이 있던 것 같다. 이리에 씨는 아버지의 모습이 사라지면 말이 많아졌다.

—그래 갖고도 일본 사람이 맞을까요? 글쎄 쌀은 일체 안 먹고 요구르트만 먹는대요, 사모님. 요구르트라니까요.

이리에 씨는 소파에 앉아서 버드와이저 캔을 마시고 있다.

어떻게 그런 걸 알았어, 이리에 씨? 그 사람 하숙집에 가본 거야? 라고 어머니가 커피 테이블을 식탁 삼아 양탄자 위에 털썩 주저앉은 채 양손을 깍지 끼고 묻는다.

—그게 말이지요, 젊은 패들이 다같이 주말에 한번 습격했거든요. 어떤 곳에 살고 있는가 싶어서 말이에요.

—저런.

—그랬더니 예의 할망구네 부엌을 같이 쓰고 있는 것 같은데, 냉장고 안에 아즈마의 선반이라는 게 따로 있고, 거기에 요구르트만 죽 늘어서 있었대요. 이 끝에서 저 끝까지 말이에요.

—어머나.

어머니가 눈을 휘둥그렇게 떴다.

─게다가 사모님, 고기가 먹고 싶어지면 그 녀석이 어떻게 할 것 같아요?

─글쎄.

어머니는 조금 웃으면서 고개를 갸우뚱했다.

─왜, 그 핫도그에 들어가는 프랑크소시지 있잖아요. 그걸 한 개씩 봉투에서 꺼내서 수도꼭지에 갖다대고 더운물로 따뜻하게 덥혀서 먹는대요. 그러면 프라이팬을 안 써도 된다고요.

어머, 너무 싫다! 라고 곁에서 듣던 내가 저도 모르게 소리쳤다.

─그렇지? 기분 나쁘지, 그렇지?

이리에 씨는 나를 보면서 손에 쥔 소시지를 수도꼭지 아래서 빙글빙글 돌리는 시늉을 해 보였다.

에이. 이번에는 어머니가 얼굴을 찡그렸다. 그리고 감탄하는 건지 어이없어하는 건지 알 수 없는 말투로 물었다.

─도대체 왜 그런 맛없는 것만 먹는 거지?

─돈이 아까운 것도 있겠지만, 그보다도 시간이 아까운 것 같아요.

─시간이?

─네, 영어 공부를 하고 싶은 게 아닐까요?

─흐음.

흐음, 하고 내가 맞받자 어머니가 덧붙였다.

─그렇지만 좀 극단적이네.

점심은 회사에서 다른 사람들처럼 샌드위치 같은 것을 배달시켜 먹기 때문에, 집에서 그렇게까지 극단적인 식생활을 하고 있는 줄은 아무도 몰랐었다고 이리에 씨가 말했다.

─도대체 무슨 생각을 하는지 전혀 모르겠어요. 저는 그런 거 싫거

든요, 사모님.

그리고 나한테 말했다.

─미나에, 그런 놈한테 반하면 안 돼.

나는 일부러 모르는 척했다.

아버지 회사로 막 옮겼을 즈음 아즈마 다로는 연달아 회사 사람들하고 같이 두서너 번 우리집에 왔었지만, 말도 붙이기 힘드는 얼굴로 사람들 속에 섞여 있던 기억이 어렴풋이 날 뿐이다. 어릴 때부터 알고 지낸 사람이 많아서 회사 사람들 모두가 내 이름을 '미나에 짱'이라고 친근하게 부르는 것을 보았는지, 언젠가 아즈마 다로가 자기도 모르게 "미나에 짱, 미안하지만 저는 차를 주세요"라고 말했다. 술을 못 마시는 사람에게 또 맥주를 내버렸다는 쑥스러움보다, 그 입에서 생각지도 못한 단어가 튀어나온 사실에 놀라, 그 말이 유일하게 인상에 남았다.

그런 아즈마 다로와 처음으로 단둘이 이야기를 나눈 것은, 예년처럼 우리집에서 열린 크리스마스 파티에 본사에서 파견된 독신이나 단신 부임자들과 함께 '현지채용'인 아즈마 다로도 초대받았을 때의 일이다. 나에게는 마지막 하이스쿨 크리스마스였고, 음악학교 2학년생이던 나에 언니도 당시의 보이프렌드를 데리고 보스턴에서 돌아와 있었다. 식당의 이 끝에서 저 끝까지 길게 펼쳐진 테이블 위에 온 집안의 식기가 다 나와 있었고, 어머니가 "역시 오구라야(小倉屋)의 가공 다시마는 달라"라면서 만드는 우리집식 넙치 다시마말이 요리를 비롯해, 닭튀김이며 로스트 비프며 사과 샐러드 등이 일식 양식 할 것 없이 잡다하게 늘어서고, 배경음악으로 아버지가 좋아하는 크라

이슬러의 브람스와 빙 크로스비의 〈화이트 크리스마스〉가 꼭 한 번쯤은 흘러나오는 여느 때와 같은 디너가 끝나면, 모두 옆의 거실로 자리를 옮겨 나에 언니의 피아노 연주를 들을 차례가 된다. 그러면 나는 어머니와 같이 부엌에서 설거지를 한다. 집에서 나만 심부름하는 데에는 익숙해져 있었고, 어렸을 때부터 질리도록 들은 나에 언니의 피아노 연주를 다시 한번 얌전하게 앉아 듣는 것은 나도 사절이라, 어머니와 함께 부엌에서 일하는 데 불만은 없었다.

접시를 치우고 있자니 갑자기 어머니의 목소리가 울려퍼졌다.

— 아, 아즈마 씨.

아즈마 다로는 다른 사람보다 한 발짝 늦게 일어선 참이었다. 어머니는 그 큰 키를 올려다보고 있었다.

— 부탁 좀 드리고 싶은 일이 있는데요.

— 네.

특유의 강한 시선으로 까만 눈을 반짝이면서 어머니가 말했다.

— 이 아이 방 천장 전구를 갈아주실 수 있을까요?

분명히 요 며칠 동안 내 침실의 전구는 나간 상태였다. 새 전구로 바꾸려면 작은 사다리를 지하실에서 이층까지 갖고 가야 했다. 아버지는 육체노동이라면 그 정도 일조차도 전혀 도움이 안 되었고, 어머니도 나도 귀찮아서 그대로 놔둔 것을, 어머니가 아즈마 다로의 큰 키를 보고 문득 생각해낸 것이 틀림없었다. 아즈마 다로라면 침실에 있는 의자 위에 올라가기만 해도 전구를 바꿀 수 있다.

그러나 그때 내 머리에 떠오른 것은 언니가 데리고 온 음악학교의 보이프렌드도 무척 키가 컸다는 사실이었다. 일본인이긴 하지만 북유럽인의 피가 사분의 일쯤 섞여 있다는 진기한 젊은이로, 몸집도 좋앉고 키도 아즈마 다로보다 좀더 컸다. 이미 요 며칠 동안 세 끼 식사까지 우리집에서 해결하면서 유유자적하게 묵고 있으니까 그 사람한테 부탁하면 될 텐데, 라고 나는 생각했지만, 할아버지가 전 총리대신, 아버지가 저명한 예술가라는, 집안으로나 혈통으로나 일본에서라면 우리집 따위에는 발 들여놓을 일도 없을 고귀한 젊은이라 어머니로서는 조금 조심스러웠던 것 같다.

네, 라는 그 나지막한 대답에서 나는 무언가를 감지했다. 그것은 희미한 주저—아니 반발 같은 것이었다. 동시에 전에 아버지 앞에서 비위를 맞추듯 웃던 그의 웃음이 문득 뇌리를 스쳐갔고, 역시 마음을 줄 사람이 아니다, 라는 생각이 가슴에 솟구쳤다. 늘 하는 버릇대로 아즈마 다로같이 잘 알지도 못하는 남자한테까지 쉽게 이것저것 부탁하는 어머니도 그렇지만, 아즈마 다로가 전혀 의연하지 못하다는 것에 마음속으로 가시가 돋치는 것이 느껴졌다.

게으름 피우지 말고 내가 갈아두었으면 좋았을걸, 하다못해 밥 먹기 전에 야지 씨와 기타 씨에게 부탁했으면 좋았을걸, 그들이라면 흔쾌히 해주었을 텐데. 그런 생각을 하자 그길로 거실에 얼굴을 내밀고 두 사람한테 눈짓으로 부탁이 있으니 나와달라고 할까 싶었지만, 그들은 아즈마 다로처럼 키가 크지 않았기 때문에 우선 지하실에서 사다리를 들고 와야 했다. 나에 언니의 보이프렌드에게 부탁하지 않았다는 사실만 제외하면, 어머니가 아즈마 다로한테 부탁한 것은 이치에 맞았다.

계단을 올라가서 아즈마 다로를 내 침실로 안내하면서도, 나는 그가 보였던 종전의 그 희미한 반응에 계속 가시가 돋쳐 있었다. 미안한 느낌도 들었지만, 아버지가 그만큼 잘해주었는데 이까짓 일 정도는 기분 좋게 해줘도 되잖아, 하는 생각에 시커먼 것이 가슴속에서 부글부글 솟구쳤다.

침실은 한눈에도 젊은 처녀의 방답게 사방에 꽃무늬 벽지가 발려 있고, 한쪽 벽에는 하얀 책장과 책상, 다른쪽 벽에는 하얀 드레서와 거울, 또다른 벽에는 네 귀퉁이에 하얀 기둥과 천개가 달린 침대가 놓여 있다. 투명한 레이스 프릴이 잔뜩 달린 천개는 세트인 베드스프레드와 함께 어머니가 아, 나도 처녀 적에 이런 침대에서 자고 싶었는데, 라고 한숨을 쉬며 미국에 와서야 겨우 구입한 전동 재봉틀로 만들어준 것이었다.

남자가 올라선 의자 곁에 긴장하며 서 있던 나는, 적어도 딸인 나는 그의 노동을 당연하게 생각하지 않는다는 것을 온몸으로 표하려 했다. 그 방법은 그가 떼어낼 때마다 유리 갓의 금속 장식, 유리 갓, 끊어진 전구를 차례차례 받고, 다음에는 거꾸로 새 전구, 유리 갓, 유리 갓의 금속 장식을 건네는, 다섯 살짜리 아이라도 할 수 있는 역할을 거창할 만큼 얌전히 수행하는 것이었다. 그러나 내심 가시를 품고 돋기 시작한 것이, 남자가 묵묵히 단순한 작업을 해치우고, 티슈 한 장 주세요, 하고는 유리 갓 안에 달라붙은 벌레를 닦아내는 것을 보는 동안에 미안한 마음 쪽으로 다시 기울었다. 아즈마 다로는 거무스름한 양복 윗도리를 벗지도 않은 차림이었지만, 그 손가락은 손으로 하는 일에 익숙한 인간 특유의 재빠름으로 유리 갓을 끼우고 금속 장식을 빙글빙글 돌리고 있었다.

문득 무언가 눈에 걸렸다.

—왼손잡이……

나도 모르게 작은 소리가 새어나왔다.

―네.

그는 아래를 내려다보며 희미하게 웃었다. 의표를 찌르는 맑은 웃음이었다. 놀란 나는 안심하기에 앞서 혼란스러웠지만, 그래도 짐을 내려놓은 것처럼 마음이 가벼워졌다.

나쁜 사람은 아닐지도 모르겠다고 생각했다.

내가 아래에서 스위치를 켜고 전구가 들어오는 것을 확인하자 그는 의자에서 내려왔다.

아직 어른스러운 인사는 잘 못하는 나는 그저, 정말 고마웠습니다, 라고 우물쭈물 절을 했다. 그때였다. 아즈마 다로가 눈앞의, 책상과 연결되어 천장까지 뻗어 있는 책장을 가리켰다.

―일본에서 가져온 것들입니까?

―네.

일본에서 배편으로 가져왔지만 이제는 보지 않는 '소녀문학전집'을 가리키고 있었다. 소녀용으로 간단하게 추린 것인데다가 온통 서양문학 번역서뿐이어서, 당시 오로지 일본에 대한 망향 가운데 살고 있던 나는 읽을 생각도 없었다. '소년소녀문학전집'이 아니라 굳이 '소녀문학전집'이라는 이름이 붙어 있는 만큼, 하얀 바탕에 분홍색 꽃무늬가 그려진 아기자기한 서질에 들어 있다.

―저도 옛날에 이거 읽었어요.

내가 눈을 동그랗게 뜨자, 또 희미하게 웃었다. 역시 깜짝 놀랄 만큼 그늘이 없는 맑은 웃음이었다. 그리고 왼손을 책장에 쑥 뻗었다가, 책 모서리에 닿자 갑자기 움츠렸다. 손가락이 먼지로 더러워져 있어서 삼가는 것 같았다.

―보세요.

어차피 몇 년 동안 먼지만 뒤집어쓰고 있는 책이다.

—그래도……

—괜찮아요.

나는 티슈를 한 장 집어주었다.

남자는 티슈로 손가락을 닦고, 그 티슈를 바지 주머니에 넣고 나서, 책장에 다시 왼손을 뻗어 아까 모서리에 손이 닿은 책을 꺼냈다. 그리고 서질에서 책을 꺼내어 손가락으로 페이지를 넘기기 시작했다. 몇 분 전에는 유리 갓 장식을 능숙하게 돌리던 손가락이다. 나는 남자의 기다란 손가락이 소녀문학전집의 약간 누렇게 바랜 페이지를 넘기는 것을 묘한 마음으로 보고 있었다. 아즈마 다로는 마음이 갑자기 그 자리에서 사라져버린 듯한 표정으로 묵묵히 페이지를 넘기고 있었다. 아래층에서 박수 소리가 난 뒤 약간의 공백이 흐르고, 이윽고 나에 언니의 18번인 쇼팽의 에튀드 〈겨울바람〉이 시작되었다. 그러나 아즈마 다로의 귀에는 아무것도 들리지 않는 것 같았다. 잠자코 페이지를 넘기고 있다. 나도 어렸을 때 되풀이해 읽은 책이었기 때문에 그가 페이지를 넘김에 따라 기억 속의 삽화가 차례차례 떠오르고, 삽화가 차례차례 떠오르자 이야기도 저절로 떠올랐다. 얼마간 시간이 지났다. 아즈마 다로에게는 망아의 시간이었겠지만, 나에게는 낯선 남자와 둘이서 눈앞에 없는 세계를 공유한 시간이었다.

나는 그가 모든 사람과 떨어져 혼자 책을 읽는 쪽을 훨씬 좋아할 것이라고 생각했다. 그렇지만, 괜찮으시다면 여기서 책을 읽으세요, 라며 레이스 천개가 달린 침대가 있는 내 침실을 젊은 남자에게 내줄 용기는 없어, 남자가 꿈에서 깬 것처럼 얼굴을 들었을 때야 겨우, 괜찮으시다면 그 책 갖고 가서도 돼요, 라고 말했다. 아즈마 다로는 다시 어렴풋이 웃고, 책을 흰색과 핑크색 서질에 집어넣고는 책장에 돌려놓았다.

내가 물었다.

─여동생이 있으세요?

─아뇨.

아즈마 다로는 잠시 침묵한 뒤에 말을 이었다.

─우리집에 있었던 게 아닙니다.

나는 의아한 얼굴을 하고 있었는지도 모르겠다. 그는 그런 내 얼굴을 조금 재미있다는 듯이 쳐다보면서 말을 이었다.

─이런 책이 있을 만한 집이 아니었어요.

그리고 여전히 내 얼굴을 들여다보면서 덧붙였다.

─이런 책은커녕, 책이라는 게 있을 만한 집이 못 됐었죠.

내가 대답할 말을 찾지 못하고 가만히 있자, 조심성 많은 그는 그것만으로도 나 같은 사람과 너무 깊이 관계했다고 느꼈는지, 갑자기 딱딱한 얼굴로 입을 다물고는 돌아가서 손을 씻고 싶다고 말했다.

화장실은 침실을 나가서 바로 왼쪽에 있었다.

거무스름한 양복을 입은 형상이 내 앞을 지나 화장실로 갈 때, 순간 만다린 같은 달콤한 냄새가 코를 찔렀다. 날 듯 말 듯 희미해 미국인들이 풍기는 코를 찌르는 것 같은 자극성 강한 냄새는 아니었지만, 그렇다고는 해도 일본인으로서는 드문 일이었다. 불쾌하지 않은 냄새였음에도 나는 혼자 수치심을 느끼고, 수치심을 느꼈다는 사실에 또 수치심을 느꼈다.

부엌에 돌아가자 싱크대 앞에 있던 어머니가 돌아보았다.

─오래 걸렸네. 인사는 정중하게 했지?

—응.

어머니는 물방울이 묻은 식기 더미를 가리켰다.

—빨리 닦아줘.

이윽고 거실에 새 차를 따르러 가니, 아즈마 다로는 귀퉁이의 크리스마스 트리 뒤에 숨듯이 앉아 나에 언니의 피아노 연주를 듣고 있었다. 점멸하는 빨강 파랑 녹색의 작은 전구에 으스스하게 비친 얼굴은 무표정하다기보다도 불쾌해 보였고, 방금 전의 무방비한 웃음이 눈 속에 남아 있던 나는 왠지 마음이 가라앉지 않았다. 그 불쾌한 얼굴이 다른 사람들 눈에 띄지는 않을지, 남의 일인데도 신경이 쓰였다.

파티가 끝나고 아버지가 이층 침실에 올라간 뒤에 브렉퍼스트 룸의 둥근 테이블을 둘러싸고 앉았을 때, 나에 언니는 오늘 처음 만나서인지 아즈마 다로 이야기를 꺼냈다.

—애, 나 좀 봐. 아까 그 사람이 '고용 운전사'였던 사람이니?

나에 언니는 갓 배운 담배를 길고 가는 손가락에 끼워 불을 붙이고는 나한테 물었다.

—응.

—He's quite good-looking(꽤 잘생겼잖아).

미국 사람 틈에서 기숙사 생활을 하고 있는 탓인지, 이때쯤부터 나에 언니는 급속하게 영어를 일본어에 섞어서 쓰기 시작하고 있었다.

—그렇지?

—Yep. And sexy, too, I thought(응, 게다가 섹시하기도 하니).

후 하고 연기를 천장으로 뱉어내고는, "어머, 실례. Excuse me, darling, but you know what I mean(그래도 무슨 말인지 알지?)"이라며 보이프렌드 쪽을 보고 일부러 정숙하게 웃고 나서 그녀는 말을 이었다.

—그렇지만 어딘지 좀 신경에 거슬리는 사람이야.

—그래?

—뭐라고 하면 좋을까. 이런저런 이야기를 들은 탓도 있겠지만, 음, 어딘지 품위가 없는 구석이 있는 것 같아.

자기는 그렇게 눈두덩에 아이섀도니 아이라이너 따위를 잔뜩 칠하고 게다가 눈썹은 민둥숭이로 뽑아버린 주제에 잘도 그런 소릴 하네, 라고 생각하면서 나는 흠, 하고 짧게 대답했다.

—음, 어딘지 모르게. 요군은 어떻게 생각해?

나에 언니는 다시 보이프렌드 쪽으로 눈길을 주었다.

—나는 모르겠는데.

보이프렌드는 진지하게 응할 생각이 없는 것 같았다.

하긴 이 고귀한 젊은이가 그런 이야기를 하면 건방진 소리로밖에 들리지 않을 것이다. 평상시는 멍한 그가, 자기 같은 사람이 무엇을 말해도 되는지 안 되는지 그 나름의 '분수'를 무의식중에도 알고 있다는 사실에 나는 내심 감탄했다. 나에 언니는 말을 계속했다.

—어딘지 모르게 어둡고.

—어두운 것은 그냥 성격일 뿐이잖아.

—아니, 그런 게 아니라 불만스러워 보이는 어두움. 어딘지 번들거리는 어두움 말야.

역시 그 불쾌한 얼굴이 눈에 띄었던 것이다. 나에 언니의 말이 정곡을 찔렀다고 생각했지만, 나는 그때까지의 추세로 여전히 저항했다.

—그럴까?

야심가가 아닐까? 하고 복도 끝 화장실에서 나온 어머니가 끼어들었다. 그리고 자기 의자에 앉고 나서 덧붙였다.

—아빠는 마음에 들어하는 것 같지만.

나에 언니는 모두를 둘러보면서, 반쯤 농담처럼 말했다.

—슬슬 내 Vocabulary cards도 다 암기한 게 아닐까. 그런데 왜 그런 걸 준 거야? 그따위는 새로 사도 얼마 안 하는데.

말끝은 조금 뾰로통한 목소리였다. 단어 카드에 대해서는 내가 나에 언니에게 전화로 보고했던 것이다.

어머니는 상대하지 않고, 나에 언니 손가락 끝의 담배를 보면서 말했다.

—나에, 그러다가는 안 피우고는 못 배기게 된다.

나는 야심가라고 한 어머니의 말을 마음속에서 반추하고 있었다.

새해가 되고 봄이 오고 이윽고 초여름이 되었다.

겨울이 길고 추운 뉴욕에서는 초여름이 되면 재빨리 태양의 은총을 누리기 위해 자주 주말 피크닉을 간다. 우리 식구도 거리의 가로수와 잔디가 일제히 초록색으로 변할 때쯤, 회사에 있는 일본 사람들과 함께 음식과 숯, 그리고 아이스박스에 담은 맥주를 자동차 트렁크에 가득 채우고 바다에 면한 구립공원에 가곤 했다. 집으로 초대하는 것과 달리 사람 수에 제한이 없었기에, 가정을 가진 사람과 그의 부인들도 초여름의 태양 아래 모여들었다.

주차장에 들어서면 마을 주민인지 아닌지를 확인하는 수위가 상주하는 수위실 문이 있고, 거기에서 바다 반대 방향으로 조금 높은 지대가 피크닉장이다. 벽돌로 된 바비큐용 화덕이 늘어서 있고, 그 앞에는 거칠게 깎은 통나무 테이블과 벤치가 있다. 나는 어머니를 도와 그 테이블 위에 커다란 종이 테이블 클로스를 깔고, 종이 냅킨, 종이 접시, 종이컵, 플라스틱 나이프와 포크와 나무젓가락 등을 늘어놓으면서 따뜻한 햇살 아래 부지런히 몸을 움직이는 기쁨을 맛보고 있었다. 그 자리에는 야지 씨와 기타 씨에 섞여 아즈마 다로의 모습도 있었다. 지금 생각하면 그가 그런 시간 낭비에 동참했던 것이 거짓말 같지만, 당시는 아직 그 같은 사람이라도 아버지에 대한 인사치레 겸 회사에서 입지가 취약한 점을 봐서 참여했던 게 아니었을까.

테이블 세팅을 마친 나는, 화덕 중앙에 진을 치고 허리를 굽혀 조개를 굽고 있는 코엔 부인 곁에 가서 섰다. 그녀의 가족도 초대했지만 아들 하나가 꽃가루 알러지가 심해져 남편과 다른 아들까지 덩달아 오지 않았다. 일본인들은 주말에까지 영어를 쓰지 않아도 되어 한숨 돌린 것 같았다.

조개즙의 향기로운 냄새가 풍긴다.

―아, 좋은 냄새.

―미나에, 오늘 기분이 좋아 보이네.

―응, 날씨도 좋고, 이제 곧 지긋지긋한 하이스쿨도 졸업할 거고.

그러고 나면 대학이야, 라고 말하려다가 나는 멈췄다. 그 순간 아즈마 다로가 우리 등뒤에 서 있는 것을 느꼈기 때문이다.

코엔 부인은 종이 접시에 조개를 담아 레몬 한쪽을 올려놓고 미즈무라 씨, 미즈무라 씨 하고 아버지를 불렀다.

―자, 이제 신나게 먹읍시다.

바비큐 파티 특유의 섰다 앉았다 하는 바쁜 식사가 끝나고, 뒤처리도 대강 됐을 때쯤, 큰 행사를 끝낸 기분으로 다같이 바닷가 쪽으로 걸어갔다.

광활한 미합중국이지만 바다에 접한 토지 면적은 섬나라인 일본과 그다지 다르지 않고, 게다가 그런 곳은 종종 부자들이 사유화한 프라이빗 비치들이다. 특히 우리 가족이 살고 있는 롱아일랜드 섬 북부 해변은, 미국의 역사적인 대부호들이 별장을 짓기 위해 몇십 몇백 에이커 규모의 토지를 앞다투어 사들인 것으로 알려진 소위 골드 코스트이다. 그들은 그 땅에 튜더, 조지안, 고딕 등 여러 가지 양식의 대저택—하다못해 유럽 각지의 성을 옮겨서 지을 정도로 마음껏 사치를 부린 집들을 세웠다. 그리고 수많은 고용인을 그들의 가족과 함께 부지 안에 살게 해주고, 여름이 되면 맨해튼 섬에서 사람들을 초대하여 정원에서 그대로 이어지는 바닷가에서 주말마다 화려한 파티를 열었던 것이다. 이윽고 철도가 깔리고 다리가 놓이는 사이 맨해튼 섬에 접근하기 용이하다는 점이 오히려 화를 불러 급속하게 부동산 난개발이 진척되고, 토지는 분할되고, 예전에는 천 채나 되었다는 대저택도 차례차례 철거되어, 지금은 중산층의 집들이 늘어선 전형적인 교외가 되어버렸다. 그래도 역시 해안가에 접한 땅은 여전히 크고 작은 부자들이 점령하고 있었다. 일반 시민은 주말을 이용해서 퍼블릭 비치나 퍼블릭 파크—즉, '공(公)'이라 이름붙은 곳까지 가야 비로소 바다 풍경을 만날 수 있는 것이다. 우리 가족도 비교적 해안 가까이 살고 있었음에도 불구하고, 잔교나 바다 갈매기, 수평선, 그리고 하얀 돛을 부풀린 요트 같은 전형적인 바다 풍경은 이 공원에 올 때밖에 보지 못했다.

나는 모두와 떨어져 혼자 잔교를 향해 걸어갔다.

앞으로의 나날에 내 모든 인생이 시작된다고 믿을 수 있었던 나이였다. 일본인에게 둘러싸여 일본어로 이야기할 수 있다는 것만으로도 하이스쿨 건물 안에 갇혀 있을 때와 다른 사람이 된 것처럼 생기가 넘쳤지만, 그들 속에 녹아들고 싶지는 않았다. 내 입장에서 볼 때 그들은 이미 인생의 도정이 결정된 어른들이었고, 게다가 '본사' '총각' '출장' 따위의 말이 범람하는 세계에 만족하고 있는 어른들이었다. 그에 비해 아직 인생의 길이 보이지 않는 나한테는 무한한 가능성이 열려 있는 것같이 느껴졌다. 그들 존재의 은총을 초여름 태양처럼 받으면서도 혼자가 되고 싶었다.

잔교에 가보니 먼저 와 있는 손님이 있었다. 아즈마 다로가 앞쪽에서 난간에 기대어 바다를 보고 있었던 것이다.

나는 곧장 나아갈지, 되돌아갈지 주저했다.

아즈마 다로와는 나이차가 제일 적은데도 가장 대하기 어려웠다. 제일 친근하게 얘기해도 될 법한데, 가장 정중하게 응대하게 된다. 작년 크리스마스에 전구를 교체해줬을 때 눈에 보이지 않는 세계를 공유했던 순간의 기억은 이미 마음에서 아득히 멀어져 있었다.

갈매기 울음소리에 이끌렸는지, 아즈마 다로가 문득 고개를 들었다. 그리고 내 모습을 알아보았다. 나는 조그맣게 고개를 끄덕이고 나서, 익숙하지 않은 숏팬츠 차림을 어색해하며 발걸음을 옮기고, 삼미터 정도 떨어진 곳에 멈춰 서서 그와 똑같이 난간에 기대어 바다를 바라보았다.

그러자 아즈마 다로가 먼저 말을 걸어왔다.

— 오늘은 바다를 보러 간다기에, 대서양을 볼 수 있을 줄 알았어요.

떨어져 있기 때문에 목소리를 조금 크게 냈다.

— 이게 대서양 아닌가요?

나는 놀라서 남자의 얼굴을 보았다.

—여기는 해안이 후미져서, 건너편 해안도 아직 미국이거든요. 남쪽 해안으로 가지 않으면 대서양은 못 봐요.

멍청한 나는 매년 이렇게 바라보는 파란 바다가 대서양이라고 믿고 있었다. 저 건너편이 영국이라고 믿고 있었던 것이다. 나도 소리를 높여 대답했다.

—어디를 가도 미국에서 도망칠 수가 없네요.

아즈마 다로는 내 반응에 하얀 이를 살짝 보이고 웃었다. 우리는 잠시 잔교에 나란히 서서 오후의 햇살을 받으며, 마치 하늘이 유리 부채를 엎어놓은 것처럼 호화롭게 반짝반짝 빛나는 수평선을 바라보았다. 바닷갈매기가 시끄럽게 울면서 머리 위를 날아다니고, 멀리 하얀 돛이 달렸다. 그림 같은 광경이었다.

수평선 건너편 아득한 곳에도 아직 미국이 펼쳐져 있다는 건가.

—이게 태평양이라면 저쪽에 일본이 있다고 생각할 수 있을 텐데.

내가 또 큰 소리로 말했다. 다행히 주변에 아무도 없었다. 아즈마 다로는 바로 대답하지는 않았지만, 이윽고 수평선에서 눈길을 거두지 않은 채 물었다.

—일본에 돌아가고 싶어요?

—네.

계속 큰 소리로 얘기하는 것도 우습다고 생각한 나는 남자 쪽으로 몇 발 다가가, 일 미터 정도 떨어진 곳에 섰다. 남자는 계속 옆얼굴을 보이고 있었기 때문에, 나는 평상시의 내 생각을 강조할 필요성을 느꼈다.

—당연히 돌아가고 싶죠.

남자는 아직도 옆얼굴을 보인 채다.

비록 미국에 오는 것이 꿈이었다 해도, 비록 일본에서의 삶이 불쾌한 것이었다 해도, 사람에게는 향수라는 것이 있지 않은가.

아즈마 씨는 돌아가고 싶지 않아요? 라고 나는 물었다. 그가 일찍 부모를 여의고 친척 손에 컸다는, 예전에 아버지한테 들은 이야기가 기억에 떠올랐다. 그러자 그가 자세도 바꾸지 않고 말했다.

—나는 돌아가봤자 별수 없어요.

알아들을 수 없을 만큼 낮은 목소리였다. 그 목소리를 듣자 나는 내가 터무니없이 나쁜 질문을 한 듯한 기분이 들었다. 미안하다는 생각 이전에, 어떻게 자랐는지는 모르지만 아즈마 다로 같은 남자에게는 무슨 말을 하든 결과적으로는 터무니없이 나쁜 이야기를 한 기분이 들게 될 것이 틀림없다고, 남자와 나 사이의 거리를 새삼스럽게 의식했다.

내가 잠자코 있자 남자가 어조를 조금 누그러뜨리고 말했다.

—돌아가봤자 별수 없으니까, 돌아가고 싶다는 생각도 하지 않아요.

처음으로 내 쪽을 보았다. 생각과 달리 온화한 얼굴이었다.

우리는 잠시 그대로 잠자코 수평선을 바라보고 있었다. 바람이 없는 날이라, 평화라고밖에 표현할 길이 없는 광경이었다. 멀리 희미하게 걸려 있는 구름은 어렸을 적 조개구름이라고 부르던 구름과 비슷했지만, 그건 일본에서는 가을구름이었던가? 조금 뒤에 내가 말했다.

—배로 오셨다고 들었는데요.

—네, 화물선으로 왔습니다.

배를 구태여 화물선이라고 바꿔 말한 것은 자존심 때문일까? 그러나 그의 표정은 여전히 온화했다.

—저는 유람선밖에 타본 적이 없어서, 배로 하는 여행이란 어떤 것일까 생각했어요……

—배 여행이라……

배 여행이라는 말이 이상하게 들렸는지, 아즈마 다로는 입 안에서 되뇌고 나서 말했다.

—아무래도 비행기 쪽이 좋겠죠, 그렇지만……

—그렇지만?

—배가 생각보다 빨라서, 놀랐습니다. 뱃머리에 서서 바다를 보고 있으면 현기증이 날 정도였어요. 안개가 짙은 밤에는 조명을 비춰도 아무것도 보이지 않는데도 굉장한 속도로 나아가거든요.

그리고 일단 말을 끊고 나서, 다시 이었다.

—호우 가운데서도 나아가죠.

나는 아즈마 다로의 입에서 이렇게 많은 말이 한꺼번에 쏟아져나온 것에 내심 놀랐다. 남자는 잠시 말없이 있다가 다시 입을 열었다.

—무서울 정도였어요.

좀더 낮은 목소리였다. 짙은 밤의 끝에서 안개가 퍼져나오는 듯한 목소리였다. 마치 나는 사라져버리고 자신의 추억과 이야기하고 있는 것 같았다. 그는 빠르게 말을 이었다.

—어디 부딪혀서 난파하지 않은 것이 기적 같았죠. 이래도 난파하지 않는다면 역시 살라는 뜻이구나, 하고 생각했어요.

거기까지 말하고는, 정신을 차린 듯이 나를 보았다.

—물론 요즘 배는 그렇게 간단히 난파하지 않지만, 그때는 그런 생각이 들었어요.

아즈마 다로의 눈이 내 눈을 응시하고 있었다. 그때 나는 홀연히 깨달았다. 아즈마 다로 역시 아직 자신을 '어른'의 부류에 넣고 있지 않았던 것이다. 그래서 나 같은 사람과 이야기하기가 편했던 것이다. 생각해보면 이 남자도 이국땅에서 제 또래 일본인을 만나는 일 없이 살아왔다. 뜻밖에도 남자와 동일선상에 서게 된 나는 잠시 할말을 잃었다.

그가 그런 나의 생각을 알아차릴 리는 없었다.

一미술학교에 간다면서요.

一네.

一화가가 될 건가요?

내가 입을 열기 전에, 미소를 띠고 말을 잇는다.

一베레모 같은 것도 쓰고.

나는 조그맣게 웃음을 터뜨렸다. 남자 입에서 고풍스러운 이미지가 튀어나온 것도 우스웠지만, 그보다도 그 같은 사람이 농담을 하려한다는 사실이 더 우스웠다.

나는 웃으면서 고개를 저었다.

一영어를 잘 못하니까, 보통 대학에는 갈 마음이 들지 않는 것뿐이에요.

그림을 그리는 것은 좋아하지만 공부하는 것은 좋아하지 않는다고 말을 이으려다가 가까스로 멈췄다. 그런 이야기는 아즈마 다로 앞에서 하면 안 될 것 같다는 생각이 들었기 때문이다. 느슨해진 입가를 조이고 나는 대신 말했다.

一아즈마 씨가 공부를 열심히 한다고 아버지가 늘 감탄하세요.

아즈마 다로는 내 얼굴에서 눈길을 돌리고는, 왜 그런지 딱딱한 표정을 짓고서 아무 대답도 하지 않았다. 아버님께는 늘 신세지고 있습니다, 그런 말을 나도 모르게 기대하고 있었던 것인지, 남자가 아무 소리도 하지 않자 나는 약간 배신당한 기분이 들었다. 우리는 잠시 아무 말 없이, 여전히 호화롭게 반짝이는 수평선으로 눈길을 주고 있었다.

야심가가 아닐까? 라던 어머니의 말이 떠오른다. 분명히 이렇게 나란히 서 있기만 해도 압도당하는 느낌을 받는 것은 남자의 야심이라는 것 때문인지도 모른다. 그러나 이 남자한테 도대체 어떤 미래가 있을 수 있겠는가. 적어도 내 미래는 삼 개월 뒤의 가을에는 확실히 다가올 무언가이다. 그것은 낯선 마을, 낯선 학교, 낯선 사람들이라는, 내 눈에는 온통 새로운 모습으로 찾아올 것이고, 거기에서 나 또한 뭔가 새로운 것, 좀더 뛰어난 것, 좀더 높은 것으로 변신할 터였다. 그러나 이 남자의 삼 개월 뒤에 있는 것은 그 말 많은 노파네 지하실, 칠이 군데군데 벗겨진 노란색 코베어, 형광등이 허옇게 빛나는 수리 부서, 매일 보는 지겨운 회사 동료들의 얼굴—그런 것뿐 아닌가. 삼 개월 뒤가 아니라 삼 년 뒤라면 조금은 달라질까…… 그렇게 생각하자, 조금 전에 배신당한 느낌을 받은 것도 잊고, 남자에 대한 미안함이 가슴속에 솟구쳤다.

푸른 바다는 멀리 빛나고 있었다.

얼마 있다 남자가 바로 가까운 바다에 시선을 떨어뜨리고 말했다.

—갈매기가 죽어 있네.

그러고 보니 하얗게 떠 있는 것이 보인다.

들여다보려고 하자 남자가 어깨로 가리면서 육지 쪽으로 눈길을 주고, 돌아갈까요, 하고 나를 재촉했다. 그 시선을 좇아보니 까만 머리의 일본인들이 줄줄이 피크닉장 쪽으로 돌아가는 참이었다.

예약해둔 잔디 필드에서 남자들이 배트나 글러브를 들고 야구를 시작할 때쯤, 나는 다시 일본인들 곁을 떠났다. 부인네들은 새된 목소리로 이야기를 나누면서 야구를 보고 있었고, 어머니와 아버지는 그늘에 있는 통나무 테이블에 앉아서 코엔 부인과 열심히 이야기를 나누고 있었다. 내가 그 자리에서 사라져도 신경 쓸 사람은 아무도 없었다.

공원에는 작은 시냇물이 흐르고 있었다.

시냇물을 따라가면 아무리 멀리까지 가도 길을 헤매지 않고 돌아올 수 있기 때문에, 방향치인 사람에게는 적당한 산보길이었다. 태어날 때부터 차로 생활하는 미국인은 산보라는 것을 별로 좋아하지 않고, 당시는 아직 조깅도 유행하지 않았기 때문에 다행히 사람이 없었다. 나는 잠시 동안 시냇가를 따라서 걸은 뒤, 너무 멀리 온 것같이 느껴져서 빙글 돌아 되돌아왔다. 그리고 출발점 근처까지 오자 시내 옆으로 빠져나왔다. 주변에는 수국이 잔뜩 심겨 있어, 커다란 꽃송이가 여기저기 가지가 휘어지게 달려 있었다. 나는 그중에서도 특히 큰 수국 수풀을 골라 그 뒤에 들어가서, 짙은 녹색 잎사귀가 몇 겹이고 교차하는 그늘에 숨듯 가만히 누웠다.

뉴욕의 교외는 아스팔트와 잔디에 뒤덮여 있어 흙냄새를 맡을 일이 없다. 그렇지만 공원에 이렇게 누워 있으려니, 초여름 햇살에 천천히 데워져 싱싱하게 숨결을 되찾은 풍요로운 흙내가 습한 풀냄새와 함께 코를 찌른다. 귀를 기울이면 작은 벌레가 날아가는 날개 소리까지 들려온다. 여름방학에 매미 소리를 들으면서 나에 언니랑 흙

장난을 하면서 놀던 도쿄의 집 마당이 떠오르고, 그립다기보다도 묘하게 충족된 기분이 든다. 누워서 눈을 감고 있자니, 여름이라는 계절이 느껴질 뿐 내가 어디 있는지도 알 수 없어진다.

밤도 낮도 없고, 미국도 일본도 없고, 나 자신조차 없는 것 같은 시간이 흘렀다.

문득 무언가 재촉을 받은 듯한 느낌에 얼굴을 들자, 눈앞에 큰 수국 꽃송이가 고개 숙이듯 늘어져 있고, 그 건너편 짙은 녹색 잎사귀 사이로 시냇가에 쭈그리고 앉은 흰 상반신이 보였다. 아즈마 다로였다. 다른 사람처럼 폴로셔츠가 아니라 평범한 하얀색 면 와이셔츠를 입고 있었기 때문에 알아보기 쉬웠다. 수면을 보면서 소녀처럼 가만히 무릎을 끌어안고 있다.

여기도 혼자가 되고 싶은 사람이 있구나……

가을에 보스턴의 미술학교로 진학한다는 구체적인 미래가 없었다면, 순간적인 감상의 부추김에 이끌려 아즈마 다로를 사랑했을지도 모른다. 지금 생각하면, 만일 그랬더라면 그가 얼마나 귀찮았을까 싶지만, 다행히 당시에 나의 마음은 미래로만 열려 있었다. 좀더 많은 것을 알아야 한다, 넓은 세계와 만나야 한다, 유학생이 넘치는 보스턴 대학가에 가면 인생과 예술과 국가에 대해 검은 머리를 쓸어올리면서 도도하게 일본어로 이야기해줄 일본인 청년이 있고, 소설에 나올 법한 사랑이 거기에 있을 것이 틀림없다―이렇게까지 분명하게 생각한 건 아니지만, 옛날 소설을 읽으며 자랐기 때문에 석기시대 같은 꿈을 이상형으로 그리고 있었던 건지, 아니면 보통 소녀였기 때문에 남자가 나보다 교양이 풍부하길 원했던 것인지, 어쨌든 내 사랑의 상대가 내가 읽지도 못한 책을 많이 읽은 사람이어야 한다는 것만은 의심할 나위도 없는 대전제였다. 그리고 그 대전제가 있는 한, 지금까지 책하고 인연이 없는 인생을 보냈을 아즈마 다로는 나에게 그림자 같은 존재일 수밖에 없었다.

인기척이 들린다 싶자, 아즈마 다로가 벌떡 일어섰다. 나는 그의 모습이 완전히 사라지고 난 뒤에 그 뒤를 쫓았다.

그리고 가을이 되어 나는 보스턴으로 갔다.

그곳에서는 실제로 다른 세계가 열렸다. 오래된 벽돌 아파트에는 바퀴벌레가 득실거렸고, 뒷계단으로 나가는 문을 열면 지하실에 쌓인 쓰레기 냄새가 코를 찌르며 삼층까지 올라왔다. 맥도널드에서 빅맥을 먹거나, 참치나 돼지고기 통조림으로 식사를 대신하는 날이 많아졌다. 바로 코너에 있는 코인 세탁소에 가는 것도 귀찮아서 빨랫감이 산더미처럼 쌓였다. 아파트 벽에는 혁명을 촉구하는 빨간 주먹이 그려진 커다란 포스터가 붙어 있었고, 나 같은 사람조차도 뒤늦게나마 시류를 좇아 머리를 등까지 길게 기르고 블루진을 입었다. 맥주를 깡통째 마시고, 마리화나를 권하면 입술을 오므리고 버젓이 피우기도 했다. 어느 시대에나 있는, 소위 학생생활이란 것이 이국인인 나한테도 다가온 것이다. 그것은 오래된 소설에만 친숙했던 내가 기대했던 것과는 전혀 다른 세계였지만, 적어도 당시의 내 호기심은 충분히 충족시켜주었다. 그리고 그 가운데서 갈팡질팡하는 동안 자연히 인식의 지평이 확대되어가는 것 같았다.

그것은 11월 감사절 휴가에 롱아일랜드의 집에 돌아갔을 때 막연하게 깨달았던 사실이다. 겨우 두서너 달 집을 떠나 있던 것뿐인데, 왠지 무척 지루한 세계로 돌아온 듯했다. 그리고 그런 인상은 한 달

정도 뒤, 섣달 그믐날에 열린 아버지 회사의 신년 파티에 얼굴을 내밀었을 때 더욱 깊어졌다.

미국의 신년 파티는 가족 중심의 금욕적인 크리스마스 파티와는 달리, 술병을 잇달아 비우고 밤을 새우며 남녀가 뒤섞이는 향락적인 잔치다. 세대가 늘어난 탓도 있었겠지만, 아버지 회사도 그해부터는 근교의 호텔 연회장을 빌려서 미국인 종업원과 그 가족까지 불러 모든 것을 미국식으로 하는 소위 뉴 이어스 파티를 열게 되었다. 당신도 밖에서 일하는지라 집에서 여는 예년의 크리스마스 파티도 소규모로 줄이려던 어머니 역시 그런 파티 쪽이 편했을 것이다.

이미 음악학교 3학년이 된 나에 언니는 작년의 그 귀한 집 젊은이가 아닌, 이번에는 어딘지 세속적인 냄새가 나는 보이프렌드를 데리고 집에 돌아와 있었고, 미안하지만 난 잠깐, 하면서 그날은 오후부터 둘이 맨해튼으로 놀러가버렸다. 그러나 나는 부모님을 따라 파티에 가길 기대하고 있었다. 뉴 이어스 파티에는 술뿐 아니라 춤도 있다. 춤추는 것은 좋아하지만 영어의 세계에서 추면 어딘지 모르게 어색해지는 나는, 일본인과 일본어로 얘기하면서 춤을 추고 싶었다. 친숙한 회사 사람들 얼굴도 오랜만에 보고 싶었다.

그랬는데 파티장에 들어서자마자 어딘지 못 올 곳에 와버렸다는 인상을 받았다. 그것은 학생생활에 푹 잠겨 있던 인간이 보통 사회로 돌아온 순간에 느끼는 당혹감이었을 것이다. 교외 호텔 특유의 휘황찬란한 천장 조명에 비친 광경은 예상보다 훨씬 멋대가리 없는 것이었다. 미국에서는 신년이 될 때까지 세워두는 금색과 은색 장식을 휘감은 크리스마스트리도 시들한 표정을 보이고 있었다. 미국인 여비서가 'Happy New Year!'라는 판에 박은 문구를 벽에 써붙인 커다란 종이 — 빨강 파랑 노랑 풍선에 둘러싸여 화려한 그 'Happy New Year!' 장식도 이제부터 찾아올 해가 무언가 새로운 것을 약속한다기보다 새로운 것은 아무것도 없을 거라는 증거로밖에 보이지 않았다. 그 가운데서 헤엄치듯 움직이는 사람들도 차려입으면 입을수록 더욱 시대에 뒤떨어진 것처럼, 악취미처럼 보였다. 향락을 연출하는 모든 것이 향락의 불가능을 말하고 있는 것 같았다.

그뿐만이 아니었다. 미국인을 가족 동반으로 모두 초대하고 만사를 미국식으로 하려는 일본인 주재원들의 갸륵한 결의 탓에, 당시 미국 내 아시아인 사회가 지니고 있던, 멀리서 호궁이 흐느껴우는 소리가 들려오는 듯한 애수를 띤 서글픔 — 주변에 간장 냄새가 어렴풋이 떠도는 듯한 초라한 서글픔이 오히려 부각되고 있었다. 일본에서 온 주재원이 완전히 일본식으로, 아 네, 저런, 하면서 까만 양복을 입고 허리를 구십 도로 구부려 인사를 되풀이하고, 서로의 명함을 바쁜 듯이 교환할 때, 그들은 단지 미국에 있는 일본인에 지나지 않았다. 그것을 미국식으로 만들려 하는 순간, 그들이 지닌 미국인의 것이 아닌 모든 요소 — 모습, 얼굴 생김새, 표정, 동작, 말…… 하다못해 납작한 가슴과 가느다란 목에서 짜내는 깊이 없는 목소리에 이르기까지 모든 것이, 그들이 절대 미국인이 아니라는 사실을 드높이 주장하기 시작하여, 그들의 노력을 어딘지 우스꽝스럽고 비참한 것으로 만들어버리고 있었다.

접시며 컵을 손에 든 사람들의 파도가 이쪽저쪽으로 움직이고, 영어가 들려오고, 일본어가 들려오고, 웃음소리가 들려오고, 그러는 동안에 미국인들이 커다란 몸을 흔들면서 시끌벅적하게 춤을 추기 시작하고, 이윽고 일본인들도 드문드문 부끄러운 듯이 몸을 움직이기 시작했다. 젊은 사람들 사이에서는 벌써 오래 전에 록의 전성시대가 도래했음에도 불구하고, 미국인도 일본인도 남녀가 한 쌍을 이루어 추는 한 시대 전의 춤을 추고 있었다. 춤을 못 추는 사람들은 어설프게 흉내를 내면서 몸을 움직였다. 그렇게 밤이 조금씩 깊어갔다.

나는 흉내내는 쪽이었지만 그런대로 잘 추는 편이었다. 휘황찬란한 조명에 비친 광경을 멋없다고 생각한 마음을 일소하기 위해서인지, 아니면 향락의 불가능성을 재확인하기 위해서인지, 나는 자이브와 차차차 등의 빠른 곡이 시작될 때마다 야지 씨, 기타 씨, 그리고 최근에 막 부임한, 핸섬하며 춤을 잘 추는 것으로 평판이 좋고 앞머리를 머릿기름으로 딱딱하게 굳혀서 엘비스라는 별명이 붙은 사람의 팔을 잡아끌었다. 목이 마르면 코카콜라와 알코올 도수가 높은 프루츠 펀치를 교대로 마시고, 취기에 조금 상기된 채 계속 춤을 추었다.

얼마나 시간이 흘렀을까.

This will be the last fast dance, everybody!

마지막 빠른 댄스!

사회를 보는 미국인 중년 여성이 어딘가 유치원 선생을 연상시키는 목소리로 마이크에 대고 말했다. 비서 중 하나였다. 나는 마침 쉬고 있던 참이었는데, 벌써 마지막이라는 소리를 듣고 시간이 너무 빨리 흐른 것에 놀랐다.

—나, 아즈마 씨하고 춰볼까.

맞은편에 앉아 있던 야지 씨와 기타 씨가 순간 얼굴을 마주 보았다. 나는 또 나대로 그렇게 말한 순간 저녁 내내 아즈마 다로의 존재가 가시처럼 마음에 걸렸다는 것을 새삼 깨달았다. 보스턴에 간 뒤로 아즈마 다로에 대해선 생각할 틈도 없이 지냈는데, 그날 밤 간단한 인사를 나눈 뒤로는 툭하면 시선이 그 남자가 있는 쪽으로 향하는 바람에 묘하게 마음이 가라앉지 않았던 것이다. 남자는 고독이 좀더 깊어진 얼굴을 하고 있었다. 초조함이 뚜렷하게 드러난 얼굴이기도 했다. 눈에 띄지 않도록 구석진 테이블에 앉아 있었지만, 그 모습이 오히려 선명하게 남의 눈길을 끌게 만드는 것 같았다. 나에 언니가 말한 번들거리는 무언가가 그를 둘러싼 공기에 충만해 있었다.

─그 녀석 한 번도 안 췄을 텐데.

내 시선을 좇아 야지 씨와 기타 씨가 구석에 혼자 꼼짝 않고 앉아 있는 아즈마 다로를 쳐다보았다.

저 녀석, 사실은 제법 잘 춘다고, 라고 기타 씨가 말했다.

나는 눈을 크게 떴다.

─우리는 한 번 본 적 있어.

─정말?

─응.

─그런데 왜 안 춰?

─글쎄.

둘은 주저하다, 또 서로 얼굴을 마주 봤다. 주저한 데는 이유가 있었다는 것이 바로 밝혀졌지만, 그때의 나는 신경도 쓰지 않았다.

The last fast dance!

마이크에서 다시 소리가 울려퍼졌다.

이번 곡이 템포가 빠른 곡으로는 마지막이다. 그 다음이 진짜 마지막 곡이지만, 마지막은 조용한 곡에 맞춰 어두운 조명 아래 부부나 연인이 볼을 맞대고 몸을 끌어안고 추는 것이 정석이었다. 그 마지막 곡에 아즈마 다로를 끌고 나갈 만한 대담함은 없었다.

—나 한번 이야기해볼래.

단단히 마음먹고서 그렇게 선언하고는 야지 씨와 기타 씨에게 등을 돌렸다. 그리고 높은 힐을 신은 발로 방을 잰걸음으로 가로질러, 불쾌한 얼굴을 하고 있는 아즈마 다로 앞에 서서, 춤 출래요? 라고 말했다.

—난 못 춰요.

아즈마 다로는 굳은 표정을 지어 보였다. 못 추는 게 아니라 추고 싶지 않은 거지요, 라고 말하려고 했지만, 친하지도 않은 남자에게 그런 말을 할 나이는 아니었다. 나는 달리 할말을 찾지 못해, 그 말만 되풀이했다.

—춰요.

아즈마 다로의 눈동자가 내 눈동자를 찔렀다. 차가운 눈초리였다.

—춰요.

볼이 달아오르는 것을 느끼면서 나는 우겨댔다. 그때 큰 소리로 음악이 시작되었다.

—마지막 춤이니까 춰요.

나는 목소리를 조금 높였다. 그의 입장에서는 내가 아버지의 권위를 등에 업고 강요하는 것같이 보였을 것이다. 그때 내가 왜 그렇게 집요했는지 지금 생각해도 알 수 없다. 술에 취해서, 여러 가지 감정이 혼연히 가슴속을 왕래하고 있었음이 틀림없다. 우선 젊은 처녀 특유의 자만심이 있었다. 젊은 남자가 나와 같이 춤을 추고 싶지 않을 리가 없다는 자만심이다. 그렇지만 그 자만심에 젊은 여자다운 다정함이 없었던 것은 아니다. 사람들 가운데서 그가 혼자 초조함을 껴안고 쓸쓸하게 고립되어 있는 것을 보자 나도 모르게 영혼이 들뜨듯 불쌍하단 생각이 들었고, 어떻게든 이 세상과의 연결고리를 회복시켰으면 하고 생각했던 것이다. 그러나 아즈마 다로가 내 청을 계속 거절하는 동안 내 마음에는 완전히 다른 것이 태어나고 있었다. 그것을 무엇이라 이름 붙여야 할까. 그것은 거부당한 노여움이었고, 그 노여움은 순식간에 거꾸로 그를 상처 입히고 싶다, 학대하고 싶다, 경멸하고 싶다는 사악한 것으로 변했다.

나는 숨을 멈추고 거만하게 그의 얼굴을 똑바로 쳐다보았다.

너는 나하고 똑같이 젊지만, 미래가 없는 비참하고 하찮은 이 일상에 갇힌 채 작고, 어둡고, 낮게 원한에 매몰되어 있어. 그에 비해 나는 얼마나 밝게, 얼마나 높이 비상하고 있는지. 너하고 내가 얼마나 멀리 떨어져 있는지. 그리고 이제부터 점점 더 얼마나 멀어져갈 것인지……

분명한 것은 아즈마 다로가 나의 사디즘을 일순간 감지했다는 사실이다.

무슨 일이 있어도 움직이지 않겠다는 듯이 앉아 있던 그가 벌떡 일어나더니 나를 이끌었다. 스윙이라는 건지, 아니면 지터버그, 일본어로 하면 지르박인 건지, 그의 완력에 내 몸이 갑자기 무서울 만큼 빙글빙글 돌기 시작했다. 억눌러온 무언가가 딱딱하게 경직된 몸 전체를 통해 나를 범하듯 전달되어온다. 나는 두려움과 놀라움으로 숨도 쉴 수가 없었다. 문득 시큼달콤한 냄새가 코끝을 스쳐갔다. 천장의 전구를 갈아준 아즈마 다로가 내 방을 나갈 때 맡은 냄새였다. 내가 너무 억지 부린 것을 사과해야 하나 하는 생각이 머릿속에서 빙글빙글 도는 동안 갑자기 곡이 끝나고, 그의 팔에서 풀려난 나는 기댈 곳을 잃어버린 인형처럼 휘청거리는 발걸음으로 방구석으로 물러갔다.

원래 자리로 돌아갈 마음이 들지 않았다.

아즈마 다로는 반대편에 넥타이를 느슨하게 풀고 앉았다.

그때였다. 하얀 고무공 같은 것이 그를 향해 날아갔다. 신디라는 이름의 이태리계 미국인 여비서였다. 독신인데다 엄청나게 가슴이 커서 아버지가 없는 곳에서 일본 남자들의 화제에 자주 오르는 여자였다. 미국인인데도 키가 나 정도밖에 되지 않는 것도, 갈색머리를 눈부신 금색으로 탈색한 것도 그들에게는 매력적이었을 것이다. 그 신디가 아즈마 다로를 향해 날아가는가 싶더니, 딱 달라붙는 은색 드레스에 감싸인 커다란 가슴을 갖다대며 그에게 매달려 플로어를 턱으로 가리킨다. 내 쪽도 턱으로 가리킨다. 아즈마 다로는 고개를 숙이고 가만히 아랫입술을 깨물고 있었다.

그때 나는 아직 아즈마 다로와 신디에 대한 소문을 알지 못했지만, 눈앞의 광경을 보면 굳이 소문을 들을 것까지도 없었다. 신디가 양손으로 아즈마 다로의 팔을 잡아당기고 있다. 힘을 준 잘록한 양손은 멀리서 보기에도 요염했고, 그 순간 아까 야지 씨와 기타 씨가 주저한 이유를 확실히 알 수 있었다. 당시 주재원이 현지 여자와 관계를 갖는 것은 터부에 가까웠다. '현지채용'인 아즈마 다로는 그런 터부에서 조금 더 자유로웠겠지만, 일본 회사에 있는 한 그런 여자관계가 표면화되는 것이 바람직한 일은 아니었다. 마음씨 착한 야지 씨와 기타 씨는 회사 상관들 앞에서 신디와의 관계가 드러나는 것을 아즈마 다로를 위해서 피해야겠다고 생각했던 것이 틀림없다.

갑자기 파티장이 어두워졌다. 어두워진 파티장에서 신디의 애원하는 듯한, 위협하는 듯한 목소리가 노골적으로 커져갔다. 이윽고 〈블루 문〉이 시작되고, 곡 사이를 누비고 들려오는 신디의 목소리가 점점 더 노골적으로 커졌다 — 적어도 내 귀에는 그렇게 들렸다. 윙윙거리는 소리가 우물 바닥에서 올라와 주위에 울려퍼지는 것 같아, 귀를 막고 눈도 가리고 싶은 심정이었다.

그때였다. 아즈마 다로가 다시 결연히 일어섰다. 팔을 쭉 뻗어 여자의 하얀 팔꿈치를 잡고는 눈 깜짝할 사이에 여자를 양복 어깨 안에 끌어안았다.

처녀 시절, 나는 남자의 외관 — 용모의 미추나 성적 매력 같은 것에 무척 둔감했다. 여자의 외관은 신경도 쓰이고, 나도 아름다워지고 싶다, 매력적이고 싶다, 라고 절실히 바랐지만, 남자라는 것은 그야말로 그 정신밖에는 보지 않았다. 정신이란 높은 지조를 뜻했다. 무엇을 가지고 높은 지조라고 하는지 나 자신도 단언할 수 없었지만, 말하자면 저 멀리 종잡을 수 없이 막연한 무언가를 바라는 크고 늠름한 마음 같은 것이었다.

그런 아가씨였던 내가 눈앞의 광경에서 눈을 떼지 못했다. 남자는 플로어 한가운데까지 여자를 안고 가서, 위에서부터 크게 감싸안듯이 여자 등에 양손을 두르고, 음악에 맞춰 여자를 천천히 움직이기 시작했다. 어두워진 불빛 아래 눈에 들어오는 것은, 부드러운 여자를 짓누르지 않게 제어하고 있는 것이 오히려 잔혹해 보이는 양팔이었다. 또 양복의 각으로 강조된 날카로운 어깨와, 어깨 위의 단단한 목 근육이었다. 그리고 또 그 위에 단단한 볼이 있다. 그 볼이 불타는 듯한 노여움을 전달하고 있었다. 무엇에 화를 내고 있는 것일까. 물론 나한테는 아니다. 팔 안에 있는 여자한테도 아니다. 자기 안에서 제어할 길 없이 크게 넘쳐흐르는 것에 대한 노여움이라고밖에는 생각할 수 없었다. 드러난 여자의 흰 목덜미를 위에서부터 내려다보고 있지만, 그 눈은 여자 너머 그 무언가를 멀리 바라보고 있었다.

나와 춤출 때 이 남자가 넘쳐흐르는 무언가를 얼마나 억누르고 있었는지. 그리고 지금은 그것을 얼마나 고스란히 드러내고 있는지. 넘쳐흐르는 것을 억눌렀던 반동이었을까…… 어두운 곳에 떨어져 파멸로 이어질 것이 빤한데도, 이제는 그래도 상관없다는 듯이 세상을 떠나고 삶을 떠난 것처럼─죽음의 불길한 욕정에 그대로 온몸을 내맡긴 듯 보였다. 그리고 그 불길한 욕정 때문에 오히려 어둠 가운데서 혼자만 조명을 받고 있는 것같이 보였다. 다른 사람들도 나처럼 그 남자한테서 눈길을 떼지 못하는 것이 아닐까. 나는 그것이 두려웠다.

곡이 끝나자 천장의 조명이 다시 밝아졌다. 아즈마 다로는 여자를 미국인 비서들이 모여 있는 곳까지 데려다주고는 그대로 등을 보이고 돌아섰다. 여자는 정신이 나간 것처럼 의자에 주저앉아 더이상 눈길로도 남자를 좇으려 하지 않았다.

주위를 돌아보자 파티장은 번들번들 빛나는 눈부신 조명 아래, 꼭 장난감 상자를 뒤집어놓은 것같이 지친 느낌을 보이고 있었다. 아버지는 코엔 부인과, 어머니는 이리에 씨와 각자 다른 테이블에서 이야기에 빠져 있어서, 내 눈길을 끌어당기는 불길한 존재를 알아차리지 못한 것 같았다. 그리고 사람들은 각각 작별인사를 하기 시작했다.

그날 밤, 나는 꿈을 꾸었다.

생각해보면 뉴 이어스 파티가 있었던 그때쯤이 아즈마 다로의 미국에서의 인생 가운데 마음과 삶이 가장 황폐했던 시기가 아니었을까. 똑같은 일의 반복뿐인 나날은 그의 안에 있는 힘이 갈 곳 없이 방황하는 나날이기도 했을 것이다. 그리고 그것은 동시에 어떤 미래로도 이어질 것 같지 않은 막막한 나날이었음에 틀림없다.

　그러나 얼마 안 있어, 훗날 그의 운명을 좌우할 움직임이 회사에서 일어났다. 그것은 처음에는 눈에 띄지 않는 형태로 시작되었다. 소형 카메라 수리를 하던 아즈마 다로가 일손이 부족하다는 이유로 위(胃) 내시경 수리에 끌려나가게 된 것이다. 뉴 이어스 파티 뒤의 부활절 이었는지 아니면 여름방학이었는지, 내가 귀성했을 때 예의 브렉퍼스트 룸에서의 대화 속에서 아즈마 다로의 이름은 어느새 내시경 수리공으로 등장하고 있었다. 〈블루 문〉에 맞춰 춤을 출 때의 모습은 나만의 꺼림칙한 비밀처럼 마음에 남아 있었지만, 보스턴에서 매일 익숙하지 않은 현실을 맞닥뜨린 탓인지 나는 그저 어머, 하고 놀란 게 고작이었다. 그러나 회사에서의 그 눈에 띄지 않는 동향이 후에 아즈마 다로에게 헤아릴 수 없을 만큼의 의미를 지니게 된 것이다. 하긴 아즈마 다로는 어떤 상황에 놓여도 자기 운명을 나름대로 개척해나갔겠지만, 그래도 그 동향은 그의 운이 강하다는 것을 보여주는 한 예였다. 그리고 지금 생각해보면 그것은 내시경이라는 제품의 특성과 깊이 관련되어 있었다.

　아이란 대체로 천동설처럼 자기중심적인 세계관 속에서 살기 마련이라, 나는 오랫동안 내가 부모를 쫓아 미국에 온 것을 극히 개인적인 운명—역사의 흐름과는 무관한 극히 개인적인 운명이라고 생각하고 있었다. 사실은 그 반대였다. 우리 가족이 미국에 온 것은 역사의 흐름과 무관하기는커녕, 역사의 톱니바퀴에 편승해 일본 경제의 고도성장이라는 거대한 파도를 탄 것에 지나지 않았다. 사실 지금 생각해보면, 이 이불은 교토에 보내, 이 식기는 버리고, 아, 그리고 할아버지 일기는 송구스러우니까 갖고 가는 게 좋겠지, 라고 기모노를 입은 어머니가 멜빵을 멘 모습으로 도쿄 집을 정리하고 있는 모습이라든가, 건강하세요, 건강하세요, 라는 친척들의 전송을 받으며 하네다 공항을 떠나던 광경 등 모두가, '일본의 고도성장'이라는 제목의 흑백 뉴스영화의 한 토막같이 느껴진다. 아버지가 소형 카메라 메이커에 취직해서 미국에 파견된 것도, 바로 트랜지스터라디오에 이어 소형 카메라가 일본의 인기 수출품으로 각광받던 시절이었다. 이윽고 그러한 인기 수출품은 시대가 지남에 따라 텔레비전, 오토바이, 비디오, 자동차와 비디오게임으로 계속 바뀌어갔지만, 그것은 예전의 인기 수출품이 새로운 것으로 대체됐기 때문이 아니라 미국에 출하되는 일본 제품이 다양해짐에 따른 것이었고, 아버지를 고용해준 회사역시 소형 카메라에만 의존하지 않고 수출품의 다양화를 기도했던 것이리라. 그래서 힘을 쏟은 것이, 세계 최초 개발을 자랑하는 위카메라였다.

내시경이 등장한 건 미국에 온 지 일이 년 뒤의 일로, 당시 아직 주니어 하이스쿨이라 불리는 중학교에 다니던 내게는 무엇보다 새 '테크니션'의 등장을 통해 의식되었다. 오노라는 이름의, 수리 솜씨도 좋고 내시경 필름현상도 할 줄 알고 영어도 어지간한 대학 출신보다 훨씬 더 유창하다는 안경 쓴 얼굴이 회사에 하나 더 늘었다. 동시에 선생이라는 경칭으로 불리고, 성인 여성 특유의 정중한 경어로 어머니가 접대하는 의사들의 모습도 가끔 집에서 보게 되었다. 병원에서의 데몬스트레이션을 위해 위카메라를 능숙하게 다룰 줄 아는 의사들을 일본에서 초청한 것임을 점차 알게 되었다. 그리고 그때까지 들어본 적도 없는 '세일즈맨'이라는 단어도 귀에 들어오기 시작했다. 소형 카메라와 현미경은 상사가 중개하는 간접판매 형태인 데 반해,

내시경은 미국인 세일즈맨과 커미션제로 일 대 일 계약을 맺는 직판 형태를 취한 결과라는 것도 차차 알게 되었다. 미국에서의 판매가는 일본보다 훨씬 더 비싼, 한 대당 이삼천 불로 책정되었다. 당시라면 새 차도 살 수 있는 가격이었다. 아이였던 나에게는 천문학적인 가격으로, 그 얘길 듣고 놀라 자빠진 기억이 있다. 세일즈맨의 커미션은 십 퍼센트로 설정되었는데, 독신 주재원 월급이 사오백 불, '현지채용'이면 삼백 불밖에 되지 않던 그 시절에는 몇 대만 팔아도 가족이 딸린 미국인 세일즈맨도 충분히 먹고살 수 있는 금액이었다.

그 내시경 수리 담당으로 '현지채용'된 아즈마 다로가 배정된 것이다. 내시경은 정밀기계인 동시에 인명에 관계되는 의료기계이기도 하다. 내시경을 파는 데에는 AS가 신속하다는 평판이 필요 불가결했고, 매출이 신장됨에 따라 AS에도 새 일손이 필요하게 된 모양이었다. 만일 아즈마 다로가 없었더라면 일본에서 두번째 내시경 '테크니션'이 파견되었을 테지만, 우연히 '현지채용'된 아즈마 다로가 있었기 때문에 그가 그 자리를 메우게 된 것이다. 마찬가지로 자리를 메우기 위해 맨해튼에서 '예술사진'을 찍던 일본인 사진가가 내시경 필름현상 담당으로 현지에서 고용되었다.

이럭저럭하다가, 다음번에 귀성했을 때는 아즈마 다로의 이름이 '출장'이라든가 '데몬스트레이션'이라는 단어와 함께 아버지 입에서 나오고 있었다. 나는 그때도 약간 놀랐을 뿐 그 단어들을 그냥 흘려보냈다. 보스턴에 뿌리를 내림에 따라 아버지 회사 이야기는 점점 더 멀게 느껴졌고, 왜 내시경 수리를 하는 사람이 '출장'이나 '데몬스트레이션'과 관계가 있는지 되물을 만큼의 흥미도 없었다. 아즈마 다로의 이름이 그러한 낱말과 함께 나오게 된 배경을 어렴풋하게나마 파악한 것은 그로부터 꽤 시간이 지나고 나서였다. 그리고 그 사실이 그후 그의 인생에 어떤 의미를 갖는지 파악한 것은 좀더 오랜 세월이 지난 뒤였다.

아즈마 다로가 내시경 수리에 동원된 시기부터가 행운이었다. 마침 일본에서 초청한 의사들이 잇달아 귀국하고, 대신 '테크니션'인 오노 씨가 수리작업을 하는 틈틈이 병원에 데몬스트레이션을 하러 가게 된 시기였다. 의사들이 귀국해버리고 나니 제품에 대한 자세한 지식을 갖고 있는 것은 오노 씨밖에 없었고, 회사도 장차 의사를 대신할 수 있는 인재로 영어에 능숙한 오노 씨를 보낸 것일 터였다. 의사들이 귀국한 뒤 얼마 동안은 분명 오노 씨도 의기양양해서 병원에 출장을 나갔을 것이다. 그러나 병원에 데몬스트레이션을 하러 가는 것은 사실 무척 힘든 일이었다. 의사와 달리 회사 사람이 비서로 수행하지도 않으니까 한층 더 힘들었을 것이다. 예컨대 그것은 단순히 근교의 병원을 방문하는 일이 아니라, 비행기를 갈아타고, 렌터카를 빌려서, 지도에만 의지해 데몬스트레이션을 부탁한 병원을 찾아내는 일이기도 했다. 또한 흥미진진하게 바라보는 미국인 의사들을 앞에 두고, 당시에는 지금보다 몇 배나 굵었던 내시경을 아주 간단하다는 듯이 집어삼키는 일이기도 했다. 나아가 그 의사들이 빠른 말투로 쏟아놓는 질문을 받아 어떻게든 영어로 제품 설명과 선전을 펼쳐야 하는 일이기도 했다. 그러는 동안 오노 씨는 점점 지쳐갔다. 그리고 오노 씨가 지쳐감에 따라, 이미 그때 충분한 제품 지식을 갖게 된 아즈마 다로가 오노 씨 대신 병원에 갈 기회가 늘어갔다. 그것이 아즈마 다로에게는 큰 전기가 되었던 것이다. 실제로 오노 씨처럼 정년이 보장되어 있는 사람, 또 아무리 회사에 공헌해도 대학을 나오지 않아 출세의 한계가 보이는 사람에게는 무슨 일이 있어도 열심히 일해야 할 만한 상황은 아니었다. 오노 씨를 대신할 만한 능력이 아즈마 다로에게 없었다면 이야기는 달라졌겠지만, 그에게는 이미 충분한 능력이 있었다. 그렇게 해서 아즈마 다로는 내시경 수리공으로 일하면서 '출장'이나 '데몬스트레이션'과 같은 단어에 연결되는 일꾼이 되어갔던 것이다.

내시경 부문의 일이 정식으로 아즈마 다로의 몫으로 인정된 것은, 일본 본사에서 그를 대신할 인재로 내시경 부문의 사람이 아니라 일반 카메라 부문의 사람을 보내왔을 때부터였다.

"본사에서 드디어 아즈마 군을 내시경 전문가로 인정한 거야."

아버지가 자랑스럽게 이야기했던 것이 기억난다.

아버지의 권한이 어느 정도였는지는 모르지만, 생각건대 본사 쪽에서 아즈마 다로의 존재를 이렇게 정식으로 인정하기까지 처음에는 저항감이 있었을 것이다. 처음이란 언제나 훗날의 기초가 되는 중요한 시기이다. 미국에서 내시경 시장을 확립하기 위해 세일즈맨으로 미국인을 고용하는 것은 어쩔 수 없다 해도, 그 밖의 인재는 가능한 한 처음부터 회사가 키운 사람으로 굳히고 싶다는 것이 본사의 원래 의도가 아니었을까. 일본 기업이 미국에 공장을 세우고 현지의 미국인을 그대로 매니저로 앉히거나 하는 일은 한참 뒤의 이야기로, 어느 회사나 본사 채용 인간만이 어깨에 힘주고 잘난 척하고, 그렇지 못한 사람은 인간 취급도 못 받는 삼엄한 분위기가 지배하던 시절이었다. 아즈마 다로라는 남자가 아무리 머리가 좋고 영어가 능숙해도, 회사에서 젊을 때부터 키운 인간만큼 신뢰할 수는 없었을 것이다. 그렇게 생각하면 아버지가 본사를 설득하는 데 한몫한 게 아닐까 하는 상상도 그다지 틀리지는 않은 것 같다.

본사가 정식으로 인정한 후, 일본인 입에서 나오는 '아즈마 군'이라는 이름은 미묘하게 대등한 울림을 지니게 되었다. 그러나 훗날 아즈마 다로의 운명에 더 중요한 영향을 주는 변화는 다른 곳에 있었다. 그것은 미국사회와의 관계로, 일개 동양인에 지나지 않았던 남자가 내시경을 통해 세상에 자랑할 수 있는 세계적 상품 판매자로서 미국 회사와 직접 관련을 갖게 되었다는 사실이었다. 이문화의 인간이 서로 깊은 유대관계를 맺으려면 물건의 매매가 매개가 되는 것보다 더 적절한 방법이 없다는 사실은 역사가 증명한다. 병원을 돌아다니며 수많은 미국 의사를 상대로 내시경을 파는 동안, 아즈마 다로는 점차 미국사회의 중추에 있는 사람들과 한 인간으로서 관계를 맺기에 이른 것이다.

게다가 거기에는 아즈마 다로에게 유리한 오해가 있었다. 미국인 의사 몇 명이 아즈마 다로를 어느 틈엔지 '닥터 아즈마'라고 부르게 되었던 것이다.

—거 괜찮군. 닥터 아즈마로 관철해버려. 미국인은 일본인을 무시하니까 말야. 일본에서 의대를 나온 걸로 해두자고.

나중에 사람들한테 들은 것이지만, 아버지는 그렇게 말하면서 아즈마 다로가 닥터 아즈마로 불리는 것을 재미있어했다고 한다. 그리고 미국인 의사 앞에서 그 오해를 바로잡기는커녕, 일부러 지속시키는 방향으로 유도했다고 한다.

—그래야 상대방도 신용하니까 말이야.

아즈마 다로를 위하는 배려뿐만 아니라 아버지의 장난기도 있었단 것을, 나는 그 이야기를 들은 순간 알았다. 회사 남자들 가운데 가장 낮은 지위인데다 '회의'에서는 툭하면 배제되고 본사에서 VIP가 출장 오면 길가의 돌멩이처럼 무시당하던 아즈마 다로를, 회사를 위해서라는 명목하에 대외적으로 가장 높은 학력의 주인공으로 만들어놓고 혼자 마음속으로 쾌재를 부르고 있었음이 틀림없다. 지금 생각하면 학력 위조죄 같은 것으로 고소당할 염려조차 하지 않았단 점이 이상하다면 이상한 일이지만, 아즈마 다로가 직접 환자의 몸에 손을 대는 일은 없으니까 문제 없으리라고 생각했는지도 모른다. 어쨌든 그 오해의 지속이 아즈마 다로가 미국사회를 파고드는 데 실질적으로 도움이 된 것만은 틀림없었다.

아즈마 다로에 관한 그러한 이야기를, 나는 가끔 집에 돌아올 때에만 단편적으로 들을 뿐이었다. 당시에는 아직 그가 가끔 회사 사람들과 함께 우리집에 오기도 하고 어쩌다 나하고 부딪치는 기회도 있었지만, 기억에 남을 만한 대화나 장면은 없었다. 이럭저럭하는 사이에 우리집 전체가 아버지 회사와 거리를 둘 수밖에 없는 일이 일어났다. 해마다 커가던 회사가 드디어 도쿄 본사에서 독립하여 미국 본점으로 이름을 바꾸고, 그것을 계기로 본사에서 계속 일해온 사람이 사장으로 취임했다. 아버지는 강등되어 부사장이라는 직함으로 남게 되었다. 회사 근무가 성격에 맞지 않아 남의 밑에 있는 것은 물론 남의 윗자리에 있는 것도 철두철미하게 부적합한 아버지가 최고 책임자를 그만둔 것은 회사로서는 기뻐해야 할 일이었지만, 아버지는 나름대로 실망스러웠을 것이다. 주위 사람들이 여러 가지로 도와주려고 애썼음에도 불구하고 아버지는 회사의 운명에 대해 완전히 방관자 같은 태도를 취하게 되었다. 어머니가 당신 직장의 인간관계에 정성을 쏟는 바람에, 온 가족이 함께 아버지 회사 사람들과 친분을 쌓을 기회가 없어진 것도 거기에 박차를 가했다. 그후 아버지는 지병인 당뇨병이 악화되어 은퇴할 때까지의 긴 세월을 어쩔 수 없이, 요샛말로 하자면 창가 자리를 지키는 한직족으로 지내게 되었다. 그렇지만 아즈마 다로에게는 그것이 오히려 행운이었는지도 모른다.

아즈마 다로의 눈부신 출세의 시작은 아버지가 회사에서 한 발짝 물러난 것과 거의 시기가 일치한다. 병원을 돌며 실시한 위카메라 데몬스트레이션은 그대로 세일즈에 직결되었다. 얼마 지나지 않아 아즈마 다로는 보통 미국인 세일즈맨보다 더 좋은 실적을 올리게 되었다. 그리고 어느 날 새로 부임한 사장과 담판하여, 회사를 그만두고, 커미션제 세일즈맨으로 미국인과 똑같은 조건에서 일하고 싶다고 말한 것이다. 세일즈맨들보다 더 많은 돈을 회사에 벌어다주고 있는데 그들의 수입과는 비교가 되지 않을 만큼 싼 월급을 받고 있었으니, 그런 말을 꺼내는 것도 당연한 일이었다. 그러나 그것은 일본에서 파견된 주재원이라면 말도 꺼내지 못할 일이기도 했다. 새로 취임한 사장은 놀랐을 것이다. 화를 냈을지도 모른다. 그러나 최종적으로 입장을 양보한 것은, 마침 위카메라의 판매량이 급속히 늘기 시작한 시기였고, 아즈마 다로 같은 남자가 세일즈맨으로서 본격적으로 일하기 시작하면 얼마나 판매량을 신장시킬지 대략 상상이 갔기 때문일 것이다. 그뿐 아니라 일본 회사 특유의 온정주의를 발휘해, 학력도 신통치 않고 '현지채용'에 지나지 않는 아즈마 다로가 그대로 회사에 남아 있으면 아무런 장래성이 없다는 것까지도 고려했는지 모른다. 당시에는 이미 일본에서 온 위카메라 '테크니션'이 한 사람 더 있었음에도, 회사는 본사와 교섭해서 아즈마 다로를 대신할 인재를 또 한 사람 더 불러왔다. 아즈마 다로는 회사를 그만둠과 동시에 그린카드라는 영구 거주권을 미국 이민국에 신청했다.

─아즈마 씨는 참 수완이 좋아.

코엔 부인은 조금 비아냥을 섞어 감탄했다.

야지 씨와 기타 씨를 비롯하여 전에 가족 단위로 친하게 지내던 사람들은 이국에서의 기업 전사 전투를 끝내고 일본으로 돌아가버려, 이제 우리집을 찾아오는 사람은 거의 없었다. 나도 집을 떠난 지 오래였다. 그림에 재능이 없음을 확인하고 일찌감치 보스턴의 미술학교를 그만두고 유럽에서 어학연수를 했지만, 그 뒤에도 부모님 밑으로 돌아가지 않고 뉴욕에서 떨어진 곳에서 끝없는 학창 시절을 계속하고 있었기 때문이다. 그런 가운데 코엔 부인만은 도호쿠 지방의 대선주 집 딸답게 묘하게 의리가 있어, 신년에는 반드시 우리집에 찾아왔기에, 크리스마스에서 정월에 걸쳐서 매년 집에 돌아와 있던 나와도 적어도 일 년에 한 번은 연중행사처럼 얼굴을 마주치곤 했다. 그땐 아직 아즈마 다로가 가끔 코엔 부부와 골프를 치러 가기도 하는 모양이라, 그한테서 직접 이야기를 듣는 기분이 들기도 했다.

그 하얀 고무공을 연상시키던 신디와는 한참 전에 헤어져버린 일이라든가, 노파네 집 지하실에서 나와 그럴듯한 아파트로 이사 간 것도 코엔 부인을 통해서 알게 되었다. 칠이 벗겨진 노란색 코베어도 반짝반짝 빛나는 빨간 무스탕으로 바뀌었다고 한다.

물론 세일즈맨으로서도 성공하고 있었다.

─글쎄, 제일 많이 판다지 뭐예요.

세일즈맨으로 일하기 시작하자마자 아즈마 다로는 가장 많은 실적을 올렸다고 한다. 원래 아즈마 다로의 담당 지역은 뉴욕 주와 그 부근, 가장 병원이 많은 지역이었다. 보통 세일즈맨하고는 비교가 되지 않을 만큼 상세한 제품 지식이 있는데다가, 가장 돈이 잘 벌리는 지역에서 이십사 시간 쉬지 않고 일했던 것이다. 매일 아침 네시면 일어나 심야 트럭과 함께 하이웨이를 달려 병원을 돌아다녔다고 한다. 게다가 조금이라도 틈이 있으면 도서관에서 공부를 하여, 위에 관해서는 어지간한 권위자에게 지지 않을 만큼의 지식을 갖게 되었다. 내시경이 그런 그의 열성에 보답할 만큼 뛰어난 상품인 것도 행운이었다.

'키운 개에게 손을 물린다'는 말이 있는데, 회사 입장에서는 그후의 아즈마 다로의 움직임이 바로 그런 것이었는지도 모른다. 얼마 후 아즈마 다로의 실적은 단순한 일등이 아니라, 다른 세일즈맨을 크게 따돌리는 수준이 되었다. 그는 어느새 고급 주택지에 있는 아파트에 살게 되었고, 벤츠도 타게 되었다. 실력주의인 미국에서는 세일즈맨이 고급 주택지에 살거나 고급 차를 타는 것이 그대로 신용으로 이어지기 때문에, 그것은 사치이기 이전에 장사의 일환이라고도 할 수 있다. 똑같은 짓을 미국인 세일즈맨이 했으면 그저 부럽다고 생각했을 것이다. 그러나 아즈마 다로는 미국인이 아니라 일본인이다. 게다가 몇 년 동안 함께 한솥밥을 먹은 동료이기도 했다. 그런 사람이 어느새 칠만 달러니 십만 달러니 하는 과장된 소문이 도는, 요컨대 당시 사장의 연봉을 훨씬 상회하는 수입을 한 달 안에 벌게 된 것이다. 아즈마 다로의 커미션을 줄여야 한다는 소리가 어디에선가 나오기 시작했다. 그것을 일본인의 시기질투라고 해야 할지, 일본인이 지니는 공평성이라고 해야 할지는 견해에 따라 다를 것이다. 일본사회 바깥에서 보면 부당해 보이는 일도, 내부에서 보면 반드시 그렇지만은 않은 경우가 종종 있기 때문이다. 시기질투든 공평성이든 간에, 어느 해 계약을 갱신하는 자리에서 회사는 그에게 그때까지 십 퍼센트였던 커미션을 갑자기 팔 퍼센트로 내려 제시했다.

그 이야기를 들었을 때는 회사의 폭거에 놀랐지만, 나중에 들은 바에 의하면 조금 더 복잡한 사정이 있었던 것 같다. 근본적인 문제는 내시경이 예상보다 훨씬 더 잘 팔리는 제품이라는 데 있었고, 사실 회사로서는 전부터 세일즈맨 전원의 커미션을 내리고 싶었던 모양이었다. 그래서 아즈마 다로에 대한 불만이 일본인들 사이에 팽배해 터질 지경이 되었을 때, 그 상황을 이용해 우선 일본인이면서 내부인이기도 한 아즈마 다로의 커미션부터 낮추기로 한 것이다. 아즈마 다로의 커미션을 내리면, 계약 갱신시 다른 미국인 세일즈맨의 커미션도 자동으로 내려가게 된다.

회사가 아즈마 다로에게 어떻게 설명했는지는 모른다. 아즈마 다로는 안색도 바꾸지 않고 사인을 했다고 한다. 그리고 더 정력적으로 일하여 신기에 가깝다는 소문 속에 전년과 똑같은 수입을 올렸다. 이윽고 다시 계약을 갱신할 때가 왔다. 회사는 이번에는 육 퍼센트라는 커미션을 제시했다. 회사로서는 비록 육 퍼센트라도 엄청난 수입이니, 회사가 인정을 베풀어 취직시켜준 아즈마 다로가 불평할 수는 없으리라고 생각했는지도 모른다. 며칠만 생각할 시간을 달라고 물러간 아즈마 다로가 삼 일 만에 나타났을 때, 계약서는 사인 없이 반환되었다.

아즈마 다로는 단순히 회사와 인연을 끊는 데 그치지 않았다. 곧 공공연하게 알려진 일이지만, 그는 하필이면 비슷한 의료기기를 취급하는 미국 경쟁회사와 계약을 맺고, 그때까지 얻은 지식과 구축한 인간관계를 총동원하여 그 회사 제품을 팔기 시작했다. 회사는 멋지게 배반당한 것이었다. 아즈마 다로는 이미 변호사를 고용하고 아는 의사들에게 추천서를 받아 영주권을 취득한 후였기 때문에 무슨 짓을 하든 자유였다. 회사는 다른 세일즈맨의 커미션을 십 퍼센트로 되돌려 아즈마 다로에게 보복했다.

집에 돌아가자 "유대인도 못 당할 거야"라는, 자칭 리버럴한 인간이 해서는 안 될 말이 아버지 입에서 나오기 시작했다. 아즈마 다로가 회사에 들어오는 데 일조하여 그에게 은혜를 베풀고 나아가 회사에도 이익을 주었다고 생각하던 아버지는 배반당한 기분이 들었으리라. 그러나 사실 정말로 충격을 받은 건 아니라고 나는 느꼈다. 애당초 이번 일이 일어나기 전부터 아버지가 아즈마 다로에게 거리를 느끼는 듯, 오랫동안 화제에 올린 일이 없기 때문이다. 영어를 배우려고 니노미야 긴지로*처럼 정진하던 아즈마 다로가 아닌, 세일즈맨으로 '벤츠를 타고 다니는' 아즈마 다로는 아버지 같은 사람에게는 호감을 갖기도, 이해하기도 힘든 인간으로 바뀌어버린 게 아니었을까? 그리고 그 '벤츠를 타고 다니는' 남자가 그의 인생에서 무슨 짓을 하든 별로 상관없지 않았을까? 그보다도 이번 일로 보통 남자가 아니라던 자신의 생각이 의외의 형태로 증명되었다고 느끼기조차 했을지도 모른다. "그놈도 미국에 진짜 뿌리를 내렸군"하는 투의 말이

---

* 니노미야 손도쿠(二宮尊德). 빈농의 장남으로 태어나 근검절약하고 몸을 아끼지 않고 일하여 대지주가 된 근면성실의 표본과 같은 인물.

아버지 입에서 나오는 때도 있었다.

사실 아즈마 다로에 대해 착잡한 생각을 품었던 것은 아버지 때문만은 아니었다. 일본에 돌아가 결혼한 야지 씨가 이어서 로스앤젤레스에 파견되어, 크리스마스 때 가족이 함께 뉴욕을 방문하고 그 참에 인사차 우리집에도 들른 적이 있었다. 옛이야기로 꽃을 피우다, 어느 틈엔지 이야기가 아즈마 다로 쪽으로 옮겨갔다.

부인보다 훨씬 아기를 잘 다루는 야지 씨가 아기를 무릎에 올려놓고 달래면서 아버지에게 말했다.

—아즈마 씨는 참 대단해요.

온화한 성격의 야지 씨가 여느 때처럼 그냥 하는 말이려니 하고 흘려듣자 그가 말을 이었다.

—모두들 그렇게 말해요.

그 당시 함께 일했던 옛 주재원들이 모두 아즈마 다로를 비난하지는 않는다는 것이다.

—이리에 씨는요?

나도 모르게 끼어들었다. 그가 어머니하고 내 앞에서, 나는 그런 녀석은 싫어, 라고 내뱉듯이 말한 것이 기억에 남아 있었다.

—이리에 씨는 회사가 잘못했다고 말할 정도인걸요.

야지 씨는 웃으면서 대답했다. 야지 씨를 쏙 빼닮은 무릎 위의 아기도 몸을 흔들며 웃었다.

나는 사람들의 이러한 반응에서, 오랫동안 미국생활을 한 일본 주재원들의 미묘한 마음의 움직임을 보았다. 이민의 나라 미국에서 짧지 않은 기간을 산다는 것은, 만일 내가 조국을 버릴 수 있다면……하는 생각이 어느 날 문득 마음속을 스칠 수도 있다는 이야기이다.

일본 회사에 돌아간 뒤의 장래가 뻔히 보인다면 한층 더할 것이다.

그러나 당연한 결과로, 아즈마 다로의 배반은 일반 일본인 사이에서는 배척의 대상이 되었다. 그가 '일본을 배반하고 미국에 붙었다'라는 이야기는 바로 항간에 퍼졌고, 아버지 회사 사람들뿐 아니라 뉴욕의 다른 일본 주재원들 사이에서까지 널리 배척의 대상이 된 것이다. 아즈마 다로라는 이름은 사람들에게 혐오감이나 시기심을 불러일으키게 되었다. 물론 그 근저에는 질투도 있었다.

그때였다. 묘한 소문이 돌기 시작했다. 아즈마 다로는 일본인이 아니다, 중국인이다, 아니 한국인이다, 아니 월남 사람 피가 섞여 있다, 어쩐지 일본 회사를 배반하고도 태연하더라, 일본에서 신세졌던 집안의 딸을 유혹했다가 버렸다더라 등등, 어딘가 묘하게 애국적인 냄새가 나는 소문, 아니 소문이라기보다 중상모략에 가까운 것이었다. 그만큼 성공했으면 슬슬 금의환향하고 싶은 것이 인지상정일 터인데, 일본에 한 번도 돌아가려 하지 않는 것도 그 중상모략을 일본인 사이에 퍼지게 하는 데 일조했다.

오랜 세월 만나지 않는 동안 내 기억 속의 아즈마 다로는 완전히 마음에서 멀어져버렸다. 잠깐밖에 이야기한 적이 없었지만 내가 알고 있는 아즈마 다로는 어딘지 그리운 구석이 있는 사람이었다. 그런데 지금은 듣는 이야기마다 완전히 다른 사람의 모습밖에 떠오르지 않는다. 그가 배반자인 것은 상관없다. 흉악범이 로맨틱할 수 있듯, 배반자도 로맨틱할 수 있다. 그러나 그는 우스꽝스럽게도 벼락부자이기까지 했다. '벤츠를 타고 다니는' 아즈마 다로는 내 상상 속에서, 골프 때문에 햇볕에 탄 가슴에 굵은 금목걸이를 걸고 다니는 너절한 사나이의 모습이었다. 샐러리맨의 세계가 평범하고 세속적이었다면, 벼락부자의 세계는 평범하고 세속적인 것을 넘어 속되고 추악했다. 무아의 얼굴로 『소녀문학전집』의 페이지를 넘기던 모습, 어두운 눈초리로 푸른 바다를 바라보던 모습, 얼굴 근육을 경직시키고 〈블루 문〉에 맞춰 춤추던 모습, 그런 모습들이 지금은 기억의 장난으로밖에 생각되지 않았다. 그러나 다행히 그런 일로 감상에 빠져들기에는 모든 것이 나와 너무도 동떨어진 곳에서 일어난 일이었다.

이럭저럭하는 동안 아즈마 다로의 인생은 좀더 발전한 듯했다. 얼마 있다 세일즈맨을 그만두고, 세일즈맨 시절에 친해진 유대계 미국인과 아예 의료기기 개발 사업을 시작했다는 이야기가 들려왔다. 예전부터 살던 고급 주택지에 미국에서는 콘도미니엄이라 불리는 아파트를 샀다는 것, 그것도 넓은 테라스가 딸린 호화스러운 최상층 펜트하우스라는 이야기도 들었다. 여의사와 사귄다는 이야기가 들리는가 싶더니, 좀 있다가는 여자 변호사와 사귄다는 이야기가 들려왔다. 여자의 취미에 맞추기 위해서인지 함께 메트로폴리탄 오페라하우스에 나타난 것을 봤다는 사람도 있었다. 그렇게 키가 크니까 백인 여자와 사귀어도 괜찮겠다고 막연히 생각했던 것이 기억에 남아 있다.

그리고 또 몇 년의 세월이 흘렀고, 그사이에 모든 것이 좀더 크게 변했다. 가끔 아즈마 다로 이야기를 듣기는 했지만, 그는 이미 나와 무관한 곳에서 인생을 영위하는 사람에 지나지 않았다. 물론 만날 일도 없었다. 그리고 여기저기에서 들려오는 그의 성공과 반비례하듯이, 우리 가족의 운명은 우스꽝스러울 정도로 하강곡선을 그려갔다. 아버지의 지병인 당뇨병이 악화되면서 어머니는 직장에서 알게 된 일본인 주재원과 깊은 관계에 빠졌고, 아버지가 어쩔 수 없이 은퇴하게 되자 집에는 거의 잠만 자러 돌아왔다. 하루 종일 아버지가 멍하니 누워 있는 집 안 천장 구석에는 거미줄이 쳐 있곤 했다. 주위 사람들이 우리 자매의 미래라고 상상했고 우리도 당연시했던 '제대로 된 결혼'은 도무지 찾아올 기미가 없었고, 장래가 있어서 좋겠어요, 라는 말을 듣던 젊음도 시간을 낭비하는 동안 어느 틈엔가 홀연히 사라져버렸다. 나에 언니는 집에서 잔뜩 돈을 들인 피아노를 그만두고, 햇병아리 조각가가 되어 맨해튼에서 띄엄띄엄 아르바이트를 하며 먹고살기 시작했다. 남자 그림자가 뜸해짐과 동시에, 그 대신인지 그녀가 애교 있는 목소리로 '아기들'이라고 부르는 두 마리의 형제 고양이가 등장했다. 나는 나대로 기나긴 학생생활 끝에 드디어 대학원까지 가게 되었지만 학자가 될 맘은 없었고, 일본에 돌아가서 일본어로 소설을 쓰고 싶다는 생각을 하면서도 결심이 서지 않아, 앞날이 보이지 않는 대학원 생활을 우울하게 견디고 있을 뿐이었다. 아버지의 눈은 수술을 되풀이한 끝에 결국 거의 보이지 않게 되었다. 어머니는 그런 아버지를 실버홈에 집어넣고, 롱아일랜드의 집을 서슴없이 내놓고, 자기만의 인생인가를 추구한다며 애인인 주재원 남자—어머니만 아니었다면 일생을 아무 풍파 없이 마쳤을 지극히 단순한 남자와 손을 맞잡고 남자의 새 근무처로 사라졌다. 우리 자매는 돌아갈 집도, 툭하면 기대던 부모 품도 없어진 채, 실버홈에 들어간 아버지와 함께 미국에 남았다.

시대도 예상치 못했던 기세로 변해갔다. 우리 가족이 두고 온 일본은 분명히 가난한 나라였는데, 언제부턴가 풍요로운 나라라고 칭송받기 시작하더니, 일본인이라고 하면 단체로 공항에 도착하여 여봐란듯이 큰돈을 뿌리면서 고급 부티크를 덮치는 사람들이라는 이미지가 미국에 정착되어갔다. 접대비로 하룻밤에 몇백 달러를 쓴다는 일본인 주재원들이 기세 좋게 맨해튼을 활보하기 시작했다. 동양인만 보면 입주 고용인으로 단정하던 미국인이 미국 전역에서 일소되지는 않았지만, 그런 사람은 구제할 길 없이 시대착오적인 사람일 뿐이었다. 미국의 풍요로움은 간단히 눈에 차지 않게 되고, 풍요로움을 추구하여 미국에 오는 일본인도 없어졌다. 그러나 일본의 경제발전에 밀려 자신이 원치 않는데도 미국에 파견되는 샐러리맨은 점점 더 늘어갔다.

그런 시대에 들어선 이후의 일이다. 오랜만에 나에 언니와 맨해튼에서 하루를 보내고 밤에 미드타운의 초밥집에 들어가 초밥집 주인의 "어서 옵쇼"라는 소리에 이끌려 눈길을 돌렸을 때, 카운터에 아즈마 다로의 옆얼굴이 있었다. 거무스름한 양복 차림이었다. 마찬가지로 거무스름한 양복 차림의 미국 남자와 유쾌한 듯이 웃으면서 이야기를 나누고 있었다.

〈블루 문〉에 맞춰 춤추던 모습을 본 뒤로 십 년도 더 지나 있었다. 그때의 탁한 앙금 같은 것은 완전히 사라지고, 황금빛이 하늘에서 사뿐히 내려와 그대로 머문 듯 빛나는 모습이었다. 지금 생각하면 그때는 이미 일본에 돌아가 옛 여자와 만난 뒤였겠지만, 나는 물론 그러한 사정은 몰랐고, 다만 그 황금빛이 깃든 듯한 눈부심에 눈과 몸이 이끌려가는 것을 느꼈을 뿐이었다. 동시에 나는 고통스러울 정도의 열등감을 느꼈다. 내가 아즈마 다로에게 이런 형태의 열등감을 느끼게 되리라고는 상상도 하지 않았던 만큼 그런 느낌이 훨씬 더 심했을 것이다.

우리 자매에게는 이제 아무것도 남지 않았다는 기분이 들었다. 미래조차 남지 않은 것 같았다. 그에 비해 아즈마 다로는 모든 것을 갖고 있다는 생각이 들었다. 부자가 되었는데 나에 언니와 내가 갈 수 있을 정도의 초밥집에 있다는 것이 이상하다면 이상했지만, 생각해보면 그때쯤부터 이미 일본 주재원이 이용하는 고급 초밥집에 가는 것이 번거로워졌는지도 모른다. 아버지 회사를 뛰쳐나가고 나서 몇 년 지나는 동안에 중상모략도 어느 틈엔가 시들해지고, 뉴욕의 일본인 사회에서는 드물게 성공한 사람으로 조금씩 알려지기 시작하던 때였다.

자리에 앉아, 아즈마 다로가 저기 있다고 나에 언니에게 말하려던 때였다. 그도 나를 알아봤는지 일어나서 우리 쪽으로 걸어왔다. 생기 있는 웃음을 보이고 있다. 옛날, 내 방 전구를 갈아줬을 때 보인 무방비한 웃음이었다. 전체적으로 약간 살이 붙은 듯한 인상이었지만, 그렇다 해도 너무 마르지 않은 정도였다. 소문으로 상상하던 아즈마 다로는 순식간에 사라지고, 처녀 적 기억 그대로의 모습이 눈앞에 있었다. 마치 최근 십몇 년이 꿈이었던 것 같았다.

—미나에 쨩.

그는 나를 향해 말했다. 나에 언니와는 거의 만난 적이 없었던 것이다.

나는 흠칫했다. 왜 '미나에 쨩'이라 부른 걸까. 그 뒤로도 가끔 코엔 부인한테서 우리 집안 이야기를 듣고 있었다는 것을 나중에야 알았지만, 그때는 너무 깜짝 놀라서 목 윗부분이 화끈거렸다.

얼른 일어나서 인사하려는 나를 손으로 말리면서 아즈마 다로는 말했다.

― 오랜만입니다.

― 정말 오랜만이에요.

― 미즈무라 씨는 어떠십니까?

― 뭐, 그럭저럭 지내세요.

아버지가 실버홈에 들어갔다는 것, 글자 없이는 살아갈 수 없는 사람이었는데 이제는 책의 감촉조차 잊어버렸을 것이라는 사실 ― 이미 이렇게 멀어진 사람한테 그런 이야기를 한들 무슨 소용이 있을까. 그러자 그쪽에서 먼저 말했다.

― 어디 입원하셨다는 말을 들었습니다만.

아무렇지 않다는 듯 말했지만, 눈은 내 표정의 변화를 포착하려 하고 있었다.

나는 고맙게 생각했다. 아버지 이야기를 어딘가에서 듣고 신경을 써주고 있다는 사실이 고마웠다. 그러나 행운의 광휘에 싸인 듯한 이 남자 앞에서 아버지를 화제에 올리기는 왠지 망설여졌다. 행운의 광휘를 더럽힐 것 같아 주눅이 들었고, 또 그것보다 이 순간에도 보이지 않는 눈을 뜨고 침대에 똑바로 누워 있을 아버지가 딱했다.

― 네, 들락날락하고 있어요.

남자는 내 반응을 보고 그 이상 깊이 관여하기를 그만두었다.

― 정말 격조했습니다만……

― 이제 엄청난 부자가 되셨다면서요.

예전 같으면 할 수 없었을 말이 입에서 나왔다. 그는 고개를 저었다. 또다시 웃음 띤 얼굴을 보였다.

― 그렇지 않습니다. 하지만 모처럼 만나 뵈었으니 좋아하시는 것을 대접하지요.

이번에는 내가 고개를 저었다.

— 말도 안 돼요.

— 안 될 거 없습니다. 사양 말아주세요.

아즈마 다로가 위에서 깊숙이 몸을 숙여 우리 자매의 얼굴을 들여다보는 바람에, 네모난 작은 테이블에 마주 앉은 우리는 검은 양복을 입은 그 어깨에 파묻히다시피 했다. 이렇게 멋진 남자한테 사랑받는 것은 어떤 기분일까. 이런 멋진 남자가 지켜준다면 얼마나 든든할까. 그날 하루 종일 지갑 사정을 걱정하면서 맨해튼을 어정거리던 우리 자매가 필요 이상으로 가엾게 느껴졌다.

나는 정말 괜찮다는 얼굴로 계속 고개를 저었다.

그는 눈으로 나를 다시 한번 재촉했다.

그럼 마실 것을 부탁드릴게요, 라고 내가 말했다. 너무 완강하게 거절하면 회사에 대한 그의 행동에 아버지가 불쾌해했다는 인상을 줄지도 모르고, 그것은 아버지 명예를 위해서라도 피하고 싶었다.

— 난 술 못 마시잖아.

나에 언니가 반쯤은 장난으로, 또 반쯤은 진심으로, 긴 머리카락 사이에서 원망스러운 듯한 눈초리를 보였다.

아즈마 다로는 나에 언니와 내 얼굴을 번갈아 쳐다보았다.

— 그럼 드링크에 안주를 곁들이죠. 모둠회 정도는 어떨까요?

나에 언니와 나는 동시에 네, 하고 고개를 끄덕였다. 나중에 떠올려보니 부끄러울 만큼 기쁜 얼굴을 하고 있었음이 틀림없다. 우리 자매로서는 엄두도 내지 못할 모둠회가 테이블 중심에 놓이는 광경은 솔직히 말해 기뻤고, 어디로 보나 멋진 검은 양복을 입은 남자의 호의 역시 당시의 우리에게는 기쁨을 넘어 영광이기조차 했다.

양복 차림의 그가 카운터로 돌아갔을 때 나에 언니가 말했다.

—Wow! He's cool. He's got style(와! 진짜 멋지다. 스타일 죽이는데).

—정말.

남자 몸에서 풍겨나는 투명한 듯 짙은 향기에, 술을 마시기도 전에 취한 것 같았다. 나에 언니가 계속했다.

—목소리도 근사해.

—응, 그런 것도 같아.

—굉장히 개성 있지 않아? 달콤하고.

—그러고 보니 그러네.

—Did you see his fingers(그 손가락 봤어?)?

손가락? 내 기억에 있는 것은, 내 침실 천장의 전구를 빙빙 돌리던 손가락뿐이었다.

—So—o beautiful! 길고 아주 우아해.

전부터 남자의 외관에 대해서는 나보다 나에 언니가 세세한 곳까지 훨씬 민감했다. 담배를 끼운 자신의 길고 가는 손가락을 만족스러운 듯 들여다보고 있다. 당시 사귀던 폴란드인 애인인 헨리크가 나에 언니 손가락에 맞추어 특별히 만들어줬다는, 돋보기를 쓰지 않으면 보이지도 않을 만큼 작은 다이아몬드가 박힌 백금 반지를 끼고 있었다.

언뜻 보기에 일본인 같지 않네, 라고 나에 언니가 말을 이었다.

—뭘로 보이는데?

내가 물었다.

—몽고인.

—음, 그러고 보니 그렇네.

─골격이 일본인 치곤 너무 단단하잖아.

─그러고 보니 그렇네.

─말을 타고 달가닥달가닥 황야를 달리면 어울릴 것 같아.

아즈마 다로가 카운터 너머의 초밥 요리사에게 무슨 말인가를 하면서 우리 자매를 눈으로 가리키는 것이 보였다.

─그렇지만 몽고 사람하고 일본 사람이 어디가 다른 걸까? 영어로 'Mongolian'이라고 하면 우리 이야기 아니야?

이런 때도 단어의 정의에 연연하는 내가 말했다.

─그건 그렇지.

─'Mongolian'이랑 'Mongoloid'는 기본적으로 동의어잖아?*

─정말 어디가 다른 걸까?

웨이터가 주문을 받으러 왔다. 그는 척 보기에 일본인처럼 보였지만, 시원찮은 영어로 이야기하는 바람에 한국인인지, 중국인인지, 아니면 정말 몽고인인지 어떤지 알 수 없었다. 이 정도의 일본 음식점에서는 비싼 월급을 줘야 하는 일본인을 그리 간단하게 고용할 수 없는 시대가 되었다.

나에 언니는 입술을 내밀고 담배 연기를 뿜으면서 말했다.

─Maybe he's gay. He's just too good-looking to be straight (아마 게이겠지. 아니라기엔 너무 잘생겼잖아).

─흐음, 그렇지만 여자들하고 사귀었다는 이야기가 이래저래 있었잖아.

---

* 'Mongolian'과 'Mongoloid' 모두 '몽고인'이라는 뜻 외에도 '몽고 인종', 즉 아시아인이라는 뜻이 있다.

—Then why isn't he married, for God's sake(그렇담 대체 왜 결혼을 안 하는 거야?)?

그 당시 티격태격하던 애인인 헨리크와 완전히 정리된 상태였다면 나에 언니는 적어도 그날 밤은 아즈마 다로에게 접근할 가능성을 생각하지 않았을까. 그러나 생각했다고 해서 어찌 할 수 있는 일은 아니었다. 나에 언니도 돈 많은 남자에게 자기 발로 먼저 다가갈 만큼 뻔뻔스럽지는 않았다.

나는 말했다.

—그렇지만 언니, 전에 만났을 때는 어딘가 기품이 없다고 했잖아. 기억나?

—응, 기억하고 있어.

나에 언니는 고개를 카운터 쪽으로 돌렸다.

—그렇지만 그때와는 전혀 느낌이 달라.

그리고 깊은 한숨을 쉬었다.

—행복해 보이고……

정말 그랬다. 숨기려야 숨길 수 없었던 초조감은 지금은 씻은 듯이 사라지고, 그 대신 감출 수 없는 환희가 넘쳐흐르고 있었다.

성공하면 저렇게 행복해 보이는 걸까? 라고 나에 언니가 자문하듯 말했다.

—모르지.

부모에게는 제대로 된 결혼을 하라는 기대밖에 받아보지 않았고, 스스로도 그 이상의 기대 없이 자란 우리 자매에게 성공이라는 개념은 막연한 것에 지나지 않았다. 나에 언니는 이번에는 혼잣말처럼 말했다.

─그래도 저렇게 행복해 보이는 건 두렵지 않을까? 멋지긴 하지만 어딘지 좀 바보 같잖아, 저런 거.

이번에는 둘이서 웃었다.

아즈마 다로의 행복은 그렇게 남의 눈에도 분명히 보일 정도였다.

벽에 '유명인'의 사인이 몇 장 붙어 있는 작은 초밥집은 그런대로 주말 밤답게 번잡하여 사람들이 쉴새없이 들어왔다. 잘 보니 일본인 중 몇 명은 아즈마 다로를 알아차린 듯 힐끗힐끗 그를 보면서 뭔가 이야기하고 있었다. 이윽고 큰 스시 보트에 듬뿍 담긴 회가 테이블 위에 나타났다. 오인분은 족히 될 것 같아, 식탐이 많은 나는 작게 손뼉을 치며 기뻐했다.

─부자인데 인색하지 않네.

알 수 없지 뭐, 그런 건. 나무젓가락을 가르면서 나에 언니가 대답했다. 언니는 음악학교에 다닌 덕택에 예전부터 부자와의 교제가 많아, 부자에 대해서는 나보다 객관적인 의견을 갖고 있었다. 나에 언니가 말을 이었다.

─자기한테 이익이 될 만한 데에만 쓸지도 몰라.

─그렇지만 우리한테 써봤자 한 푼도 득이 될 게 없잖아.

─그건 그래. You got me there(네 말이 맞아).

둘이서 쓴웃음을 지은 뒤, 나에 언니가 약간 진지한 목소리로 말했다.

─그렇지만 정말로 좋은 사람은 부자가 될 수 없다는 생각 안 들어?

─응.

나는 그렇게 대답했다가, 고쳐 생각하고 말했다.

─그렇지만 그렇게 나쁜 사람이 아니라도 부자가 될 수 있을지도

몰라.

도대체 재산이 얼마만큼일까, 몇백만은 되겠지, 천만 정도 될지도 몰라, 라고 큰 스시 보트로 바쁘게 젓가락을 옮기면서 둘이 아즈마 다로의 재산을 상상하고 있는데, 갑자기 본인이 작별인사를 하러 나타났다. 당황한 우리는 이번에는 일어나서 요란스럽게 감사인사를 했다. 오랜만에 보는 사치스러운 회는 아무리 먹어도 없어지지 않아, 결국 주문한 초밥은 따로 싸달라고 했다.

나에 언니는 갈색 봉투에 든 나무도시락을 흐뭇한 듯 쓰다듬으면서 두 마리의 고양이 이야기를 했다.

—이런 걸 갖고 가면 아가들이 미쳐날뛰어서 조용히 먹을 수가 없어. 날생선 같은 건 좀처럼 못 먹이니까.

—침실 문 닫고 혼자 몰래 먹으면 되잖아.

—설마. 역시 다같이 가족답게 먹는 게 즐거운 거야. You just don't seem to understand(넌 뭘 모르는구나).

그러고 나서 얼마 후, 나는 언니를 두 마리의 고양이와 함께 미국에 남겨두고 일본으로 돌아왔다. 마침 그때쯤 어머니의 남자에게 귀국명령이 내려져 어머니도 잇따라 일본에 돌아왔다. 어머니와 나 둘이서 아버지를 도쿄 서쪽 끝에 있는 노인병원으로 옮겼다. 팔인실이었지만 어머니에게는 그 이상 아버지를 위해 쓸 수 있는 돈이 없었다.

도쿄의 거리를 걸으면서, 더이상 흙냄새가 나지 않는다는 것을 깨달은 것은 한참 뒤였다.

다시 미국에서

일본에 돌아왔을 당시에는 다시 미국에서 살 생각이 없었다. 그런데 불과 몇 년 뒤의 일이었다. 일본 대학에서 허둥대며 영어 시간강사를 하고 있던 나에게, 뉴저지 주에 있는 프린스턴 대학에서 일본 근대문학을 가르치지 않겠냐는 이야기가 들어와, 나는 뜻하지 않게 미국으로 돌아가게 되었다. 게다가 그것이 계기가 되어 그 뒤로도 몇 번인가 그런 형태로 미국에 가게 된 것이다. 대학에 오래 적을 두고 있었다고는 하지만 나는 초등학교 때부터 학교라고 이름 붙은 것과는 정말이지 어울리지 않는 인간이었다. 더구나 일본어로 소설을 쓰고 싶은 마음이 강해져 일본에 돌아온 참이었다. 미국 대학에서 강의하지 않겠냐는 이야기를 들었을 때는 솔직히 너무 과분한 이야기라서 황송했지만, 그래도 좀처럼 갈 마음이 생기지 않았다. 최종적으로 가기로 결정한 것은 미국에 돌아가고 싶다는 적극적인 수망에서가 아니라, 일본에서 일상을 보내다보니 삼분의 일 정도는 모국이기도 한 미국이 급속히 멀어지는 것이 느껴졌고, 그것이 또 그것대로 불안했기 때문이다. 뉴욕에 혼자 남겨두고 온 나에 언니도 쭉 마음에 걸렸다. 도쿄 서쪽 끝의 노인병원에 들어가 있는 아버지 뒷바라지는, 내가 당분간 일본에 있으니까 갔다 오렴, 하고 생각지도 않게 선뜻 나서준 어머니에게 맡기기로 했다. 어머니는 집에서는 부엌에서 일하는 모습 아니면 침대에서 소설 읽는 모습밖에 본 적이 없는 딸이 대학 강사가 된다는 이야기에 우선 놀라고, 그 다음에는 보통 어머니들처럼 자랑스럽게 여기게 된 것 같았다. 나는 또다시 짐을 잔뜩 쌌다.

미국생활의 재출발은 운전 연습으로 시작되었다.

고등학교 시절에 면허는 땄지만, 차 없이 지내는 생활이 오랫동안 이어지면서 운전하는 법을 완전히 잊어버렸기 때문이다. 그런데 이제부터 살아야 할 프린스턴이라는 마을은 맨해튼에서 기차로 겨우 한 시간 반 정도의 거리인데도 맨해튼과는 전혀 다른 목가적인 곳이라, 식료품 하나 사는 것도 차 없이는 생각도 할 수 없었다. 9월부터 시작하는 신학기에 대비해 8월 말에 뉴욕에 도착한 나는, 나에 언니한테 운전 특훈을 받기로 했다.

─괜찮아, 괜찮아. You're doing just fine(잘하고 있어).

나에 언니는 조수석에서 태연하게 담배를 피웠다. 언니는 이런 때는 꽤 믿음직스러웠고, 내 운전에 자신의 소중한 생명이 달려 있는데도 묘하게 담대했다. 오랜만에 동생이 미국에 돌아왔기 때문에 기분이 좋은 것이다. 긴 머리를 어깨 길이로 잘라버린 것은 '이제는 아무래도 어울리지 않는 나이'가 됐기 때문이라지만, 가늘고 긴 손가락을 자랑하며 담배를 태우는 것은 여전했다.

─차가 형편없네.

운전 솜씨가 형편없는 것을 낡고 커다란 차 탓으로 돌리면서 내가 말했다.

실제로 좌석에 전신이 파묻히는 바람에 발이 브레이크와 액셀에 겨우 닿을 정도였다. 게다가 갑자기 브루클린 거리에 내던져졌다. 맨해튼의 소호에 살던 나에 언니가 점점 생활을 더 꾸려가기 어려워져 갖고 있던 로프트를 월 가에 근무하는 미국인 부부에게 빌려주고, 조각도구와 스타인웨이 피아노, 그리고 고양이 두 마리와 함께 브루클린으로 이사한 것이다. 맨해튼보다 도로가 훨씬 울퉁불퉁한 것만으로도 충분히 무서운데다가, 믿을 수 없을 만큼 큰 트럭들이 뒤에서도 옆에서도 기세 좋게 달려든다.

나는 되풀이했다.

— 정말 무슨 놈의 차가 이래.

— 어쩔 수 없잖아.

긴장으로 멍해진 귓가에 나에 언니가 큰 소리로 말한다.

— 나도 제대로 된 차가 갖고 싶단 말이야.

벌써 옛날에 망가졌으리라 생각한 차를 나에 언니는 아직도 신주 모시듯 소중하게 쓰고 있었다. 나는 이제부터 정기적인 수입이 있기 때문에, 대출을 받아 시빅을 사기로 했다.

— 여기를 떠날 때 시빅을 싸게 줄게.

— Depend on how cheep (얼마나 싸냐에 달렸지).

— 보통 중고 가격보다 일 할 싸게.

— No way! 무리야. 돈이 없는걸. 그리고 나는 어코드 정도는 갖고 싶어. 하이웨이에서도 안심할 수 있으니까. 귀여운 우리집 아기들을 생각하면 신중해지지 않을 수 없거든.

— 흠, 어코드라.

당시에는 시빅보다 최소 삼천 달러는 비쌌다.

— 응, 벤츠까지는 안 바라.

— 벤츠가 그렇게 안전해?

— Well, that's what people say (글쎄, 그렇다더라).

— 흐음.

— 그렇지만 말이야, 미국에서도 벤츠는 역시 조금 천박하잖아? 영락없는 벼락부자 느낌이고. 그러니까 돈이 있어도 안 살지도 몰라.

볼보나 사브를 택할지도 모르지.

—난 무조건 재규어야.

최근 겨우 재규어를 알아보게 된 내가 우쭐거리며 그렇게 말했으나, 나에 언니는 내 말을 무시했다.

—아즈마 씨 말이야.

갑자기 생각났다는 투였다.

—사람들이, 아즈마 씨가 벤츠를 탄다고 했잖아. Remember?

—응, 기억해.

일본에서는 생각한 적도 없던, 초밥집에서 마지막으로 보았던 검은 양복을 입은 모습이 눈앞에 되살아났다.

나는 물었다.

—그 뒤로 만난 적 있어?

—Nope. 만나지 않았어. 만날 기회도 없고.

신호를 받자 나에 언니가 말했다.

—거기에서 다시 한번 오른쪽으로 돌까?

—아까부터 똑같은 곳만 왔다 갔다 하고 있잖아.

—하지만 나도 이 부근을 잘 모르는걸.

핸들을 잡으면 어지간한 남자보다 능숙하게 운전하는 나에 언니가 나와 똑같이 방향치라는 것을, 이번 연습에서 같은 곳만 빙빙 돌게 하는 것을 보고 처음으로 알았다. 우회전을 하자 나에 언니는 다시 아즈마 다로 이야기로 말머리를 돌렸다.

—이제는 그때하고는 비교도 할 수 없을 만큼 부자래. Filthy rich, they say(엄청 부자라던데).

—흐음.

살벌한 브루클린 거리의 광경이 강렬한 여름의 마지막 햇살에 달궈져 흔들리는 것같이 보인다.

—그런 이야기를 누구한테 들었어?

—누구라니, 내가 아는 일본 사람들은 전부 알고 있어. 다들 이야기하는걸, 뭐.

—부럽네.

—당연히 부럽지.

누구라도 부자는 부러운 게 당연하다는 듯이 나에 언니가 대답했다. 그러나 내 마음은 그와 같은 막연한 부러움이 아니라, 노인병원 팔인실에 들어가 있는 아버지라든가, 앞으로 혼자서 이국에서 생활해야 하는 나에 언니를 떠올리면서 느낀 구체적인 부러움이었다. 조각가로 싹이 트지 않는 것은 어쩔 수 없다 해도, 먹고사는 밑천인 건축 모형 아르바이트 쪽도 순조롭게 일감이 들어오지 않는 모양이었다. 요새는 매일 한가해서 자주 피아노 연습을 해, 태어나서 이렇게 열심히 연습한 적이 없을 만큼. 남자한테 얽매이지 않으면 숙달하는 법이야, 하하, 하고 언니는 웃었지만, 나는 함께 웃을 기분이 아니었다.

—어떻게 해서 그렇게 부자가 되었대?

—글쎄.

나에 언니는 벤처 비즈니스라는, 당시 우리 귀에는 익숙하지 않은 단어를 입에 올렸지만, 자세한 내용은 모르는 것 같았다.

재규어든 뭐든 바로 현금으로 살 수 있겠네, 라고 내가 말했다.

—문제없이 살 수 있겠지. 재규어 정도가 아니라, 페라리든 뭐든 살 수 있겠지…… 그렇지만 큰 부자치고 그렇게 눈에 띄게 돈을 쓰지

는 않는 것 같아.

─흐음. 역시 구두쇠인가.

그전에 둘의 눈이 휘둥그레졌던 모둠회를 떠올리면서 말하자, 나에 언니가 조금 생각한 뒤에 말했다.

─글쎄?

그리고 조금 더 생각한 뒤에 말을 이었다.

─어쨌든 엄청난 돈을 모았을걸. 아직 예전의 그 펜트하우스에 살고 있는 것 같고.

─흐음.

─그런데 말이야……

빨간 신호로 바뀐 김에 새 담배에 불을 붙이며 나에 언니는 말을 이었다.

─일본에 자주 간다더라.

─흐음.

─물론 퍼스트 클래스로. 비행장에서 우연히 동승하는 사람이 있을 거 아냐? 그래서 그런 소문이 들리나봐.

─흐음.

잠시 침묵이 이어졌다. 좌회전하는 차가 우물쭈물하는 바람에 신호가 바뀌어도 차들이 움직이지 못해, 여기저기에서 클랙슨 소리가 울린다. 차들이 움직이기 시작했을 때 내가 말을 꺼냈다.

─여전히 행복한 얼굴일까.

─음, 그건 잘 모르겠지만 여전히 독신이래. I'd say it's almost criminal! So rich and so handsome and to be forever so available (그건 정말 범죄라구. 그렇게 부자고 잘생겼으면서 계속 독신이라는

건 말이야)……

　―역시 게이인가?

　―그런 소문은 없는 것 같아.

나는 한숨을 쉬었다.

　―좋겠다.

　―그럼. Filthy rich든 fucking rich든 뭐든 좋으니까, 남의 입에 오를 정도의 부자가 되어보고 싶어.

　아즈마 다로의 이야기를 좀더 자세히 듣게 된 것은 9월에 들어선 후였다. 코엔 부인이 자기네 다락방과 지하실에서 내 새집에 소용이 될 만한 것들을 찾아내 차에 잔뜩 싣고 일부러 대학가까지 갖다주러 온 것이다. 벌써 몇 해째 만나지도 않던 그녀가 이렇게까지 친절하게 대해주리라고 기대하지 못했던 나는 무척 황송했지만, 그녀는 행동력 있는 인간 특유의 넉넉함으로 자신의 친절을 전혀 생색내지 않았다. 대학에서 제공해준 싸구려 콘크리트 아파트를 신기한 듯 쳐다보며 척척 짐을 들여놓더니, 내가 낸 녹차를 한 손에 들고 바로 이야기를 시작했다. 흡연이 마치 지옥에 떨어질 큰 죄 중 하나처럼 백안시되는 시대인지라 큰맘 먹고 끊었는지, 빨간 매니큐어를 칠한 손톱은 예전 그대로였지만 하얀 연기는 보이지 않았다. 그런 점에서는 역시 나에 언니와 달리 어른이라고 생각하면서 나는 그녀의 맞은편에 앉았다.

　유리창 너머로는 석양에 비친 잡목림이 보이고, 좀더 멀리로는 여름의 여운인 초록빛 사이로 석양에 비친 커다란 연못이 반짝이는 것이 보였다. 20세기 초에 석유왕이 기부한 인공 연못이라 하여, 영국

대학의 전통을 이어받아 학생들이 경정 연습을 하는 연못이었다. 콘크리트로 지은 아파트는 몰취미 그 자체였지만, 주변 자연은 그 인공 연못도 포함해 아름다웠다.

매년 9월이면 차에 잔뜩 짐을 싣고 아들들을 대학까지 태워다주었는데 그때가 생각나네. 세월 참 빨라. 지금은 대학을 졸업했다는 코엔 부인의 아들 형제 이야기부터 시작해, 우리 부모님의 근황이며 예전 회사 사람들 소식이 두서없이 이어지다가, 당시 세계를 떠들썩하게 하던 일본의 미친 듯한 호경기로 화제가 옮겨갔다. 일본의 주가가 귀신에 홀린 것처럼 급등하고, 동시에 일본의 땅이 눈 뒤집어질 만한 고가에 거래되고, 일본을 팔면 미국을 두 개 살 수 있다는 등 영문도 알 수 없는 이야기를 자랑하듯 늘어놓고, 그 말을 들은 미국인들이 'But who wants to buy Japan?' ―누가 일본 따위를 사고 싶어하겠어? 라고 쓴웃음을 짓던 시대였다. 돈이 남아도는 일본인들의 사치가 때로는 놀라움을 불러일으키거나 빈축을 사거나 하면서 매일같이 미국 신문을 장식하고 있었다.

코엔 부인은 내가 일본에서 갖고 온 김 전병을 한 손으로 집어 유리창에 비춰보았다.

―글쎄 이것 봐, 이렇게 일일이 예쁘게 포장하는 것부터가 사치스러운 거지.

그리고 빨간 손톱으로 그 비닐 포장을 찢었다.

―금가루까지 먹는다던데. 미나에도 그런 거 먹어?

―설마. 그런 건 먹은 적 없어요.

―그래.

코엔 부인은 조금 안심한 듯한 표정을 지었다.

그러고 나서 갑자기 이야기가 아즈마 다로로 옮겨간 것이다.

—바야흐로 저패니즈 머니를 노려서 일본 부자한테도 투자를 권하고 있대.

나에 언니에게서 들은 이야기가 납득이 간 내가 말했다.

—아아. 그래서 일본에 자주 가는구나.

—그래. 그래서 그런 거야. 미나에가 일본에 돌아갈 때쯤부터 조금씩 가는 횟수가 늘어난 것 같아. 그때쯤부터 일본 경기가 좋아졌잖아.

그렇게 말하고 나서 녹차가 든 머그를 비웠다.

약간의 원한 같은 것이 느껴지는 것은 아즈마 다로가 나에 언니가 말하듯 'filthy rich'가 되었기 때문일까? 아니면 'filthy rich'가 되어서 코엔 부인과 소원해졌기 때문일까?

도대체 어떤 일을 하고 있는데요? 나에 언니한테 물어봐도 아무것도 모르더라고요. 내가 물을 끓이려고 부엌으로 가면서 말하자, 당연히 나에나 미나에는 알 수 없지, 나도 잘 모르는걸, 하고 코엔 부인이 웃으면서 대답했다. 새로 차를 따르자, 전에 한 번 본인에게 직접 들은 적이 있다며 아즈마 다로가 하는 일에 대해 설명해주었다.

애초에 발단은 아즈마 다로가 유대계 비즈니스맨과 같이 세웠다는 의료기기 개발회사에 있는 것 같았다. 그 회사가 천재 '발명광'으로 불리는 한 이스라엘인 의사를 중심으로 한 벤처 비즈니스로 전환했던 것이다. 먼저 그 의사가 이스라엘의 자기 팀과 함께 신제품을 고안한다. 의료 관계 신제품이라는 것 이외엔 잘 모르겠지만, 아즈마 다로가 위카메라를 취급할 때부터 확대한 인간관계가 바탕에 있으니만큼, 새로운 타입의 극소 페이스메이커라든가 요도에 넣어 요실금을 막는 튜브 등을 비롯하여 몸에 붙이거나 삽입하거나 하는 기계가 주를 이루었다. 그 다음에는 규제가 느슨한 러시아에서 인체실험을 한다. 실험이 성공하고 미국에서도 승인이 될 듯하면, 이번에는 아즈마 다로와 유대계 비즈니스맨 둘이서 투자가를 모집하여 신제품을 상품화하는 회사를 만든다. 회사가 본궤도에 오르면 그 회사를 종업원까지 통째로 몽땅 팔아넘긴다. 대기업이 사는 경우가 많다고 하는데, 이때 회사를 세우는 데 든 돈과 회사를 팔았을 때 손에 넣은 차액이 이익이 되는 것이다. 백만 달러를 투자해 백만 달러를 버는 일도 있다고 한다. 실적이 아주 뛰어났기 때문에 미국 전역에서 투자가를 모으는 데 전혀 문제가 없었던 것 같다. 늘 몇 개 정도의 프로젝트를 갖고 있고, 투자액이 많으면 많을수록 그 프로젝트들을 동시에 진행할 수 있다. 그래서 거품경제의 시작을 기회로 일본인 투자가를 구하러 일본에 자주 가게 되었다는 것으로, 바야흐로 전 아시아의 대두를 앞두고 화교와도 손을 잡기 위해 싱가포르, 홍콩, 타이완 등에도 발걸음을 뻗치고 있다고 했다.

나는 숨을 죽이고 이야기를 듣고 있었다.

아즈마 다로와 처음 만난 지 이십 년이 지났다. 그 이십 년 사이에 남자는 지구가 좁다는 말을 증명이라도 하듯 얼마나 자기 세계를 넓혀갔는지. '일본어'라는 고도 위를 빙글빙글 돌고만 있는 나와는 얼마나 다른지.

나는 소리나지 않게 깊은 한숨을 쉬었다. 그리고 나직이 말했다.

— 엄청난 사람이네……

코엔 부인은 나의 놀라움을 즉각 숫자로 바꾸어 대답했다.

— 이제는 자산이 몇천만 단위일 거야. 암튼 엄청난 부자지.

원망을 억제한, 차가운 어조였다. 나는 나에 언니가 했던 말을 기억해내고 물었다.

─그래도 그렇게 사치는 안 부린다면서요? 저축하고 있다고 들었는데.

코엔 부인은 머그를 놓고, 딱하다는 눈초리로 나를 쳐다보았다.

─그런 부자는 말이야, 저축한다는 개념과 차원이 달라. 여분의 돈이 있으면 투자하거나 투기하는 거지.

이번 미국 체재가 이 년 반 가까이 되었을 때였다. 나는 수업 틈틈이 난생처음 일본어로 소설을 쓰기 시작했다. 그리고 주말이면 차를 타고 근처에 있는, 아인슈타인이 재직했다고 해서 신화적인 반향을 얻게 된 프린스턴 고등연구소까지 가서, L·L·빈 통신판매로 산 요란스러운 등산화를 신고 넓은 부지 안의 잡목림을 한 시간가량 산보했다. 사슴 무리가 두세 마리의 아기 사슴을 감싸듯이 둘러싸고 이 숲에서 저 숲으로 민첩하게 이동하는 모습이 나무 너머로 보였다 말았다 했다. 수도승처럼 금욕적인 표정으로 조깅하는 사람들과도 자주부딪쳤다. 뉴욕보다 남쪽에 위치한 곳이었기 때문에, 내 기억 속의 미국에 비해 사계절이 온화하게 바뀌어갔다.

일정한 직업이 있고, 소설은 순조롭게 진행되는, 비교적 안정된 나날이었다. 나는 노인병원에 있는 아버지에게 일주일에 한 번, 초등학교 아이한테 보내는 것같이 간단한 편지를 컴퓨터로 작성해서 어머니에게 보냈다. 어머니는 여전히 남자와 말썽이 끊이지 않았지만, 빨랫감이며 지불 같은 것 때문에 아버지에게도 정기적으로 얼굴을 내밀었고, 그때마다 그 편지를 소리내어 읽어주었다. 어머니에게는 일주일에 한 번 국제전화를 걸었다.

— 아빠가 얼마나 알아들을지 모르겠어.

어머니는 내가 아버지에게 쓰는 편지의 무의미함을 은연중에 드러냈다.

— 못 알아들어도 상관없어.

딸한테서 편지가 온 것만 알면 된다고 나는 생각했다.

나에 언니는 차를 끌고 자주 놀러왔다. 소파에서 자고 "그럼, bye!" 하고 어딘가 흡족한 얼굴로 돌아간다. 그녀가 손을 흔들고 사라진 뒤에는 금방이라도 부서질 듯 부릉부릉 하는 자동차의 엔진 소리가 공기중에 남아, 그때마다 내가 새 시빅을 타고 다니는 것이 마음에 걸렸다.

사계절이 정연하게 돌아와 미국 체재가 끝날 때가 가까워졌을 때, "저기 말이야, 어코드가 갖고 싶으면, 나중에 시빅을 판 돈을 빌려줘도 되고 그래도 모자라면 엄마한테 이야기해서 빌려볼 테니까 한번 큰맘 먹고 사면 어때? 우리한테는 매달 조금씩 갚으면 돼"라고 하자, 나에 언니는 그 순간은 그다지 기쁘지 않은 듯 "글쎄, 좀 생각해보지 뭐" 하고 전화를 끊었지만 십 분도 채 지나지 않아 전화를 걸어서는 "그럼 미안하지만 그렇게 할게"라고 말했다.

내가 언니한테 친절했던 것은 아니다. 새 차라도 있으면 나에 언니가 조금이라도 더 미국에서 버틸 수 있을지 모른다고 생각한 것이다. 조금씩 수입의 통로가 끊겨가는 듯한 언니의 장래에 정면으로 부딪히기 전에 무슨 일이 있어도 지금 쓰고 있는 소설을 완성하고 싶다— 아니, 그렇다기보다, 제발 완성하게 해주세요, 라고 하늘에 빌고 싶은 마음이었다. 어릴 때부터 언니가 피아노를 연습하는 동안 아무 군

소리 하지 않고 집안일을 거들던 나였다. 가족들이 생각하기에 내 시간이나 활력은 최종적으로는 가족을 위해 있는 것이었기에, 이제 와서 소설을 쓰겠다고 해도 아무도 곧이들어주지 않았다. 나도 가족을 핑계로 집안일에 매달리다가 나에게 가장 중요한 글쓰는 일은 툭하면 내일로 미루는 인생을 보내게 될 것 같았다.

미국을 떠날 날은 곧 다가왔다. 나에 언니는 새 어코드로 엔진 소리도 경쾌하게 케네디 공항까지 바래다주었다.

— 그럼 몸조심해.

— Yep. 너도.

이미 다른 대학과 계약이 되어 있어서, 나는 일 년도 지나지 않아 다시 미국으로 올 예정이었다. 그래서 나에 언니도 그다지 비장한 얼굴은 아니었던 것 같다. 그러나 비장하지는 않아도 피로가 쌓인 거무죽죽한 얼굴이었다. 그 얼굴이 막무가내로 자기주장을 하면서 내 뇌리에 새겨져, 나는 짜증스럽기도 하고 한심하기도 한 마음으로 혼잡한 점보기 안으로 들어갔다.

도쿄에 도착해서 그길로 아버지를 보러 가자, 실제로는 얼마나 보이는지, 얼마나 아는지 모르지만, 나를 향해 "잘 왔어"라며 웃었다. 틀니를 빼버려서 앞니가 없는 바람에 갓난애같이 미덥지 않아 보이는 웃음이었다. 어머니는 안심한 얼굴을 하고 있었다.

이윽고 삼 년 이상 걸려서 쓴 첫번째 소설이 완성되고, 단행본이 나왔다.

그 다음으로 돌아간 것은 미국의 중서부에 있는 미시간 대학이었다. 겨울 내내 얼어붙는 오대호 바로 곁인데다가 도착한 시기도 겨울이었다. 다행히 '스노 벨트'라고 불리는, 눈이 제일 많은 곳에서는 조금 떨어져 있었지만, 그래도 그렇게 혹독한 겨울을 경험한 것은 처음이었다. 대학에서 마련해준 아파트는 캠퍼스에서 걸어서 오 분 거리에 있었고, 길을 건너면 작은 식료품 가게가 있었기 때문에 이번에는 차가 필요 없었다. 그 대신 도쿄에서는 본 적도 없는 목부터 발꿈치까지 오는 두꺼운 다운코트로 온몸을 감싸고, 안쪽에 털 라이닝이 붙어 있는 헐렁한 부츠를 신고, 역시 안쪽에 털 라이닝이 붙어 있는 헐렁한 장갑을 끼고, 펭귄 같은 모습으로 뒤뚱뒤뚱 교실과 집 사이를 왕복하는 날이 이어졌다. 겨울 동안은 산보는커녕 걸어다니기도 힘든데다, 겨울은 끝이 보이지 않게 계속되었다.

봄은 달력 위에서 먼저 찾아왔다. 부활절 방학이 되어 나는 비행기로 뉴욕에 갔다. 아직 새것 같은 어코드로 라 가디아 공항에 마중 나온 나에 언니는 여동생이 미국에 돌아와서 기쁜 듯했지만, 그래도 지난번에 헤어질 때 마음에 걸렸던 오랜 세월 쌓인 피곤이 좀더 짙게 드러나 보였다.

— 왠지 기분이 안 좋아.

컨디션이 좋지 않다, 라고 나에 언니는 나에게 호소했다. 의사한테 가봐야지, 라고 하자 "응, 그렇지만 비싸서 말이야"라고 건성으로 대답했다.

그런 상태였기 때문에 일주일 후 미시간으로 돌아가기 전날 저녁에 코엔 부인네 집에 초대받았을 때도, 처음에는 투덜투덜 불평만 늘어놓았다.

— 너무 멀잖아.

코엔 부인은 여전히 롱아일랜드에 있었지만 예전보다 좀더 안쪽 지역에서 전보다 커다란 집에 살고 있었다. 아들들이 독립한 뒤에는 남편과 둘이서만 생활하고 있었는데, 그날 밤도 남편과 함께 저녁을 먹게 되었다. 미국 남자가 동석하는 자리가 흔히 그렇듯 시사 문제를 중심으로 걸프전과 차기 대통령 선거 이야기가 잇달아 등장했지만, 가는 동안 내내 투덜대던 것치고는 나에 언니가 신경 써서 장단을 맞추어주어, 뉴스라고는 부엌에서 라디오로 듣는 것뿐 구체적인 이름 같은 건 전혀 머리에 들어 있지 않은 나는 한숨 돌렸다. 이윽고 남편은 배스킷볼을 보기 위해 커다란 텔레비전이 있는 패밀리 룸으로 거구를 옮겨갔다. 다이닝 룸은 확 바뀌어 일본식 다실이 되고, 여자끼리 일본차를 마시면서 일본어만 사용하는 편안한 대화가 시작되었다.

코엔 부인이 신기하다는 듯한 눈초리로 내 얼굴을 보면서 말했다.

—미나에, 굉장하네. 소설을 썼다며? 나 정말 감탄했어.

그러고 나서 아니에요, 라고 내가 겸손해할 틈도 없이, 바로 아즈마 다로 이야기를 꺼낸 것이다.

—봐봐, 미나에는 일본에 살고 있으니까 〈실업의 일본〉이라는 잡지 알지?

내 얼굴을 뚫어지게 본다. 지하철 광고를 봐서 그런 이름의 잡지가 있는 것은 알고 있다고 대답하자, 그 〈실업의 일본〉이라는 잡지 기자가 몇 주 전에 와서 아즈마 다로에 대한 것들을 꼬치꼬치 묻고 갔다고 한다.

—설마……

〈실업의 일본〉이라는 일본어 고유명사가 환기하는 것과 내가 기억하고 있는 아즈마 다로는, 나란히 놓고 생각하기 불가능할 만큼 동떨어져 있었다.

―그게, 설마가 아니라니까.

'해외에서 성공한 일본인'이라는 특집을 만들고 있는데, 잡지 쪽에서는 아즈마 다로를 톱기사로 다루어 책 첫 페이지에 사진을 곁들인 인터뷰 기사를 실을 계획을 세웠지만 본인이 거절하는 바람에, 기자가 아즈마 다로 주변 사람들의 이야기를 취재하러 다닌다는 얘기였다.

―일본에서는 별로 안 알려져 있지만, 아무래도 미국에 온 일본인 중에 제일 출세한 사람인 모양이야. 지금은 '베니하나'의 아오키보다 더 부자래.

'베니하나'의 아오키란 이름은 나에 언니와 나도 알고 있었다.

―어머머.

우리는 놀란 소리를 냈다.

"대단하지?" 하고 코엔 부인이 우리 얼굴을 번갈아 바라보면서 뽐내듯 말했다. 그 목소리에는 예전에 어딘지 모르게 느껴지던 그에 대한 반발 같은 것은 이미 사라져 있었다. 아즈마 다로가 일본인 중에서 가장 성공한 사람으로 잡지에 다뤄진 것을 계기로, 자기가 예전에 그를 알고 있었다는 사실을 그냥 명예로운 일로 생각하게 된 것 같았다. 정말 대단해, 그 사람 처음부터 보통이 아니었지, 우리 자매는 제각기 감탄했다.

―글쎄, 재산이 말이야. 몇천만 단위는 훨씬 전에 넘은 것 같더라고. 이제는 억 단위가 되나봐.

백만 달러의 백 배라는 금액은 달러로든 엔으로든 상상할 수 있는 액수가 아니었다.

게다가 최근에 갑자기 돈을 쓰기 시작한 것 같아, 하고 코엔 부인이 말을 이었다.

　— 오래된 대저택을 샀대. 몇 에이커인지 몇십 에이커인지 되는 넓은 부지에 있는.

　— 어머나!

나에 언니와 나는 또 동시에 소리를 질렀다.

코엔 부인은 우리 자매의 얼굴을 기쁜 듯이 둘러보았다.

예전에 초여름마다 회사 사람들과 피크닉을 갔던, 그 바다에 접한 공원의 해안가에 서 있는 저택이라고 한다. 20세기 초에 뉴욕의 부호가 그 부지에 저택을 지은 뒤 여러 번 주인이 바뀌고 마당도 건물도 황폐해진 채 방치되어 있었는데, 그것을 그가 대대적으로 손보고 있다는 것이다.

코엔 부인의 설명을 들으면서 나는 너무 부러워서 말도 나오지 않는 상태였다. 아즈마 다로처럼 끽해야 벼락부자에 지나지 않는 남자가 무엇 때문에 오래된 저택을 사들여 수리하는 고상한 짓을 하는 것일까? 부러움을 넘어 황당하기까지 했다. 나는 코앞에 콘크리트 벽이 닿는 도쿄의 내 싸구려 집을 떠올렸다. 동시에 그날 그 남자와 둘이 잔교에 나란히 서서 바라보았던 반짝반짝 빛나는 바다도 떠올랐다. 그날, 나는 나에게만 미래가 있다고 믿었다. 그리고 아즈마 다로 같은 남자에게 도대체 무슨 미래가 있을까 하고 미안함까지 느꼈던 것이다.

　— 영화에 나오는 것같이 멋진 곳이래.

　— 아아……

　— 후미에는 별채를 증축하고 말이야.

　— 아아……

─다실까지 만든대.

코엔 부인도 이제는 아즈마 다로를 만나는 일이 없어진 듯, 직접 그런 이야기를 들은 것은 아니었다. 맨해튼에서 가구를 만드는 일본인이 그 공사를 맡게 되어서 소문이 흘러나온 것 같았다. 게다가 다실과 일본식 정원도 있기 때문에 기본적인 설계는 일본 건축설계사에게 부탁했다고 한다.

─어떻게 생각해?

코엔 부인은 아까부터 우리 자매의 반응을 즐기고 있었다. 이번에 다른 때보다 적극적으로 초대한 것은 아즈마 다로 이야기가 하고 싶었기 때문인지도 모른다.

뭐 딱히 할 말도 없죠, 라고 나에 언니가 대답하자 코엔 부인은 게다가 어쩜, 선행도 한대, 하고 말을 이었다.

─선행?

─그래, 선행. 착한 일.

재작년 크리스마스 즈음부터 소위 뉴욕 떠돌이라고 하는, 일본에 귀국할 전망도 없고 여기에서도 겨우 입에 풀칠만 하고 사는 사람들을 모아서 위로파티를 열어준다고 했다. 그것도 일본인에 한정하지 않고 다른 아시아인에게도 문호를 열어, 일식, 한식, 중식 요리사를 집으로 불러 실컷 먹이고, 게다가 도시락까지 들려 보낸다는 것이다.

─여기저기 기부 같은 것도 하는 것 같고. 요는 자선사업에 관여하고 있다는 이야기지.

훌륭하네, 라고 내가 감탄하자 그녀가 내 나이브한 세계관을 수정했다.

─글쎄, 훌륭하다기보다 이제 정말로 미국인 부자 패에 꼈다고 할

수 있겠지.

가진 자가 가난한 자에게 의무적으로 베풀어야 하는 기독교 전통은 미국 세법에 그대로 반영되어 있어, 기부는 몽땅 면세를 받는다. 미국에서 부자와 기부는 달맞이와 술병처럼 떼려야 뗄 수 없는 것이다. 생각해보면 자선사업에 관여하기 시작했다는 말만큼 부자가 되었다는 실감을 주는 표현도 없다. 그것은 개인 제트기를 가지고 있다는 말보다 더 부의 무게를 묵직하게 전해주었다.

나에 언니가 끼어들었다.

— 말인즉슨, 다음 단계는 미술품 수집이 아닐까?

— 아, 그건 그렇지.

— 그렇죠? 이번에 아즈마 씨를 만나면 꼭 내 조각을 사라고 권해줘요.

— 네, 네. 만일 만날 일이 있으면 그렇게 하지요.

— Tell him it's a good investment(괜찮은 투자가 될 거라고요).

— 오케이.

우리 자매는 브루클린을 향해 귀로에 올랐다.

오랜만에 마신 와인과 아즈마 다로 이야기 덕분에 갈 때와는 달리 명랑한 귀갓길이었다. 그런 부자가 옛날에 알던 사람이라니 믿을 수가 없어, 우리 아빠가 그런 사람을 조금이라도 도와준 일이 있었다니…… 그가 내 방 전구를 갈아준 적 있거든, 알고 있었어? 아니. 그 전구를 기념으로 간직해둬야 했는데. 우리는 소란스레 이런 이야기를 나누었다.

그러나 주차장에서 로프트까지 살풍경하고 긴 길을 걷는 동안 점차 조용해졌다.

다음날이면 동생이 미시간에 가버리고 이번에는 학기가 끝나면 뉴욕에 들르지 않고 일본에 돌아간다고 해서 마음이 약해졌는지, 자기전 이를 닦고 있는 내 옆에서 티슈로 마스카라를 지우던 나에 언니가 갑자기 말했다.

―나는 가난해지기만 하는데.

아즈마 다로와 비교해서 하는 말이라는 것을 금방 알 수 있었다. 구태여 그런 부자하고 비교할 것도 없을 텐데, 하는 생각이 들어 우스운 동시에 가여웠다. 그런 언니라는 존재를 끌어안고 있는 나 또한 불쌍했다.

진짜 봄은 언제까지고 오지 않았다. 드디어 왔을 때는, 여름과 바로 잇닿아 있었다. 추위가 누그러진 것을 어느 날 문득 깨닫자, 그 다음주에는 벌써 이글이글한 여름햇살이 아스팔트 도로를 허옇게 지지고 있었다. 길고 혹독했던 겨울을 견뎌낸 반동으로 사람들은 갑자기 반라의 모습으로 돌아다니기 시작했고, 나도 그렇게 혹심한 겨울을 견뎌낸 나 자신에 대한 상인 양, 발도 팔도 드러내고 몸에 착 달라붙는 화려한 드레스에 하이힐을 신고 신이 나서 밖으로 뛰어나갔다. 지금 생각하면 그것은 빠듯하게 남아 있던 내 젊음과의 결별이었는지도 모른다.

일본에 돌아갈 때 시카고의 오헤어 공항에서 나에 언니에게 전화하고, 시간이 남아 해도 그만 안 해도 그만인 이야기를 이것저것 하고 나서 끊기 직전에 내가 말했다.

―일본에 돌아오지 않을래?

소설을 한 권 발표했기 때문에 조금은 마음의 여유가 있었다. 언니가 자신이 태어난 고향인 일본에 돌아오고 싶어한다면 도와줘도 좋다고 생각하고 있었다. 그리고 일본에 돌아오면 또 다른 쪽으로 그녀의 운이 트일지도 모른다.

내 어조가 여느 때와 다르다는 것을 민감하게 느꼈는지, 나에 언니도 여느 때와는 다른 어조로 대답했다.

─그래, 생각해볼게.

아즈마 다로 이야기를 코엔 부인에게서 마지막으로 들은 것은 그로부터 몇 년 뒤였다. 그사이 나는 간신히 두번째 소설을 냈지만, 가족들 뒷바라지에 정력을 몽땅 빼앗겨 반평생이 지난 것같이 느껴진 세월이었다. 나에 언니한테는 그 뒤로도 여러 일이 있었고, 역시 돌아오는 게 어때? 라는 말을 듣자 봇물이 터진 것처럼 별안간 고향이 그리워졌는지 여느 때의 그녀로서는 상상도 못 할 행동력을 발휘하여 고양이 두 마리를 끌어안고 날아왔다. 그 뒤, 아래로 기어들어가서 자야 할 정도로 거대한 스타인웨이 그랜드피아노와 산더미 같은 골판지 상자와 애착 때문에 버리지 못한 앤티크 가구 몇 개가 도쿄에 배편으로 도착했다. 다행히 이런저런 빚을 갚고도 나에 언니 손에는 소호의 로프트와 어코드, 그리고 조각도구 등을 판 돈이 아직 얼마인가 남아 있었다. 그러나 언니가 간신히 집을 구해 들어앉자 이번에는 뜻밖에도 어머니의 몸이 말을 듣지 않게 되었다. 그때까지 뚜껑으로 덮어두었던 늙음이 어머니를 머리끝부터 발끝까지 한꺼번에 엄습했다. 병원에서 돌아왔을 때는 등이 굽고 지팡이를 짚은 백발의 할머니가 되어 있었다. 아름다운 사람이었기 때문에 더 무참했다. 게다가 자신의 노후는 애인이 돌봐줄 거라고 선언하고 최근 몇 년간 아버지 뒷바라지를 완전히 딸에게 미루어놓고 외국에서 반 이상 지내온 주제에, 몸이 말을 듣지 않게 된 그 순간부터 아아, 딸이 있어서 다행이야, 남자 따위는 전혀 소용이 없다니까, 라고 하며 당연한 듯이 나와 함께 살기 시작했다. 그런 와중에 아버지가 쓸쓸하게 숨을 거두었다. 임종을 지킨 것은 나뿐이었다. 모든 것이 일단락되고, 숨을 쉬기 위해 수면 위로 고개를 드니, 주변의 풍경은 완전히 변해 있었다. 죽은 것은 아버지뿐만이 아니었다. 내가 지금까지 어른이라고 생각하던 사람들이 계속 죽어갔다. 같은 세대의 사람들은 목과 허리 주위에 두툼한 살이 붙어 있었다. 아이라고 생각하던 사람들이 갑자기 키가 하늘을 찌를 듯한 어른이 되어 있었다.

시간이 검은 날개를 펼치고 내 위로 지나가는 것이 느껴졌다.

그런 참에, 전에 적을 두었던 미시간 대학에서 내 두번째 소설에 대해 얘기해달라는 제의가 들어와서 오랜만에 미국에 가게 되었다. 발표 뒤 뉴욕에 들러 호텔에서 코엔 부인에게 전화를 했다. 어머나, 미나에, 하고 나오는 다른 시간을 살고 있는 듯 젊은 목소리가 들렸다. 내가 그날 밤 아무런 약속이 없다는 것을 알자 친절하게도 호텔까지 차를 끌고 마중을 나와주었다. 핸들을 쥐고 들려주는 이야기 속에는 '손자'라는 단어도 나오고, 남편이 가벼운 뇌경색으로 지팡이 신세를 진다고도 했지만, 본인은 전화 목소리와 똑같이 처음 만났을 때와 비교해도 별로 달라지지 않은 모습에 갈색 도는 숏 헤어와 빨간 손톱도 예전 그대로여서 그녀의 주위만 시간이 멈춘 것 같았다.

미나에가 살던 때와는 뉴욕도 꽤 많이 변했어, 하며 안내한 것은 롱아일랜드 섬 일각에 있는 플러싱이라는 거리였다. 예전부터 이민한 사람들이 모여 사는 곳으로 알려진, 녹지도 뭣도 없는 추한 거리였지만, 과거 이십 년 동안 미국에 쏟아져들어온 아시아 이민의 역사를 대변하듯 지금은 바야흐로 제2의 차이나타운, 아니 아시아타운이 되어, 중국요리, 한국요리, 일본요리, 베트남요리, 캄보디아요리, 타이요리 등의 아시아 음식점이 대로변 양쪽에 늘어서 있었다. 코엔 부인이 여기가 맛있어, 라며 안내해준 곳은 거대한 주차장이 있는 한국음식점이었다. 일본의 편의점처럼 휘황하게 밝은 형광등이 휑한 공간을 구석구석 비춰내어, 눈에 색소가 적은 백인들은 식사할 때 선글라스가 필요하지 않을까 생각하면서, 과연 미국답게 접시에 듬뿍 담아내온 붉은 고기를 부지런히 구웠다.

꼭 일 년 전쯤 아버지가 죽었을 때의 이야기가 화제에 올랐다. 장례식은 안 했지만 사십구 일이 지났을 때 즈음해서 예전에 뉴욕에서 같이 일했던 회사 사람들을 초대해 거의 사반세기 만에 그리운 얼굴들을 보았다는 것, 다들 제각기 출세해서 차분하고 고급스러운 양복을 입은 그 모습에 아버지의 만년이 겹쳐져 부럽기도 하고 눈부시기도 했다는 것, 이번 여행에 아버지 젊은 시절의 사진을 가지고 와서 그날 오전 록펠러센터 벤치 위에서 조용히 꺼내 아버지가 좋아하던 광경을 보게 해주었다는 것 등등—아버지의 죽음을 애도해주는 몇 안 되는 사람 중 하나인 코엔 부인 앞에서 나는 말이 많아졌다.

갑자기 코엔 부인이 젓가락질을 멈추고 내 얼굴을 보았다.

—미즈무라 씨가 돌아가셨다는 연락을 받았을 때, 아즈마 씨한테도 연락을 하려고 했어. 신세를 졌으니까 문상 정도는 하고 싶지 않을까 해서 말이야.

득의양양하게 "닥터 아즈마로 관철해버려"라고 했다는, 아버지의 안경 쓴 둥근 얼굴이 떠올랐다. 생각해보면 아즈마 다로도 우리 아버지의 죽음을 진심으로 애도해줄 몇 안 되는 사람 중 하나인지도 모른다. 그러나 아버지의 사후, 미국에서 온 편지 몇 통 가운데 그의 이름은 없었다.

— 그런데 말이야……

내가 입을 열기 전에 코엔 부인이 말했다.

— 사라져버렸어.

스스로도 납득이 가지 않는다는 것이 그대로 나타나는 목소리였다. 나는 그녀의 말을 되풀이했다.

— 사라져버렸다고요?

아즈마 다로가 갑자기 모든 사람 앞에서 사라져버린 것이다. 사람들을 놀라게 한 롱아일랜드의 저택도 이미 팔아치웠고, 곧 캘리포니아로 옮긴다는 소문이 바람결에 들려왔다고 한다. 사람들은 그저 아연할 뿐이었다. 이제는 중상모략하는 사람도 없어 갖가지 억측이 난무했다. 하지만 너무도 완벽하게 아무런 흔적도 남기지 않고 사라져버렸기 때문에, 모든 억측마저도 불합리하게 느껴졌다고 한다.

나는 무슨 생각을 해야 할지 알 수가 없었다. 평상시에는 아즈마 다로에 대해 생각도 않고 살다가도, 가끔 미국에 와서 코엔 부인을 만나 그의 출세담을 듣고 감탄사를 내뱉는 것이 나도 모르게 내 인생의 일부가 되어 있었던 것이다.

— 그럼 사업은요?

코엔 부인은 아무것도 모르겠다고 했다. 다만 최근에는 오랜 파트너와도 헤어지고 기본적으로는 모아놓은 재산을 운영하고 있을 뿐이라고 했다. 미국의 호경기가 계속되고 주가가 계속 급등하는데다 부자한테 부과되는 세금은 점점 적어져, 적극적으로 투기 같은 것을 하지 않아도 재산은 계속 불어날 거라는 이야기였다.

—리타이어해서 비벌리힐스 쪽의 부자들 무리에 섞였는지도 모르지.

하긴 비벌리힐스 부근에 가면 벼락부자라고 해서 기죽을 필요가 전혀 없다. 그런 생각을 하고 있는데 코엔 부인이 덧붙였다.

—아니면 실리콘밸리 근처에서 젊은 사람들 사이에 섞여 다른 벤처 비즈니스를 시작했는지도 모르겠네…… 그쪽에는 일본계도 많고.

잠시 동안 침묵이 이어졌다. 얼마 있다 나는 그녀가 말한 일본계라는 말에 문득 무언가가 떠올라 그때까지 물어보지 않았던 질문을 했다.

—아즈마 씨 국적은 어딜까요?

그는 아직 일본인일까, 아니면 미국 국적을 취득했을까?

—글쎄?

코엔 부인은 고개를 갸우뚱했다. 그리고 그녀답게 현실적인 대답을 했다.

—회사는 말이야, 경우에 따라서는 굳이 미국 회사로 등록하지 않는 쪽이 세금상 득이 되잖아? 그것처럼 국적도 미국인이 되지 않는 쪽이 세금상 이익이 되기도 하거든. 그러니까 어느 쪽으로 했을지는……

호텔에 돌아와서 나는 일본에 있는 나에 언니한테 전화를 걸었다.

—캘리포니아? 아즈마 씨가?

나에 언니가 대뜸 소리를 질렀다.

―응, 캘리포니아.

―호오, 캘리포니아라.

겨우 고향에 돌아와 안정을 되찾았는지, 풀어질 대로 풀어진 태평한 목소리였다. 호텔의 네모난 유리창 밖에는 고층건물이 고독하게 몸을 맞대고 있는 대도시의 밤이 깃들어 있었다.

이제는 캘리포니아에서

몇 달 뒤, 해를 넘겨 1998년 1월이 되었다.

쿼드라는 이름의, 스탠퍼드 대학 중심부를 차지하고 있는 기둥과 회랑에 둘러싸인 네모난 광장에는, 통상 스패니시 콜로니얼이라 불리는, 붉은 스페인 기와지붕을 인 남국풍의 건물이 늘어서 있다. 대학 캠퍼스는 그 쿼드를 거점으로 사방으로 광범위하게 퍼져 있고, 극채색 그림엽서에 나올 듯한 멋진 야자수가 군데군데 드높이 하늘을 찌르며 서 있다. 교수들도 은은한 트위드 재킷에 낡은 가죽가방을 든 전형적인 학자의 모습이 아니라, 선명한 색깔의 헬멧을 쓰고 반바지에 햇볕에 탄 근육질 다리를 드러낸 채 자전거를 타곤 한다. 그에 지지 않겠다는 듯이 전동 휠체어가 사방을 자유자재로 달리고 있어, 익숙하지 않은 나는 그때마다 몸을 움츠렸다.

게다가 검은 머리의 동양 학생들이 무척 많았다. 문득 주변을 둘러보면 동양인의 얼굴만 보이던 경우도 여러 번 있었다. 그런 사람들이 미국 원어민 영어로 이야기를 하고 있다.

서해안 대학의 이런 독특함 때문에, 나는 몇 주일이 지나도 여행자 같은 기분이었다.

일단 대학을 나서면 고층건물이 적은 것도 신기했다. 캠퍼스 바깥쪽에 있는 팔로알토라는 마을은 미국의 하이테크 산업의 발상지이자 실리콘밸리의 중심지여서, 작은 셋집에서 오른쪽으로 몇 분만 걸어가면 나도 이름을 아는 컴퓨터 관계 회사가 늘어서 있는 거리가 나온다. 넓은 부지에 넓은 주차장을 가진 건물은 한결같이 단층 아니면 이층짜리로, 회사 이름을 쓴 간판이 자랑스럽게 걸려 있는 것 외에는 별다른 개성 없는 표정으로 조용하게 서 있다. 뉴욕의 여봐라는 듯한 소란스러움과는 대조적으로 모든 것이 늘 고요하고 한적했다. 이런 장소인 만큼 주변의 주택가에도 거대한 부를 축적한 젊은이들이 여러 명 살고 있다고 하는데, 내가 오가는 범위에는 이상할 만큼 검소한 집밖에 없었다.

캘리포니아의 태양도 신기했다. 도착한 시기가 장마철이었기 때문에 어쩌다 잠깐 보는 정도였지만, 그래도 일단 모습을 보이면 기온은 높지 않은데도 살갗을 지글지글 태웠다. 대기에 습기가 적어서 직사광선이 내리쬔다고 했다.

짐을 싸고 옮겨다니는 번거로움은 해마다 커져서, 미국에 돌아가는 것이 점점 더 귀찮아졌다. 그런 자신을 질타하듯 다시 초청에 응해 일본을 떠난 것은, 이제 이런 형태로 미국에 오는 것도 이번이 마지막일지도 모른다는 생각이 어렴풋이 들었기 때문이다. 집안 일도 겨우 조금 안정되어 당분간 일본을 떠나 있어도 되겠다는 생각도 있었다.

일은 일이라고도 할 수 없을 만큼 편한 것이었다. 일주일에 한 번

142

대학원생에게 일본소설 이야기를 하면 되었다. 그것도 고맙게도 다 일본어를 이해하는 학생들이라, 그저 느릿느릿 일본어로 이야기하면 되었다. 최근의 일본 경제가 시원찮은 덕택에 대학 내에서 일본에 대한 흥미도 희박해져, 수업 아닌 일로 불려갈 일도 별로 없었다.

여가 시간에는 어릴 때의 추억 이야기—『세로로 쓴 사소설』이라고 미리 제목을 정해놓은—, 내 세번째 소설이 될 추억담을 쓸 생각이었다. 하지만 좀처럼 진척되지 않았다. 어린 시절이 끝남과 동시에 오랜 세월 일본을 떠나 있던 나에게 어릴 때의 기억은 마음속 깊은 곳의 보물상자에 봉해져 있었다. 그 뒤로 일본에서 살게 되어, 영혼이 동경으로 들뜨게 했던 일본에 대한 향수가 현실 앞에서 무참히 지워져버린 뒤에도, 어쩌다가 그 보물상자가 열리면 봉인된 '시간'이 그 혼란스러웠던 시대 고유의 그림자와 소리, 냄새와 더불어 어린 시절의 기억에만 깃드는 최상의 광휘와 함께 눈앞에 둥실 솟아오른다. 『세로로 쓴 사소설』을 통해 나는 그들에게 형태를 부여하는 것이 내가 이렇게 살아버린 데 대한 속죄—이렇게 '시간' 자체가 흘러가버린 데 대한 속죄라고 생각하고 있었다. 그러나 그러면서도, 동시에 이렇게 내 이야기만 써도 되는 것일까 하는 막연한 불안감에 사로잡힌 탓이었을지, 혹은 일본어의 세계에서는 자기 이야기만 써도 된다는 사실이 마음 어딘가에서 납득이 가지 않는 탓이었는지, 시간은 얼마든지 있었고 추억도 풍족했음에도 좀처럼 진척이 되지 않았다.

나는 작은 나무책상 위에 올려놓은 랩톱 스크린에서 연분홍 벚꽃잎이 하늘하늘 떨어지는 것을 곁눈질하다가, 결국에는 누워서 책을 읽거나 잡일을 하였다.

잡일은 그런대로 있었다.

셋집은 스패니시 콜로니얼 식으로, 빨간 스페인 기와를 인 겉모양은 멋있었지만 크기는 그림동화에 나오는 과자집처럼 작았다. 좌우가 거울에 비친 모습처럼 반대로 만들어진 집이 이웃에 있었고, 거기에 나를 이 대학에 초청해준 짐이라는 이름의 젊은 미국인 일본문학 선생이 살고 있다. 두 집은 쌍둥이 같다. 짐은 그 쌍둥이 집 중 한쪽에서 남들처럼 문명생활을 영위하고 있는 것 같았지만, 내가 사는 집은 문명의 이기에 반대하는 환경보호주의자인 독일 여성이 집주인이었기 때문에, 부엌 칠판에 'Kill the government officials — 정부의 관리들을 죽여버려라' 라는 무시무시한 표어가 씌어 있는 것을 비롯해, 방의 전깃불도 촛불처럼 어둡고, 전자레인지는 물론 청소기나 세탁기도 없었다. 텔레비전도 없었다. 그래서 직접 구입한 소형 일제 라디오를 들으면서 부지런히 냄비로 요리를 하거나 걸레로 청소를 하거나 손으로 세탁을 해야 하기 때문에 나름대로 시간이 걸리는 것이었다.

이번에도 차 없이 지냈지만, 슈퍼마켓까지 조금 거리가 있어서 식료품을 사러 갈 때는 백팩을 짊어지고 갔다. 장을 보러 가지 않는 날은 산보를 했다. 비가 자주 와서 사흘에 한 번은 집에 갇혀 있었다. 한번 비가 내리기 시작하면 며칠 동안 계속되는 일도 드물지 않았다. 아무리 우기라지만 예년 같지 않은 강수량이라고 했다. 엘니뇨가 원인이라는 설의 가부(可否)는 알 수 없었지만, 이미 몇 번인가 하이웨이가 봉쇄됐을 정도였다.

캘리포니아 체류가 끝나갈 때쯤이었다. 그날도 이틀 전부터 비가 집요하게 내리고 있었지만, 금요일이라 오후 두시부터 일주일에 한번 하는 세미나에 나가야 했다. 나는 방수 처리된 워킹 슈즈와 레인코트 차림에, 펼치는 순간 대여섯 살짜리 아이로 돌아간 느낌이 드는 커다란 우산을 들고 쿼드로 향했다. 일본문학과가 있는 건물에 들어가 내 방을 향해 계단을 올라갈 때였다. 누군가가 일본어로 나를 불렀다.

— 미즈무라 선생님!

일본인으로 보이는 젊은 남자였다. 젖은 검은색 우산이 방문 옆에 세워져 있다. 모르는 사람이 나를 알아봐서 일순간 얼떨떨했지만, 그 다음 말은 더욱 예기치 못한 것이었다.

— 전에 ○○사에 있었던 사람입니다.

순간 그 자리에 일본이 나타난 듯한 인상을 받은 것은 '○○사'라는 고유명사 때문이었을 것이다. 유명 출판사 이름이었다. 그러나 눈앞의 젊은 남자는 이미 그런 일본의 공기에 감싸여 있지 않았다. 일본에서 막 온 일본인은 백화점의 새 포장지로 감싼 것처럼 일본의 공기에 싸여 있는 법인데, 젊은데도 불구하고 지친 인상의 이 남자는 이미 정신이 이국의 어딘가에 침식되기 시작한 듯했다.

남자는 푸르스름한 면 와이셔츠에 진 차림이었다. 젊은이들의 제복이 된 그 평범한 차림으로는 일본을 얼마나 떠나 있었는지 짐작이 가지 않는다. 내가 미국에 처음 왔을 때처럼 옷차림만으로 미국에 얼마나 오래 있었는지 판단할 수 있는 시대는 이미 오래전에 끝나 있었다.

남자는 내 눈을 주의 깊게 보고 있었다.

나는 그의 눈을 미심쩍게 바라보았다. '○○사'라는 단어를 듣고 나서는, 첫 대면인지 예전에 일본에서 소개받은 일이 있는지 알 수가 없었던 것이다.

남자는 나에게 아무런 기억도 불러일으키지 않았다. 도쿄에서 지하철을 타거나 길을 걷거나 레스토랑에 들어가거나 할 때마다 요즘 사람들은 정말 용모들이 수려해졌구나, 저러면서 머리까지 절망적으로 텅 비어 있지 않으면 더 좋을 텐데, 하고 늘 내가 감탄하거나 저주하는 일본의 젊은 남자 중 하나에 지나지 않았다.

ㅡ뵌 적이 있었던가요?

ㅡ아뇨.

남자는 조금 수줍어하면서 웃었다.

거기에는 젊음은 있었지만 뻔뻔함은 없었다.

○○사를 그만두고 미국에 와서 지금은 샌프란시스코에 살고 있는데, 며칠 전에 인터넷에서 스탠퍼드 대학 휴머니티센터 강연 스케줄을 보다가 내 이름을 발견했다고 한다. 이 주 전쯤에 적은 인원을 대상으로 내 소설에 대해 이야기한 적이 있었다.

ㅡ아, 그 강의는 벌써 끝났는데요.

ㅡ네. 하지만 덕분에 이쪽에 계시다는 것을 알았습니다.

그 뒤 이번 학기 강의 시간표를 조사하여, 내가 금요일에 학교에 나온다는 것을 알고 찾아왔다고 한다.

ㅡ여기 서서 계셨어요?

ㅡ아니요, 바닥에 앉아서 기다렸어요.

나는 웃었다. 남자가 의외로 요령이 좋아 보여서였다. 미국인 학생들도 툭하면 마룻바닥에 다리를 뻗고 교수들 방 앞에 앉아 있곤 한다. 남자는 덩달아 웃고 나서 말을 이었다.

ㅡ만일 안 계시면 메일박스에 메시지를 넣어두고 돌아가려고 했어요.

ㅡ네.

용건이 있는 것 같지는 않았다. 단순히 아는 이름을 보고 이야기가 하고 싶어져서 온 것이 틀림없었다. 나도 이국에 있다는 쓸쓸함 때문에 일본에서는 오랫동안 잊고 있었던, 사람에 대한 그리움을 품은 채 살고 있었고, 경박하거나 멍청해 보이지 않는 이런 젊은 남자라면 의미 없이 이야기를 나누어도 나쁘지 않을 것 같았다. 그러나 강의 시간에 빠듯하게 도착했기 때문에 시간이 없었다.

—미안해요. 항상 빠듯하게 오기 때문에 오 분 있으면 세미나가 시작되거든요.

그렇게 말하면서 방문을 열쇠로 열고 들어가서 그에게 앉으라고 권했다. 사방의 벽이 일본어와 영어 책으로 둘러싸인 그 방은 이번 학기 쉬고 있는 에도 시대 문학 전공의 미국인 교수 방이었다. 그는 실례합니다, 라면서 자리에 앉았다가 당황하며 얼른 일어나, 가토 유스케(加藤祐介)입니다, 유는 가리키다 변의 유자, 스케는 개입의 개 자를 씁니다, 라고 자기소개를 했다. 직장을 그만둬서 가지고 다니는 습관이 없어졌는지 명함은 등장하지 않았다.

나는 내 의자에 앉아 손목시계를 힐끗 보고 말했다.

—잠깐 실례, 구두 좀 갈아신을게요.

비에 젖은 워킹 슈즈를 벗어 신문지 위에 나란히 놓고 힐이 달린 부츠로 바꾸어 신고 나서 책상 위로 얼굴을 불쑥 내밀자, 유스케와 눈이 마주쳤다. 사춘기에 일본을 그리워하면서 매우 좋아하게 된, 동양인 특유의 길게 찢어진 외꺼풀 눈이었다. 지친 듯 외꺼풀 눈 아래쪽이 조금 거무죽죽했다.

유스케가 말했다.

—세미나 끝난 뒤에 시간이 좀 있으신가요?

나는 한숨 돌렸다. 오늘 세미나에 들어가보고 싶다고 말하면 어쩌나 싶었기 때문이다.

─네, 그렇지만 세미나를 세 시간이나 하는데요.

─상관없습니다. 도서관에 가 있겠습니다. 저는 가끔 후버 라이브 러리에서 잡지를 읽거든요.

후버 라이브러리는 동아시아 관계 장서 전문 도서관이다.

그러면 세 시간 뒤에 뵙죠, 라고 말한 뒤 유스케는 실례했습니다, 라며 우산을 집더니, 유일하게 피곤이 보이지 않는 젊은 목덜미를 보이며 사라졌다.

유스케가 돌아온 것은 수업이 끝나고 마침 방에서 머그에 든 뜨거운 홍차를 마시기 시작했을 때였다. 수업이 끝난 뒤에는 꼭, 역시 남 앞에서 그렇게 이야기하는 게 아니었다는 자기혐오에 사로잡힌다. 일본어로 이야기하는 것은 스스로 생각해도 너무 답답해 언짢아지는 영어로 이야기한 뒤끝만큼 자기혐오가 심하지는 않았지만, 그래도 수선스러운 마음을 홍차에서 피어오르는 김으로 진정시킬 시간이 필요했다.

유스케는 앉자마자 입을 열었다.

─일본이 멀어져버렸어요.

하얀 이마에 늘어진 까맣고 곧은 머리칼, 비에 젖어 윤기가 흐르는 그 머리카락은 '까마귀의 젖은 날갯빛'이라는 일본어 표현 그대로였다.

─일본 잡지를 보아도 무슨 일이 일어났는지 전혀 흥미가 생기지 않게 되었네요.

길게 찢어진 눈이 내 얼굴을 보고 있다. 언제 미국에 오셨어요? 라고 내가 묻자, 재작년 9월이에요, 일 년 반이 되었습니다, 라고 대답

148

한다.

뜻밖이었다. 일본을 떠난 지 적어도 삼사 년은 된 것 같은 얼굴이었다.

유스케가 갑자기 말을 이었다.

―미즈무라 선생님 책을 읽었습니다.

―네.

―두 권 다 읽었어요.

―감사합니다.

―저는 대단히……

잠시 말을 찾다가, 굳이 그럴 필요도 없는 가장 무난한 표현이 입에서 흘러나왔다.

―재미있다고 생각했습니다.

그렇게 말하고는 자못 도리를 다했다는 듯이 입을 다물었다.

―고맙습니다.

나도 자동적으로 되풀이했다. 남자가 내 소설에 관심이 있어서 온 거라고 생각하지는 않았지만, 찾아오기까지 했으면 조금 더 자세한 말을 하는 것이 소설을 쓴 인간에 대한 예의이고 인사가 아닐까. 유스케가 말했다.

―도서관에는 『○○』가 없더군요.

그가 근무했다는 회사에서 내는 문예지였다.

―없던가요?

나는 당연히 있으리라고 생각했기 때문에 알아채지 못하고 있었다.

―네.

―저런, 괘씸하긴. 구독하라고 할게요.

—아니에요, 상관없습니다, 뭐.

남자는 정말로 아무래도 상관없다는 투로 말했다.

—왜 회사를 그만두셨어요?

—뭐 특별히 그만두고 싶었던 건 아니었는데, 어쩌다보니 그렇게 되어버렸네요.

유스케는 그 이상 말을 잇지 않았다. 원래 말수가 적은지 말을 하려고 애쓰는 것이 느껴졌다. 그러면서도 길게 찢어진 눈은 슬그머니 내 표정을 탐색하고 있는 것같이 느껴지기도 했다. 왠지 불안해 보였지만 유스케의 입에서 나오는 몇 마디 되지 않는 말들은 극히 평범했다. 나만 홍차가 든 머그를 손에 들고 있는 것이 마음에 걸려 아래층 커피 룸에서 홍차나 커피를 가지고 올지 묻자, 아니요, 괜찮습니다, 라고 또 짧게 대답한다.

나는 어색함에서 도망치기 위해 질문을 해보았다.

—어느 대학에 다니세요?

—아, 갑자기 미국에 와버리는 바람에, 지금은 아직 랭귀지 스쿨에 다니면서 일하고 있습니다.

—일하고 있다고요?

순간적으로 일본 음식점 웨이터가 상상되었다.

—네, 새너제이에 있는 조그만 소프트 회사입니다.

—소프트?

—컴퓨터의 소프트웨어죠. 랭귀지 스쿨에서 알게 된 아르헨티나 사람이 소개해주어서요. 풀타임은 아니지만 급료는 괜찮습니다.

네, 하고 대답하면서 일본 음식점의 웨이터밖에 떠올리지 못한 시대에 뒤떨어진 내 낡은 세계관에 내심 얼굴이 붉어졌다. 그러나 출판사에 근무하던 남자가 그런 곳에서 아르바이트를 할 수 있을까? 나도 모르게 의아한 표정을 지었는지 남자 쪽에서 설명을 덧붙였다.

— 대학에서는 물리학을 전공했거든요.

나는 유스케의 얼굴을 다시 바라보았다. 갑자기 인상이 달라 보인다.

— 문과계열이 아니라도 출판사에 취직할 수 있나요?

— 네.

유스케가 하얀 이를 보이며 대답했다.

— 저는 과학잡지 편집을 맡고 있었습니다.

— 네.

그 출판사가 과학잡지까지 내고 있다는 것은 몰랐다. 그러자 유스케가 말을 이었다.

— 그러다 폐간되어버려서 그 뒤로 『○○』로 옮겼는데, 왠지 싫어져서……

— 문예지가 싫었어요?

— 싫다기보다, 저한테 맞지 않더군요.

나는 다음 말을 기다렸지만 남자는 그대로 입을 꾹 다물어버렸다.

나는 눈앞에 앉아 있는 남자가 내 소설에 흥미를 보이지 않는다는 것에 잠시나마 불만을 느꼈던 것도 잊고, 그가 요즘 일본문학에 흥미가 없다는 것, 즉 우후죽순처럼 등장한 새로운 소설가들의 이름을 늘어놓아 나의 무지함을 백일하에 드러내게 할 우려가 없다는 것에 안심했다. 그러나 동시에 왜 굳이 나를 만나러 온 건지 점점 더 알 수 없어졌다. 샌프란시스코에는 일본인이 많이 살고 있다. 일본인이나 일본어가 그리운 것뿐이라면 구태여 나를 찾아올 필요가 없다.

유스케는 자기 이야기는 별로 하지 않고, 언제 미국에 왔는지, 또 지금 어디에 살고 있는지, 차는 있는지 없는지, 일본 식료품은 어디서 사는지 등 아무래도 좋을 이야기를 띄엄띄엄 물었다. 대화를 즐기는 것 같지는 않았고, 애당초 나와 같이 있는 것 자체가 즐거운 것 같지도 않았다. 그러면서도 이렇듯 나와 같이 있는 시간을 오래 끌고 싶어하는 것 같기도 해서 어떻게 해야 좋을지 알 수 없었다. 이윽고 침묵이 흐르고 나는 빈 머그잔을 만지작거렸다.

창밖에는 벌써 어둠이 밀려와 있었다.

슬그머니 손목시계를 보자 여섯시가 지난 참이었다.

오후부터 본격적으로 내리기 시작한 비는 점점 기세를 더해, 밀려든 어둠과 함께 주변 일대가 망막한 물의 세계로 녹아들었다.

어느새 옛날을 추억하고 있었다. 전에는 어디에서 누구와 시간을 함께 보내는 것보다도, 종종 낯선 거리에서 낯선 사람을 만나고 일이 되어가는 대로 그냥 멍하니 시간을 보내는 것만으로도 일상을 떠나 깊은 바다를 떠다니는 듯한 환희가 있었다. 그러나 서른 중반을 넘기고 나서는 낯선 고장에서 낯선 사람이 말을 걸어오는 일도 적어지고, 만남도 옛 만남의 반복으로밖에 여겨지지 않았고, 그러다 그마저도 뚝 끊어져버렸던 것이다.

나는 문득 말했다.

—괜찮으시다면 저녁식사라도 함께하실까요?

—그래도 괜찮습니까?

남자의 지친 얼굴이 갑자기 환해졌다. 그 얼굴을 보자 내 안에서 오랜만에 일상을 떠난 시간이 흐르기 시작했다. 살아 있는 것이 이미 축제라는 사실이 명확한 형태로 떠오르는 것 같았다. 눈앞에 앉아 있는 젊은 남자가 왜 나를 찾아왔는지는 알 수 없었지만, 적어도 그가 나와 함께 있는 시간을 연장하고 싶어한다는 확신이 들자 자연히 미소가 떠올랐다.

바쁘신 것 아닙니까, 하고 그가 물었다.

— 전혀 바쁘지 않아요.

맛있는 중국집이 있어요, 라며 유스케가 그의 폭스바겐으로 데리고 간 곳은 이웃 마을에 있는 마운틴 뷰라는 중화요리집이었다. 가게 전체를 밝게 비추고 있는 전등 외에도 빨간 술을 늘어뜨린 중국풍 랜턴이 천장 여기저기에 매달려 있었다. 자리를 안내받고, 칭다오 맥주가 나오고, 일본의 중화요리집에서는 볼 수 없는, 조잡하달지 대범하달지 요리가 산처럼 담긴 접시가 두서너 개 늘어설 때쯤에는 유스케의 입도 겨우 풀려, 근교의 유명한 수족관에서 난생처음 본 개복치가 괴물처럼 컸다는 얘기며 샌프란시스코의 금문교 곁에 있는 리조트에 갔던 이야기 등을 하기 시작했다.

작년 가을에는 근처에 있는 와인 컨트리라고 불리는 고장을 차를 타고 여행했다고 한다.

나지막한 포도나무가 병사처럼 정연하게 늘어선 풍경이 몇 시간이고 이어지는 가운데 주요 포도주 제조처들이 앞다투어 관광객에게 공장견학을 시켜준다. 포도주를 공짜로 맛보게 한 다음 상자째 팔기도 하지만, 그중에는 전시물을 보여주는 곳도 있다. 그 가운데 20세기 초의 장부를 펼쳐서 진열해놓은 와인 셀러가 있었는데, 각각의 종업원에게 지급한 주급액이 왼쪽 난에 씌어 있고, 오른쪽 난에는 수취인의 사인이 있었다고 한다. 문득 흥미를 느껴 자세히 보니 영어 사인들 사이로 왕(王)이니 장(張)이니 하는 한자의 모양을 흉내낸 무학자 특유의 어색한 사인이 있었고, 그들이 일주일에 오십 센트나 일 달러의 주급을 받고 일한다고 기록되어 있었다. 그에 비해 영어로 사인을 남긴 사람들은 팔 달러, 십 달러, 십오 달러 등의 돈을 받고 있었던 것이다.

—이삼십 배의 급료죠.

유스케는 분개하기보다 어이없어하는 듯한, 재미있어하는 듯한 말투로 말했다.

—중국인 노동자가 흘러들어간 걸까요?

—그렇겠지요.

오늘날 샌프란시스코 인구의 사분의 일이 중국계 미국인이라는데, 그중에는 그렇게 와인 컨트리에서 일한 중국인의 자손도 있을 것이다. 내가 캠퍼스에서 보는 학생 가운데 그 자손이 있다고 해도 이상할 것이 없었다.

—일본계도 상당히 고생한 것 같아요. 땅을 소유하지도 못하고……

나는 유스케에게 호감을 느끼면서 고개를 끄덕였다. 중국인 노동자나 일본계 사람들의 화제를 기꺼이 입에 담는 것부터가 일본에서 막 건너온 일본인 같지 않았다. 그러면서도 그 어조에는 안이한 분개도 동정도 느껴지지 않았다.

—그렇지만, 아메리칸 드림이 궁극적인 꿈은 아니니까요.

그렇게 결론짓듯 말하자, 갑자기 아까의 탐색하는 듯한 눈초리로 돌아가 내 얼굴을 물끄러미 쳐다본다. 그리고 말했다.

—미즈무라 선생님은 이전에 뉴욕에서 아즈마 다로라는 사람을 알고 계셨다면서요.

의외의 이름이었다.

─아즈마 씨……

─네.

─그 부자 말인가요?

─네.

내 표정을 살피고 있다. 나는 물었다.

─가토 씨는 아세요?

─저는 삼 년, 아니 이 년 반 정도 전에 만났었습니다.

말인즉슨, 행방불명되기 직전이라는 것일까.

그는 길게 찢어진 눈으로 계속 내 표정을 살피고 있었다.

나는 젓가락질을 멈추고 그의 그 눈을 바라보았다.

이 남자가 아즈마 다로와 만났다는 사실이 좀처럼 머릿속에 들어오지 않았다. 아즈마 다로라는 이름은 롱아일랜드의 하얀 콜로니얼 스타일의 집, 브렉퍼스트 룸의 아버지와 어머니, 미니스커트를 입고 앞머리를 내리고 거울 앞에서 하루 종일 이런저런 꿈을 꾸던 시절의 나…… 지금 생각하면 나름대로 행복했던 그 시절의 단편적인 기억을 떠올리게 한다. 그 아즈마 다로라는 이름이 일본에서 온 이 젊은 남자와 도대체 어떻게 연결되는지 짐작도 가지 않았다.

조금 뒤에 나는 혼란스러워하며 유스케에게 물었다.

─뉴욕에서요?

─아니요, 일본에서요.

─일본에서……

좀더 놀라 내가 되풀이하자 그가 덧붙였다.

─신슈(信州)에서였습니다.

신슈.

당혹스러웠다. 신슈 된장, 신슈 메밀국수 같은 단어가 떠오른다. 산과, 강과, 맑은 공기가 있는, 초등학교 국어 교과서 삽화에 나올 듯한 모범적인 '일본 시골'의 풍경이 떠오른다. 그러나 신슈가 구체적으로 어느 부근을 가리키는 건지, 창피한 이야기지만 나는 몰랐다. 물어보는 것도 이상할 것 같아서 잠자코 있자 유스케가 말을 이었다.

─시나노 오이와케(信濃追分)라는, 가루이자와(軽井沢)* 변두리 지역이에요.

마음이 놓였다. 가루이자와라면 적어도 소설을 통해서는 알고 있다. 고원, 낙엽송, 자작나무, 나아가 후작이니 남작이니 하는 일본어, '바람이 분다, 살아야겠다'** 라는 번역시 한 줄이 가루이자와라는 지명과 함께 떠오른다. 그러나 내가 소설로 알고 있는 가루이자와와 현실에서 알고 있는 아즈마 다로는 아무 연결고리도 없었다.

─우연이었죠.

유스케는 혼잣말하듯이 말하고 젓가락을 움직이다가, 다시 바로 젓가락질을 멈추었다. 그리고 먹기를 포기한 듯 테이블에 젓가락을 가지런히 내려놓았다.

─미즈무라 씨는 아즈마 씨를 개인적으로 알고 계시다고 들었는데……

그런 것이 개인적으로 아는 부류에 들어가는 것일까?

─아주 조금이에요.

---

* 일본에서 가장 먼저 개발된 고급 휴양지. 1915년에 이미 구 영주들과 유명 정치가들의 호화로운 서양식 별장이 들어섰으며, 많을 때는 천여 명이 넘는 외국인들이 피서하러 오는 국제적 휴양도시이다.
** 호리 다쓰오의 「바람 일다」라는 작품에 붙어 있는 폴 발레리의 시구.

─언제쯤입니까?

─옛날 옛적에.

─옛날 옛적이라……

─그가 미국에 온 지 얼마 안 되었을 때입니다.

─네? 그렇게 옛날인가요?

'그렇게 옛날'이라는 유스케의 말은 내 소녀 시절을 내가 생각하고 있던 것보다 훨씬 더 멀리로 밀어냈다. 생각해보니 눈앞의 젊은 남자에게 그 시대는 '그렇게 옛날'이었던 것이다.

─네, 그렇게 옛날이에요.

─부자가 되기 전……

─네, 부자기 되기 전이죠.

─실례지만, 어떻게 알게 되신 겁니까?

유스케의 질문은 일방적이었다.

─내가 알고 있었다기보다 아버지가 알고 계셨던 거예요.

나는 우리 아버지가 어떻게 아즈마 다로와 관련되어 있는가를 몇 마디로 설명했다.

─저런……

그렇게 말하고 유스케는 잠시 잠자코 있었다. 동양인 특유의 매끈한 얼굴은 무표정했다. 내가 물었다.

─아즈마 씨가 제 얘기를 하시던가요?

─미즈무라 씨 이름을 언급한 것뿐입니다. 제가 출판사에 근무한다고 했더니 혹시 이런 이름의 작가를 아십니까? 옛날에 나는 그 사람을 알고 있었지요, 라면서요.

─네에.

'옛날에 그 사람을 알고 있었다' 는 표현이 어딘지 낡은 유행가 가사처럼 귀에 울렸고, 그 자리에서의 내 마음의 움직임을 떠나 조금 우스꽝스러웠다. 머릿속에서 '그 사람' 의 '사람(人)' 이 '여자(女)' 라는 한자로 바뀌어 있었다.

나는 빨리 그 뒷얘기를 듣고 싶었지만, 유스케는 아직 내심 주저하는 것 같았다. 그는 나한테서 눈길을 돌리더니 손을 뻗어, 미국의 중화요리집에서 꼭 보게 되는 하얗고 두툼한 포트를 들어 두 사람의 찻잔에 맛도 냄새도 없이 색만 갈색인 우롱차를 따랐다.

그다지 넓지 않은 음식점이었지만, 금요일 저녁인 탓인지 거의 만석이었다. 중국인 웨이터들이 바쁜 듯이 커다란 둥근 쟁반을 한 손에 올려놓은 채 왔다 갔다 하고 있다. 밖에는 꽤 큰 비가 내리고 있는데도, 밝은 식당에서는 조금 살기를 띠기 시작한 웨이터들이 주방을 향해서 중국어로 외치는 소리가 들려오고, 술과 따뜻한 음식으로 혈액순환이 좋아진 손님들이 시끄럽게 떠들어 소란스러웠다.

유스케가 말을 잇지 않아 내가 먼저 입을 열었다.

─그렇지만 이제는 뉴욕에 안 계시다는 이야기를 들었는데요. 작년 가을부터요.

'행방불명' 이라는 단어가 마음속에서 불길하게 울렸지만, 애써 그 단어를 피했다. 그러자 이미 알고 있다는 듯 유스케가 희미하게 한숨을 쉬고 고개를 끄덕였다.

─네, 어딘가로 사라져버렸다고 하더군요.

그제야 나는 겨우 기억해냈다. 아즈마 다로는 지금 이곳 캘리포니아에 있을지도 모른다. 여기에 막 왔을 때는 묘한 느낌과 함께 그 사실을 의식했는데, 날이 가는 동안에 잊어버리고 있었다.

그러고 보니 캘리포니아에 이주했는지도 모른다는 얘기를 들은 적이 있다고 말하자, 유스케가 또 고개를 끄덕였다.

─알고 계셨어요?

─저도 그런 이야기를 들었습니다.

그러고 나서 결심한 듯이 내 눈을 보면서 고쳐 말했다.

─그렇다기보다, 여기 온 데는 그 이유도 있습니다.

그 골똘히 생각하는 얼굴을 보고 나는 홀연 이해했다.

이 젊은 일본 남자는 나를 만나고 싶었던 것이 아니다. 내가 아즈마 다로를 알고 있다는 말을 들었기 때문에 찾아온 것이다. 이전까지 남자의 대응에는 나를 적극적으로 만나고 싶어서 찾아왔다고 생각하게 할 것이 아무것도 없었지만, 그래도 예상도 못 했던 헛물을 켠 것 같아서 씁쓸한 심정이 되었다.

동시에 다른 흥미도 솟구쳤다. 나는 씁쓸함을 내심 달래면서 태연을 가장하고 유스케에게 물었다.

─아즈마 씨를 찾고 계세요?

─아뇨, 그냥 어쩐지.

자기도 잘 모르겠다는 대답이었다.

─만났을 때 그 사람이 미국에서 일확천금을 노리라고 하던가요?

이번에는 조금 웃으면서 물어보았다. 그도 붙임성 있게 웃으면서 대답했다.

─아뇨.

나는 웃음을 거두지 않고 말을 이었다. 비난하는 것처럼 들리게 하고 싶지 않았다.

─아즈마 씨 이야기를 듣고 싶어서 찾아왔군요?

유스케가 갑자기 입을 꾹 다물었다. 그리고 잠시 말을 찾다가 대답했다.

―아즈마 씨를 알고 싶었던 것이 아니라, 아즈마 씨 이야기가 하고 싶었어요.

더욱 구미가 당겼다. 나는 재촉하듯이 유스케의 눈을 보았다. 그러자 유스케가 말을 이었다.

―이 년 반 전의 여름……

용기를 북돋우듯이 네, 하고 나는 고개를 끄덕였다.

그때 옆 테이블에 앉아 있던 동양인 남자와 미국인 여자가 무엇이 우스운지 갑자기 웃음을 터뜨렸다. 연인이 된 지 얼마 안 되는 것 같아, 나는 아까부터 두 사람의 들뜬 분위기가 전해져오는 것을 마음 어딘가에서 시샘하고 있었다. 반대쪽 옆자리에서는 중국인 대가족이 원탁을 둘러싸고 중국어로 크게 이야기하고 있다. 어렸을 때 『손오공』 삽화에서 본 저팔계를 빼닮은, 벌겋고 굵은 목에 주름살이 여러 겹 잡힌 남자가 특히 흥분해서 침을 튀기듯이 이야기하면서 팔까지 휘두르고 있다. 좀더 벽 쪽의 자리에는 아까부터 신문에서 한시도 눈을 떼지 않고 혼자 식사를 하고 있는, 극도의 근시인 듯한 미국인 중년 남자가 있었다.

빨간 술을 늘어뜨린 중국풍 랜턴 아래 갖가지 인생의 단면이 펼쳐져 있었지만, 유스케의 오감은 그런 자극에는 무감각한 듯 자기만의 추억에 갇힌 얼굴을 하고 있었다.

―이 년 반 전 여름에 기분전환으로 신슈에 갔다가, 거기에서 우연히 아즈마 씨를 만났습니다.

유스케는 거기까지 말하고는 초조함이 일거에 모인 듯한 얼굴로 길게 한숨을 쉬었다.

— 그리고 지금 생각해보아도 뭐가 뭔지 알 수 없는 얼떨떨한 일주일을 보내게 되었죠.

나는 다시 한번 고개를 끄덕였다.

— 오봉* 연휴 때였어요.

내가 잠자코 다음 말을 기다리자 유스케가 그 초조함이 깊어진 얼굴로 말을 이었다.

— 뭐 특별한 일이 있었다는 것은 아닙니다. 요는 단순히 추억담을 들었다는 것뿐입니다만.

— 추억담?

— 네.

— 아즈마 씨의?

— 아즈마 씨와 함께 있던 여자분한테서 들었어요. 아즈마 씨를 아이 때부터 알던 여자분입니다.

나는 그 여자를 상상해보려고 했지만, 얼굴도 나이도 알 수 없는 그림자 같은 모습으로밖에 떠오르지 않았다.

— 어쨌든 묘한 일주일이었어요. 제가 정신적으로 조금 다운되어 있을 때여서 더 그렇게 느꼈겠지만, 왠지 그때 이래로 이상해진 것 같습니다.

유스케가 조금 빠른 말투로 말했다.

신슈에 같이 갔던 친구한테 이야기해봐도 마치 그 일주일 동안 모호한 꿈을 꾸었던 것 같은 기분이 들 뿐이었다고 한다. 미국에 온 것

---

* 음력 7월 보름에 조상의 명복을 비는 행사. 백중.

은 그로부터 일 년 뒤였다. 미국에 오고 나서도 여전히 신슈에서의 일이 뇌리를 떠나지 않던 참에, 며칠 전에 내 이름을 대학 웹페이지에서 발견하고, 그 순간 문득 아즈마 다로를 알고 있을 터인 나한테 그 일주일에 관해 이야기해야겠다는 생각을 했다고 한다. 그리고 일단 그런 생각이 들고 나자 뭔가에 사로잡힌 것처럼 꼭 이야기하지 않으면 안 될 것 같은 마음이 되었다고 한다.

—그러고 나면 조금은 마음이 가라앉을 것 같았어요.

유스케는 결론짓듯이 말했다. 눈 밑의 지친 느낌이 중국집의 밝은 불빛 아래 좀더 뚜렷해진다. 먹다 남은 요리를 늘어놓은 테이블 위로 초점 잃은 시선이 방황하고 있다.

옆 좌석의 남녀가 또다시 웃음을 터뜨렸다.

—회사를 그만두신 것도 그때의 일 탓인가요?

—아니요, 저는 회사를 그만두고 싶었던 것이 아니었어요.

유스케가 옆의 남녀에게 힐끗 시선을 보내고, 어조를 조금 바꾸어 물었다.

—제비뽑기로 당첨되는 그린카드에 대해 알고 계십니까?

—네.

그린카드라고 불리는 미국 영주권을 가지고 있으면 노동비자를 취득하지 않아도 취업할 수 있고 언제까지고 미국에 살 수 있다. 그린카드를 손에 넣는 것은 이미 미국에 거주하는 이들에게도 쉬운 일이 아니었지만, 미국 정부가 최근 세계의 이민 희망자에게 매년 제비뽑기로 그것을 주기 시작한 것이다. 무슨 일이 있어도 미국에 오고 싶다는 사람 누구에게나 평등하게 열린 창구로, 유럽에서 오는 이민 이외에는 노예, 혹은 이등 시민으로만 받아들였던 자국의 역사를 비판

한다는 의미에서 열린 것이었다. 별로 알려져 있지 않지만 일본인 가운데도 응모하는 사람이 의외로 많다고 한다.

─아즈마 씨를 만난 뒤, 미국행도 나쁘지 않을 것 같아서, 아니 그보다 일본 바깥으로 한 번쯤은 나가보고 싶은 마음이 갑자기 들어서, 뭐 어차피 당첨될 리는 없겠지 하는 마음으로 신청해봤거든요.

─그랬더니?

─그랬더니 단번에 당첨되어버렸어요.

내버려두기도 아깝고, 또 당첨되고 나니 미국에 가고 싶은 생각도 강해져서 회사에 무급 휴가를 일이 년 내고 싶다고 이야기했는데, 회사 쪽의 대답은 그런 전례를 만들고 싶지 않다는 것이었다. 유스케는 어쩔 수 없이 회사를 그만두었다. 그후 너무 바쁜 나머지 쓸 시간이 없어 쌓아두었던 월급을 임시 자금으로 삼아 캘리포니아에 왔다고 한다.

─저는 문과계열이 아니기 때문에, 이 나라 저 나라 돌아다녀도 일하는 데는 별로 문제가 없습니다.

─그렇군요.

아까의 대화를 떠올리고 나는 고개를 끄덕였다.

─이제부터 어떡하실 건데요? 계속 미국에 계실 건가요?

─모르겠습니다. 좀더 본격적으로 직업을 찾아도 되고, 아니면 공부하러 대학원에 가도 되고…… 일본에 돌아가도 괜찮고. 어느 쪽 생활이 편한지 알 수 없거든요.

─그렇군요.

우리는 어느 틈엔가 다시 젓가락을 움직이고 있었다. 테이블 중앙에 아직 브로콜리 소테며 닭고기 캐슈, 땅콩볶음 등이 남아 있다. 작은 밥공기에 만두처럼 동그랗게 담긴 하얀 밥은 가장자리가 조금 줄어들었을 뿐이다. 여느 때만큼 식욕이 나지 않아 나는 내 앞접시가 비었을 때 젓가락을 내려놓았다.

잠시 후 유스케도 젓가락을 놓는 것을 확인하고 나서 내가 말했다.

—아즈마 씨 이야기를 하고 싶었으면, 처음부터 그렇게 말씀하셨으면 좋았을 텐데.

내 목소리가 조금 탓하는 것처럼 들렸는지도 모른다.

죄송합니다, 하고 유스케는 순순히 사과했다.

—직접 뵙고 말씀드리고 싶다고 최근 며칠 동안 쭉 생각하고 있었기 때문에, 실제로 만나뵈니까 오히려 어떻게 이야기를 시작해야 좋을지 모르겠더라고요.

그러고 나서 혼잣말처럼 낮은 목소리로 덧붙였다.

—그리고 단순히 저만 옵세스(obsess)되어 있는 얘기인 것 같기도 하고요. 말씀드려도 재미없지 않을까 해서……

—아무렴 어때요. 나는 다른 사람 이야기를 듣는 걸 좋아해요. I'm a good listener.

나는 나에 언니처럼 익살스럽게 영어를 섞어서 대답했다.

네, 라고 유스케는 대답하면서 내 말을 그대로 받아들여도 되는지 망설이는 듯한 눈초리로 내 얼굴을 보았다. 목적했던 바에 다다르자 조금은 마음이 놓인 것 같았다. 눈썹 부근이 약간 누그러지더니 그제야 음식점의 시끄러운 소리를 겨우 의식하는 듯했다.

—그럼 오늘밤 이대로 들어버릴까요?

시계를 보니 아직 여덟시가 조금 지난 참이었다.

—저야 물론 오늘밤이라도 괜찮습니다만……

—그럼 오늘밤으로 하죠. 마침 금요일 밤이고 잘됐네, 내일은 일도

없잖아요.

유스케는 고개를 끄덕이고 나서 음식점 안을 둘러보았다. 손님이 입구에 줄지어 기다리고 있는 것을 비로소 알아차린 것 같다. 유스케는 장소를 옮깁시다, 라고 말하며 내 쪽으로 얼굴을 돌리고 물었다.

— 어디로 갈까요?

— 괜찮다면 우리집에 가실까요?

— 미즈무라 씨 집에요?

길게 째진 눈이 조금 동그래졌다.

— 네.

— 괜찮으시겠어요?

그러는 게 편하지 않겠어요, 라고 말하면서 나는 보이에게 '도기 백(doggy bag)'을 부탁했다. 개를 위한 것이라고 해서 '도기 백'이라고 하지만 요는 남은 음식을 싸달라는 것으로, 미국의 중화요리집에서는 주문한 음식이 남으면 '도기 백'을 부탁하는 것이 당연한 일이었다. 라드 냄새가 나는 따뜻한 갈색 종이봉투를 받아들고 계산서로 손을 내밀자, 그때까지 멍하니 있던 유스케가 갑자기 민첩하게 테이블 너머의 그 작은 쪽지를 뺏으려 했다. 우리는 결국 평등하게 더치페이로 계산하고, 빨간 술을 늘어뜨린 중국풍 랜턴을 뒤로했다.

빨간 지붕을 인 두 채의 쌍둥이 집은 빗속에 망막하게 갇혀 있었다. 그중 한쪽 집의 블라인드 틈새로 텔레비전의 푸른 광선이 바쁘게 점멸했다. 짐이 한 채널을 몇 초 이상 보지 않기 때문이다. 길가에 차를 세워놓고 흠뻑 젖은 공동 드라이브웨이를 걸어 현관에 도착했다.

현관문을 열면 바로 리빙 룸이다.

방구석에 하얀 플라스틱 양동이가 있고, 그에 어울리지 않게 호화로운 꽃다발이 듬뿍 담겨 있다. 나에 언니가 내 생일에 일본 꽃집에 부탁해 보내준 꽃다발이다. 온실에서 자란 거 말고 잉글리시 가든에 있는 것 같은 걸로 부탁했는데 제대로 왔어? 라고 며칠 전에 국제전화로 물어왔다. 방구석에서 유일하게 봄이 싹텄음을 알리는 색색의 꽃들은 나에 언니의 일본생활이 어느 정도 안정되었다는 징후 같아서, 내 생일보다도 나에 언니의 재출발을 축하하는 꽃처럼 느껴졌다.

— 어? 꽃이 있네. 역시 여자분의 집은 다르네요.

방에 발을 들여놓은 유스케가 어울리지 않는 공치사를 한 것은 긴장했기 때문인지도 모른다. 항상 있는 건 아니에요. 나는 그렇게만 말했다. 혼자 산 지 오래되었다는 유스케가 좁은 부엌에서 같이 음료 준비를 바지런하게 도와주어, 금방 리빙 룸 커피 테이블에는 마개를 딴 캘리포니아 산 적포도주와 두 개의 와인글라스, 포트에 가득 담긴 홍차와 두 개의 머그, 그리고 치즈 덩어리와 길게 썬 옛날식 피클이 늘어섰다. 유스케는 팔걸이의자에 앉고, 나는 직각으로 놓인 긴 의자에 앉았다. 나는 술이 약하지만 좋아하는 편이라서 사실 이런 밤에는 마실 수 있을 때까지 마시고 긴 의자 위에서 담요를 푹 덮어쓰고는 눈을 감은 채 유스케의 이야기를 듣고 싶었지만, 더이상 낯선 사람 앞에서의 취태(醉態)가 애교로 통할 수 있는 젊은 여자가 아니라는 사실 — 그것은 몇 살이 되어도 여자로서는 좀처럼 납득하기 어려운 일이겠지만 — 을 스스로에게 타이르고 조금 쓸쓸한 마음으로 와인을 홍차에 섞어 마셨다.

사방에 붙어 있는 십 와트가 될까 말까 한 누렇고 작은 전구가 어렴풋하게 주위를 비추고 있다. 이 집에 들어오고 나서 바로 온 집 안의 전구를 밝은 것으로 바꾸었지만, 이 방에서는 책을 읽는 일이 없기 때문에 그대로 둔 것이다. 두 사람은 작은 집에서 비와 어둠, 그리고 촛불같이 어렴풋한 빛에 갇혀 있었다.

유스케는 좀처럼 이야기를 시작하지 않았다. 먼저 아즈마 다로가 뉴욕에서 어떻게 성공했는지 알고 싶어했다. 또 내가 아즈마 다로를 만났을 때 받은 인상도 알고 싶어했다. 남에게 전달하기에는 너무 막연한 내 기억까지 통째로 다 자기 것으로 하고 싶은 양, 말수 적은 그의 질문은 묘하게 집요했다.

나는 희미한 불빛에 비친 유스케의 하얀 얼굴을 보면서, 남자가 남자를 사랑하면 이런 얼굴이 될까, 같은 생각을 하고 있었다.

비가 지붕을 두들기듯이 세차게 내렸다. 바람은 없었고, 커다란 폭포처럼 하늘이 쏟아내는 비의 기세에 마치 이 일대가 심연에 가라앉아가는 것 같았다.

이윽고 유스케는 띄엄띄엄 이야기를 시작했다. 그리고 일단 입을 열자 언제까지고 멈추지 않았다. 나는 깊은 잠 속에 들려오는 말처럼 유스케의 이야기를 들었다. 지금이라는 시간도 사라지고 여기라는 장소도 사라지고 유스케도 나도 사라졌다. 사방의 벽에 노란 빛을 발하는 작은 전구가 현실감각이 완전히 사라진 눈에는 어두운 밤에 아른아른 흔들리는 도깨비불처럼 보인다. 집 밖에서 자연의 맹위가 밀어닥치고 있는 것도, 나를 떠난 어딘가 먼 곳의 일 같았다.

유스케의 목소리가 이어지고 밤은 점점 깊어갔다.

정신을 차리고 보니 덜커덩덜커덩 하는 소리가 들려왔다. 지하수를 끌어올리려고 바깥마당에 묻어놓은 펌프의 모터였다. 숨이 끊어지듯 풀회전하며 빗물을 도로에 뱉어내고 있는 모양이다. 집주인이 침수에 대비해 묻어놓은 것으로, 비가 올 때마다 우리집 마당에서 덜커덩덜커덩 시끄러운 소리가 나는 것이 이웃인 짐에게 미안해서, 저래 갖고 뭔가 소용이 있는지 전에 물었더니 글쎄, 하고 웃으면서 어깨를 으쓱한 적이 있었다.

유스케가 그 소리에 정신이 든 듯이 물었다.

—무슨 소리죠?

내가 설명하자 유스케는 아, 네, 하고 대답한 뒤 그렇지만 비 때문에 정전이 되면 펌프도 아웃이겠네요. 집에 자가발전 장치라도 있으면 모르지만, 하고 묘하게 냉정한 어조로 덧붙였다.

—자가발전 장치?

—네.

—그런 것을 갖고 있는 집이 있을까요?

—산사태가 날 염려가 있는 집에는 있다고 하더군요.

그러고 나서 얼마간 우리는 잠자코 있었다. 바람이 불기 시작하는지 비가 후드득 소리를 내면서 지붕 위를 지나가고, 방의 전깃불이 환해졌다 어두워졌다 했다. 정말이지 언제 정전이 되어도 이상하지 않겠다고 생각했다.

짐이 잠을 깼는지, 어느 틈엔가 거친 면 커튼 틈새로 이웃집 거실에도 불이 켜진 것이 보인다. 이 비에 차분하게 잘 수 없었는지도 모른다. 시계를 보니 새벽 다섯시가 가까웠다.

—굉장한 비네요.

천장을 올려다보면서 유스케가 말했다.

—굉장한 비.

나는 별뜻 없이 되풀이했다. 유스케가 혼잣말처럼 말을 이었다.

—그러고 보니 제가 오이와케에서 이야기를 들었을 때도, 엄청난 비가 내렸죠.

—그래요……

나는 다시 한번 귀를 기울였다.

유스케의 이야기 속 세계에 너무 깊이 빠져버려, 그 세상 바깥에 이런 현실이 있다는 것이 기이했다. 꿈에서 깬 듯한 기분으로 빗소리를 듣고 있자 유스케가 다시 입을 열었다.

아즈마 다로의 뒤를 쫓아서 캘리포니아에 온 건 아니지만, 로스앤젤레스에 도착한 즈음에는 차를 운전해도, 레스토랑에 들어가도, 쇼핑을 해도, 문득 정신을 차려보면 아즈마 다로의 모습을 찾고 있었다. 비벌리힐스를 중심으로 하는 고급 주택가를 정처 없이 차로 빙글빙글 돌아보기도 했다. 그 뒤 샌프란시스코에 정착한 후에도, 이번에는 실리콘밸리 어딘가에 잠적해 있을 것 같은 생각이 들어서 이 부근에 올 일이 있으면 저도 모르게 모습을 찾게 된다고 했다.

—만난다고 한들 특별히 이렇다 할 것도 없는데 말이죠.

유스케는 조금 전부터 팔걸이의자에서 내려와 양탄자를 깔아놓은 마루 위에서 무릎을 끌어안고 있었다. 무릎을 안은 양손이 병자의 손처럼 창백하다. 나는 훨씬 전부터 긴 의자에 다리를 올려놓고 비스듬히 앉아 있었다. 그리고 손을 뻗으면 바로 닿을 곳에 있는 그의 창백한 양손을 멍하니 바라보고 있었다. 아즈마 다로의 손을 떠올리게 하는, 뼈마디 굵은 남자 손이었다. 하얗게 밤을 지새우는 동안, 빗발도 조금씩 약해져가는 것 같았다.

―잠깐 눈 좀 붙일래?

어느 틈엔지 나는 반말을 하고 있었다.

―아뇨, 이만 갈게요.

―갈 수 있을 리 없잖아, 위험한데.

이런 큰비면 또 하이웨이가 봉쇄되었을 가능성이 높았다.

조금 자고 나면 비가 약해질 거야, 아니요, 가겠습니다, 글쎄, 못 간다니까, 자고 가면 되잖아, 유혹하지 않을 테니까, 아니요, 죄송하니까 돌아가겠습니다, 괜찮다는데……라는 등의, 이런 경우 늘 있는 실랑이를 벌인 뒤에, 긴 의자를 침대로 만들고 새 칫솔을 꺼내고 막 빤 타월을 꺼내고 하는 등 사람을 재울 준비를 이어갔다. 그리고 나도 잘 준비를 하려고 이를 닦고 얼굴을 씻었다.

―그럼 잘 자요.

페이스 타월로 얼굴을 닦으면서 리빙 룸에 들어가자 유스케는 침대로 바뀐 긴 의자에 걸터앉아 멍한 눈초리로 벽을 보고 있었다.

그 멍한 눈이 나를 향했다.

잘 수 있겠어? 내가 물었다.

―네.

멍한 표정에 점차 초점이 모이는가 싶더니 입구에 서 있는 내 모습을 응시했다.

―미즈무라 선생님이야말로 많이 피곤하실 텐데.

똑바로 나를 향한 시선이 신기한 것이라도 보듯 내 전신을 위아래로 빤히 훑어보고 있다. 이야기가 끝나고 나서야 겨우 나라는 것이 물리적으로 존재하고 있음을 깨달은 것 같다.

―응, 왠지 신경이 날카로워져서.

유스케의 시선을 의식하면서 나는 페이스 타월을 반으로 접으며
말했다.

—수면제를 평상시의 배로 먹지, 뭐.

—수면제?

—응, 할시온. 항상 먹거든.

유스케가 갑자기 벌떡 일어났다.

—저도 옆에 앉아서 책이라도 읽어드릴까요? 미즈무라 씨가 잠들
때까지.

저도, 라는 것은 지금까지 자신이 한 이야기에 빗대서 하는 말이다.

—정말 재미있는 말을 하네, 이 도련님은.

—아니에요, 진심이에요.

그렇게 말하며 그가 내 쪽으로 다가왔다.

마음껏 이야기한 덕분인지, 아니면 나이가 젊은 덕분인지 밤을 새
웠는데도 오히려 피곤이 사라진, 속이 비칠 듯한 피부를 지닌 얼굴이
밝아오는 아침공기 속에 보인다. 그 투명한 얼굴이 다가와, 낯선 표
정으로 내 얼굴을 보았다. 거기에 예상치 못했던 다정함이 깃들어 있
는 것은 이대로 덜컥 자버리면 남자로서 실례라고 생각해서인지도
모른다. 고마워, 하지만 그러면 오히려 잠을 못 자, 라고 유스케의 배
려를 맥없이 웃어넘긴 나는 몸을 휙 돌려 식당 끝에 있는 침실로 도
망치듯이 철수했다.

이제는 한시라도 빨리 혼자 기적의 밤과 대면해야 한다.

침대에 드러눕자 손끝과 발끝은 찬데 머리와 볼은 병자처럼 열이
나고 있었다.

밤새 어둠 속에서 폭풍 같은 비를 온몸으로 느끼며 신경이 흥분한 탓도 있었다. 그 속에 낯선 사람과 함께 던져졌다는 것도 흥분되었다. 모르는 사람한테서 들은 이야기 자체에서 오는 자극도 있었다. 그러나 밤의 끝까지 달려가고 싶은 고양감과 함께 뭐라 할 수 없는 환희의 상념이 몸속 깊은 곳에서 끝없이 솟아올랐던 것은, 나의 삶에 눈에 보이지 않는 섭리가 작용한다고밖에 생각할 수 없었기 때문이다. 우연에 우연이 겹쳐 한 젊은이가 '소설 같은 이야기'를 멀리서 가져다주었던 것이다—다름아닌 나에게. 유스케가 나를 만나러 왔다는 사실이 마치 하늘의 은총처럼 내 영혼을 비추며, 너는 소설가로 태어난 것이다, 라는 하늘의 소리가 귓가에서 울리는 듯 느껴졌다.

기적이 일어났다, 라고 나는 생각했다.

게다가 이날 밤 다가온 '소설 같은 이야기'는, 당시 집필중이던 『세로로 쓴 사소설』을 제대로 쓰지 못하고 있던 나에게 또다른 기적이기도 했다. 아즈마 다로가 자란 일본은 내가 자란 일본—예전에 미국에 온 이래 마음속으로 계속 회귀했던 저 아득히 먼 일본과 중첩되는 것이었다. 어린 시절의 아즈마 다로를 상상하면 거기에는 아침의 찬 기운을 깨고 지나가는 두부 장수의 나팔 소리가 있었다. 부엌 밖의 풍로 앞에 쭈그리고 앉아 둥근 부채로 불을 피우는 어깨띠를 멘 할머니의 모습도 있고, 그 풍로에서 저녁놀이 진 하늘로 올라가는 하얀 연기도 있었다. 바깥에서 시간을 잊고 놀다보면 갑자기 희미하게 머리 위에 켜지는 노란 전깃불도 있었다. 그러면 주위의 공기가 어둠을 모으고, 낡은 나무전신주가 춥고도 긴 그림자를 아스팔트 위에 떨어뜨렸다. 맑은 날에는 들판 저 멀리 커다랗고 둥근 연녹색 가스탱크 두 개가 마치 근대를 상징하듯이 나란히 빛나고 있었다. 뉴욕에서 알던 아즈마 다로가 급속히 뒤로 물러가고, 어느 틈엔지 그는 때 긴 목덜미를 보이며 단발머리인 나의 눈앞을 뛰어갔다. '소설 같은 이야기'를 소설로 만들 수 있다면 오랜 세월 마음속 저 깊은 곳 보물상자에 봉인해두었던 그 '시절'—『세로로 쓴 사소설』에서 어떻게든 해방시키려고 한 그 '시절'을 해방시킬 수 있다…… '소설 같은 소설'을 보내준 하늘의 은총에 더해 그보다 더 큰 은총이 나에게 온 것이다.

나는 커튼 틈으로 스며드는 아침햇살 속에서 언제까지고 눈을 뜬 채 천장을 보고 있었다.

유스케와 둘이서 아침식사를 한 것은 낮의 부연 광선이 집 안에 들어올 때쯤이었다. 라디오의 교통정보에 의하면 샌프란시스코까지 이어지는 하이웨이는 둘 다 밤새 폐쇄되었다가 방금 전에 개통되었다고 한다. 그 이야기를 듣고, 나는 라디오를 끄기 위해 테이블 위로 팔을 뻗으면서 여봐란듯이 말했다.

—어차피 돌아갈 수 없었잖아.

유스케는 하룻밤이 지나도 수염이 덥수룩해지지 않는 동양 남자의 매끌매끌한 볼로 웃을 뿐, 부연 햇살 아래 무언가가 떨어져나간 듯 말간 얼굴만 보이고 있었다.

그날 밤의 비가 기록적인 큰비였다는 사실을 알게 된 것은 그 뒤였다. 유스케를 전송하기 위해 현관문을 열자 마침 짐이 현관에서 누군가와 이야기하고 있었다. 상대 남자는 비옷에 레인 슈즈 차림으로 호스를 들고 있었는데, 뭔가 작업을 끝낸 참인 듯했다. 짐은 내 뒤에서 유스케가 나오는 것을 보고 어렴풋이 눈을 크게 떴지만, 바로 여느 때처럼 이 세상 그 자체에 대해 수줍어하는 듯한 표정으로 돌아가,

누구에게랄 것 없이 '하이!' 하고 아침인사를 건넸다. 그리고 어젯밤의 비가 캘리포니아 북부를 몇십 년 만에 덮친 큰비였다는 것, 침수며 산사태가 광범위하게 발생하고 사상자도 여러 명 나왔다고 알려주었다. 아침 일찍부터 사람이 드나든 것은 그의 집도 밤중에 침수되기 시작했기 때문이라고 한다. 똑같이 지은 우리집이 괜찮았던 이유는 마당에 묻은 예의 펌프 덕택이라는 것을 알게 되자, 나와 짐은 평소 그 덜커덩거리는 모터 소리를 싫어했던 것이 천벌 받을 일이었다는 결론에 도달했다.

이 주 정도 지난 뒤 유스케로부터 우편물이 왔다.

그날 아침 유스케가 돌아가기 직전에 어젯밤 들은 이야기를 소설로 쓰고 싶다는 말을 꺼내자, 그는 처음에는 놀란 표정을 짓더니 다음에는 당혹스러운 얼굴을 보였다. 소설가로 살아가려는 사람에게 '소설 같은 이야기'를 들고 와서는 상대가 그 이야기를 소설로 쓰고 싶어한다고 놀랄 건 없지 않은가, 하고 나는 속으로 생각했다. 그러나 유스케의 당혹은 충분히 이해할 수 있었다. '소설 같은 이야기'를 유스케에게 이야기해준 일본 여자를 생각하면 당연했다. 나는 유스케의 당혹감 앞에서 주춤하는 내 마음을 억눌렀다. 그리고 그 여자분에게 폐가 되지 않도록 이름과 설정을 바꾸어, 누구도 등장인물의 정체를 쉽게 알 수 없도록 쓰겠다고 말했다. 유스케는 글쎄요, 라고만 짧게 대답하고 입을 다물었다. 잠시 침묵이 이어졌다. 나는 지난밤의 고양감을 환기하고 약해지려는 마음을 억눌렀다. 그리고 먼저 침묵을 깨뜨리려 하지 않았다. 그런 나를 보고 유스케는 생각을 고쳐먹은 것 같았다. 얼마 있다가 무엇인가를 뿌리치듯, 괜찮겠죠, 소설화하는 것도…… 생각해보면 소설화하는 것도 재미있을지 모르죠, 라고 말하고는, 덧붙여 신슈의 지도까지 보내주겠다고 약속했던 것이다.

우편에는 손으로 그린 지도 두 장과 컴퓨터로 친 원고 몇 장이 들어 있었다. 지도는 시나노 오이와케와 구 가루이자와의 지도였고, 각각에 '여기'라고 산장의 위치가 표시되어 있었다. 원고에는 『쓰치야 후미코 이야기의 비망록』이라는 제목이 붙어 있었다. 원고라기보다도 연표 같은 것이었다. 함께 동봉된 간단한 편지에는, 시나노 오이와케의 별장은 부숴버렸지만 구 가루이자와의 별장은 아마 아직 남아 있을 것이라고 씌어 있었다. 그리고 마지막에 유스케의 이메일 주소가 있었다. 나는 『쓰치야 후미코 이야기의 비망록』을 내가 만들어둔 비망록과 함께 컴퓨터에 입력했다.

아즈마 다로는 1947년 ?월생으로 되어 있었다.

스탠퍼드 대학은 한 학기가 짧은 4학기제라 곧 일본으로 돌아갈 때가 되었다. 유스케와는 그 뒤 몇 번인가 이메일로 간단히 연락을 취했지만, 다시 만나지는 않았다. 일본에 돌아오거든 마음이 내키면 연락주세요, 라는 메시지를 마지막으로 나는 팔로알토를 뒤로했고, 샌프란시스코에서 일박했을 때도 만나지 않았다. 다시 한번 그 매끈한 얼굴을 보고 싶다는 유혹을 느껴 침대에 걸터앉아 전화기 버튼을 누르다가, 나에겐 기적과 같았던 그와의 하룻밤을 소중하게 간직하려고 그만두었다.

대학에서의 급료가 좋아서 드물게 주머니가 두둑했던 나는, 샌프란시스코에서 비행기로 로스앤젤레스까지 가서 웨스트할리우드에 막 오픈한 조금 사치스러운 호텔에 묵었다. 밤이 되면 어디에선가 영화배우 지망생 같은 미남미녀가 차를 타고 와서, 유행의 첨단을 달리는 헤어스타일과 복장과 행동거지로 로비와 레스토랑을 제 것인 양 점령했다. 호텔이 위치한 선셋 대로에는 영화에서 본 대로 야자수가 저 끝까지 뻗어 있고, 그 야자수 나무 위에는 역시 영화에서 본 대로 옅은 핑크빛 하늘이 한없이 펼쳐져 있었다. 일부러 렌터카를 빌려, 본 적도 없는데도 완전히 눈에 익어버린 풍경을 보러 돌아다니기도 했다. 벨에어, 비벌리힐스, 브렌트우드 등 최고급 주택가도 빙글빙글 돌았다. 햇볕에 그을린 정체를 알 수 없는 건달들이 모여 있는 산타모니카에도 갔다.

캘리포니아 주는 미국 가운데서도 가장 잡다한 인종이 뒤섞인 주라고 하지만, 인종에 따라 사는 곳이 다른 듯, 이렇게 조금만 사치한 여행을 하면 호텔이든 가게든 레스토랑이든 보이는 손님은 대부분 백인이었다. 손님뿐 아니라 손님의 눈에 띄는 장소에서 일하는 사람조차도 백인, 게다가 키가 큰 블론드의 백인이었다. 모두가 치열교정을 한 이를 보이며 잡지 표지에 나오는 훈련된 웃음을 띠고 있었다. 백인 이외의 사람은 주로 짜리몽땅하고 까무잡잡한 멕시코인 남자로, 대개 손님의 차를 현관 앞에서 주차장까지 대주고 팁을 받는 '파킹 서비스'에 종사하고 있었다. 염천 하에서는 모자를 쓰고, 비가 오는 날에는 우산을 쓰고, 길게 줄을 서서 손님 차를 기다린다. 줄이 빨리 줄지 않아서 짜증이 났는지 하루 종일 서 있는 피로 때문에 짜증이 났는지는 알 수 없지만, 어쩌다 보이는 멕시코 사람들도 명랑한 얼굴이 아니었다. 이곳은 이제 내가 열두 살 때 온 미국이 아니었지만, 그래도 대학가에서 한 발짝 떨어지면 자기가 백인이 아니라는 의식에서 도망칠 수 없는 나라였다. 앞으로는 미국도 격변하지 않을 수 없으리라는 징조는 여기저기 있었으나, 그것은 아직 징조에 지나지 않았다.

아즈마 다로에게는, 그런 미국이라도 일본보다는 살기 편했던 것일까.

—미국에서는 부자가 되면 흑인이든 동양인이든 인정받습니다, 돈이 전부입니다.

그는 유스케에게 그렇게 말했다고 한다. 엄청난 부자 동양인으로서 그는 지금 어디에 살고 있을까? 어떤 식으로 살고 있을까…… 과연 아직 살아 있을까?

핑크빛으로 불타는 저녁놀을 뒤로하고 도쿄로 돌아왔을 때는 이미 벚꽃이 진 뒤였다.

내가 하늘의 은총이라고 생각했던 것이 그렇게 단순하지 않다는 것을 깨닫게 된 것은, 막상 아즈마 다로 이야기를 쓰기 시작하면서부터였다. 그때 나는 '소설 같은 이야기'라는 것을 일본어로 쓴다는 문제에 직면한 것이다.

아즈마 다로의 이야기…… 그것은 한마디로 말해 지금까지 무수히 이야기되어온 연애 이야기 중 하나에 지나지 않았다. 그런 것을 새삼스레 쓰고 싶어진 것은, 그것이 사실은 옛날 소녀 시절에 되풀이 읽던 그리운 번역소설들을 갑자기 선명하게 가슴에 되살렸기 때문이다. 그것은 특히 읽을 때마다 강렬한 인상을 받지 않을 수 없었던 한 영국 소설과 닮았다. 히스가 자라는 요크셔 황야를 무대로 지금으로부터 백오십 년도 더 전에 에밀리 브론테라는 영국인 여성작가가 썼고, 그후 점차 세계의 고전으로 간주된 소설이다. 내가 아즈마 다로의 이야기를 들은 순간 마치 '소설 같은 이야기'라고 생각했던 것도 애당초 그 소설을 되풀이해 읽었기 때문임에 틀림없다.

그렇다는 것은, 내가 시도하는 것이 이미 서양소설에 있는 이야기를 다시 한번 일본어로 쓰는 작업이나 다름없다는 이야기였다. 하지만 건방진 말인지는 모르지만, 나는 그 시도 자체에 문제가 있다고는 생각하지 않는다. 실제로 근대에 들어서서 서양 문명의 지배가 온 세계에 확대되고, 서양소설이 잇따라 일본어로 번역되기 시작한 이래, 의식했든 그렇지 않든 간에 일본의 많은 소설가는 서양소설에 있는 이야기를 다시 한번 자기 언어로 써보고 싶다는, 모든 예술의 근원에 깃든 모방의 욕망에 사로잡혀 일본 근대문학을 꽃피워갔던 것이다. 일본 소설가뿐만 아니라 비서양 언어로 글을 쓰는 다른 소설가들도 마찬가지였을 것이다. 그렇게 생각하면 나의 시도는 일본 근대문학의 큰 흐름을 반복하는 것에 지나지 않으면서도 동시에, 그 큰 흐름을 정통적으로 계승한 것이라고도 할 수 있다.

물론 써나감에 따라 내 소설은 염두에 두었던 원작과는 동떨어진 것이 되어갔다. 그러나 나는 그것에 문제가 있다고도 생각하지 않았다. 모방의 욕망에서 출발했을지언정 때가 바뀌고 하늘이 바뀌고 언어가 바뀌고 사람이 바뀜에 따라 변용하는 것이 예술이요, 또한 예술이란 변용함으로써 새로운 생명을 얻는 것이기 때문이다. 조그마한 집에서 북적거리는 20세기 후반의 일본을 무대로 한 소설이 18세기 말에서 19세기 초에 걸친 히스투성이의 쓸쓸하고 황량한 요크셔의 황야를 무대로 한 소설과 다른 것은 당연했다. 또 일본어라는 언어의 내적 원리를 좇아 이미 지금까지 씌어진 무수한 일본어 문장과의 관계에서 태어나고, 나아가 현세에서 일본어의 위치를 의식한 소설이,

영어가 이미 만국어가 되어가는 데 대한 자각이 없었던 소설과 다른 것도 당연한 일이었다. 게다가 재능이 아득히 부족한 것은 별도로 하더라도, 어디까지나 산문적인 나는 어디까지나 시적인 에밀리 브론테와는 소설가로서의 자질이 완전히 달랐다. 내 소설이 원작과 전혀 다른 것이 되었을 뿐 아니라 나중에는 마치 원작이 물구나무선 것처럼 되어버린 것도 이상한 일이 아니었다. 그리고 나는 그래도 상관없다고 생각했다. 뿐만 아니라 오히려 그렇게 동떨어져가기 때문에, 이런 소설을 다시 한번 일본어로 쓰는 의의가 있다고 생각했다. 서양소설을 그대로 일본어로 짜맞춘 것 같은 소설—일본이라는 장소로부터도, 일본어라는 언어로부터도 붕 뜬 허황된 소설을 써봤자 재미없다고 늘 생각하고 있었기 때문이다.

문제는 다른 곳에 있었다.

아즈마 다로 이야기는 '실화'임에도 불구하고 '소설 같은 이야기'였기 때문에, 쓰면 쓸수록 소중한 것—'진실성'이라고밖에 표현할 수 없는 그 무엇—이 손가락 사이로 술술 빠져나가는 듯한, 뭐라 표현할 수 없을 만큼 불안한 생각에서 도피할 수가 없었던 것이다. 그것은 소위 리얼리즘 문제와는 다른, 좀더 근원적으로 소설의 가치를 좌우하는, 소설이 지닐 수 있는 '진실의 힘'이라고나 할 만한 것에 관련된 문제였다. 그리고 거기에는 내가 소설가로서의 역량이 없다는 것만으로는 해명되지 않는 무언가가 있었다. 그것이 소위 '본격소설'이라는 것을 일본어로 쓰는 데 따르는 곤란함과 통한다는 데 생각이 미친 것은 쓰기 시작한 지 꽤 지나고 나서였다.

'본격소설'—19세기의 서양소설이야말로 소설의 규범이라는 '본격소설' 개념은 19세기는 물론이거니와 20세기마저 끝난 지금, 일본 근대문학의 역사 속으로 매장되어 도서관 구석에서 조용히 먼지를 뒤집어쓰고 있는 개념에 지나지 않을 것이다. 근대에 들어서면서 서양에서 일본으로 수입되고, 뒤에 '본격소설'이라는 개념을 일본에 탄생시킨 예술진화론 자체도 지금은 완전히 퇴색해버렸다. 바야흐로 다양한 소설 형식이 동등한 정당성을 주장하며 나란히 늘어서 있고 '본격소설' 같은 개념은 규범성을 지니지 않는다. 나 자신 역시 19세기 서양소설이 원형인 소설을 쓰려고는 하지만 '본격소설'을 쓰려는 것은 아니다. 즉 '본격소설'이란 이러이러해야 한다는 이념을 실현하고자 하는 것이 아니다. 예컨대 내 소설에는 '본격소설'의 특징이라 일컬어지는 전지전능한 화자는 나오지 않는다. 게다가 내 소설은 가장 기본적인 차원에서 '본격소설'의 이념을 벗어나 있다. '본격소설'이란 무엇보다도 먼저 꾸며낸 이야기를 지칭하는데, 내가 쓰려는 소설은 바로 '정말로 있었던 이야기'이기 때문이다.

그러면서도 나는 내가 직면하고 있는 곤란이 일본어로 '본격소설'을 쓰는 곤란함과 통하는 것임을 깨닫지 않을 수 없었다. 소중한 것이 손가락 사이로 스르륵 빠져나가버리는 것 같은, 뭐라 말할 수 없이 미덥지 못한 느낌—쓰면서 계속 그런 느낌에 시달리는 것은 남한테 들은 '소설 같은 이야기'를 소설화하려는 것, 즉 나 자신의 인생에서 떨어지고 사소설적인 것에서 떨어져서 쓰려고 하는 것과 무관하지 않다는 것이 보였기 때문이다. 내가 '본격소설'을 쓰려는 것은 아니라 해도 일본어로 '사소설'적인 것에서 멀리 떨어진 것을 쓰려고 함으로써, 일본어로 '본격소설'을 쓰는 곤란함에 직면하게 된 것이다.

물론 소설가가 자신의 인생을 쓴 소설, 혹은 쓴 것처럼 보이는 소설은 어느 언어권에나 존재한다. 그리고 그런 소설은 무슨 말로 씌어

졌든 '진실의 힘'을 가장 간단히 지니게 될 것이다. 뭐니뭐니 해도 거기에는 한 인간의 인생 그 자체가 존재한다. 그렇기 때문에 소설가는 어떤 언어로 쓰든, 자신의 문장을 팔기보다는 자신의 인생을 팔고 싶다는 유혹과 늘, 그리고 영원히 싸우지 않으면 안 되는 것이다. 게다가 우리 인간은 예외 없이 남의 행복보다도 남의 불행에 더 흥미를 느낀다. 소설가가 자신의 불행을 팔고 싶다는 무엇보다도 큰 유혹과 늘, 그리고 영원히 싸우지 않으면 안 되는 이유이다. 때문에 소설가의 진정한 불행이란, 자신의 불행을 파는 것이 문학으로 통용되는 곳에서 글을 쓰는 것이다. '사소설'적인 것이 일본에서 번영을 누린다는 사실은, 일본어로 글을 쓰는 행위가 곧, 소설가가 자신의 불행을 파는 문학으로 통용되는 곳에서 글을 쓰는 불행을 의미하는 것과 다름없을 것이다.

여기에서 중요한 것은, 그러한 불행만으로는 일본 근대문학에서 이토록 '사소설'적인 것이 번창해온 사실을 충분히 설명할 수 없다는 것이다. 또한 그것만으로는 지금까지 씌어진 일본 근대문학의 뛰어난 작품들 가운데 '사소설'적인 것이 많다는 사실을 충분히 설명할 수 없다. 왜 일본어에서는 '사소설'적인 것이 좀더 확실하게 '진실의 힘'을 지니게 되는 것일까?

애당초 '사소설'적인 작품이란 무엇인가?

'사소설'적인 작품이란 실제로 소설가가 쓴 것이 자신의 인생이든 아니든, 궁극적으로는 그것이 지어낸 이야기든 아니든 간에, 읽는 사람이 어떤 형태로든 거기에서 소설가 당사자를 읽어낼 것을 전제로 하는 작품이다. '사소설'적인 작품에서 작가는 추상적인 '쓰는 인간'이기 이전에 구체적인 갑이나 을이라는 소설가—사진을 통해 그 얼

굳이 세상에 알려져 있기도 한 구체적인 개개의 소설가이다. 그렇기 때문에 '사소설'적인 작품에서는 작가가 자신의 인생에서 되도록 멀리 떨어지지 않고 쓰는 것이 독자에게 가치를 지닌다. 뿐만 아니라 그런 작품에서는 시작도 없고 끝도 없는 것, 단편적인 것 등이 그 자체로 정(正)의 가치를 지닌다. 구체적인 인생 체험이란 정말로 처음도 끝도 없는 단편적인 것일 수밖에 없기 때문이다. 즉 '사소설'적인 작품에서는 언어로 개(個)를 초월한 소우주를 구축하려는, 전체를 향한 의지가 없는 것처럼 보이는 것이야말로 독자에게 가치를 지니게 된다.

왜 일본어에서는 그와 같은 의미에서의 '사소설'적인 것이 좀더 명확하게 '진실의 힘'을 지니게 되는 것일까? 역으로 말하면 왜 '사소설'적인 것에서 멀어지면 멀어질수록 소설이 지니는 '진실의 힘'을 구현하는 것이 이다지도 곤란해지는 것일까?

나는 답을 모른다. 다만 한 가지 생각할 수 있는 것은, 그것이 일정 부분에서 일본어라는 언어의 구조와 관련되어 있을지도 모른다는 것이다. 슬프게도 일본어 외에는 서양의 언어밖에 모르는 나로서는 일본어가 어떤 언어인지 알 수 없다. 그러나 예컨대, 서양문학에 부딪힌 일본어가, 일본 근대문학을 통해 '나'라는 개념을 확립하고 나아가 거기에 과잉된 의미를 부여하게 되었다 해도, 일본어 가운데서 기능하는 '나'는 어디까지나 구체적인 '나'를 지칭하며, 영어에서 'I'가 기능하는 것처럼 개개의 인간을 초월한 추상적인 '주체'라는 의미는 지니지 못했던 것 아닐까. 그렇기 때문에, 일본어로 쓴 소설은 비록 삼인칭으로 쓰인 것이라도 소설가의 구체적인 '나'로 독해하게 되어, '쓰는 인간'의 주체에 의해 구축된 소우주로 간주되지 못했던 것 아닐까? 달리 말하면, 일본어 소설에는 소설가가 '나'를 건 진실은 있어도 '쓰는 사람'의 '주체'를 건 진실이 있다고는 간주되지 못했던 것 아니었을까? 따라서 일본 근대문학에는 소설가인 '나'와 분리되었을 뿐 아니라, 애당초 소설이 지닐 수 있는 '진실의 힘'과도 분리된 '이야기'의 계보라는 것이 별도로 맥박 칠 필연성이 있었던 게 아닐까?

되풀이하지만, 나는 답을 모른다. 나는 기적이 찾아왔던 그 밤을 지금도 여전히 잊지 못하고 있으며, 내가 하늘의 은총을 받았다는 생각을 버리지 못하고 있다. 그러나 막상 의자에 앉아 아즈마 다로의 이야기를 쓰기 시작하면, 앞을 가로막는 것은 일본어로 '소설 같은 이야기'를 쓰는 곤란함뿐이었다.

아즈마 다로라는 이름은 실명이다. 아버지 입에서 그 이름을 처음 들은 그날 밤부터 그에 연관된 기억은 모두 그 이름과 연결되어 있었기 때문에 다른 이름을 쓸 마음이 들지 않았다. 만일 그가 살아 있다 한들 일본어로 나온 소설에 대해 알 수 있는 인생을 보내고 있으리라고는 생각되지 않고, 또 만일에 그가 알게 되어도 신경 쓰리라고는 생각할 수 없다. 어쨌든 간에, 내가 다른 이름을 쓴다 해도, 예전부터 뉴욕에 살고 있던 일본인은 누구 이야기인지 금방 알 수 있을 것이다.

1
맞음불

'도쿄온도'* 소리는 어느 틈엔가 사라져버렸다.

여름밤이었다. 그러나 거리의 소란함이나 열기와는 거리가 먼 산속의 밤이다. 나무가 우거진 서늘한 산 공기를 통해 들려오는 것은, 페달을 밟을 때 나는 낡은 자전거가 삐걱거리는 괴상한 소리뿐이다.

18번 국도에서 아무리 남쪽으로 내려가도, 동쪽의 나카가루이자와 (中軽井沢) 방향으로 뻗은 길은 나오지 않았다. 샛길로 들어가도 금방 남쪽으로 내려가는 길이 나오거나, 남의 별장에 들어가게 되거나, 짐승이 지나가는 길조차 보이지 않는 가시덤불 속으로 들어가게 된다. 달빛이 희미하게 비추는 밭으로 나가버리기도 했다.

처음에는 마음 편히 페달을 밟고 있었지만, 저도 모르게 초조해졌는지 핸들을 쥔 손바닥이 땀으로 미끈거렸다.

---

* 東京音頭. 여러 사람이 노래에 맞춰 춤을 추는 곡.

만월이었다.

만월인데도 길이 잘 보이지 않는 것은, 주변이 온통 밤하늘을 향해 그림자 그림처럼 드높이 솟은 잡목림이기 때문이다. 만월의 달빛은 시커먼 가지 틈새를 누비며 하얀 자갈이 깔린 좁은 산길을 얼룩덜룩 비춰낼 뿐이었다. 가로등이 있기는 했지만 그 존재를 잊을 만한 거리를 나아가야 하나씩 멍하니 서 있을 뿐, 그중에는 수명이 다해 창백한 빛을 으스스하게 깜박이고 있는 것도 있었다. 바로 조금 전까지는 별장의 불빛 같은 것이 나무 너머로 군데군데 보였는데, 이제는 주변에 인가가 있는지조차도 알 수 없다.

바퀴가 자갈 위를 깊이 파고들어 핸들이 진정되지 않는다. 게다가 내리막길이다. 자전거가 삐그덕거리는 소리에 섞여 바퀴 밑에서 자갈이 잘게 튀는 소리가 들렸다. 위험하다고 스스로 타일렀지만, 만월 밤의 신비로움이 부추긴 것인지 속력을 늦출 수가 없다. 울퉁불퉁한 길 때문에 엉덩이가 안장에 부딪혀 아팠다.

동시에 등에 섬뜩한 감각을 느껴졌다.

전신이 공중에 둥실 뜬 순간, 핸들이 크게 왼쪽으로 기울고 날카로운 충격을 느끼면서 유스케는 자전거에서 굴러떨어졌다.

남의 집 산울타리를 받은 것 같았다.

나뭇가지와 흙을 털면서 조심스레 일어나보니 다행히 심하게 아픈 곳도 없었고, 뼈가 부러진 것 같지는 않았다. 그러나 자전거는 무사하지 않았다. 일으켜보니 역시 타이어의 림이 휘어져 있다. 라이트도 깨져 있었다.

만월의 달빛에 비춰보니, '무인양품'에서 산 손목시계가 아홉시 십오분을 가리키고 있었다.

188

유스케는 청바지 주머니에서 손수건을 꺼내 이마의 땀을 닦았다. 벌레들이 밤공기가 떨리도록 시끄럽게 울고 있는 것이 새삼스럽게 귀에 들어왔다. 산에서는 달력보다 가을이 빨리 온다.

그때 갑자기 불빛이 켜졌다.

그제야 왼쪽에 별장 같은 것이 서 있음을 알았다. 산울타리의 주인 인 듯한 그 집 사람이 베란다 불을 켠 것이다. 커튼이 휙 걷히면서 여자가 베란다에 나왔다. 벌레가 들어가는 것이 싫은지, 손을 뒤로 돌려 바로 방충망 문을 닫고는 유스케가 있는 쪽으로 발돋움을 했다. 갑자기 비친 불빛에 말뚝을 두 개 박은 문이 유스케의 조금 앞에서 윤곽을 드러냈다. 유스케는 문 안으로 들어가서, 주차되어 있는 차를 지나 여자 쪽을 향했다.

"죄송합니다."

조금 떨어진 곳에서 머리를 꾸벅 숙이고는 베란다 계단 아래까지 다가갔다.

여자는 어둠에서 나타난 유스케를 물끄러미 바라보고 있었다. 가 냘픈 체구에 머리카락을 뒤로 질끈 묶고 있어서 조금 떨어진 곳에서 는 젊은 여자같이 보였지만, 가까이 보니 그렇지 않다. 그렇다고 늙은이도 아니다. 자기 어머니뻘 되는 어중간한 나이대의 여자였다. 베란다 위의 불빛이 여자를 뒤에서 비추고 있어, 그 빛을 정면으로 받고 있는 유스케에게는 여자의 얼굴이 잘 보이지 않았다.

유스케는 밤길을 헤매다가 산울타리를 자전거로 들이받아버렸다고 말하고 사과했다.

"이 밤에 이 부근을요?"

여자는 그 말밖에 하지 않았다. 알아듣기 어려운 목소리였다.

"나카가루이자와에 돌아가려는데, 도대체 길을 찾을 수가 없어서
요."

여자는 유스케를 이리저리 훑어보고 있는 것 같았다. 유스케는 조
금 풀이 죽었다. 산울타리를 받아버린 것만 해도 그런데, 상대방이
별장에서 나왔다는 것만으로 왠지 자기와는 다른 인종같이 느껴졌던
것이다. 조금 수완 좋은 샐러리맨이라면 세컨드하우스 론으로 별장
을 지을 수 있는 시대에 들어서 있었고, 애당초 부자를 어려워하거나
대단하게 여기는 마음은 전혀 없는 청년다운 자부심을 갖고 있었지
만, 그래도 소위 '별장족'이라는 것은 자기나 자기 가족들과는 달리
인생을 즐겁고 화려하게만 지내는 사람처럼 느껴졌다.

"어느 쪽으로 가면 될까요?"

여자는 유스케의 질문에 대답하지 않았다.

"댁, 혹시 다치신 것 아니세요?"

시선이 유스케의 왼팔에 멈추어 있다. 그 시선에 이끌려 내려다보
니, 베란다의 불빛을 받아 팔꿈치에서 손목에 걸쳐 거무죽죽한 것이
불길하게 묻어 있는 것이 비로소 눈에 들어왔다. 유스케는 남자인데
도 피를 무척 무서워했다. 그는 자신의 동요를 숨기고 대답했다.

"네. 뭐 대수로운 건 아니에요."

다치신 것 아니세요? 라는, 소설에서밖에는 읽은 적이 없는 여자의
고상한 말투가 긴장과 동요로 뜨거워진 머릿속을 빙글빙글 돌았다.

여자는 유스케의 모습을 가만히 바라보았다. 그리고, 일단 들어오
세요, 지도 보고 가르쳐드리겠습니다, 라고 말했다. 유스케는 주저했
다. 여자의 말은 극히 정중했지만 어딘가 내치는 듯한 쌀쌀함이 있었
다. 하지만 평상시 낯을 가리는 성격인 유스케의 마음에는 오히려 그

것이 편했다. 유스케는 여자가 말하는 대로 따르기로 했다.

"길이 좁으니까 자전거를 안에 넣어두시는 편이 좋으실 거예요. 그 대로 두셨다가 차라도 지나가면 위험하니까요."

그렇게 말하고 여자는 냉큼 혼자 집 안으로 들어갔다.

위험하니까요, 라고 유스케는 입 안에서 되풀이했다.

핸드타월을 꺼내어 상처에 대자, 심장의 고동처럼 맥박이 뛰는 것이 느껴졌다. 자전거는 핸들마저 휘어져버려 영 다루기 힘들었다. 끙끙대며 자전거를 끌고 베란다 주위까지 와서 불빛에 비추며 점검해보니, 당연히 체인도 빠져 있었다. 유스케는 잠시 동안 체인을 다시 끼우려고 시도하다가 포기했다. 이제부터 나카가루이자와까지 이 다루기 힘든 자전거를 끌고 돌아갈 생각을 하니, 하루 종일 자전거를 탄 피곤이 한꺼번에 온몸을 무겁게 짓눌렀다. 원래 고물 자전거였던 것이 그나마 다행이었다.

주변은 조용했다. 이 별장만 별장촌에서 떨어져 있는 것인지, 아니면 근처의 별장에 사람이 없는 것인지, 이 집 외에 다른 불빛은 보이지 않았다. 주변을 둘러본 유스케는 눈길을 그대로 앞으로 돌려 여자가 나온 집을 처음으로 제대로 살펴보았다.

그리고 저도 모르게 흠칫 숨을 죽였다.

얼핏 대단한 별장은 아니라는 인상은 있었지만, 이렇게까지 초라하리라고는 생각도 못 했다. 작을 뿐 아니라, 낡았다. 아니, 낡았다기보다 금방이라도 무너져버릴 것 같았다. 오랜 세월 비바람이 외벽의 나무를 시커멓게 물들여, 어디까지가 집이고 어디부터가 땅인지 구분할 수 없을 만큼 집째 썩어서 지면으로 녹아들고 있었다. 고모로(小諸)에서 돌아오는 길에 잠깐 오이와케에 들러 자전거를 타고 여기저기 돌아다니면서 폐옥이 된 별장을 여러 채 보았는데, 이 별장 역시 그것들과 다를 바 없었다. 그럴뿐더러 헝겊을 한 장 늘어뜨린 게 전부인 얇은 커튼을 통해 노란 불빛이 희미하게 새어나오는 것이 한층 더 추레해 보였다. 유스케는 저도 모르게 지금 묵고 있는 친구네 별장과 비교하고는 느껴지는 희미한 우월감을 금할 수 없었다. 친구네 별장은 북구에서 수입한 스웨덴하우스라는 이름의 주택이라고 하는데, 멋지게 구획이 정리된 산속에 있었고 그 일대에도 똑같이 새로 지은 큰 별장이 서 있다. 회사의 중역이라는 그의 아버지에게 어울리는 별장이자 별장지였다.

저 여자의 남편은 어떤 직업을 갖고 있을까. 부수입이 없는 대학 교수쯤 될까? 어쩌면 별로 인기 없는 소설가일 가능성도 있다. 유스케는 문예잡지의 편집자였기 때문에 소설가라는 직업이 먼저 머리에 떠올랐다. 가루이자와는 물론이고 나카가루이자와도 다르게 이 부근은 땅값이 싸서 학자나 작가의 별장이 많다는 얘길 들었기 때문에 더욱 그랬다. 여자의 남편도 집에 있을까? 여자의 나이로 봐서는 자식 부부, 심지어 어린 손자가 있어도 이상하지 않았지만, 집 안은 시끄럽기는커녕 아무 소리도 들려오지 않았다. 집 전체가 세상에서 버림받은 것 같았다.

주변의 마당도 달빛을 받아 고요했다. 일부는 자갈을 깔고 잡초도 뽑아놓아 간신히 사람이 걸을 수 있는 길을 만들어놓았지만, 그 외에는 황폐하게 방치되어 있었다. 키 큰 참억새가 무리지어 있어, 투명한 이삭이 달 아래 은빛으로 빛나고 있는 것이 섬뜩했다.

갑자기 유스케의 마음에 또다른 종류의 주저가 일었다. 금방이라도 허물어질 듯한 눈앞의 별장이 현재라는 시간을 떠나, 이 세상을 떠나, 뭔가 다른 세계에서 숨쉬고 있는 것처럼 느껴졌다. 어쩌다 오늘 하루 종일 시골스러운 광경만 본 탓인지도 모르지만, 오랜 여행 끝에 희미한 불빛에 의지해서 들판에 홀로 선 집에 간신히 도착했더니, 실은 거기에 죽은 인간의 원령이 깃들어 있어 아침이 되면 백골이 된 시체가 주변에 뒹굴고 대나무 격자의 벽체가 드러난 토담 사이를 바람이 쌩쌩 소리를 내며 빠져나갈 뿐이었다는, 어딘가에서 읽은 적이 있는 일본의 옛날이야기까지 떠오른다. 눈에 보이지 않는 유령의 기운이 이 비바람에 시달린 별장을 빙 둘러싸고서 소란한 현실이 밖으로부터 침범하는 것을 거부하고 있는 것 같았다.

유스케는 겁먹은 자신을 고무하기 위해 숨을 크게 들이마셨다. 산 공기가 몸 안으로 들어오는 것을 느끼면서, 그와 동시에 취직한 후로 최근 사 년간 심호흡을 해본 적이 없었다는 생각도 들었다. 역시 도쿄를 떠나길 잘했다, 라는 생각이 들었다. 오봉 연휴가 시작된 금요일 밤부터 토요일과 일요일, 이제 신슈에 도착한 지 삼 일째다. 어제까지는 아직 일이 머릿속에 남아 있어서 툭하면 회사의 네모난 스틸제 책상과 벽에 걸린 주간예정표 등이 어른거렸지만, 오늘은 아침 일찍 일어나 하루 종일 자전거를 타고 돌아다니는 동안 도쿄에 대한 실감이 흐려져갔다. 연휴가 끝나기까지 아직 일주일 남았다고 생각하니, 마치 그 일주일이 영원히 계속될 듯이 평상시의 삶이 멀게 느껴진다.

유스케는 다시 한번 크게 숨을 들이마시고 집 쪽으로 다가갔다.

현관 같은 것이 보이지 않았으므로 아까 여자가 나온 베란다로 올라갔다. 커튼 사이로 안을 들여다보자, 팔 조 정도 되는 마룻방에 잡다한 가구가 여기저기 적당한 곳에 놓여 있는 의외로 평범한 광경이 눈앞에 펼쳐졌다. 가운데 있는 자그마한 나무식탁과 네 개의 의자도, 그 옆의 등나무 흔들의자도, 흔들의자 앞에 놓인 신문과 전화기를 올려놓은 목각 좌탁도 극히 평범한 별장생활을 보여주고 있었다. 그러면서도 역시 무언가가 이상했다. 유스케가 그것을 확실하게 인식한 것은 방충망을 친 문을 열고 문지방을 넘은 순간이었다. 마치 휙 하고 시간을 거슬러올라간 기분이 든 것이다.

누런빛을 비추는 천장의 전등 하나가 까만 헝겊 코드 끝에 대롱대롱 매달려 있었다. 우윳빛 유리접시를 뒤집어놓은 모양의 갓을 씌운 구식 전등이었다. 빛은 네 귀퉁이의 어둠을 오히려 두드러지게 만들면서 방 안을 쓸쓸히 비추고 있었다.

벽에 걸린 괘종시계의 추가 희미한 소리를 내며 움직이고 있다.

무엇 하나 새것이 없을 뿐만 아니라, 누렇게 변색된 회반죽벽, 옹이투성이의 고르지 못한 마룻바닥, 크고 작은 상처 자국이 까맣게 남은 나무기둥 등—모든 것이 한 시대 전의 일본 그 자체였다. 그의 실제 경험과는 어렴풋하게밖에 연결되지 않지만 오래된 흑백 사진이나 거친 영화 화면을 통해 어느새 그의 기억의 일부가 되어 있는 일본의 모습이었다. 집 안의 공기 전체가 그 시대에 멈춰 있었다.

동시에 무어라고 표현할 수 없는 그리운 냄새가 코를 찔렀다. 베란다에 면해 있는 방은 마룻방이었지만, 왼쪽은 바로 앞부터 안쪽까지 높게 지어진 다다미방이었고, 그 앞쪽에는 안에 함석을 두른 차 도구 상자가 뚜껑이 열린 채 놓여 있었다. 그것을 보자 납득이 갔다. 나프탈렌 냄새였다. 일식 다다미방에도 똑같이 누런 전등이 늘어져 있어, 여자가 조금 전까지 앉아 있었던 듯한 방석을 비추고 있었다. 방석 한켠에는 헝겊 더미가, 다른 한켠에는 안경이 뒹굴고 있었다. 그러나 여자의 모습은 거기 없었다.

여자는 복도 안쪽에서 말없이 유스케를 보고 있었다. 복도가 어두워서 그때까지 그 하얀 얼굴이 유스케의 눈에 들어오지 않았던 것이다. 여자는 말이 없을 뿐 아니라, 표정도 없었다.

유스케는 어깨가 딱 벌어진 당당한 체격이었다. 그는 자기 어머니 정도 연배의 여자들이 눈이 부신 듯한 표정으로 올려다보는 것에 익숙해져 있었다. 요즘 젊은이들은 참, 하며 팔을 쓰다듬거나 해서 저도 모르게 얼굴을 붉힐 때도 있었다. 그런데 여자는 그 자리에 서 있는 유스케를 마치 돌멩이라도 보는 듯 무표정한 얼굴로 대했다. 그리고 손짓과 눈짓으로 마룻방 뒤쪽에 있는 부엌으로 안내하고는, 싱크대 앞에 선 유스케에게, 이것을 쓰세요, 라며 작은 타월을 놓고 사라졌다.

남편의 모습이 보이지 않는 점으로 보아 과부일지도 모른다. 여자의 태도로 봐서 유스케는 역시 귀찮은 침입자인 듯했다. 낯선 사람과 함께 있는 것이 고역인 유스케로서는 오히려 그 편이 고마워, 어서 길만 묻고 가야겠다고 생각했다.

부엌은 좁았다. 그리고 어두웠다. 오랜 세월의 습기가 한 번도 마르지 않고 벽과 천장, 마룻바닥을 침식하고 있는 것이 들어선 순간부터 느껴졌다. 거기도 예의 우윳빛 갓을 쓴 전등이 까만 코드 끝에 쓸쓸히 매달려 있었다. 둥근 불빛 아래 서 있는 유스케의 머리에 희미하게 '전후(戰後)'라는 단어가 떠올랐다. 실제로 언제부터 언제까지를 지칭하는지는 확실하지 않지만, 그 단어는 유스케가 태어나기 전의 가난하고, 초라하고, 그리고 돈을 들이면 또 들인 대로 어딘가 우스꽝스러워 보이던 시절의 일본을 떠올리게 했다. 이 부엌은 돈을 들이지 않았으니만큼 그런 느낌은 주지 않았지만, 대신 '전후'라고 불리던 시대의 일본의 알뜰함이 사방 얼룩투성이 회반죽벽에서 풍겨오는 것 같았다. 양철을 댄 싱크대가 있고, 그 반대편에는 자잘한 요철 무늬 유리를 낀 미닫이문이 달린 키 작은 찬장이 있었다. 찬장 옆에는 작은 데코라 소재의 테이블이 놓여 있고, 그 위에는 지금은 거의 볼 수 없게 된, 알루미늄 뚜껑에 하얀 본체에다가 양쪽에 검은 손잡이가 달린 전기밥솥이 놓여 있었다. 그 옆에 나란히 놓인 신품 전자 레인지를 제외하고는 지금이 1995년이라는 것을 증명해줄 것은 아무것도 없었다.

마룻방과 마찬가지로 이곳 역시 시간이 몇십 년 전에 멈춰 있었다.

"구두쇠인가."

부엌을 둘러본 유스케는 혼잣말로 그렇게 결론을 내렸다. 여자는 노인이라고 할 만한 나이가 아닌데도, 집 전체가 노인네 살림 특유의 화석화된 시간이 지배하고 있었다. 그 모든 것이 그녀가 '인색'한 탓이라고 생각하면, 무너져내릴 것 같은 건물부터 모든 것이 한꺼번에 설명되었다.

요나고(米子)에 살고 있는 유스케의 이모부 부부도 친척들 사이에서 인색하기로 유명했다. 몇 억이나 되는 자산이 있다고 하는데 절대 새것을 사지 않는다. 설에 세배하러 가보면, 유스케가 어렸을 때의 시간이 그대로 흐르고 있는 것 같았다. 어머니 말에 의하면 어머니의 어릴 적과도 그대로라고 한다. 오빠는 검소해서 그래, 라고 어머니는 가끔 변명인지 비난인지 알 수 없는 말투로 유스케에게 말했지만, 그럴 필요가 없음에도 그렇게까지 검소하게 사는 것은 역시 인색하다는 이야기가 아닐까 하고 유스케는 평소 생각하고 있었다.

양철 싱크대에 수돗물이 기세 좋게 부딪쳤다.

팔의 상처는 아프지는 않았지만 생각보다 출혈이 심해, 씻으려고 하자 재미날 정도로 계속 피가 흘렀다. 처음에는 겁을 먹었지만, 눈이 익숙해짐에 따라 저도 모르게 넘치는 선혈에 매료되었는지, 복도 안쪽 문이 열리는 것도 알아차리지 못했다.

문득 인기척을 느껴 뒤를 돌아보자 복도에 한 남자가 서서 유스케를 보고 있었다. 유스케는 흠칫 놀랐다. 언제부터 서 있었는지는 모르지만 동물처럼 사납고 날쌘 인상의 남자였다. 금방이라도 쓰러질 것 같은 집과는 전혀 어울리지 않았다. 이 집뿐만 아니라, 이 세상과도 전혀 어울리지 않는 듯한 얼굴이었다.

그러자 "아, 다로 군" 하며 마룻방에서 여자가 얼굴을 내밀고, 남자 곁에 와서 간단하게 정황을 설명했다.

남자는 날카롭게 유스케를 쳐다보았다. 정한(精悍)한 얼굴이라고, 유스케는 다시 한번 생각했다. 불필요한 부분이라곤 없었다. 옷 속의 육체도 단단하고 날쌔리라 짐작이 갔다. 그 단단한 얼굴과 육체가 발하는 기가 주위의 공기를 압도하고 있었다. 유스케는 인사 대신 가볍게 고개를 숙였다. 여자의 남편이라기엔 너무 젊었다. 그렇다고 아들이라 할 정도로 나이차가 나 보이진 않았고, 얼굴도 전혀 닮지 않았다. 여자의 설명이 끝나자 남자는 유스케를 한 번 더 뚫어질 듯 날카롭게 바라보고는, 안쪽 문 뒤로 사라졌다.

갑자기 나타났다 갑자기 사라진 남자에 놀란 유스케는 얼른 수도 꼭지를 잠그고 타월로 팔을 닦았다. 인사도 받지 않는 무례한 남자라는 생각과 동시에, 남자의 그 동물 같은 정기에 충격을 받은 건지 자신의 마음이 묘하게 들뜨는 것을 느꼈다. 유스케는 문득 아까부터 자신을 대하는 여자의 담백한 태도를 떠올리고, 저런 남자와 함께 있으면 자기 같은 사람은 돌멩이처럼 보이는 것도 무리가 아니겠다고 마음속으로 생각했다.

거실에 돌아가자 구급상자 같은 것이 식탁에 올려져 있었다. 노안경을 쓴 여자는 유스케를 자기 곁에 앉히고는, 방금 나타났던 남자 따위는 벌써 잊은 것처럼 민첩하게 소독약을 바르고 거즈를 대고 붕대를 감아주었다. 생각보다 꽤 친절했다. 또 능숙했다. '별장족' 부인에게 이토록 정중하게 치료를 받자 유스케는 내심 긴장도 되고 황송하기도 했지만, 여자는 남을 돌보는 데 익숙한지 아무 생각 없이 손만 움직이고 있는 것 같았다. 그리고 붕대를 거의 다 감을 때쯤 되서야 얼굴을 들고, 봉오도리*를 보러 온 거냐고 유스케에게 물었다.

"일부러 보러 온 건 아닙니다."

여자가 희미하게 웃었다.

"예전에는 정식으로 유카타**를 갖춰입고 추었는데, 지금은 달라졌죠."

그리고 붕대를 매면서 혼잣말처럼 저런, 셔츠에도 피가 꽤 많이 묻었네요, 라고 말했다. 내려다보니 정말로 벨트 근처까지 피가 배어 있었다. 눈에는 보이지 않지만 청바지에도 묻었을 게 틀림없다.

붕대를 상자에 집어넣은 여자는 이쪽으로 오세요, 라며 이번에는 식탁을 사이에 둔 맞은편 의자를 유스케에게 권하고, 찻주전자를 앞으로 끌어당기고 포트의 단추를 눌러 뜨거운 물을 부었다. 포트도 전

---

* 오봉 밤에 영혼을 위로하기 위해 많은 남녀가 모여 추는 윤무.
** 여름철이나 목욕 후에 입는 무명 홑옷.

자레인지처럼 새것이었다.

"그래서, 나카가루이자와로 간다고 하셨지요."

"네."

나카가루이자와에 자기 별장이 있다는 말로 받아들이면 거짓말을 하는 것이 될 것 같아, 유스케는 덧붙였다.

"오봉 연휴를 이용해서 친구네 별장에 놀러왔습니다."

여자는 사기 찻주전자 안의 물 분량을 들여다볼 뿐, 아무 말도 없었다.

오봉 연휴 주간에 가루이자와 쪽은 무척 혼잡하다는 말을 들어서 18번 국도를 반대 방향으로 가기 시작했는데, 내리막길이 많은 탓에 무심결에 그대로 고모로까지 가버렸다가 이제 돌아오는 길이라고 유스케는 설명했다.

"어머나, 고모로까지요?"

여자는 차를 우려내기 위해 찻주전자를 천천히 흔들고 있다.

"네."

"지도는 갖고 계세요?"

유스케는 참고하던 간단한 지도를 꺼내서 여자 앞에 펼쳤다. 여긴 지금 오이와케의 이 부근이에요, 라며 여자는 그 지도 위의 한 점에 둘째손가락을 올려놓고, 유스케가 알아볼 수 있게 지도를 돌렸다. 미요타(御代田)라는 마을의 경계와 가까웠지만, 나카가루이자와와 그다지 멀지는 않다.

유스케 역시 그 지도 위에서 둘째손가락을 움직이면서 말했다.

"이 지도에는 작은 길이 나와 있지 않아서 길을 잃었습니다. 꼭 여우에 홀린 것처럼, 아무리 애를 써봐도 이쪽으로 꺾이는 길이 나오지 않더라고요."

봉오도리를 보고 '라면 대학'에서 군만두와 완탕을 먹은 뒤에, 자동차로 빽빽한 국도를 피해 조금 돌아가더라도 남쪽으로 가서 나카가루이자와 쪽으로 빠져나가려다가 길을 잃은 것이다.

"그게 말이죠."

여자는 지도에서 손가락을 떼고 유스케의 얼굴을 보았다.

"그 지도에 나와 있는 것 말고는 길이 없답니다."

여자는 그렇게 말하고 일어서더니, 붙박이 선반에서 커다란 지도를 꺼내와 유스케 앞에 펼치고는 어깨 너머로 설명하기 시작했다. 오이와케의 일부는 골짜기 지형이므로 그 골짜기를 가로질러 나카가루이자와 방향으로 직접 갈 수 있는 길은 없고, 국도를 피해 남쪽에서 가려면 좀더 남쪽으로 내려가 철도가 다니는 부근에서 우회해서 북쪽으로 올라가는 수밖에 없다고 한다.

"국도로 나가는 편이 훨씬 편할 거예요. 어느 쪽이든 시간은 걸리겠지만. 그나마 달밤이라 다행이네요."

여자는 지도를 치우고 자기 의자로 돌아가더니 노안경을 벗으면서 말했다.

"자, 드세요. 호지차*랍니다."

"네."

"국도까지만 나가면, 오르막길이기는 해도 포장도 되어 있어요."

유스케가 쓴웃음을 지으며 자전거를 끌고 걸어가야 되게 생겼다고 말하자, 그녀는 저런, 하며 놀라는 듯했다.

---

* ほうじ茶. 찻잎을 높은 온도에서 볶아내 우린 차.

"그것 참 큰일이네요. 그렇다면 두 시간은 걸리겠어요."

벽시계에 힐끗 시선을 보내고는 덧붙였다.

"한밤중이 되어버리겠네."

유스케는 차를 두어 모금 마시고 일어섰다. 너무 폐를 끼치고 있는 것 같았다. 자전거는 고장나면 정말 귀찮죠, 라고 말하며 여자도 일어섰다. 놀란 듯해 보인 셈치고는 그다지 동정하는 목소리가 아니다.

유스케가 백팩을 손에 들고 베란다 쪽으로 향하자, 여자가 등뒤에 대고 물었다.

"라이트는요?"

"깨졌습니다."

"그럼 저걸 들고 가시는 게 좋겠어요. 국도까지는 가로등이 거의 없거든요."

여자는 유리창 곁에 걸려 있는 회중전등을 가리켰다. 빨갛고 커다란 회중전등이다.

"중국제 싸구려예요. 혹시 달이 숨으면 또 길을 잃게 될지 모르니까요."

"돌려드리러 오겠습니다."

"괜찮아요. 싸구려인걸요."

너그러운 목소리여서, 인색한 여자라고 단정지었던 유스케는 다소 의외라는 느낌이 들었다. 그는 고맙다고 말하고 그 빨간 회중전등을 집어들었다.

여자는 커튼을 열고 왼손을 방충망 문틀에 걸치고는, 똑바로 북쪽으로 가다가 두 갈래 길이 합쳐지는 곳을 지나 그대로 북쪽으로 올라가세요, 라며 오른손으로 18번 국도까지 가는 길을 허공에 그리면서 설명했다. 그리고 문득 유스케의 기색이 이상하단 것을 알아차렸다. 그녀는 의아한 얼굴로 유스케를 올려다보았다.

주머니에 손을 집어넣은 채 유스케가 말했다.

"죄송합니다. 열쇠를 잃어버린 것 같아요."

안에 들어 있어야 할 열쇠가 손가락에 잡히지 않았다.

"열쇠?"

"네. 별장 열쇠요."

아까 주머니에서 핸드타월을 꺼냈을 때 떨어뜨린 걸지도 모르겠다고 유스케는 말을 이었다. 백팩 안에 넣어두었으면 좋았을 것을 청바지 주머니에 넣어두었던 것이다. 자신이 실수만 저지르고 있는 것이 부끄럽기도 하고, 약이 오르기도 했다.

여자는 짧게 저런, 이라고만 말했다. 유스케는 "죄송하지만 이걸써서 찾아보겠습니다" 하고 회중전등을 흔들며 베란다로 나갔다.

달은 아직 밝았다. 도로에 나가 자전거가 부딪혔던 부근을 회중전등으로 비춰보니 산울타리 밑은 용암의 조각이라는 까만 아사마(淺間) 돌을 쌓아올린 얕은 담장이었다. 어쩐지 부딪혔을 때의 충격이 컸다 싶어 고개를 끄덕였다. 높은 나뭇가지를 누비고 도달한 만월의 달빛이 지면을 교교하게 비춰, 어떤 곳은 거의 작은 돌멩이의 형태까지 알아볼 수 있을 정도였다. 그러나 아무리 찾아도 열쇠는 보이지 않았다.

역시 여우에 홀린 기분이었다.

유스케는 이번에는 문과 베란다 사이의 자갈길을 찾아보았다. 작은 돌멩이까지 하나하나 뒤집어가며 찾았지만 열쇠는 나오지 않았다. 달이 밝기 때문인지 점점 더 여우에 홀린 기분이 들었다.

"어때요?"

여자가 방충망 문 너머로 물었다.

"보이지 않네요."

안으로 돌아가자 아까의 그 남자가 마룻방 입구에 서 있었다. 여자와 이야기를 하고 있던 모양이었다.

"죄송합니다. 아무래도 열쇠가 보이지 않아요."

구차하게 설명을 하는 것도 주눅 드는 일이었지만, 그곳이 자기 친구 부모님의 별장이라는 것과, 친구와 둘이 왔다가 친구가 급한 일 때문에 자기를 남겨두고 도쿄로 돌아가버린 것 등을 설명하지 않을 수 없었다.

"관리인은 있나요?"

여자가 물었지만 유스케는 알 수 없었다.

"관리회사 이름도 모르시고요?"

여자의 말을 듣자 자신이 정말 멍청하게 느껴졌다. 유스케로서는 별장 관리인이니 관리회사니 하는 것 자체가 처음 듣는 얘기였다.

유스케는 남자의 시선을 의식하면서, 일단 도쿄의 친구에게 전화를 할 수 있겠냐고 부탁했다. 관리인이 있는지, 열쇠를 맡겨놓는 이웃이 없는지, 혹은 여벌 열쇠를 숨겨놓은 곳이 있는지 알 수 있을지도 모른다. 오래된 별장이면 억지로 열고 들어갈 수 있는 곳이 얼마든지 있겠지만, 공교롭게도 기밀성이 뛰어난 새 건물인데다가, 남의 별장이라 일부러 더 꼼꼼하게 문단속을 하고 나온 것이다.

남자는 입구에 아무 소리도 없이 서 있었고, 유스케는 그 중압감으로 온몸에서 진땀이 솟구치는 듯했다. 두 사람이 지켜보는 가운데 배낭에서 수첩을 꺼내 친구의 휴대전화 번호를 누르자, 얼마간 울린 뒤에 부재중 전화로 연결되었다. 메시지를 남겨도 의미가 없다는 생각에 유스케는 그대로 수화기를 내려놓았다. 이번에는 친구네 집 전화번호를 눌렀는데, 또 "지금은 전화를 받을 수가 없습니다, 죄송하지만……" 하고 새된 여자 목소리가 흘러나왔다. 할머니 용태가 갑자기 나빠져서 도쿄에 돌아간 것이니, 온 가족이 병원에 가 있는지도 모른다.

"부재중 전화로는 어떻게 할 수 없겠네요."

"네."

머리에 안개가 낀 것처럼, 어떻게 해야 좋을지 금방 떠오르지 않았다. 남자는 뚫어지게 유스케를 바라보고 있다. 거북한 침묵이 지속된 뒤에 여자가 그 자리를 수습하며 말했다.

"여기서 조금 더 기다리셨다가, 다시 한번 전화하시면 어떨까요?."

벽에 있는 시계를 보았다. 열시 조금 전이었다.

유스케는 남자를 바라보았다. 한 번 보면 눈이 그대로 빨려들어갈 듯 묘한 존재감이 있는 남자였다. 남자는 여자를 보고 있었다. 보고 있다기보다, 여자가 쓸데없는 말을 한 것에 화가 나서 노려보고 있는 것 같았다. 빨리 쫓아내, 라고 그 눈은 말하고 있다―적어도 유스케에게는 그렇게 보였다. 유스케한테 화를 내고 있는 것인지, 여자에게 화를 내고 있는 것인지 명확하지는 않았지만, 무표정한 얼굴 밑바닥에는 적의라고밖에 부를 수 없는 무언가가 떠올라 있었다. 그것을 보고 있는 동안 이 집에 들어섰을 때 피부에 느껴졌던 영기(靈氣)가 점차 되살아났다. 이 집을 둘러싸고 있는, 외계를 거부하는 냉랭한 영기는 이 남자가 이렇게 온몸으로 발하고 있는 것이라고밖에 생각할 수 없었다. 유스케도 자신의 시간이나 공간에 남이 비집고 들어오는 것을 좋아하지 않았지만, 남자의 표정에는 비정상적인 무언가가 있었다. 유스케는 순간 자기 처지도 잊고 남자의 얼굴을 지켜보았다. 여자는 가는 한쪽 눈썹을 치켜올리고 그런 남자의 얼굴을 오만하게 돌아보았다. 그리고 유스케가 입을 열려고 하자 그것을 가로막듯이 딱 잘라 말했다.

"어쨌든, 조금 더 기다리셨다가 다시 한번 전화해보시죠. 어차피 우린 열두시까지는 안 자거든요."

여자의 목소리는 묘하게 단정적이었다. 남자에 대한 반발이 목소리에 깃들어 있는 것이 느껴졌다.

나중에 생각하면, 그날 밤 유스케의 운명은 바로 그 순간 결정된 것이나 마찬가지였다. 여자가 그때 이미 유스케를 묵게 해주려는 결심을 하였는지는 알 수 없지만, 그 순간 남자에 대한 반발로 밤의 침입자에게 친절하게 대해야겠다고 결심한 것만은 분명했다.

유스케가 입을 열기도 전에 남자가 낮게 발끈하더니, 휙 하고 등을 보이고 안쪽으로 사라졌다.

순식간의 일이었다.

유스케는 망연자실해서 그 자리에 우두커니 서 있었다. 거북했다. 그와 동시에, 아무리 자신이 원인이라고는 하지만 자신과 전혀 관계없는 두 사람의 갈등에 말려든 게 분명히 느껴져, 영문을 알 수 없으면서도 호기심이 고개를 들었다. 여자는 아무 일도 없었다는 얼굴로 다다미방에서 헝겊 뭉치를 가져와 식탁 위에 소리 내어 올려놓았다. 나프탈렌 냄새가 공중에서 춤추었다. 그것이 신호인 듯 시계가 땡땡 열시를 알리기 시작했다.

마지막으로 땡, 소리가 울렸을 때 여자가 말했다.

"앉으시죠."

"네."

"삼십 분만 기다렸다가 다시 전화하시는 게 어때요?"

"네."

여자의 목소리는 여전히 단정적이었다. 유스케는 그 목소리에 압도당한 듯 의자에 앉았다. 남자가 마음에 걸렸지만, 시계가 조용해진 뒤에는 아무 소리도 들려오지 않았다.

"전차가 좋을까요?"

여자는 포트에서 다시 찻주전자에 뜨거운 물을 부으려 했다.

"아, 뭐라도 괜찮습니다."

유스케는 꺼림칙함이 남아 있는 목소리로 말했다. 여자 쪽은 아무 일도 없었다는 듯한 얼굴에 걸맞은 태연한 투로 말했다.

"이 부근에서는 아이들한테도 자기 전까지 전차를 마시게 해요. 노자와나* 같은 것을 곁들여서 말이에요. 저는 도쿄에서 오래 사는 사이 그런 것은 완전히 잊어버렸지만."

여자를 도쿄 사람이라고만 생각했던 유스케는 조금 놀랐다. 동시에 도쿄 사람과 마주하고 있다고 믿던 마음이 갈 곳을 잃고 허공에 떴다.

이 부근에서 태어났다가 별장족 축에 들어 귀향하는 것은 어떤 기분일까.

"이 지방 분이세요?"

호기심에 끌려 유스케가 물었다.

---

* 野沢菜. 노자와 지방의 특산물인 장아찌.

"네, 원래는 그래요. 여기에서 조금 더 저쪽에 있는 사쿠(佐久) 출신이죠."

그녀는 손으로 '저쪽'을 가리켰다.

"지금은 아주 번화해졌지만, 예전에는 진짜 시골이었어요."

유스케가 자란 시골은 '진짜 시골'은 아니었지만, 그는 내친김에 말했다.

"저도 도쿄 출신이 아닙니다."

"어머나."

여자가 희미하게 웃고 다시 노안경을 썼다.

"그럼 고향은 어디시죠?"

"마쓰에(松江)입니다."

"마쓰에…… 시마네(島根) 현의?"

"네. 이즈모(出雲)죠."

"어머, 이즈모."

여자는 작게 고개를 끄덕이고는 곁에 내려놓았던 헝겊과 가위를 집어들고, 나이에 걸맞게 어렴풋이 혈관이 튀어나온 손으로 유카타로 보이는 옷을 풀기 시작했다.

유스케는 여자의 가냘픈 손을 멍하니 쳐다보고 있었다.

'진짜 시골'이라는 말 때문인지, 먼 곳으로 길을 잃고 들어가 있던 기억의 문이 저도 모르는 사이 열렸는지, 갑자기 여자의 그 가냘픈 손에 들일로 거칠어진 억센 다른 손이 겹쳤다.

친할머니의 손이었다.

초등학교 저학년 여름방학에 스사(順佐)의 산속 깊이 살고 있는 할아버지네 집에 가면, 무릎이 아파서 더이상 들일을 하지 못하게 된 할머니가 하루 종일 툇마루에 앉아 등을 둥글게 구부리고 무언가 꿰 맸다 풀었다 하고 있었다. 붉은 기를 띤 굵은 손가락이 작은 재봉가 위를 능숙하게 다루어 실만 뚝뚝 잘려나가는 것을 보고 있으면 꽤 재 미있었다. 나프탈렌 냄새가 희미하게 떠돌고, 항상 켜져 있는 방 귀 퉁이의 텔레비전에서는 NHK의 고교야구중계가 들려온다. 저도 모 르게 잠들어버리면 어느 틈엔가 타월이 배에 덮여 있었다. 얼마 지나 지 않아 부모가 이혼해 어머니와 살게 된 유스케에게 그 산골짜기에 서의 기억은 어느새 환영 같은 망막한 일이 되었고, 토방에 부뚜막이 있었다거나 소와 산양을 키웠거나 하던 일은 전생에서의 꿈처럼 단 편적으로 마음에 새겨져 있을 뿐이었다. 그러나 할머니에게 사랑받 던 기억이 피부에 스며 있는지, 그 이래로 나이 든 여자 앞에서는 자 연히 마음이 누그러졌다.

여자는 아래를 내려다본 채 물었다. 염색을 하지 않아 흰 머리가 꽤 많이 보인다.

"학생이신가요?"

"아니요."

"그럼 직장에 다니세요?"

"네."

"어떤 일을 하시는데요?"

"문예잡지 편집 일을 하고 있습니다."

아, 그래서 정확하고 고운 일본어를 쓰시는군요, 아직 젊은데, 라 고 여자가 유스케에게 말했다.

유스케는 나이가 있는 이들에게서 그 비슷한 얘기를 자주 들었다.

여자의 말투는 아까에 비해 상당히 평범하게 바뀌어 있었다. 아까의 말투는 처음 대면한 사람을 만났을 때의 조건반사와 같은 것이었는지도 모른다. 유스케가 나이도 어리고 어디 양갓집 도련님도 아니라는 것을 알게 되어 편해졌는지도 모른다. 혹은 조금 가볍게 보는 마음이 생겼는지도 모른다.

"일하신 지 오래되셨어요?"

"사 년째입니다."

"네, 그럼 아직 젊으시네요. 쇼와 몇년도 생이시죠?"

"쇼와 44년(1969년)입니다."

"그럼, 부모님도 다 건재……라기보다, 나보다 훨씬 젊으시겠네요."

유스케는 뭐라고 대답할지 한순간 주저했다.

"양친은 건재하십니다. 하지만 어머니가 제가 어렸을 때 이혼하셨기 때문에, 지금 아버지는 진짜 아버지가 아니에요."

처음 보는 사람에게 왜 그런 말을 하게 되었는지 스스로도 알 수 없었다. 정신을 차렸을 때는 말이 멋대로 입에서 튀어나왔고, 게다가 지금 아버지와 사이가 좋지 않다는 것이 그대로 드러나는 가시 돋힌 어조가 되어 있었다.

여자는 손길을 멈추더니 노안경을 조금 내리고 유스케를 보았다. 뭔가 물어보려고 했는지 입을 조금 열었다가, 다시 다물고 어조를 바꾸어서 말했다.

"나도요, 아버지가 도중에 바뀌어버렸답니다."

이번에는 유스케가 여자의 얼굴을 뚫어지게 쳐다보았다.

"친아버지가 전사하신 후 새아버지가 생겨버렸죠. 그 아버지와 사이가 별로 안 좋아서 도쿄에 갔던 거예요."

여자는 마른 어깨를 움츠리고서 조금 웃었다.

"남동생이나 여동생은 잘 지내는 것 같던데 말이에요."

"제 여동생들도 잘 지냅니다."

둘은 동시에 낮게 웃었다. 뭔가 새로운 친밀감이 생겨난 것 같았다. 인생이란 참 여러 가지야, 하고 여자는 웃음을 그대로 남긴 채 어딘지 노래하는 투로 말하고는, 다시 헝겊으로 눈을 돌렸다. 오래된 어린아이 유카타 같았다. 빨간색 잉어무늬가 여기저기 흩어져 있다.

유스케는 여자의 온몸을 슬그머니 관찰했다.

편집 일을 하고 있기 때문에 낯선 사람을 만날 기회는 많았지만, 평상시에는 상대방 얘기에 장단 맞추는 데 신경을 써야 하기 때문에 얼른 헤어져서 혼자가 되고 싶은 마음뿐이었다. 그런데 남자를 보고 놀란 탓인지 유스케는 저도 모르는 사이에 여자에 대해 계속 생각하고 있었다. 여자는 주부로서 숙련되어야 할 것에 전부 숙련되어 있다고밖에 달리 형용할 길이 없었다. 그러면서도 어딘지 보통 주부 같지 않은 민첩한 구석이 있었다. 면 티셔츠에 면바지라는 옷차림도 유스케 어머니보다 훨씬 더 세련된 분위기다. 보기와 다르게 직장 여성이었는지도 모른다. 그러나 동시에, 이렇게 고개를 숙이고 낡은 유카타를 풀고 있는 모습에는 묘하게도 어머니보다 더 옛사람을 떠올리게 하는 구석이 있었다. 가위를 다루는 손가락의 민첩한 움직임이 시골 할머니를 떠올리게 하는 것도 그 때문인 게 틀림없었다. 그 세대 사람치고는 반듯한 얼굴이었지만, 그것을 의식할 수 없을 정도로 모든 것이 다소곳했다. 도쿄 같으면 전차 시발역에서 종착역까지 눈앞에 앉아 있어도 존재조차 알아차리지 못하고 지나칠 여자였다. 이렇게 오래된 별장을 갖고 있는 것으로 보아서는 좋은 집안에서 태어났을 것이라 짐작되지만, 여성 특유의 거침없이 자신을 밀어붙이는 구석이 없었다. 다만 그 남자에 대해서는 절대적인 권한을 갖고 있는지, 남자를 밀어붙이고도 태연했다.

도대체 그 남자와 무슨 관계일까, 하고 유스케는 생각했다.

여자는 다시 얼굴을 들고, 괜찮으시다면 신문이라도 읽으시죠, 라고 안경 너머로 말하고는, 등나무로 된 흔들의자 앞에 놓인 목조 좌탁을 재봉가위를 든 오른손으로 가리켰다. 마음속을 차지하고 있는 무언가가 있는지, 아니면 단순히 과묵한 건지, 갑자기 길을 잃고 찾아 들어온 유스케를 상대로 더이상 이야기할 마음이 없는 것 같았다. 유스케는 유순하게 일어섰다.

오늘 날짜 '일본경제신문'이 접혀 있었다. 그것을 들자 갑자기 아래에 영어 글씨가 나타났다. 『이코노미스트』와 『사이언스』라는 영어 잡지가 두 권 겹쳐져 있다. 둘 다 신간 같았다. 눈이 휘둥그레진 유스케는 일본어 신문을 들고 의자로 돌아오면서, 이번에는 그 남자에 대해 이리저리 생각해보았다. 대학교수나 소설가일 가능성은 그 정한한 모습을 본 순간 머리에서 사라졌다. 샐러리맨 같지도 않았다. 샐러리맨은 최소한의 훈련된 사교성이라는 것을 몸에 익히고 있는 법이다. 남자에게는 그런 면이 없었다. 혹은, 어쩌면 남자는 유스케 같은 젊은이를 상대로 사교성을 발휘해보았자 쓸데없는 일이라고 생각한 것뿐인지도 모른다.

'전후 오십 년을 맞아'라는 제목이 눈에 들어왔지만, 눈은 글자 표면을 스칠 뿐 마음은 저도 모르는 사이에 안쪽의 남자 방 쪽으로 향해 있었다. 남자는 저 안쪽 방에서 무엇을 하고 있을까? 아까 입구에 무언으로 서 있던 남자의 눈초리가 떠오른다. 그것은 유스케를 거부하는 눈초리가 아니라 살아 있는 모든 것을 거부하는 눈초리였다. 그 눈초리에 남자에 대한 흥미가 북돋았다.

기계적으로 손을 움직이던 여자가 문득 고개를 들었다. 그리고 유스케의 얼굴을 힐끗 보고는, 유카타와 재봉가위를 식탁 위에 올려놓고 일어섰다.

"잠깐 광 쪽에 다녀올게요."

여자는 아까의 빨간 중국제 회중전등을 들고 밖으로 나갔다.

여자가 사라진 덕분에 유스케는 비로소 시간이 멈춘 듯한 이 집 안을 차분한 마음으로 빙 둘러볼 수 있었다. 누렇게 바랜 회반죽벽에는 여기저기 금이 가 있고, 아래쪽에는 청록색 곰팡이 자국까지 보인다. 얇은 노란색 커튼은 자세히 보지 않으면 격자무늬가 보이지 않을 만큼 퇴색되어 있다. 거무스름해진 천장의 판자는 오랜 세월의 습기를 머금어 가늘게 파도치고 있다. 다다미도 오래되어서 적갈색으로 변색되어 있다. 그러면서도 황폐해지게 내버려두고 있는 것이 아니라 여기저기 정성껏 수리한 흔적도 있었고, 방 구석구석까지 청소와 정리가 되어 있었다.

그 대비가 묘했다.

그러고 보니 전화기도 새것이라고 유스케가 생각한 순간이었다. 갑자기 전화벨이 울렸다. 영어 잡지 옆에서였다. 유스케는 도움을 청하듯 여자가 사라진 방충망 문 쪽을 바라보았지만, 여자가 돌아올 기미는 없었다. 안쪽 방에 있는 남자는 여자가 나간 것을 모르는지 자기가 받을 생각은 없는 듯했다. 전화는 필요 이상으로 크게 계속 울리고 있다. 유스케는 몇 번 더 울릴 때까지 내버려뒀다가 머뭇머뭇 수화기에 손을 뻗었다.

"여보세요?"

상대방은 일순간 말이 없었다. 유스케는 되풀이했다.

"여보세요?"

"여보세요?"라는 여자 목소리가 되돌아왔다. 나이를 알 수 없는 탄력 있는 목소리이다. 이어서 "저기, 다로 씨인가요? 저 후유에인데요"라고 한다. 주저하는 듯한 목소리였다. 외화를 더빙한 것같이 다소 젠체하는 목소리이기도 하였다.

유스케는 어쩐지 우스워졌다. 그때 밖에서 여자가 헐떡이며 돌아왔다. 유스케는 방충망 문 너머로 여자와 눈길을 맞추고, 수화기를 향해 말했다.

"잠깐 기다려주세요."

방에 발을 들여놓은 여자는 초조한 듯이 방충망 문을 닫고 유스케 손에서 수화기를 받아들었다.

"여보세요?"

그 전화가 걸려올 것을 예상하고 있었던 것 같았다.

"아, 역시 후유에 씨군요. 네, 후미코예요."

여자는 회중전등 불을 꺼서 영어 잡지 위에 놓고 힐끗 유스케를 보았지만, 마음은 유스케를 떠나 전화 너머의 세계에 가 있다는 것을 알 수 있었다.

"아니에요, 저야말로. 다들 피곤하시죠? 정말 갑작스러운 일이라서. 어머나, 네, 유골을 가지고 이쪽으로…… 어머나, 요코 아가씨 것도 같이요? 어머, 어머, 네네……"

원래 있던 장소에 돌아와서 일단 신문을 펼치고 있던 유스케는 '유골'이라는 단어에 놀라 자기도 모르게 귀를 쫑긋했다.

"네, 아무래도 조금은 기분이 으스스하시겠지요."

여자는 눈살을 찡그리고 있다. 그 뒤 잠시 동안 "네, 네, 네" 하고 고개를 끄덕이며 맞장구를 치고 있었지만, 이윽고 아주 정중한 말투로 돌아가 말했다.

"네네, 물론 괜찮습니다. 네, 잠시만 기다려주세요."

수화기를 거기에 놓고 남자 방에 가서 문을 열고 "후유에 씨야"라고 한다. 유스케는 처음에는 잘못 들은 건가 했지만, 여자가 두 번이나 되풀이하는 것을 보고 전화를 건 여자의 이름이 '후유에'라는 결론에 도달했다. 이 나이든 여자의 이름은 후미코라고 하는 것 같았다.

"다른 분들께서 이제 겨우 일이 끝나서 모레 구 가루이자와에 도착하신대. 그래서 별장을 열어야 하니까 좀 도와주러 와줬으면 하시네. 아미도 데리고."

여자는 돌아와 수화기를 향해서 말했다.

"네, 그럼 모레 아침이요. 아, 그렇게 하시겠어요? 네네, 그럼 내일 오후도 가능한 한 가 뵙도록 하겠습니다."

전화를 끊은 뒤 여자는 유스케에게는 눈길도 주지 않고 다시 남자 방 입구로 갔다.

"드디어 오시네."

남자의 낮은 목소리가 들렸지만 뭐라고 하는지는 알 수 없었다.

"후유에 씨는 내일 한발 먼저 도착해서 이불을 널려고 하신다고, 그래서 가능하면 내일 오후부터 와달라고 해. 사실은 얘기가 하고 싶은 거겠지만."

남자는 잠자코 있는 것 같았다. 여자는 계속했다.

"이 여름이 마지막이 될지도 모른다고, 아무리 당찬 후유에 씨지만 조금 비장한 목소리였어……"

여자는 거기에서 일단 말을 끊었다.

"유골을 말이야, 분골(分骨)한 것이나마 갖고 오겠대. 아무리 그래도 택배로 보낼 수는 없잖냐고 하더라. 그야 그렇지."

여자가 낮게 웃었다. 그리고 남자가 뭔가 말하기를 기다리는 것 같았지만 남자의 목소리는 들리지 않았다. 잠시 침묵이 이어진 뒤 여자가 어딘지 부자연스러운 목소리로 말했다.

"요코 아가씨의 분골도 갖고 오신대네. 산골(散骨)이 어떻고 저떻고 하는 성가신 일이 유언에 씌어 있었다고 세 할머니가 난처해하시더라고. 그런 것을 손수 가루로 만드는 게 으스스한가봐."

그 뒤 절이 어떻다느니, 사십구재가 어떻다느니, 누구누구가 언제 어디어디에서 돌아온다느니 하는 얘기가 이어졌다. 이렇게 오밤중에 깊은 산속에서 듣는 '유골'이라는 단어에는 지금까지 느껴본 적이 없는 서늘함이 있었다.

"변호사가 이쪽으로 왔다면서? 난 이제 더이상은 몰라."

그 말을 결론처럼 내뱉고 나서 돌아온 여자는 놀란 듯이 유스케의 얼굴을 보았다. 유스케가 있다는 사실을 완전히 잊고 있었던 것 같았다. 여자는 잠시 현실에 돌아온 얼굴로 "사람이 죽으면 참 일이 많아요"라고 하고는 입을 다물었다. 그리고 잡지 위에 회중전등이 뒹굴고 있는 것을 보았다.

유스케는 여자가 다시 손에 집어든 회중전등을 받으려고 오른손을 내밀었다.

"다시 한번 열쇠를 찾아보겠습니다."

달은 여전히 교교하게 땅바닥을 비추고 있었다. 열쇠는 역시 찾지 못했지만, 뭔가 관계있는 사람이 죽어서 나름대로 복잡한 것 같은 별장에 더이상 머무는 것은 악취미 같았다. 문단속을 너무 철저하게 했기 때문에 집 안에 들어갈 수 있을 것 같긴 않아도, 택시를 불러달라고 부탁하여 돌아가서 베란다에서 잘 수는 있다. 아니, 이 근처 펜션이나 어딘가에 묵을 수도 있을 것이다. 아침이 된 뒤에 다시 열쇠를 찾으러 오면 된다.

"열쇠는 역시 없었습니다. 전화를 한 번 더 빌려도 될까요?"

아까의 장소에 멍한 얼굴로 앉아 있던 여자는 "네" 하며 공허한 눈동자를 전화기 쪽으로 돌렸다. 유스케는 다시 한번 친구와 그의 집에 전화를 걸어보았지만 양쪽 다 여전히 부재중이었다.

유스케가 물었다.

"근처에 펜션이 없을까요? 열쇠는 내일 아침에 다시 찾으러 오겠습니다. 도쿄에 건 전화요금은 놓고 가겠습니다."

여자는 아까의 그 멍한 눈동자를 그대로 벽시계로 돌렸다. 열한시가 가까웠다.

"벌써 늦은 시간인데다 지금이 제일 혼잡한 때이고, 이 부근에는 도통 펜션 같은 게 없어요."

느릿느릿한 어조였다

"그럼, 일단 택시로 돌아가겠습니다."

여자는 입을 한쪽으로 모으고 웃었다. 동시에 눈동자가 서서히 원래의 움직임을 되찾더니, 얼마 있다 어린아이를 달래는 듯한 목소리로 말했다.

"보세요, 그런 말 하지 마시고 저 뒤쪽에 광이 있으니 거기서 하룻밤 지내시면 어떠세요? 사실은 아까 침낭을 펴놓고 왔거든요. 좀 오래된 거라 곰팡이 냄새가 심할지도 모르지만."

"아, 아닙니다."

유스케가 말하려는 것을 여자가 가로막았다.

"광이라서 송구스럽지만 여기서 주무시는 것보다는 편하시지 않겠어요? 일단 유리창도 있고, 사람이 잘 수 있게 되어 있거든요. 어차피택시로 돌아가봤자 집에는 못 들어가실 것 아녜요."

갑작스러운 제의에 유스케는 어떻게 반응해야 할지 알 수 없었다. 이 별장의 문지방을 넘어선 순간부터, 일상에서 떨어진 시간—남과 어울리기 싫어하는 평소의 자신을 떠난 시간이 흐르고 있었다. 여자가 그렇게 말하자 여기서 자고 싶다는 마음이 들 만큼 이 두 남녀한테 흥미가 느껴졌다. 그러나 한편으로는 그 남자가 싫어할 것이라는 확신이 들었다.

주저함을 얼굴에 드러내고 있는 유스케를 물끄러미 보던 여자가 "잠깐 기다리세요" 하고는 몸을 돌려 안쪽 방을 노크하고 들어갔다. 끼익 하고 문이 닫히는 소리가 들리고 낮은 목소리가 띄엄띄엄 들려왔지만, 아니나 다를까 바로 말싸움이 된 듯 점점 여자 목소리가 높아졌다. 남자 목소리는 거의 들리지 않는다. 갑자기 "그런 쩨쩨한 소리 하지 마"라고 여자 목소리가 비명처럼 높고 날카롭게 울렸다. "넌 여전히 앞으로도 계속 살아가야 하잖아?"라는 말이 이어진다. 그렇게 거창하게 얘기가 발전한 데에 유스케는 적잖게 놀랐다. 그러면서도 물러서기보다는 일 분이라도 더 오래 남아서 일이 어떻게 되어가는지 끝까지 지켜보고 싶은, 스스로 생각해도 이상할 정도로 뻔뻔스러운 마음이 뿌리를 내렸다.

얼마 있다 여자가 문을 열고 돌아왔다.

"자, 주무시고 가세요."

유스케의 얼굴을 똑바로 보고 태연하게 내뱉는다. 다음 순간 그 눈길을 남자 방 쪽으로 옮기고는 "저 사람은 아무래도 상관없어요. 좀 있으면 인사하러 나올 거예요. 이제 와서 인사고 뭐고 소용없지만" 하고 승리를 뽐내듯 보충했다. 그리고 아까의 장소에 앉아 다시 아무 일도 없었던 것처럼 유카타를 집어들었다.

유스케는 주저하면서 그 자리에 서 있었다. 평상시라면 남자의 반응을 안 이상 주저할 리가 없었을 것이다. 그러나 그날 밤의 그는 평상시의 유스케가 아니었다. 남자의 그 특이한 얼굴을 다시 한번 자세히 보고 싶다는 욕망이 마음속에서 소용돌이치고 있었다.

남자 방에서는 아무 소리도 들려오지 않았다. 여자는 고개를 숙이고 손가락을 움직이고 있다. 마치 유스케의 욕망을 알아차리고 마음껏 혼란해하도록 내버려두고 있는 것 같았다.

이삼 분 정도 지났을까, 남자 방의 문이 삐걱거리는 소리가 나 유스케는 온몸으로 방어태세를 취했다. 그러나 긴 그림자는 그대로 부엌으로 들어갔다. 선반을 여닫는 소리가 난다. 여자는 여전히 고개를 숙이고 손가락을 움직이고 있다. 이윽고 남자가 빈 컵 세 개를 왼손에 들고 왔다. 그러고는 여자 쪽을 보고 말했다.

"후미코 누나, 술 있어?"

감싸는 듯한 깊은 목소리였다. 또 맥이 풀릴 만큼 예사로운 어조였다. 그러면서도 어딘지 불가사의한 말투이기도 했다.

"술?"

여자가 손길을 딱 멈추고 고개를 들었다. 허를 찔린 듯한 놀라움이 비쳤다.

남자가 말을 이었다.

"와인이든 맥주든 아무거나 괜찮아."

여자는 놀람을 감추지 않고 엄한 목소리로 말했다.

"뭐 할 건데?"

"내가 마실 거야. 괜찮으시다면 손님도 드시고."

남자가 유스케를 쳐다보았다.

"앉으시죠."

등나무 흔들의자에 천천히 걸터앉고는, 다시 한번 앉으라고 유스케를 재촉한다. 유스케는 자칫하면 시선이 남자한테 못 박혀버릴 것 같아 일부러 남자 쪽을 보지 않도록 노력하면서 "실례하겠습니다" 하고 식탁 앞 의자에 앉았다.

남자는 유스케를 보고 희미하게 볼의 근육을 누그러뜨렸다.

"차만 마시고 있어봤자 별수 없잖아요."

여자는 아까부터 뭔가에 얻어맞은 듯이 남자 얼굴을 응시하고 있다가, 잠시 후 남자에게 묻는다기보다 마치 자문하는 듯한 작은 목소리로 말했다.

"정말 마실 거야?"

두려움 비슷한 표정이었다.

"그래."

남자는 여자를 보지 않고 대답했다. 여자는 잠시 잠자코 있다가 이윽고 굳은 표정으로 일어나서 부엌으로 들어갔다. 그리고 짙은 녹색의 사 홉들이 병을 안고 돌아와 목에 뭔가 걸린 듯한 목소리로 말했다.

"이 고장의 술이야. 아무 데서나 팔고 있는 것이지만 비교적 맛있어. 잠이 안 올 때 가끔 마시기 때문에 차갑게 해두었지."

유스케와 자신의 잔에 따른 뒤에, 병째로 굳은 표정의 남자에게 건넸다. 하얀 라벨에 '지스케(治助)'라고 먹으로 크게 씌어져 있는 것이 그 장소의 분위기와 전혀 맞지 않았다.

"냄새가 굉장하군."

손을 내민 남자가 주위를 둘러보면서 말했다.

"응, 나프탈렌 냄새야. 마침 좋은 기회라 반침을 치우고 있었어."

식탁으로 돌아온 여자는 기계적으로 그렇게 대답했다. 남자가 술을 컵에 따르는 소리가 들렸다. 여자는 그 소리를 중단시키려는 듯 식탁 위에 펼쳐놓은 헝겊을 들어 남자에게 보였다. 붉은 잉어가 방 안에 춤췄다.

"차 도구 상자에서 이런 것이 나오더라."

여전히 뭔가 목에 걸린 듯한 목소리다.

"실크였으면 못 쓰게 되었을 텐데, 면이라서 아직까지 멀쩡한가봐. 이런 무늬는 이제 보기 힘든 거니까 다른 걸로 만들어보려고."

동요를 억누르고 있는 것이 느껴진다. 아까까지의 의기양양했던 모습은 완전히 사라져 있었다. 수많은 상념이 떠오르는 것을 억지로 억누르고, 그 억눌린 것을 메마른 목소리를 통해 비아냥거림으로 나타내고 있는 것 같았다. 남자는 힐끗 헝겊에 눈길을 준 것뿐이었지만, 여자는 상관하지 않고 얘기를 계속했다.

"할머니의 겨릅대도 나오더라고. 삼십 년도 더 전의 것. 그런 것까지 애지중지 챙겨두었다는 것을 완전히 잊고 있었는데, 오늘이 마침 십삼일이길래 아까 그걸로 맞음불*을 피웠어. 옛날 생각이 나서 말

---

* 迎え火. 7월 13일 저녁, 문 앞에서 영을 맞이하기 위해 태우는 불.

탄 겨릅대

야."

그렇게 말하고 여자는 고개를 숙이고 재봉가위를 손에 들었다.

"맞음불?"

남자가 이상한 듯이 물었다.

"오봉 때 영혼을 맞이하는 불 말이야. 할머니께서 매년 피우셨잖아. 기억 안 나?"

남자는 기억하고 있다고도, 아니라고도 대답하지 않았다.

"이제 죽은 사람들이 길을 잃지 않고 돌아올 수 있어."

여자는 남자 얼굴을 보지도 않고, 메마른 목소리에 한층 더 비아냥거림을 드러내고 있다.

"미신이군."

"미신이라도 상관없어."

남자는 여자한테서 눈길을 떼고는 사 홉들이 병뚜껑을 닫으면서 유스케의 백팩 곁에 놓인 카메라를 보았다. 아까 수첩과 함께 꺼냈다가 미처 집어넣지 않은 것이다.

"티탄제군요."

"네, 휴가니까 오랜만에 사진이라도 좀 찍을까 해서⋯⋯"

"흐음."

남자는 술이 든 컵을 들었다.

"문예잡지 편집 일을 하고 계신대."

여자가 고개를 숙인 채 말했다.

"문예잡지⋯⋯"

남자는 혼잣말처럼 말하더니 불현듯 유스케한테 눈길을 돌리고 이상한 질문을 했다.

222

"그럼 소설 같은 것을 싣나요?"

"네."

그러자 남자는 한 여자 소설가의 이름을 댔다. 그러고는 유스케에게 알고 있느냐고 물었다.

"네, 들은 적은 있습니다."

이름만은 들은 적이 있었다.

"옛날에 그 사람을 알고 있었어요."

남자는 그렇게 말하고 컵을 입으로 가져갔다. 그러나 바로 마시지는 않았다. 방금 말한 '옛날'이라는 것을 추억하는 듯한 눈초리였다.

남자가 중얼거렸다.

"아까부터 계속 '도쿄온도'가 틀어져 있던데."

여자가 유카타에서 얼굴을 들지 않아 유스케가 대신 대답했다.

"네."

"반세기 전을 떠올리고 있었어요."

남자가 유스케 쪽을 보고 말한다.

"반세기요?"

"아, 한 사십 년 정도 전에 여기에서 처음 '도쿄온도'를 들었을 때의 일을요."

삼십대일 거라고 생각하고 있던 유스케는 남자를 새삼스럽게 다시 관찰했다.

"꽤 오래 살았구나, 그렇게 생각했습니다."

남자는 컵을 바라보며 말을 이었다.

"그랬더니 오늘밤은 드물게 묵고 가시는 손님이 있다고 해서 말이죠. 그 얘기를 듣고 문득 이제는 술을 마셔도 되지 않을까 생각했어요…… 지금까지 오랫동안 금주해왔지만 마침 좋은 기회입니다."

건배하듯 컵을 들고 비로소 한입 마셨다. 유스케는 여자가 일순간 눈을 들고 그쪽을 바라보는 것을 알아차렸다. 노여움이라고도 슬픔이라고도 할 수 있는 복잡한 감정이 착잡하게 얽힌, 뭐라고 표현할 길 없는 눈초리였다. 남자는 유스케에게 얘기하고 있는 것같이 보이지만 사실은 여자에게 얘기하고 있다는 것을, 유스케는 온몸으로 느꼈다.

"죽은 사람들에게도 건배합시다."

남자가 천천히 술을 목구멍에 흘려넣는 동안 여자는 유카타에 시선을 떨군 채 한 번도 얼굴을 들지 않았다.

"오랜만에 좋은 달밤입니다."

컵에서 입을 뗀 남자가 누구한테라고 할 것도 없이 말했다. 할 수 없이 유스케가 다시 대답했다

"네."

"만월이군요."

"네."

"이 부근은 구름이 많아서 보통은 만월이 되어도 이렇게 밝지 않아요."

"……"

"쭉 전깃불을 끄고 바깥을 내다보았는데, 묘하게 밝다 싶더니 만월이더군요."

남자에 대해서 이것저것 묻고 싶었지만, 남자가 앞에 있으면 쇠사슬에 단단히 묶인 것처럼 말이 나오지 않는다. 남자 입에서 드문드문 나오는 단어는 별 의미 없는 것이었지만, 어조 탓인지 듣고 있자면

밤의 밑바닥에 삼켜지듯 뭔가 한없이 어두운 곳으로 계속 끌려들어가는 듯한 느낌이 들었다.

유스케의 컵이 비었을 때 여자가 유스케를 광으로 안내했다. 여자는 다시는 입을 열지 않았다. 입을 열면 억누르고 있었던 것이 폭발할까봐 두려워하고 있는 것이리라고 생각하면서 유스케는 여자 뒤를 따라갔다.

"안녕히 주무세요."

여자는 마지막으로 그렇게만 말하더니, 억지웃음을 지어 보이고 사라졌다.

광은 삼 조 정도의 넓이였다.

벽에 붙박이 이단 침대가 있었는데, 아랫단에는 골판지 상자, 삽, 비옷 같은 것이 되는 대로 놓여 있고, 윗단에 침낭이 펼쳐져 있었다. 천장 가까이에 개폐가 가능한 작은 유리창이 있었고, 그 중심에 아까 여자가 스위치를 켜둔 전구가 매달려 있었다. 생각했던 것보다 괜찮은 잠자리였다. 유스케는 사다리를 올라가 위칸에 걸터앉아 작은 창으로 밖을 내려다보았다. 안채와는 십 미터도 떨어져 있지 않았다. 얇은 커튼 너머에서 노란 불빛이 쓸쓸하게 새어나오는 것이 보인다. 유리창에서 내려다보니 역시 옛날이야기에라도 나올 것 같은 들판의 외딴집이었다.

유스케는 잠시 동안 그 커튼에서 새어나오는 노란 광선을 바라보고 있었다.

광에서 나간 여자가 울고 있을 듯한 기분이 들었다. 아니, 그 전에 남자한테 대들고 있을 것 같다. 그러나 높은 소리를 내는 상황까지는 가지 않았는지, 귀를 기울여도 아까처럼 가을벌레 소리가 들릴 뿐이었다.

여름밤의 대지가 육중하고 뜨뜻미지근한 냄새를 풍기는 것 같았다.

문득 정신을 차리고 보니 전깃불을 쫓아 모여든 나방 몇 마리가 하얀 가루분을 품은 날개를 유리창에 철썩 붙이고 있다. 안에 들어가게 해달라고 위협하고 있는 것처럼도, 애원하고 있는 것처럼도 보였다. 저도 모르는 사이에 신경이 날카로워졌는지 그것을 보고 있기만 해도 숨이 답답했다. 하얀 가루를 품은 날개는 집요할 만큼 꼼짝도 하지 않았다.

유스케는 전깃불을 끄고 끼익끼익 침대의 나무틀 소리를 내면서 곰팡이 냄새가 심하게 코를 찌르는 침낭 속에 누웠다. 손발의 긴장이 좀처럼 사그러들지 않는다. 머리 꼭대기의 긴장도 완화되지 않는다. 게다가 그 사나이의 정한한 얼굴이 의식에서 떠나지 않아, 스스로도 이상할 정도로 가슴께가 야릇하니 오뇌에 빠져들었다. 유스케는 남자의 얼굴을 의식 구석으로 억지로 밀어내고, 오늘 하루 종일 멀리 돌아다니며 만난 광경을 떠올리려 했다. 거기에는 대낮의 태양에 달 귀진 회고원(懷古園) 천수각(天守閣) 터의 잔디가 있었다. 작은 다리 위에서 내려다본 깊고 짙은 녹색의 계곡도, 국도에서 바라보이는 산록이 넓은 아사마 산도 있었다. 날이 저물 때 즈음 오이와케에 돌아오니 산기슭에 촌스러운 묘지가 펼쳐져 있었다. 새로 만든 요란스러운 흑대리석 무덤이 있는가 하면, 주변의 돌맹이를 모아놓은 것이 전부인 쓸쓸한 무덤도 있었다. 그런 쓸쓸한 무덤에도 누군가 꽃을 바쳐 놓았다. 옛 나카센도(中山道)에서는 오봉에 다는 제등이 길 양쪽에 매달려 밤의 미풍에 흔들흔들 흔들리고 있었다. 예전 여인숙 같은 집

안방에는 형광등으로 된 기후 제등*이 켜져 있었는데, 그것도 한 쌍이 아니었다. 여러 쌍의 제등이 동시에 빙글빙글 돌고, 빨강 파랑 노랑이 섞인 무늬가 번잡하게 흐르는 것이 유리장지에 비쳤다. 그 앞의 아사마 신사에서는 스피커에서 흘러나오는 음악과 망루 위에서 들리는 북소리에 맞춰, 티셔츠에 스니커즈 차림으로 원을 이루어 봉오도리를 추는 사람들의 모습이 있었다. 봉오도리를 보는 데에도 싫증나서 저녁을 먹으러 라면가게에 들어가니, 산더미처럼 쌓인 만화주간지의 화려한 표지가 보였다.

신경의 홍분에 더해 깨어 있을 때는 아무렇지도 않았던 상처가 쑤셔와서, 잠이 들었다가도 바로 반쯤 깬 상태로 돌아왔다. 그러다보면 다시 그 사나이의 모습이 눈앞에 되살아나는 것이었다.

얼마나 잤을까.

광문이 바람에 덜커덕 열렸다.

춥지도 않은데 피부에 쫙 소름끼치는 감각이 느껴졌고, 문으로 투명한 달빛이 비스듬히 비춰들었다. 그리고 그 투명한 달빛 속에 유카타를 입은 여자아이가 서 있었다. 곱슬곱슬한 단발머리를 사자처럼 뻗쳐세우고, 위에서 자고 있는 유스케를 주춤거리는 눈초리로 노려보고 있다. 부채를 든 작은 주먹이 단단히 쥐어져 있다. 정신을 차리고 보니 멀리서부터 '도쿄온도'가 들려온다. 상반신을 일으킨 유스케가 숨을 죽이고 바라보고 있으려니, 여자아이는 불분명한 목소리로 뭔가 두서너 마디 미친 듯이 소리치고는, 갑자기 긴 소맷자락을 펄럭

---

* 기후(岐阜) 현에서 만드는 초롱.

이며 광 밖으로 뛰쳐나갔다.

광문이 열리고 달빛만이 낮게 들어오고 있었다.

차갑고 고요하게 가라앉은 그 빛을 받아, 문가에서 고운 먼지가 무수히 공기중에 춤추는 것이 보인다. 그것은 채 오 초도 되지 않았지만 슬로모션 영상을 보듯 오랜 시간으로 느껴졌다. 희미한 공기의 움직임 가운데 달빛만이 여전히 조용했다. 찰나의 정적이 영원한 시간을 새기고 있었다.

유스케는 정신이 들자 재빨리 아래로 내려가서 운동화를 샌들처럼 구겨 신고 광 밖으로 따라나갔다. 뭔가 하얀 것이 둥실 문 밖으로 나가 오른쪽으로 꺾어도는 것이 보였다. 아까 자전거를 산울타리에 박았을 때 이 하얀 것이 둥실 눈앞을 스쳐 지나갔다는 기억이 홀연히 되살아나고, 다음 순간에는 확신이 되었다. 그러나 유스케가 달려가 그쪽으로 꺾어들었을 때에는 이미 아무런 그림자도 보이지 않았다.

억새풀 이삭이 여전히 달빛에 처절하게 빛나고 있었다.

안으로 돌아가자 예의 사나이가 베란다 위에 서서 유스케를 의아한 듯 바라보고 있었다. 유스케가 자갈 위로 뛰쳐나가는 소리를 듣고 나온 것 같았다. 아까부터 계속 거실에 있었던 모양으로, 하얀 와이셔츠에 까만 바지 차림 그대로였다. 줄곧 술을 마시고 있었는지도 모른다.

"꿈을 꾼 것 같아요."

유스케가 말했다.

어릴 때부터 신경이 흥분하면 꿈과 현실의 경계가 분간이 되지 않는 꿈을 자주 꾸곤 했었다.

베란다 불은 켜져 있지 않았고, 나지막해진 달빛만이 창백하게 남자의 얼굴을 비추고 있었다. 유스케는 그 얼굴을 보며 말했다.

"누군가 광에 들어왔다가 나간 것 같아서요……"

"여자였습니까?"

즉각 물음이 튀어나왔다.

"아니요, 여자아이예요. 유카타를 입은."

"유카타?"

어제 그 여자가 유카타를 풀고 있는 걸 본 탓일 거라고 유스케는 말했다. 남자가 잡아먹을 듯한 눈초리로 물었다.

"그 빨간 잉어 유카타요?"

"네, 분명히 그거였어요."

남자의 얼굴이 일그러졌다. 그리고 다음 순간 그는 땅으로 뛰어내려, 문 오른쪽으로 뛰쳐나갔다. 어안이 벙벙해진 유스케가 뒤를 쫓아 문까지 가자, 달에 홀려 언덕길을 뛰어올라가는 남자의 흰 등이 보였다. 그러고 나서 문 곁에서 남자가 돌아오기를 얼마쯤 기다렸을까. 모기의 공격에 더이상 견딜 수 없어져서 광으로 돌아가, 그 뒤로는 침대에 걸터앉아 창으로 내려다보고 있었다. 그러나 남자는 언제까지고 돌아오지 않았다. 마치 산속에 빨려들어가버린 것 같았다. 마룻방의 노란 전깃불도 계속 켜진 채였다.

그 소동 가운데 나방 한 마리가 광에 들어와 미친 듯이 팔랑팔랑 소리를 내며 천장을 날아다니고 있었다.

산의 아침은 과연 시원했다.

광 밖으로 나가서 맑은 아침햇살 속에서 바라본 별장은 어젯밤보다는 훨씬 정상적인 모습을 하고 있었다.

어제는 그 존재도 몰랐던 이웃집이 북쪽과 남쪽으로 꽤 가까운 곳에 서 있었다. 들판의 외딴집처럼 보인 것은 양쪽 다 사람이 없는 탓이었다. 어찌 된 셈인지 그 두 채 역시 금방이라도 무너질 것 같은 집이었다. 그 남자와 여자가 사는 집보다 더 처절하게 낡았다. 창이란 창은 전부 시커먼 덧문을 덮어두고, 마당으로 보이는 곳은 오랜 세월 인적이 끊겨 덤불이 우거지고 산포도며 으름 등의 덩굴이 마음대로 자라 있었다. 유스케가 잔 광은 동쪽에 있었고, 거기도 뒤쪽은 덤불이 드높이 우거지고 덩굴이 뻗어 있어, 안쪽의 빽빽한 잡목림 어디까지가 이 집 부지인지 알 수 없었다.

작년의 낙엽을 사각사각 소리내어 밟으면서 베란다 쪽으로 돌아가자, 유스케의 모습을 본 여자가 턱을 받치고 있던 손을 떼고 말을 걸었다. 좋은 커피 냄새가 주변에 떠돌고 있었다.

"안녕히 주무셨어요? 아즈마 씨는 벌써 골프 치러 갔어요."

아즈마라는 것이 남자의 이름인 듯했다. 아즈마라는 그 남자는 밤새 자지 않아도 아무렇지 않은 것일까, 어젯밤 일 때문에 자기를 피하려고 나간 것이 아닌가 억측해봤지만, 그렇다 해도 젊은 자신보다 훨씬 더 체력이 좋은 것 같았다. 왠지 도깨비 같은 사나이라고 유스케는 생각했다.

밤중에는 구석에 밀어두었던 듯한 하얀 플라스틱 야외용 테이블과 의자가 베란다 한가운데에 나와 있었다. 여자는 "잠깐 기다리세요" 하고는 노안경을 하얀 테이블 위에 올려놓고 집 안으로 들어갔다. 테이블 위에 커피 컵이 있었고, 그 곁에 표지가 햇빛에 바랜 문고본이 엎어져 있었다. 번역소설 같았다. 유스케는 자신이 근무하는 출판사

닫힌 별장

에서 낸 책이란 것을 바로 알았지만, 정작 그는 본 적도 없는 옛날 것이었다. 그 색 바랜 표지를 멍하니 보고 있는데 여자가 돌아와서 "이런 것을 모아두었는데 쓸 데가 생겨서 다행이네요"라며, 여관에서 주는 작은 비닐봉투에 든 양치 세트와 타월을 유스케에게 내밀었다.

햇볕 아래에서 보니 여자의 나이가 눈에 들어왔다. 나이가 눈에 들어오는 그 얼굴에는 역시 운 흔적이 있는 것 같았다. 한밤에 남자가 사라져버린 것을 이 여자는 알고 있을까.

욕실은 복도 안쪽 왼편에 있었고, 그 반대편이 어제 남자가 드나들던 방으로, 이제는 안을 들여다볼 수 있었다. 원래는 서재로 썼던 방인 듯 좁은 벽을 붙박이 책장이 가득 채우고 있었지만, 지금은 책이 드문드문 들어 있고 하나같이 지저분하게 변색되어 있었다. 그러면서도 그 책장 아래의 낡은 나무책상 위에는 새 랩톱 컴퓨터와 소형 프린터, 전자수첩 받침대 등이 놓여 있었다. 도쿄에서는 늘 보는 그것들이 마치 미래에서 떨어져내린 것인 양 유스케의 눈을 놀라게 했다.

세수를 마치고 돌아오자 여자가 부엌 양철 싱크대 앞에 서 있었다.

"잘 주무셨어요?"

어깨 너머로 묻는다. 콸콸거리는 물소리가 시끄러워서 유스케는 조금 큰 소리로 대답했다.

"네, 정말 감사합니다."

여자는 수돗물을 잠그자 마룻방 쪽을 고개로 가리켰다.

"열쇠가 있더군요."

"아, 있었어요?"

여우한테 홀린 것이 아니면 그 남자처럼 달에 홀린 것이라고 생각할 수밖에 없었다.

"이제 거의 다 됐으니, 괜찮으시다면 아침식사를 하고 가시지요?"

유스케를 대하는 여자의 태도는 첫인상 때는 상상도 할 수 없을 만큼 친근했다. 두 사람 사이에서 우연히 생겨난 친근감이 그 뒤의 일을 겪으면서 자연히 깊어진 데에 더해, 오늘은 아침 일찍부터 그 남자도 없었다. 남자의 부재는 두 사람 사이의 친근감을 좀더 깊이 만들고 무언가 공범관계 같은 것을 느끼게 했다.

"고맙습니다."

유스케는 작은 부엌에 몸을 쑤셔넣었다.

"도와드리겠습니다."

"그래요."

부엌의 옆 유리창에서 들어오는 아침햇살 아래 다시금 여자 얼굴을 훔쳐본 유스케는, 어젯밤 여자가 울었다는 확신을 좀더 굳혔다. 단순히 울었던 것이 아니라 밤새 울었는지도 모른다. 그만큼 여자의 눈꺼풀은 부자연스럽게 통통 부어 있었다. 게다가 여자는 그것을 굳이 유스케에게 감추려고 하지도 않았다.

"그럼 부탁할게요. 커피하고 홍차 중에 뭐가 좋아요?"

"커피요."

"아, 다행이네. 지금 막 끓였거든요. 자, 그럼 이걸 베란다에 갖고 가주세요."

전기밥통 옆에 표면이 조금 울퉁불퉁한 알루미늄 커피메이커가 있었다. 여자가 무엇을 하나 보고 있자니, 묘한 분위기가 있는 양식기를 커다란 둥근 쟁반에 올려놓고 있다. 작은 보라색 물망초무늬가 여기저기 흩어져 있는 양식기로, 어디가 어떻게 다른지는 알 수 없었지만 색이건 형태건 본 적도 없는 것이었다. 유스케의 시선을 알아차리자 여자가 작게 웃었다.

"옛날 거예요, 1955년대. 이제 슬슬 골동품이 되지 않을까 싶어요."

밤새 울었을지도 모르는 것치고는 밝은 목소리였다. 그러나 어떤 계기가 있으면 곧 다시 울기 시작하지 않을까 싶은 의구심을 느끼게 하는, 어딘가 부자연스러운 목소리이기도 했다.

하얀 야외용 테이블 위에 아침식사가 준비되자 둘은 남쪽 마당을 향해서 비스듬하게 나란히 앉았다. 마주 앉는 것과 달리 여자의 얼굴을 정면에서 보지 않아도 되어 마음이 편했다. 눈에 들어오는 것은 온통 숨이 막힐 것 같은 초록이었다. 그 숨이 막힐 듯한 초록을 투명한 아침햇살이 관통하고 있다.

이름 모를 새들이 맑은 공기 속을 날아다니며 여기저기에서 새된 목소리로 뾰뾰뾰 지저귄다. 도쿄에서도 출근 전 침대 안에서 자주 듣던 산비둘기의 구구구, 구구구 하는 낮은 울음소리가 거기에 섞였다. 아직 아침인데도 잠자리가 붉고 투명한 날개를 떨며 낮게 날아다니고, 하늘을 뒤덮은 큰 나뭇가지에서는 유지매미와 참매미 울음소리가 시끄럽게 들려오고 있었다.

오감을 엄습하는 여름의 향연이었다.

종이 냅킨을 무릎 위에 펼친 유스케는 테이블 위에 늘어선 로스트 햄, 생햄, 생치즈, 검은 올리브, 피클, 거기다가 토마토와 바실리코 샐러드 등에 눈길을 보냈다. 초록에 둘러싸여 먹는 사치에 더해, 이렇게 초대받지도 않은 손님에게 가볍게 제공한 아침식사 자체에도 호사스러움이 느껴졌다. '구두쇠'라고 혼자 생각했던 첫인상은 어젯밤부터 오늘 아침의 흐름 가운데 어느 틈엔지 사라져버리고 없었다. 동시에 눈에 익었는지 아니면 마음 자체가 익숙해졌는지 시간이 멈춘 것 같던 인상도 사라지고, 여기에 흐르는 시간이야말로 진짜 시간인 것처럼 느껴졌다.

"실례입니다만, 형제분이세요?"

'후미코 누나'라고 부른 남자 목소리가 귀에 남아 있었지만, 사실은 좀더 먼 관계이리라고 내심 생각하고 있었다.

"설마요."

여자가 낮게 웃었다.

"나는 고용되어 있는 것뿐이에요."

"네에."

고용되어 있다는 여자의 말을 바로 알아듣지 못한 것은, 유스케에게 그 말은 회사나 가게에서 일하는 것을 의미하기 때문이었다.

"고용되다니……"

"가정부죠."

유스케는 어안이 벙벙해져서 저도 모르게 여자의 얼굴을 보았다. 여자는 '별장족'이 아니었다. 보통 가정주부조차 아니었다. 가정부였다…… 그러나 이렇게 하이칼라한 아침식사를 앞에 둔 여자와 유스케의 머릿속에 있는 '가정부'라는 단어는 너무 동떨어져 있었다. 유스케는 뜻밖의 사실에 곤혹스러웠고, 그 곤혹을 좀더 깊게 만들려는 듯 어젯밤 여자의 그 거만한 태도와 말투가 선명하게 되살아났다.

여자는 유스케의 그런 기분을 알아차린 듯 말했다.

"하긴 너무 옛날부터 알고 지내와서 실제로는 동생…… 아니 아들

같은 마음도 있지만요."

"그렇게 옛날부터요?"

"네."

남자의 부모한테 고용되었던 건지도 모른다. 그렇다면 여자가 남자를 '다로 군'이라고 부르는 것도 조금은 납득이 간다.

여자는 멀리 눈길을 보냈다.

"정말 아주 옛날부터였죠."

추억 속에 끌려들어가는 것을 스스로 제지하는 말투였다. 유스케는 무언가 더 말하기를 기다렸지만 여자는 말을 잇지 않았다. 유스케가 말했다.

"조금 별난 분 같던데요."

여자가 비아냥거리는 얼굴로 웃었다.

"별나도 보통 별난 게 아니에요."

내던지는 듯한 응답이었다.

유스케 스스로도 남들에게 자주 별나다는 말을 듣는지라, 그런 반응을 보자 묘한 기분이 들었다. 가정부라는 말을 듣고 놀란 데서 아직 정신을 가다듬지 못한 채, 영문을 알 수 없는 두 사람의 관계에 대해 자세히 알고 싶다는 생각이 치밀어올랐다. 그러나 유스케는 그 생각을 억눌렀다. 남의 인생에 호기심을 갖는 것이 부끄러워서가 아니다. 여자가 얘기하기 싫어할까봐 염려해서도 아니었다. 오히려, 여자쪽에서 유스케에게 무슨 이야기인가를 하고 싶어하는 마음이 커지고 있다는 확신이 들기까지 했다. 다만 여자가 마지막 결심이 서지 않아 표면에서 멈추고 있는 것 같아 보였고, 그 둑을 자기가 먼저 나서서 허물 마음이 들지 않았을 뿐이다. 그 둑을 자기가 허물려 한다면 여자 쪽에서 말하고 싶은 마음이 없어질지도 모른다는 느낌이 들었기 때문이었다.

갑자기 남자의 얼굴이 다시 떠오르고, 그 순간 어쩐 일인지 피가 목에서 위쪽으로 희미하게 솟구쳐올라가, 잊어가던 팔의 상처가 작게 맥박쳤다.

여자가 문득 하늘을 올려다봤다.

"헬리콥터."

하얀 구름 아래 꽤 큰 헬리콥터가 요란한 프로펠러 소리를 내며 날고 있었다.

"이 위를 헬리콥터가 자주 지나가요. 무엇 때문에 지나가는지, 텔레비전에서 황실뉴스라도 하나 했지만, 이 부근은 너무 멀리 떨어져 있잖아요. 역시 자위대일지도 모르겠어요. 마쓰모토(松本)에 기지가 있거든요."

헬리콥터는 눈 깜짝할 사이에 시야에서 사라졌다. 여자는 말을 이었다.

"이렇게 하늘에서 소리가 나면 말이지요. 옛날 진주군* 훈련 때 비행기가 추락한 걸 봤던 게 기억나요."

"진주군······"

"네, 옛날 진주군에 있었을 때 하늘에서 비행기 소리가 날 때마다 위를 올려다보는 버릇이 생겼죠. 어느 날 여느 때처럼 올려다보고 있는데, 비행기가 갑자가 불을 뿜기 시작하더니 눈 깜짝할 사이에 떨어져버렸어요."

---

* 進駐軍. 제2차 세계대전 후 일본에 주둔했던 연합국의 군대.

"파일럿은요?"

"죽었겠지요."

당연하다는 어조로 대답한 뒤 설명했다.

"전쟁 직후에 기지에서 근무했었거든요."

여자는 그렇게 말하고 어조를 바꿔, 그런 얘기를 시작한 것을 변명하듯이 말했다.

"올해 이곳에 온 뒤로는 왜 자꾸 그런 옛날 일이 생각나는지……"

다시 멀리로 눈길을 보낸다. 그리고 밤새 울었다는 것을 암암리에 인정하듯이 덧붙였다.

"특히 오늘 아침부터는 손에 아무 일도 잡히지 않을 정도예요."

잠시 침묵이 이어졌다.

"진주군……"

유스케는 의미 없이 되뇌었다.

글씨로밖에 본 적이 없는 단어를 입에 올리는 게 이상했다.

"여러 일이 있었지요."

유스케가 그 말을 입에 담은 것 때문인지 여자가 다시 말을 시작했다.

"처음 미군 낙하산을 가까이서 봤을 때는, 그 나일론이라는 게 너무 예뻐서 깜짝 놀랐어요. 반짝반짝 광택이 나잖아요. 내가 어릴 때는 인조견사라는 것이 있었지만 힘이 없어서 금방 주름이 가고 아주 조잡했거든요. 아아, 나일론이라는 게 이렇게 좋은 거구나, 하고 생각했어요. 당시는 모두 실크보다 나일론이 훨씬 좋다고 생각했죠."

평상시는 과묵하리라고 여겼던 여자의 수다였다.

"공군이었어요."

238

여자가 덧붙였다.

"어떤 일에 근무하셨습니까?"

"근무라……"

여자는 우스운 듯이 웃는다.

"메이드예요, 역시 가정부였죠."

그러고 나서 다시 설명을 덧붙였다.

"오피서(장교)네 집의 가정부였어요."

영어를 조금 배우고 나서 바로 메이드가 되었다고 한다. 일반 사병들 숙소인 퀸셋 막사에서는 '보이'라고 불리는 젊은 남자가 잡일을 하지만, 오피서의 집에는 모두 메이드가 있었다고 한다.

"외삼촌이 계셨어요. 어머니의 오빠. 혹시 구 가루이자와에 있는 만페이 호텔이라고 아시나요?"

유스케는 물론 몰랐다.

"아뇨."

"아, 그래요? 유명한 호텔인데. 외삼촌은 그 레스토랑에서 보이로 일했었어요. 젊었을 때……아니, 십대 때부터."

그 외삼촌이 만페이 호텔의 보이를 그만두고 오랫동안 외항선을 타다가 전후에 진주군에 직장을 얻었고, 그래서 여자도 덕분에 진주군에서 근무하게 되었다고 한다.

"그렇군요."

"중앙선에 다치가와(立川)라는 역이 있잖아요?"

"네."

"외삼촌은 니시다치가와(西立川) 기지의 장교 식당에서 퍼서 (purser) 일을 하고 있었어요. 사무장. 그 시절에는 정말 대단한 자리였거든요, 뭐니뭐니 해도 진주군 장교 식당이니까 당시 일본에서 제일 맛있는 것을 먹을 수 있는 곳이잖아요? 그 시대는 살찐 사람도 드문 때였으니까요."

여자가 웃으면서 말했다. 유스케도 웃었다.

"외삼촌은 오래 외항선을 타서인지 반은 외국인…… 외국인이라기보다 교포 2세 같았어요."

그렇게 말하고는 과거를 그리워하는 목소리로 이어갔다.

"나한테 잘해주셨던, 무척 그리운 사람이죠. 냅킨을 접는 법 같은 것도 믿을 수 없을 만큼 여러 가지로 알고 있어서 많이 배웠어요."

조금 구겨진 종이 냅킨을 손가락으로 쓰다듬고 있다.

"지금은 돌아가셨지만."

여자는 길게 한숨을 쉬고 나서 입을 닫았다.

외삼촌 일과 진주군 일 등, 한없이 기억의 문이 열려가는 것을 제어하려는 듯했다.

잠시 침묵이 이어진 뒤, 유스케가 말했다.

"사쿠 분이라고 말씀하셨지요?"

"원래는 사쿠다이라(佐久平) 출신이에요."

"사쿠다이라라면, 그 사쿠 인터체인지 근처인가요?"

"사쿠 인터……?"

여자는 재미있다는 듯 익숙하지 않은 낱말을 입 안에서 굴렸다.

"글쎄요, 거기에서는 조금 떨어져 있을 거예요. 어느 쪽이든 그 부근 일대는 옛날에는 뽕나무밭이었어요. 그것이 어느 틈에 양상추 밭이 되는가 싶더니 갑자기 큰 고속도로가 나고, 게다가 아시는지 몰라도 이제 곧 신칸센 역도 생긴대요."

사쿠 인터체인지 부근

여자는 유스케를 힐끗 보고 나서 다시 정면을 향했다.

"나 같은 옛날 사람은 이제는 도무지 어떻게 되어가는지 알 수가 없어요……"

그녀는 베란다 앞쪽에 시선을 두고 있었다.

"마침 그 부근에 땅이 있던 농갓집 사람들이 갑자기 부자가 되는 모양이에요. 잘된 일이지요."

여자는 시선을 그대로 두고 무표정하게 말했다.

베란다 앞에 작은 양지가 있어, 하얗고 노란 들꽃들이 눈부신 여름 햇살을 받아 무리지어 피어 있었다. 마당 대부분이 높은 나무로 그늘져 있어, 집중적으로 햇살을 모인 그 작은 양지에만 여름이 불타고 있는 것 같았다.

그때 문밖의 오솔길을 금발 소년과 소녀 서너 명이 지나갔다. 각자 뭐라고 소리치면서 잡목림의 초록이 빛나는 가운데, 새끼 사슴처럼 뛰어간다.

"미국인인가요?"

"독일인이에요. 요 앞에 몇 채인가 기독교 관계 독일인의 별장이 있어요. 임대별장 같지만."

"네."

그렇게 대답한 유스케는 친구한테 들은 얘기를 반복했다.

"가루이자와가 일본인의 피서지가 되어버리는 바람에 외국인들은 모두 노지리(野尻) 호수 쪽으로 도망쳐버렸다는 얘기를 들었습니다."

"그렇지요. 이제 가루이자와에는 거의 남아 있지 않아요. 노지리 호수로 도망친 사람들도 있지만, 예전과 달리 지금은 비행기가 있잖아요. 그러니까 대체로 휴가 때에는 비행기로 본국으로 돌아가는 게 아닌가 해요."

여자는 그렇게 말하고 희미하게 웃었다.

"여하튼 모든 것이 옛날하고는 다르니까."

또다시 잠시 침묵이 흘렀다. 얼마 지나 유스케는 일부러 아무렇지도 않게 말을 꺼냈다.

"아즈마라는 분은 무슨 일을 하고 계신가요?"

여자가 대답했다.

"장사라고나 할까요?"

유스케와 눈길을 마주치지 않고 계속 앞마당을 똑바로 바라보고 있었다.

"장사?"

"네, 온 세상을 이리저리 뛰어다니는 벤처 비즈니스요."

토마토 조각을 입에 막 넣은 유스케는 목이 막힐 뻔했다. 동시에 어젯밤에 보고 놀랐던 영어 잡지와 오늘 아침에 보았던 컴퓨터 등이 그 '벤처 비즈니스'라는 말을 뒷받침하듯 순간적으로 떠올랐다. 그 것들이 이 별장과 전혀 어울리지 않는 것처럼, '벤처 비즈니스'라는 단어도 이 별장과는 너무나 이질적이었다. 남자에 대해 더욱더 영문을 알 수 없어졌다.

"이 별장은 아즈마 씨 건가요?"

여자가 끄덕였다.

"매년 오시나요?"

"글쎄 대체로 매년 두 번 정도는 오지만…… 이번에는 조금 사이가 떴어요."

여자는 마당에서 계속 눈길을 떼지 않고 얘기했다. 양지에 무리지어 피어 있는 작은 들꽃 위로 그 들꽃보다 더 작은 부전나비 한 쌍이 빙글빙글 원을 그리며 춤추고 있었다.

"아즈마…… 아즈마 다로라고 해서 다로 군이라고 부르는데, 그 사람은 보통 미국에서 지내요."

"네에, 미국."

적어도 겨우 한 가지는 납득된 기분이다. 남자에 대해 뭔지 모르게 예감하고 있던 것에 비로소 이름이 하나 주어진 기분이었다. 그러고 보니 모습이든 행동거지든 남자는 어딘지 일본인 같지 않았다. 미국인으로 보이는 것은 아니지만, 일본인으로도 보이지 않았다. 콧소리가 섞이고 다소 혀가 말리는 일본어도 그렇다면 설명이 된다.

"미국에는 오래 계셨나요?"

"예, 아주 오래됐죠."

그렇게 무뚝뚝하게 대답한 뒤 잠깐 뜸을 들이고 나서 덧붙였다.

"생각해보니까 댁이 태어나기 전부터군요. 모든 게 아주 옛날얘기죠."

마지막 말은 혼잣말 같았다. 유스케가 물었다.

"아즈마 씨는 마흔이 넘었습니까?"

"네, 마흔여덟이에요."

"저는 아직 삼십대이신 줄 알았어요."

"젊어 보이죠."

그렇게 말하면서 입술을 한쪽으로 삐죽이고, 처음으로 유스케 쪽을 힐끗 보며 말을 이었다.

"미국에서는 모두들 짐(gymnasium)에서 기계로 여러 가지 운동을 한대요. 그것도 수고스럽게도 매일 말예요."

비꼬는 듯한 목소리였다.

"고기도 거의 안 먹고."

여자는 얼굴을 정면으로 돌리고는 기계적으로 말을 계속했다.

"게다가 술도 마시지 않고."

그러고 나서 고쳐 말했다.

"마시지, 않았고……"

여자의 어조에 무언가가 담겨 있어서 유스케는 그 이상의 질문은 삼갔다.

여자도 입을 다물었다.

침묵과 함께 투명한 햇살에 감싸인 광경이 점점 더 빛을 발했다. 부근의 초록은 신성할 만큼 빛나고 있었다.

부전나비는 아직도 빙글빙글 춤추고 있다.

희미하게 바람이 부는지 높은 가지의 잎사귀가 사각사각 잎을 뒤집으면서 움직이는 것이, 지저귀는 새소리 사이를 누비고 들려온다. 투명한 햇살이 나뭇가지 사이를 지나 베란다 바닥을 비추고, 잎사귀가 사각사각 움직이자 반짝반짝 빛나는 햇살이 베란다 바닥 위에서 물결치듯 흔들린다. 빛이 웃으며 떠들고 있는 것 같았다.

흠칫했을 때는 이미 옆의 여자가 가늘게 어깨를 떨고 있었다. 유스케는 숨을 죽이고 가만히 있었다. 이윽고 여자는 테이블에 양쪽 팔꿈치를 올려놓고, 양손에 얼굴을 묻은 채 조용히 울기 시작했다. 둘은 몇 분 동안 그대로 있었다.

갑작스러운 전개였다. 그러나 동시에, 이렇게 여자가 울기 시작할 것을 아까 아침식사 식탁에 앉았을 때부터 쭉 기다리고 있었던 것 같기도 했다. 건방진 생각인지는 모르지만 여자의 마음 한 구석에 유스

오이와케의 길

케 앞에서 울고 싶다는 바람이 있어, 그것을 유스케가 계속 감지하고 있었던 것인지도 모른다. 지금 여자가 흘리는 이 눈물은 주위 사람들한테는 그야말로 몇십 년간 숨겨온 눈물인지도 모른다. 유스케라는 낯선 사람을 앞에 두고서야 비로소 흘릴 수 있는 눈물인지도 모른다. 여자의 일생이라는 묵중한 것이 눈앞에 털썩 내던져진 것 같아 유스케는 순간 주춤했다. 그러나 혐오감은 느끼지 않았다.

유스케는 여자가 우는 것을 방해하지 않으려고 꼼짝도 하지 않았다. 그리고 가지의 잎사귀가 움직이고 나무 사이로 새어드는 햇살이 빛나며 흔들리는 것을 온몸으로 느끼고 있었다. 지상에 지고지순한 행복이 있다면 이런 순간이 아닐까 싶을 정도로 자연은 가장 아름다운 모습으로 숨쉬고 있었다. 그리고 가장 아름다운 모습으로 숨쉬는 그 자연 아래, 유스케로서는 알 길 없는 상념 속에서 한 여자가 울고 있었다.

이윽고 얼굴에서 손을 뗀 여자가 쉰 목소리로 말했다.

"죄송해요. 제가 요즘 계속 이상해서…… 남 앞에서 울다니, 어렸을 때부터 한 번도 없던 일인데, 어떻게 돼버렸나봐요."

무릎에 펼친 종이 냅킨을 눈에 갖다대며 말한다.

유스케는 뭐라고 대답해야 좋을지 몰라 가만히 있었다. 그리고 여자가 눈에서 종이 냅킨을 떼고 유스케의 얼굴을 봤을 때, 울어서 퉁퉁 부은 눈을 다정하게 감싸듯이 바라보았다. 불쾌하게 생각하고 있지 않다는 사실만은 여자한테 알려주고 싶었다.

무슨 생각을 하는지, 여자는 잠시 말없이 유스케의 눈을 바라보고는 가냘프게 미소지었다.

유스케는 마지막까지 설거지를 도와주었다.

"잘하시네요."

여자는 좀더 부어오른 눈꺼풀로 말했다.

"학생 시절부터 자취를 하고 있거든요."

유스케는 돌아가기 전에 가토 유스케라고 자기 이름을 댔다. 여자는 쓰치야 후미코(土屋冨美子)라고 했다. 이 부근에서는 흔한 성이라고 여자가 덧붙였다. 온 일본에 널려 있는 성씨를 가진 유스케는 별로 할말이 없었다. 후미코는 도쿄에 건 전화요금을 받지 않았다.

찌그러져서 탈 수 없게 된 자전거를 문까지 끌고 간 유스케는, 발걸음을 멈추고 후미코에게 물었다.

"왜 신슈에서 '도쿄온도' 같은 것을 하는 걸까요?"

후미코는 글쎄요, 라고 고개를 갸우뚱하며, 그 질문에는 대답하지 않고 물었다.

"여기에는 언제까지 계실 건가요?"

"주말까지 있을 예정입니다."

"네."

후미코는 그 이상 말하지 않았다. 퉁퉁 부은 눈을 갑자기 아래로 내리깔고는 말뚝을 박은 문밖을 가리켰다. 진홍색 야생 엉겅퀴 두 송이가 가련하게 피어 있었다. 유스케가 중얼거렸다.

"엉겅퀴군요."

"그게 아니라, 이쪽이요."

후미코의 둘째손가락이 그 곁을 가리키고 있었다. 자세히 보니 지푸라기가 탄 찌꺼기 같은 시꺼먼 것이 지면에 약간 남아 있었다.

"어젯밤 여기에서 겨릅대를 태웠어요."

유스케는 어제의 대화를 떠올렸다. 여자가 갑자기 쪼그리고 앉더니 그 찌꺼기를 손가락으로 흐트러뜨렸다.

"겨릅대로 맞음불을 피운 적 있으세요?"

"없습니다."

"나도 오랫동안 잊고 있었어요."

여자는 까맣게 더러워진 손가락을 앞치마에 문지르면서 일어섰다.

그것을 신호로 유스케는 여자에게 작별을 고했다. 어제 이 샛길을 달에 홀려 뛰어가던 남자 이야기가 하고 싶었지만 결국 하지 못했다. 그러나 얘기하지 못했다는 사실 자체가 이 여자와 다시 만날 필연을 약속하는 듯 느껴졌다. 여자는 가만히 문간에 서 있었다. 유스케를 전송하는 것인지 멀리 바라보고 있는 것인지 알 수 없는 애매한 자세였다.

렌털을 겸하는 자전거가게는 국도 가까이에 있었다. 밀짚모자를 쓰고 쭈그리고 앉아 작업을 하고 있던 주인이 고개를 들고 망가진 자전거를 힐끗 보더니, 이번주는 바빠서 금방은 못 고쳐요, 빨라봤자 모레 오후예요, 라고 무뚝뚝하게 말했다. 그러나 불친절한 남자는 아닌 듯 잠시 후 유스케를 힐끗 보고는, 삼십 분 있으면 가루이자와와 고모로를 연결하는 버스가 온다고 가르쳐주었다. 유스케는 그것을 기다렸다가 타고 돌아가려고 했지만, 문득 생각을 고쳐 택시를 불러달라고 부탁했다. 이제는 회사에서의 감각이 완전히 상실돼버려, 도쿄에서는 택시가 특별한 교통수단이 아니라는 사실을 툭하면 잊어버린다.

국도는 무척 혼잡했다. 택시를 기다리면서 멍하니 흘러가는 차의 행렬을 보고 있자니, 일본 전국의 차가 모인 게 아닐까 생각될 만큼 갖가지 번호판을 단 차들이 지나갔다. '시나가와(品川)' 네리마(練

馬)' '군마(群馬)' '오미야(大宮)' '니가타(新潟)' 등은 그렇다 치고, '히메지(姬路)'에다가 심지어 '도쿠시마(德島)' '오이타(大分)' 등도 있다. 다들 여름휴가를 참 바쁘게 보내는군. 어이없어하기도 하고 감탄하기도 하면서 번호판을 눈으로 좇던 유스케는, 이윽고 그마저도 싫증이 나서 얼굴을 들었다.

파란 하늘을 배경으로 짙은 초록색 산들의 능선이 완만하게 이어져 있는 것이 한가로워 보인다. 그 가운데 다갈색과 흙색을 드러낸 아사마 산이 우뚝 솟아 있다. 공기가 움직이는 듯 주위에서 여름의 하얀 구름이 계속 흐르고 있다.

회사에 다니던 것이 마치 남의 일 같았다.

유명 출판사에 다니기 시작한 후로 네번째 맞는 여름이었다. 경쟁이 치열한 출판사에 수월하게 입사할 수 있었던 것은 기뻤지만, 취직 자체는 더이상 새아버지에게 부담이 되기가 싫어서 대학원 진학을 포기하면서 택한 것이었다. 출판사를 선택한 것은 일찍 일어날 필요가 없다는 것과 넥타이를 매지 않고 출근할 수 있다는 것, 좋아하는 활자와의 인연을 이어갈 수 있다는 것—요컨대 학생 시절의 자신을 별로 크게 바꾸지 않고 일할 수 있으리라고 생각했기 때문이다. 그러나 시작하고 보니 역시 일은 일이어서 자신을 바꾸지 않으면 안 될 일이 많았다. 그리고 취직한 지 이 년째 되던 해 불경기의 여파로, 대학에서 물리학을 전공한 덕에 채용되었던 과학 잡지가 폐간되는 바람에 갈 곳이 없어진 유스케는 문예잡지 편집부로 전출되었다. 중고등학교 시절 자주 번역소설 문고본을 읽곤 했지만 문예잡지같이 답답한 것은 손에 잡은 적도 없었다. 게다가 사람 사귀는 것이 고역인 유스케에게 문예잡지 편집자는 성격에 맞는 일이 아니었다. 글을 쓰는 사람들과의 교제는 재미있는 면도 있지만 재미없는 면이 더 많았다. 자기하고 별로 나이차가 나지 않는, 그러나 자기보다 머리는 확실히 나쁜 비평가라는 패거리들이 서브컬처니 스트리트니 갸루니 어덜트 칠드런이니 하이브리드니 하며 유스케를 비롯한 편집자 앞에서 잘난 척 떠드는 것을 보고 있으면, 자신이 이방인이 된 것 같아 심기가 편치 않았다. 회사가 우대하는 소설가의 이사를 도와야 했을 때는 내심 불쾌했다. 다른 편집자들이 불쾌한 내색조차 하지 않는 데서 고독감은 한층 더 깊어졌다. 그때쯤부터였다. 그 자신도 확실히 알 수 없었지만 내부에서 뭔가 응어리진 것이 표면으로 나와버렸는지. 어느 날 일이 끝난 뒤 만난 고교 시절의 친구에게 이런 말을 들었다.

"왜 그래? 너 엄청 지쳐 보이는데?"

평상시 익살스러운 친구가 걱정스러운 얼굴을 보였다. 입이 험한 인간이 대개 그렇듯 자상한 면이 있는 남자였다.

여름이 되자 친구는 전화를 걸어, 올해는 꼭 오봉 연휴를 써서 기분전환 겸 신슈에 있는 자기 부모네 별장에 가자고 권했다. 고베의 진학 고교에서 동기였던 구보(久保)라는 그 친구는 전근족이었던 부모가 도쿄에 돌아갈 때 기숙사에 들어와, 졸업할 때까지 이 년간 기숙사 생활을 하던 유스케와 한방을 썼던 사나이다. 유스케는 교토의 대학으로, 구보는 도쿄의 대학으로 진학했기 때문에 대학 시절엔 소원했지만, 유스케가 도쿄에 취직하고 나서 다시 우정이 부활하여 작년 오봉 연휴에도 별장에 놀러가자고 한 것을 구보네 가족을 만나는 것이 귀찮아 거절했던 것이다.

그러나 올해 걸려온 전화에는 마음이 동했다.

"할머니가 입원해서 이번 여름에는 어머니가 도쿄를 못 떠나거든.

어머니가 안 가면 아버지도 안 가지. 그러니까 별장은 우리끼리 쓰면 돼. 형은 근처에 있는 와이프네 별장을 쓰니까 말이야."

"흐음."

"마음 편하지, 뭐."

유스케는 가기로 했다. 편집장에게 잔소리를 듣겠지만 입사한 뒤 처음 제대로 찾아먹는 여름휴가였다. 그 전후에 하루 이틀 밤 새워 일하면 어떻게 되겠지 생각했다.

"아무리 생각해도 넌 너무 지쳤다고."

구보는 전화로 그렇게 되풀이했다.

이윽고 오봉 연휴가 되었고 회사를 나온 금요일 밤 구보가 운전하는 차로 신슈의 별장에 도착했다. 토요일은 아침부터 청소를 하고 이불을 널고 도쿄에서는 본 적도 없는 커다란 슈퍼에 식료품을 사러 가는 등 열흘 간의 체재 준비를 했다. 그런데 저녁 즈음이 되어 구보네 부모님으로부터 할머니 용태가 좋지 않다는 기별이 와서, 구보 혼자 서둘러 도쿄로 돌아가게 되었다. 모처럼 휴가를 받았으니 유스케는 예정대로 그냥 있는 게 좋겠다고 해서 유스케 혼자 남의 별장을 쓰기로 했다. 그리고 혼자 하룻밤 잔 다음날, 고모로까지 원정 갔다 오는 길에 자전거를 산울타리에 박아버렸던 것이다.

택시는 국도를 얼마 동안 달린 뒤 교통량이 많은 길을 왼쪽으로 들어가 다시 얼마 동안 달리다가, 다음에는 오른쪽으로 꺾어 다리를 건너 매끄럽게 포장된 산길에 들어섰다. 좌우에 경사진 부지를 이용하여 다양한 취향을 살린 꽤 큰 별장들이 서 있다. 대체로 서양식 건물이고, 별장과 별장 사이의 간격이 넉넉하고, 녹음도 풍부해서 영 일본 같지가 않았다. 텔레비전이나 영화에서 자주 보는 미국 교외에라도 온 것 같은 인상이었다. 오늘 아침은 그 인상이 유난히 강했다. 유스케는 택시 창 너머로 이상한 것이라도 보듯 그 정연한 광경을 바라보았다.

그 느낌은 구보 부모님의 별장에 돌아간 후에도 계속되었다. 겨우 하루 집을 비웠을 뿐인데 꼭 오랫동안 외국여행을 하고 돌아온 것 같았다. 별장은 밝았다. 그리고 넓었다. 높은 천장 위에 늘어서 있는 커다란 채광창이 유별나게 눈을 찔렀다. 어제까지 그 존재조차도 알아차리지 못했던 단단해 보이는 단열창과 광택 나는 플로어링에 '현대'라는 글자가 새겨져 있는 것처럼 느껴졌다. 부엌 시스템키친의 눈부신 광휘에도 마찬가지였다. 그런데 그 '현대'라는 것이 이상할 정도로 현실감이 없었다.

유스케가 샤워를 끝내고 나서 상처 자리에 댈 거즈나 약솜이 없는지 세면대의 캐비닛을 여닫고 있을 때, 구보에게서 전화가 왔다.

"어떻게 된 셈인지, 할머니가 완전히 회복하셨어."

유스케는 뭐라고 해야 할지 몰라 "어어"라고만 했다.

"내일 아침에 다시 한번 병원에 갔다가 그쪽으로 갈게."

"그래? 괜찮겠어?"

"응, 퇴원이니 뭐니 하는 얘기도 나왔어. 팔십을 갓 넘기신지라 평균 수명까지는 못 갔으니 말이야. 참 끔찍한 소립니다요."

유스케는 전화기 건너편에서 약간 미소를 띨 뿐이었다.

"어때, 그쪽은?"

구보가 물었다.

"쾌적해."

"머리 말이야."

"머리도 쾌적하고."

어젯밤 이후 만월에 홀린 것처럼 마음이 몸 밖으로 나가 방황하고 있는 것 같아, 이렇게 구보하고 전화로 얘기하고 있는 현실과는 별도로, 또하나의 자신이 또다른 현실을 살고 있는 듯한 묘한 감각이 들었다. 그것은 '쾌적'과는 거리가 멀었지만 불쾌한 감각은 아니었다.

"미안하지만 자전거를 망가뜨려버렸어."

어젯밤 일을 대충 설명하자 흠흠, 하고 듣고 있던 구보가 중간에 어이가 없다는 목소리로 말했다.

"104에 물어보면 알 수 있잖아."

"104?"

"번호안내 말이야."

"뭘 묻는다는 거야?"

"관리사무소 전화번호."

"그런 게 있다는 걸 몰랐어."

"당연히 있지. 산을 내려간 곳에. 몇 번이나 그 앞을 지났잖아."

"뭐라고 물으면 되는데?"

"미쓰이(三井)의 숲'이라고 하면 되지. 나카가루이자와의."

그러고 보니 아까도 택시로 올 때 다리를 건너기 직전 위쪽에 큰 글씨로 그렇게 써놓은 간판이 매달려 있던 것이 떠올랐다. 그것이 이 광범위하게 구획정리된 별장지의 이름이라는 것을 유스케는 그때 비로소 깨달았다. 동시에 구보 아버지가 근무하는 회사가 미쓰이 계열 회사라는 사실도 생각났다.

"천하의 미쓰이를 잊지 마세요."

자전거 대여점

구보는 그렇게 말하며 웃고는, 어쨌든 무사히 돌아와서 다행이야. 자전거야 어차피 고물이니까 괜찮아, 라고 위로하듯이 말하고 전화를 끊었다.

상처를 치료하고 피와 진흙으로 더러워진 셔츠와 청바지를 세탁기에 집어넣고 하는 동안 갑자기 피곤이 몰려온 유스케는, 이층에 올라가 자신에게 배당된 침실 침대에 드러누워 머리 위에 깍지를 꼈다. 어젯밤부터 받은 이미지가 자극적인 색깔로 나타나, 잠을 못 자서 몽롱한 머릿속을 빙글빙글 돌았다. 그러는 동안에 잠들어버렸는지, 하늘이 무너지는 듯한 소리에 놀라 일어났을 때에는 소나기가 엄청난 기세로 쏟아지고 있었다. 도쿄에서는 좀처럼 경험할 수 없는 본격적인 소나기였다. 순간 바깥 하늘이 깜깜해졌다. 우르릉 쾅쾅 하는 소리가 여기저기에서 끊임없이 들려온다. 유스케는 침대에서 일어나 한동안 삼각형 유리창에 이마를 대고 격렬하게 내리는 비를 보고 있었다. 유리창에 닿을 듯 말 듯 서 있는 단풍나무가 격심한 비를 맞아 괴로운 듯이 잎사귀를 흔들면서 몸부림치는 것이 보인다. 눈앞의 마당에선 금세 탁류가 소용돌이치기 시작하고 집 안도 깜깜해졌다. 얼마 있다가 유리창에서 떨어져 전깃불을 켜자, 유리에 불빛이 반사되어 갑자기 밖이 보이지 않게 되었다. 진짜 밤이 된 것 같았다.

유스케는 공복을 느끼고 아래층에 내려가 냉장고 문을 열었다.

2

클라리넷 퀸텟

가루이자와는 처음이었다.

낮잠을 잔 탓인지 어젯밤도 한밤중까지 잠들지 못해, 오늘 아침에는 해가 중천에 뜬 뒤에야 일어났다. 걸어서 나카가루이자와 역까지 나가 예스러운 전차를 타고 가루이자와 역에 도착했을 때는 이미 열한시가 가까웠다.

산의 날씨는 개어 있다가도 갑자기 안개가 끼거나 후드득후드득 비가 내리는 등 바쁘게 바뀐다. 어젯밤 하늘이 무너질 듯한 소나기를 떠올리며 유스케는 접는 우산을 배낭에 넣고 오길 잘했다고 생각했다.

가이드북을 한 손에 들고 역 앞의 큰길을 한참 걸어가다가, 후미코가 말한 '만페이 호텔'에 가볼 셈으로 오른쪽으로 꺾자 낙엽송숲 가운데 낙낙하게 별장이 늘어선 길이 나왔다.

관광객은 생각보다 적다.

가이드북에 의하면 그 길을 계속 가다가 도중에 한 번 왼쪽으로 꺾으면, 현재의 천황과 황후가 만나 '세기의 로맨스'를 이루었다는 사연을 지닌 테니스 코트가 나온다고 한다. 유스케는 그 테니스 코트까지 어슬렁어슬렁 걸어갔다가, 그것이 시끄러운 시내 한가운데에 철망 하나로 막혀 있는, 장엄하지도 낭만적이지도 않은 극히 평범한 테니스 코트인 것에 조금 놀라고서 돌아섰다.

이윽고 '만페이 호텔'이라는 곳에 도착했다. 멋진 차고가 달린 별장식 건물이다. 제모를 쓰고 제복을 입은 남자들이 공손하게 머리를 숙이는 것을 곁눈으로 보면서 유스케는 손님인 척 안에 들어가, 침침한 로비 벽을 장식하고 있는 특이한 스테인드글라스를 바라보기도 하고 안마당에 나가서 산책을 하는 등 대충 견학을 했다.

호텔을 나선 뒤 옆에 있는 좁은 길로 들어갔다. 흥취를 깨는 하얀 가드레일이 설치되어 있는 실개천을 따라 잠시 걷다가 그 실개천을 건너, 가루이자와를 최초로 피서지로 골랐다는 서양인 선교사가 세운 교회에 가보았다. 교회는 작은 목조건물이었다. 전에 어딘가에서 읽은 기억이 있는데, 처음 가루이자와에서 여름을 보낸 서양인들은 검소한 일본식 산장에서 살았고, 오히려 나중에 서양인 흉내를 내러 온 일본인들이 돈을 잔뜩 들인 서양식 별장을 세웠다고 한다. 과연 교회는 검소했다. 검소를 넘어 어딘지 원시적이기까지 했다. 이것으로 관광이라는 것에 대한 의리는 다한 셈이다. 관광객답게 사진도 몇 장 찍었다.

'가루이자와 긴자'라고 불리는 메인 스트리트는 산쪽 길을 통해 들어갔다. 여관과 경단가게 등이 좌우에 늘어서 있고 옛날의 주요지를 연결하던 간선도로에 서 있던 건물의 자취도 조금은 남아 있어 그런

교회

대로 운치가 없는 것은 아니었지만, 어디에서 사람들이 솟아났는지 갑자기 엄청난 북새통이 되었다. 어깨를 부딪치면서 완만한 언덕길을 내려간 유스케는 사람들이 잔뜩 몰려 있는 것을 보고 빵집에 들어가, 어제 아침 오이와케에서 먹은 것과 같은 호두와 건포도가 든 빵을 샀다. 빵집을 나서자 길 반대쪽에도 사람들이 몰려 있는 것이 보였다. 동시에 '쓰치야 사진관'이라고 씌어 있는 오래된 간판이 눈이 들어왔다. 유스케는 '쓰치야'라는 이름이 문득 눈에 들어와, 길을 건너가 사람들과 나란히 쇼윈도를 들여다보았다. 가루이자와를 방문한 황족, 씨름꾼, 연예인 등의 사진에 섞여 메이지 시대의 이 메인 스트리트를 찍은 사진이 걸려 있었다. 긴 스커트를 휘날리면서 서양 여자들이 활발하게 왕래하는 곁에 짧은 기모노를 입고 아기를 업거나 한 일본 여자들이 멍하니 입을 벌리고 서 있다. 옛날 일본 여자들은 정말 못생겼군, 하고 유스케는 감탄까지 했다. 그러나 그 다음 사진에서는 눈길을 뗄 수 없을 만큼 요염한 일본 여자들이 메이지 시대의 커다란 속발 아래 니시키에*의 미인화를 떠올리게 하는 얼굴로 호화로운 샹들리에가 늘어진 호텔 식당에 앉아 있다. 옛날에는 이렇게 아름다운 사람들이 있었는가, 하고 이번에는 정말로 감탄했다. 쇼윈도에서 눈을 떼고 그대로 아래로 내려가자 사람이 좀더 많아졌다. 그것도 유스케보다 젊은 사람이 대부분이었다. 젊은 남녀가 줄지어 길에 넘치고, 이런 것을 일부러 사는 사람도 있을까 싶은 시시한 물건들이 가게 밖의 손수레에 담겨져 있는 광경은 시부야(澁谷)나 하라주쿠(原宿)에서 보는 것과 별반 다를 바가 없었다. 원래 젊은이들이 모이는

---

* 錦絵, 목판으로 인쇄한 풍속화의 다색판화.

곳을 좋아하지 않는 유스케는 점점 지겨워져서 발길을 재촉했다.

가루이자와 관광을 겸해 오이와케의 별장에 감사의 표시로 갖고 갈 것을 사러 나온 것이었지만, 여태껏 그런 세련된 일을 해본 적이 없는지라 적당한 것이 생각나지 않았다. 사거리에 다다라 슈퍼마켓 '기노쿠니야' 까지 이르자, 그 앞으로는 그럴듯한 가게가 보이지 않았다. 되돌아가서 우선 어디 들어가 식사를 할지, 아니면 이왕 눈앞에 있는 김에 '기노쿠니야' 에 들를지 유스케는 망설였다.

그러고 있는데 '기노쿠니야' 에서 여자 두 명이 나왔다.

심플한 마(麻) 드레스를 입은 중년 여자가 핸드백 하나를 들고 앞에 서고, 그 바로 뒤에 양손 가득 쇼핑백을 든 젊은 여자가 따라나온다. 까무잡잡한 피부에 동그랗고 눈동자가 큰 까만 눈, 꼭 맞는 화려한 티셔츠를 입은 자그마한 몸이 육감적인 느낌을 풍겨 묘하게 눈길을 끌었다. 마 드레스를 입은 여자의 딸로는 보이지 않아 어딘가 이상한 동행이라고 생각하다가, 그것이 필리핀인 가정부라는 사실을 깨달았다. 그러고 보니 전에 잡지에서 필리핀 여자들이 전 세계에 나가 가정부로 일하고 있다는 기사를 본 적이 있지만, 일본에서 그녀들을 고용하는 사람이 있으리라고는 상상도 못 했다. 사실 후미코를 만나기 전의 유스케라면 이 젊은 여자가 가정부라고는 생각도 못 했을 것이다. 일본 여자가 가정부로 일하지 않게 된 요즘에는 자기가 모르는 곳에서 세상이 이렇게 움직이고 있는 건가, 하고 새로운 사실을 발견한 기분으로 두 사람을 바라보고 있자니, 이어서 이번에는 바지 차림의 중년 여성이 나왔다. 상하의를 세트로 맞춘 세련된 차림이지만 역시 양손 가득 쇼핑백을 들고 있다. 이 여자는 필리핀인 가정부를 데리고 있지 않군, 하고 생각한 순간 유스케는 놀라서 숨을 멈췄다.

쓰치야 후미코였다.

양미간을 모으고 하늘을 올려다보는 얼굴을 보고 알아차렸다. 바로 등을 돌리고 걷기 시작했지만 틀림없었다. 유스케는 뛰듯이 후미코 뒤로 다가가서 말을 걸었다.

"제가 들어드리겠습니다."

후미코는 뒤돌아보더니 의아스러운 표정을 바로 풀고 말했다.

"어머나, 우연이네요."

'우연'이라는 단어를 들은 순간 유스케는 희미하게 볼에 핏기가 올라오는 것을 느꼈다. 그제 들은 전화 통화로 후미코가 오늘 구 가루이자와 쪽에 온다는 것을 알고 나온 것이기 때문이었다. 인파 사이에서도 그는 부지불식간에 후미코의 얼굴을 찾고 있었다.

유스케는 오른손을 내밀었다.

"들어드릴게요."

저도 모르게 목소리가 들떠 있었다.

"괜찮으시겠어요?"

후미코는 그렇게 말하면서 유스케를 올려다보았다. 눈두덩에 운 흔적은 보이지 않았지만, 굳은 표정이 달라붙은 메마른 얼굴이었다. 그러나 기분 탓인지 몰라도, 그 메마른 얼굴에 후미코도 유스케를 만나게 되어 기뻐하는 마음이 채 억누르지 못하고 스며나온 것처럼 보였다.

후미코는 양손의 짐을 내려다보고 나서 반창고를 여러 장 붙인 유스케의 팔에 눈길을 주었다.

"상처는요?"

"이 정도는 아무렇지도 않아요."

"꽤 되는데 괜찮으세요?"

짐을 말하는 것인지 거리를 말하는 것인지 알 수 없었지만, 상관없어요, 라며 유스케는 여자 손가락을 파고든 비닐봉지를 거의 모두 받아들었다. 아아 살았다, 라고 말하고 나서 후미코는 다시 한번 유스케를 올려다보았다.

"점심 안 드셨죠?"

"네, 아직 배고프지 않아서요."

"네."

그렇게 짧게 말하곤 후미코는 시간이 늦었는지 잰걸음으로 걷기 시작했다. 유스케는 여자와 나란히 걸었다. 어디 주차장으로 가나 했는데 바로 큰길에서 빠져나왔다.

순간 공기가 시원해졌다. 그리고 모든 것이 조용했다. 차도 사람도 없었다. 키 큰 전나무가 좌우에 시꺼멓게 늘어서 있는 폭이 넓은 가로수 길이 시원하게 눈앞에 펼쳐졌다.

후미코는 그때 처음으로 설명 비슷한 것을 입에 담았다.

"연휴 한가운데잖아요? 길이 너무 혼잡해서 도저히 차를 운전할 마음이 생기지 않길래 걸어서 장을 보려고 했는데, 어느새 이렇게 짐이 많아졌어요."

후미코의 입에서 나오는 단어는 의미가 어렴풋하게밖에 파악되지 않는 종류의 것들이었다. 그러나 유스케는 그 이상 파악할 필요를 느끼지 않았다. 걸어서 장을 본다, 고 한다면 이제부터 이 짐과 함께 돌아가려는 곳이 지난번에 전화 통화를 한 상대의 별장이 아닐까라고 억측했지만 그것도 확실하지는 않다. 다만 후미코를 쫓아가면 뭔가 있으리라고 멋대로 상상하고 있었다. 게다가 그 무엇인가는 지난번 그 남자와 관계가 있는 무엇일 거라고도. 그 이상은 알 수 없다. 후미코는 후미코대로 유스케가 그렇게 생각하며 쫓아오는 것을 알면서 잠자코 발걸음을 옮기고 있는 것 같았다.

전나무 가로수길은 똑바로 이어졌다. 걸음을 따라 산울타리 사이로 넓은 정원이 잇달아 보였다가 숨었다가를 반복한다. 손질이 잘 되어 있는 듯 어느 정원이나 잡초도 낙엽도 별로 없고, 그 대신 폭신해 보이는 초록색 삼나무 이끼가 정원을 뒤덮어 마치 양탄자를 깔아놓은 것 같았다. 그리고 그 이끼 양탄자 여기저기에 여러 종류의 나무―자작나무와 떡갈나무, 또는 단풍나무가 각각 그림자를 드리우고 있고, 그 나무들 너머로 다양한 형태의 건물들이 조용하게 서 있었다. 잡목림 속에 자그마한 별장들이 멋대로 서 있는 오이와케와도, 지금 유스케가 묵고 있는 개발된 산에 엇비슷한 별장들이 정연하게 늘어서 있는 나카가루이자와와도 달랐다. 눈이 휘둥그레질 만큼 커다란 집이 있는가 하면 평범한 이층집도 있고 조촐한 단층집도 있었다. 하지만 묘하게 눈에 띄는 것은 신축 별장이었다. 그러면서도 가로수길이 생기고 난 뒤의 세월을 느끼게 하는 양쪽에 드높이 솟아 있는 전나무 탓인지, 혹은 산울타리 사이로 보였다 숨었다 하는 이끼 덮인 마당이 여러 세대에 걸친 정성스러운 사람의 손길을 느끼게 하는 탓인지, 아니면 단순히 유스케의 머릿속에 든 가루이자와를 둘러싼 단편적인 지식 때문인지, 오랜 세월에 걸쳐 천천히 숙성된 사치스러움이 주변의 공기에 농밀하게 떠돌고 있는 것 같았다.

후미코는 바삐 걷는 것만으로도 힘에 부치는지 거의 말이 없었다. 유스케는 좌우의 경치를 곁눈질하며 이제 어떻게 될까 생각하면서 발걸음을 옮기고 있었다. 가끔 후두둑 하고 소나기가 지나가면 고운 물방울이 태양빛을 반사하여 보석이 잘게 부서지듯이 빛나 주위가 더욱 환해졌다. 큰길에서 벗어나고 나서 시간적으로나 거리로나 별로 지나지 않았는데도 꽤 멀리 온 듯한 기분이 들었다. 다시 한번 모퉁이를 왼쪽으로 꺾자 똑같은 전나무 가로수길이 이어지고, 얼마간 더 나아간 지점에서 후미코는 드디어 걸음을 멈췄다.

아사마 석을 사각형으로 쌓아올린 한 쌍의 문설주 앞이었다.

육중한 문설주였다. '시게미쓰(重光)'라는 문패가 오른쪽 문설주에 박혀 있고, '사이구사(三枝)'와 '우타가와(宇多川)'라는 문패가 왼쪽 문설주에 걸려 있었다. 하나같이 희미하게 금이 가 있는데다가 아사마 석을 쌓은 문설주도 시간에 침식되어 내부부터 붕괴되기 시작한 듯 황폐한 인상을 주었다. 맨 위의 모서리 돌은 이미 몇 개 없어지고, 그 자리에 가느다란 잡초가 경쟁하듯 자라 있었다. 울퉁불퉁한 돌 표면에는 삼나무 이끼가 곰팡이처럼 빈틈없이 빽빽하게 자라 있었다. 안쪽에 펼쳐진 정원에도 역시 삼나무 이끼가 온통 뒤덮고 있었지만, 별로 손질을 하지 않는지 전체적으로 어수선하며 자연의 힘에 내맡겨진 느낌이었다. 나무숲도 울창하다.

후미코가 말했다.

"여기예요."

그 울창한 나무숲 사이로 고풍스러운 서양식 집 두 채가 각각 문에 가까운 쪽과 안쪽에 나란히 서 있는 것이 보인다.

유스케는 걸음을 멈추고, 두 채의 서양식 건물을 넋을 잃고 바라보았다. 저도 모르게 숨을 죽이고 있었다. 그러고 보니 지금까지 후미코와 길을 오는 도중 소위 서양관다운 서양관을 보지 못했다는 것을 그때 비로소 깨달았다. 서양관다운 서양관뿐만 아니라, 세월을 느끼게 하는 건물 자체를 거의 보지 못했던 것이다.

유스케는 바로 후미코 뒤를 쫓지 않고, 양손에 여러 개의 비닐봉지를 든 채 그 자리에 잠시 서 있었다.

꽤 오래된 건물이었다. 다락방이 딸려 있어서 일단은 삼층이지만, 웅장하다든가 훌륭한 것보다는 낡았다는 인상이 앞섰다. 문에서 먼 건물 쪽이 좀더 고색창연했다. 문에 가까운 쪽은 증축과 개축을 거듭해온 것이 명백하여 분홍색 기와와 나무창틀, 그리고 셔터는 비교적 새것이었고. 나무벽의 우중충한 하늘색 페인트도 아직 선명한 부분이 남아 있었다.

유스케의 눈은 처음부터 문에서 먼 쪽의, 좀더 고색창연하고 기와도 나무벽도 완전히 퇴색한 서양관 쪽으로 저절로 빨려들어가고 있었다.

구름 사이를 어지럽게 드나들던 태양이 때마침 얼굴을 내밀어, 한여름의 황금색 광선이 건물을 거룩한 광휘로 감쌌다. 신축한 지 얼마 안 되는 별장이 늘어서 있는 가운데 이런 오래된 서양관의 수명은 그리 길 것 같지 않아, 마지막 시간을 숨쉬고 있는 것처럼 보이는 탓일까. 유스케의 눈에는 그 고요한 모습이 특별히 덧없고 애달프고 아름답게 비쳤다.

나란히 서 있는 두 채의 별장 중 어느 쪽엔가에 그날 밤 오이와케의 별장으로 전화를 건 여자가 있을 것이 틀림없다. 영화의 더빙 같은 목소리와 눈앞의 광경이 유스케 마음속에서 겹쳐졌다. 유스케는 조금 더 고색창연한 서양관 쪽으로 갈 것을 내심 기대했지만, 문에 들어선 후미코가 잰걸음으로 향한 곳은 가까운 쪽에 서 있는, 증축에 개축을 거듭한 서양관이었다.

부엌문 같은 곳으로 들어가 입구에 짐을 내려놓고 후미코는 "이쪽으로 오세요"라며 나무 냄새가 코를 찌르는 넓은 복도로 유스케를 안내했다. 그리고 막다른 곳에 있는 묵직해 보이는 나무문을 노크하고 열었다.

옛날 서양 영화의 한 장면처럼 경첩이 끼이익 소리를 냈다.

밖에 있었던 탓에 아직 실내의 어둠에 익숙해지지 않은 눈에, 뒤편의 여름햇살에 비친 하얀 레이스가 달린 커다란 쌍바라지 유리창이 보인다. 그것을 배경으로 역광으로 찍은 사진처럼 방 안이 어둡다. 천장이 높은 양실이었다.

호리호리한 여자들이 일제히 유스케를 돌아보았다. 젊은 여자들은 아니었다. 젊은 여자가 아닌 정도가 아니라 후미코보다도 훨씬 나이가 많아 보이는 여자들로, 각각 부옇고 얇은 옷을 걸치고 등에 햇빛을 쪼이고 있어 투명하게 내비치는 듯한 인상이었다. 그 투명하게 내비칠 것 같은 인상의 노녀들이 늘어서서 일제히 유스케 쪽을 돌아본 것이다.

노녀들 곁에는 그을음이 낀 돌 벽난로가 있었다. 난로 위에는 도자기 항아리, 주석 촛대 한 쌍, 금세공이 된 시계들과 함께, 유일하게 새것이라 눈에 띄는, 새하얀 헝겊에 싸서 토끼 귀처럼 쫑긋한 매듭을 지은 작은 꾸러미 두 개가 놓여 있었다. 난로 위 벽에는 액자에 넣은 커다란 타원형 거울이 조금 아래를 향해 달려 있고, 거울의 둔한 표면에 그 두 쌍의 토끼 귀가 묘할 만큼 하얗게 비치고 있었다. 지난번에 전화로 말하던 분골이라는 것이 이것일 거라고, 유스케는 그 꾸러미를 본 순간 생각했다. 멀어서 잘 보이지 않았지만 그 곁에는 검은

별장의 부엌 문

테를 두른 사진도 있었다.

노녀들은 그 난로 위의 두 개의 유골함 앞에서 뭔가 얘기를 나누고 있었던 것 같았다. 난로 아래에는 자그마한 여행가방 같은 것이 두 개 놓여 있었다. 세 명 중 두 사람은 방금 전에 도착한 건지도 모른다.

고풍스럽고 커다랗고 두툼한 천소파와 팔걸이의자, 골동품 가게에서나 볼 법한 누르스름한 실크 셰이드 도자기 램프, 이제는 무늬도 흐릿해진 터키제 양탄자, 어두운 방을 더욱 어둡게 만드는 차분한 색상의 장식장, 표면이 벗겨지고 얼룩진 금 액자에 들어 있는 유화 몇 점, 광택이 사라진 업라이트 피아노—그런 것들이 하얀 레이스를 통해 비쳐드는 햇빛을 받아 유스케 눈에 한꺼번에 뛰어들어왔다.

후미코가 등뒤에서 유스케를 응접실로 밀어넣듯이 하며 말했다.

"가토 씨. 지난번에 다로 군네 집에서 전화 받은 분이에요."

여자들 사이에 눈에 띄게 긴장이 흘렀다.

영락없이 순진하고 소박한 청년처럼 유스케가 문지방을 넘어선 자리에 말을 잃고 서 있자, 후미코가 등 너머로 설명을 보충했다.

"굉장히 짐이 많았는데, 우연히 '기노쿠니야' 앞에서 뵈어서 좀 들어다달라고 부탁했어요."

순간 침묵이 흐르고 그 때문에 방 안의 긴장이 한층 고조된 때에, 노녀 중 한 사람이 침착한 목소리로 말했다.

"저런저런, 정말 수고가 많으셨습니다."

그녀는 한쪽 손에 지팡이를 짚고 있었다. 사교에 능한 말투가 그 자리에 있는 모든 이들의 마음의 동요를 일순간에 진정시키고, 다시 일상적인 시간이 흐르기 시작한 것 같았다. 물론 유스케로서는 경험하지 못한 일상이다.

유스케는 가볍게 고개를 숙였다.

방금 입을 연 노녀가 전혀 꺼리지 않고 유스케를 품평하듯이 위아래로 훑어보았다. 후미코는 그 자리에 못 박힌 듯 서 있는 유스케를 좀더 방 안쪽으로 밀어넣고, 찬 걸 좀 가져올게요, 하면서 문에서 사라졌다.

다른 노녀가 입을 열었다.

"자, 앉으시죠. 지난번에 전화를 한 건 저였답니다."

분명히 그제 전화로 들은 목소리였다. 노녀가 말을 이었다.

"다로 군은 전화를 받는 일이 없는데 남자분 목소리라 깜짝 놀라서 실례했습니다. 이쪽이 큰언니고, 이쪽이 둘째언니예요."

유스케는 다시 한번 고개를 숙였다.

"할머니가 셋이죠" 하고 그 노녀가 말을 이었다.

하얗고 투명하게 내비칠 듯 맑은 세 여인이 잔물결이 일 듯 웃는 것이 보인다. 긴장감과 스스로도 영문을 알 수 없는 부끄러움으로 멍해진 유스케의 머릿속에 이 여자들이 자매라는 사실이 들어왔다. 세 사람은 얼핏 보아서는 구별할 수 없을 만큼 닮았다—적어도 그때의 유스케에게는 그렇게 느껴졌다. 하나같이 얼굴이 희다. 하나같이 눈동자가 크고 쌍꺼풀진 눈과 오뚝한 콧날과 얇고 야무진 입술을 갖고 있다. 그리고 하나같이 분과 입술연지를 짙게 칠하고, 평범한 일본 남자라면 압도당하지 않을 수 없을 만큼 자기주장이 강한 분위기를 지니고 있었다. 이런 여자들을 이렇게 가까이에서, 그것도 세 명이나 한꺼번에 보는 것은 처음이었다. 유스케는 젊은 여자 앞에서보다 더 상기되었다.

노녀들은 난로 앞을 떠나 소파와 팔걸이의자 등 각자의 자리로 돌아갔다.

"다친 데는 이제 괜찮으세요?"

전화로 얘기했다는 셋째가 창을 등진 소파에 앉으면서 물었다. 동시에, 앉으시죠, 라며 맞은편에 있는 팔걸이의자를 한 손으로 가리킨다. 후미코가 일의 전말을 설명하기 위해 유스케가 다친 것까지 얘기한 모양이었다.

"네."

팔걸이 부분이 닳은 것이 오히려 더 근사해 보이는 그 팔걸이의자를 보면서, 유스케는 어떻게 해야 할지 주저했다.

"재난을 당하셨군요."

"네."

셋째는 머리만 까맣게 염색하면 충분히 중년으로 보일 만큼 젊어서, 얼굴 표정에도 몸놀림에도 노인 같은 구석이라고는 없었다. 다만 세 사람 중 제일 중성적이라, 젊었을 때에는 미소년 타입이었을 듯한, 턱이 약간 튀어나온 씩씩한 얼굴로 심술궂은 표정을 지어 보일 때도 있다. 바지 차림에 아무렇지도 않은 듯 노안경 비슷한 것을 끼고 있는 것도 이 셋째뿐이었다.

그러자 처음에 말을 꺼낸, 맏이라고 소개된 여자가 난로를 등지고 놓인 팔걸이의자에서 날카로운 목소리를 냈다.

"이보세요, 언제까지고 그런 곳에 서 계시지 말고!"

한 손에 쥔 지팡이로 마룻바닥을 두드릴 것 같은 기세로, 장녀답게 다른 이들을 내리누르는 말투였다. 다른 두 사람보다 이목구비도 어딘지 모르게 조금 더 위엄이 있다.

유스케는 야단맞은 것 같은 느낌에 일순간 불쾌했지만, 여자는 말투와는 달리 커다란 쌍꺼풀진 눈을 크게 뜨고 젊은 남자를 놀리듯이 바라보고 있어, 그 눈과 마주치자 저도 모르게 목까지 빨개졌다. 유스케는 몇 발짝 방 안으로 나아가 긴 의자 맞은편에 어색하게 걸터앉았다. 그것을 보고 만족스러운 듯이 얼굴을 누그러뜨린 여자는 다시 쌍꺼풀진 큰 눈을 더 크게 떴다.

"오이와케의 그 집은 꼭 도깨비집 같지요?"

업신여기는 말투였다. 야유하는 듯한 말투이기도 했다. 오이와케의 도깨비집을 놀리는 것인지 자신을 놀리는 것인지, 유스케는 판단이 서지 않았다.

"거기는 원래 우리 것이었어요."

차녀라고 소개된 노녀가 처음으로 입을 열었다. 셋째가 앉아 있는 긴 의자 한쪽 끝에 양발을 올려놓고 비스듬히 앉자, 카펫 위에는 젊은 여자들이나 신을 듯한 빨간색 샌들만 나란히 놓여 있었다.

뜻밖의 새로운 사실에 유스케는 놀랐지만, 그것이 무슨 뜻인지 이해하기에는 모든 상황이 너무 막연했다. 억측했던 대로 노녀들과 아즈마 다로가 어떤 관계로 깊이 관련되어 있는 모양이라고 다시금 확인했을 뿐이다.

장녀가 거만한 말투로 다그치듯이 물었다.

"그 남자 어땠어요? 좀 이상하죠?"

"네."

세 쌍의 검은 눈동자가 유스케의 표정을 가만히 관찰하고 있었다. 어떻게 대답해야 좋을지 난처해하고 있는데, 장녀가 고개를 돌리고는 긴 의자에 나란히 앉아 있는 여동생들에게 말했다.

"하필이면 이런 때 돌아오다니. 일부러 노리고 온 게 아닐까 싶기까지 해."

역시 업신여기는 말투다. 원한을 품은 것으로 들리기도 한다.

"맞아, 하필 이런 때……"

아까 거기는 원래 우리 것이었다고 말한 차녀가, 장녀와 똑같은 말을 똑같은 어조로 반복했다. 장녀와 똑같이 쌍꺼풀진 커다란 눈이지만 장녀만큼 다부지지는 않고, 화려하면서도 미덥잖아 보이는 면이 있어, 약간 통통한 볼과 눈에 띄는 보조개와 함께 나이 들었음에도 불구하고 과잉되게 여성스러운 인상을 주었다. 몸에 걸친 하얀색 드레스도 치맛자락에 양귀비 같은 빨간 꽃이 흩어져 있는 젊은 여자들이 입을 듯한 옷이었고, 거기에 맞췄는지 손톱과 발톱도 빨갛게 칠하고 있었다. 그러나 목소리는 좀 전의 언니가 다시 이야기한 것이 아닐까 생각될 정도로 비슷했다. 셋이 똑같이, 외국 영화의 더빙처럼 꾸민 듯한 말투였다.

전화로 얘기한 셋째가 안경 너머로 유스케를 향해 말했다.

"왜 있죠, 댁이 만났던 그 사람 말이에요. 그렇게 보여도 밀리어네어예요."

'밀리어네어'라는 단어가 영어로만 들려, 유스케는 머릿속에서 '백만장자'라고 번역하고 나서 대답했다.

"네, 부자인가 보죠?"

"그냥 부자 정도가 아니라구요, 아주 큰 부자예요."

유스케는 만월의 달빛 아래에서 본, 금방이라도 쓰러질 것 같은 별장을 떠올렸다. 천장에 매달린 침침한 전등, 삐걱거리는 나무가구, 여닫이가 나쁠 듯한 창들도 떠올랐다. 노녀들이 하는 얘기를 곧이곧대로 받아들일 마음이 일지 않았다.

장녀가 다시 심문을 시작했다. 오랜 인생을 방약무인하게 살아왔다는 것을 짐짓 과장하는 듯한 어조였다.

"나이를 먹었던가요?"

젊은 시절의 아즈마 다로를 모르는 유스케에게는 물어도 의미가 없는 질문이었다.

"백발은 눈에 띄었어요?"

"아니요."

"이마는?"

"네?"

"벗어졌나요?"

"아니요."

"배는?"

"……"

"나왔어요?"

"안 나왔던데요."

"살도 전혀 안 쪘어요?"

"안 쪘습니다."

"흠, 여전히 색남이겠군. 돼지 같은 우리집 사위들하고는 딴판이네."

자기 말에 스스로 시니컬하게 웃더니, 그런 식으로 질문한 것을 변명하듯이 덧붙였다.

"후미코에게 물어봐도 실실 웃기만 할 뿐 가르쳐주지 않잖아요. 일본에 언제 돌아왔냐고도 내가 먼저 묻지 않으면 얘기를 안 한다니까."

그러자 그때까지 거의 말을 하지 않던 차녀가 갑자기 격렬한 투로 말했다.

"그 남자는 미치광이야."

그렇게 말하고는 제 목소리에 놀란 듯 눈을 크게 뜨고, 다음 순간 흥분을 억누르듯 길고 조용하게 한숨을 쉬었다. 그러고 나서 천천히 고개를 돌려 난로 위에 나란히 놓인 두 개의 하얀 꾸러미에 눈길을 주었다. 장녀는 약간 굳은 표정으로 팔걸이의자에서 부동 자세를 유지하고 있었지만, 안경을 쓴 삼녀는 차녀를 따라 고개를 돌렸다. 유스케가 들어왔을 때와 똑같은 긴장된 공기가 다시 실내를 채웠다. 모두가 무슨 주문에라도 걸린 듯 말을 잃었다. 높은 천장이 더 높게 느껴지고, 실내는 한여름의 하얀 광선을 밖에 두고서도 단숨에 바닥으로 어둡게 가라앉은 듯한 인상이었다.

거기에 후미코가 작고 둥근 은쟁반에 기다란 글라스를 사람 수만큼 얹어서 들고 왔다. 보라색 액체가 든 유리 표면에 살짝 물방울이 맺히고, 안에 떠 있는 투명한 얼음이 쨍그랑쨍그랑 부딪히며 상쾌한 여름의 소리가 났다.

"가루이자와 명산 포도주스."

광고 문구처럼 농담 비슷하게 말하면서, 아직 덜 차지만요, 하며 먼저 유스케 앞에 은쟁반을 내민다. 그것으로 다시 실내의 주문이 풀리는 것 같았다.

"후미코 씨, 점점 날이 개는 것 같으니까 베란다 쪽에 테이블 세팅을 해줘요."

중성적인 느낌의 셋째가 그렇게 말하고는 잔을 한 손에 들고 그대로 서쪽에 있는 식당으로 들어갔다. 사이에 있는 건 아치 모양으로

도려낸 회반죽벽뿐이라, 유스케가 앉아 있는 곳에서도 커다란 타원형 식탁이 보인다. 아마 저것이 마호가니라고 하는 나무겠지. 둔탁한 광택을 발하는 짙은 적갈색 나무 표면을 보면서 유스케는 생각했다. 천장에 가까운 곳에는 정방형 채광창이 있고, 그 아래에는 역시 레이스가 달린 커다란 쌍바라지 창이 있다. 차분한 회반죽벽 여기저기에는 응접실 것보다 조금 작은 유화가 걸려 있었다. 모든 것이 서양식이고, 동시에 고풍스러웠다.

유스케가 앉은 곳에서는 보이지 않지만 식탁 북쪽이 직접 부엌으로 통하는 듯, 열린 문을 통해 삼녀가 후미코와 이야기하고 있는 목소리가 들려온다. 식당 남쪽으로 튀어나온 베란다가 유스케의 시야에 들어와서, 하얀 페인트를 칠한 야외용 테이블 같은 것이 보였다.

장녀가 다시 다부지게 쌍꺼풀진 눈을 크게 뜨고 물었다.

"댁의 별장은 어디세요?"

"아닙니다, 제 별장이 아니라 친구 별장…… 친구 부모님의 별장입니다. 저는 거기에 묵고 있을 뿐입니다."

"네, 친구분의."

기분 탓인지 조금 가볍게 보는 듯한 어조가 느껴졌다. 그러자 차녀가 이어서 물었다. 새끼손가락 하나만 살짝 젖히고, 글라스를 흔들어 얼음 소리를 내고 있다.

"이 부근이세요?"

"아니요, 나카가루이자와입니다."

"아, 나카가루이자와."

이번에는 차녀 목소리에 조금 얕보는 어조가 느껴졌다. "전에는 '구쓰카케(沓掛)'라고 했었지요, '나카가루이자와'라니 남의 이름을

278

탐내는 것 같아 꼴불견이에요"라고 하며, 명칭을 바꾼 것이 마치 유스케의 책임이기라도 한 양 장녀가 몰아붙였다.

차녀가 손을 뻗어 글라스를 커피 테이블 위에 놓고 말을 이었다.

"센가다키(千ヶ滝) 쪽이신가요?"

유스케는 고개를 갸우뚱했다.

"글쎄요. '미쓰이의 숲'이라든가 그렇다고 들었는데요."

차녀가 보드라워 보이는 볼에 보조개를 띠고 우아하게 웃었다.

"아, 그러면 새로 개발된 곳이겠군요…… 그럼 별장도 신축일 테니 좋으시겠어요. 저희 집은 뭐 이렇게 오래되다보니, 아무리 수리해도 불편해서."

그런 자랑에 대처할 수 있을 만큼 세상물정에 익숙하지 못한 유스케는 애매한 목소리로 네, 라고 대답했다.

차녀가 계속했다.

"그럼 학생이세요?"

"아닙니다. 사 년 전에 졸업했습니다."

"도쿄(東京)의 대학인가요?"

"아뇨, 교토(京都)입니다."

장녀가 끼어들었다.

"그럼 교토 대학?"

교토에는 대학이 그것밖에 없다는 듯한 말투였다. 내가 교토 대학을 나오지 않았다면 어떻게 하려고 저러나, 하고 속으로 생각하면서 유스케는 대답했다.

"네."

그러자 장녀는 쌍꺼풀진 눈을 좀더 다부지게 떴다. 그럼 교토 대학? 이라고 먼저 물은 것치고는 놀란 것 같았다. 어느 틈엔지 삼녀가 부엌에서 식당 쪽으로 나와 있다가, "어머나, 최근 그렇게 좋은 대학을 나오신 분을 주변에서 못 봐서요"라고 우스운 듯 말하면서, 큰 접시를 양손에 들고는 아치 사이로 얼굴을 내밀었다.

그러자 앉아 있던 두 사람이 입술을 한쪽으로 모으고 쓴웃음을 지었다. 삼녀는 실례, 라고 익살스러운 얼굴을 보이면서 말을 이었다.

"집을 떠나 있을 때만큼은 못난 손자들 일은 잊어버리자구요."

베란다로 가는 도중인 것 같았다.

장녀는 쓴웃음을 남긴 채 삼녀의 뒷모습을 바라보고, 유스케에게 시선을 돌렸다.

"전에는 말이에요……"

그러고는 쓴웃음을 걷고 진지한 얼굴이 되었다.

"전에는 우리 주변에 도쿄제국대학, 고등상업학교, 그리고 미타*라든가 와세다 등 누구나 아는 곳을 나온 분뿐이었어요. 그런데 말이에요, 도대체 뭐가 어떻게 되었는지 글쎄 손자대가 되고 나니 그런 대학을 나온 사람은 우리 주변에서 완전히 사라져버리고……"

자조적인 말을 일부러 담담하게 하고 있는 듯한 인상이었다. 장녀는 그대로 유스케에게 질문을 계속했다.

"그래서, 지금은 어디에 근무하고 계세요?"

근무처인 유명 출판사 이름을 대자 교토 대학이라고 말했을 때와 똑같은 효과가 있었는지 장녀는 또 어머나, 하고 눈을 크게 떴다. 유스케는 뜻하지 않게 자기가 점점 인간으로 취급받기 시작하는 상황

---

* 게이오 대학의 옛 이름.

을 직접 목격하게 되었다.

장녀는 다시 한번 얼굴, 어깨, 가슴 순서로 유스케의 앉은 모습을 차례차례 자세히 관찰하며 재차 품질 감정을 한 후, 만족한 표정으로 물었다.

"이제부터 무슨 계획이라도 있으세요?"

"쇼핑이라도 할까 생각하고 있었습니다만."

"쇼핑이야 나중에 하셔도 되지 않아요? 그러지 말고 여기서 브런치를 같이하시죠. 테이블 세팅을 한 사람분만 늘리면 되니까요."

그렇게 말하고는 유스케의 대답도 듣지 않고 소리를 질렀다.

"후미코 씨, 후미코 씨."

네네, 하고 후미코가 앞치마로 손을 닦으면서 식당에 나와, 아치 아래로 얼굴을 내민다.

"네, 왜 그러십니까?"

"이 분…… 이름이 뭐라셨지?"

"가토 씨요."

"맞아, 가토 씨에게도 브런치를 내드려요."

"네네, 이쪽으로 준비하고 있습니다."

"이쪽이라니?"

"저희들 쪽으로요."

"안 돼요, 안 돼, 후미코 씨. 젊은 남자라고 수 써서 독점하려고 하면 안 돼요. 이분은 우리하고 함께, 베란다 쪽으로 준비해요."

"네네."

후미코는 웃으면서 아치 밑으로 몸을 내밀고는, 가토 씨, 꼭 함께 드세요, 라고 유스케에게 말했다. 진심으로 권하는 눈초리였다.

장녀가 그런 후미코의 눈길을 붙잡고 물었다.

"후미코 씨, 당신 오늘은 우리하고 같이 안 먹어요?"

"네. 오늘은 아미가 있어서요."

"아미도 함께 먹으면 되잖아요."

"괜찮습니다. 그애는 여러분과 같이 있으면 긴장하니까요. 올해는 젊은 분들이 안 계시잖아요."

"긴장한다고요?"

"네."

장녀는 어깨를 으쓱했다.

"마귀 할멈하고 같이 있는 것이 싫은 거겠지, 뭐. 잡아먹을 것도 아닌데."

후미코는 싱글싱글 웃을 뿐 장녀의 말에는 대답하지 않고, 그대로 몸을 돌려 부엌으로 돌아가려고 했다. 그러다 문득 창밖으로 눈길을 주고는 그 자리에 멈추어 섰다.

"어머나, 택배가 왔네요. 저거, 아마 여기 짐인 것 같은데요."

후미코의 시선을 좇자 산울타리 사이로 녹색과 베이지색으로 칠한 트럭이 이쪽을 향해 오는 것이 보인다.

장녀가 지팡이 손잡이 부분을 한쪽 손으로 쥐고, 팔걸이의자 위에서 당황한 목소리로 말했다.

"담배, 담배."

"어머나, 어떻게 하지?"

차녀가 젊은 여자처럼 소파에서 몸을 꼬았다.

"올해야말로 꼭 기억하려고 했는데, 이렇게 어수선하다보니 또 잊어버렸네."

"후미코 씨, 과자 같은 것 있어요? 아니면 작은 봉투에 오백 엔짜리 동전 넣어서 줄까?"

"그런 것 이제는 필요 없어요."

트럭을 눈으로 좇고 있던 후미코는, 노녀들의 동요를 진정시키기 위해 큰 소리로 말하면서 부엌 쪽으로 돌아갔다.

"이 고장 사람이 아닐지도 모르고, 요새 젊은 사람이 담배 같은 걸 피울지 어떨지도 모르고, 그리고 이제는 아무도 그런 걸 기대하지 않는걸요."

후미코가 부엌문으로 나가 지시를 했는지, 이윽고 모자를 쓴 남자가 손수레를 밀면서 앞으로 돌아와 베란다 위에 골판지 상자를 늘어놓기 시작했다. 유스케는 남자를 도와 식당 입구까지 그 골판지 상자를 날랐다. 장녀가 어느 틈엔지 유스케 옆에 와서 지팡이를 짚고 보고 있었다.

"고마워요. 저기, 브런치 꼭 함께해요."

말은 정중했지만 눈은 유스케 얼굴을 당당하게 바라보고 있다. 늘씬하다고는 해도 나이가 있는 만큼 키는 유스케보다 상당히 작은데도, 어쩐지 자기를 위에서 내려다보고 있는 것처럼 느껴진다.

"네."

"그리고, 이 짐 푸는 것을 도와주신다면 정말 큰 도움이 되겠어요."

커터 칼로 골판지 상자를 뜯고, 지나다니는 데 방해가 되지 않게 상자를 한쪽 벽에 쌓아두는 데에는 오 분도 걸리지 않았다. 노녀들이 각각 감사의 말을 하는 것을 들으면서 세 사람 뒤를 쫓아 부엌에서 손을 씻고 있을 때쯤에는, 유스케가 그 브런치라는 것을 함께하는 것은 이미 당연한 일이 되어 있었다.

응접실에 돌아오니 장녀는 이미 아까처럼 팔걸이의자에 앉아 있었다. 차녀는 난로의 거울 앞에서 고개를 뒤로 젖히고 흐트러진 머리를 양손으로 매만지면서, 코가 얼마나 뾰족한지 확인이라도 하듯 오른쪽 왼쪽으로 고개를 돌리고 있었다. 유스케는 바로 팔걸이의자로 돌아가지 않고 그녀에게서 조금 떨어진 곳에 서서 난로 위의 흑백사진을 바라보았다.

단정한 얼굴을 한 남자의 유영이었다. 순간 세 노녀 중 누군가의 아들이 아닐까 생각했지만, 그 표정에서는 이 세 자매와는 이질적인 다른 무언가가 느껴졌다. 그리고 만일 누군가의 아들이라면 셋 중 한 사람은 깊은 슬픔에 잠겨 있을 터였다. 그러나 세 사람에게는 가까운 사람의 죽음이 주위에 강요하는 긴장이 느껴질 뿐이었다. 그 사람의 죽음을 애도하는 데 어딘지 저항을 느끼고 있는 듯한 인상조차 있었다.

난로 옆 벽에도 여러 개의 액자에 든 흑백사진이 하나씩 장식되어 있었다. 옛날 영화에 나오는 것처럼 젊고 아름다운 여자들이 산에서 하이킹을 하고, 정원의 나무그늘에서 담소를 나누고, 집 안에서 춤추고 있었다. 영어 간판이 눈에 띄는 메인 스트리트를 하얀 파라솔을 쓰고 지나가는 모습도 있었다. 낙엽송 가로수길을 배경으로 말을 타는 모습도 있었다. 그리고 그 사진 가운데, 그 단정한 남자의 젊은 시절의 모습이 거듭 섞여 있었다. 바이올린과 첼로를 켜는 서양인 남자들과 함께, 유스케로서는 뭔지 잘 알 수 없는 서양악기를 불고 있는 옆얼굴도 있었다. 하얀 이를 보이고 웃고 있을 때조차 어딘가 우수가 느껴지고, 그 우수가 그렇지 않아도 단정한 남자의 얼굴을 서늘할 만큼 아름다워 보이게 했다.

이 남자는 죽었구나, 하고 납득한 순간, 갑자기 그 벽에 걸린 사진이 모두 세피아 톤으로 변색한 반세기 이상 전의 옛날 사진이라는 사실 — 그런데 유영 속의 남자는 세피아 톤으로 찍힌 그 모습에서 그다지 나이를 먹지 않았다는 사실을 깨달았다. 유스케는 비틀어진 '시간'이 코앞에 들이밀어진 듯한 묘한 감각에 사로잡혀, 여러 장 늘어서 있는 옛날 사진들에 다시 한번 눈길을 돌렸다.

장녀의 목소리가 울려퍼졌다.

"우리 젊었을 때예요. 제법 예쁘죠?"

팔걸이의자에서 목을 앞으로 내밀고는, 벽의 사진을 바라보는 유스케를 돌아보고 관찰한 모양이었다.

"네."

유스케는 살짝 표정을 누그러뜨리고 대답했다. 이 시점에서 칭찬 한마디쯤 해야 한다는 것은 알고 있었지만 익숙하지 않아서 뭐라고 말해야 될지 입이 떨어지지 않았다.

"나쓰에, 미안하지만 음악 아무거나 좀 틀어줘."

장녀는 그 이상의 반응을 강요하지 않고 여동생에게 말을 돌렸다.

"어떤 것이 좋을까요?"

나쓰에라고 불린 차녀는 핸드백에서 꺼낸 듯한 콤팩트를 닫고는, 난로 위의 거울에서 시선을 떼어 유스케 쪽으로 얼굴을 돌렸다. 유스케는 전화 속 여자의 이름이 후유에였다는 사실을 떠올리고 왠지 우스워졌다.

"전 아무거나."

"그래요?"

마리아 칼라스는 싫어, 라고 장녀가 팔걸이의자에서 목소리를 높였다.

"식사 때 칼라스 따위를 들으면 소화가 안 된다니까."

"그럼 하루에 언니, 모차르트로 할까? 작년에도 도착한 날에는 모차르트를 틀었을걸."

나쓰에는 그렇게 말하고, 느릿느릿 응접실 귀퉁이로 향했다.

장녀의 이름이 하루에라는 사실까지 알게 되자, 유스케는 웃음을 참으면서 하루에, 나쓰에, 후유에, 즉 봄(春), 여름(夏), 겨울(冬)이라는 글자를 머릿속에서 차례차례 되풀이했다. 그때는 '에' 자는 '江'이나 '枝'일 거라고 생각했지만, 나중에 후미코한테 들으니 '絵' 자를 쓴다고 했다.

세 사람을 한덩어리로 인식한 첫인상은 사라지고, 이제는 노녀들이 확실히 각각 다른 사람으로 보이기 시작했다.

유스케는 아까 있던 자리로 돌아가서 앉았다.

책장에 꽂혀 있는 레코드 중에서 한 장을 뽑은 차녀 나쓰에가, 이건 어떨까? 피아노 콘체르토 14번이래, 라며 레코드를 든 손을 뻗고 턱을 끌어당겨 재킷을 읽기 시작했다. 장녀인 하루에가 팔걸이의자에서 다시 목을 내밀고 물었다.

"14번은 모르겠는데. 누가 연주한 거지?"

"제르킨."

"루돌프 제르킨?"

"응, 그래."

"그거면 되겠어."

"그런데, 어쩌면 이거 후유에가 갖고 온 CD 중에 있을지도 모르겠는데."

"레코드도 상관없어. 난 레코드 소리가 좋아."

셀로판지에서 레코드를 꺼낸 나쓰에는 우와, 먼지가 굉장하네, 라며 얼굴을 찡그리고 책장 어디에선가 펠트 클리너를 꺼내 레코드 위의 먼지를 닦기 시작했다. 빨갛게 칠한 손톱이 하얀 손가락에 두드러져 보였다. CD조차 갖고 있지 않은 유스케로서는 벌써 몇 년 동안 보지 못한 동작이었다.

"그러고 보니 그 아들은 어떻게 되었을까? 페타 제르킨. 페타 제르킨도 아직 활약하고 있을까? 아세요?"

장녀인 하루에의 마지막 질문은 유스케에게 던진 것이었다. 그러자 베란다에 나가 있던 삼녀인 후유에가 큰 소리로 말했다.

"페타가 아니라 피터라고 해야지. 미국인이니까."

질문의 대답은 되지 않았지만, 아무도 그 이상 화제를 진전시키지 않아 유스케는 한숨 돌렸다. 이윽고 오케스트라 소리에 피아노 소리가 겹치는 것이 들려왔다. 유스케는 그 피아노 소리를 멍하니 들으면서, 자기가 이런 고풍스러운 서양관에서 이런 노녀들과 이제부터 점심을 같이 먹으려고 한다는 사실에 뭐라 말할 수 없이 이상한 감정을 느꼈다. 지금까지의 인생에서는 상상조차 못 했던 일의 추세에, 이 모습을 밖에서 보면서 눈을 휘둥그렇게 뜨고 있는 것이 진짜 자신이고, 이렇게 팔걸이의자에 앉아 있는 자신은 자신의 모습을 한 다른 사람인 것처럼 느껴진다.

음악이 시작된 탓인지 침묵이 흘렀다. 어딘가 상당히 사치스러운 침묵이었다. 고풍스러운 침묵이기도 했다. 피아노 소리가 흐르고, 하얀 레이스 커튼을 통해 천장이 높은 방 안으로 여름 햇살과 여름 바람이 들어온다. 장녀 하루에는 팔걸이 위에 올려놓은 손으로 피아노 소리에 박자를 맞추고 있다. 차녀인 나쓰에는 다시 소파 위에 다리를 뻗고 편하게 앉아 눈을 반쯤 감고 있다.

유스케는 이 경험한 적 없는 침묵 가운데에서 잠시 호흡을 가다듬고, 용기를 내어 아까부터 쭉 묻고 싶었던 질문을 했다.

"아즈마라는 분은 친척이십니까?"

자기 목소리가 스스로의 귀에도 당돌하게 울렸다.

"아즈마 씨?"

장녀인 하루에가 박자를 맞추던 손을 멈추고는, 누구를 말하는 건가 하는 듯 미간을 찌푸렸다. 그러자 차녀인 나쓰에가 반쯤 감고 있던 눈을 뜨고 말했다.

"다로 얘기야."

어머, 다로 얘기였어? 성을 말하니까 알 수가 없잖아, 라고 하루에가 냉소하더니, 유스케에게 내뱉듯이 말했다.

"그런 건 친척이 아니에요. 그 사람은요, 이 여동생 시댁네 인력거꾼이었던 사람의 조카예요. 인력거꾼이라고 아세요?"

그러자 그 여동생인 나쓰에가 장녀인 하루에의 말을 정정했다.

"아니야, 인력거꾼이었던 사람의 조카의 자식이지."

"둘 다 틀렸어. 인력거꾼이었던 사람의 조카의 조카잖아."

다시 베란다로 가려던 삼녀인 후유에가 샐러드 볼 같은 것을 양손에 든 채 아치 사이로 목을 내밀고 정정했다. 노녀 셋이 함께 웃었다.

"아아, 머리가 이상해질 것 같아. 맞아 맞아, 인력거꾼이었던 사람의 조카의 조카."

하루에가 요란스럽게 흰머리를 양손으로 껴안고, 그것을 곁눈질로 본 후유에는 못 말려, 라고 말하듯 머리를 흔들면서 베란다로 사라졌다.

머리에서 손을 뗀 하루에가 얼굴을 들고 유스케에게 말했다.

"저는 남편 일 관계로 한동안 뉴욕에 있었어요. 옛날 얘기죠. 어중이떠중이 모두 외국에 나가기 전의."

"네."

"그랬는데, 우리 일가가 일본에 들어오기 바로 전에 말이에요, 마치 교대하듯이 이번에는 다로가 뉴욕에 갔어요."

"네."

하루에는 그 대목에서 희미하게 비웃음을 띠었다.

"그런데 그 사람, 미국인 저택에 운전사로 고용되어갔다지 않겠어요."

"네."

"인력거꾼의 자손이 고용 운전사가 되다니 참 웃기는 얘기 아니겠어요? 저는 그 얘기를 들었을 때, 역시 인력거꾼의 피라는 것이 있구나 하고 생각했지요."

하루에 언니! 하고 나쓰에가 우스운 듯이 긴 의자 위에서 몸을 비틀었다.

유스케는 물었다.

"정말 큰 부자인가요?"

"처음에는 물론 한 푼도 없었죠. 그런데 이런저런 사이에 엄청 출세했어요. 어차피 악랄한 방법으로 벌었을 게 뻔하지만 말이죠."

유스케는 저도 모르게 회의적인 표정을 지었다. "도저히 큰 부자로는 보이지 않죠?"라며 하루에가 턱을 비스듬히 잡아당기고 까만 눈을 반짝이면서, 기쁜 듯이 그의 얼굴을 보았다.

"네."

유스케는 그렇게 대답하고서 덧붙였다.

"그 오이와케의 별장도 상당히 검소한 느낌이고요."

하루에는 턱을 잡아당긴 채 바로 밑의 여동생인 나쓰에와 마주 보며 묘하게 웃을 뿐이었다.

"그리고 왠지 일본 사람으로 보이지 않던데요."

유스케는 남자의 다갈색으로 빛나는 정한한 얼굴을 떠올리면서 말했다.

"아아, 역시! 역시 그렇게 생각하셨어요?"

하루에는 뭔가 승리한 듯이 작게 소리 지르고, 그렇지? 후유에, 라고 목소리를 조금 높였다가 유스케의 이름이 떠오르지 않는지, "이분…… 실례, 나이 먹는 건 정말 싫어요, 또 잊어버렸네" 하고 유스케를 돌아보았다.

"가토입니다."

"맞아, 맞아, 미안해요, 가토 씨. 봐, 후유에, 가토 씨도 다로가 일본인같이 보이지 않는다고 하시잖아."

베란다로 사라져버린 막내 여동생인 후유에에게 목소리를 높여 얘기했지만, 후유에는 어디 멀리 가버렸는지 대답이 없었다. 하루에는 어쩔 수 없이 긴 의자에 앉아 있는 바로 밑의 여동생인 나쓰에에게 똑같은 얘기를 되풀이했다.

"나쓰에, 역시 다로는 일본인으로 보이지 않는 거야."

그러자 옆으로 앉아 있던 나쓰에가 몸을 앞으로 내밀고, 조금 소리를 죽여 유스케에게 말했다. 후미코가 신경 쓰이는 건지도 모른다.

"이런 얘기는 뭐 굳이 해드릴 필요는 없지만 말이죠, 다로는 사실 일본인이 아니에요."

"네?"

"그, 아버지가 일본인이 아니거든요."

"하프입니까?"

"하프? 하프?"

나쓰에는 자기 귀를 의심하듯이 되풀이하더니, 웃음을 터뜨렸다.

"설마, 가토 씨, 하프라뇨? 그렇게 고상한 게 아니에요. 중국 귀환자인데요. 아버지가 중국의, 뭐라더라, 그 왜 세이반* 같은 야만족, 그거 같아요."

"세이반?"

유스케가 저도 모르게 되묻자 하루에가 대신 대답해주었다.

"그 왜 다카사고(高砂) 족 같은 사람들 있잖아요. 젊은 분들은 세이반이라는 단어를 모르시겠지만."

"아이, 둘 다 엉망진창이네. 그런 설명으로는 점점 더 무슨 소린지 알 수 없어지잖아."

후유에가 베란다에서 돌아와, 아치 사이로 어이없다는 얼굴을 내밀고 두 언니를 야단치듯이 말했다.

"다카사고 족은 대만이잖아."

마당에서 들꽃을 따고 있었는지 한 손에 연보라색 들국화 다발을 들고 있다. 다른 쪽 손에는 꽃가위가 있었다. 후유에가 유스케한테 말했다.

"저, 그냥 소문이긴 하지만요, 아즈마 씨 아버지가 중국 대륙의 소

---

* 生蕃. 야만족, 특히 청조(清朝) 대만 지역의 선주민인 고산족 중 한족에 동화하지 않은 자의 호칭.

수민족이 아닐까 하는 말이 전부터 있었거든요."

"네……"

유스케는 자기 자신을 납득시키기 위해 덧붙였다.

"네, 그렇군요."

그 순간 고一옹, 고一옹, 고一옹 하고 징 같은 이상한 소리가 나서 유스케는 저도 모르게 움찔했다. 베란다 처마 밑에 진짜로 징이 매달려 있었고, 그 징을 후미코가 울렸단 것을 나중에 알게 되었다. 유스케는 놀랐지만 눈앞의 노녀들은 징소리를 기다리고 있었던 듯, 아 배고파, 짐은 굶어죽을 지경이니라, 는 등의 말을 제각각 중얼거리면서 일어났다.

갑자기 햇살이 비추는 베란다에 나간 유스케의 머릿속에 '인력거꾼' '중국에서 돌아온 귀환자들' '세이반' 등 일본의 과거의 망령 같은 단어—유스케가 근무하는 출판사의 교열자들이 불평할 것 같은 단어들이 빙글빙글 돌았다. 동시에 아즈마 다로의 단단한 얼굴도 떠오른다. 그 단편적인 낱말들 너머로 무언가가 희미하게 모습을 나타내려는 것이 느껴져, 그대로 혼자 마음속으로 노녀들의 말 속 실마리를 더듬어가면서 그 그림자를 쫓고 싶었다. 그러나 세 자매는 그런 유스케를 개의치 않고, 홍차를 붓기도 하고 빵 광주리를 돌리기도 하고 샐러드를 덜기도 하면서 때때로 유스케를 이야기 속으로 끌어들였다. 유스케는 얼마 지나지 않아 '인력거꾼' '귀환자' '세이반' 같은 단어 너머에 있는 것을 탐구하기를 포기하고, 짧게 맞장구를 치면서 세 자매를 관찰했다.

이 세 자매가 자신의 할머니와 같은 시대를 산 사람들이라고는 도저히 생각할 수 없었다. 그의 할머니가 만사 구식이라는 문제를 떠나, 이 세 자매와 똑같은 일본의 공기를 마시고 있었다고 도저히 생각할 수 없었던 것이다. 지금은 유스케네 집안 할머니들도 결혼식이나 장례식 같은 특별한 경우를 제외하고는 서양옷을 입고 있지만, 그 서양옷은 세 자매가 입고 있는 것과 같은 것은 아니었다. 외할머니 역시 아침식사로 빵을 들지만, 그 아침식사는 이 세 자매의 아침식사와는 달랐다. 비록 유스케의 할머니들이 이 세 자매와 물리적으로 같은 것을 입고 먹는다 해도, 그것에 이르기까지의 역사가 너무 다르기 때문에 도저히 같아질 수 없는 것이다.

테이블 중심에 놓여 있는 파란색 크리스털 꽃병에는 아까 후유에가 꺾어온 연보라색 들국화가 꽂혀 있었다. 오이와케의 별장에서 본 것과 똑같은 빵과 햄, 샐러드가 놓여 있었지만 좀더 고급스럽게 보이는 이유는 화려하고 섬세한 그릇 탓일 것이다. 홍차 포트와 세트인 컵도 유스케의 손 안에서 금방이라도 부스러질 듯 얇았다. 설탕 통에 들어 있는 은 스푼도 손잡이가 부러질 것처럼 가늘다. 테두리에 레이스 수를 놓고 빳빳하게 풀을 먹인 마 냅킨은 일단 무릎에 펼쳐 보긴 했지만, 더럽히는 게 아까워서 실제로 사용할 엄두는 나지 않았다.

가루이자와 긴자에서 별로 떨어져 있지 않은데도 마치 산을 여러 개 넘은 것처럼 고요했다. 가끔 소나기가 후드득후드득 지나가 주변의 공기를 투명한 광선으로 채웠다. 베란다 위에 가느다란 가지를 펼치고 있는 단풍나무도 그 투명한 빛을 받아 반짝거리고 있었다.

장녀인 하루에가 유스케에게 '루바브(rhubarb) 잼'이라는 것을 권하면서 물었다.

"그 친구네 별장에는 자주 오세요?"

"아니오, 처음입니다."

"그럼 가루이자와도 처음?"

"네."

"네에…… 어때요? 마음에 드세요?"

날씨 이야기처럼 아무 의도가 없는 질문인데도, 버릇처럼 거만한 말투라 또 심문당하는 기분이 들었다.

"네……"

세 명이 똑같이 얇은 홍차 컵을 한쪽 손에 들고 유스케의 얼굴을 보고 있다. 유스케는 희귀한 갈색 잼을 자기 빵에 바르면서 할 수 없이 대답했다.

"시원하고 나무들이 많아 좋네요."

"하하하."

하루에가 웃었다.

"그런 식으로 질문하면 그렇게밖에 대답할 수 없겠네요, 그렇죠?"

그러고 나서 조금 진지한 어조로 말했다.

"가루이자와도 완전히 변해버렸어요."

"네."

"아무 의미 없이 자꾸 편리해지기만 하고."

"네."

"계속 별장부지가 확대되어서 자기네 부지에 철조망을 치는 인종까지 들어와버리고, 어떻게 손댈 길 없이 품위가 떨어져서…… 예전에는 이렇지 않았는데 말예요."

"네."

스스로 생각해도 멍청한 대답만 계속한다 싶었지만, 이 노녀들이

자기 같은 애송이한테 그 이상을 기대하리라는 생각도 들지 않았다

하루에에 이어 나쓰에가 말했다.

"지금은 오이와케 너머까지도 무슨무슨 가루이자와라는 이름이 붙었대요, 알고 계세요? 오이와케 너머까지라니까요."

마치 오이와케가 이 세상의 끝이라는 듯한 어조였다. 유스케는 잘 모르겠는데요, 라고 하면서 고개를 갸우뚱했다.

나쓰에가 말을 이었다.

"게다가 이 부근은 관광객이 넘치잖아요."

"네."

자신과 관광객이 어디가 어떻게 다른지 잘 이해가 안 됐지만 유스케는 일단 대답했다.

"메인 스트리트를 지나보셨어요?"

"네."

"대단한 인파 아니던가요?"

"네, 굉장히 붐비던데요."

정말 우글우글하다니까, 하고 하루에가 기분 나쁜 듯 말했다. 나쓰에는 통통한 볼을 살짝 기울이고 말을 이었다.

"특히 요 일주일은 제대로 걸을 수도 없어요. 이런 데 와봤자 아무볼 것도 없는데 말이에요."

그러자 삼녀인 후유에가 껴들었다.

"최근에는 다들 관광보다도 쇼핑할 목적으로 오는 거야. 차로 와서 그대로 당일에 돌아간다니까."

"그래요. 그러니까 군마 현 따위의 차 번호가 턱없이 많지. 뭐뭐당께, 뭐뭐유, 하는 사람들."

장녀인 하루에가 몰아세우듯 말하자 후유에가 엷게 웃으면서 반론했다.

"하루에 언니, 설마. 요즘 사람들은 모두 표준어를 써."

"그건 그래. 젊은 사람들은."

"젊은 사람들은 상당히 변했어. 모두 예뻐지고."

"그래도, 안됐지만 노인네하고 함께 있으면 끝장이지. 본인이 아무리 잘난 척해봤자 노인네들은 영락없이 뭐뭐당께, 뭐뭐유 같은 얼굴을 하고 있는걸."

하루에가 또 몰아세우듯 말했다. 그러자 여동생들도 각각 찬성했다.

"그건 그래. 얼굴부터 그래 보여."

"그것 참 이상하거든."

"그치? 태어날 때부터 똥통을 메고 있었다는 얼굴. 저는 속속들이 농사꾼입니다, 라는 얼굴."

"그런 얼굴 정말 싫어, 안 그래?"

"최근의 일본 정치가와 똑같은 얼굴들이야."

세 노녀들은 툭하면 유스케라는 손님이 있는 것을 잊은 듯 자기네들끼리 얘기했다. 게다가 보통 같으면 친한 사람 앞에서밖에 하지 않을 방약무인한 얘기를 함부로 하고 있었다. 마치 유스케가 거기 없는 것처럼. 그러면서도 유스케는 이 세 명이 자신을 전제로 그런 얘기를 한다는 것을 느끼고 있었다. 관객을 눈앞에 두고 당사자들 사이에서는 이미 진부해진 화제를 새삼 흥이 올라 얘기하고 있는 것이 틀림없었다. 다만 알 수 없는 것은 도대체 자신을 뭘로 생각하고 있는가였다. 좋은 대학을 나와 유명 출판사에 근무하고 있다는 말을 듣고 그녀들과 같은 편이라고 생각하는 것일까? 아니면 반대편에 소속된 인간이라도 상관없다고 생각하고 있는 것일까?

이것저것 혼자 자문하고 있던 유스케의 마음에 문득 하나의 장면이 떠올랐다. 부모가 헤어지기 직전이었으니까 초등학교 3학년 때 정도, 스사의 친할아버지 할머니와 함께 도쿄에 갔을 때의 기억이었다. 할머니와 나갔다가 친척집으로 돌아가던 중, 비교적 비어 있는 교외의 전철 안에서 할머니는 유스케와 조금 떨어져 맞은편 좌석에 엇비스듬히 앉아 있었다. 옆자리가 비어 '할머니, 할머니' 하고 양손을 나팔같이 만들어 부르면서 옆을 가리키자, 할머니는 '알았당께' 하고 큰 소리로 대답하고는 들일을 하는 사람 특유의 뭉툭한 손가락으로 무릎 위의 짐을 들고 일어섰다. 주변 사람들이 그런 할머니를 재미있다는 듯 구경하는 것이 유스케 눈에 들어왔고, 그 순간 유스케는 항상 좋아하던 할머니에게 말할 수 없는 수치심을 느꼈다. 너무 아득한 옛날 기억이다. 지금 갑자기 되살아났어도 이제는 아무런 아픔도 수반하지 않는다. 그리울 정도이다.

그 할머니를 이 세 자매에게 보이면 어떤 얼굴을 할까 생각했다.

세 자매는 옛날 사람치고는 말이 빨랐다. 그리고 유스케에게 말할 때에는 거추장스러운 경어를 황당할 정도로 능숙하게 사용하기도 하고, 일부러 함부로 말하기도 했다. 신칸센이 지나가게 되어 운치 있었던 옛날 역이 사라져버린다는 얘기, 새 역 남쪽에 커다란 아웃렛 스토어가 생긴다고 하니 점점 더 쇼핑객이 늘 거라는 얘기, '기노쿠니야'가 지방 자본의 대형슈퍼에 몰려서 곧 철수할 것이라는 얘기—요컨대 자꾸만 세상이 나빠져가고 있다는 얘기였다. 유스케는 할머니들의 말을 그런대로 재미있게 들으면서 "네"라든가 "역시" 하고 짧게 맞장구를 치고 있었다.

떠들썩한 이야기 때문에 슬리퍼 소리가 들리지 않았는지, 갑자기 문가에 하늘에서 뚝 떨어진 것처럼 젊은 여자의 모습이 나타났다. 유스케는 저도 모르게 숨을 죽였다. 노녀들도 놀란 듯 이야기를 멈췄다.

"늦었습니다."

처녀는 고개를 가볍게 숙였다. 과거의 시간을 압도하며 현재가 모습을 나타낸 듯한 느낌이었다. 홀쭉하고 손발이 긴 처녀로, 바지 차림에 가슴께에 감색 앞치마를 두르고 양손에 목장갑을 끼고 있다. 까만 생머리가 어깨까지 왔다. 유스케는 그 순간 이 아가씨가 '아미'이고 이 별장 어딘가에서 청소 등속의 일을 하고 있다는 것, 후미코가 울린 징이 이 아가씨를 부른 것이었다는 사실을 깨달았다.

장녀인 하루에는 손에 들고 있던 나이프와 포크를 접시 가장자리 좌우에 놓고, 유스케를 보는 눈초리와는 다른 표정 없는 눈초리로 처녀를 보았다.

"클로젯 안도 청소기로 밀어줬나요?"

"네."

"세 방 다?"

"네."

처녀는 유스케 쪽에 힐끗 눈길을 주고 나서 말했다. 누굴까 생각하는 것 같았다.

"일단 다락방도 돌아봤는데 서쪽 침실 천장에 커다란 얼룩이 있었습니다. 거기도 비가 샌 건지도 모르겠어요. 마루도 조금 거무스름해진 것 같습니다."

저런, 하고 하루에가 눈살을 찌푸렸다.

"서쪽이라면 어느 쪽이지?"

후유에가 즉시 대답했다.

"가정부 방으로 남겨둔 쪽 말이야."

"아, 맞아. 옛날에 후미코가 썼던 방이지. 후미한테 볼 같은 거라도 달라고 해서 일단 그 아래에 놔줘요."

그러고 나서 한번 말을 끊고 나서 혼잣말처럼 덧붙였다.

"올해에는 사람을 불러서 고쳐봤자 소용없어. 어쩌면 마지막이 될지도 모르니까."

유스케가 하루에의 말뜻을 파악하려 하는 동안 처녀는 다시 한번 머리를 숙이고 사라져버렸다. 후미코와 함께 부엌에서 먹는 모양이었다. 세 자매는 처녀가 사라지는 것을 보고 나서 각자의 접시로 눈을 돌렸다.

"신통한 아이지요?"

하루에가 유스케의 눈길을 잡고 말했다. 말한 내용과 다르게 별로 신통하게 생각하는 목소리로 들리지는 않았다.

유스케는 애매한 얼굴로 고개를 끄덕이는 것으로 그쳤다.

"후미코 씨의 손녀가 되는 아가씨예요."

이만한 꼬마일 때부터 알고 있었죠, 라고 후유에가 양손을 벌려 아기 모양을 만들어 보이고 나서 말을 이었다.

"혈연관계는 아니지만 후미코가 애지중지 키운 아가씨예요."

"어릴 때부터 그림을 아주 잘 그렸어요."

"맞아, 최근에는 데 키리코 같은 묘한 그림을 그리지만 그게 또 좋은가봐요."

"아직 학생이고."

"와세다 이공학부라던가 뭐라던가. 그렇지만 사실은 환경 뭐라는 것을 공부하고 싶대요."

"공부를 잘해요."

"졸업하면 대학원에 들어가고 싶다나봐요."

"어머, 그랬어? 나는 유학 가고 싶어하는 줄 알았는데."

"둘 다 하고 싶은 거 아니야?"

"어머나, 그래?"

잠시 침묵이 계속된 뒤 하루에가 자못 감개무량한 듯 말했다.

"확실히 요즘 사람들 보면, 저런 아이까지도 참 예뻐졌어."

"맞아, 모두 똑같은 얼굴이지만 정말로 예뻐졌어요."

"키도 크고."

"맞아, 맞아."

"예전에는 이 부근 사람들은 정말이지 촌사람이라는 인상이었는
데……"

"맞아요. 나하고는 전혀 관계없는 사람들이라고밖에 생각되지 않
았지."

"맞아. 호리 다쓰오*의『아름다운 마을』에도 나오잖아."

"응, 뭐가?"

"도시에서 온 주인공이 마을 아이들에게 동전을 주는 장면."

"그런 부분이 있었나?"

"그럼. 나 그 책을 옛날 옛날에 읽었을 때는 아무렇지도 않았는데,
십 년쯤 전에 다시 읽었을 때는 놀랐지 뭐야. 심부름값이 아니더라
고. 그냥 마을 아이들한테 마구 동전을 뿌리는 거야."

---

* 堀辰雄. 근대 일본 작가. 독자적인 신심리주의 작품을 발표했다.

"인도 같네?"

"바로 그거지."

"격세지감이군."

"그러게. 그랬던 게 지금은 대학원이다 유학이다 하니 참 어이가 없지."

"글쎄 말이야, 벤츠 같은 거나 타고."

"『아름다운 마을』은 읽으셨어요?"

또 자기들끼리 얘기하고 있다는 사실을 문득 깨달은 듯 차녀인 나쓰에가 유스케에게 물었다.

"아니요."

"아, 그래요? 젊은 분들은 이제 그런 것은 안 읽으시겠지요."

여동생 나쓰에의 배려에 동조할 마음이 없는 듯, 장녀인 하루에는 원래의 자기들 화제에 머물고 있었다.

"그런 면에서 보면 후미코는 처음부터 꽤 세련됐었지. 스타일도 좋고."

삼녀인 후유에가 거기에 응했다.

"그야 후미는 진주군에서 일했었고, 게다가 그때는 이미 전후였는 걸. 벌써 여러 것들이 조금씩 달라지고 있던 무렵이었어."

"사투리도 안 썼고."

"그게 말이야, 조금은 썼다니까. 후미코는 사투리가 없어질 때까지 말도 잘 안 했어."

차녀인 나쓰에가 정정했다.

유스케의 머릿속에 '처음부터 꽤 세련됐었다'는 후미코의 젊은 시절 모습이 어렴풋이 떠올랐다. 흰 하이넥 블라우스에 감색 스커트 같은 것을 입은 모습. 진주군에서 근무한 뒤 이 세 자매네, 혹은 이 세 자매 중 한 사람네 가정부로 들어간 것까지는 바로 상상할 수 있었다.

어느 틈엔지 일어나서 레코드를 뒤집고 돌아온 후유에가 두 언니의 얼굴을 비교하듯이 번갈아보면서 말했다.

"저, 왜 그 사람 기억나? 어렸을 때 우리집에 있었는데, 너무 사투리가 심해서 부끄러워서 말도 하지 않던 사람 말이야."

"응, 난 잘 기억해. 그 사람은 사투리도 엄청났지만 얼굴도 엄청났지."

"얼굴만이 아니에요. 스타일도 엄청났어요. 키가 너무 작아서 다리가 우리 팔 길이밖에 안 됐잖아."

"맞아. 그래 갖고 할머니를 수행해서 쇼핑하러 갔잖아? 너무 이상한 짝이라서 둘이 같이 걸으면 세이조학원* 근방의 명물이었다니까……이름이 뭐였더라?"

"시계. 할머니가 시계라고 불렀잖아."

"아, 그랬지. 어디 사람이었지?"

"사도 사람 아니야?"

"아니야. 사도에서 온 사람은 치요예요. 왜, 설탕이 신기해서 메밀국수에 설탕을 뿌려 먹었다는."

"그랬었나."

"그러고 보니 그렇네. 치요가 벌거벗고 잔다고 다른 가정부들이 깜짝 놀라 할머니한테 보고하러 왔었지. 사도는 너무 추워서 형제가 모

---

* 成城學院, 도쿄 세타가야 구 서쪽의 세이조학원이 있는 대표적인 고급주택지. 세이조학원이 1925년에 신주쿠에서 이전해 세이조학원앞 역이 생겼다.

두 한 이불에서 벌거벗고 자면서 온기를 유지한대. 그런 사실을 우리
는 그때 처음 알았어. 하지만 치요는 얼굴은 참 귀여웠지. 고케시* 처
럼."

"우리집에서 시집 갔을 때는 잘 기억나."

"그러면 시게는 군마 사람인가?"

"아니야, 우리집에는 군마 사람이 없었어. 대개 할머니 연고로 니
가타에서 온 사람들이었지."

"그럼 어디에서 온 거였지?"

"사이타마?"

"으응, 사이타마도 아니야. 사이타마는 히사. 히사는 왜 좀더 뒤에
온 사람인데, 전후에 쌍꺼풀 수술을 하고 인사하러 왔었잖아. 하이힐
같은 걸 신고, 갑자기 하이칼라가 되어서 말이야. 모두가 어이쿠 하
고 질려했었지."

"아, 맞아, 맞아."

"그래, 그건 정말 놀라 자빠질 뻔했당께롱, 이야."

노녀들 셋이 한꺼번에 집 안이 떠나갈 듯 웃었다.

노녀는 그후에도 한참 동안 시게라는 가정부의 고향을 기억해내려
고 떠들썩하게 얘기하다가. 장녀인 하루에가 문득 유스케의 존재를
깨달은 것처럼 물었다.

"도쿄 분이신가요?"

"아니요."

"교토 분?"

---

* 일본 도호쿠 지방 특산품인 머리가 둥근 목각인형.

"아니요."

자매는 갑자기 당황한 듯한 얼굴을 보였다. 잠자코 있는 것도 악취미 같아서 유스케는 스스로 말했다.

"마쓰에입니다."

"마쓰에…… 아아, 차가 유명한 곳이군요. 거기는 양반 고장이지요, 그렇지요?"

차녀인 나쓰에가 갖다붙이듯 말하자 나머지 두 노녀가 웃음을 터뜨렸다. 그리고 웃음이 끝나자마자 장녀인 하루에가 갑자기 보이지 않는 적에게 도전하는 듯한 어조로 말했다.

"아무렴 어때, NHK에서 인터뷰하는 것도 아닌데. 우리집에 있던 가정부들 이야기 정도야. 이제 곧 죽을 텐데 죽기 전에 자기 식구 앞에서만이라도 맘대로 이야기하다 죽고 싶어. 이제 남의 눈치 보면서 사는 건 지겨워."

남의 눈치 보면서 산 적도 없는 주제에, 라고 후유에가 말했다.

"어머나, 말이면 다야?"

그러고 나서 하루에가 유스케에게 말했다.

"글쎄, 세상이 완전히 바뀌어버렸어요. 식모가 될 사람을 못 구할 뿐만 아니라 요즘에는 신문 같은 데서는 '식모'라는 단어도 쓰면 안 된다면서요?"

업신여기는 눈초리가 유스케를 찌른다.

"알고 계셨어요? 나는 그딴 이야기 믿을 수가 없어요……"

유스케가 대답하기 전에 후유에가 끼어들었다.

"그래요, 요새는 옛날이야기를 할 때도 '식모' 같은 단어는 쓰지 못하잖아요. '가정부'라고 해야지."

"그 사람들은 어떤 의미에서나 '식모'였지 '가정부' 같은 게 아니었어요."

하루에는 딱 부러지게 말하고 모두를 노려보듯이 둘러보았다.

"민주주의라는 것은 아주 좋지요. 저는 그런 것에는 반대하지 않아요. 그렇지만 옛날이야기를 하면서 '식모'라는 단어를 쓰지 못하다니, 아니 그게 도대체 무슨 경우냐고요."

그러지 않아도 강한 눈초리가 빛을 더한다.

"예전에는 그런 사람들이 어느 댁에나 있었는데, '식모'라는 단어를 쓰지 못하면 그런 사람들 이야기를 어떻게 하지? 그런 존재는 없었던 것으로 하겠다는 거야?"

일본이라는 나라는 말이야, 그렇게 하고 싶은 거야. 말을 안 쓰면 사실이 사라질 거라고 생각하는 거지. 그리고 식모라는 것이 있었다는 사실 따위는 사라지는 편이 낫다고 생각하고 있을걸, 하고 후유에가 대답했다.

"웃기네."

하루에가 내뱉듯이 말하고 진정되지 않는 마음을 그대로 드러낸 목소리로 말을 이었다.

"글쎄, 나이도 얼마 안 된 아가씨들이 모두 그렇게 열심히 일했었는데 말이야, 그런 아가씨들을 전부 없었던 것으로 만들고 싶다는 거야?"

잠시 침묵이 있은 뒤 후유에가 말했다.

"그렇지만, 하루에 언니."

그 목소리는 어린아이를 타이르듯 조용했다. 또 자기 자신을 타이르듯 깊었다.

"본인들 스스로가 가정부 같은 것은 안 했던 것으로 하고 싶은 게 아닐까 하고, 모두들 친절한 마음에서 한 일일 거야."

하루에는 그 말을 듣고 뭔가 주장하려다 입을 다물었다. 후유에가 조용한 목소리로 계속했다.

"그런 것에 대해서는 우리 같은 사람들이 뭐라고 할 수 있는 입장이 아니야."

하루에는 숨을 멈추고 화가 난 듯 후유에의 얼굴을 보았지만, 조금 있다 멈췄던 숨을 다시 토해냈다.

"음, 그럴지도 모르지."

그리고 다시 한번 한숨을 쉬고 반복했다.

"응, 그럴지도 몰라."

그러나 납득한 것은 아닌 듯, 다시 덧붙였다.

"그렇지만 그런 식으로 나가면 옛날 일은 아무것도 모르게 되지 않겠어?"

그러고 나서 안쪽으로 살그머니 고개를 돌렸다.

"후미코는 여전히 자기를 식모라고 아무렇지도 않게 말하는데 말이야."

후유에가 목소리를 낮췄다.

"저 사람은 프라이드가 강한 거야."

"아아, 그건 그래."

그것은 납득된다는 듯이 하루에가 크게 고개를 끄덕였다.

"후미코는 뛰어나게 유능했어요."

차녀인 나쓰에가 계속해서 말했다. 나쓰에의 반응이 주제에서 빗나가 있어서, 하루에와 후유에는 정신을 차리고 나쓰에의 얼굴을 봤다. 나쓰에도 자기 반응이 빗나갔다는 사실을 알아차린 듯 순간 눈을 동그랗게 떴다. 그러고 나서 언니와 여동생이 쓴웃음을 짓는 데 동참했다.

무슨 이야기를 하고 있었던 거지? 하고 하루에가 여동생들에게 물었다.

"글쎄."

"처음에는 가루이자와가 많이 변했다는 이야기였어."

"맞아, 그랬지."

하루에가 흥분이 사라져가고 있는 시선을 유스케 쪽으로 돌렸다.

"미안해요, 자꾸 다른 데로 빠져서."

나이가 들면 쉽게 흥분하거든요, 하고 후유에가 변명하듯이 말을 이었고, 그러고 나서 얼마 동안은 조금은 손님을 중심으로 이야기하자는 암묵적인 양해가 자매 사이에 이루어졌는지, 마쓰에에 있는 유스케의 부모님이 지금 몇 살이시며, 아버지가 어떤 일을 하고 있는지, 유스케 자신은 학생 시절에 교토 어느 부근에 살고 있었는지 따위의 아무래도 상관없는 질문이 이어졌다. 그러나 자기 이야기를 하는 데 익숙하지 않은 유스케의 대답이 극히 간결했기 때문에 대화는 아까 같이 기세가 오르지 않았고, 노녀들도 다시 흥분하는 일 없이 식사가 끝나갔다.

오이와케와 똑같은 한여름인데도 잠자리가 공중에서 날고 있었다. 조용했다. 유스케가 그렇게 생각한 것과 동시에 후유에가 레코드가 멈춘 것을 알아차린 듯했다.

후유에가 냅킨을 둥그렇게 말아두고 의자를 뒤로 뺐다.

"음악, 뭘로 할까요?"

"칼라스는 아직 안 돼. 오페라는 저녁때까지 틀지 말자."

"나는 이젠 피아노는 싫어, 그렇다고 풀 오케스트라도 싫고."

네, 네, 언제나 주문이 많다니까, 그럼 체임버 뮤직이나 그런 걸로 할게. 후유에가 일어나서 거실 쪽으로 향하려 했다. 그 모습을 눈길로 좇던 장녀 하루에가 문득 생각난 듯이 말했다.

"아, 그럼 그거 틀어줘. 후유에."

"응? 그거?"

아 맞아, 그래, 그게 좋겠어, 라고 차녀인 나쓰에도 후유에 쪽으로 고개를 돌렸다. 후유에는 유스케에게 눈길을 돌리고 조금 당혹한 표정으로 대답했다.

"도착하자마자 틀 건 없잖아."

"뭐 어때, 오늘은 손님도 계시겠다."

하루에는 그렇게 말하고는 유스케를 정면으로 응시하면서 세게 나갔다는 듯이 미소지었다. 후유에는 그런 하루에를 보고, 들으라는 듯이 한숨을 쉬며 네, 네, 하고 말하면서 응접실 쪽으로 사라졌다.

이윽고 멀리서부터 들릴 듯 말 듯한 음이 들려오기 시작했다. 음악이 시작되었다는 것이 유스케의 의식에 떠오르지 않을 만큼 희미한 소리였다. 동시에 하루에의 얼굴에 복잡한 표정이 떠올랐다. 늙은 얼굴에 부조화스러울 정도로 요염한 표정이어서, 유스케는 봐서는 안될 것을 본 것 같아 눈앞의 빈 접시로 눈길을 돌렸다. 여름의 서늘한 공기를 따라 몇 겹으로 겹친 현악기 소리가 응접실 쪽에서 점차 분명하게 들려오기 시작했다. 돌아온 후유에는 둥글게 뭉친 냅킨을 집어들고 유스케 쪽을 향해, 브람스의 〈클라리넷 퀸텟〉이라고 설명했다.

모두 각자 추억이 있는 듯 아무도 입을 열지 않았다. 이런 것이 클라리넷 소리인가. 바이올린과 무슨 현악기처럼 들리는 음에 섞여서, 어둡고 긴 터널을 따라 지상으로 상승하여 아득한 초원을 굴러오는 듯한 온화하고 느긋한 음이 들린다. 그 음이 올라갔다 내려갔다 할 때마다 다른 여러 겹의 소리가 커다란 파도와 작은 파도를 그리며 넘실거리듯 뒤쫓는다.

음이 넘치는 일상을 보내는 동안 음이란 음은 무의식적으로 배제하게 된 유스케의 귀에, 레코드에서 들려오는 음악이 오랜만에 파고들듯 들어왔다.

오랜 침묵이 흘렀다.

"오늘로 전쟁이 끝난 지 꼭 오십 년이네."

셋째인 후유에가 그 긴 침묵을 깼다.

"맞아, 꼭 오십 년." 차녀인 나쓰에가 대답하고, "그래, 신문에서 그렇다고 떠들고 있더라"라고 아직은 완전히 남을 의식한 얼굴로 돌아오지 못한 하루에가 멍하게 말했다.

차녀인 나쓰에가 유스케 쪽을 돌아보았다. 역시 감상을 품고 있는 목소리였다.

"그렇다는 건 여기도 오십 년 이상 썼다는 뜻이네. 우리와 똑같이 이 건물도 낡아서 삐거덕거리는 게 당연해."

'낡아서'라는 부분에서 늘어진 볼을 거의 무의식적으로 양손으로 밀어올린다.

유스케가 나쓰에에게 물었다.

"이건 전쟁 전부터 있었던 건물인가요?"

"네. 여기는 그래요. 위쪽은 개축, 옆쪽은 증축하고 앞쪽에도 한 채 더 세웠지만, 응접실과 식당만은 그대로 두었죠. 전에는 일하는 사람이 많아서 좀더 자주 손질했었지만, 점점 아무리 수리를 해도 쫓아갈 수가 없게 되어서 말예요."

"저쪽 집은 좀더 오래된 것 같습니다만."

유스케가 옆의 서양관을 돌아보았다.

"아, 저쪽은 좀더 오래됐죠. 게다가 전부 옛날 그대로예요."

세 자매는 유스케와 함께 옆의 서양관으로 얼굴을 돌렸다.

"저 집이 옛날 그대로다보니까, 이렇게 보고 있으면 눈에 들어오는 광경이 똑같아서 어쩐지 시간이 멈춰버린 것 같아요……"

"맞아, 젊을 때하고 똑같아."

"그래. 서로 얼굴만 안 보면 말이지."

후유에의 말을 무시하고 나쓰에가 계속했다.

"도쿄에서도 역시 전쟁 전부터 살던 곳에 살고는 있지만, 이제는 건물이 많이 들어서서 옛 모습이 전혀 남아 있지 않아요. 그런데 여기 오면 우리가 제일 좋았던 시절로 그대로 돌아갈 수 있거든요."

한 사람 한 사람의 얼굴에 애수라기보다 비애에 가까운 것이 떠오르고 있었다.

몇 그루의 나무는 되는 대로 심은 것 같지만 적당히 집이 가려지게 서 있었고, 이웃집 아래쪽 반은 잘 보이지 않지만 위쪽 반은 분명하게 보인다. 밖으로 튀어나온 삼층의 작은 창 셔터가 오랫동안 여닫지 않은 쓸쓸함을 보이며 닫혀 있다.

얼굴을 원래 표정으로 되돌린 나쓰에가 유스케에게 설명을 계속했다.

이제는 이 부근도 모두가 잇따라 오래된 별장을 다시 지어서, 유스케가 느낀 대로 이 두 채의 서양관처럼 옛날부터 있었던 별장은 거의 남아 있지 않다고 한다. 또 상속세나 고정자산세를 치르지 못해서 주인이 바뀌는 일도 많아, 전쟁 전부터 있었던 사람들은 이제 열 손가락으로 꼽을 정도밖에 남지 않았다고도 했다.

"모두 어쩔 수 없이 포기하든가 아니면 미나미하라(南原) 쪽으로 옮겨가곤 했죠. 관광객이 없으니 조용해서 더 좋다는 분도 계셔요."

나쓰에의 말이 끊긴 시점에서 삼녀 후유에가 혼잣말처럼 말했다.

"그러니까, 우리도 어쨌든 간에 이제는 철수할 때가 되었는지도 몰라."

"맞아."

"그래."

장녀인 하루에의 말에 이어 차녀인 나쓰에도 동의했지만 그 뒤에 바로, "그렇지만 이번이 마지막일지도 모른다고 생각하니 슬퍼"라고 정말로 슬픈 듯이 말했다.

세 노녀가 동시에 깊은 한숨을 내쉬는 듯했다.

갑자기 태양이 가려지고 공기가 차가워지고, 누군가가 어머, 해가 가려졌네, 라고 말했다.

어느 틈엔지 노녀들은 무참하게 나이를 드러내고 있었다. 처음에 봤을 때의 빛나는 듯한 인상은 베일을 벗긴 것처럼 그녀들의 얼굴에서 사라지고, 그늘진 태양 아래 자잘한 곳까지 노쇠가 분명하게 드러나 있었다. 그것을 보고 있는 동안 호의와는 멀게 느껴지던 세 자매에 대해 동정 비슷한 것이 유스케의 마음속에서 희미하게 움직였다.

슬리퍼 소리가 나고 아까의 그 아가씨가 다시 문지방에 얼굴을 내밀었다.

"그럼 다시 일하러 가겠습니다."

다시 유스케 쪽을 힐끗 본다. 후미코로부터 사정을 들었는지 아까와는 달리 솔직하게 흥미를 보이는 표정이었다. 장녀인 하루에가 그런 아가씨의 표정을 매섭게 쳐다보고는, 아아 수고해줘요, 라고 말했다. 처녀가 그대로 등을 돌려 가려고 하자 이번에는 차녀인 나쓰에가 "잠깐" 하고 붙들어세웠다.

"그 전에, 옆집도 환기하게 일층 유리창만이라도 전부 열어줘요."

"네."

"그리고 저 난로 위의 뼈도 두 개 다 옆집으로 갖고 가서 난로 위에 놔줘요. 난로 위를 잘 닦고 나서 말예요."

후유에가 끼어들었다.

"젊은 아가씨는 그런 게 무서울지 모르니 나중에 내가 가져다놓을게."

"아니요, 괜찮아요."

아가씨는 여름의 햇살을 모은 것처럼 밝게 웃었다. 아가씨를 맴도는 공기 자체가 밝았다. 그 웃음에 이끌린 듯이 조금 전 그늘졌던 태양이 다시 얼굴을 내밀었고, 주위는 갑자기 다시 빛으로 가득 찼다.

그러고 나서 오 분 정도 지나 유스케도 일어섰다. 그러자 하루에가 지팡이에 의지해서 일어나면서 말했다.

"모레, 하이 티에 오시지 않겠어요?"

"하이 티요?"

"네, 저녁 다섯시 경부터인데 간단한 식사도 나와요. 마실 것하고."

명령하듯이 거만하게 유스케를 보고는 있지만 어딘지 간청하는 듯한 눈초리가 힐끗 보여, 또다시 동정 비슷한 마음이 어렴풋하게 움직인다.

"할아버지 할머니뿐이지만, 음, 하긴 조금은 젊은 분도 계실지 모르죠."

유스케는 바로는 대답할 수가 없었다. 후미코가 또 도우러 온다면 와도 괜찮겠다, 라고 마음속에서 생각하고 있는데 하루에가 말을 이었다.

"저 아가씨는 아미라고 하는데, 어쨌든 저 아가씨도 심부름하러 와요."

"쓰치야 씨는요?"

"후미코?"

"네."

"아, 물론 오지요. 후미코 없이 우리끼리는 아무것도 못하거든요."

"네."

유스케는 확약은 할 수 없었다.

"글쎄요. 친구네 집에 있으니까, 예정이……"

"네. 아 참, 그랬죠."

"네."

"그 친구라는 분은 여자분?"

"아니요."

"남자세요?"

"네."

"아, 그러면 꼭 그분도 같이 모시고 오세요. 가루이자와에서는 젊은 남자분이 정말 귀하거든요. 게다가 올 여름은 우리 할망구들의 딸이랑 손자들은 결혼식이 있어서 모두 타이의 리조트, 어디였더라……"

테이블을 치우던 후유에 얼굴을 본다.

"푸껫."

"아, 맞아. 그 푸껫인가 뭔가 하는 곳으로 가버렸거든요. 그리고 이 런저런 일이 있어서 정말 쓸쓸하답니다."

하루에의 마지막 말을 차녀인 나쓰에가 되풀이했다.

"정말, 정말 쓸쓸하답니다."

감정을 제일 억제하지 못하는 성격인 듯, 그 뒤에 언니와 여동생 쪽을 번갈아보더니 눈물이 조금 어린 듯 말을 이었다.

"이렇게 쓸쓸한데 마지막 하이 티가 될지도 모른다니……"

그러고 나서 다시 언니와 동생 얼굴을 본다.

"왜 마지막이 될지도 모른다고 하시죠?"

올해가 마지막이 될지도 모른다는 말을 세번째로 들은 유스케는 큰맘 먹고 물어보았다. 세 자매는 서로 얼굴을 마주 보았다. 그리고 무언으로 어떤 결론에 도달한 듯 장녀인 하루에가 입을 열었다.

"부끄러운 말씀이지만, 이렇게 지금 잘난 척 쓰고는 있어도 사실 이 집도 이제는 우리 것이 아니에요."

"네?"

장수한 아버지가 거품경제가 한창일 때 돌아가셔서, 이 땅은 이미 전부 남의 손에 넘어갔다고 하루에가 설명했다.

"이웃집도요?"

"네, 이웃집도요"

유스케의 머릿속에서 뭔가 그림자 같은 것이 움직이는 것이 느껴졌지만, 그 그림자가 무엇인지 끝까지 추궁하기에는 너무 막연했다.

로맨틱한 이야기가 있어요. 모레 하이 티에 오시면 말씀해드릴 테니 꼭 오세요. 나쓰에가 눈물 어린 눈길을 유스케에게 돌리고, 어쨌든 꼭 오세요, 라고 하루에가 결론짓듯 되풀이했다.

후미코가 유스케를 전송하러 밖으로 나왔다. 두 사람은 말없이 천천히 걸었지만 절반 정도 왔을 때 유스케 쪽에서 입을 열었다.

"왜 이쪽 집도 돕고 계시죠?"

"왜냐고요?"

후미코가 조용하게 되뇌고는 유스케 쪽은 보지 않고 자문하듯 약간 고개를 갸우뚱했다. 그러고 나서 자기가 처음 가정부로 일하기 시작한 것이 차녀 나쓰에의 집이었고, 몇십 년 전에 그만두긴 했지만 세 자매가 가루이자와에 올 때마다 별장을 여는 일부터 이것저것 돕는 것이 오랜 세월 습관처럼 되어 있다고 설명했다.

"습관?"

유스케가 눈살을 찌푸렸다.

습관이라는 단어가 유스케는 이해하기 어려웠다. 습관으로 남의 집 부엌일을 해주거나 하는 일이 가능할까. 단적으로 말해 돈도 받지 않고 남의 집에서 가정부처럼 일할 수 있는 것일까.

후미코는 유스케가 말하려는 것을 짐작한 듯, 여전히 유스케 쪽은 보지 않고 천천히 발걸음을 옮기면서 덧붙였다.

"상대방 쪽에서는 나한테 괜찮은 벌이가 된다고 생각하고 계시는 것 같아요."

"그렇지 않나요?"

"옛날하고 다르게 지금은 뭐 그저 그렇죠. 그렇지만 아미한테……아까 그 여자아이 말이에요, 그애에겐 꽤 괜찮은 벌이가 되고 있어요. 그애는 돈이 필요하고, 게다가 그림을 그리기도 하니까 저 집이나 옆집에 있는 여러 가지 오래된 예쁜 것들을 좋아하거든요. 두 채의 집 그 자체에도 애착이 있고."

대답이 되지는 않았지만 그런대로 상황을 이해할 수는 있었다.

후미코가 계속했다.

"게다가 너무 오랫동안 알고 지냈으니, 이렇게 일 년에 한 번 만나는 것이 나름대로 즐거워요. 정말이에요."

마지막 말은 조용한 미소와 함께 이어졌다. 그러고 나서 후미코는 진지한 얼굴이 되어 덧붙였다.

"그리고 어쩐지 모두 딱해서요."

유스케의 귀에는 동정으로도 비아냥거림으로도 들린다.

가까이 걷다 떨어졌다 하면서 걸음을 옮기던 둘은 곧 아사마 석을 쌓은 문설주로 나왔다.

문설주를 나온 곳에서 발걸음을 멈추고 뒤돌아보자, 두 채의 고풍스러운 서양관은 울창한 나무숲 너머로 보였다 숨었다 하면서 갑자기 멀어져, 자기가 방금 그중 한 곳에 있었다는 사실이 벌써 소설 속의 일같이 느껴졌다.

유스케가 눈길을 앞으로 돌리자 그 시선을 후미코가 강하게 붙잡았다.

"그래서 말인데, 언제 한번 오이와케에 이야기를 들으러 오시겠어요?"

유스케는 숨을 죽였다.

도쿄에 가기 전에 오이와케에 다시 한번 가려는 마음은 있었지만 어떻게 말을 꺼낼까 망설이고 있던 참이었다. 그 때문에 일부러 천천

316

히 걸으면서 별로 의미도 없는 이야기를 묻곤 하였다. 그러던 참에 여자가 먼저 말을 꺼낸 것이다. 놀란 그는 어떻게 반응해야 할지 몰라서 시시한 사교적인 대사로 답했다.

"네, 어쨌든 감사인사를 드리러 찾아뵈려 하고는 있었지만……"

"감사인사 같은 건 아무래도 상관없어요."

딱 부러진 말투였다.

"어쨌든 오세요."

어느 틈에 기온이 높아졌는지 매미 울음소리가 고막을 찢을 것 같았다. 아까까지 바쁘게 움직이던 구름이 어딘가로 빨려들어간 것처럼 사라지고, 기분 나쁠 만큼 새파란 하늘이 머리 위에 있었다. 여름의 햇살이 주위에서 흔들렸다.

유스케는 마음을 정하고는 이번에는 자기 쪽에서 후미코의 얼굴을 정면으로 보았다.

"실은, 오이와케에서 잔 날 꿈을 꿨어요."

여자는 의아한 얼굴이었다.

"그 유카타를 입은 여자애가 나왔었어요."

의아해하는 표정이 사라지고, 그날 밤에 보이던 감정을 억누른 굳은 표정이 떠오른다.

"빨간 잉어 유카타……?"

"네, 그래서 잠결에 밖에 나왔더니 아즈마 씨도 나와서……"

그 소리를 듣고 후미코는 혼잣말을 했다.

"그래서 밤새 없었구나."

그날 밤 아즈마 다로가 밤새 집에 없었다는 사실을 후미코 역시 알고 있었던 것이다. 굳은 표정으로 유스케의 얼굴을 올려다보던 후미코가 갑자기 눈길을 돌리더니, 턱을 하늘로 치켜들고는 곡선을 그리는 가는 목을 뒤로 젖히며 미친 여자처럼 억눌린 마른 웃음소리를 냈다.

"돌아왔구나."

공허한 눈동자였다.

"역시 돌아왔어."

후미코는 다시 한번 혼잣말을 되풀이하고는 유스케의 눈에 초점을 맞췄다.

"그 여자애는 죽은 사람이에요. 저 난로 위의 뼈 중 하나가 그 사람 것이죠."

"또하나는요?"

"그녀의 남편 것이에요."

오이와케에 오기 전에 전화를 해달라며, 후미코는 여섯 자리 수 전화번호를 알려주었다.

"그 사람이 있으면 이야기 못 할 테니까요."

구보는 도쿄에서 돌아와 있었다.

커다란 텔레비전 화면이 켜져 있다. 막 샤워를 끝낸 듯 그 화면을 마주 보며 소파 앞에 버티고 서서, 물에 젖어 번들번들 빛나는 머리카락을 스누피 그림이 그려진 목욕 타월로 닦고 있었다. 텔레비전 화면은 요란해 보였지만 소리는 꺼져 있었다.

유스케는 사온 빵을 봉지째 부엌과 식당 사이의 카운터 위에 올려놓으면서 말했다.

"일찍 왔네."

"아아, 병문안이야 십오 분이면 끝났고, 그 뒤엔 별로 할일도 없으니까. 그대로 우에노로 나와서 기차를 타버렸지."

"차가 아니고?"

그러고 보니 밖에 차가 보이지 않는다.

"아버지가 두고 가라잖아. 어머니가 매일 병원에 가는데 역시 차가 있는 편이 좋겠다고."

"응."

유스케는 구보의 태평한 얼굴을 보면서 말했다.

"힘들었지?"

"아니, 엄마가 힘들지 뭐. 우리 할머니는 성격이 제멋대로시거든. 그나마 어머니가 아직은 젊으니까 괜찮지만."

욕실 쪽에 가서 이번에는 헤어브러시를 들고 왔다. 그사이에도 입은 가만히 두는 일이 없다.

"이쪽도 꽤 더운데. 여기까지 오면 조금은 선선하지만, 역 부근은 왜 그렇게 더운지."

브러시로 두피를 북북 긁듯이 머리를 빗으면서 텔레비전 화면을 보고 있다.

"여기는 화면이 안 좋아. 텔레비전을 큰 것으로 바꿨을 때 안테나도 새로 달았는데, 아무래도 주위에 높은 나무가 많다보니 잘 안 나오네."

구보라는 남자는 혼자서 잘 떠들기 때문에 옛날부터 말수가 없는 유스케에게는 편한 상대였다. 구보가 떠드는 것을 듣고 있으려니 그제부터 오늘에 걸쳐서 일어난 일이 자신의 지친 마음이 멋대로 만들어낸 꿈처럼 느껴졌다.

구보는 카운터 건너편으로 돌아서 냉장고 문을 열었다.

"이거 뭐야?"

플라스틱 병을 꺼낸다.

"전차. 끓여서 식혀두었어. 파는 건 싫어서."

구보는 컵에 따라 한입 마시고, 정말 맛있는걸, 하며 컵을 든 손의 둘째손가락으로 유스케를 가리켰다.

"넌 여전히 별나군."

옛날하고 똑같은 어조여서 유스케는 저도 모르게 쓴웃음을 지었다. 그래, 어떻게 지냈는데? 라고 구보가 말을 이었다.

"어떻게라니……"

유스케는 잠깐 우물거렸다.

"자전거는 수리 맡겼어. 내일이면 돌아올 거야."

"응."

구보는 유스케의 얼굴을 집요하게 바라보았다.

"그래서 기분전환은 되고 있는 거야?"

"되고 있어."

"어쩐지 얼굴색이 안 좋은데."

"그럴 리가 있나. 그저께는 고모로까지 원정을 갔고, 어제는 충분히 낮잠 잤고, 오늘은 전차를 타고 가루이자와까지 갔다 왔어."

"흐음."

구보는 유스케의 얼굴을 수상쩍다는 듯이 여전히 뚫어지게 보고 있다.

구보가 미심쩍어하는 것도 당연했다. 유스케 자신도 최근 이삼 일 간의 일이 '기분전환'이라고 불릴 만한 효과를 올리고 있다고는 생각하지 않았다. 일이 머리에서 사라지기는 했지만, 이제부터 새로운 기분으로 원래의 일상에 돌아갈 수 있게 된 것이 아니라 오히려 점점 더 예전 생활로 돌아가는 것이 귀찮아져가는 듯했다.

구보가 없는 동안의 일을 자기 혼자 간직하고 싶다는 마음과 이야기해버리고 싶다는 마음이 동시에 솟구치는 것을 느끼면서, 유스케는 일부러 아무렇지도 않게 말했다.

"그래서 가루이자와까지 갔더니, 또 같은 여자하고 부딪쳐버렸지 뭐야. 오이와케에서 신세진 사람인데, 가정부야."

"가정부?"

구보는 잠깐 놀란 듯한 얼굴을 하고는 재미있다는 듯이 웃었다.

유스케는 차근차근, 오늘 아침 우연히 가루이자와 긴자에서 부딪힌 일, 여자가 옛날의 인연으로 구 가루이자와에 있는 다른 별장도 돕고 있어서 이번에는 그 별장에 간 일, 그러자 그 추세로 모레 저녁에 거기에서 열리는 '하이 티'에 초대받았다는 이야기, 게다가 그 '하이 티'라는 것에 구보도 같이 데리고 오라고 했다는 말을 가능한 한 간결하게 보고했다. 자기 같은 인간이 낯선 사람들하고 이렇게 갑자기 교제하게 되었다는 사실이 스스로도 잘 설명이 되지 않았다. 스스로에게도 설명할 수 없는 것을 구보가 납득하게 설명할 수 있으리라고는 생각되지 않았다. 그러나 구보는 엉뚱한 소리를 할 뿐이었다.

"하이 티?"

"응."

"헤, 그게 뭐야. 애프터눈 티라는 것하고 뭐가 어떻게 다른데?"

"나도 잘 모르지만 저녁 다섯시부터래. 간단한 식사도 나온다 하고."

"그런데 그게 왜 티야? 디너가 아니고?"

"나야 모르지. 뭐, 영국식이라나봐."

"하하하."

구보는 햇빛에 그은 얼굴에 하얀 이를 보이며 또 재미있다는 듯 웃었다.

"예쁜 여자는 있어?"

"응, 엄청난 미인들뿐이야."

구보는 놀란 얼굴로 유스케를 보다가, 그가 웃고 있는 것을 보고 표정을 바꾸었다.

"뭐야, 농담하는 거야?"

"아냐, 진짜야. 엄청난 미인이 세 명이나 있어."

"진담이야?"

"응, 진담이야."

유스케는 히죽히죽 웃으면서 말을 이었다.

"단지 나이가 들었다 뿐이지"

"뭐야, 할망구야?"

"응."

"할망구라니, 서른 가까운가?"

"하하하."

하얗게 비치듯이 투명한 노녀들의 얼굴을 눈에 떠올리며 유스케는 웃었다.

"뭐야, 더 돼?"

"응."

"그럼 진짜 할망구로군."

"그렇다니까."

"혹시 마흔 정도?"

구보는 삐딱하게 유스케의 표정을 살피고 있다. 유스케는 그런 구보의 얼굴을 재밌다는 듯이 바라보았다.

"그런 게 아니야. 진짜 할머니들이라니까. 일흔 정도는 되지 않았을까?"

이번에는 너무 어이가 없는지 구보가 눈을 크게 떴다

"난 안 가."

"젊은 사람도 최소한 한 명은 있어. 스무 살 정도인 것 같아."

"거짓말이지?"

"아니."

"그쪽은 미인이야?"

"미인이야. 할머니들만큼은 아니지만 예뻐. 일을 도와주러 온대."

구보는 잠깐 주저하더니 대답했다.

"글쎄, 모처럼 말해준 거지만 나는 안 갈래."

유스케는 구보의 반응에 직접 대응하지 않고 말을 이었다.

"건물도 재미있어, 조금 낡았지만 고풍스러운 서양관이야."

"오래된 서양관?"

"응, 그것도 같은 부지 내에 한 채 더, 아주 낡았지만 좀더 예스러운 느낌의 서양관도 있어."

"흐음."

구보는 나란히 서 있는 두 채의 서양관을 상상하는 듯한 눈초리로 말했다.

"패전 전부터 갖고 있었나보지?"

"응, 그런 것 같아. 꽤 재미있더라고. 오이와케의 별장도 뭔가 시대에서 동떨어져 있는 것 같았지만 이쪽도 상당해. 전혀 느낌은 다르지만."

"허어."

구보는 유스케의 얼굴을 말똥말똥 쳐다보면서 말했다.

"하지만 아무리 그래도 역시 나는 사양할래. 난 너같이 이상한 취미는 없으니까 말이야."

그것이 결론인 듯, 소파에 앉아 커피 테이블에 발을 올려놓고는 리모컨을 한 손에 들고 텔레비전 화면으로 눈길을 돌렸다.

"대낮부터 이런 걸 방영해서 어쩌겠다는 거야."

일본 형사물인 듯한 드라마였는데, 머리가 긴 여자가 남자들 손에 차 안으로 끌려들어가면서 얼굴을 찡그리고 있다. 소리가 나지 않아서 서로 진지한 얼굴로 다투는 것이 우스꽝스러웠다. 희미한 웃음을 띤 구보가 손을 뻗어 리모컨 단추를 누르자, 이번에는 스튜디오에 모인 주부 같은 여자들이 막대기 끝의 둥근 종이 앞뒤에 'O'와 'X'라고 씌어진 것을 텔레비전 카메라에 비치게 높이 들고 있다. 프로그램의 호스트 같은 간들거리는 중년의 남자가 무어라고 했는지, 모두 몸을 뒤틀면서 웃는다. 립스틱을 칠한 수십 개의 입술이 밝은 화면 안에서 부자연스럽게 한꺼번에 흔들렸다.

구보가 말했다.

"이런 데 출연하는 인간이 있는 거나, 이런 것을 보는 인간이 있는 거나, 다 놀랄 일이군."

다음 화면은 수중 카메라로 촬영한 듯, 상어가 화면 쪽으로 헤엄쳐 와서 하얀 이를 드러냈는가 싶더니 깨끗한 유선형을 그리며 방향을 틀고 사라져갔다. 구보는 리모컨 단추를 계속 눌렀지만, 채널수가 많지 않아 바로 먼저 화면으로 돌아와버렸다.

그때 전화가 울렸다.

구보는 탁 하고 텔레비전 전원을 끄고 수화기를 집어들었다. 대답하는 목소리가 어딘가 들떠 있어서 여자한테 온 전화라는 것을 금방 알 수 있었다. 고교 시절부터 남자를 대할 때와 여자를 대할 때 겸연쩍어하지도 않고 태도가 돌변한다.

"네네, 그럼 기다릴게요. 미안합니다."

수화기를 놓고 유스케에게 말했다.

"형수셔."

구보는 소파로 돌아가서 설명했다.

도쿄를 조금 늦게 차로 떠난 구보 형네가 이제 겨우 도착한 참인데, 할머니한테 받아온 과일 등을 갖고 왔다고 형수가 갖다주러 온다는 것이다.

"여기에?"

유스케는 일순간 긴장했다. 자기도 싫어하는 버릇이지만, 평상시의 성격으로는 낯선 사람을 만난다는 생각만으로도 얼른 그 자리에서 도망치고 싶어진다. 그런 유스케의 성격을 잘 알고 있는 구보가 안심시키듯이 대답했다.

"응. 괜찮아, 금방 갈 거니까. 차로 오 분도 걸리지 않는 곳에 그쪽 별장이 있거든. 전에도 말했지만 형 내외는 언제나 그쪽에서 묵어. 훨씬 넓으니까."

구보네 부모가 이 산속의 분양지에 별장을 세운 것은 소위 거품경제가 시작되기 직전, 80년대 중반이었다고 한다. 그 뒤 구보 형이 결혼했고, 형과 함께 나카가루이자와를 방문한 형수네 부모가 이 분양지가 마음에 들어, 한 구획을 사서 자기들도 별장을 세우기로 결정했다고 한다. 그래서 형수네 별장이 그렇게 가까이 있는 것이다. 마침 거품 경제 전성기로 가루이자와 전체가 건축 러시였던 시절이기도 했다.

"우리 별장하고 몇 년 차이 안 나는데, 우리 엄마는 당신은 몇십 년 전부터 별장생활을 하고 있다고 은근히 형수네 가족을 깔본다니까. 그쪽이 훨씬 더 부잔데 말이야."

"부자야?"

"응, 뭐 무슨 식료품 가게니 이것저것 폭넓게 장사를 하고 있어서 돈이 많아. 엄마는 그걸 애당초 마음에 안 들어했지. 대기업 같은 데 근무하는 견실한 집안이 아니라면서. 그래도 형은 엄청 도움을 받고 있어. 분가했지만 집세가 제로거든."

"응."

"거품이 터져서 지금은 꽤 빚을 끌어안고 있는 것 같지만, 그래도 우리 같은 샐러리맨과는 비교도 안 되는 큰 부자야."

"응."

"하기는 빚도 격이 다른 것 같기는 하지만 말이야."

구보는 하품을 하며 양손을 머리 뒤로 깍지 끼고는, 꺼진 텔레비전 화면을 내키지 않은 듯이 보았다.

"며느리라는 것이 생기고 난 뒤의 엄마를 보고 있으면, 여자란 구제불능이라는 생각이 들어."

그는 커피 테이블 위에 올려놓은 맨발을 발목부터 좌우로 빙글빙글 돌리고 있다. 그 김에 양손으로 목 운동도 시작하느라 바빴다. 고교 시절부터 저랬다.

"게다가 그 형수가 말이야, 제법 섹시하거든. 얼굴도 몸매도 괜찮고. 아직 결혼 안 한 여동생까지 있어. 그쪽이 또 괜찮다고. 얼굴도 몸매도."

"흐음."

"하지만 아무리 봐도 언니 쪽이 좀더 적극적이야."

마지막은 혼잣말처럼 덧붙인 지점에서 딩동 하고 현관 벨이 울렸다. 귀에 익은 인터폰 소리에 일순간 도쿄로 돌아간 느낌이었다. 자물쇠를 잠가놓지 않아 바로 문을 열었는지, 구보가 얼른 슬리퍼를 신고 일어나 현관으로 향하려 했을 때에는 반다나를 머리에 두른 형수인 듯한 여자가 안녕, 하면서 거실에 모습을 나타냈다.

"인터체인지를 빠져나오기 전부터 엄청 길이 막혔어. 오봉에 이동하려고 한 게 잘못이기는 하지만."

한쪽 손에 아기를 안고 다른 손에 무거워 보이는 비닐 봉투를 들고 있다.

"병원 심부름도 할 겸 도쿄에 남아도 괜찮다고 말씀드렸는데, 어머님이 형한테는 일 년에 한 번뿐인 휴가니까 가라고 말씀하셔서 오기로 했어. 이게 있어서 도쿄에 있어봤자 어차피 그렇게 도움은 안 될 테고."

형수는 안고 있는 아기를 얼굴로 가리키고 나서 유스케를 향해 가볍게 고개를 숙였다. 구보가 소개했다.

"제 친구, 가토 유스케예요."

"처음 뵙겠습니다."

탱크톱을 입어 드러난 팔뚝이 알맞게 그을어 있다. 드러난 배도, 하얀 반바지 아래의 다리도 고루고루 잘 그을었다. 도쿄에서도 매일같이 골프나 테니스를 하고 있으리라고 유스케는 생각했다.

구보는 히죽히죽 웃으면서 여자를 둘러봤다.

"또 살찐 거 아녜요, 루리 씨? 특히 배 부분에 관록이 붙으셨군요."

"흥, 남이야."

루리라고 불린 여자는 구보를 일부러 무시하고 비닐 봉지를 카운터 위에 올려놓았다.

"멜론이랑 망고야."

"아, 감사합니다. 차가운 전차가 있는데 드릴까요? 산 게 아니고 직접 끓인 거랍니다."

"히데키(秀樹) 씨, 제법 부지런하네, 부엌도 깨끗하고."

감탄한 듯이 주변을 둘러본다.

"아사노야(淺野屋) 빵까지 있네."

"제가 아니고 이 녀석이에요. 부엌에서 달그락달그락 일하는 것을 좋아하죠. 여자친구도 없고, 호모가 아닌가 싶어요."

"어머나 그런 실례되는 말을. 좋잖아요, 부엌일을 하는 남자는 요즘 여자들 사이에서 굉장히 인기 있어요."

형수는 유스케를 향해 상냥한 미소를 보냈다. 아기가 품안에서 칭얼거리고 있다.

"자, 자, 착하지. 얘는 아기치고는 굉장히 집중력이 강해요. 봐요, 사람의 얼굴을 보면 계속 눈길을 떼지 않잖아?"

구보는 어느 틈엔지 전차를 준비해서 그녀의 빈 손에 컵을 쥐어주었다.

여자는 고마워, 하고 한두 입 마시고, 바로 가야 돼, 라며 컵을 돌려주었다. 그리고 두 사람을 교대로 보고 나서 물었다.

"오늘밤 어떡할래? 차가 없으니까 뭐 먹으러 나가기도 힘들 테고."

"네, 그렇지만 이 녀석이 있으니까, 뭔가 요리를 해줄 거예요."

"저, 괜찮다면 같이 가요. 휴게소에서 '세릴'에 전화했더니 다섯시 반에서 일곱시 사이라면 어떻게든 테이블을 두 개 붙여준다고 하길래 일단 예약은 해놨거든. 두 사람이 와도…… 어른이 할머니, 할아버지, 여동생까지 해서 일곱 명, 그리고 아이가 하나. 아, 요놈도 넣으면 둘이군."

아기 얼굴을 보고 혀를 날름 내민다.

"음, 그러니까 어쨌든, 와도 괜찮을 거 같은데."

음, 하고 신음 소리를 내고 나서 구보가 유스케에게 설명했다.

"'세릴'이라는 데는 이 바로 밑의, 왜 관리사무소가 있는 데의 프랑스 음식점이야. 프랑스 음식점이라고 해도 뭐 그렇게 대단한 곳은 아니지만 말이야."

"오세요, 만드는 것도 귀찮잖아."

"어떻게 할래?"

구보가 유스케 얼굴을 살피듯이 보았다.

"나는 아무래도 상관없어."

"정말?"

유스케가 사람 틈에 끼는 것을 좋아하지 않는다는 것을 알고 있는 구보가 그의 눈치를 보았다. 유스케는 반복했다.

"응, 정말이야."

그제 밤부터의 일이 생생하게 현실에 파고들어 툭하면 그쪽으로 정신이 쏠리는 바람에, 많은 사람하고 함께든 구보와 둘만 있든 별 차이는 없었다. 구보는 시끌벅적한 쪽을 좋아했다.

"그럼 가는 걸로 하죠."

"그럼, 다섯시 이십오분쯤에 차로 데리러 올게요."

"괜찮아요. 걸어도 금방인데요, 뭐."

"어차피 가는 길이니까."

형수는 그렇게 말하고 아기의 통통한 손을 들어 안녕, 바이바이~ 하고 두 사람을 향해 흔들고는 사라졌다.

그날 밤 유스케는 계속 많은 사람과 함께 있었다.

두 대의 독일제 차로 언덕길을 삼 분간 빙글빙글 돌아서 내려간 산기슭에 '세릴'이라는 프랑스 음식점이 있었다. 산장식의 천장이 높은 로그하우스로, 유스케한테는 충분히 대단해 보이는 레스토랑이었다. 형수네 가족은 단골인 듯 검은 양복을 입은 웨이터와 메뉴를 보면서 이것저것 친근하게 이야기를 나누고 있었지만, 생각하는 것도 쓸데없는 말을 하는 것도 귀찮은 유스케는 세트 메뉴인 '농어 푸아레'라는 것을 주문했다. 입을 크게 벌리면 한입에 먹어치울 만한 오말새우 전채요리를 나이프와 포크로 잘게 썰어 먹고 나자, 흰 농어 조각 위에 빨강, 파랑, 노랑 야채를 예쁘게 올려놓은 큰 접시가 나왔다. 제법 맛은 있었지만, 그래도 그는 서양 요릿집에서 생선을 먹을 때마다 그냥 소금을 뿌려서 구운 생선에 무즙과 간장을 곁들여 먹는 편이 맛있겠단 생각을 하곤 했다. 계산은 당연하단 듯이 형수 아버지가 카드로 했다. 시간에 쫓겨서 와인도 차분하게 못 마셨다고 형수 부모네 별장에 가서 다시 마시자고 하기에 유스케도 따라갔다. 가보니 이층에다가 또 한 층이 있고 다락방까지 딸린 별장으로, 구보 부모네 별장보다 훨씬 크고 훨씬 더 사치스러웠다. 거품경제 시대를 실감나게 했다.

사람 수가 많은데다가 아이들도 있었기에, 화제는 산만하게 구보 형수 아버지의 고혈압 이야기, 형네 큰아이의 유치원 수험준비 이야기, 구보 형의 지방간 이야기로 이리 튀고 저리 튀다가, 내일 밤 초대받았다는 미나미하라에 별장을 가진 집안 이야기로 옮겨갔다. 상속세를 치르지 못해 내놓은 넓은 부지를 싼 값에 사서 낡은 별장을 부수고 지하에 온수 풀장이 있는 대저택을 지었다고 하는데, 자전거를 두는 곳까지 번들거리는 대리석을 써서, 거품이 터지고 난 후로 이렇게 돈을 많이 들인 공사를 한 적이 없다고 시공업자측이 놀랐다고 한다. 설립자는 도매 옷의 전국 체인 사장이었다.

"모두가 불경기로 고생하는 동안에도 자꾸자꾸 부자가 되는 사람이 있으니 말이죠. 장사라는 것은 참 재미있어요."

구보의 형이 장인에게 말했다. 지금은 회사에 다니고 있지만, 언젠가는 처갓집 사업을 이을 야심이 있는 것 같았다. 그 미나미하라 별장에서 내일 밤, 작년에 이어 올해도 가든파티를 연다고 한다. 작년은 백 명 가까운 사람이 모였고, 온수 풀 주위 여기저기에 '동 페리'라는 고급 샴페인을 수십 병 준비해 얼음물에 띄워놓아, 초대받은 손님들 사이에서 두고두고 화제가 되었다고 한다. 별장에 오는 사람 수도 줄고, 또 왔다 해도 떨어뜨리고 가는 돈도 줄어들고 있는 시대에 맞지 않게 인심 좋은 파티였다.

형수가 소파에 나란히 앉은 구보와 유스케를 보고 말했다.

"히데키 씨도 친구랑 같이 오세요. 오후 세시부터 밤까지 계속하니까."

"뭐, 초대받은 것도 아닌걸요."

"그런 건 상관없다니까요. 우리랑 같이 가면 돼요. 우리만큼도 친하지 않은 사람들만 잔뜩 오는데 뭘."

너무 사람이 많다보니 누가 누군지 알 수 없어서, 그게 도대체 누구였냐고 모두 돌아간 다음날 전화로 물어올 정도라고 형수는 의기양양한 얼굴로 말했다. 구보네보다 신참이지만 형수네 쪽이 교제범위를 넓혀가고 있다는 것이 그 얼굴에 나타나 있었다.

걸어도 얼마 걸리지 않는 내리막길이었기에, 회중전등을 빌려 걸어서 가기로 했다. 그제 밤과 똑같은 달밤이었다. 그러나 매끄럽게 포장된 넓은 도로였기 때문에 산속을 걷고 있다는 기분은 들지 않았다. 길이 꺾일 때마다 아사마 석을 쌓아올린 얕은 담에 '곤줄박이의 길' '물총새의 길' '멧비둘기의 길' 등 길 이름이 붙어 있었다. 회중전등을 든 유스케가 재미있어하며 그 이름들을 비추면서 걷자 구보가 문득 말했다.

"저, 우리 형수 말이야. 아무래도 나한테 마음이 있는 것 같아."

유스케도 식사 중간부터 그런 낌새를 채고 있었다.

"형보다 내가 더 번듯하게 생겼으니까 어쩔 수 없지만, 어쩐지 나도 묘한 마음이 든다니까. 뭐 어떻게 할 수 있는 처지는 아니니까 쓸데없는 이야기지만 말이야. 그냥 여동생만으로 참아볼까."

유스케는 대답할 수도 없어 희미하게 미소지으며 묵묵히 발걸음을 옮겼다. 구보도 유스케가 뭔가 말해주기를 기대하고 있는 것은 아니었다. 포장도로에서 눈을 떼고 위를 보니, 걸음을 따라 달이 함께 움직인다.

잠시 말없이 걷다가 구보가 물었다.

"내일 어떻게 할래?"

"글쎄, 어떻게 할까."

달을 보면서 유스케는 건성으로 대답했다.

"엄청난 부자를 보는 것도 나름 재미있어."

"응."

어릴 적처럼 달과 경주하고 싶다는 충동이 일순간 가슴을 스쳐갔다. 유스케는 대답했다.

"내일 결정할게."

그렇게 대답했지만, 내일은 오이와케에 가보려고 마음속으로 결정하고 있었다.

맞음불을 피운 흔적은 이미 남아 있지 않았다. 그저께의 소나기로 깨끗이 씻겨버린 것 같았다. 대신 옆에 있는 두 송이의 엉겅퀴가 좀 더 기세 좋게 피어 있었다.

가게에서 찾은 자전거를 끌고 문 안에 들어서 베란다로 올라가자, 어서 와요, 라는 후미코의 목소리가 다다미방 쪽에서 들렸다. 예사로운 목소리였다. 목을 빼고 들여다보니, 지난번처럼 함석을 댄 차 도구상자가 열려 있고, 후미코는 역시 헝겊 더미에 파묻혀 있었다. 헝겊 더미에서 내민 얼굴에는 전혀 놀란 빛이 없었다.

거기 앉아서 기다리세요, 하고는 엉거주춤 일어나서 주위를 치우기 시작했다.

"아즈마 씨는요?"

"아침부터 도쿄에 갔어요."

미리 전화를 안 한 것을 이상하게 여기는 것 같지는 않았다. 전화를 싫어하는 유스케는 회사일이 아니면 웬만해선 전화를 하지 않는다. 아즈마 다로가 있거나 후미코가 집에 없으면 그때는 그때대로 다시 돌아오면 된다고 생각하고 전화도 걸지 않고 왔는데, 여자는 마치 오늘 유스케가 오는 것을 알고 있었던 양 당연한 일처럼 유스케를 맞아들인 것이다.

유스케는 어깨에 메고 있던 카메라를 내려놓고, 지난번과 같은 곳에 걸터앉았다.

유지매미와 참매미들이 여전히 시끄럽게 울고 있었다. 높은 가지의 잎사귀가 사각사각 흔들리는 것도, 햇볕이 베란다에 어른거리는 것도 모두가 지난번과 똑같았다. 후미코가 갑자기 울기 시작한 그때부터 계속 여기 이렇게 앉아 있었던 기분이 들었다. 아니 훨씬 더 전―자기가 태어나기 전부터 여기에 이렇게 앉아 있었던 기분마저 든다.

으르렁거리는 듯한 소리가 나서 고개를 들자, 또다시 커다란 헬리콥터가 푸른 하늘을 가로질러갔다.

"진주군인가?"

그렇게 혼자 중얼거린 유스케는, 제 속에서 전후가 비로소 하나의 현실이 되어 있음을 느꼈다.

3
오다큐선

"관계없는 이야기를 많이 해도 될까요?"

"물론입니다."

"아주 많거든요. 많이, 많이."

"물론이지요."

이윽고 베란다에 나온 여자는 그렇게 이야기를 시작했다.

그렇게 오래 살았다는 느낌이 없는데, 이상하게 어쩐지 옛날의 내가 지금의 나처럼 느껴지지 않아요. 인생을 조금 걸은 지점에서 커다란 모퉁이를 돌아버리고, 그런 줄도 모르고 오로지 걷기만 하다가, 어느 날 문득 뒤돌아보았더니 그 모퉁이에 이르기까지의 길이 완전히 지워져 있었고, 아득히 먼 곳에 뭔가 옛날의 나 같은 사람—여동생 손을 끌고 남동생을 등에 업고 아이 업는 포대기를 두른 사람이

아사마 산

어렴풋하게 보이기는 하지만, 그것이 진짜 나라는 느낌이 들지 않는, 그런 것 말이에요.

물론 어렸을 때의 기억은 있습니다.

우선 아사마 산이 있죠. 우물가에서도, 밭에서도, 학교에 오가는 길에서도, 학교 마당에서도, 어디에서나 아사마 산이 보였습니다. 흐린 날의 아사마 산, 비 오는 날의 아사마 산, 눈 오는 날의 아사마 산, 그리고 물론 맑은 날의 아사마 산까지. 맑은 날은 글쎄, 뭐라고 하면 될까요. 산의 색이 시시각각 바뀌고, 나중에는 석양 속에서 부옇게 보라색으로 비치고, 그것을 보고 있으면 어린 마음에도 이런 산이 바로 옆에 있다는 것, 그것도 아득한 옛날부터 있어왔다는 사실이 희미하지만 정말이지 고맙게 느껴지곤 했지요. 늦은 봄을 기다리던 산꼭대기의 눈이 어느 날 갑자기 눈에 띄게 녹기 시작하여, 하얀 줄기가 몇 개씩이나 산 계곡을 따라 가늘게 세로로 늘어진 채 빛납니다. 그런 아사마도 좋아했습니다.

그리고 아사마와 함께 치쿠마(千曲) 강이 있습니다. 어디에서나 아사마가 보였듯이 어디에서나 치쿠마 강이 흐르는 소리가 들려왔습니다. 귀를 기울이지 않으면 들리지 않을 만큼 희미한 소리인 것이 오히려 믿음직하여, 밤중에도 아, 들린다, 라고 생각하면 안심이 되어 차가운 이불을 코밑까지 끌어올리곤 했습니다. 상류에서 깊은 계곡을 따라 셀 수 없을 만큼 꾸불꾸불 구부러져서 흘러오기 때문에 '천 번 꺾인다'라는 뜻에서 치쿠마 강이라는 이름이 붙었다고 합니다만, 내가 자란 사쿠 분지에 들어서면 갑자기 경사가 완만해지고 굴곡도 완만해집니다. 그래도 그 당시는 찰싹찰싹 강 소리가 들렸죠. 그 치쿠마 강의 흐름을 이어받은 작은 강 세 개가 집 뒤꼍에 있어서, 여

치쿠마 강

름이면 맑은 물에서 송사리나 물맴이 같은 것이 헤엄치는 것이 보였습니다.

남동생을 업은 채 강기슭에 쭈그리고 앉아 조심조심 손을 뻗어, 그 맑은 물을 양손으로 떠 마실 때의 차가운 그 맛이 지금도 손바닥과 입 안에 남아 있습니다. 그 밖에도 진흙에서 갓 뽑은 고구마의 비릿한 냄새, 어딘가 마른 밀가루 같은 거름통 냄새, 몇 대에 걸쳐 밟혀 단단해진 토방의 곰팡내, 그런 것도 몸에 스며들어 남아 있습니다.

그렇지만 그런 기억을 가진 자신이 나 자신처럼 느껴지지 않는 것입니다. 기억은 몸에 배어 있는데, 머리의 알맹이가 바뀌어버렸다고나 할까요. 누구한테나 어린 시절의 자신이라는 것은 지금의 자신과 다를 수밖에 없을지도 모릅니다. 다만 나처럼 젊은 시절에 완전히 다른 세계에 들어가버리면, 옛날과 지금 사이에 어쩔 수 없는 커다란 틈이 입을 쩍 벌리고 있는 듯한 느낌이 듭니다.

제 아주머니 중에 오하쓰(お初)라는 분이 계십니다. 어릴 때 어른이라고 생각하던 사람들이 하나 둘 죽어, 이제는 거의 다 무덤에 들어가버렸지만, 큰외삼촌한테 시집 온 이 오하쓰라는 분은 아흔이 지난 지금도 여전히 자기 이로 밥을 먹을 만큼 건강합니다. 이 큰외숙모는 치약은 물론 비누도 모르고 자랐다고 합니다. 초등학교에 들어가기 전까지 집에 전기도 들어오지 않았고, 고우미(小海) 선이 사쿠다이라를 달리기 전에는 전차라는 것도 본 적이 없다고 합니다. 에도 시대에 태어난 거나 마찬가지죠. 그런데 지금 살고 있는 곳은 차로 오 분만 가면 편의점이 있고, 그곳엔 치약이랑 비누는 물론 온갖 상품이 눈부신 전깃불 아래 선반 가득 진열되어 있어요. 온통 뽕밭이었

던 곳에는 넓게 포장된 도로가 종횡하고, 비디오 대여가게나 패밀리 레스토랑 같은 것이 늘어서 있죠.

자신을 둘러싼 환경이라는 면에서 말하자면, 오하쓰 외숙모 쪽이 더 많은 변화를 겪어왔는지도 모릅니다. 누가 뭐래도 일본이라는 나라가 가장 어지럽게 변한 시대를 백 년 가까이 살아온 것이니까요. 그런데 그런 오하쓰 외숙모는 머릿속이 처녀 시절과 그다지 크게 바뀐 것 같지 않습니다. 머리의 알맹이, 세상을 보는 눈이라고 해야 할까요? 아니면 세상을 이해하는 말이라 해야 할까요? 거기에 비해 저는 세상을 보는 눈, 세상을 이해하는 말 그 자체가 바뀌어버린 것입니다.

오하쓰 외숙모한테는 어머니와 제가 이대에 걸쳐 신세를 졌고, 그 쭈글쭈글한 얼굴을 보는 것도 이번이 마지막일지 모른다고 생각하여 요즘은 매년 정월에 찾아뵙고 있습니다. 아직도 어머니 친정이 있던 곳에 사시지만 제가 어렸을 때 드나들던 띠지붕집은 훨씬 전에 부수고, 그 뒤에 지은 이층집도 부숴서, 재작년에는 손자가 세운 무슨무슨 하우스라는 이름의, 온돌도 깔려 있고 하나에서 열까지 편리한 집에 살고 있습니다. 찾아가면 외숙모는 난방이 잘 되는 거실에서 긴의자 위에 옛날식으로 앉아, 머리에 털모자를 쓰고 막대과자를 부러뜨려 먹으면서 열심히 텔레비전을 보고 있습니다.

귀가 잘 안 들려서 외숙모, 하고 크게 소리쳐야 비로소 제가 온 줄 알고 돌아봅니다.

—오오, 후미코냐? 잘 왔다.

저의 어린 시절을 알고 있는 사람의 목소리. 게다가 옛날 그대로입니다. 아사마 산을 봐도 치쿠마 강을 봐도 저는 이제 예전의 자신과 연결되지 않는데, 오하쓰 외숙모의 사투리가 남아 있는 목소리를 들으면 그 순간 휙 하고 옛날의 나로 이어지는 통로가 열리는 것 같습니다. 동시에 지금의 제가 이렇게까지 달라져버렸다는 사실을 뼈저리게 느낍니다.

오하쓰 외숙모의 목소리는 늘 오십 년도 더 전의 겨울밤으로 저를 데려갑니다.

오하쓰 외숙모와 어머니가 노변*에서 차를 마시면서 낮은 소리로 무슨 이야기를 하고 있는 것이 들립니다. 화력이 센 뽕나무 뿌리가 탁탁 튀는 소리도 들립니다. 밖에는 찬 겨울바람이 불고 있습니다. 어린 나는 고개를 숙인 채, 낮에 모은 도토리를 헝겊조각으로 닦기도 하고 실로 잇기도 하면서 산의 겨울을 온몸으로 느끼고 있습니다. 눈을 들면 오하쓰 외숙모와 어머니의 안내에 쎗긴 얼굴이 노변의 불에 불그스레하게 비치는 것이 보여, 마음이 놓이면서 동시에 불안이 뒤섞여 가슴속에서 솟구치는 것이었습니다.

어머니의 친정집은 내가 태어난 집에서 걸어서 십오 분도 채 걸리지 않는 곳에 있었습니다. 남의 집으로 시집간 딸이라고, 어머니는 설이나 오봉 같은 특별한 날을 제외하고는 친정에 가는 것을 삼가는 것 같았습니다. 그러나 아버지가 할아버지와 할머니를 어머니에게 맡기고 출정한 뒤에는 달리 기댈 곳도 없고 했으니 뭔가 부탁하러 간다는 핑계로 가게 된 것이겠죠. 기억에 선명한 것은 겨울밤, 저녁식사가 끝난 시간에 긴 막대기 끝에 호롱불을 매단 어머니 손에 이끌려 추위를 참으면서 차갑게 굳어진 길을 힘주어 밟으며 갔을 때의 일입니다.

---

* 난방이나 취사용 불을 피울 수 있도록 방바닥이나 마룻바닥을 네모나게 파낸 주위.

친정행이 허락되는 것은 뭔가 곤란한 일이 있을 때뿐이므로, 어머니는 긴장해서 말없이 걷기만 합니다. 그리고 도착해서 호롱불을 끄고 나면 등을 구부리고 쭈뼛쭈뼛 토방에 들어갑니다.

—안녕하셔유, 수고가 많으셔유.

—응, 그래. 어서 와, 고생이 많지?

일어나서 나오는 오하쓰 외숙모의 목소리는 농갓집 며느리치고는 늘 밝았습니다. 지금 생각하면, 좋은 일로 왔을 리가 없다는 것을 알면서 그렇게 밝은 목소리로 맞아준 것은 그분의 인덕이었습니다. 나한테는 외할머니, 오하쓰 외숙모한테는 시어머니가 되는 분은 병약해서 전쟁 전에 돌아가시고, 집안의 유일한 여자로 살림을 꾸려나가는 자신감이 타고난 덕에 더해진 것입니다. 마음대로 휘두른다고 험담하는 사람도 있었지만, 믿음직한 분이셨습니다.

어머니는 부엌 앞 귀틀머리에 앉을 때 즈음에는 벌써 반쯤 울고 있습니다. 오하쓰 외숙모의 밝은 목소리를 듣기만 해도, 평소 참고 있던 온갖 설움이 온몸에서 한꺼번에 솟구치는 것입니다.

—울기만 하면 알 수 없잖아. 이번에는 도대체 뭔데, 이야기해봐.

오하쓰 외숙모는 옆에 가서 어머니 손을 잡아 일으키고, 노변 아랫자리로 데리고 갑니다.

큰외삼촌한테 시집 온 오하쓰 외숙모는 팔남매의 막내인 어머니에게 올케인 동시에 반쯤은 어머니 대신이기도 했겠지요. 노변으로 간 어머니는 철퍼덕 앉자마자, 이번에는 허리춤에서 수건을 꺼내 좀더 서럽게 웁니다.

어머니는 좋은 사람이었지만 강한 사람은 아니었습니다. 남편을 전쟁에 빼앗긴 뒤의 고생—신체적 부담과 마음의 부담이 너무 사무쳐서, 혼자서는 어떻게 해야 할지 알 수가 없었던 것입니다.

부탁이라는 것은 그때그때 달랐던 것 같습니다. 해를 넘기고 새해를 맞이하기 위해 돈을 조금 꿔달라든가, 혹은 일손이 필요하니 큰외삼촌 아들 한 명을 하루나 이틀 빌려달라든가 하는, 그런 자질구레한 일이었겠죠. 큰 외삼촌은 너무 나이가 많아서인지 전쟁에 나가지 않았고, 또 네 아들 중 밑의 두 명은 나이가 어린 탓에 집에 남아 있어서, 어머니네 친정에는 그 시절에도 몇 사람 정도 남자 손이 있었던 것입니다. 거기에 비해 우리집은 유일한 남자인 할아버지도 아버지가 전쟁에 나간 직후에 가벼운 중풍에 걸려, 뽕나무를 잘라 장작을 만드는 것조차도 마음대로 하지 못했습니다.

어머니가 구구절절 시댁 사정을 호소하고 있는 동안에도 큰외숙모는 부지런히 움직여, 나에게는 당시 대단한 귀중품이었던 설탕을 아주 조금 따뜻한 물에 녹여 설탕물을 만들어주셨고, 어머니한테는 차를 따르면서 곁들여 먹으라며 후쿠진즈케*와 노자와나즈케 같은 장아찌와 단 된장 등을 내주었습니다.

— 잘 먹겠시유.

어머니는 눈물 사이사이로 그런 것을 힐끗힐끗 보면서도, 아직 손은 대지 않고 이야기를 계속합니다. 시아버지 시어머니에 대한 불평도 나오는 듯 큰외숙모는 그렇겠지, 그럼 그렇지, 라는 맞장구 외에, 그건 자네 잘못이야, 나라면 조금 더 자세히 말했을 거야, 라고 반은 야단치듯이 반은 격려하듯이 말하기도 합니다. 실컷 우는 동안에 어

---

* 福神漬(ナ, 일본식 장아찌의 한가지로 무, 가지, 작두콩, 연근, 생강, 차조기, 표고 등 일곱
가지 야채를 잘게 썰어 소금물에 담갔다가 건져 양념하여 간장에 담근 것.

머니도 조금씩 마음이 가라앉는 듯 눈물이 마르기 시작합니다.

그때를 가늠하여 오하쓰 외숙모는 어머니 앞에 놓여 있는 것들을 가리키면서 말합니다.

—자자.

젓가락을 가지런히 해서 공손하게 들고 채소절임 등에 뻗을 때쯤에는 어머니의 눈물도 거의 말라 있었습니다.

—아, 정말 잘 절여졌네유.

어머니는 미안해하면서도 음식들을 작은 접시에 덜어 정말로 맛있다는 듯이 먹습니다. 우리집은 이미 손이 많이 가는 여러 종류의 장아찌를 만들 여유가 없었던 것입니다. 그리고 차를 한 잔 더 마시고서, 양손을 짚고 절을 한 뒤에 일어납니다.

—고맙습니다.

등에 지는 광주리 — '보테' 라고 합니다만 — 를 처음부터 갖고 가는 것이 너무 뻔뻔스러운 것 같아 빈 몸으로 가더라도, 오하쓰 외숙모가 집어주는 고구마니 뭐니 하는 것으로 어머니의 양손은 꽉 차, 돌아올 때 길을 호롱으로 비추는 것은 항상 제 몫이었습니다.

어느 날 밤, 오하쓰 외숙모가 어머니를 물끄러미 바라보더니 기막히다는 듯이 말했습니다.

—아가씨도 얼굴이 꽤 미워졌구만.

어머니는 원래 하얀 피부였는데, 농갓집 며느리로 하루 종일 밭에 나가서 일하는 동안 남자인지 여자인지 구분이 안 되는 피부가 되어버린 것입니다. 어머니는 외숙모한테 그런 말을 들어도 화도 안 냈습니다. 상처 입은 것 같지도 않았습니다. 그저 쑥스러운 듯이 웃고 있었습니다.

오다큐 선

나는 설탕물이 기다려졌고 어머니가 슬픔을 삭이는 모습을 보는 것이 좋았기 때문에, 오하쓰 외숙모네 집에 가는 것이 좋았습니다. 다만 그 시절 말 그대로 판에 박은 '시골 아이'였던 내가 정말로 나였 다는 사실이 꿈처럼밖에 생각되지 않는 것입니다.

생각해보면 그 시절 시골에 태어나는 것은 정말이지 보람 없는 일이었습니다. 무엇보다도 그것은 모든 것이 똑같은 세상에 태어난다는 이야기였습니다. 집을 나서서 여기저기를 가봐도 똑같이 생긴 초가집에 똑같은 논과 뽕밭이 이어지고, 들일을 할 때 입는 똑같은 작업복 차림의 햇볕에 탄 얼굴들이 보일 뿐이었습니다. 이웃집에 가나, 친구 집에 가나, 친척집에 가나, 똑같은 사람들이 똑같은 노변에 둘러앉아 똑같은 것을 먹고 있을 뿐이었습니다. 기와지붕을 이고 하얀 벽에 둘러싸인 부잣집 — 지주나 이장이나 또는 양조장집 등이 군데 군데 있었지만, 그 밖에는 모두 똑같습니다. 아침부터 밤까지 개미처럼 일하는 고달픔에 더해 재미도 없었습니다. 요즘 시골에서의 삶이 재조명되고 있다고 하지만, 그 당시에 일자리가 없는 것은 제외하고라도 전후에 사람들이 속속 도시로 나간 것은 어쩔 수 없는 일이었습니다.

내 생가는 물론 농가였습니다. 소작농은 아니었지만 양잠으로 돈이 벌리게 되었을 때 얼마 안 되는 농지의 반을 좁쌀이니 수수, 피 농사를 그만두고 뽕밭으로 전환한 양잠 농가였습니다. 우리집뿐 아니라 주변 일대가 역시 똑같은 양잠 농가였습니다. 그렇지만 양잠으로 돈을 버는 시대는 이미 훨씬 전에 끝나 있었습니다. 집에는 할아버지와 할머니가 계셨는데, 양잠의 전성기는 할머니가 처녀였던 시절이었습니다. 이모할머니와 둘이서 제사공장의 여공으로 일했는데 둘 다 솜씨가 좋아 남자들이 부러워할 만큼 수입을 올려 다른 공장으로 스카우트되어서, 기차로 이동할 때는 이등칸을 타고 맥주도 대접받는 등 융숭한 대접을 받았다는 이야기를, 노변에서 밤일 삼아 콩을 고르거나 우동가루를 쳐대거나 하는 중에 할머니한테 여러 번 들었습니다. 이모할머니는 여공 숙사에서 폐병에 걸려 집으로 돌아온 후 돌아가셨다고 합니다만, 그래도 남자도 부러워할 만큼 돈을 벌었던 시절을 회상하는 할머니는 자랑스러워 보였습니다. 그랬는데, 우리 부모님 시대가 되자 공장은 폐쇄되고 뽕밭을 줄이라는 정부 지시가 내려오고 해서 양잠 농가는 힘든 시기에 들어섰던 것입니다.

게다가 내가 태어난 1937년은 일본이 중국과 전쟁을 시작한 해였습니다.

어떻게 먹고 살까, 어른들은 늘 이마를 맞대고 걱정했습니다. 주위의 농가가 잇따라 만주로 이주해간 시기이기도 했습니다. 나중에 알았지만 나가노(長野) 현은 만주로 이주한 사람이 가장 많은 현이라고 합니다. 그것도 당시 양잠 농가의 어려움과 관계가 있었으리라고 생각합니다. 물론 아이였던 나는 다행히 어린아이 정도의 이해밖에 없어서, 겨울에는 눈토끼를 만들어 빨간 남천 열매를 눈에 붙이고, 여름에는 고구마를 캐서 고구마 경단을 빚고, 바로 밑의 여동생하고 둘이서 놀기만 하는 대체로 행복한 어린 시절을 보냈습니다. 하지만 어른이란 기분이 언짢은 사람들이라는 어두운 인상은 쭉 가시지 않았습니다.

그러다가 태평양 전쟁이 시작되었습니다. 나는 아직 초등학교에 들어가기 전이었기에 그런 것은 잘 몰랐지만, 제사공장이 차례차례 군수공장으로 바뀌어가고 있다는 이야기가 어렴풋하게 머리에 들어

올 때 즈음에는 주위에서 남자들의 모습이 차례차례 사라져갔습니다. 먼저 우리집에서 함께 살던 삼촌이 사라졌습니다. 일 년이 지나고 이 년이 지나, 도쿄의 아이들이 집단으로 피난 올 때 즈음에는 아버지도 사라졌습니다. 전쟁중이라도 일본인은 쌀을 먹어야 한다, 그러니까 농갓집 장남한테는 징집영장이 안 나온다고 했는데, 아버지한테 징집영장이 날아온 것입니다. 아버지가 들일할 때 입던 옷은 토방에 친 못에 날마다 걸려만 있게 되었고, 할아버지, 할머니와 함께 남겨진 어머니가 들일 틈틈이 아직 아기였던 남동생에게 젖을 먹이는 모습이 어린 마음에도 불쌍했습니다. 태어났을 때부터 일본은 계속 전쟁, 전쟁이어서 저도 항상 일장기만 흔들고 있었기 때문에, 전쟁이라는 것이 언젠가는 끝나리라는 것도 모르면서 아버지가 돌아오기만을 매일같이 기다리고 있었습니다. 어머니가 제 손을 끌고 친정에 얼굴을 내밀어 오하쓰 외숙모를 상대로 노변에서 서글프게 울기 시작한 것도 그때부터였을 것입니다. 이윽고 아버지가 없는 채로 전쟁의 마지막 해가 밝았습니다. 그리고 그해 봄, 도쿄에서 공습을 당해 집이 타버렸다는 외삼촌 겐지(源次) 아저씨가 피난을 온 것입니다.

그 겐지 아저씨가 저에게 시골을 벗어날 계기를 만들어준 사람이었습니다. 외삼촌이라 해도, 그때까지는 이야기만 들었지 본 적도 없었습니다. 팔남매의 둘째로, 막내인 어머니와는 열다섯 살 가까이 나이차가 있어, 어머니조차 좀처럼 만난 일이 없었던 것입니다. 겐지 외삼촌은 어머니가 철이 들 때 즈음에는 이미 먹는 입을 줄이기 위해 집에서 내보냈다고 하는데, 그러다가 가루이자와에 있는 만페이 호텔의 레스토랑에서 보이로 일하게 되어, 얼마 동안은 여름에는 만페이에서 일하고 가을에서 봄에 걸쳐서는 외항선에서 일하는 생활을 보냈다고 합니다. 그리고 어느 해, 여름이 되어도 배에서 내리지 않았고 그 이래 이십 년 가까이 바다의 사나이로 살아왔던 것입니다. 재능도 있어 출세해서 여객선의 사무장이 되고, 남들처럼 결혼도 하고 아사쿠사에 집도 마련했다고 합니다. 그런데 3월 10일의 도쿄 대공습날, 외삼촌 자신은 치바(千葉)에 있는 처갓집에 식료품을 구하러 가서 화를 면했지만 아내와 작은 딸을 집과 함께 잃어버린 것입니다.

집을 소실한 겐지 아저씨는 우선 고향집으로 돌아왔습니다. 내가 막 초등학교 2학년이 되었을 때였는데, 나는 학교에서 돌아오자마자 할머니한테서 여동생과 남동생을 넘겨받아 여동생은 손을 끌고, 남동생은 등에 업고, 신기한 것을 보기 위해 외삼촌을 보러 갔습니다. 화가 날 만큼 실망한 것은 외국에만 있었다고 하기에 서양 사람 같은 모습을 상상하고 있었기 때문입니다. 안쪽 방에 계셔, 라고 오하쓰 외숙모가 말해서 살금살금 들여다보았더니, 까까머리에 국민복을 입은 사람이 불단 앞에 앉아 고개를 푹 숙이고 있었고, 불단 앞에는 작은 위패 두 개가 나란히 놓여 있었습니다. 그 지치고 초라한 뒷모습은 다른 친척들과 전혀 다르지 않았습니다.

— 돈으로 사는 여자로 그칠걸 그랬어. 여염집 여자한테 손을 대서 주제 넘게 결혼 같은 걸 하는 바람에 천벌이 내린 거야.

이건 어른이 된 뒤에 겐지 아저씨 입에서 들은 말입니다.

그때는 그냥 네가 후미코냐? 라며 머리를 쓰다듬어주었습니다. 이야기하는 말투만은 도쿄 사람 같았던 것이 인상에 남아 있습니다.

그 겐지 아저씨가 얼마 있다 우리집으로 옮겨온 것입니다. 전부터 고지식한 큰외삼촌과는 사이가 안 좋았다고 합니다. 게다가 큰외삼촌네 집에는 남자 손이 몇인가 있습니다. 그에 비해 우리집에는 발을 질질 끄는 할아버지밖에 없습니다. 비록 머릿속에서 시골 생활이 완전히 사라진 겐지 아저씨 같은 사람이라도 남자가 와준다면 고마웠던 것입니다. 오하쓰 외숙모가 그런 양쪽의 처지를 생각해 배려해준 것이었다는 사실은 나중에 알았습니다.

전에는 늘 술이 들어 있었다는 짚 거적을 씌운 네 되들이 술통은 전쟁이 길어지는 동안에 어디론가 사라지고, 배급이 나온 것은 즉시 할아버지가 마셔버려 집에서 술냄새가 나는 일은 평소에는 없었는데, 겐지 아저씨가 온 날 밤은 어머니가 어떻게 마련했는지 술을 내왔습니다. 머위 꽃대를 잘게 썰어서 된장에 섞은 것을 얇은 나뭇조각에 담아 화톳불로 구운 것이 안주였습니다. 그것을 젓가락으로 조금씩 떠서 입에 넣던 아저씨가 그때만은 시골 사람으로 돌아가 감개무량한 목소리로 말했습니다.

─으메, 맛난 것.

그 바람에 담배에 불을 붙이려던 할아버지가 숨이 막혀 켁켁거리고, 희번득 눈을 뒤집은 아기 남동생이 크게 숨을 들이마시는가 싶더니 경기를 일으킨 것처럼 울기 시작했습니다. 보통 때는 남동생이 울면 절절매는 어머니였지만, 그날 밤은 기분이 좋았는지 웃으면서 안고 달랬습니다. 그날 밤은 아버지가 돌아온 것처럼 떠들썩해서 나도 기뻤습니다.

겐지 아저씨는 농사일을 돕기 시작했습니다. 물론 군(軍)의 토목공사에도 밤낮으로 끌려나갔습니다. 내 입으로 말하기는 뭐하지만 오랜 세월 지나면서 완전히 머리로 일하는 인간이 돼버려서 말이야, 라고 지친 몸을 저주하듯이 자주 앓는 소리를 했습니다. 나는 아직 어려서 들일을 돕는다고 해봤자 남동생을 등에 업고 여동생과 같이 논

두렁의 풀을 뜯거나 메뚜기를 잡거나 하는 일 정도밖에 못 합니다. 그래도 그런 일을 구실로 아저씨한테 들러붙어, 잠시 쉴 때 아저씨가 해주는 배 이야기며 외국 이야기를 듣는 것이 즐거움이었습니다. 아저씨는 어린아이에게 이야기를 들려준다기보다 눈을 가늘게 뜨고 아사마 산 쪽을 보면서 한숨을 쉬어가며 혼잣말처럼 이야기하였습니다. 그리고 가끔 생각난 듯이 덧붙였습니다.

— 나한테 들은 이야기는 남한테는 하지 마.

여름에 들어섰을 때 아버지가 전사했다는 기별이 왔습니다. 오키나와(沖繩)의 수리전(首里戰)에서 다리에 부상을 입은 뒤, 일본군이 철수할 때 쫓아가지 못할 거라고 자결했다는 것이었습니다. 아무리 어른들이 자결이라는 말의 뜻을 설명해주어도, 내가 알고 있는 아버지로서는 상상이 되지 않는 일이었습니다. 나중에 이런저런 책을 읽는 동안 걷지 못하는 아버지를 일본군이 죽였을지도 모른다고 생각하게 되었지만, 당시는 이해가 되지 않는 심정이 가슴에 가득했습니다.

그때쯤에는 주위가 온통 전사자의 혼령을 제사 지내는 집뿐이어서 할아버지 할머니도 어머니도 묵묵히 아버지의 전사를 받아들일 수밖에 없었습니다. 겐지 아저씨는 자결이라는 말의 의미를 물으며 돌아다니는 내가 측은했는지 한층 더 귀여워해주었습니다. 많은 조카들 가운데서 죽은 딸과 제일 나이가 비슷했고, 또 내가 누구보다도 아저씨 이야기를 열심히 들었기 때문인지도 모릅니다.

어느 날 가루이자와에 갔다 왔다며 땀투성이가 되어 돌아온 아저씨가, 배낭에서 끈으로 묶은 책 다발을 꺼내서 내 앞에 놓았습니다. 역 근처 고서점에서 샀다고 했습니다. 도쿄의 책방에는 이제 책다운 책은 다 사라졌다는데 과연 가루이자와야, 라면서 "피난 온 도쿄 아가씨들의 책이야, 읽고서 '레이디' 다워져야 한다"라고 말했습니다. 또 "이제 곧 전쟁은 끝나, 그러니까 이런 책을 선생님이나 친구 몰래 읽을 필요도 없어질 거야"라고도 했습니다. 교과서밖에 몰랐던 저는 두꺼운 표지에 칼라 삽화가 있는 예쁜 책에 놀랐습니다. '레이디'가 뭔지도 모르는 내가 겐지 아저씨도 읽었냐고 묻자, 아니, 라고 쑥스러운 듯 대답했습니다. 소녀소설이었던 것입니다. 번역된 외국소설도 있었고, 일본 사람이 쓴 소설도 있었습니다.

나중에 어머니한테 들었지만 겐지 아저씨가 그날 가루이자와에 간 것은 히로시마(広島)에 떨어진 새로운 폭탄에 관한 정보를 얻기 위해서였습니다. 당시 여러 나라의 대사관과 적십자 단체 등이 들어 있던 만페이 호텔까지 간 모양이었습니다. 이왕이면 버터나 소시지 조각이라도 손에 넣을 수 있으면 하고 고구마를 지고 갔는데, 고서점 간판을 보고 내 책으로 바꾸었다는 것입니다. B29가 소리를 내며 우에다(上田) 시를 공습하는 것을 보고 눈이 휘둥그레진 며칠 뒤, 예의 옥음방송이 있었습니다. 다른 어른들이 우왕좌왕하는 가운데 겐지 아저씨만은 갑자기 물 만난 고기처럼 신이 나서, 어떻게 약삭빠르게 움직였는지, 애당초 그런 돈이 어디에 있었는지, 재빨리 기차표를 손에 넣고 날아가듯이 도쿄로 돌아간 것만이 강하게 마음에 남았습니다. 도쿄에서는 아직 밥도 못 먹을 텐데, 라고 걱정하는 어머니에게 삼촌은, "아니, 나는 먹을 수 있어, 지금은 남보다 빨리 움직이는 것이 중요해"라고 대답했습니다. 어머니는 의지할 사람이 없어지게 되어 불안한 것 같았지만 오빠가 시댁에 언제까지고 눌러앉아 있을 수는 없다는 것을 머리로는 알고 있었기 때문인지 붙잡지 않았습니다.

미국 병사가 탄 지프차가 흙먼지를 날리며 달리는 모습이 눈에 띄기 시작하고, 그 전에 쓰던 교과서를 먹으로 시꺼멓게 칠하고 선생님이 '데모크라시'라는 말을 입에 담을 때 즈음에는 피난 왔던 아이들이 속속 도회로 돌아가기 시작했습니다. 가루이자와에서 보자기에 싼 아름다운 기모노를 들고 와 쌀로 바꾸려는 사람들이 늘었습니다. 어머니하고 똑같은 몸뻬 차림이었지만, 얼굴과 몸매는 물론 이야기할 때의 표정, 쓰는 말이 전혀 다른 것이 재미있어서 나는 기둥 뒤에서 구경거리라도 보듯이 엿보고 있었습니다.

그러는 동안에 아버지 동생인 삼촌이 복원(復員)해, 어머니는 그시동생과 결혼했습니다. 내 눈에는 어머니가 좋아서 결혼한 것처럼 보였습니다. 장녀였던 나는 아버지의 기억이 강하게 남아 있어서인지, 일 년이 지나고 이 년이 지나도 새아버지한테 정이 들지 않았습니다. 학교에서 돌아오면 이번에는 어머니가 새아버지와의 사이에 낳은 남동생을 등에 업고 집안일을 돕는 틈틈이 숨어서 책을 읽는 나날이 이어졌습니다. 그럭저럭하는 동안에 나하고 제일 마음이 맞았던 할머니가 닭 모이를 주다가 넘어져서 돌아가시고, 그 뒤로는 더 외톨이가 되었습니다.

열 살인가 열한 살 때쯤, 쾅 하는 폭음과 함께 아사마 산이 대분화를 일으킨 적이 있습니다. 용암은 대부분 군마 현 쪽으로 흘러가서 우리 마을에는 자잘한 재가 쏴아 하는 소리를 내며 떨어진 것뿐이지만, 그래도 밤에 온 가족이 마당에 나가니 북쪽 하늘에 잇따라 시뻘건 바위가 뿜어오르는 것이 보여 숨이 멎을 만큼 무서웠습니다. 그 무서움에 취해서 저도 모르게 빨려들듯이 보고 있었지요. 문득 돌아보자 어머니가 조금 떨어진 곳에서 갓난 남동생을 안고 새아버지한테 기대듯이 서서 역시 빨려들듯이 북쪽 하늘을 보고 있었습니다. 바로 밑의 여동생도, 조금 나이차가 나는 남동생도, 아빠를 부르면서 새아버지에 기대어 서 있었습니다. 할아버지도 모두와 같이 있었습니다. 그런데 나 혼자만 모두하고 떨어져, 모두하고 떨어져 있다는 사실도 깨닫지 못하고 시뻘건 바위가 뿜어져오르는 것을 정신없이 보고 있었던 것입니다. 그때쯤부터 이 집에는 내가 있을 곳이 없다는 생각이 강해진 것 같습니다.

도쿄로 떠난 겐지 아저씨가 다치가와라는 곳의 미군기지에 직장을 얻은 것은 그 뒤에 날아온 연하장을 통해 알고 있었습니다. 장교식당의 사무장이라고 씌어 있고, '장'이라는 직함이 붙어 있으니 그렇게 나쁘진 않을 것이라는 게 친척들의 결론이었습니다. 그 뒤로 매년 연하장이 올 뿐 얼굴도 희미해졌는데, 1952년 정월 갑자기 까맣게 빛나는 머리를 단정하게 빗고 야한 양복 차림으로 나타나 마을 사람들을 놀랬습니다. '럭키 스트라이크'라는 담배와 '허시 초콜릿' 등의 선물을 친척들에게 나눠주는 것을 보고 나는 아저씨가 하이칼라한 사람인 것을 그때 비로소 납득했습니다. 예민한 겐지 아저씨는 새아버지를 중심으로 재구성된 집에서 내가 어딘지 동떨어져 있는 것을 알아차렸겠지요. 전에 내가 배나 외국 이야기를 열심히 듣던 것이 기억났는지도 모릅니다. 봄에 중학교를 졸업한다는 이야기를 듣고는, 후미코, 졸업하거든 도쿄에서 일하지 않을래? 라고 말했습니다. 아저씨가 있는 기지에서 메이드로 일할 수 있는데, 메이드가 되면 기지 밖에서 일하는 보통 일본 여자들과는 비교가 안 될 만큼 많은 월급을 받을 수 있다고 했습니다.

기지라는 단어는 원래 나 같은 시골 처녀를 뒷걸음치게 하는 말이었을 겁니다. 그렇지만 나는 잠깐 놀랐을 뿐이었습니다. 아버지와 어머니는 기지라는 말을 듣고 물론 난색을 표했습니다. 나를 고등학교에 보낼 여유는 없었습니다. 아니, 애당초 여자인 나를 고등학교에 보낼 생각은 염두에 없었을 것입니다. 예전과 달리 농촌에서도 자식들을 교육시키려는 추세였지만, 여자는 달랐습니다. 때문에 나와 여동생은 중학을 졸업하면 바로 일하는 것이 당연한 분위기였습니다. 다만 먹는 입을 줄이기 위해 집을 나가 일하면서 집으로 송금을 하지 않으면 안 될 만큼 가난하지는 않아서, 아버지도 어머니도 가능하면 나를 도쿄같이 먼 곳에 보내기보다는 근처의 공장 같은 데서 일자리를 얻었으면 했을 겁니다. 그것을 겐지 아저씨가 설득했습니다. 내가 감독하겠다, 메이드 월급이면 집에 돈도 보내줄 수 있다, 라고요. 할수 없군, 하고 수락한 아버지는 마음속으로 한숨 돌리고 있다는 사실에 죄의식을 느끼는 것 같았습니다. 어머니는 좀더 노골적으로 마음이 놓인 듯한 얼굴이었습니다. 아무리 시간이 흘러도 새아버지를 따르지 않는 나한테 애를 먹고 있었던 게 틀림없습니다.

그렇게 나는 도쿄로 나왔습니다.

우에노 역에서 기다리고 있던 겐지 아저씨 뒤를 쫓아 만원 전차를 몇 번인가 갈아타고 도착한 역은, 도쿄라고는 생각할 수 없을 만큼 한적한 시골스러운 곳이었습니다. 흙먼지 속을 걸어가자 좌우에는 어쩐 영문인지 논밭도 없고 황무지가 펼쳐져 있을 뿐이었습니다. 그래도 내가 살게 될 집이 역시 도시답게 편리한 구조로 되어 있다는 것—집 안으로 우물물을 모터로 끌어오기 때문에 밖에서 양동이로 물을 길어올 필요가 없는 것, 집 안에 화장실이 있는 것, 부엌일도 토방에 내려가지 않고 그대로 마룻방에서 할 수 있는 것 등, 지금 생각하면 믿기 어려운 얘기지만, 우선 그런 것에 진심으로 경탄했습니다.

그런 내가 기지에서 영어를 조금 배운 뒤, 바로 미국인 중위네 집에 메이드로 들어가게 된 것입니다. 건축자재는 물론이고 창도 커튼도 가구도 통째로 미국에서 직수입해온 집에 들어가게 된 것이죠. 채광은 너무 밝다고 느껴질 정도고, 게다가 토스터, 오븐, 냉장고, 세탁기 등—그런 좋은 것이 이 세상에 존재하리라고는 상상도 못 했던 것이 반짝반짝 빛나며 넘쳐흐르고 있었습니다. 갑자기 달세계에 던져진 거나 마찬가지였으니 별로 놀라움도 느끼지 않았던 것 같습니다. 어른이 되어서 알게 된 것이지만, 놀라는 데에도 지식과 경험, 교양이 필요했던 것입니다. 당시 나는 미국인 집을 보고 놀랄 수 있을 만큼의 경험도 지식도 교양도 지니고 있지 못했습니다. 그러고 나서 이 년간 하루의 반을 그 중위네 집에서 보냈는데, 한 발짝만 담 밖으로 나가면 일본 전국에 정전이 잇따르는 가운데, 여름에는 하루 종일 선풍기가 돌아가고 겨울에는 하루 종일 히터의 니크롬선이 빨갛게 달아올라 있는 기지의 압도적인 풍요로움—좀더 어른이었으면 무척이나 감탄했을 기지의 압도적인 풍요로움마저 메이드 일을 그만둘 때까지도 진정한 의미에서는 깨닫지 못했던 것 같습니다.

다만 한 가지 처음부터 마음이 저미도록 고마웠던 것은 먹을 것이 풍부하단 것이었습니다. 산골 출신인 나에게는 '오호토'라고 불리는 우동이 특별요리고, 민물고기조차 그렇게 자주 상에 오르지 않았고, 바다 생선은 경사가 있을 때만 먹을 수 있고, 고기라고는 거의 맛을 모르는 게 당연했는데, 햄이니 소시지니 태어나서 처음 보는 영양가 높을 듯한 음식을 점심에 먹는데다가 커다란 설탕 봉투까지 내 손이 닿는 선반에 되는 대로 놓여 있는 겁니다. 실제로 종이봉지를 들여다보고 새하얀 설탕 — 오하쓰 외숙모가 설탕물을 만들어줄 때 쓰던 반백의 누런 설탕이 아닌 새하얀 설탕이 안에서 빛나고 있는 것을 보았을 때는 저도 모르게 무릎이 떨렸습니다. 기지에서 근무하는 동안 그때만큼 감격한 적은 그전에도 후에도 없었던 것 같습니다.

불행히도 기지의 고마움을 이해하지 못한 저는 다행히 기지의 무서움도 몰랐습니다. 지금 생각해도 기지라는 곳은 정체가 불분명한 곳으로, 메이드라고 해도 도시에서 여학교를 나와 근처의 농갓집 처녀들보다 양복이 이미 몸에 익은 사람들이 많았습니다. 고관 사이에서 유창하게 영어를 구사하는 여자 중에는 귀족 출신이라고 소문난 사람조차 있었습니다. 기지에서 일했다는 것을 알면 혼담이 잘 이루어지지 않는 분위기 속에서 굳이 일하려 하는 만큼 남모를 사정도 있을 테고, 천성적으로 사회관습에 얽매이지 않는 사람들이 많았던 게 틀림없습니다. 게다가 비록 기지 내에서는 엄격하게 규율이 유지되고 있다 해도, 한 발짝만 벗어나면 터무니없이 방종한 것, 무절제한 것, 성(性)적인 끈적끈적한 것이 주변을 빙 둘러싸고 있었습니다. 젊은 여자라면 얼마든지 몸을 그르칠 수 있는 환경이었습니다. 그러나 다행히도 나는 아직 열다섯 살이었고, 게다가 원체 늦된 편이었습니다. 자랑할 일은 아니지만 겐지 아저씨가 엄격하게 감시할 필요가 전혀 없을 만큼 늦되었던 것입니다.

겐지 아저씨네 집은 나카가미(中神)라는 역에 있었습니다. 다치카와 역에서 오우메(靑梅) 선으로 세 정거장째입니다. 역 가까운 곳부터 차례차례 날림집이 서 있는 사이사이로 옛날부터 있던 집들도 띄엄띄엄 남아 있어서, 당시 일본인 가운데서는 고소득자 축에 들어가는 겐지 아저씨는 전쟁 전에 세워진 꽤 넓은 집을 빌려 남는 방은 남에게 빌려주고 있었습니다. 세입자 중에는 미군을 상대하는 '매춘부'였다가 고정객이 생긴 '온리(only)'라는 여자들도 있었던 것 같았지만 조카딸이 온다고 내보낸 듯, 내가 갔을 때에는 마룻방과 팔 조짜리 방에 흑인 병사와 그 일본인 아내가, 사 조 반짜리 방에는 아이를 친정에 맡기고 메이드로 일하고 있다는, 딱할 만큼 말라비틀어진 전쟁미망인이 살고 있었습니다. 화장실, 목욕탕, 부엌은 공용이었지만 흑인 병사는 기지에서 샤워를 했습니다.

남는 방을 남에게 빌려주는 것과는 별도로, 겐지 아저씨는 여자와 살고 있었던 것 같았습니다. 여자의 손길이 닿은 것이 역력하게 냄비와 솥이 잘 정돈되어 있었으니까요. 당시 외삼촌은 한 여자에게서 다른 여자로 옮겨가는 도중이었던 것 같습니다. 어느 날 밤, 깃이 더럽고 후줄근한 기모노를 입고 묘하게 얼굴만 뽀얗게 분을 바른 여자가 돈을 얻으러 와서 큰 소리로 언쟁을 벌인 일이 있었는데, 지금 생각하면 그 여자가 함께 살던 여자였는지도 모릅니다. 어지간히 궁했던지 여자는 어이없을 만큼 집요하게 돈을 요구했습니다. 아저씨는 아저씨대로 멍청이, 너 따위한테 줄 돈이 있으면 개를 주겠다, 라는 등의 말로 쏘아붙이고, 바람을 많이 피운 사람 특유의 냉혹함인지 정말 끝까지 한 푼도 주지 않았습니다. 그리고 여자가 간 뒤에 쓸쓸한 얼굴로, 소금 뿌려둬, 라고 나에게 말했습니다. 얼마 있다가 역시 그쪽 계통 같은 옷차림의 여자가 모습을 나타내기 시작했지만 이쪽은 먼젓번 사람만큼 방종하지는 않은 듯해서, 저~ 보스! 고무호스 찾았어요? 라는 등 가정적인 이야기를 했습니다. 다만 지독하게 쉰 목소리였습니다.

그 외에도 아저씨를 '보스'라고 부르며 찾아오는 사람이 몇 명 있었습니다. 옛 패거리도 있었겠지만, 겐지 아저씨가 장교 식당의 요리사와 웨이터들의 숙소 감독도 겸하고 있었기 때문에 그쪽 사람들이 이런저런 의논거리를 들고 오는 것이었습니다. 사실 도쿄에서의 아저씨는 전화(戰禍)로 집을 잃고 피난해온 아저씨와는 완전히 다른 사람이었습니다. 아저씨가 드나드는 장교 식당도 성조기가 드높이 걸린 멋진 건물이고, 정문에는 소총을 든 헌병이 직립 자세로 서 있어 나 따위는 발을 들여놓을 수도 없었습니다. 아저씨는 영어도 잘해 오피서의 지프차를 타고 담소를 나누며 문을 나설 때도 있는데, 그런 때는 신체검사를 거치지 않고 통과할 수 있었기 때문에 요령껏 위스키니 담배 같은 것을 숨겨갖고 와서 암시장에서 현금으로 바꾸는 것 같았습니다.

아저씨는 또한 미남이었습니다.

아침에 수염을 깎을 때는 조금 몸을 젖히고 거울을 비스듬히 위에서 들여다보면서, 동양의 발렌티노지, 라고 매번 말했습니다.

조지 말고 루돌프로 불러주었으면 좋겠어.

기지에서는 '조지'로 통하고 있는데, 그것은 원래 여객선을 타던 때 붙었던 이름이라고 합니다. 자기 이름이 겐지라고 하자, 일등 선실을 타는 서양인 중에는 교양 있는 사람도 있어서 『겐지 이야기』*의 프린스 겐지와 같은 겐지냐고 몇 번이나 묻는 바람에, 너무 황송해서 그냥 조지라고 불러달라고 했다는 것입니다.

아저씨네 집안일은 내 담당이었지만, 여동생과 남동생 세 명, 게다

---

* 11세기에 무라사키 시키부(紫式部)가 쓴, 일본 고전문학의 최고 걸작.

가 나이를 먹을수록 몸이 불편해지는 할아버지를 건사하면서 물 긷기를 비롯해 집 안에서나 밖에서나 일이 산더미 같았던 시골생활에 비하면 편하기 짝이 없어, 평일에도 자기 전에 한 시간가량은 책을 읽을 수 있었습니다. 외설스러운 잡지와 나란히 놓고 팔고 있던 중고 문고본이었습니다. 주말에도 청소와 세탁을 마친 뒤 햇볕이 있는 동안에는 툇마루에 나가서 책을 읽었습니다.

메이드들은 시골파와 도시파, 즉 근교 농가의 딸들과 좀 먼 곳에서 통근하고 있는 샐러리맨의 딸들로 나뉘는데, 나는 어느 쪽에서도 고립되어 있었기에 주말에 함께 나돌아다닐 친구도 없었습니다. 자란 환경으로 보면 정통 시골파이지만, "나, 소변 볼랑께"라며 길가에서 당당하게 소변을 보는 여자아이들을 볼 때마다, 이상하게 나 자신도 어릴 때는 태연하게 논두렁에 쭈그려 앉았던 일은 잊어버리고, 그런 여자아이들이 그대로 성장한 농갓집 딸들과는 도저히 마음이 통할 수 없을 것같이 느껴졌습니다. 그리고 또 도시파 여자들은 그 막힘 없는 대화를 듣고 있기만 해도 기가 죽어 그 무리에 낄 마음이 들지 않았습니다.

주말이 되면 항상 혼자 툇마루에서 책을 읽고 있는 내가 불쌍했는지, 아니면 눈에 거슬렸는지, 겐지 아저씨가 가끔 도심에 데리고 나가주었습니다. 대개는 신주쿠(新宿)나 긴자까지 가서 서양 영화를 두 편 잇따라 상영하는 영화관에 갔는데, 어느 때 〈그대 이름은〉이라는 일본 영화를 보고 아저씨가 나보다 더 많이 울어서 쑥스러워한 일도 있습니다. 도심이 시시각각 부흥해가는 모습이 재미있을 정도로 눈에 띄었습니다. 어수선한 주말의 혼잡한 인파 가운데 하얀 붕대를 감고 지팡이를 짚은 상이군인이 풍금을 연주하는 모습을 볼 때도 가끔 있었지만, 모두가 멀찌감치 물러서서 서두르는 걸음걸이로 지나쳐갔습니다.

전쟁은 급속히 멀어져갔습니다.

실제로 내가 기지에 오기 일 년 전인 1951년에 미국에 의한 일본의 점령이 일단 끝났습니다. 그러니까 기지의 전성기 ─ 좀 묘한 말이지만, 기지가 정말로 활기찼던 시대는 이미 끝나 있었던 것입니다. 겐지 아저씨 말에 의하면, 민간에서 징병된 미국인들이 잇따라 본국으로 돌아가고 깍두기머리의 직업군인만 우글거리게 된 것도 기지의 분위기를 재미없게 만들었다며, 아저씨도 나를 데리고 왔을 때 즈음부터 조금씩 직장을 바꿀 생각을 했던 것 같습니다. 자기가 데리고 와놓고는, 젊은 여자가 이런 곳에 있어봤자 신통한 일은 없어, 라는 것이 말버릇이었습니다. 장차 내 장래도 어떻게 하지 않으면 안 되겠다고 생각한 것 같습니다.

겐지 아저씨가 슬슬 기지를 떠나야겠다고 심각하게 생각하게 된 것은, 제일 친하게 지내던 요리사가 장교 식당을 그만두고 전쟁 전처럼 '제국호텔'에서 일하기로 결정하였을 때였는지도 모릅니다.

1954년 5월의 일이었습니다.

요리사의 송별회가 있던 다음 날 아침, 신문을 가져가자 식탁에 마주 앉은 내 얼굴을 보면서 절실하게 말했습니다.

여자는 참 어려워. 네 어머니는 얼굴도 머리도 보통이라 그저 그런 인생으로 만족하니까 편한데 말이야. 그런데 한쪽은 좋은데 한쪽이 나쁘면 불행하지. 머리보다 얼굴이 괜찮으면 자만해져서 못 올라갈 나무를 올려다보다가 실패해버려. 얼굴보다 머리가 좋으면 분에 넘치는 욕심은 갖지 않지만, 자기 머리에 걸맞은 인생이 못 될 테니까 역시 재미없지. 너는 못생긴 건 아니지만 옛날부터 똑똑해서 머리 쪽이 몇 단 위니까, 그게 곤란하단 말이야. 어지간한 집에 태어났으면 아무래도 상관없는데 말이지……

나는 초등학교, 중학교 내내 계속 일등을 할 만큼 성적이 좋았고, 중3 담임이 내가 고등학교에 진학하지 않는 것을 대단히 아쉬워하던 기억이 있습니다.

—남자는 달라?

—그야 다르지.

내 목소리가 너무 진지했는지, 겐지 아저씨가 조금 농담투로 대답했습니다.

—남자는 말이야, 머리만 좋으면 돼. 거기에다 나처럼 잘생겼으면 무서운 게 없지.

그러고 나서 며칠 지난 뒤에 퇴근하고 돌아온 겐지 아저씨가 다음 일요일에 내가 가정부로 일할 곳을 찾아보러 가자고 했습니다.

—자, 일요일까지 아껴두라고.

그러면서 PX에서 가져온 듯한 미국제 나일론 스타킹을 건네주었습니다.

태어나서 처음 나일론 스타킹을 신은 그날부터 기억이라는 것이 시작된 듯한 기분이 듭니다. 아니, 그날부터 지금의 나와 바로 연결되는 기억이 시작된 것 같습니다. 지금 생각하면 멋모르고 인생의 급커브를 꺾은 것은 틀림없이 그날이었습니다.

도대체 어느 역에서 내렸던 것일까요? 신주쿠에서 야마노테(山手)선으로 갈아타고 고마고메(駒込) 역인지 리쿠기엔(六義園) 근처 역에서 내린 것까지는 확실하지만, 기억나는 것은 문득 정신을 차리고 보니 그때까지 묵묵히 발걸음을 옮기던 겐지 아저씨 얼굴에 뭐라고 형용할 수 없는 표정이 떠 있던 일입니다. 아저씨는 이윽고 공허한 눈초리로 멈추어 서고는, 빈 손으로 자기 얼굴을 쓰다듬듯이 하면서 말했습니다.

—전부 없어져버렸어.

공습 때문에 전소된 옛 고급주택가 얘기라는 것은 나중에 알았습니다. 주소를 적은 종이를 한 손에 들고 꺾었다 되돌아갔다 하던 끝에, 결국 담뱃가게 아줌마한테 물어 목적지였던 집을 찾아냈습니다. 아저씨는 으리으리한 대문 앞에 서서 두 개의 문패가 두 개의 초인종과 함께 나란히 걸려 있는 것을 물끄러미 바라보고는, 그중 한 초인종을 울렸습니다. 그러자 예순이나 일흔쯤 된 기모노 차림의 여자가 옆에 있는 통용문으로 나와, 겐지 아저씨의 얼굴을 보자마자, 어머나 조지 씨! 이런, 오래간만입니다, 무사하셨군요, 라고 반가운 목소리로 인사하며 어떻게 여기를 찾았냐는 등의 물음을 던지면서 우리를 안으로 데리고 갔습니다. 우리는 정원수 사이에서 현관, 현관에서 응접실로 안내받았습니다. 나무 냄새가 나는 커다란 일본식 집이었지만, 응접실은 양실이었습니다.

이윽고 주인아저씨께서 평상복 차림으로 나오셨습니다.

겐지 아저씨는 '고이시카와(小石川) 주인님'이라고 불렀습니다만, 진짜 성은 안도(安東) 같았습니다. 나중에 알게 되었지만, 이 일가족이 파리에 부임했을 때, 겐지 아저씨가 사무장으로 있던 여객선을 탔는데, 우연히 귀국할 때도 같은 여객선을 타게 되어, 주인아저씨가 미츠비시 도크의 중역이라는 것도 있고 해서 그후로 겐지 아저씨가 가끔 인사하러 가는 사이가 된 것 같습니다.

예의 '럭키 스트라이크'와 '허시 초콜릿'이 아저씨 보자기 안에서 나온 뒤, 조카딸입니다, 라는 한마디로 제가 소개되었습니다. 사모님은 제 긴장을 풀어줄 양으로 일단은 웃는 얼굴을 보이셨지만, 평상복 차림의 주인아저씨 쪽은 제 존재를 알아차렸는지 어쨌는지 알 수 없었습니다.

— 끔찍한 날림 공사야.

그분은 앉자마자 그렇게 말씀하셨습니다.

— 네.

아저씨는 그런 얘기에 익숙한 듯, 날림인지 아닌지 확인하듯 천장을 올려다보았습니다.

— 이제 서양관은 안 하십니까?

— 아니, 건축가한테 의논했더니 지금은 그런 고풍스러운 서양관은 유행이 아니라고 하면서, 무슨 풍인지는 모르지만 하얗고 네모난 상자 같은 모던한 집이 좋다고 해서 말이야. 그런 과자 상자 같은 곳에서 살고 싶지는 않으니 그냥 일본 집으로 해달라고 했지. 지은 지 반년 정도 됐네.

아저씨는 웃으면서 물었습니다.

— 옆집은 자제 분이십니까?

— 아, 장남 내외가 살고 있네.

오늘은 온 집안이 우에노 동물원에 갔기 때문에 특별히 조용한 거라며, 보통 때는 초등학교 옆에 살고 있는 것처럼 시끌벅적하다고 합니다.

— 예전에 사시던 야마토무라(大和鄉) 부근을 지금 지나왔는데

요……

　─아, 그 토지는 불탄 상태 그대로 광으로 쓰고 있어. 오래 살았던 곳을 떠나고 싶지 않아서 작긴 해도 여기를 산 거야.

　─네.

　넓은 응접실을 빙 둘러본 아저씨는 그렇게 말하면서 고개를 몇 번인가 끄덕였습니다.

　─가족이 전원 무사했으니까 불평할 처지는 아니지만. 공습으로 타버렸을 뿐 아니라, 이제 아무것도 안 남았어.

　─네……

　전쟁중에는 몰래 단파 방송을 들으면서 빨리 연합군이 해방시켜주었으면 했는데, 막상 미국이 점령하자 모든 것을 다 빼앗겼다고 주인 아저씨가 무표정하게 말을 이었습니다.

　─미국은 공산당을 적대시하지만, 이번은 공산당이 점령한 것이나 마찬가지였지.

　─그렇군요……

　아저씨는 진지한 얼굴로 맞장구를 치고 있습니다.

　그 뒤로는 전후의 재산세로 뭘 어떻게 잃었다는 얘기가 이어지고, 가마쿠라(鎌倉)니 오이소(大磯)니 하는 지역 이름도 나왔습니다. 누구누구가 공직에서 추방되었다, 누구누구가 전범이 되었다는 얘기도 나왔습니다. 처음 듣는 종류의 얘기만 잇따라 나오는 바람에, 나는 잘 이해가 가지 않아 어안이 벙벙해서 듣고 있었습니다.

　이윽고 도중에 사라졌던 사모님이 옻쟁반을 들고 오시더니, 조지 씨는 그 동안 어떻게 지내셨어요? 라고 차를 내려놓으면서 물으셨습니다. 겐지 아저씨는 공습으로 아내와 딸을 잃었다는 것, 조카딸인 나의 아버지가 전사했다는 일 따위를 간단히 얘기했습니다. 저런, 하고 부인은 눈썹 부근에 동정을 담아 아저씨와 내 얼굴을 번갈아 바라보셨습니다만, 그것 참 큰일이었군, 하고 말씀하시는 주인아저씨 쪽은 별로 마음이 움직인 목소리는 아니었습니다.

　─네.

아저씨의 대답은 그뿐이었습니다. 아저씨가 이런 분들하고 그런대로 교제할 수 있었던 것은 자기 분수를 알고 있었기 때문만이 아니라, 우리가 윗분들의 얘기에 흥미를 갖는 것은 당연하고, 윗분들이 우리 얘기에 흥미를 갖는 것은 호의에 지나지 않는다는 것을 잘 알고 있었기 때문이라고 생각합니다.

　─기지에서 일하시는 분에게 낼 만한 것은 못 되지만.

사모님이 얇게 썬 카스텔라를 우리에게 권하신 시점에서 아저씨가 내 취직운동을 시작했습니다.

　─일하는 사람은 안 두십니까?

　─그게, 오늘은 일요일이라 안 와요. 이제 예전 같은 식모는 없어요. 통근하는 식모뿐이죠.

가정부라고 해야지, 라고 주인아저씨께서 말씀하셨습니다.

　─맞아, 맞아, 가정부. 이 나이가 되어 가정부 없이 살게 되리라고는 생각도 못 했어요.

그러자 아저씨가 기회를 놓치지 않고 재빨리 나를 턱으로 가리켰습니다.

　─어떠신가요? 이 아이를 가정부로 두시는 건.

사모님은 내 얼굴을 힐끗 보시고 나서 작게 고개를 저으면서, 집이 비좁은데다 남편을 결핵으로 잃은 차녀가 돌아와서 같이 있고 하니

가정부는 한 사람으로 충분하다고 말씀하셨습니다. 그럼 다른 자제분 댁은? 하고 아저씨가 다시 한번 묻자, 아들이나 딸은 모두 아이가 있어서 가정부를 쓰고는 있지만 시대가 시대이니만큼 두 사람을 고용할 만한 여유는 없을 거라는 대답이었습니다. 그러고 나서 사모님은 장남 집에는 아이가 몇 명, 차남 집에는, 장녀 집에는, 하고 손가락을 꼽으면서 아들과 딸의 가족 구성에 대해 이야기하기 시작하셨습니다.

그때 카스텔라를 혼자서 먼저 들고 계시던 주인아저씨께서 차를 한 입 마시고 나서 말씀하셨습니다.

─아 참, 셋째 아들 마사오(雅雄) 기억나나?

겐지 아저씨는 그 마사오라는 사람의 얼굴을 떠올리려는 듯 약간 고개를 갸우뚱하더니 곧 아, 네, 하고 끄덕였습니다.

─그 녀석이 말이야. 그때 함께였던 시게미쓰 씨, 왜 런던에서 파리를 경유해서 귀국한 사람 있잖나. 그분네 집에 양자로 들어갔어. 야요이(弥生)하고 결혼한 거지.

─야요이 씨, 그 시게미쓰 선생님 따님인……

겐지 아저씨의 표정에 갑자기 생기가 흘렀습니다. 마치 갑자기 몸의 심지에 피가 흐르기 시작한 것 같았습니다.

기억이라는 것은 나중에 가서 여러 가지 해석을 덧붙이는 법일까요. 아저씨의 그 표정을 보았을 때 내 안에서도 뭔가가 움직이기 시작해, 지금부터 나는 이제까지의 인생과 전혀 다른 세계로 발을 내딛는 것이 아닐까, 하고 평소에는 소극적인 성격이었던 내가 그렇게 직감했던 기억이 있습니다.

저도 모르게 몸을 앞으로 내민 겐지 아저씨 얼굴을 보면서 주인아저씨께서 말을 이었습니다.

—전쟁이 끝나기 직전에 결혼해서, 지금은 벌써 아들이 초등학생이야.

—네, 그렇습니까?

아저씨는 여전히 생기가 넘치는 표정으로, 흐뭇한 듯이 턱을 쓰다듬었습니다.

—시게미쓰라, 정말이지 참 그리운 이름입니다. 그 아가씨의 남편이 되셨다니 정말 축하드립니다.

—응, 그래서 지금은 기누타에 있어.

—기누타요?

—응, 시게미쓰 씨네는 예전부터 기누타였어. 기누타무라(砧村).

—네, 전부터 기누타무라에 사셨군요?

—그래, 당장에라도 너구리가 나올 것 같은 곳이지.

처음에는 같이 야마토무라에 살다가, 오다큐(小田急) 선이 개통하고 나서 얼마 있다가 아이들을 새 학교에 다니게 하기 위해 기누타무라로 옮겼다는 설명이 뒤따랐지만, 내 귀에는 '기누타무라'라는 단어만이 묘하게 울렸습니다.

—바로 얼마 전까지도 호롱불을 들고 다니는 곳이었던 것 같더군. 시게미쓰 씨네는 그 뒤로 계속 거기서 살고 있어. 커다란 서양관을 짓고 말이지. 틀림없이 영국 취미가 더해져서, 사실은 영국의 컨트리 젠틀맨 흉내를 내고 싶은 게 아닌가 하네. 도쿄에서는 좁아서 어떻게할 수도 없지만 말이야.

—아, 네.

아저씨 머릿속의 지도에 새로운 점이 등록된 것 같았습니다.

─거기에다 마사오라는 녀석도 별나서, 그 무사시노(武蔵野)의 논 한복판이 마음에 든다고 하더군. 잘된 거지. 그렇지만 나잇살이나 먹은 사람이 살 만한 곳은 못 돼. 멋대가리가 없거든. 술집에서 돌아와도 술이 깨버려.

아저씨는 자꾸 턱을 문지르고 있었습니다.

─정말이지, 시게미쓰 선생님 댁은 어떻게 되셨는가 걱정하고 있었는데, 선생님 댁과 사돈이 되셨다니……

아저씨는 거기에서 다시 본래의 화제로 돌아갔습니다.

─그럼 이쪽은 이제 가정부가 필요하지 않으신 것 같으면 시게미쓰 선생님 댁은 어떨까요?

─시게미쓰 씨네?

─나이치고는 눈치도 빠르고 일도 잘합니다.

─몇 살이지?

─열일곱 살입니다.

─음, 알맞은 나이군.

주인아저씨는 힐끗 저를 보고 나서 말씀하셨습니다.

─하지만 요즘은 다들 가정부가 없어서 곤란해하고 있으니, 가정부 자리 같은 것은 쉽게 찾을 수 있지 않겠나.

─그렇지만, 어차피 일을 할 거라면 이 댁같이 양식이 있는 곳에서 일하는 것이 본인에게 도움이 되지 않을까 해서요.

주인아저씨는 그건 그렇지, 라고 간단히 납득하고 고개를 끄덕였습니다.

─어떨까요? 시게미쓰 선생님 댁은?

─그렇지만, 시게미쓰 군네는 예의 오니*가 아직 있는데?

―호오, 오니가 아직 있습니까?

―그럼, 아마 평생 있을걸.

―그럼 아가씨인 야요이 씨네는요?

―거기는 아직 분가하지 않았어.

주인아저씨께서는 잠깐 머뭇거리고 나서 계속했습니다.

―시게미쓰 군네는 여러 가지로 불행이 겹쳐서 말이야.

아저씨의 의아스러워하는 눈길을 보고 다시 입을 열었습니다.

―집은 안 탔지만 딱하게도, 노리유키(典之) 군이 말이야, 왜 그
클라리넷을 불던……

―전사하셨나요……

―응.

그 순간 굳어버린 아저씨 표정을 보고, 나는 아저씨가 정말로 충격
받았다는 것을 알 수 있었습니다. 아저씨는 잠시 침묵하고 나서 혼잣
말처럼 말했습니다.

―런던까지 가서 키우셨는데, 일본에 돌아오셔서 전사했단 말입
니까.

―그래.

그 노리유키 씨라는 분이 야요이 씨의 오빠이며, 시게미쓰 가의 외
아들이었다는 것은 나중에 들었습니다. 그때의 아저씨 말투에서는,
우리 아버지의 전사 따위와는 격이 다른, 훨씬 더 황송한 전사라는
것이 이 세상에 있다는 걸 느꼈을 뿐입니다.

그러자 사모님이 아저씨 쪽을 보고 말씀하셨습니다.

---

* 鬼, '도깨비'라는 뜻.

—뭐, 일단 야요이한테 전화해볼까? 그 부근 일대는 모두 전쟁 전부터 알고 지내던 댁들이니까, 야요이가 누구 일할 사람이 필요한 분을 알고 있을지도 모르지.

그때 사모님이 전화를 해주신 것이 내 인생의 갈림길이 되었습니다. 야요이 씨는 부재중이었지만, 이웃집에 있다며 바로 전화가 왔고, 사모님이 이러저러해서 전화를 했다고 말씀하시자, 어쩜 그 바로 이웃에 세 자매가 있는데 그 둘째 분이 마침 가정부를 찾고 있다는 것이었습니다. 이왕 결정할 얘기라면 빨리 알아보자고 해서 그길로 아저씨와 둘이 기누타무라의 야요이 씨 댁으로 향하기로 했습니다.

도움이 되어서 체면이 섰다는 표정으로 사모님이 옷깃을 가다듬으면서 돌아오시자, 주인아저씨께서 고개를 갸우뚱하고 말씀하셨습니다.

—둘째가 누구였지?

—왜, 그 제일 예쁜 아가씨 아닌가요? 화려하게 생긴.

—어? 맏이가 제일 미인이 아니었나?

—어머, 당신은 그분들 중에서 첫째가 제일 예쁘다고 생각하셨어요?

—아니, 사실 누가 누군지 기억을 못하겠어.

—어머나, 당신도 참 태평하셔요.

—그야 어쩔 수 없지. 마사오 결혼식 때 한 번, 그리고 가루이자와에서 한두 번밖에 만나지 않았으니.

거기에 겐지 아저씨가 끼어들었습니다.

—어느 쪽 댁이신데요?

—응, 시게미쓰 씨네하고는 전쟁 전부터 아주 오랫동안 알고 지내

는 사인데 말이야, 무척 친해져서 가루이자와의 토지도 나눠주는 바람에 가루이자와에서도 이웃이 되었어. 별로 대단한 집안은 아니야. 듣도 보도 못한 집안이지.

— 그렇지만 굉장한 미인 자매예요. '사이구사 세 자매'라고, 전에는 가루이자와에서 평판이 자자했대요. 조지 씨에겐 꽤 눈요기가 될 걸요.

사모님이 겐지 아저씨에게 갑자기 요염한 눈초리로 말씀하셨습니다.

— 그건 그래. 모두 예쁘고 대단히 하이칼라한 사람들이지.

주인아저씨가 등줄기를 쭉 뻗고 목을 쳐들면서 젠체하는 흉내를 내셨습니다.

— 호호호.

— 게다가 런던에서 자란 야요이보다 더 하이칼라하니까, 어이없을 정도야.

그 '사이구사 세 자매'가 한결같이 노리유키 군에게 연정을 품고 있었던 것 같아요, 라고 사모님이 말씀하시자, 그야 그렇겠죠, 라고 아저씨가 고개를 끄덕이고 나서 덧붙였습니다.

— 배에서 뵈었을 때는 아직 십대셨지만, 노리유키 도련님이야말로 진짜 히카루 겐지*였으니까요.

겐지 아저씨와 히카루 겐지가 뒤섞였던 혼란을 알고 계신 모양으로, 주인아저씨와 사모님은 그 말을 듣고 재미있다는 듯 웃으셨습니다. 아저씨는 노리유키 군이 죽었다는 사실에 충격을 받았어도 그것을 안도 가문 사람들 앞에서 나타낼 생각은 없는 것 같았습니다.

---

* 光源氏. 『겐지 이야기』의 주인공.

—잘 되면 좋겠네요.

사모님의 그 말씀을 뒤로 작별했습니다. 나는 그 댁 문턱을 두 번 다시 넘은 일이 없지만, '고이시카와 주인님'과 사모님은 그후 가루 이자와에서 두어 번 정도 잠깐 뵌 적이 있습니다. 사모님은 그때마다 저를, 아, 그러고 보니, 라는 느낌으로 기억해주셨던 것 같습니다.

오다큐 선은 일요일이었기 때문에 비교적 한산해서, 오후 햇살이 비춰드는 좌석에 아저씨와 나란히 앉을 수 있었습니다. 전철에 흔들리는 동안 가정부 자리가 있을 것 같다는 말을 듣고 한숨 돌린 것도 잊고 불안한 마음이 커져갔습니다. 아저씨는 제 불안을 알아차린 듯했습니다.

—뭐, 걱정할 것 없어.

그렇게 말하며 무릎 위에 가지런히 올려놓은 제 손을 가볍게 두드려주었습니다.

세이조학원 역은 내렸을 때의 인상부터 달랐습니다. 밝았습니다. 게다가 공기가 다릅니다. 5월의 따뜻한 햇살 속으로 바람이 살랑살랑 빠져나가는 것에 행복감조차 느껴집니다.

물론 '기누타무라'라는 말을 듣고 상상하던 것처럼 시골스러운 곳은 아니었습니다. 그렇기는커녕 나 같은 사람한테는 반쯤은 서양에라도 간 것같이 느껴졌습니다. 나중에 들은 바로는 오다큐 선 선로변은 다행히도 공습이 시모기타자와(下北澤)까지만 퍼부었기 때문에, 전쟁 전부터 있던 세련된 주택가가 온전히 남았다고 합니다. 넓은 은행나무 가로수를 걸어가자 이윽고 논밭과 잡목림이 눈에 들어왔지만, 고향에서 눈에 익은 광경 같지 않고 마치 그림처럼 보인 것은, 그처럼 평범한 시골 풍경을 '전원'이라는 버터 냄새 나는 서양말로 이해하려고 했던 사람들의 의지가 그 주변 일대를 지배하고 있었기 때문인지도 모릅니다. 몇백 년에 걸친 지연을 끊고, 이끼 낀 조상의 무덤과 가난 그 자체와도 인연을 끊고, 새로운 시대가 이제부터 일본에 가져다줄 좋은 일이 앞질러 선취되어 내 눈앞에 환하게 펼쳐진 것 같았습니다.

북쪽 출구에 있는 가게에서 길을 묻고 찾아간 서양관은, 주위에 높은 담이 없었기 때문에 도중부터 눈에 들어왔습니다. 그 광활하고 굉장한 건물에 어안이 벙벙해져 화강암으로 지은 커다란 문으로 다가가자, 어디에서 보고 있었는지 갑자기 서양관 곁에서 하얀 소매가 달린 일본식 앞치마를 입은 사람의 모습이 나타났습니다. 아저씨를 따라 통용문으로 들어가, 돌이 깔린 커다란 반원형의 차고를 곁눈질하면서 하얀 앞치마를 입은 모습을 향해 다가갔습니다. 가까이 감에 따라 그 연령 미상의 여자가 '오니'라는 것을 점점 알아차릴 수 있었습니다. 네모지고 납작한 얼굴에 눈꼬리가 치켜올라가 있고 입술에서 덧니가 양쪽 다 나와보이는 것이 오니 그 자체였습니다.

— 오쿠니 씨.

— 오래간만입니다.

이 오니가 오랜 세월에 걸쳐 '시게미쓰 가의 수석 가정부'였다는 것을 그 뒤에 알게 되었습니다. 그때는 커다란 돌문이 있는 저택에 어울리는 거만한 느낌의 가정부라고 생각했었지요.

모두 이웃집에 갔는데, 오니만 남아서 우리를 기다리고 있었다고 합니다.

— 조카딸인 후미코입니다. 쓰치야 후미코.

—흠, 후미코 씨.

오니는 눈으로 인사했습니다.

—조지 씨는 지금 뭐 하고 지내요?

—진주군.

—흥.

그렇게 말하고 나서, 다시 흥, 하고 코웃음을 되풀이했습니다.

—여전히 명이 기시군.

—그럭저럭.

—결혼생활은 잘 하고 있어요?

—아니⋯⋯

겐지 아저씨는 3월 10일의 공습에 처자를 한꺼번에 잃었다고 한마디로 말했습니다.

오니의 입에서 동정하는 말은 나오지 않았지만, 코웃음도 반복되지 않았습니다.

짧은 침묵 뒤에 겐지 아저씨가 물었습니다.

—도련님이 돌아가셨다면서?

오니는 고개를 끄덕일 뿐이었습니다.

—분향이라도 했으면 싶은데, 이런 하이칼라한 댁에는 불단 같은 것은 없겠지.

—맨틀피스 위에 사진과 향이 있어요.

겐지 아저씨는 맨틀피스가 뭔지 알고 있는 듯, 안내해달라는 듯한 얼굴로 오니를 보았습니다.

—부엌문으로밖에 출입을 못 해요.

오니는 좀 쓸쓸하게 그렇게 말하고는 발길을 돌려, 그늘진 서양관 곁으로 우리를 데리고 가서 부엌 출입문을 열었습니다. 먼저 신발을 벗은 아저씨가 고갯짓으로 재촉해서 나도 신발을 벗고 서늘한 넓은 마루가 깔린 부엌으로 올라갔습니다.

진주군이 이 저택을 접수한 동안, 시게미쓰 가족은 오니와 함께 지붕 밑에 있는 두 개의 가정부 방과 광에 틀어박혀 살았다고 합니다. 그리고 점령이 끝나 저택은 돌아왔지만 여전히 일층 일부와 이층 전부를 미국인 부부에게 가구째 빌려주고 있어, 정면 현관은 그들만 쓴다는 것이었습니다.

—정말 황당하게 무식한 사람들이에요.

복도 안쪽으로 가면서 오니가 말했습니다. 이곳을 서양인이 접수했을 당시는 미국의 유명 대학을 나왔다는 대위 가족이 들어와서 시게미쓰 가 사람들도 응접실에 초대받아 함께 차를 마시거나 브릿지 카드놀이를 했는데, 지금 살고 있는 몬태나 주에서 온 부부는 문화의 'ㅁ'자도 모르는, 주인님 말씀을 빌리자면 애당초 영어도 제대로 못하는 패거리라서 도저히 시게미쓰 가와 교류할 만한 사람들이 못 된다고 합니다. 이 사람 견지에서는 내가 메이드로 일했던 집의 중위 부부도 무척이나 교양 없는 사람들일지도 모르겠다, 하고 책이라고는 거의 없는 기지 안의 집을 떠올리면서 두 사람 뒤를 쫓아갔습니다.

두 개의 육중한 떡갈나무 문을 양쪽으로 열자, 천장이 높은 큰 방이 눈에 들어왔습니다. 남향인데도 창에 능직 커튼이 무겁게 늘어져 있어서 어두웠습니다. 방 중앙에 하늘색 양탄자가 깔려 있고, 그 위에는 사방이 조각된 낮은 탁자가 놓여 있었으며, 그 주위를 양탄자와 같은 하늘색 실크 쿠션을 올려놓은 화사한 의자가 둘러싸고, 또다른 구석에는 커다란 벽돌색 가죽 팔걸이의자가 좌우 대칭으로 놓여 있었습니다 ─ 나중에 거듭 기억에 떠오른 것은 그 방뿐이었습니다. 강렬한 인상을 받았음에도 기억이 희미한 것은, 몇 년 뒤에 집이 완전히 부서져버려 그날이 그 방을 본 최초이자 마지막이 되어버렸기 때문입니다. 그렇지만 유럽을 좋아하고 건축 도락가라 불리는 시게미쓰 가의 아버지가 돈과 시간을 들여서 만든 집이니만큼, 날림으로 지은 진주군의 집과는 완전히 품격이 다르다는 것만은 당시의 나로서도 알 수 있었습니다.

난로가 북쪽 벽 중앙을 차지하고 있고, 청동이나 도자기 조각상 등으로 장식한 한가운데에 놓인 사진 앞에는 마당에서 따온 듯한 작은 색색의 꽃들이 화병에 꽂혀 있었습니다.

오니가 갑자기 조용한 목소리로 말했습니다.

─똑같으셔요.

─누가?

─야요이 아가씨의 도련님이요.

저로 말하자면, 이렇게도 귀공자다운 남자가 이 세상에 있는가 하고 사진에 눈이 못 박혀버렸습니다. 소설에서 알게 된 '명문자제'라는 말 그 자체였습니다. 게다가 출정하기 전에 일부러 양복을 입고 찍었다고 하는데, 죽을지도 모른다고 생각하고 찍은 사진은 죽을 것을 알고 찍은 사진으로 보였습니다.

오니는 제 눈이 사진에 못 박혀 있다는 걸 알아차린 듯했지만, 신경도 쓰지 않고 겐지 아저씨에게 말했습니다.

─오래 기다려서 겨우 생긴 도련님이었잖아요. 그런데 그 도련님은 죽었지, 모든 걸 빼앗겼지, 이제 이것으로 시게미쓰 가도 끝장이라

고 생각했어요. 그랬는데 야요이 아가씨의 어린 도련님이 나날이 닮아가시는 거예요. 그래서……

지금 생각하면 그것은 방 안에 밴 시가와 홍차 향이었겠지요. 그 농후한 서양 향 가운데, 아저씨가 피운 선향의 말차 비슷한 냄새가 가늘고 하얀 연기를 피우면서 떠돌았습니다.

갑자기 오니가 저에게 말을 걸었습니다.

—후미코 씨라고 했던가?

—네.

—나이는?

—열일곱 살입니다.

—딱 좋네.

고이시카와에서 들은 것하고 같은 말이 나와서 우스웠습니다. 이번에는 겐지 아저씨한테 말했습니다.

—하지만, 대단한 집안은 아니에요.

—이웃집 말입니까?

—예. 아무도 모르고 들은 적도 없는 댁이죠.

말을 맞춘 것처럼 또 고이시카와에서와 같은 말이 나와서, 이번에는 재미있다기보다 묘한 기분이 들었습니다. 게다가 어딘가 무시하는 듯한 울림이 있어, 그때는 거만하고 호감이 가지 않는 여자라는 인상이 강했습니다.

—그 집에 따님이 세 분 계신데, 그중 둘째 따님 댁의 가정부가 결혼한다고 나가버렸거든요.

오늘은 이웃집의 어떤 분 생일 파티라, 시게미쓰 가의 여러분들도 그 이웃집에서 기다리면서 겐지 아저씨와 내가 도착하면 차를 마시자고 했다는 것이었습니다.

이야기는 그것으로 끝내고 우리는 부엌문으로 나가 뒷마당으로 안내받았습니다.

그 순간 산울타리 너머에서 담소를 나누는 소리가 들렸습니다. 서양 음악 같은 것도 들려왔습니다. 보니 한 사람이 지나갈 수 있을 만한 구멍이 산울타리 사이에 나 있었고, 아마도 그 구멍을 통해 이웃집으로 가는 것 같았습니다. 전쟁이 끝나갈 무렵, 공습 때 마당에서 마당으로 도망칠 수 있게 동네 전체가 산울타리에 구멍을 뚫은 일이 있었는데 이 댁에서는 그것을 전후에도 메우지 않고 쓰고 있다고 오니가 설명했습니다.

구멍을 빠져나감과 동시에 시게미쓰가 서양관의 그늘에서 벗어났는지도 모릅니다. 갑자기 5월의 태양이 눈부시게 세상을 비추었습니다.

색색의 꽃들 — 전쟁중에 테니스 코트를 야채밭으로 바꿨던 것을 지금은 꽃밭으로 만들었다고 하는데, 프리지어, 튤립, 글라디올러스 등 나중에야 이름을 알게 된 꽃들이 초여름 햇살을 받아 흐드러지게 피어 있었습니다. 그 너머 잔디 위에 행복이라는 것을 그림으로 그린 듯한 광경이 펼쳐져 있었습니다. 여름 분위기가 물씬 나는 옷차림의 사람들이 제각기 하얗게 칠해진 등의자에 앉아 있고, 그 사이를 누비 듯이 커다란 리본을 머리에 단 여자아이들이 하늘하늘 나비처럼 뛰어다니고 있습니다. 아름다운 것, 혜택받은 것, 행복한 것이 가득 모여, 주변의 공기에 광휘를 발하고 있는 것 같았습니다.

역에 내렸을 때의 해방감이 다시 한꺼번에 밀려왔습니다.

그때 내 일생이 결정되었던 것이겠죠. 아직 젊고, 좋든 나쁘든 무엇이나 마음에 크게 그림자를 드리울 때였습니다. 마당에 앉아 계시던 분들하고는 그 뒤 사십 년에 걸쳐 교제를 이어왔고, 그 사십 년 동안 도저히 이런 분들하고는 함께할 수 없겠다고 생각한 적도 여러 번 있었습니다. 그래도 끝내 관계를 끊지 못하고 오늘까지 계속된 것은 그 순간의 기억 덕택이었음이 틀림없습니다.

꽃의 무리에서 떨어지듯이, 야요이 씨로 보이는 여자분이 우리를 보고 잰걸음으로 다가왔습니다.

코튼 드레스 아래로 스타킹을 신은 가냘픈 다리가 보였고, 결혼해서 아이도 있을 텐데 젊은 아가씨로만 보였습니다.

—조지 씨!

—아가씨, 오랜만입니다.

야요이 씨는 겐지 아저씨에게 매달리는 듯한 자세로, 런던의 습관인지 오른손을 쑥 내밀고, 그 손을 겐지 아저씨가 잡자 이번에는 왼손을 거기에 대고 불그스레한 아저씨 손을 하얗고 부드러운 양손으로 감싸쥐며 악수했습니다. 배에서 겐지 아저씨를 만났던 추억이 되살아난 게 틀림없겠지만 어디까지나 애정이 깊은 분이기 때문인 것도 있을 것입니다.

이분이 런던에서 자란 사람이구나, 하고 나는 눈부신 것이라도 보듯 그 소녀티가 남아 있는 얼굴을 보고 있었습니다. 약간 꼬리가 처진 커다란 갈색빛 눈동자가 소녀소설의 삽화 그대로였습니다. 얼굴이 너무 하얘서 그런지, 일본 사람인데도 머리카락이 눈동자와 똑같이 갈색을 띠어서 그런지, 어딘가 이 세상 사람이 아닌 것 같은 느낌이었습니다.

그러자 초등학교 1, 2학년 정도 되는, 역시 갈색 머리카락의 남자

아이가 뛰어와서 야요이 씨 옆에 섰습니다.

—무사하셨군요. 전혀 안 변하셨네. 마사유키(雅之), 인사드려.

아이 머리를 손으로 살그머니 숙였습니다.

—늘 얘기하던 선원 아저씨인 조지 씨야.

겐지 아저씨는 무릎을 꿇어, 남자아이하고 같은 눈높이로 시선을 맞추고 물었습니다.

—도련님, 몇 살이지요?

잠깐 사이를 두고 아저씨의 햇볕에 탄 얼굴을 바라본 뒤 기운차게 일곱 살입니다! 라고 대답했습니다. 아직 어린아이인데도 이목구비가 뚜렷해서, 오니가 말한 대로 사진으로 본 노리유키라는 남자분을 빼닮은 것을 알 수 있었습니다.

내 남동생들도 그렇지만 남자아이란 왕성한 기운을 과시하고 싶어 하는 법이라, 마사유키 군도 발이 빠른 것을 과시하듯 우리 앞에서 뛰기 시작하고, 뒤에서 마사유키, 위험해! 하는 야요이 씨의 행복한 목소리가 이어졌습니다.

야요이 씨는 약간 꼬리가 내려간 다정한 갈색 눈을 나한테로 돌렸습니다.

—이름이 어떻게 되세요?

—쓰치야 후미코입니다.

—후미코 씨?

—네.

—오늘은 시간 있으시지요?

이런 여자분에게 이렇게 정중한 말을 듣고 내가 바로 대답을 하지 못하고 있자, 어느 틈엔지 또 한 분 연세가 지긋한 여자분이 곁에 오셔서 역시, 조지 씨, 하면서 오른손을 내밀고 저한테는 살짝 미소지으셨습니다.

— 사모님.

— 살아 계셔서 다행이에요.

야요이 씨의 어머님은 고이시카와의 사모님과 연배였을까요? 할머니 범주에 들어갈 분이셨지만 흰머리가 많은 머리카락을 단발로 자르고 회색과 흰색의 스트라이프 드레스를 입고 계시는 것이, 어지간한 젊은 사람보다 훨씬 더 세련되어 보였습니다.

— 도련님 영정에 인사드리고 왔습니다.

— 고마워요.

금방 눈이 축축해집니다. 나한테는 아버지의 전사는 이미 먼 일이지만, 이 정도 연세라면 바로 최근의 일처럼 느껴지겠지요.

나도 힘들었지만 남편이 정말 딱할 정도로 낙담해서 말이죠, 라고 고개를 남편이 계시는 쪽으로 돌립니다.

여어, 하고 등의자에서 손을 흔들고 계시는 것이 야요이 씨의 아버지 같았습니다. 목에 빨간 스카프를 두르고 파이프를 물고 계셨습니다.

— 어떻게 지내나?

겐지 아저씨는 시게미쓰 가의 모두와 어울리고 난 후, 공습으로 아내와 딸을 잃은 얘기를 했습니다. 사람들은 고이시카와의 분들하고는 비교가 되지 않을 만큼 진심 어린 반응을 보이고 사모님은 다시 눈물까지 머금어, 아저씨가 이 가족에 각별한 애정을 지니는 것이 이해될 것 같았습니다.

그리고 그후에 곧바로 곁에 앉아 있던 이웃집의 사이구사 가 여러분에게 소개되었던 것입니다. 겉보기에도 훌륭한 부모님과, 낯선 우리를 보고 무릎께로 모인 꼬마 아가씨들에게 둘러싸여, 그 중심에 세 송이의 커다란 꽃처럼 화려하게 피어 있던 것이 가루이자와의 그 세 자매였습니다. 그것이 1954년 5월이었으니까, 맨 위의 하루에 씨가 서른세 살, 가운데 나쓰에 씨가 서른두 살, 그리고 막내 후유에 씨가 스물여덟 살―여자 향기가 물씬 나는 한창때의 나이였습니다.

그때는 아직 이름도 몰랐고, 장녀, 차녀, 삼녀의 순서도 몰랐고, 우선은 서로 닮은 아름다운 얼굴 셋이 나란히 있다는 사실에 숨을 죽였습니다. 비슷하게 아름다운 얼굴 셋이 나란히 있으면 아름다움이 세 배가 아니라 삼십 배로 느껴지는 법입니다. 게다가, 오래된 표현이긴 하지만 서양 명화에서 빠져나온 것 같다는 표현이 딱 들어맞는 얼굴이었습니다. 입고 계시는 옷도 어디가 어떻게 다른지는 몰라도, 보통 일본 여자들이 입는 양복과는 전혀 같은 것으로 보이지 않았습니다. 그날은 생일파티라서 특히 옷을 신경 써서 입으셨던 것 같지만, 그때는 이런 분들은 언제나 이렇게 예쁜 옷을 입고 계시는 거라고 생각했습니다. 뿐만 아니라 이런 분들은 언제나 이렇게 정원에 나와서 즐기는 거라고도 생각했습니다. 사실은 이분들이 이렇게 자기네 마당을 자유롭게 쓸 수 있게 된 것은 바로 최근의 일이고, 이 댁은 미군에 접수되지는 않았지만 역시 패전 후의 밑바닥 생활에서 미국인과 그 일본인 처 등에게 집과 별관을 빌려주고 자기들은 시게미쓰 가와 똑같이 오랜 세월 뒷문으로 드나드는 생활을 하셨다는 일 등은 한참 뒤에야 알게 되었습니다.

―네, 네, 마르세유에서 오실 때의 그 배…… 네, 그렇군요.

시게미쓰 가의 아버지로부터 설명을 들으면서 우리에게 상냥하게 첫 인사를 해주신 분은 세 자매의 아버지로, 그때의 대화로 알았습니다만 모두가 '지지(할아버지)'라고 부르는 분이었습니다. 정력적인 인상을 지닌 분이셨습니다. 몸집이 크고 얼굴이 단단한 탓도 있겠지만 비스듬하게 쓴 회색 베레모 아래에 새까만 머리카락이 튀어나와 있었고, 그 새까만 머리카락이 부자연스러울 만큼 굵고 윤기가 나는데 저도 모르게 압도되었습니다. '지지' 맞은편에서 머리를 뒤쪽에서부터 모아 묶어 좌우에서 위로 틀어올리고 보라색 옷을 입고 앉아 있는 분이 '바바(할머니)'였습니다. 세 자매의 어머니니까 당연하다면 당연하지만, 역시 숨이 멎을 만큼 아름다운 분이셨습니다. 지지와는 반대로 어딘지 모르게 느긋한 인상을 주는 분으로, 장신의 몸을 조금 나른하다는 듯이 등의자에 맡기고 우아하게 목만 꺾어 방긋 웃으셨습니다. 지지와 바바는 시게미쓰 가의 양친보다 상당히 젊어, 당시는 아직 장년기였습니다.

그 당시부터 집안의 모든 것을 지휘하던 장녀인 하루에 씨가 그때까지 무심결에 부치고 있던 상아부채를 접으면서 말했습니다.

―그럼 차를 들까요?

―여보오.

야요이 씨가 조금 목소리를 높였습니다.

―차예요~오.

혼자 떨어져서 책을 읽고 있던 사람이 얼굴을 들었고, 그것이 야요이 씨의 남편인 마사오 씨란 것을 알 수 있었습니다. 마사오 씨라는 분 역시, 피도 섞이지 않았는데 아까의 그 사진에 있던 노리유키 씨와 아주 닮았습니다. 마사오 씨의 아들인 마사유키 군이 외삼촌인 노리유키 씨와 많이 닮은 것도 당연했습니다.

―여보~오.

이번에는 하루에 씨가 야요이 씨를 일부러 흉내냈습니다. 그러자 정원 끝에서 긴 막대기 같은 것을 흔들고 계시던 남자분이 어, 하고 대답하였습니다. 그분이 하루에 씨의 남편인 히로시(浩) 씨로, 그때는 뭐가 뭔지 몰랐지만 골프 티샷 연습을 하고 계셨던 것이었습니다. 당시의 일본인은 마른 사람이 대부분이었는데, 벌써 배가 나오고 허우대가 좋은 분이셨습니다.

하루에 씨가 또 흉내를 냈습니다.

— 차예요~오.

모두가 와 하고 웃습니다. 야요이 씨는 어머나, 하지 마, 라고 하시면서 등을 보이고 서둘러 걸어가셨습니다. 지금 생각해보면 야요이 씨가 남편인 마사오 씨와 사이가 좋은 것을 사이구사 세 자매는 늘 조금은 부러워하고 있었던 것입니다.

나는 세 자매를 구분할 수도 없었고, 세 자매인데 남편으로 생각되는 분은 하나밖에 안 보인다는 사실도 생각지 못하고, 애당초 베란다를 통해 발을 들여놓은 사이구사 가의 응접실이 시게미쓰 가의 응접실과는 비교할 수 없을 만큼 평범하다는 사실조차 알아차리지 못했습니다.

왼쪽에 있는 식당에 하얀 헝겊이 덮인, 서양 식기를 쌓아놓은 커다란 식탁이 있었습니다. 그래도 사람 수에 비해 충분하지 않다기에 세 자매의 양친인 지지와 바바, 그리고 야요이 씨와 하루에 씨의 남편들은 응접실 의자로, 아이들은 응접실 너머에 있는 육 조 정도 되는 방으로 쫓겨갔습니다. 겐지 아저씨와 나는 일단은 손님 대접을 받아 식당 쪽으로 안내되어, 하얀 헝겊을 덮어놓은 식탁에 나란히 앉았습니다. 눈앞에는 고상한 푸른 무늬가 새겨진 홍차 포트와 홍차 잔, 그것과 세트인 케이크 접시 등이 수북하게 쌓여 있었고, 하얀 냅킨과 작은 은 스푼, 직접 구운 듯한 딸기를 얹은 둥근 쇼트케이크, 또 마당의 프리지어를 따서 꽂아놓은 청자 화병도 있었습니다. 중위네 집에서는 차를 마시는 일도 없었거니와 식기도 이렇게 우아한 것을 쓰는 일이 없었기에 그것만으로도 상기되어버린데다가, 세 자매가 떠들썩하게 얘기하면서 포트를 한 손에 들고 홍차를 따르거나 하는 모습도 마치 움직이는 그림 같았습니다.

보통 때는 주위를 지나칠 만큼 의식하는 편이었지만, 그날은 술이라도 마신 것처럼 황홀했습니다. 오니가 가끔 부엌에서 나와서 매서운 눈초리로 식탁 위를 점검하는 것도, 눈에 띌 만큼 뚱뚱한 앞치마 차림의 아가씨가 쟁반을 들고 바쁘게 식당과 응접실 사이를 왔다 갔다 하고 있는 것도 희미하게 마음속에 그림자를 드리울 뿐이었습니다. 또 한 명, 멋을 낸 젊은 여자가 응접실 저쪽 방에서 따로 작은 식탁을 둘러싼 아이들 시중을 들고 있는 것 같았지만, 그것도 어렴풋이 마음에 그림자를 드리울 뿐이었습니다.

잔뜩 상기되어 꿈인지 생시인지 모르고 보낸 티타임이었지만, 생각하면 그 티타임이 세 자매들 앞에 진정한 의미에서 손님으로 앉은 유일한 시간이었습니다.

딸기 케이크를 나누어주던 장녀 하루에 씨가 겐지 아저씨에게 말했습니다.

—오늘은요, 4월 말에 태어난 저와 5월 초에 태어난 바로 밑의 여동생의 버스데이 파티예요. 그러니까 이것은 버스데이 케이크인 셈이죠. 캔들은 생략하고요…… 호호.

그리고 케이크를 나눈 접시를 차례차례 돌리라고 차녀인 나쓰에 씨에게 말했을 때, 아저씨가 하루에 씨에게 말했습니다.

—가루이자와에 별장을 갖고 계시다고 고이시카와에서 들었습니다만……

네, 하고 하루에 씨는 강한 눈을 좀더 크게 뜨더니, 이번에는 야요이 씨 양친을 그 큰 눈으로 쳐다보고 대답했습니다.

—아버지가 이쪽 시게미쓰 아저씨한테서 전쟁 전에 토지를 나누어 받았어요.

그 말이 끝나자마자 아저씨가 다시 물었습니다.

—혹시 하루에 씨인가요?

식탁에 앉은 모두가 술렁거렸습니다만, 그중에서 제일 놀란 것은 내가 아니었나 생각합니다. 사이구사 가의 여러분이라고 소개받았을 뿐, 세 자매의 이름은 그때까지 나오지 않았던 것입니다.

겐지 아저씨는 득의양양한 얼굴로 모든 사람을 둘러보았습니다.

사실은 하루에, 나쓰에, 아키에라는 이름의, 재색을 겸비한 평판이 높은 세 자매가 가루이자와에 있다는 소문을 전에 외국인 손님들한테서 들은 일이 있다고 했습니다. 그리고 지금 그중 한 명이 '나쓰에'라고 불리는 것을 듣고 어쩌면 그 세 자매일지도 모른다고 생각해서, 4월이 생일이라면 '하루에'가 아닌가 짐작을 했다고 합니다.

—네, 하지만 저는 아키에가 아니라 후유에예요.

너무 놀라서 손에 접시를 든 채였던 차녀인 나쓰에 씨를 대신해서 삼녀인 후유에 씨가 케이크 접시를 돌리면서, 일부러 입을 뾰족 내밀듯이 하며 말했습니다.

—이런, 실례했습니다.

—아니에요, 후유에라니 정말 이상한 이름인걸요.

―아닙니다. 대단히 로맨틱한 이름입니다.

아저씨는 세 사람을 다시 한번 차례차례 바라보면서 말했습니다.

―한 명 정도 사로잡아서 본국에 데리고 가고 싶었다고 말하던 분도 계셨습니다. 금발이셨죠.

―어머나, 페터일까?

차녀인 나쓰에 씨가 보조개를 보이고, 목을 갸우뚱하면서 언니인 하루에 씨를 보았습니다.

―글쎄, 금발이면 페터일지도 모르지.

―그게 언제쯤의 얘기죠?

―글쎄요. 음 1940, 41년인가요. 전쟁이 시작되기 바로 전이었습니다.

아, 역시, 하고 꽃 같은 웃음이 이어졌습니다.

평판대로죠, 라고 야요이 씨가 아저씨에게 케이크를 권하면서 방글방글 웃으십니다.

―야요이 아가씨까지 해서 네 분, 이렇게 엄청난 미녀만이 모여 계시면 참으로 대단했겠습니다.

식탁에서의 대화를 들은 듯한 세 자매의 어머니인 바바가 어느 틈엔지 그 화사한 모습을 응접실에 나타내고, 저기 하루에, 그 앨범을 보여드려봐, 라고 말했습니다. 아 그렇지, 후유에 미안하지만 그것 좀 갖다줄래? 셋째인 후유에가 언니들의 잔심부름을 담당하는 것은 이때도 마찬가지였습니다. 이윽고 두툼한 가죽표지의 앨범이 겐지 아저씨와 나 사이에 놓였습니다. 세 자매가 가루이자와에서 남긴 청춘의 추억이 가득 담긴 앨범으로, 나중에 그분들은 젊음을 상실해감에 따라 그냥 보기만 하는 것으로는 부족했던지, 거기에서 여러 장의 사진을 떼어내 액자에 넣어 가루이자와 별장 응접실에 걸게 된 것입니다.

그때 나는 아직 세 자매가 누가 누군지 몰라서, 앨범을 넘길 때마다 잇따라 영화배우처럼 아름다운 분들이 모자를 쓰거나, 테니스 라켓을 들거나, 초원에 스커트 자락을 펼치고 앉았거나 하며, 연달아 어떤 때는 혼자, 어떤 때는 두 명, 어떤 때는 세 분이, 그리고 어떤 때는 여러 명이 사진에 찍힌 것을 홀린 듯 보고 있을 뿐이었습니다. 얼굴 생김새가 달라서 금방 알아볼 수 있는 야요이 씨도 내내 함께였습니다. 야요이 씨의 오빠인 노리유키 씨도 함께였습니다. 그 노리유키 씨가 서양 남자 분들하고 악기를 연주하고 있는 사진도 몇 장인가 있었습니다.

─방금 전에 얘기하신 분 혹시 이분이실까요? 페터 얀센이라고 하는데.

그중의 한 남자 분을 가리키면서 하루에 씨가 겐지 아저씨에게 물었습니다.

─네, 글쎄, 잘은 기억하지 못하지만 그러고 보니 이런 얼굴이었던 것 같기는 해요.

십대 초반부터 이런 종류의 사람들을 접촉했던 겐지 아저씨는 이런 집에서 이렇게 앨범을 보는 데에도 위화감이 없는 것 같았습니다. 그렇다기보다 오히려 자기에게 주어진 역할을 연기하는 것에 쾌감조차 느끼는 것 같아서, 어이구, 저런, 호, 야, 하고 감탄사를 연발하고 있었습니다.

세 자매는 어느 틈엔지 일어나서 아저씨와 내 어깨 너머로 앨범을 들여다보고 있었는데, 아저씨의 감탄하는 목소리와 서로의 교성에 부추겨진 덕분인지 아주 기분이 좋아져, 몸매도 눈초리도 목소리도 한층 더 화려하고 요염해져가는 것이 눈에 띄게 보였습니다. 아저씨에게 설명하려고 앞으로 몸을 숙이면, 공기의 움직임에 따라 가슴께에서 희미하게 분인지 향수 같은 좋은 냄새가 풍겨왔습니다. 그래서 더욱 현기증이 나는 것 같았습니다.

지금 생각해보면 그런 분들에 익숙한 아저씨보다 내가 훨씬 상기해버렸던 것 같습니다.

언젠가 아저씨가 돌아가시고 난 뒤, 문득 이런 생각을 했습니다.

여객선을 탄 외국인한테서 세 자매 얘기를 들었다는 그날의 아저씨 얘기가 진짜라는 보증은 전혀 없습니다. 눈치가 빠른 아저씨니까 세 자매 중 한 분이 '나쓰에'라고 불리는 것을 듣고 그 순간 만들어낸 얘기였다 해도 이상할 게 없습니다. 이제 와서 진상을 알 수는 없지만, 한 가지 분명한 것은 그런 얘기가 세 자매에게 미칠 힘을 아저씨가 익히 알고 있었다는 사실입니다.

사실 그 이야기 후 아저씨에 대한 세 자매의 태도는 일변해, 그때까지는 시게미쓰 가의 손님이라는 이유로 우리 같은 사람에게도 예의상 사교적으로 대하고 있었던 거겠지만 어느새 세 분의 온몸에서 교태와 친근함이 넘쳐흘러, 아저씨 같은 사람의 말이라도 이런 분들에게 영향을 끼칠 수 있구나, 하는 생각에 꼭 마술이라도 보는 것 같았습니다.

—어이구, 정말 대단한 눈요기가 되었습니다.

아저씨는 마지막에 그렇게 말하고 공손히 앨범을 닫고 나서, 세 자매를 빙 둘러보았습니다.

—그래서, 어떤 분이 이 녀석을 좀 써주시지 않을까 싶어 데리고 왔습니다만, 여러분 중에서 어느 분인가가 써주신다면 더이상 영광

스러운 일이 없겠습니다.

겐지 아저씨는 '이 녀석'이라고 하면서 나를 가리켰습니다.

식탁 주변의 눈이 나에게로 집중하고, 장녀인 하루에 씨가 우아하게 미소짓고는 입을 열었습니다.

—어머나, 미안합니다. 가장 중요한 얘기가 뒤로 밀려버려서. 마침 바로 아래 여동생 집에서 사람을 찾고 있었어요.

그러면서 차녀인 나쓰에 씨에게 눈길을 주었습니다.

저런, 하고 겐지 아저씨가 나쓰에 씨에게 절을 했습니다.

—하루에 씨였지요?

—아뇨, 저는 나쓰에.

—야, 이것 참.

아저씨는 머리를 긁는 흉내를 내었습니다.

—괜찮아요. 다들 항상 틀리시거든요. 언니 쪽이 인상이 강렬해서겠죠. 그래서 여러분이 언니가 나쓰에고 제가 하루에라고 생각하나 봐요.

그렇게 말씀하시면서 언니와 똑같이 우아한 미소를 띠시는 것도 우스웠습니다.

전후에 고용한 가정부 두 사람이 잇따라 남에게는 차마 말할 수 없는 이유로 전업을 하고, 얼마 있다 겨우 찾은 다음번 가정부도 이 년도 되지 않아 집에 주문을 받으러 드나들던 푸줏간 주인과 결혼해버려, 이번에야말로 가능한 한 오래 있어줄 사람이면 좋겠다고 하며, 나쓰에 씨는 내가 아직 열일곱 살밖에 되지 않았고, 척 보기에도 세상물정을 잘 모르는 점이 마음에 든 것 같았습니다.

—참 착실해 보이네.

그렇게 말하면서 큰 눈으로 자세히 저를 바라보셨습니다. 나중에 생각하면 나쓰에 씨는 자기가 부리기 쉬운지 아닌지보다도 시어머니인 우타가 와의 할머니와 잘 지낼 수 있을까가 가장 관심사였을 겁니다. 또한 장녀 하루에 씨, 삼녀 후유에 씨가 나를 무척 진지하게 관찰하신 것은, 나중에 생각해보니 여름에 가루이자와에 갔을 때 나를 부려먹기 좋을지 어떨지를 조사하고 있었던 것일 테지요.

나쓰에, 부탁드리지 그래? 라는 하루에 씨의 한마디로 모든 것이 결정된 듯, 우리집은 그렇게 힘들지 않을 거예요, 라고 나쓰에 씨가 나에게 말씀하셨습니다.

— 여기에서부터 신주쿠 쪽으로 두 정거장 더 간 곳에 집이 있어요.

막연하게 이 집에서 일할 것이라 상상하던 나는 조금 놀랐습니다.

— 치토세후나바시(千歲船橋)라는 역!

갑자기 내뱉는 듯한 어조가 되었기 때문에 좀더 놀랐습니다.

— 집도 좁고, 시어머니가 늘 머리가 아프시다고 하지만 아이는 저기 있는 여자아이 둘뿐이랍니다.

그렇게 말씀하시면서 이번에는 응접실 구석으로 나와서 양탄자에서 놀고 있는 아이들 쪽을 얼굴로 가리켰지만, 그중 어느 둘인지 알 수가 없었습니다. 좀 전의 마사유키 군을 제외하고 나머지는 모두 여자아이로, 하나, 둘, 셋하고 눈으로 세어보니 총 네 명이었습니다. 모두 초등학교 저학년 정도 될까요? 어머니들을 닮아 모두 대단히 아름다워서, 커다란 리본을 머리에 달고 잡지의 삽화에서밖에 본 적이 없는 세련된 옷을 입고 있었습니다. 역시 모두 비슷비슷해서 누구와 누가 자매라도 이상하지 않았던 것입니다.

남편께서는 오늘은 어디 가셨나요? 하고 겐지 아저씨가 나쓰에 씨에게 물었습니다.

—남편은 일요일에도 매일 대학에 가세요.

—대학?

그렇게 되풀이하고 다시 물었습니다.

—대학 선생이십니까?

—예, 의사세요. 연구가 전공이지만.

—아, 의사시군요.

아저씨는 나중에, 개업의가 아니라 다행이야, 남자가 집에 없으면 없을수록 가정부는 편하지, 라고 말했지만, 나는 나쓰에 씨의 남편이 대학 선생이기도 하고 의사이기도 하다는 말에 이 세상에는 정말 훌륭한 사람도 다 있구나, 라고 생각했을 뿐입니다. 네 명의 어린 여자아이들 중 둘이 장녀 하루에 씨의 아이, 둘이 차녀 나쓰에 씨의 아이들이고, 제일 막내동생인 후유에 씨가 독신이라는 것을 알게 된 것은 좀더 뒤의 일입니다.

기지와 같은 월급은 도저히 못 드립니다만. 아닙니다, 그보다도 제대로 된 예의범절을 가르쳐주십시오. 이런 대화가 오간 뒤에, 그럼 잘 부탁드립니다, 라고 아저씨와 내가 슬슬 돌아가려고 했을 때였습니다.

—아 잠깐 기다려주세요…… 저, 그 해바라기 드레스 어떨까?

마지막 말은 하루에 씨가 나쓰에 씨한테 한 말인데, 아 그게 좋겠어, 틀림없이 어울릴 거야, 라고 나쓰에 씨도 대답했습니다.

후미코 씨? 후미코 씨라고 했죠, 잠깐 이쪽으로 와요. 두 사람은 그렇게 청하며 복도를 따라서 급조한 인상의 별채로 나를 데려갔습니다. 팔 조 정도 되는 마룻방에 발을 들여놓자 세 개의 마네킹 동체와 두 개의 까만 미싱, 몇 개인가의 나무 책상, 둥근 의자, 그리고 엄청난

양의 천이 눈에 들어왔습니다.

둘이 벽에 걸려 있던 흰 바탕에 해바라기가 그려진 코튼 드레스를 나에게 갖다댔습니다.

―역시 꼭 맞아.

―우리하고 달리 손발이 너무 길지 않으니까 소매도 꼭 맞네.

그때는 무슨 말인지 알 수 없었지만, 그곳은 하루에 씨와 나쓰에 씨가 열고 있는 '프리마벨라'라는 양재학교 겸 부티크의 아틀리에였던 것입니다. 해바라기 드레스도 상품 중 하나였는데, 마지막에 누군가가 다림질을 할 때 잘못해서 옷자락 일부를 조금 갈색으로 태워버렸기 때문에 길이를 조금 줄여서 내놓을까 생각중이었다고 합니다.

내가 그런 옷을 입을 날이 있으리라고는 생각도 못 한 세련된 드레스로, 그 뒤에도 종종 세 자매의 옷이 돌아오게 될 줄은 모르고 이로써 앞으로 몇 년 동안 입을 수 있는 외출복이 생겼다는 생각에 가슴이 부풀었습니다.

―어휴, 강렬했네.

돌아오는 오다큐 선에서 겐지 아저씨가 이마의 땀을 닦으면서 말했습니다.

대단히 하이칼라한 사람들이어서 다행인 것은 물론, 무엇보다도 젊고 아름다운 사모님이라 다행이다, 라고 말했습니다. 젊고 아름다운 부인과 여자아이가 있는 집에서 일하는 것이 가정부에게는 제일의 행복이라고 하면서, 못생긴 사모님을 데리고 사는 남편이라든가, 여드름투성이의 남자아이가 있는 집에서는 나쁜 일을 당할 가능성이 크다고 했습니다. 저런 집이라면 시집 갈 때까지 안심이라며 혼자 만족하고 있었습니다. 나는 갑자기 '시집 간다'라는 말이 튀어나와서 얼떨떨했지만 잠자코 있었습니다.

　그러고 나서 두 주 뒤의 월요일 오후, 기지 일을 그만둔 나는 혼자
서 우타가와 가로 향했습니다.
　오다큐 선의 치토세후나바시라는 역에서 내려, 선로에 걸려 있는
육교를 건너 역 앞의 작은 광장으로 나가보니, 세이조학원 앞하고는
전혀 다른 저저분한 거리였습니다. 거기에서 나쓰에 씨 ― 오랜 세월
사모님이라 불렀지만, 가정부를 그만두고 세월이 흐르는 동안에 나
쓰에 씨라고 부르게 되었지요 ― 가 그려준 지도를 한 손에, 작은 보
퉁이를 다른 손에 들고, 선로를 따라 역 앞 거리를 걸어갔습니다. 야
채 가게, 생선 가게, 문방구 등이 늘어선 어수선한 거리였습니다. 지
도대로 오른쪽으로 꺾자 빈약한 집들이 교열이 좋지 않은 이처럼 튀
어나왔다 들어갔다 하는 거리가 나오고, 이윽고 띄엄띄엄 밭이랑 들
판이 보이기 시작했습니다. 세이조처럼 목가적으로는 전혀 보이지
않고 시골의 비료 냄새를 떠오르게 할 뿐이어서 그것만으로도 마음
이 침울했는데, 여기쯤이겠다 싶은 지점에서 '우타가와'라는 문패를
찾아냈을 때는 깜짝 놀랐습니다.
　최근 이 주간 세이조에서의 그 오후를 어른어른 머릿속에 떠올리
며 그와 같은 댁으로 가는 것이라고만 생각하고 있었는데, 이쪽은 나
같은 사람의 눈에도 극히 평범해 보이는 보통 집에 지나지 않았습니
다. 겐지 아저씨네 셋집보다는 훌륭했지만, 콘크리트 블록을 쌓은 문
으로부터 명색뿐인 식수림이 이어진 평범한 이층집이었습니다. 오두
막 같은 집에서 사는 사람이 많던 시절었으니 평범한 이층집이라
해도 대단한 것이었고, 게다가 나중에 뒤꼍에 집이 두 채 더 있다는

것도 알게 됐으니 나름대로 넉넉한 댁이긴 했지만, 그때는 실망하는 마음이 더 강해 문 앞에서 작은 보퉁이를 가슴에 안고 나도 모르게 우뚝 서버렸습니다. 대학의 선생이고 의사라고 해서 꼭 돈이 있는 건 아니라는 것을 깨달았습니다.

당시는 아직 어렸습니다. 이왕 가정부가 되는 거라면 훌륭한 집에서 일하는 쪽이 체면도 살고, 또 가정부로서의 책임감도 있으며, 배울 것도 많을 것처럼 느꼈습니다. 시게미쓰 가는 너무 격식이 엄하고 도대체가 노리유키 씨의 죽음의 냄새가 늘 떠돌고 있을 것 같아서 어딘지 무서운 느낌이 들었지만, 사이구사 가처럼 화려한 댁이라면 얼마나 좋았을까, 왜 그 집이 아닐까? 하고, 내 운명을 원망하는 듯한, 끝내는 어른들 모두가 짜고 나를 속인 것 같은 느낌마저 들었습니다.

현관에 나오신 할머니를 보고도 깜짝 놀랐습니다. 하이칼라한 구석이라고는 약에 쓰려 해도 없는 할머니였습니다. 남자 것 같은 시꺼먼 기모노를 입고, 백발이 섞인 머리를 뒤로 꽉 묶고, 게다가 이마에는 고약까지 붙이고 있었습니다. 나를 이쪽저쪽 자세히 검열하듯이 살펴보고, 다정한 말이 입에서 나오는 일도 없고, 웃는 얼굴도 보이지 않았습니다. 나중에 이 할머니가 기생 출신이고 후처로 우타가와 가에 들어왔다는 얘기를 듣고서는 내 귀를 의심할 만큼 크게 놀랐습니다. 그만큼 그저 수수하게만 보이는 사람이었습니다. 지금 생각해보면 그런 과거가 있기 때문에 일부러 더 수수하게 하고 있었는지도 모릅니다.

오늘은 두통이 심한데다 귀찮아서 덧문은 하나밖에 열지 않았어, 라는 말과 함께 현관 곁에 있는 어두컴컴한 삼 조짜리 방으로 안내받고 나니, 북향 방 특유의 냉랭한 공기가 발밑의 다다미에서 올라오고 그 다다미 한가운데에 먼저 보낸 내 고리짝이 끈으로 묶인 채 우두커니 놓여 있었습니다. 이쪽이 반침, 이쪽이 옷장, 안은 다 닦아놨어요, 화장실은 이 앞, 하고 간단하게 설명하더니, 차를 마실래? 아니면 짐을 먼저 풀래? 라고 물어서, 잠깐이라도 혼자가 되고 싶었던 나는 짐을 먼저 정리하겠습니다, 라고 대답했습니다. 그리고 할머니가 방을 나간 뒤에 고리짝 앞에 맥없이 철퍼덕 주저앉았습니다. 습기를 머금은 다다미가 피부에 직접 닿아서 멈칫했습니다. 앞날을 생각하자 바로 짐에 손을 댈 마음이 나지 않았습니다.

그러자 어디에선가 앙칼진 어린아이의 목소리가 들려왔습니다.

— 할머니!

— 그래, 그래.

당황한 슬리퍼 소리가 식모 방 앞을 지나갑니다.

할머니 말고는 아무도 없는 줄 알았는데 어린아이가 있었구나, 하고 짐을 그냥 두고 서둘러 평상복으로 갈아입고는 풀 먹인 앞치마를 걸치고 방을 나섰습니다.

소리가 난 쪽으로 가자 장지문이 열려 있고, 한 폭짜리 허리띠를 맨 할머니의 등이 보이고, 그 너머에 이불이 깔려 있고 뭔가 납작하고 작은 것이 누워 있었습니다. 거기도 역시 바깥 덧문을 열어놓지 않았지만, 남향이라 햇빛이 들어오는 곳과 그늘진 곳의 대비가 심한 탓에 안쪽은 어둠에 싸여 있었습니다. 이불은 그 어둠 속에 으스스하게 가라앉아 있었습니다.

할머니는 내가 온 것을 알아차리고, 요코, 후미코 언니예요, 안녕해야지, 라고 말씀하셨습니다. 요코라고 불린 여자아이는 이불 밖으로 나와 있는 작은 목을 내 쪽으로 돌렸지만, 화난 얼굴로 잠자코 있을 뿐이었습니다. 안녕하세요? 하고 내가 인사를 하자 이글거리는 눈으로 이쪽을 무섭게 바라봅니다. 나도 모르게 주춤하게 되는 눈초리였습니다.

할머니는 노인이어서 냄새를 못 맡는 건지, 아니면 그날은 두통이 심해 몸을 움직이는 것이 귀찮았던지 전혀 환기를 하지 않아, 열기와 땀내, 그리고 기분 나쁜 냄새가 방 안에 가득 차 있었습니다. 여자아이의 곱슬머리가 하얀 베갯잇에 달라붙어 있는 것도 지저분했고, 여자아이 역시 피부가 검고 까칠까칠했고, 하얗게 치뜨고 나를 노려보는 눈에는 험상궂은 기운이 있어, 어두움, 난폭함이 그대로 드러나 있었습니다. 지난번에 사이구사 가에서 본 나비 같은 여자아이들 속에 이렇게 이상한 게 끼어 있었다니 도무지 믿을 수 없을 정도였습니다. 하필 이런 아이가 있는 집이었다니…… 하고, 이 집을 봤을 때처럼 가슴이 철렁 내려앉는 느낌이 들어 이중으로 속은 것 같았습니다. 아이 돌보는 데는 익숙하지만, 원래 아이를 좋아하지는 않았습니다. 그것이 이번에는 저런 여자아이들이 있는 곳이라면 괜찮겠다고 조금은 기대하고 있었는데, 현실은 달랐습니다.

노인네도 여자아이도 내버려두고 맨몸으로 뛰쳐나가고 싶다는, 노여움이라고도 절망이라고도 할 수 없는 생각이 가슴속을 휘저었습니다. 이불과 다다미와 장지문이 따로따로 둥둥 떠서 눈앞에서 도는 것 같았습니다. 그래도 아이를 돌보는 것이 습관이 되어 있었던 탓에, 북받치는 눈물과 마음속의 생각을 억누르고 창을 열고 환기를 하고 이불을 다시 정리하는 동안 실컷 해야 할 일이 눈에 들어왔습니다. 고무 얼음 베개에 얼음을 보충하고, 이마의 수건을 다시 찬물에 적셔서 올려주고, 땀이 난 작은 몸을 닦아서 속옷을 갈아입히는 등 어느 틈엔지 자연스럽게 몸이 움직입니다. 베갯맡의 둥근 쟁반 위의 물 컵이며 체온계, 약 같은 것도 정리합니다. 할머니는 움직이기 시작한 나를 보시고 조금 안심하셨는지, 베갯맡에 앉아 저에게 어디에 뭐가 있는지 가르치시면서 요코 아가씨를 상대하고 있습니다.

요코 아가씨는 열이 잘 나는 체질인 듯, 꿈과 현실이 구별이 가지 않는지, 물고기가 많이 있는데 말이야, 어부가 배에 타고 있는데, 그 물 안에 물고기가 반짝반짝 빛났어, 라고 영문을 알 수 없는 얘기를 계속합니다.

—수고했어. 일단 차라도 마십시다.

얼마 있자 할머니가 아직도 얘기하고 싶어하는 요코 아가씨를 두고 일어섰습니다.

부엌에서 차 끓이는 것을 돕고, 부엌 옆에 있는 마룻방 긴 의자에 앉자 벌써 네시가 지나 있었습니다.

그 순간 켁, 켁 하는 엄청난 기침 소리가 들려왔습니다. 그대로 숨이 막혀서 죽을 것 같은 처절한 소리라 펄쩍 뛰어오를 만큼 놀랐습니다. 동시에 할머니가 앗, 하고 소리를 지르며 일어섰고, 그 과장된 반응에 나는 좀더 놀랐습니다. 어쩔 수 없이 할머니 뒤를 쫓아서 방으로 돌아가자, 할머니는 신경이 날카로워져서 켁켁 기침을 하는 요코 아가씨 등을 문지르고 있습니다. 나중에 알게 된 일이지만, 요코 아가씨는 천식을 앓고 있어서 할머니는 감기가 천식 증세로 번질 것을 두려워하고 계셨던 것입니다. 기침이 가라앉은 뒤에도 할머니는 한동안 그대로 앉아 계셨습니다. 요코 아가씨는 기침 때문에 한층 더 빨개진 얼굴로 허연 눈을 치뜨고 할머니와 나를 교대로 노려봅니다. 뭔가 말하고 싶지만, 기침이 나올까봐 참고 있는 것 같았습니다.

―요코, 잠깐이라도 좋으니까 자보렴.

　할머니가 그렇게 말씀하시자 요코 아가씨는 일단 눈을 감았지만, 다시 금방 뜨고는 허연 눈을 까 보였습니다. 잠깐이라도 좋으니까, 라고 할머니가 또 말씀하셔도 다시 금방 떠버립니다. 같은 일이 몇 번인가 되풀이된 뒤, 할머니가 왼손으로 오른쪽 소맷자락을 누르고 오른손으로 요코 아가씨 얼굴을 가리듯이 하면서 가운뎃손가락과 엄지손가락으로 눈꺼풀을 감겼습니다. 죽은 사람의 눈꺼풀을 감기는 동작 같아서 나는 으스스했지만, 두 사람 사이에서는 여러 번 되풀이된 동작인 것 같았습니다. 할머니는 요코 아가씨 눈꺼풀 위에 손가락 두 개를 가만히 올려놓은 채, 노래한다기보다는 중얼거리듯이 꺼질 듯한 목소리로 잘 자라, 잘 자, 우리 아기, 착한 아기, 잘 자거라, 라고 중얼거렸습니다. 원래 짧은 자장가인지 할머니가 거기까지밖에 모르시는 건지, 낮은 목소리로 천천히 같은 부분을 되풀이할 뿐이었습니다. 세번째 되풀이한 뒤에 손을 떼자, 요코 아가씨는 다시 허옇게 눈을 떴습니다. 언제나 자장가는 세 번으로 정해져 있는지, 할머니는 쉬 잠들지 않는 아이 앞에서 곤혹을 넘어선 체념의 표정을 노골적으로 보이면서, 자렴, 하고 일어섰습니다.

　둘이 마룻방으로 돌아왔을 때, 따라둔 녹차는 완전히 식어 있었습니다.

　벽시계는 다섯시 가까이를 가리키고 있었습니다. 나쓰에 씨 모습도 안 보이고, 여자아이가 둘 있다고 들었는데 다른 한 명도 안 보였습니다.

　―또다른 아가씨는요?

　사모님은요? 라고 묻는 것은 실례가 될지 모른다고 순간적으로 생

402

각하여, 다른 한 명의 여자아이는 어디 갔는가 물었습니다

—아아……

할머니는 기분 탓인지 조금 불쾌함이 깃든 목소리로, 저기서 자고 있는 요코는 아직 유치원생이지만 두 살 위의 언니인 유코는 세이조 학원 2학년이라 언제나 이 시간에는 어머니인 나쓰에와 함께 세이조에 있다고 말씀하셨습니다.

그때는 그 이상의 사실은 몰랐지만, 이제부터 늘 낮에는 두통을 앓는 어딘가 차가운 느낌의 노인네와 성격이 고약해 보이는 병약한 아이와 함께 지낼 것을 생각하니 점점 더 암담해졌습니다.

이윽고 할머니와 둘이 부엌에 섰습니다.

이미 석양이 집 안으로 스며들어와 주변이 어슴푸레해져, 쌀을 씻고 있자니 양철 싱크대에 부딪히는 물소리도 쓸쓸하고, 도마에 규칙적으로 닿는 할머니의 부엌칼 소리도 쓸쓸하고, 또 문득 부엌칼을 그대로 든 채 할머니가 방으로 돌아가서 요코 아가씨를 상대로 나직하게 얘기하는 소리도 휑한 집 안에 어쩔 도리 없이 음산하게 울립니다. 시골에서 모두가 나가버린 집에서 석양을 맞이한 적은 여러 번 있었지만, 이렇게 쓸쓸하고 서글프게 느껴진 일은 없었습니다. 거기에 나쓰에 씨가 유코 아가씨를 데리고 돌아왔습니다.

어머나, 어둡잖아, 하고 멀리까지 잘 들리는 목소리가 현관에서 나서, 첫날부터 실수하지 않으려고 앞치마에 손을 닦으며 현관으로 뛰어나가자 태양 같은 나쓰에 씨의 모습이 현관마루로 막 올라선 참이었습니다. 그 뒤에서 빨간 책가방을 멘 유코 아가씨가 목을 내밀고 수줍게 나한테 인사합니다. 하얀 볼의 보조개부터 나쓰에 씨와 꼭 닮아서, 둘을 본 순간 세이조에서의 눈부신 기억이 다시 현실의 것으로

되살아났습니다.

나쓰에 씨가 지나감에 따라 현관, 거실, 부엌 순으로 탁, 탁, 탁, 전 깃불이 켜졌고, 그 잘 울리는 목소리하며 화려한 얼굴하며, 집 안의 우울을 날려보내고도 남을 만한 화사함을 수반한 귀가였습니다. 서로 마음이 잘 맞지 않는 것이 눈에 보이는 할머니조차 어딘가 안심한 얼굴을 하고 계셨습니다. 엄마, 엄마, 하고 요코 아가씨도 방에서 소리치고 있습니다. 그래, 좀 기다려, 하고 나쓰에 씨는 망사 쇼핑백에서 마술처럼 이것저것 꾸러미를 꺼내며, 바바가 아오야마(靑山)의 '기노쿠니야'에서 사다주셨어요. 자, 미트로프, 크루아상, 브리오슈, 겨우 이런 걸 내게 되었네요, 라며 식탁 위에 펼쳤습니다. 기지에서도 본 적이 없는 것뿐이었습니다. 오늘은 일찍 오실 거라고 나쓰에 씨가 말한 대로 얼마 있다가 주인아저씨도 돌아오셔서, 이윽고 다같이 저녁식사를 하게 되었습니다. 어머니가 왔다고 금방 열이 내린 듯한 요코 아가씨도 잠옷 위에 카디건을 입고 빨간 볼을 반짝이면서 동석했습니다. 방금까지의 흉포한 인상은 사라지고, 그냥 곱슬머리에 삐쩍 마른 여자아이였습니다. 저는 따로 먹는 것이라고 생각하고 있었는데, 따로 먹을 방도 없잖아, 라고 나쓰에 씨가 한쪽 볼에 보조개를 보이면서 말씀하셔서 같이 식탁에 둘러앉게 되었습니다.

긴장해서 이것저것 물어보셔도 말을 아끼며 대답드릴 뿐이었지만, 무슨 말 끝에 '아가씨'라고 하자 유코 아가씨와 요코 아가씨가 킬킬 웃었습니다.

—우리집에서는 그냥 유코, 요코라고 불러도 돼.

아저씨가 나한테 그렇게 말씀하시고 나서, 이번에는 두 딸에게 말씀하셨습니다.

―지금까지 다른 언니들도 모두 유코, 요코라고 불렀지?

응, 응 하며 이렇게 나란히 앉아 있으면 어딘가 닮아 보이는 자매가 고개를 끄덕입니다. 거기에 나쓰에 씨가 말씀하십니다.

―세이조 집은 꽤 보수적이거든요. 지난번에 있던 젊은 사람이 마리(麻里)한테인지 에리(惠里)한테인지 아가씨라고 안 했다고 하루에가 화를 냈었어요.

―이젠 그런 시대가 아니야.

주인아저씨가 대범하게 결론지었습니다. 도수가 높은 안경 속의 온화한 눈초리와 그 대범한 어조가 마음에 스며들어, 뭐라고 말해야 좋을지 알 수 없지만 부자는 아니라도 기품이 높은 분이라는 인상을 받았습니다. 몇 년 뒤에 들은 얘기지만, 주인아저씨가 어릴 때 식사 때마다 집에서 부리던 가정부들이 부엌에서 한 단 낮은 냉랭한 바닥에 앉아 한마디도 하지 않고 하인용 도시락통으로 식사를 하는 것을 보고 그 썰렁한 광경이 눈에 새겨져, 자기가 어른이 되면 그런 꼴은 재현하지 않겠다고 쭉 생각하고 계셨다고 합니다.

시끌벅적한 식사가 계속되는 동안에 처음의 충격도 서서히 가시고, 이런 집에 얼마 동안 있는 것도 나쁘지 않을지 모른다는 마음이 들었습니다.

나중에 생각해보면 나름대로 옹고집이 있는 내가 오랜 시간 가정부 노릇을 할 수 있었던 것도 치토세후나바시의 우타가와 가에 들어갔기 때문이지, 만약 세이조의 사이구사 가에 들어갔다면 이 년도 못 견뎠을지 모릅니다. 식구가 많은 사이구사 가에서는 가정부를 혹사하는 면도 있었지만, 그 정도라면 참을 만합니다. 무엇보다도 우타가와 가에서는 그저 화려한 사모님에 지나지 않는 나쓰에 씨도 친정에 돌아가면 사이구사 가의 식구다운 면이 나오는 것이었습니다. 그리고 그 사이구사 가라는 것은 내가 조금 거리를 두고 교류하는 정도— 일 년에 한두 달, 가루이자와에서 뵙는 정도—가 적당한 댁이었던 것입니다. 예컨대, 사소한 일이지만 우타가와 가의 유코 아가씨와 요코 아가씨는 나를 꼬박꼬박 '후미코 언니'라고 불러주었습니다. 그렇지만 가루이자와에서 사이구사 가의 마리, 에리 아가씨는 어른하고 똑같이 '후미코 씨'라고 아무렇지도 않게 불렀습니다. 식사도 따로 합니다. 아이들한테서 '후미코 언니'라고 불리는 것도, 여러분들과 함께 식사할 것도 기대하지는 않았지만, 그래도 우타가와 가에서처럼 그것이 한 번 당연한 일이 되고 나면 그렇지 않은 쪽이 마음이 불편합니다. 그런 것 하나를 봐도, 우타가와 가 쪽과 인연이 있었던 것이 행운이었습니다.

물론 당시에는 거기까지는 생각이 미치지 않았습니다. 나쓰에 씨와 유코 아가씨를 통해 세이조의 매력이 이 집 안 전체를 눈에 보이지 않는 빛으로 감싸고 있는 듯한 기분에 끌려서, 기대에 어긋난 곳에 있게 되었지만 조금 참아보자, 하는 마음이었습니다.

휴일은 두 주일에 한 번이었기에, 나는 이 주째 되는 일요일 아침에 집을 나와 겐지 아저씨한테 인사드리러 갔습니다. 놀란 것은 아저씨를 '보스'라고 부르던 여자가 수건을 머리에 쓰고 마누라 같은 모습으로 집안 청소를 하다가 내 얼굴을 보자 어서 와, 라고 쉰 목소리로 말했다는 점이었습니다. 툇마루에 나와서 담배를 태우면서 신문을 읽던 겐지 아저씨도 쑥스러운 기색도 없이, 어어, 어떻든? 하고 우타가와 가에서의 상황을 묻습니다. 고이시카와의 주인 댁이나 세이조의 두 저택하고는 비교도 안 될 정도로 평범한 집이에요, 라는 내 말에 다소 의외라는 반응을 보였지만, 할머니한테 가사를 기초부터 배우고 있다고 했더니 그것 잘됐군, 이 기회에 제대로 된 말투도 배우는 게 좋아, 저 녀석같이 되면 시집갈 수도 없거든, 하고 여자 쪽을 턱으로 가리킵니다. 여자는 점심을 바지런하게 만들어주었는데, 나쁜 사람은 아닌 것 같았습니다. 식탁에 앉은 겐지 아저씨는 여자한테 다마치(田町)나 신바시(新橋)에 작은 요릿집을 차려주려고 생각하고 있으며, 적당한 장소를 찾는 대로 기지를 그만둘 생각이라고 했습니다. 저녁까지 먹고 가라는 것을 사양하고 아저씨네 집을 나선 뒤, 용기를 내서 중앙선과 야마노테 선을 갈아타고 혼자 우에노 역에 가 보았습니다. 이 년 만에 보는 우에노 역이었습니다.

우에노에 간 것은 사쿠가 그리워서가 아니었습니다. 처음 도쿄 땅을 밟은 기념지였기 때문에 그냥 가보고 싶어졌던 것입니다. 공원에 나가 사이고 다카모리* 동상 밑에 서면, 오후의 햇살 속으로 나와 똑같이 대도시에 녹아들어가지 못한 채 초조와 불안감이 앙금처럼 낀 젊은이들의 모습이 눈에 들어왔고, 그 마르고 쓸쓸한 모습에 여기저기 뿔뿔이 흩어져 취직한 클래스메이트의 얼굴들이 겹쳐집니다. 메리야스 공장, 고무공장, 라면 가게, 메밀국수 집 등에서 일하고 있을 터라, 공장의 잡음, 기름때가 낀 부엌, 남과 베개를 나란히 하고 눕는 솜이 거의 없는 납작한 요 등이 동시에 떠오릅니다. 부러운 것은 고등학교에 진학해서 공부를 계속하고 있는 친구들—전체의 반도 되지 않지만—이었습니다.

---

* 西鄕隆盛, 1827~1877. 메이지 유신기의 정치가.

문득 겐지 아저씨가 나를 도쿄의 고등학교에라도 보내주었더라면, 하는 생각이 스칩니다. 도쿄에 나와서 처음으로 알게 된 아저씨의 생활은 내 눈에는 넉넉해 보였고, 그 아저씨의 주머니와 정에 기대면 학비 정도는 내주지 않을까, 적어도 빌려주지는 않을까…… 그 뒤에 어떤 인생이 펼쳐질지는 모르지만, 적어도 지금보다는 제 힘으로 설 수 있는 인생이 열리지 않을까, 하고 생각하는 것입니다. 중학교를 나온 지도 벌써 삼 년입니다. 게다가 아저씨한테는 여자가 굴러들어 와 있습니다. 이제 와서 무엇을 어떻게 하려는 것은 아니었지만, 그래도 그때 태어나서 처음으로 진짜 후회라는 것을 알게 된 것 같았습니다. 도쿄에 나와서 아저씨의 생활을 본 순간 고등학교에 다니게 해달라고 부탁할 만한 지혜가 없었던 나 자신이 분했고, 또 아저씨가 그렇게 생각해주지 않았다는 사실에 분함을 넘어 가슴이 막혔습니다.

실컷 걸어다니고 나서, 멍하니 벤치에 앉아 오후의 햇살 속으로 석양이 다가오는 것을 온몸으로 느끼고 있었습니다.

겐지 아저씨한테 전적으로 의지하던 마음에 틈새바람이 들어오는 것을 스스로 느낄 수 있었습니다. 아저씨가 그렇게 하나부터 열까지 알 수는 없다는 것, 역시 나와 달리 구식 사람이라는 것, 애당초 아저씨 자신이 교육을 받지 않았기 때문에 나 같은 계집아이가 교육을 받고 싶어하리라는 생각조차 꿈에도 못 할 거라는 사실이 이제는 확실하게 인식되었습니다. 이것저것 골똘히 생각했지만, 외골수는 아닌데다 나이치고는 묘하게 분별이 있고 논리적으로 생각하는 성격이었기 때문에, 이제 내 장래에는 그다지 좋은 일이 없으리라는 것을 참혹할 정도로 현실적으로 이해했던 것입니다.

그 저녁이, 고등학교에 못 간 것 때문에 운 유일한 날이었습니다.

혼자 밖에서 식사를 하는 것은 처음이어서, 치토세후나바시로 돌아가 역 앞에 있는 작은 메밀국수집 앞을 몇 번이고 왔다 갔다 한 끝에 겨우 가게에 들어가 저녁을 때웠습니다.

밤 여덟시 가까이 되어 우타가와 가에 돌아가자, 내가 돌아오길 기다리는지 현관 밖 전깃불이 아직 켜져 있었습니다. 다녀왔습니다, 라고 작은 목소리로 말하고 현관으로 올라가 살그머니 마룻방에 들어가니, 주부답게 앞치마를 두르고 저녁식사 설거지를 하는 도중이던 나쓰에 씨가 예의 또렷한 목소리와 태양 같은 웃는 얼굴로 맞아주셨고, 마루에 잇따라 있는 아이들 방에서 방석을 깔고 뭔가를 바닥에 펼쳐놓고 놀던 유코와 요코 아가씨도 손길을 멈추고 어서 오세요, 라고 꼬박 인사를 해줍니다. 주인아저씨는 이층 서재에서 공부중, 할머니는 목욕중이라고 하셨습니다. 나쓰에 씨는 선 채 접시를 닦으면서, 지난번 이래 아주 마음에 들었는지 겐지 아저씨 얘기를 이것저것 물어주셨습니다. 이윽고 목욕을 끝내고 나오신 할머니도 웃는 얼굴을 보이셨습니다. 이루 말할 수 없이 평화롭고, 어떻게 된 셈인지 내가 있을 곳에 돌아왔다는 안도감이 갑자기 온몸을 채워, 우에노 공원에서 그렇게 골똘히 생각에 잠겨 있던 것이 거짓말 같았습니다.

그날 밤, 우타가와 가에 몸을 의탁하려는 결심이 섰던 건지도 모릅니다.

4
D
D
T

치토세후나바시의 우타가와 가에 들어간 얘기는 나중으로 미루고, 먼저 시게미쓰 가, 사이구사 가, 우타가와 가가 어떤 집안이며 서로 어떻게 연계되는지부터 얘기하겠습니다. 세 가문 다 세간에 이름난 집안은 아닙니다. 또 이 세 가문의 과거 얘기가 다로 군과 직접 관계가 있는 것도 아닙니다. 내가 조금씩 이 세 댁의 과거와 현재를 이해하게 되었다는 것은 어떤 면에서는 슬프고 가슴 아픈 일이기도 했지만, 나 같은 사람에게는 아주 큰 의미를 지니는 것이었습니다.

나한테는 그것이 일종의 교육이었기 때문입니다.

이 세상에 소위 '혜택받은 사람'이 존재한다는 것은 예전부터 알고는 있었습니다. 그렇지만 '안다'는 것은 단순히 아무런 이해도 수반되지 않는 지식일 뿐입니다. 시게미쓰 가, 사이구사 가, 그리고 우타가와 가의 분들을 오랜 기간 직접 지켜보면서, 왜 그들이 그런 분들이 되었는지 이해하게 되고 나서야 비로소 이 세상의 여러 가지 일들—결국에는 내가 왜 이런 성격인지, 아니 좀더 거슬러올라가 할아버지, 할머니가 왜 그런 할아버지, 할머니였으며, 어머니가 왜 그런 사람이었는지, 또 겐지 아저씨는 왜 그런지 같은 것도 이해할 수 있게 된 것입니다. 탁월한 재능이나 성격, 운이라는 것은 있지만, 그것을 뛰어넘는 것, 한 번밖에 없는 인생에서 자기 힘으로는 어떻게도 할 수 없는 무언가를 알게 된 것이라고 생각합니다.

먼저 세이조의 시게미쓰 가와 사이구사 가에 관해서입니다.
이 두 가족에 관해 여러 가지로 이해하게 된 것은 오로지 시게미쓰 가의 가정부인 오니의 정열 덕분이었습니다.
가루이자와의 시게미쓰 가 별장 부엌 북쪽에는 '서번트 홀(Servant Hall)'이라는 영어 이름이 붙은, 가정부들만 모여 식사를 하는 육 조 정도의 마룻방이 있었습니다. 역시 영어로 '선데이 디너'라고 불리는 일요일의 정식 오찬 뒤, 시게미쓰 가의 오니와 사이구사 가의 치즈 씨와 우타가와 가의 나, 이렇게 세 명의 가정부는 그날만은 일에서 해방되어 그 '서번트 홀'에 모여 차를 마셨습니다. 오니와 나는 뜨개질거리를 잡고 치즈 씨는 주간지를 읽거나 하면서 식탁을 둘러싸고 느긋하게 쉬었죠. 그러면 평상시는 별로 말을 하지 않는 오니가 치즈 씨와 나를 상대로 묻지도 않은 이야기를 먼저 시작하는 것이었습니다.
오니는 가고시마(鹿兒島)의 농가 출신이라고 합니다. 야요이 씨의 어머님이 시게미쓰 가로 시집 온 이래 삼십 년여에 걸쳐 시게미쓰 가에서 일해왔다고 하며, 남편 집안을 가장 중요시하는 가부키에나 나올 듯한 대신과 19세기 서양 소설에 나오는 가정부를 합쳐놓은 듯한,

뭐라 표현할 수 없이 기묘한 사람이었습니다. 또한 시게미쓰 가가 런던으로 부임할 때 동행한 유일한 가정부이기도 했습니다. 물론 오니 혼자만 삼등 선실의 뱅크 베드에 묵으면서 '서양행'을 한 거죠.

첫 해 여름에는 오니의 입에서 튀어나오는 단어의 의미도 잘 알 수 없어, 오니가 만족할 만큼 흥미를 느끼지 못했습니다. 그래도 곁에서 방약무인하게 굵은 다리를 꼬고 앉아 잡지를 훌훌 넘기는 치즈 씨보다는 나은 청중이었겠지요. 여름마다 오니의 얘기를 듣는 동안 장소 이름, 회사 이름, 학교 이름 등을 포함해 오니의 이야기가 점차 귀에 익숙해졌고, 그에 따라 저절로 흥미도 늘어, 이윽고 오니가 흡족해할 만큼 흥미진진하게 듣게 되었습니다.

오니가 싫증도 내지 않고 반복하는 가장 중요한 포인트는 단 한 가지, 시게미쓰 가는 사이구사 가와 격이 다르다는 사실이었습니다. 태어나서 처음 스타킹을 신고 나선 그날 겐지 아저씨가 나를 데리고 처음으로 방문한 '고이시카와 주인님' 댁, 즉 안도 가는 시게미쓰 가와 동격입니다. 그렇지만 사이구사 가는 동격이 아닙니다. 사이구사 가는 '제대로 된 집안'이 아닌 것입니다. 나쓰에 씨가 시집 간 우타가와 가도 물론 '제대로 된 집안'이 아니지만, 우타가와 가는 시게미쓰 가와 직접 관계가 없고 시게미쓰 가와 어깨를 나란히 하려는 야심도 없기 때문에 신경이 쓰이지 않았던 것이겠죠. 모두 하나부터 열까지 시게미쓰 가의 흉내를 내고…… 하면서 오니가 뒷전에서 그 주제넘음을 남몰래 비웃고, 시게미쓰 가의 문화를 계승하려는 정열뿐 아니라 그 타고난 화려함과 재능까지 어딘지 모르게 괘씸하게 생각한 것은 하루에, 나쓰에, 후유에라는 사이구사 가의 세 자매 때문이었습니다.

도대체가 '제대로 된 집'이라고 오니가 인정하는 것은 놀랄 만큼 한정되어 있었습니다. 선대나 선선대가 메이지 시대에 이미 큰 활약을 하였고, 큰 회사 창립에 어느 정도 관련되어 있으며, 서양에 간 경험이 있거나, 또는 귀족 작위가 있는 집안이어야 했죠. 도쿄에서는 옛날에 다이묘*의 저택이나 무사 저택이 있던 곳에 집을 갖고 같은 학교에 아이들을 보내 그 결과 저절로 서로의 이름을 알게 된, 당장은 서로 몰라도 어딘가에서 연결되어 있는 그런 집안들이기도 했습니다. 태평양 전쟁을 경계로 많은 것을 잃었다는 점도, 도쿄의 저택과 근교의 별장 등을 미군에 접수당한 것도 그 특징 중 하나인 듯했습니다.

그 밖에는 전부 '들은 적도 없는 집안'이었던 셈입니다.

사실, 원래 세쓰번**의 중신이었다는 시게미쓰 가는, 야요이 씨 할아버지가 일본 우선 주식회사와 산요 철도 대표이사를 역임하고, 야요이 씨의 아버지는 도쿄제국대학에서 경제학을 공부한 뒤 옥스퍼드 대학에 이 년 유학하고 나서 미쓰비시 상사에 들어가 전쟁 전에 런던에서 지점장까지 역임한 분입니다. 하지만 좀더 좋은 쪽은 야요이씨의 친정이며 그쪽은 가고시마 출신인 오니하고 관계가 깊은데, 원래는 메이지 유신 때 공로가 있던 사쓰마번(薩摩藩) 무사라고 해서 요코하마 쇼긴 은행을 비롯한 여러 회사 창립에 관계했고, 할아버지 시절에 남작인지 뭔지 귀족 작위를 받고, 그 이래 자제 분들은 학습원, 아사부의 친정집은 귀족원 의원, 먼 친척들은 정치가나 실업가뿐이라는, 얘기만 들어도 화려하기 짝이 없는 집안이었습니다.

---

* 大名, 봉건영주.
** 攝津藩, 봉건영주국.

그러한 시게미쓰 가에 비해, 사이구사 가는 보통 집 — 대기업 창립에 관련된 사람도, 서양에 갔다 온 사람도, 작위가 있는 사람도 가까이에 없는, 오니의 말에 의하면 보통 집안이었던 것입니다. 아버지인 지지는 니가타 양조장의 차남인가 삼남이고, 도쿄 상고를 나온 뒤 도쿄 전기에 취직했다고 하는데, 상재(商才)가 있었는지 아직 이십대 중반인 젊은 나이에 약간의 자금을 움직여서 제1차 세계대전 후 미두(쌀 거래 투기)로 돈을 벌고, 세계 대공황도 무사히 넘기고서 화학비료 시장에서 또 벌고, 그 자금을 바탕으로 쌀 포대인가 뭔가를 만드는 회사를 세워 재산을 늘렸다고 합니다. 미모로 유명한 바바네 집안은 원래 니가타의 지주여서 같은 고향인 인연으로 지지와 결혼하였다고 하는데, 이미 부모 대부터 도쿄에 사시고 본인은 기독교 계열의 미션스쿨 여학교를 나온 도회적인 분이셨습니다.

— 벼락부자야.

오니는 사이구사 가를 그렇게 평했습니다. 양조집이나 지주라면 시골에서는 대단한 존재입니다. 그것이 오니에게는 벼락부자에 지나지 않는 것입니다. 옛 화족*에게는 시게미쓰 가도 벼락출세한 사람들에 지나지 않을 것이라는 사실에까지 생각이 미치게 된 것은 몇 년 뒤의 일이었습니다.

그 시게미쓰 가와 사이구사 가가 각각 아들과 딸을 세이조 초등학교에 입학시키기 위해, 세이조학원 쪽으로 이사 간 것입니다.

바야흐로 땅부자와 연예인 같은 사람들이 사는 번쩍거리는 지금의 세이조에서는 상상도 못 할 일이지만, 예전에는 세이조학원이라는

---

* 메이지 시대에 봉건영주나 천황을 모시던 귀족.

학교를 중심으로 이상에 넘치는 사람들 ― 일본의 장래를 좀더 좋게 만들자, 그러기 위해서 자연친화적인 환경에서 아이들을 구김살 없이 기르고 그 아이들에게 새로운 일본을 만들게 하자, 라는 정말이지 멋드러진 이상을 가진 사람들이 일부러 도심에서 벗어나 수도도 가스도 없고 개구리가 울고 반딧불이 날아다니는 무사시노의 시골로 모여들어서 생긴 마을이라고 합니다. 물론 그런 일을 하려는 것은 정신적 여유뿐 아니라 경제적 여유도 있는 사람들입니다. 그렇지만 적어도 세이조학원이라는 지역의 창설, 그 근본에 이상이라는 것이 있었던 것은 사실인 듯합니다.

처음 그 역 앞에 섰을 때 뭐라고 표현하기 어려운 해방감을 느꼈던 것도, 당시는 아직 그 이상의 잔향이 조금이나마 떠돌고 있었기 때문인지도 모릅니다.

야마토고(大和鄕)에서 '고이시카와 주인님' 곁에 살고 있던 시게미쓰 가는 쇼와 초기 오다큐 선이 개통했을 때부터 가정교사랑 가정부를 붙여서 노리유키 씨와 야요이 씨 두 분을 세이조 초등학교에 다니게 했다고 합니다. 기누타무라로 옮긴 것이 쇼와 5년(1930년). 얼마 동안 셋집에 살다가 내가 본 그 서양관을 세운 것이 쇼와 6년(1931년). 오니를 데리고 일가가 런던으로 부임한 것이 쇼와 8년(1933년)이라고 합니다. 모처럼 지은 서양관은, 그 동안 은퇴한 정치가 노부부에게 빌려주었다고 합니다.

그리고 시게미쓰 가가 런던으로 부임한 그 다음 해에 사이구사 가의 삼녀인 후유에 씨가 몸이 약해서 세이조 초등학교에 전학하라고 권유받은 것을 계기로, 그와 교대하듯 사이구사 가가 요요기우에하라에서 이사 온 것입니다.

사이구사 가도 잠시 셋집에 살다가, 아무래도 자기 집을 세워야겠단 생각에 땅을 구했습니다. 그것이 우연히 시게미쓰 가 옆이었던 것입니다.

그 우연에서 두 집안의 교제가 시작되었습니다.

내가 생각하건대 시게미쓰 가 이웃에 살게 된 세 자매는 넓은 부지에 서 있는 서양관을 보면서 지내는 동안, 지금은 런던에 있다는 시게미쓰 가에 대한 동경심을 부풀려갔을 것이 틀림없습니다. 이국 하늘 아래 산다는 저 일가족은 어떤 나날을 보내고 있을까? 그 형제자매는 어떤 사람들일까? 딸은 우리 또래라고 들었는데 일본에 돌아오면 친구가 될 수 있을까?…… 그런 생각 속에서 이 년, 삼 년을 보냈을 것이 틀림없습니다. 그리고 어느 날 드디어 시게미쓰 가 사람들이 돌아왔던 것입니다.

그것이 쇼와 12년(1937년), 바로 내가 태어난 해이기도 합니다.

비슷한 나이 또래의 세 자매 눈에 야요이 씨가 갖고 있는 것, 입고 있는 것 모두가 얼마나 하이칼라하게 보였을까요. 멋쟁이 부모님도 얼마나 모던하게 보였을까요. 좋은 의미에서든 나쁜 의미에서든 욕심이 많은 자매이니까 한층 더했을 것입니다. 화창한 오후, 수많은 가정부들이 부지런히 움직이는 가운데 시게미쓰 가 사람들이 베란다에서 차를 마시거나 하는 것이 산울타리 틈으로 보입니다. 밤에 여러 사람이 연주하는 음악 소리도 들려옵니다. 원래 사회적 지위가 있는 일가가 런던에서 더 관록이 붙어 돌아오셨으니까, 저명한 문화인을 포함해서 세이조의 가장 화려한 주민들과 교제하는 것도 알 수 있었습니다.

그 양친을 닮아 상승지향이 강한 세 자매, 특히 의지가 강한 장녀

인 하루에 씨가 얼마나 이웃집 사람들과 사귀고 싶어했을지, 여자고
등학교에서 야요이 씨가 자기와 같은 반으로 편입되어 얼마나 기뻐
했을지, 클래스메이트로서 친구로서 야요이 씨의 마음을 사려고 얼
마나 열심이었을지, 그리고 생각했던 것보다 야요이 씨가 훨씬 적극
적으로 자기 자매와 친해지려 한다는 사실을 알고 얼마나 우쭐했을
지—모든 것이 눈앞에 보일 듯합니다.

일본에 돌아온 야요이 씨는 야요이 씨대로 무척 불안해하고 있었
다고 합니다. 시게미쓰 가가 런던으로 떠난 직후 세이조학원 내에서
무언가 분쟁이 있어, 전에 귀여워해주시던 선생님들과 친구들도 거
의 다 학교에서 사라져버렸던 것입니다. 게다가 정이 많은 사람 특유
의 내성적인 면이 있어 쉽게 친구가 생길 것이라고는 생각하지 못하
고 있었습니다. 그런데 바로 이웃집에 같은 또래의 세 자매, 게다가
그 미모와 재기로 학교 내에 평판이 자자한 세 자매가 있고, 그 세 자
매가 자상하게 일본 생활에 익숙해지게 도와주니까, 갑자기 하늘에
서 친자매가 떨어진 것처럼 완전히 빠져버리신 것입니다.

얼마 후 세 자매의 아버님이 시게미쓰 가의 가루이자와 땅을 나누
어 받았습니다. 시게미쓰 가와 교제하는 동안 자기도 모르게 강해진
것일까요? 마치 그 당시 일본 전체의 흐름을 거스르듯 사이구사 가
분들의 서양지향은 점점 더 강해졌고, 그것을 겁 없이 드러내어 가루
이자와에 옆집과 거의 똑같은 서양관을 지으셨다는 것 같습니다. 어
디까지나 별장이니까 그다지 호화스러운 것을 세운 것은 아니라지만
그래도 군수산업이 특수를 누리기 시작하여 물자가 부족해지기 시작
하고 건축 통제도 있었는데, 갖고 있던 주식의 태반을 팔기도 하고
뇌물을 쓰기도 하는 등 꽤 힘든 공사였다고 합니다.

가루이자와를 거점으로 양가의 관계는 점점 더 농밀해져갔습니다. 그리고 그 가운데서도 세 자매를 한층 더 시게미쓰 가로 이끌리게 하고 훗날 양가의 관계에 거의 숙명적이라고도 할 수 있는 색채를 부여한 것이 바로 야요이 씨의 오빠인 노리유키 씨의 존재였습니다. 런던에서 한 발 먼저 귀국한 노리유키 씨는, 그 당시는 이미 제일고등학교 이과에 입학하여 기숙사 생활을 하고 있어 세이조에 계시는 일은 드물었습니다. 그렇지만 여름의 가루이자와에서는 세 자매와 아침부터 밤까지 이웃으로 함께 지냈던 것입니다.

도쿄에서는 점점 군국주의 색채가 짙어가는 가운데, 그곳은 자유로운 분위기가 남아 있던 탓이었겠지요. 노리유키라는 존재를 앞에 둔 아직 소녀였던 세 자매는 이때라는 듯이 향기를 내뿜고, 그 향기를 내뿜는 세 자매를 중심으로 사람들의 원이 확대되어갔습니다. ○○후작이니, ○○자작이니 하는 대단한 배경을 가진 분들이 많음에도 아무나 드나들 수 있는 편안함이 주위를 좀더 북적거리게 만들었습니다. 클라리넷을 부는 노리유키 씨가 국제적인 색채가 풍요한 멤버와 함께 실내악을 하셨던 덕분에, 음악과 외국인과의 교류가 있는 것 또한 매력이었습니다.

다음 여름도, 그 다음 여름도, 또 그 다음 다음 여름도 무리의 중심이 되는 동안, 세 자매 중 위의 두 사람은 소녀에서 젊은 여인이 되고이윽고 젊은 남자들의 동경의 대상이 되었습니다.

사이구사 세 자매에게는 인생의 전성기였지요.

세이조 고등여학교를 졸업한 뒤 야요이 씨는 세이신(聖心) 어학교에 다녔지만, 하루에 씨와 나쓰에 씨는 더이상 어중이떠중이하고 책상을 나란히 하는 것은 사양이야! 라며, 그보다도 언젠가 둘이 양재라도 배우러 프랑스로 유학가고 싶다면서 런던에서 여자 봉제공 틈에 섞여 양재를 공부하신 야요이 씨 어머니한테서 열심히 양재와 뜨개질을 배웠습니다. 서양 사람 집에 가서 프랑스어를 배우기도 했습니다. 오니에게 서양 요리도 배웠습니다. 요컨대 직업훈련이라고도, 신부수업이라고도, 놀이라고도 할 수 있는 나날이었습니다. 후유에 씨는 후유에 씨 나름대로 피아노 삼매경에 빠져 있었습니다.

그런 가운데 갑자기 미국과의 전쟁이 시작되어버린 것입니다. 전쟁이 이 년째, 삼 년째로 접어들고 온통 옥쇄 뉴스투성이가 되었을 때쯤에는 더이상 가루이자와라고 해도 자유고 뭐고 없었습니다. 그래도 전쟁이라는 현실을 자기들과는 관계없는 저 먼 곳으로 밀어내고 살아가려는 동안, 갑자기 모든 것이 끝나버렸습니다.

쇼와 18년(1943년) 연말에, 노리유키 씨에게 징집영장이 도착해 모두가 망연해했던 후, 이듬해 느닷없이 전사통지서가 도착했던 것입니다. 간부 후보생으로서가 아니라 한 병사로서의 죽음이었습니다. 물리학자를 꿈꾸며 전쟁이 끝나면 케임브리지에 유학할 생각이었다고 합니다.

하루에 씨가 스물두 살, 나쓰에 씨가 스물한 살, 후유에 씨가 열여덟 살 때의 일이었습니다.

— 모두 웃기더라고요.

오니 말에 의하면 세 자매 — 맨 아래의 후유에 씨까지 포함해서 — 는 각각 노리유키 씨가 자기와 결혼할 거라고 믿고 있었다고 합니다. 전쟁터에 끌려갈 것을 알면서도 결혼하던 시대였습니다. 왜 노리유키 씨가 결혼하지 않고 징병되었는지는 모두의 마음에 영원한 수수께끼로 남았습니다. 그리고 영원한 수수께끼였기 때문에 노리유키 씨의 그림자가 그 뒤로도 평생 동안 세 자매에게 드리워져 있었던 듯합니다.

노리유키 씨의 죽음은 사이구사 세 자매에게 청춘의 종언을 뜻했습니다.

여자 분들은 모두 잠에서 깬 듯 한꺼번에 결혼했습니다. 시간이 가차 없이 흘러가고 있다는 현실에 갑자기 직면한 것입니다. 후유에 씨를 제외하고는 모두 당시의 기준으로는 결혼 적령기가 지나가고 있었습니다. 게다가 일본의 젊은 남자들은 무서운 속도로 죽어가고 있었습니다. 지금 결혼하지 않으면 일생 동안 결혼하지 못할 것이라는 초조함이 있었을 것입니다.

야요이 씨의 상대는 '고이시카와 주인님'의 삼남인 마사오 씨였습니다. 노리유키 씨가 돌아가셨기 때문에 양자가 되었죠. 어렸을 때 야마토고에서 이웃이었던데다가 겐지 아저씨가 사무장을 맡고 있던 배로 유럽에서 돌아올 때 시게미쓰 가와 함께였던 인연도 있어서 속마음을 잘 아는 분이었습니다. 도쿄 분인데 굳이 교토까지 가서 미학인지 뭔지 하는 것을 전공하고, 그 뒤에도 대학에 남아 도예가의 제자가 되기도 하고 그림을 그리는 등 빈둥빈둥하고 있다가, 을종 합격으로 징병되어 해군에 들어갔지만 갑판 청소를 하는 도중 쓰러져 열이 나서 그날로 귀가 조치를 받았다고 합니다. 야요이 씨 못지않게 정이 많고 어딘가 구름을 먹고 살아가는 듯한 구석이 있어, 믿음직하다기보다는 위화감이 없다는 의미에서 노리유키 씨가 없는 시게미쓰 가의 데릴사위로서는 최적의 인물이었을 것입니다. 얼굴이 노리유키 씨와 닮았다는 점도 시게미쓰 가의 분들에게는 위로가 되었을 것입니다. 또 '제대로 된 집안' 분이었기 때문에 오니도 불만이 없었던 것 같습니다.

사이구사 가의 장녀인 하루에 씨도 거의 동시에 양자를 얻었습니다.

히로시 씨는 요코하마의 면화무역상 가문에서 태어난 육남매 중 차남으로, 게이오 대학 경제학부를 나온 뒤에 미쓰비시 상사에 취직하여 시게미쓰 가 아버님 소개로 사이구사 가에 드나들게 된 분입니다. 당시는 늘씬한 장신에 까만 머리를 포마드로 착 붙인 전형적인 플레이보이였으며, 그 바로 아래 남동생은 비합법운동(지하 공산주의운동)으로 체포될 뻔했다고도 합니다만, 본인은 그런 구석이 전혀 없어 어쩌다 가루이자와 별장에 오면 하루에 씨를 상대로 농담도 하고 같이 춤을 추기도 하여, 하루에 씨로서는 노리유키 씨가 돌아가실 때까지는 그저 가벼운 마음으로 교제하던 분이었다고 합니다. 갑종합격으로 징병되었다가 한 번 제대하고 다시 징병되었지만, 운 좋게 국내에 있는 동안에 늑막염에 걸려서 귀가 조치되어 목숨을 건졌다고 합니다. 양자 삼기에는 어딘지 경박하다고 지지와 바바는 찬성하지 않았다고 하지만, 하루에 씨가 강경하게 고집했고 사회에서 젊은 남자들이 사라져버리는 와중이라 그렇게 강하게 반대도 못 했다고 합니다. 그림이니 문학이니 음악이니 하는 것을 주로 화제 삼는 분들 가운데서 늘 조금은 지루한 얼굴을 하다가, 틈을 봐서는 골프채를 휘두르시는, 멋쟁이 같은 겉모습에 비해 가족들과는 별로 주파수가 맞지 않는 분이었습니다.

차녀 나쓰에 씨는 석 달 늦게 시집을 갔습니다. 그쪽에서 먼저 나쓰에 씨를 꼭 달라고 청해온 분이었는데, 상대방인 우타가와 가의 주인아저씨는 기치조지(吉祥寺)에 있는 병원의 하나뿐인 후계자로, 이름은 다케오(武郎)라고 하며 노리유키 씨의 제일고등학교 급우였습니다. 오이와케의 '아부라야 여관'에 머무르고 계실 때 가루이자와 별장에 초대받아, 나쓰에 씨를 본 순간 말 그대로 첫눈에 반해 사랑에 빠졌지만, 그래도 노리유키 씨가 돌아가셨다는 부고를 들을 때까지는 자기에게 가능성이 있으리라고는 생각도 안 했다는 겸손한 분입니다. 공부만 아는 순진한 분답게 제정신이 아닐 만큼 나쓰에 씨에게 홀딱 빠져 결혼했었다고 합니다. 언제나 언니인 하루에 씨에게 눌리던 나쓰에 씨로서는 도쿄제국대학 출신인데다가 노리유키 씨의 친구였던 분이 간청해서 한 결혼이었던 만큼, 하루에 씨에게 여봐란듯이 과시하고 싶은 구석이 어딘가에 있었을지도 모릅니다. 다케오 씨는 시력이 약해서 병종으로 전쟁에 나가지 않고 대학에 남아, 당시는 의무국원으로 재직하면서 집안의 병원일도 돕고 있었다고 합니다.

야요이 씨의 남편인 마사오 씨는 시게미쓰 가와 사이구사 가 양쪽에 그대로 녹아든 분입니다. 하루에 씨의 남편인 히로시 씨는 어딘가 조금 맞지 않는 정도입니다. 그러나 우타가와 가의 주인님은 완전히 달랐습니다. 비싼 티세트 속에 다른 찻잔 하나가 섞인 것 같았습니다. 모두들 다케오 씨가 같이 있을 때는 조금 곤혹스러운 얼굴이었습니다만, 사실은 본인이 제일 곤혹스러웠을 것입니다.

다행히 웨딩드레스는 전쟁 전부터 두 집 모두 예전에 준비해둔 하얀 새틴지로 마련했지만, 혼수 같은 것은 물론 없었고, 이사도 리어카로 했다고 합니다.

삼녀인 후유에 씨는 평생 결혼하지 않았습니다.

나쓰에 씨 결혼식 뒤에 공습이 격심해지자 얼마 있다가 사이구사 가의 세 자매는 어머니와 함께 가루이자와로 피난했습니다. 가루이자와는 기후가 너무 추워서 피난처로 적합하지 않았지만, 다른 별장이 있는 시게미쓰 가도 함께 피난했기 때문에 결국 양쪽 집안 여자분들은 가루이자와에서 패전을 맞이하게 되었습니다. 그리고 패전 후 함께 가루이자와에서 겨울도 보냈습니다. 그 결과, 그 다음 봄에 놀랍게도 야요이 씨, 하루에 씨, 나쓰에 씨 세 명이 거의 동시에 가루이자와에서 임신을 하게 되었던 것입니다.

가루이자와의 식량 사정이 그나마 도쿄보다는 낫다고 해서 모두들 가루이자와에서 한 철 더 보내면서 출산하기로 했습니다. 그때부터 출산하기까지의 기간이 그분들이 늘 말씀하시는 고생담입니다. 가루이자와에 보내둔 기모노가 무사히 도착한 덕분에 곶감 빼먹듯 옷을 하나씩 팔아 먹고살았던 것 같지만, 그래도 마당에 양배추와 고구마를 기르기도 하고, 고모로까지 쌀을 사러 가거나, 겨울 연료를 조달하는 등, 점점 커져가는 배를 끌어안고 그때만은 그분들도 당시 남들 하는 만큼은 고생을 했고, 그래서 결속도 점점 더 굳어졌다는 것입니다.

세 분의 출산은 쇼와 22년(1947년) 1월에서 3월에 걸쳐서 이루어졌습니다. 혈연관계가 아닌 시게미쓰 가의 마사유키 군과 하루에 씨의 장녀인 마리 아가씨, 나쓰에 씨의 장녀인 유코 아가씨가 사촌처럼 자라게 된 것은 당연한 일이었습니다. 사이구사 가의 하루에 씨와 나쓰에 씨는 도쿄에 돌아가고 나서 얼마 있다가 각각 차녀인 에리 아가씨와 요코 아가씨를 출산하게 됩니다. 그렇지만 시게미쓰 가의 야요이 씨는 마사유키 군 하나밖에 자식이 없었습니다.

전후를 경계로 오니의 얘기는 푸념으로 바뀝니다.

시게미쓰 가는 많은 것을 가지고 있었던 만큼 많은 것을 잃었고, 노리유키 씨 일도 있어 결국 양친은 정신적으로 다시 일어서지 못했던 것입니다. 게다가 아버지는 전쟁중에 남의 요청으로 정보국 관계 일을 한 것 때문에 공직추방이라는 쓰라린 시련을 겪고 그 뒤로 재취업한다 해도 한직에 그쳤습니다. 게다가 옛 영화를 못 잊어 수상한 투기에 손을 대는 바람에 얼마 남지 않은 재산조차도 잃고 말았습니다. 야요이 씨의 남편인 마사오 씨가 얼마 있다가 도쿄 미술학교—지금의 예술대학에 직장을 얻기까지는 기본적으로는 가진 재산을 팔아서 생활할 수밖에 없어, 내가 처음에 사이구사 가에서 봤던 금테두리가 있는 고상한 파란 무늬 티세트도 시게미쓰 가가 런던에서 가져온 것을 내놓으려 하는 걸 보고 너무 아깝다며 사이구사 가에서 사들인 거라 했습니다. 그 밖에도 사이구사 가로 넘어간 것이 여러 가지 있어서, 이래저래 오니는 점점 더 사이구사 가에 반감을 갖게 된 것 같습니다. 대부분의 가구가 집과 함께 연합군에게 접수당한 덕분에 가구가 남아 있는 것이 그나마 다행이었습니다. 물론 마사오 씨가 직장을 얻은 뒤에도 전쟁 전의 대학 선생하고는 달라, 그저 그런 수입밖에 얻지 못했습니다. 야요이 씨는 외아들인 마사유키 군을 월사금이 비싼 세이조학원 초등학교가 아닌 새로 생긴 메이쇼(明正) 초등학교라는 구립초등학교에 보냈습니다.

이런저런 시게미쓰 가의 불행을 늘어놓던 중 오니는 뜻밖에 심약한 말을 중얼거리기도 했습니다.

—사실은 내가 이렇게 남아 있는 것도 그분들께는 폐가 될지도 몰라……

오니의 하소연을 듣고 있던 나는 그래도 시게미쓰 가를 동정할 마음이 들지 않았습니다. 어쩔 수 없는 일이었습니다. 실제로 이렇게 푸념을 듣고 있는 가루이자와 서양관에는 전쟁 전부터 가지고 있던 미술품, 가구와 식기 등이 남아 있고, 애당초 서양관 건물도 토지도 남아 있었던 것입니다. 말할 것도 없이 도쿄에도 서양관, 그리고 무엇보다도 세이조의 땅이 있지 않습니까? 사실 이럭저럭하는 동안에 세이조에서 미국인들의 모습이 사라지고 대신 일본 전역에서 사람들이 도쿄, 그것도 세타가와(世田谷)에 쏟아져들어오는 시대에 들어서자, 고급주택지로서 세이조의 땅값은 매해 올라갔습니다. 시게미쓰 가는 차지권(빌려 쓰던 국유지)의 정리와 빚 변제 때문에 천 평 이상되던 땅의 태반을 팔고 그 공들인 서양관도 잃어버렸지만, 그것으로 경제 사정이 좋아졌는지 남은 이백오십 평 정도의 땅에 이번에는 데릴사위 마사오 씨가 모던한 집을 세웠습니다. 그러는 동안에 마사오 씨가 잡지에 글을 쓰는 등 부수입도 생기기 시작하고 노부부, 젊은 부부가 똑같이 금슬이 좋은 것도 있어서, 내가 보기에 서민들이 부러워할 우아한 삶이었습니다.

시게미쓰 가에 비해 사이구사 가는 그렇게까지 잃은 것이 없었습니다. 뿐만 아니라 전후에는 전후대로 모두 발전하여서 현금 수입 쪽은 이웃집보다 훨씬 더 풍요로웠습니다. 지지의 회사도 한때는 불황 때문에 파산 직전까지 갔지만 때로는 호경기도 있어서, 내가 그분들을 처음 뵈었을 때에는 이미 회복되어 있었습니다. 또 하루에 씨가 중심이 되어 나쓰에 씨와 둘이서 연 '프리마벨라'라는 양재학교도 해가 갈수록 드레스메이커로 성공하여 거기서 들어오는 수입도 있었습니다. 게다가 "그저 골프만 잘 치는 게 아니었어" 하고 하루에 씨 자신도 웃으셨듯이, 하루에 씨의 남편인 히로시 씨가 나중에는 비즈니스맨으로 예상도 못 했던 출세가도를 걷게 되었던 것입니다. 후유에 씨는 후유에 씨대로 전쟁중부터 전후에 걸쳐 도쿄 음악학교에서 피아노를 계속한 뒤, 제가 그 집에 간 지 얼마 되지 않아 독일로 일 년간 유학을 가셨고, 돌아와서는 사립 음악학교에서 피아노를 가르치는 한편 집에서도 제자를 받고 있었습니다. 재치 있는 분들의 활기가 넘쳐 당시 아직 가난했던 일본에서 돈이 윤택하게 도는 것이 피부로 느껴지는 집안이었습니다. 이웃집 시게미쓰 가가 세이조 땅의 차지권을 정리했을 때쯤 사이구사 가도 역시 차지권을 정리하여 원래는 사백 평이었던 땅을 이백여 평 남기고 집을 신축했습니다. 식구가 더 많기도 해서 시게미쓰 가보다 조금 큰 이층집으로 지었는데, 가루이자와와 비슷한 느낌의 집이었습니다.

오니뿐 아니라 사이구사 세 자매에게도 시게미쓰 가는 영원히 마음속에서는 별격으로 느껴졌었겠죠. 그렇지만 같은 크기의 집에 살게 되고 나니 옆에서 보기에는 똑같은 집안으로밖에 보이지 않습니다. 밖에서 보기에는 시게미쓰 가도 사이구사 가도 대단히 혜택받은 집안일 뿐이었습니다.

— 나만 손해봤어.

나쓰에 씨는 곧잘 그렇게 말씀하셨습니다.

사실 전쟁 후에 제일 딱한 신세가 된 분은 나쓰에 씨였습니다. 적어도 나쓰에 씨 같은 분이 스스로를 그렇게 생각하는 것은 무리가 아니었습니다. 나도 치토세후나바시에 있을 때, 나쓰에 씨가 왜 우타가와 가로 시집왔는지 의아했습니다. 그 의아한 일이 조금씩 의아하지 않게 된 것은, 다른 분의 입에서 가끔 나오는 말을 연결하고 나서의 일입니다.

우타가와 가는 원래 에도 시대 때부터 사이타마 현에서 개업한 의사 집안인데, 주인아저씨의 아버님이 분가하여 다이쇼 말기에 당시 무의촌(無醫村)이었던 기치조지에서 따로 개업했다고 합니다. 우타가와 병원은 번창하였고, 조부는 개업의이면서 동시에 정치에도 손을 대 기생을 첩으로 두고 재산가로서 화려한 생활을 하는 한편 그 고장 농민들에게 잘해주어, 전쟁이 시작된 뒤는 남자 손이 없는 집에는 한 푼도 받지 않고 치료해주는 등 신참자였음에도 인망이 매우 두터웠다고 합니다. 그러나 그 아들인 나쓰에 씨의 남편은 사람을 상대하는 것을 싫어하는 학자 타입의 사람이었습니다. 자신은 아버지 병원을 이을 생각도 정치에 관여할 생각도 없으며, 가능하면 대학에 남아서 연구를 계속하고 싶다. 따라서 장래에 지금의 아버지 같은 생활은 못 할 것이라고 나쓰에 씨의 이해를 구한 다음에 한 결혼이었습니다. 다만 전쟁이 끝나면 병원에서 그들을 도와줄 것이라는 점을 대전제로 한 결혼이기도 했습니다.

결혼한 나쓰에 씨가 가루이자와로 피난한 직후였습니다. 전쟁 전에는 호사를 누리던 시아버지가 목욕을 마치고 나오는 순간 심장발작으로 쓰러져 의식불명이 된 끝에 보름 뒤에 돌아가셨습니다. 그러자 놀랍게도 빚쟁이가 몰려왔습니다. 주인님은 모르셨지만 선대가 화려한 것을 좋아하는데다 정치가라는 입장도 있어서, 본인이 진 빚 말고도 여기저기 남의 빚 보증을 서준 것 같았습니다. 주인님이 병원을 계승할 마음이 있었다면 또 얘기가 달라졌을지도 모르지만, 주인님은 연구만 하고 싶은 분이었습니다. 빚쟁이들은 그런 주인님이 세상물정 모르는 것을 기회로 삼아 병원과 집을 빚 대신 차지하여 눈 깜짝할 사이에 다른 의사에게 팔아넘겼던 것입니다. 우타가와 가에 남겨진 것은 집 안에 있는 가구류, 광 속의 골동품, 그리고 남에게 빌려주었던 길 건너 부지에 서 있는 집 세 채뿐이었다고 합니다. 전쟁이 끝나면 젊은 부부에게 나름대로 괜찮은 집을 한 채 지어주겠다고 약속했었는데, 가루이자와에서 유코 아가씨를 낳고 돌아온 나쓰에 씨를 기다리고 있었던 것은 세들어 있던 사람이 피난 간 덕에 비어버린 좁은 이층집에서 시어머니와 동거하는 생활이었던 것입니다.

이렇게 된 이상 기치조지에 남아 있을 필요가 없으니 친정 가까이로 이사하고 싶다, 그러면 친정에서 유형무형의 도움을 받을 수 있을 것이다. 나쓰에 씨는 당연히 그렇게 말했습니다. 주인아저씨도 나쓰에 씨에게 미안하기도 하고 남의 손에 넘어간 병원을 보면 부아가 치밀기도 해서 이사하는 것에 동의했습니다. 처음에는 세이조에서 땅을 찾으려고 했지만 워낙 땅값이 비싸 기치조지의 집과 가구와 골동품을 전부 팔고 사이구사 가의 지지에게 원조를 받고도 건설비가 나오지 않았기 때문에, 치토세후나바시에다가 방 숫자만 그럴듯하게 갖춘 날림집을 지은 것이라고 합니다.

—치토세후나바시라는 역!

나쓰에 씨의 내뱉는 듯한 어조에는 그런 배경이 있었습니다.

나는 속아서 시집 온 것이나 마찬가지야, 병원이 폭격을 당했다면 그나마 참을 수 있지만 빚쟁이 손에 넘어가다니, 아니, 도대체가 빚을 끌어안고 그렇게 호사스러운 생활을 하다니, 등등 우타가와 가에 대한 불평은 끝이 없었습니다.

원래 심지가 굳은 분이 아닙니다. 애당초 참을성이 없는데다가 상대방이 원해서 한 결혼이었으니 점점 더 참지 못했습니다. 그런데도 자기는 남들보다 괜찮게 사는 것이 당연하다는 교만함만은 사라지지 않았습니다. 그 배후에는 나쓰에 씨의 그런 교만을 부추기는 하루에 씨의 존재가 있었습니다.

　하루에 씨와 나쓰에 씨는 이상할 만큼 사이가 좋은 자매였습니다. 어릴 때부터 우리는 남들과 다르다, 특별하다고 생각하며 자란 탓인지, 두 사람 사이에는 보통 일반 서민 자매 사이에서는 찾아보기 힘든, 상식을 벗어난 친근함이 있었습니다. 게다가 이름도 비슷하고 나이도 한 살밖에 터울지지 않고 얼굴도 모습도 목소리도 비슷했기 때문에, 어렸을 때부터 자주 쌍둥이로 오해받았다는 것도 납득이 갑니다. 나도 처음에 뵈었을 때는 두 분이 나란히 있으면 왠지 우스꽝스럽게 느껴질 정도였으니까요.

　하지만 또 이 두 분만큼 다른 분들도 드물 것입니다. 성격도 대조적이지만 우선 능력이 달랐습니다. 언니인 하루에 씨가 대도 세고 머리도 훨씬 좋았습니다. 아무리 사이좋은 자매라고 해도 이런저런 경쟁을 하게 되는 법인데 이 두 사람 사이에는 그런 것이 거의 없었던 것도, 모든 면에서 우열이 너무 확실해서 경쟁의 의미가 없었기 때문일 것입니다. 그리고 당연하다면 당연한 얘기지만, 하루에 씨 쪽이 그 사실을 좀더 정확하게 인식하고 계셨습니다. 생각건대 어렸을 때부터 하루에 씨는 여동생인 나쓰에 씨를 귀여워할 뿐만 아니라 보호도 하고 있었겠지요. 앞으로 평생 자기가 나쓰에 씨의 부족한 부분을 보충해주려고 생각하고 있었겠지요. 그렇지만 그 이면엔 자기가 좀더 많은 것을 인생에서 기대할 수 있다고 여기고, 또 그것을 당연하게 생각한 면도 있었을 것입니다.

　그런데, 중대한 인생사인 결혼에서 여동생인 나쓰에 씨 쪽이 좀더 많은 것을 손에 넣어버린 것입니다─여동생인 나쓰에 씨 쪽이 자신보다 나은 상대와 결혼하게 되었던 것이죠. 물론 나쓰에 씨도 결혼 초에는 자기가 좀더 괜찮은 사람과 결혼하게 되었다고 득의양양했겠 지만, 그것은 우타가와 가 주인님의 진짜 가치를 알아봐서가 아니었 습니다. 처음부터 우타가와 가 주인님의 가치를 정말로 알아본 것은 언니인 하루에 씨 쪽이었고, 그 이래 하루에 씨는 자기 결혼과 비교 하여 나쓰에 씨 결혼에 뭔가 석연치 않은 감정을 품고 있었다고 생각 됩니다.

내 생각입니다만, 하루에 씨는 이미 결혼식을 올리기 전부터 후회 하고 있던 것 아닐까요? 자기쯤 되는 여자하고 결혼하려는 저 남자 는 얼마나 얻기 어려운 것을 얻게 되었는지도 모르고 얕은 소견으로 자신을 아내로 삼으려고 한다 — 그런 억울한 생각이 있었던 게 틀림 없습니다. 그러나 그 억울함의 밑바닥에는 노리유키 씨의 갑작스런 죽음으로 인해 젊은 시절에 인생을 포기해버린 자기에 대한 혐오감 과 연민도 있었을 겁니다. 살아서 돌아오기만 했으면 자기야말로 노 리유키 씨의 결혼 상대였으리라는 믿음은, 자신이 제일 뛰어나다고 믿는 하루에 씨에게 가장 강했을 것입니다. 야요이 씨는 시집을 가 고, 자신은 시게미쓰 가에 들어앉고, 여동생인 나쓰에 씨는 사이구사 가를 이어받는다. 그런 미래의 꿈을 하루에 씨가 멋대로 꾸고 있었다 고 해도 이상할 게 없습니다. 그러나 그 꿈은 거품처럼 사라졌습니 다. 그뿐만이 아닙니다. 노리유키 씨의 부고를 받고 난 뒤 문득 정신 을 차리고 보니, 자신의 가치를 알지 못하는 남자에게 스스로를 던져 버렸다. 그런데 자신보다 속이 얕은 여동생은 세련과는 거리가 멀지 만 자신의 남편보다 마음이 깊은 것을 알 수 있는 남자에게 사랑받고 있다. 게다가 아무래도 여동생은 유일하게 자신이 가지지 못한 장점,

바로 겸허하고 사려 깊다는 점 때문에 사랑받고 있는 것 같다. 예리한 하루에 씨니가 거기까지 통찰했을 가능성이 충분합니다. 그것은 동시에 자기 같은 여자는 그 남자가 좋아하지 않을 것이라는 자각으로도 이어졌을 것입니다. 여동생인 나쓰에 씨는 자기가 얼굴이 예뻐서 그쪽에서 원했다고 믿고 계셨고, 그 이상은 깊이 생각하지도 않고 천진난만했습니다. 그러나 하루에 씨는 여동생인 나쓰에 씨의 결혼을 앞두고 마음이 편하지 않았을 것입니다.

물론 거기에는 언제나 부하처럼 끌고 다니던 여동생을 세련과는 거리가 먼 남자에게 빼앗기는 것에 대한 언니다운 질투심도 있었다고 생각됩니다.

그 참에 우타가와 가가 몰락한 것입니다.

—정말 나쓰에는 손해봤어. 우타가와 병원은 망해버렸지. 다케오 씨는 사회적으로는 훌륭하지만 벌이가 없고…… 게다가 저런 시어머니와 같이 살아야 하고, 정말 안됐어.

전후의 대학병원 의사라도 임상의는 가외의 수입이 있다고 하지만, 우타가와 가의 주인님은 기초의학을 하시는 분이라 연구의 외길을 걷고 있었기 때문에 월급 이외에는 한 푼도 수입이 없었습니다. 게다가 나쓰에 씨의 시어머니인 할머니는 나쓰에 씨와는 전혀 기질이 맞지 않는, 같은 일본인이라 해도 마치 다른 문화권에 살고 있는 듯한 분이었습니다. 정말 안됐어, 라는 하루에 씨의 말에 순수하게 여동생을 동정하는 마음이 없었던 것은 아니었겠죠. 그렇지만 결혼 직후 여동생을 엄습한 그 불행을 계기로 여동생을 우타가와 가에서 빼내어 자기 쪽으로 끌어당기고 싶은 마음도 적지 않게 있었을 것이 틀림없습니다.

하루에 씨가 '프리마벨라'라는 양재학교를 시작할 때 나쓰에 씨에게 같이 하자고 꼬드긴 것은, 그러한 배경이 있어서였을 것입니다.

우리는 호사스럽게 자랐으니까 딸들도 가능한 한 호사스럽게 키우고 싶어 ─ 그런 하루에 씨의 마음이 애당초 '프리마벨라'의 발단이었다고 합니다. 그리고 전후의 가난 속에서 어떻게 자신들이 직접 돈을 벌 수는 없을까 생각했을 때, 전쟁 탓에 유학할 처지는 못 되었지만, 양재가 떠올랐던 것입니다. 다행히 재봉틀이 두 대 있었습니다. 딸들이라면 사족을 못 쓰는 지지가, 이웃인 시게미쓰 부인한테 열심히 양재를 배우는 하루에 씨와 나쓰에 씨에게 전쟁 전에 재봉틀을 한 대씩 사주었던 것입니다.

'프리마벨라'는 예상외로 성공했습니다.

일본의 여자들이 모두 아름다운 것, 꿈이 있는 것, 서양 냄새가 나는 것에 굶주려 있었고, 게다가 아직 제대로 된 기성복 같은 것은 접할 수 없는 시대였습니다. 양재 교실을 열고 얼마 지나지 않아 오다큐 선 종점 부근부터도 학생들이 올 정도로 대단한 인기를 끌었다고 합니다. 나쓰에 씨도 유코 아가씨를 세이조학원 초등학교에 입학시키고 나서는 매일 거들게 되었습니다. 게다가 나쓰에 씨는 그런 방면에는 묘하게 재능이 있는 분이었습니다. 두 분이 '보그' 같은 서양잡지를 마루젠 서점에서 사오면, 거기 실린 사진만 보고도 대강 종이본을 뜰 수 있었습니다. 일본인 체형에 맞게 그것을 어레인지하는 요령도 자연히 터득합니다. 색채감각도 뛰어납니다. 게다가 본인들이 입으면 그 옷이 정말로 멋지게 보입니다. 그러는 동안 얼마 있다가 학생들 중 솜씨가 좋은 몇 명에게 실제로 옷을 만들게 해서 팔게 되었고, 내가 처음 뵈었을 때는 마침 역 앞에 있는 양품점에 양복을 내기 시작했을 때였습니다. 그것이 또 평판이 좋아서 나중에는 긴자와 아오야마에 고급 부티크를 열기에 이르렀던 것입니다.

'프리마벨라'는 '재수 없는 제비를 뽑은' 나쓰에 씨에게는 최상의 선택이었습니다. '프리마벨라'에서 들어오는 수입은 확실히 가계를 윤택하게 해주었고, 실제로 우타가와 가의 생활은 치토세후나바시의 이층집을 밖에서 보고 상상했던 것보다 훨씬 풍요로웠습니다. 그뿐이 아니었습니다. '프리마벨라'는 나쓰에 씨가 매일 시댁을 비우고 친정에 가 있을 구실이 되었던 것입니다.

—내가 일하지 않으면 도저히 생활이 안되는걸.

매일 신나서 세이조로 출근하는 나쓰에 씨가 입버릇처럼 말했지만, 그것은 절반의 진실에 지나지 않았습니다. '프리마벨라' 덕택에 나쓰에 씨는 시어머니인 할머니와 같이 있는 시간을 가능한 한 줄이고, 친정에 가 있는 시간은 가능한 한 연장할 수 있었습니다. 게다가 나쓰에 씨의 그러한 일상에 주인아저씨도 불평을 하지 않았습니다. 자기 월급이 충분하지 않다는 것, 그런데도 대학에만 있고 집에는 거의 안 계시다는 것에 대한 미안함도 있었겠지요. 그렇지만 그보다도 나쓰에 씨가 집에 없는 편이 할머니도 속 편하다는 것을 주인아저씨가 알고 계셨기 때문임이 틀림없습니다.

물론 나쓰에 씨는 친정에 있는 편안함에 한없이 휩쓸려갔습니다. 그런 나쓰에 씨의 성격을 야단치지도 않고 도리어 조장하는 것이 하루에 씨였습니다. 동시에 나쓰에 씨의 결혼생활이 파탄나지 않게 나쓰에 씨를 제어하는 것도 하루에 씨였습니다.

그런 우타가와 가에 내가 들어간 것입니다.

우타가와 가에서의 나날은 믿을 수 없을 만큼 편했습니다. 먼저 주인아저씨가 세이조학원 초등학교에 다니는 유코 아가씨와 함께 역으로 향합니다. 그 뒤에 요코 아가씨가 근처에 있는 유치원에 갑니다. 그러고 나서 한 시간 뒤에 나쓰에 씨가 세이조의 사이구사 가로 갑니다. 유치원생인 요코 아가씨는 점심 때쯤에는 돌아오지만, 초등학교 2학년인 유코 아가씨는 밤이 될 때까지 돌아오지 않습니다. 사이구사 가의 마리 아가씨, 에리 아가씨와 함께 학교에서 사이구사 가로 가서, 거기에서 같이 숙제를 하고 피아노를 배우고 저녁식사를 마친 후에야 나쓰에 씨와 함께 치토세후나바시로 돌아오기 때문입니다. 언니인 하루에 씨가 나쓰에 씨한테 단단히 타일렀는지, 주인아저씨가 집에서 식사하시는 날은 일찍 돌아오시지만 보통은 밤 여덟시 반경 돌아오십니다.

그래서 주중에는 할머니와 요코 아가씨, 그리고 나 셋뿐이었습니다. 미국인 중위 집과는 전혀 사정이 달라 할머니에게 가사를 처음부터 배우지 않으면 안 되었지만, 실제로 그다지 할일은 없었습니다. 나쓰에 씨가 세이조의 사이구사 가를 본떠 무엇이든 나오는 대로 바로바로 사는 듯 첫인상으로는 생각도 못 했을 만큼 전기제품들이 잘 갖추어져 있어, 전기밥솥, 냉장고는 물론 세탁기까지 있었습니다. 게다가 늙은이와 어린 여자아이 중심의 생활이니 식사 준비를 한다고 해도 양이 뻔했고, 매일 주문받으러 오는 사람이 있어서 물건 구입도 편했습니다. 흙투성이가 되어 노는 남자아이가 없었기 때문에 세탁기를 돌리는 횟수도 적습니다. 넓은 집도 아니었고, 공이 많이 든 집도 아니었고, 더럽히는 사람도 없었기 때문에 청소도 시간이 걸리지 않습니다. 대체로 할머니는 자기 방에서 등을 둥그렇게 구부리고 바느질을 하고 계시고, 요코 아가씨는 그 옆에 폴짝 치마를 펼치고 개구리 다리를 하고 앉아서 놀기 때문에, 낮에는 방 하나밖에 쓰지 않았습니다.

우타가와 가는 동서로 길게 되어 있어, 서쪽 반은 일본식 방으로 남쪽을 향해 할머니 방, 아이들 침실, 북쪽으로 가정부 방, 화장실, 목욕탕이 있습니다. 거기에 비해 동쪽 반은 전부 서양식으로 모두가 마룻방이라고 부르는 거실과 식당과 부엌을 겸한 소위 지금의 LDK이며, 문턱 없이 이어지는 아이들 방이 일층에 있고, 주인아저씨의 서재와 부부 침실은 이층에 있었습니다. 손님이 오시는 일도 거의 없고, 독립된 응접실이라는 것도 없었습니다. 아이들 방에 업라이트 피아노가 있고, 이층의 부부 침실에는 중위 집에서 본 것 같은 더블베드와 삼면경이 있었지만, 우타가와 병원 때부터 지녀온 가구는 주인아저씨 서재의 선대가 사용했다고 하는 육중한 나무 책장과 책상, 그리고 할머니가 계시는 팔조 방의 오동나무 옷장, 서궤, 가마쿠라 조각이 들어간 전신거울뿐이었습니다. 그리고 우타가와 가에서 마지막까지 팔지 않았다고 하는 가보인 족자나 향로 등이 할머니 방 도코노마*에 몇 개 남아 있었습니다.

그리고 '로쿠(六) 씨'라고 하는, 뒤곁에 사는 노인이 잡일을 맡아해주었습니다. 원래는 기치조지에 있는 우타가와 병원에서 인력거꾼을 했다고 하고, 후에 다로 군의 출현과 관련된 분이기도 한데, 처음 만났을 때는 정말 도움이 많이 되는 사람이라고 고맙게 생각했을 뿐이었습니다. 광의 장작을 패주기도 하고 마당의 잡초를 뽑아주기도

---

* 방바닥보다 조금 높게 만들어 장식품 등을 놓아둔 곳.

하고 선반을 달아주기도 했습니다.

사실 할머니 두통이라는 것도 가끔씩 도지는 정도로 가벼운 것이었기 때문에 할머니 혼자서 가사를 도맡아하셔도 별 문제가 없었습니다. 다만 할머니도 선대가 돌아가시기 전에는 대부분의 가사를 일하는 사람이 다 해주었기에, 나쓰에 씨가 친정에 가 있으면서 그런 분에게 집안일을 전부 맡기는 것은 할머니한테도 미안하고 남 보기에도 흉하다고 해서 사람을 고용했던 것 같습니다.

게다가 여름 휴가철 무렵의 가루이자와 문제도 있었겠지요.

여름 휴가철은 가정부에게는 가장 바쁜 시기입니다. 가정부가 된 지 얼마 지나지 않아 아이들의 여름방학이 시작되었고, 그때 그 사실을 처음 알게 되었습니다. 도쿄에 남아서 주인아저씨 시중을 드는가 했더니, 당연하다는 듯 나도 짐과 함께 가루이자와로 보내졌습니다.

가루이자와에서는 일손이 꼭 필요했던 것입니다.

먼저 낡고 커다란 별장 대청소를 해야 합니다. 여러 개의 별장을 함께 관리하는 관리인이 대강 청소를 해주었지만, 도저히 그 정도의 청소로는 누워서 잘 마음이 나지 않습니다. 시케벌레라는 다리가 길고 몸체가 둥그렇게 부푼 징그러운 벌레 시체가 식기장 속에까지 들어 있습니다. 가구와 커튼은 곰팡이투성이입니다. 이불은 일 년치 습기를 빨아들인 상태라 손가락 끝이 닿기만 해도 몸서리쳐질 만큼 눅눅합니다. 집이 조금 살 만해지면 이번에는 넓은 마당을 손질해야 합니다. 이쪽도 미리 정원사가 손을 봐주지만 매년 새로이 손질해야 할 곳이 여러 군데 생깁니다. 짐 푸는 일도 있습니다. 대식구의 식료품을 사러 가는 일도 있고, 요리도, 설거지도 있습니다. 게다가 평상시 도쿄에서는 그런 대로 일에 쫓기는 사이구사 세 자매도, 여름방학만은 처녀 시절의 추억이 남아 있는 땅에서 남편들 없이 '옛날의 좋았던 시절'을 그리워하며 호사스러운 시간을 보내려고 결심한 듯, 아침 식사 때부터 비싼 식기를 아낌없이 내놓고, 꽃을 장식하고, 레코드를 틀고, 이제는 일손이 없는데도 일손이 많았을 때와 똑같이 오로지 우아하게만 보내려고 하는 것입니다. 그래서 오히려 모두들 바빴으니, 참 웃기는 이야기입니다.

도대체가 그 자매들은 스포츠 같은 것은 좋아하지 않아서, 하루에 씨의 남편인 히로시 씨가 계시는 주말에 인사치레로 골프를 치는 정도이고, 그 밖에는 집에서 공부라고도 일이라고도 놀이라고도 할 수 없을 일을 하면서 시간을 보내셨습니다. 하루에 씨와 나쓰에 씨는 도쿄에서는 읽을 시간이 없었던 패션잡지를 펼쳐놓고, 서양인은 기분 나쁠 정도로 예뻐, 라는 등의 얘기를 하면서 영어와 프랑스어 사전을 찾아가며 사진 옆의 설명을 읽곤 합니다. 객실 귀퉁이에는 평상시에는 비로드 케이프를 덮어놓는 마네킹이 있었는데, 그것을 벗겨서 헝겊을 대보기도 합니다. 일 때문에 비교적 빈번하게 도쿄에 돌아가기도 하고, 도쿄에서 일하고 있는 이십대 후반의 여자분이 찾아오기도 합니다. 이 여자분은 내가 처음 세이조에 갔을 때 아이들 시중을 들고 있던 사람으로, 일손이 부족하면 일 이외의 용무로도 가끔 끌어들이는 것 같았지만, 사이구사 세 자매의 생활은 옆에서 보고 있기만 해도 재미있기 때문에 본인은 그런 대로 즐거워하는 것 같았습니다.

후유에 씨는 응접실 귀퉁이에 있는 업라이트 피아노로 자주 피아노 연습을 했는데, 가루이자와의 습기 때문에 피아노가 엉망이 된 듯 "어휴, 엄청 지독한 소리야"라고 하는 것이 입버릇이었습니다. 스위스 사람 집에 독일어를 배우러 가기도 했습니다. 지지가 독일 유학을 약속하셨다고 합니다.

물론 두 언니의 잔심부름도 담당했습니다.

—예술대학에 간 사람치고 나만큼 집안일 많이 하는 사람 없어.

—그래?

—그럼. 음악 하는 사람은 모두 집에서 가족들이 다 시중들어주고, 임금님같이 큰소리치며 살고 있다구.

—그래?

—그러엄. 손이 이렇게 엉망이 되어버렸잖아.

—그래…… 그렇지만 젊었을 때 고생은 사서도 한다잖아.

—이제 더이상 젊지 않다고!

후유에 씨 하나만 나이가 뚝 떨어져 있고 전쟁 뒤에 대학을 나온 것도 있어서, 언니들에 대해서는 늘 객관적인 시각을 갖고 있었습니다. 가장 현대적인 분이었고, 오랫동안 관계를 지속해오는 사이에 저와 가장 친해진 것도 후유에 씨였습니다.

당시 아직 현역으로 일하던 지지는 관심사가 불규칙하셨습니다. 정력적인 분이라 가루이자와에 계실 때는 누구보다도 먼저 일어나서 우선 커피콩을 가십니다. 오전에는 대체로 마당이나 베란다에 이젤을 꺼내놓고 예의 새까만 머리에 베레모를 비스듬히 쓰고 그림을 그리십니다. 일에만 열심인 것이 아니라 취미도 많아 낚시, 등산, 승마, 원예, 사진 등 뭐든지 하셨지만, 중학교에 다닐 때에는 화가가 되는 것이 꿈이었다고 하여 그림에 대해서는 특히 열심이셨습니다. 정력적인 분답게 성격이 급해서, 금방 이젤 앞에 앉았는가 하면 베레모를 쓴 채 벌써 마당 손질을 하고 계시고, 모습이 안 보인다고 생각하면 어딘가의 강가에서 미나리를 따오셔서, 이봐, 후미코 씨, 오늘밤에는 이거 삶아줘요, 라고 말씀하시곤 합니다. 그런 지지에 비해 바바는 아침도 늦고, 언제나 예쁘게 꾸미고 계셨습니다만 긴 의자에 누워서 소설을 읽거나 가볍게 피아노를 치거나 이웃과 브리지를 하거나 하는 일 외에는 하루 종일 이렇다 할 활동이 없었습니다. 식단도 세 자매에게 맡겨놓고 손도 대지 않습니다. 치즈 씨를 데리고 저녁식사 뒤에 메인 스트리트를 슬슬 걸어다니다 별로 필요도 없는 물건을 쇼핑하는 것이 주된 일과였습니다. 지지가 제일 귀여워하는 사람은 지지를 가장 많이 닮은 하루에 씨였습니다. 바바는 그런 하루에 씨를 의지하고는 있었지만 두려워하기도 하여, 자기를 닮은 차녀 나쓰에 씨를 상대하는 것이 마음이 편한 것 같았습니다. 그래도 나쓰에 씨는 지지의 피가 반쯤 섞인 덕택에 바바보다는 훨씬 활동적이셨습니다.

이웃 시게미쓰 가도 여름은 쭉 가루이자와에서 보냈습니다.

두 채의 서양관 사이에는 가리개 대신 나무가 심겨 있었지만, 모두 부지를 가능한 한 넓게 쓰고 싶어해서 경계선은 만들지 않았습니다. 그래도 양가는 나름대로 늘 적당한 거리를 두고 교제하고 있어서 서로의 웃음소리 같은 것은 들리지만, 오전중에는 상대방 집 정원 앞을 지나는 일도 없었습니다. 오후가 되면 노부부는 자주 어느 한쪽 집 베란다에서 브리지를 하고, 물론 아이들은 아침부터 함께 마당에서 놉니다. 도쿄와 달리 전쟁중에도 야채밭으로 바꾸지 않고 버텼다는 테니스 코트가 있어서, 뽑아도 뽑아도 풀이 무성해서 어쩔 수 없기는 했지만 거기서 테니스 흉내를 내기도 합니다. 사내아이라고는 시게미쓰 가의 마사유키 군 하나였기 때문에 아이가 다섯이나 되는 셈치고는 조용했습니다.

요코 아가씨는 세이조에는 거의 가지 않았고, 나이도 제일 어렸기 때문에 아이들 가운데서는 왕따였습니다. 게다가 도쿄에서는 언제나 할머니 옆에 철퍼덕 개구리 다리를 하고 앉아 있는 탓인지 운동신경도 유달리 둔했습니다. 그런 요코 아가씨가 넘어져 다치는 바람에 모두를 당황하게 한 것도 내가 처음으로 가루이자와에 간 여름의 일이었습니다. 모두 상대를 해주지 않는 요코 아가씨는 언제나 곰 인형을 들고 있었는데, 어느 날 마사유키 군이 그 곰 인형을 뺏자 정신없이 뒤를 쫓았고, 머리를 흔들며 뛰는 그 모습이 우습다며 마사유키 군이 더 놀리면서 도망치다가, 요코 아가씨가 나무뿌리에 걸려 돌에 머리를 부딪힌 것입니다. 이마의 상처는 생각보다 깊어 가루이자와 병원에서 몇 바늘인가 꿰매야 했고, 나랑 병원에 따라간 야요이 씨는 자기가 부주의한 탓이라며 미안함에 기절할 듯한 얼굴이셨습니다. 이삼 일간 안정을 취하라고 주의를 받은 요코 아가씨는 병원에서 돌아온 뒤 다락에 있는 자기 침실로 쫓겨갔습니다. 다락방들은 전쟁 전에는 세 방 모두 가정부 방이었는데, 서쪽 끝 방을 제외한 두 방은 아이들 침실이 되고, 가운데 제일 넓은 방은 마리 아가씨와 에리 아가씨 침실, 동쪽 끝 방이 유코 아가씨와 요코 아가씨의 침실이었습니다. 요코 아가씨는 그 동쪽 끝 방에서 하얀 붕대를 감은 머리를 베개에 올려놓고 언짢은 얼굴로 계속 천장을 노려보고 있는 수밖에 없었습니다.

마사유키 군이 사과하러 온 것은 이튿날 저녁이었습니다.

작은 스푼으로 요코 아가씨에게 죽을 먹이고 있는데, 갑자기 등뒤에서 남자아이의 목소리가 났습니다.

— 요코……

살그머니 계단을 올라왔던 것이겠지요. 복도의 어슴푸레한 어둠 가운데 어린 소년 특유의 잠자리같이 투명한 그림자가 서 있었습니다. 그때까지 야요이 씨가 사과하고 오라고 해도 망설이다가 겨우 결심했던 것이겠지요. 문에서 한 발짝 들어선 마사유키 군은, 미안해, 라고 작은 목소리로 사과하고는 바로 몸을 돌려, 이번에는 쿵쿵쿵 사내아이다운 소리를 내면서 계단을 내려가버렸습니다. 요코 아가씨는 환영이라도 본 것 같은 표정이었습니다. 마사유키 군은 시게미쓰 가의 후계자였기 때문에 사이구사 세 자매도 특별대우를 해주고 있었는데, 그런 마사유키 군이 자기같이 별볼일 없는 아이를 찾아오리라고는 생각도 하지 않았을지 모릅니다. 희미한 어둠 속에 그림자처럼 서 있던 마사유키 군의 이상할 정도로 투명한 모습은 내 기억에도 오랫동안 남았습니다. 꼭 무슨 사자가 하늘에서 소리 없이 내려온 것 같았습니다.

요코 아가씨 이마의 상처는 얼마 지나자 희미하게 하얀 흔적만 남는 정도가 되었습니다.

일요일 점심은 양쪽 집안이 함께 먹습니다. 보통때보다 늦은 오후 한시부터죠. '선데이 디너'*입니다. 그때는 요리도 시게미쓰 가의 부엌을 사용하고, 식사도 시게미쓰 가의 베란다 아니면 식당에서 먹습니다. 오니의 총 지휘하에 전원이 같이 일하기 때문입니다.

시게미쓰 가의 사모님은 런던에서 양재를 배우셨지만, 오니는 서양 요리를 배웠습니다. 그리고 전쟁 전에 신부수업의 일환으로 야요

---

* 디너(dinner)는 보통 저녁식사를 가리키지만, 서양에서 일요일의 디너는 낮에 먹는 것으로, 손님도 저녁시간보다는 이때 초대한다.

이 씨와 세 자매가 같이 오니한테 요리를 배우기 위해 시작한 습관이 패전 후에 형태를 바꿔, 이 '선데이 디너'로 정착했다고 합니다. 이제는 일손이 없기 때문에 너무 손이 가는 요리는 만들지 않는다고 합니다만, 그래도 내가 보기에는 여러 가지 귀찮은 짓을 하고 게다가 적어도 십몇 인분, 경우에 따라서는 이십 인분 가까이 식사 준비를 해야 하니 만만치 않은 일거리였습니다. 사이구사 가의 가정부인 치즈 씨나 나도 오니의 지휘하에 일했고, 그때만큼은 오니가 예전에 가정부장으로 일했을 때의 모습이 눈에 보이는 것 같았습니다. '선데이 디너' 뒤에는 양쪽 집 모두 저녁은 남은 음식으로 적당히 때웠고, 그런 식사를 '서퍼'라고 해서 가정부들을 시키지 않고 직접 준비했습니다. 우리는 여름방학 동안에는 이 주일에 한 번인 휴일을 포기하는 대신, '선데이 디너' 뒷정리가 끝나면 월요일 낮까지 자유였습니다. 시게미쓰 가의 부엌 안쪽에 있는 '서번트 홀'에서 오니한테 여러 이야기를 들은 것도 매주 있는 그 선데이 디너 후였습니다.

인근의 손님들을 초대하는 일도 있었지만, "좋은 사람들이 점점 없어져"라며 여름내 두세 번 부르는 정도였습니다. "저 사람은 분위기를 깨지 않으니까" 혹은 "저 사람은 분위기를 깨니까" 하는 식으로 사람을 구별했습니다.

나는 다락 서쪽 끝의 가정부 방에서 치즈 씨와 나란히 이불을 깔고 잤습니다. 아이들이 침실로 쓰고 있는 한가운데와 동쪽 끝 방은 원래대로 양실(洋室)이지만, 가정부 방에는 다다미가 깔려 있습니다. 전쟁 전에 가정부들이 자던 철틀에 짚 매트를 올려놓은 침대를 아이들에게 주었기 때문에, 이불을 깔 수 있게 가정부 방만 일본식으로 바꾸었다고 합니다. 일본식 방이라고 해도 문도 서양식이고 천장도 창문도 벽도 서양식인데 바닥에만 다다미가 깔려 있는 이상한 방이었습니다.

그 이상한 방에서 사이구사 가의 가정부인 치즈 씨와 함께 지냈기 때문에, 금방 그녀의 삶의 전모를 파악하게 되었습니다. 둘이서 반씩 나누어 쓰는 오래된 옷장과 작은 책상이 있었고, 내 책상에는 아무것도 없었지만 치즈 씨 쪽 책상에는 둥근 거울 옆에 시세이도 스킨로션, 크림, 립스틱 등이 호화롭게 늘어서 있어, 우선은 그 낭비벽에 놀랐습니다. 사진이 잔뜩 실려 있는 두꺼운 잡지도 있습니다. 잠들기 전에 언제나 남자 사진을 보면서, 굿나잇 달링, 하고 키스하고 잠이 듭니다. 키가 작고 뚱뚱해서 벌렁 누운 것을 보면 어쩐지 하마가 누워 있는 것 같기도 한데, 그런 사람이 입술을 오므리고 키스 같은 것을 하니까 보고 있는 쪽이 더 쑥스럽습니다. 그래도 치즈 씨의 그 체형 덕분에 세 자매의 옷이 나한테 돌아오는 것을 생각하면 고맙기도 했습니다. 선배로서 이것저것 가르쳐주었는데, 시게미쓰 가나 사이구사 가에 관해서는 가십 같은 것이 많아서, 오니는 육십이 되어도 아직 '남자를 모른'다느니 하루에 씨 남편인 히로시 씨에게 애인이 있는 것 같다느니 하는 이야기도 치즈 씨 입을 통해 들었습니다.

우타가와 가의 할머니와 주인아저씨는 사이구사 가의 별장에는 묵지 않았습니다. 당시는 아직 별채도 없었고, 그러지 않아도 혼잡한데다가 제일 관계가 멀다고 해서 사양하시고 메인 스트리트에 있는 '쓰루야'라는 여관에 묵으시는 것입니다. 할머니는 여름의 대부분을 도쿄에 남아 계셨고, 가루이자와에는 열흘 정도만 묵으러 오셨었지요. 여관에서 아침식사를 마치고 나서, 별장까지 꽤 먼데도 산보 겸 걸어오셔서 대개 오후 티타임이 끝날 때 즈음에 돌아가십니다. 가끔은 저녁식사도 함께하는데, 그때는 택시를 불러서 돌아가시고 주무시는 일은 없으셨습니다. 대학 일이 바쁘신 주인아저씨는 할머니보다 조금 늦게 도착해서 오봉 주간의 며칠만 '쓰루야'에 머무르십니다. 하루에 씨가 어려운지 사이구사 가에는 한두 번 얼굴을 내밀 뿐입니다.

─저 사람들은 용케도 그렇게 느끼한 것을 먹더군. 꼭 서양 사람 같아.

여관까지 모셔다드리면 할머니가 시게미쓰 가와 사이구사 가 사람들에 대해 주인아저씨에게 그렇게 보고하십니다. 그리고 저녁은 두 분이서 메밀국수 정도로 끝냅니다.

─저렇게까지 뭐든지 서양 것이 좋다는 것도 희한해.

할머니는 그렇게 말씀하시고 나서, 주인아저씨에게 묻습니다.

─정말, 뭐든지 서양 것이 좋은가?

─흠, 글쎄요. 의학도 일반적으로 한의학보다 서양의학 쪽이 효과가 있으니까, 서양 쪽이 더 과학적이라고는 할 수 있겠죠.

주인아저씨는 그런 경우에도 진지하게 대답하십니다.

주인아저씨는 완행열차를 타고 오이와케까지 가시기도 합니다. 전사한 친구가 여러 명 있는데, 그들과의 추억 때문이라고 합니다.

─우리도 오이와케에 별장을 지을까요?

할머니에게 그렇게 말씀드리는 일도 있습니다.

─무슨, 쓸데없이.

─돈도 별로 들지 않아요. 거기 오는 사람들은 학자뿐이니까.

─아이, 그래도 좀 과분한 것 같아.

여름을 가루이자와에서 보내게 된 나는, 내가 태어난 고향 옆에서 여름을 보내게 되어 묘한 느낌이 들었습니다. 가루이자와 역참은 에도 시대에 구쓰카케 역참, 오이와케 역참과 나란히 나카센도의 삼대

역참으로 번창했다고 합니다. 참근교대*가 폐지되고 나서는 완전히 황폐해졌고, 게다가 일 년 내내 춥고 화산재 때문에 땅이 척박해서 제대로 작물도 거두지 못해, 마치 역귀에라도 들린 듯한 땅이라고 사쿠다이라 사람들은 생각하고 있었던 것입니다. 그런데 언제부터인지 여름만 되면 외국인들이 몰려들기 시작했습니다. 무슨 영문인가 하는 동안 일본 사람들도 몰려들기 시작해서 피서지로 알려지게 되고, 우리 고향 사람들에게는 자기들과는 관계없는 사람들이 모이는 땅이 되어버렸습니다.

그런데 지금, 내가 그런 사람들 한가운데에 있는 것입니다.

가루이자와에서 보는 아사마 산은 사쿠다이라에서 보는 아사마 산과 달랐습니다. 하나레 산이라는 작은 만두 같은 산이 바로 앞에 자리 잡고 방해하고 있어서, 아사마 산은 거의 보이지 않았던 것입니다.

그것도 이상한 기분이었습니다.

사이구사 세 자매네 집에서 일하는 가정부들은 대개 여름에 바쁘기 때문에 오봉 연휴 없이 일하고 대신 봄이나 가을에 휴가를 받습니다만, 나는 고향이 너무 코앞에 있었기에, 오봉 주간 뒤 남자들이 도쿄에 돌아가서 일단락되었을 때 이박 삼일간 휴가를 받았습니다. 기지 일을 그만둔 뒤에는 집에 송금을 하지 않아도 된다고 해서 월급은 전부 정기적금에다 붓고 있었지만, 사이구사 세 자매가 준 여름 특별 보너스는 부모님께 드리고, 물려받은 옷들 가운데서 어울릴 만한 것을 골라 여동생에게 주었습니다. 여동생은 '트랜지스터 걸'로, 조금 멀지만 집에서 버스로 통근할 수 있는 트랜지스터라디오 공장에서

---

* 에도 시대 지방 영주가 교대로 에도에 올라와 도쿠가와 막부에서 근무하던 제도.

일하기 시작했습니다. 집에 가면 그 여동생과 나란히 잤습니다. 입주해서 일하는 것이 아니기 때문에 속상한 일은 전혀 없는 것 같아, 여전히 어리게 보였지만 걱정되기보다는 마음이 놓였습니다.

가루이자와에서는 오봉이 지나면 벌써 가을바람이 붑니다. 가는 여름을 아쉬워하고 가루이자와를 아쉬워하며, 아이들의 학교가 시작하기 전날 모두들 도쿄로 올라갑니다.

또다시 예전과 같은 생활이 시작됩니다.

아침식사 준비를 하고 있으면 '뚜―' 하는 맥빠진 나팔 소리가 아침 공기를 깨고, 이어서 두부 사세요, 따끈따끈한 두부요, 하는 두부 장수의 목소리가 울립니다. 할머니가 지으신 밥, 된장국, 낫토와 생선구이, 이렇게 가정 교과서 같은 모범적인 메뉴로 아침식사를 마친 뒤, 가족 모두가 차례차례 후다닥 집을 나갑니다. 나쓰에 씨만은 이층 침실의 삼면경 앞에서 느긋하게 한 시간 정도 화장을 하고 마지막으로 립스틱을 바르고 귀걸이를 달고 난 후에야 출발합니다. 조금 있으면 밤송이머리에 수건을 질끈 동여맨 생선장수가 통을 메고 옵니다. 할머니가 부엌에 안 계시면 문턱에 걸터앉아, 언니, '사틴 카페'에 안 갈래요? 하며 나를 놀리기도 합니다. 연필을 귀에 꽂고 장사꾼이 두르는 하얀 앞치마를 걸친 생선장수도 옵니다. 생선장수치고 어딘지 서구적으로 생긴 얼굴도 재미있습니다. 세탁소도 주문을 받으러 옵니다. 잡상인이며 강매꾼도 옵니다. 할머니는 처음에 생각한 것처럼 차가운 분이 아니셔서, 잡상인이 오면 이야기를 듣다가, 저런, 딱하지, 라고 동정하시면서 고무줄이나 실을 사십니다. 이웃집 농가에서 거름통을 지고 변소치기를 하러 옵니다. 리어카를 끄는 넝마장

수 같은 사람이 광에 있던 부서진 자전거를 훔쳐가려는 것을 할머니와 둘이 쫓아가서 되찾아온 일도 있습니다.

청소를 하러 이층에 올라가면, 당시만 해도 간토 평야 저 멀리로 후지 산이 보였습니다.

이윽고 가을 축제의 북소리 울리고, 낙엽을 태우고 밤을 줍는 동안 겨울이 옵니다. 굴뚝을 세운 포장마차를 끄는 군고구마 아저씨가, 군고구마, 맛있는 군고구마, 하고 목이 쉬도록 소리를 지르고 한밤에는 라면장수의 차르멜라가 맛있게 울립니다. 그러면 곧 크리스마스 시즌입니다. 우타가와 가는 거실 구석에 작은 크리스마스트리를 세우고 작은 전등을 켭니다. 주인아저씨와 나쓰에 씨가 똑같이 빨간 외투를 입은 유코 아가씨, 요코 아가씨를 데리고 긴자에 쇼핑을 하러 가십니다. 크리스마스이브에는 유코 아가씨가 치는 피아노 반주에 맞춰 다같이 〈고요한 밤 거룩한 밤〉을 부르고, 그날은 할머니와 나도 점심시간이 지나서 요코 아가씨를 데리고 세이조에 갑니다. 나는 세이조에서 열기로 되어 있는 선물 꾸러미를 양손에 들고, 세이조에 도착하면 앞치마를 두르고 부엌일을 거듭니다. 12월 태생인 후유에 씨의 생일 파티를 겸한 크리스마스 파티에는 이웃인 시게미쓰 가도 오니를 데리고 참석하시고, 밤이 되면 우타가와 가의 주인아저씨도 얼굴을 내밀어 왁자지껄하게 축하합니다. 그 대신 정월에는 문 앞에 세우는 소나무 장식도, 정월용 특별 요리를 만드는 일도 없이 준비다운 준비는 별로 하지 않아서, 마치 일본의 정월이 아닌 것 같았습니다.

나는 연말에는 고향에 돌아갔습니다. 오봉 연휴에 돌아갔을 때보다 한층 더 가족과의 거리가 멀게 느껴집니다. 옆에서 자는 여동생은 그런 것을 알아차리지 못하는 듯 시시한 일을 이것저것 이야기하는

데, 전과 다른 쓸쓸함이 느껴졌습니다.

2월 중순에는 시게미쓰 가, 사이구사 가, 우타가와 가의 아이들이 거의 1월, 2월, 3월생인데다 야요이 씨도 3월생이어서, 또 생일 파티가 열립니다.

그리고 입학의 계절이 되었습니다.

뜻밖이었던 것은, 요코 아가씨가 몸이 약하다는 이유로 세이조학원 초등학교에 입학하지 않고 근처에 있는 사쿠라가오카(櫻ヶ丘) 초등학교에 다니게 된 것이었습니다. 요코 아가씨는 천식 기운이 있는데다 자주 감기가 들어 열이 나는 등 몸이 약한 건 사실이었지만, 생각건대 그것을 구실로 요코 아가씨를 할머니 옆에 두려는 나쓰에 씨―혹은 그 배후는 하루에 씨가 아닌가 합니다만―가 지금까지처럼 눈치 보지 않고 세이조에 오래 있을 수 있도록, 할머니를 위해 요코 아가씨를 집에 남겨둔 것이었습니다. 내 눈에도 불공평해 보이는 이런 처사에 주인아저씨가 반대하지 않으셨던 것은, 원래 주인아저씨는 아이들은 공립 초등학교로 충분하다고 생각하신데다 그 편이 할머니가 쓸쓸하지 않을 것이 분명했기 때문임이 틀림없습니다. 요코 아가씨는 언니인 유코 아가씨와 함께 세이조학원 초등학교에 다니면서 유코 아가씨처럼 밤까지 세이조에 머무는 것을 기대하고 있었던 듯, 사쿠라가오카 초등학교에 간다는 이야기를 들었을 때에는 큰 소리로 울음을 터뜨리고 새빨개진 얼굴로 울더니 이내 열까지 났습니다. 봐, 역시 이렇게 금방 열이 나잖아, 하고 나쓰에 씨가 말하자 어쩔 수 없이 납득했습니다. 물론 요코 아가씨를 동네 초등학교에 보내는 쪽이 우타가와 가로서는 경제적으로도 훨씬 부담이 적었을 것입니다.

아무래도 요코 아가씨는 할머니 치마폭에 싸여 있어서, 어딘지 한 단계 낮게 생각되는 면이 있었습니다. 언니인 유코 아가씨는 나쓰에 씨의 첫아이이고 게다가 할머니가 안 계신 가루이자와에서 태어난지라, 할머니는 나쓰에 씨 눈치를 보느라고 유코 아가씨를 예뻐하는 것을 삼가셨고, 그 반동으로 치토세후나바시에서 산파한테 당신이 직접 받은 요코 아가씨를 귀여워하신 것 같습니다. 물론 할머니가 우위에 있는 집안에서 할머니가 귀여워한다면 이야기는 다릅니다. 그렇지만 우타가와 가의 할머니는 걸핏하면 한 단계 낮게 보여도 어쩔 수 없는 입장이었고, 그런 할머니가 맡아서 키우는 요코 아가씨도 덩달아 한 단계 아래로 얕보였던 것이었습니다.

세 자매가 시끌벅적하게 이야기할 때 가끔 화제에 올라서 알게 된 것인데, 우타가와 가의 할머니는 선대가 데리고 살던 기생으로, 주인 아저씨의 생모가 스페인 독감으로 돌아가신 뒤에 후처로 들어오셨다고 합니다. 원래는 사족, 즉 양반계급이었지만, 부모가 결핵으로 일찍 돌아가시고 그 뒤로 친척집을 전전하는 동안 누군가의 빚 담보로 기생으로 팔려갔다고 합니다. 그런 말을 들어도 기생 시절을 상기시키는 구석은 어디에도 없었습니다. 무코지마(向島) 근처에서 자랐다는 이야기도 들었지만, 서민 동네에서 자란 티도 없습니다. 앞에서도 말씀드렸듯이 그저 검소하고 눈에 안 띄려고 조심하시는 분이셨습니다. 나중에 할머니의 기생 시절 모습을 힐끗 엿본 듯한 기분이 든 적도 있었지만, 그것도 딱 한 번이었습니다. 주인아저씨는 피가 섞이지 않은 할머니를 가능한 한 잘 모시려고 하지만 일부러 잘 모셔주지 않으면 안 되는 입장이라는 것 자체가 할머니에게는 안된 일이었습니다. 할머니의 반침 안에는 그래도 차마 버릴 수가 없었는지, 샤미센*

이 보자기에 싸여 먼지를 뒤집어쓰고 있었습니다.

요코 아가씨는, 그처럼 한 단계 얕보이는 할머니가 키우는 아이인데 더해 '히라노 가문의 얼굴'이 아니었습니다.

'히라노'라는 것은, 대대로 무슨무슨 고마치**라고 불리는 여자들이 속출했다고 하는 사이구사 세 자매의 어머니인 바바의 처녀 시절 이름입니다. 하루에 씨의 딸인 마리 아가씨와 에리 아가씨, 그리고 나쓰에 씨의 딸인 유코 아가씨, 이렇게 여자아이 네 명 중 세 명은 '히라노 가문의 얼굴'이었습니다. 그런데, 요코 아가씨만 달랐습니다. 곱슬머리에 까무잡잡하고, 둥근 얼굴이었습니다. 주인아저씨를 닮은 것도 아니고, 어떻게 된 것인지 누구도 닮지 않았습니다. '히라노 가문의 얼굴'인 것이 세상에서 제일가는 행복이라고 생각하시는 분들 안에 섞여 있었으니, 그런 의미에서도 당연히 한 단계 얕잡아 보일 수밖에 없습니다. 실제로 마사유키 군을 쫓아가다 넘어져서 이마에 상처가 났을 때, 다친 게 요코여서 다행이라고 모두들 가슴을 쓸어내리는 것이 손에 잡힐 듯 느껴졌습니다. 그것을 너무하다고 하기 전에, 나 자신도 그 순간에는 그렇게 생각했으니 무리도 아닙니다. 게다가 세 자매는 자기들 셋이서 자랐기 때문에, 마리 아가씨, 에리 아가씨, 유코 아가씨, 이렇게 여자아이 세 명이면 충분하다고 생각해서, 네번째인 요코 아가씨는 덤처럼 취급했는지도 모릅니다.

나도 첫인상이 나빴던 탓도 있어 요코 아가씨가 좋아지지 않았습니다. 그래도 만일 유코 아가씨처럼 세이조학원 초등학교에 보내주

---

* 일본 고유의 세 줄짜리 현악기.
** 소문이 자자한 아름다운 처녀.

었더라면 화려한 분들과 함께 있을 수 있었을 겁니다. 그런데 날이면 날마다 혼자만 늙은이와 가정부 곁에 있게 된 것입니다. 밤에 나쓰에 씨가 유코 아가씨를 데리고 돌아오시면 얼굴이 환해지는 모습이나, 일요일 아침 주인아저씨도 함께 계실 때 까부는 모습을 보면 그래도 불쌍하단 생각이 듭니다. 초등학교에 들어간 것을 계기로 요코 아가씨도 토요일 오후에 세이조에서 후유에 씨에게 피아노를 배우게 되어, 그 덕분에 적어도 일주일에 반나절은 세이조에서 지낼 수 있게 된 것은 행운이었습니다. 그날은 학교에서 돌아오면 외출복으로 갈아입고, 악보가 든 가방을 들고, 조금 불안한 얼굴로 출발합니다. 그리고 밤이 되면 나쓰에 씨와 유코 아가씨를 따라 이번에는 신이 난 얼굴로 돌아옵니다.

모기장을 다는 계절이 되면 이내 다시 가루이자와에 가고, 가루이자와에서 돌아오면 가을이 오고, 겨울이 오고, 새 학기가 시작되는 것이 되풀이됩니다. 우타가와 가에 큰 변화는 없었습니다. 나는 할머니한테서 옷 만드는 법을 배워 유카타 정도는 만들 수 있게 되었습니다. 원래 손으로 하는 일을 좋아했기 때문에 나쓰에 씨가 가르쳐주신 뜨개질도 숙달했습니다. 도쿄 말도 꽤 편하게 입에 올리게 되었습니다. 그렇지만 무엇보다도 고마웠던 것은 세시의 간식 시간 뒤 저녁식사 전까지 한 시간 정도의 독서가 정식으로 허락된 것입니다. 가정부 방 뽕나무 옷장 위에 늘 읽다 만 책이 놓여 있고 밤늦게까지 책을 읽느라고 충혈된 눈으로 일어나는 것을 보신 할머니가, 너는 책을 좋아하는구나, 여기에서는 그렇게 할일이 많지 않으니까 읽어도 괜찮아, 라고 말씀해주신 것입니다. 그 얘기를 들은 주인님도 집에 있는 책은 마음대로 읽으라고 하셨습니다. 당시에는 그런 댁이 얼마나 드문지

충분히 알고 있던 것은 아니지만, 그래도 진심으로 고맙게 생각했습니다. 독서를 여전히 좋아해서 이 주일에 한 번의 휴일을 도서관에서 수험생 틈에 섞여 책을 읽으며 보내는 일도 있었습니다. 멋쩍기보다도 떳떳하지 못한 기분이 들어 서글펐지만, 모두 나와 비슷한 나이였기 때문에 아무도 가정부가 섞여 있으리라고 생각하지 않는 것이 다행이었습니다.

그리고 또다시 가루이자와에 다녀오고, 가을바람이 일기 시작했을 때 즈음이었습니다. 예전에 우타가와 병원에서 인력거꾼으로 일하던 로쿠 씨가 격식을 차리는 얼굴로 부엌에 찾아왔습니다.

그것이 다로 군이 이 집에 출현한다는 예고였습니다.

1956년의 일이었습니다. 시게미쓰 가와 사이구사 가가 세이조의 토지를 정리한 해로, 시게미쓰 가의 서양관이 사라진 해였습니다. 또, 후유에 씨가 가을부터 독일로 유학을 떠난 해이기도 했습니다.

처음에는 우타가와 가와 로쿠 씨의 관계를 몰랐던 나는, 단순히 뒷마당의 우물을 같이 쓰는 할아버지이고 우타가와 가를 비롯한 인근 집들의 잡일을 해주고 용돈을 버는 사람이라고 생각하고 있었습니다. 무척 겸손한 사람이라고도 생각했었습니다. 그 할아버지가 전에 우타가와 가의 인력거꾼이었다는 것, 할아버지가 살고 있는 작은 집과 그 옆에 있는 똑같은 집 두 채가 다 우타가와 가의 소유라는 사실을 알게 된 것은 얼마 지난 뒤였습니다.

할머니의 얘기에 의하면 기치조지의 우타가와 병원이 남의 손에 넘어갔을 때 제일 곤란했던 것이 로쿠 씨의 거취 문제였다고 합니다. 로쿠 씨는 어렸을 때 먹는 입을 덜기 위해 우타가와 병원에 맡겨진

이래 쭉 우타가와 가를 섬겨왔기에 달리 갈 곳이 없었던 것입니다. 처음에는 잔심부름 정도였지만 인력거꾼이 된 뒤에는 선대가 왕진하러 갈 때 인력거를 끌었고, 자동차가 인력거를 대신하게 된 뒤에는 머슴으로 남아 떡을 치거나 장작을 패거나 담을 수리하는 등 집안일을 돕고, 그 대신 병원 부지 내에 오두막을 지어줬다고 합니다. 인력거꾼으로 있을 때 허드렛일을 하는 하녀와 한때 살림을 차렸지만, 아이도 낳기 전에 갑자기 사라져버렸다고 합니다. 나이 들고 연고도 없는 로쿠 씨를 이제 와서 저버릴 수 없어, 우타가와 가는 결국 로쿠 씨를 데리고 치토세후나바시로 이사 오게 된 것입니다.

충복이라고 모두 한결같이 말했습니다. "스님 따위는 돈 벌 생각만 해서 나는 싫어"라고 하시는 주인님 대신 부지런하게 우타가와 가 묘소에 가서 묘지를 청소하고 분향하고 돌아오곤 했습니다. 충성스러울 뿐 아니라 곁에서 보면 딱할 정도로 사람이 좋았습니다.

주인님께서는 치토세후나바시의 백삼십 평 부지 중 사오십 평에 두 채의 셋집을 지었습니다. 그리고 한 채에 로쿠 씨를 살게 하고, 또한 채는 빌려주어 그 월세로 할머니가 남의 눈치 보지 않고 쓸 수 있게 용돈을 확보해드렸던 것입니다. 첩 출신이라고 해도 삼십 년 가까이 큰 집안의 안주인으로 지낸 할머니였기에, 피가 섞이지 않은 만큼 오히려 더 신경이 쓰이신 것이었겠죠. 매월 초에는 다른 한 채에 사는 맞벌이 중년 부부 중 아내가 봉투를 들고 부엌에 찾아오고, 그 봉투를 할머니가 당신의 오동나무 옷장에 소중히 집어넣는 것을 보고 그 사실을 알았습니다. 할머니는 그 돈에서 로쿠 씨에게 생활비를 주고 나머지는 당신 용돈으로 쓰고 계셨던 것 같습니다. 사이구사 세 자매는 신통하게도 한결같이 돈에 관해서는 너그러워서, 나쓰에 씨

456

도 그 처사에 불만이 없었던 것 같습니다. 게다가 로쿠 씨는 일단 남자 손이라 도움이 되었고, 또 어쨌든 노인이었기 때문에 로쿠 씨가 죽고 할머니가 돌아가시면 두 채의 집세는 그대로 나쓰에 씨의 수입이 된다는 면도 있었습니다.

그 로쿠 씨가 어느 날, 할머니에게 드릴 말씀이 있다며 정중한 얼굴로 부엌문에 나타난 것입니다.

지금까지 너무 잘해주셔서 더이상 부탁드릴 입장은 아니지만, 사실은 자기에게 만주에서 철수해온 조카가 있다. 요절한 남동생의 아들인데, 기억하고 계실지 모르지만 만주에 가기 전에 한 번 선대님 신세를 진 적이 있으며, 자기에게 남아 있는 유일한 혈육이다. 전쟁이 끝난 뒤 일본에 미처 못 돌아와 이삼 년 전에 재개된 귀환선으로 겨우 귀국해서 처음에는 어딘가의 귀환자 우선집합주택에 살았다는데, 일자리를 못 구해 지금은 시모노세키(下関)에 있는 처갓집에서 어업을 도우면서 어깨도 제대로 못 펴고 살고 있다. 그 조카가 자기를 찾아내서 우타가와 가의 호의로 독채에 살고 있다는 것을 알고, 온 가족이 이사 와서 함께 살 수 없을지 의논해왔다. 만주에 가기 전에는 도쿄에서 선반공도 했으니까 도쿄에 오기만 하면 어떻게든 일자리를 찾을 수 있다고 한다. 물론 일자리를 찾는 대로 그 나름의 집세는 지불하겠다고 한다.

그날 밤, 할머니의 얘기를 들은 주인님께서는 결국 로쿠 씨의 부탁을 들어주기로 했습니다. 로쿠 씨는 일흔 살 정도였습니다. 죽으면 바로 남에게 세를 줄 수 있습니다. 그렇지만 죽기 전에 앓게 되면 누군가가 돌봐주지 않으면 안 됩니다. 조카 부부가 같이 살게 되면 적어도 로쿠 씨가 죽을 때까지 시중은 들어주겠죠. 게다가 삼십대라고 하니 일자리를 못 찾을 리는 없을 것입니다.

주인님께서 다시 확인하셨습니다.

—일자리를 찾으면 정말로 집세를 치르겠지요?

—조카 쪽에서 그렇게 말했다고 하더군. 아무리 우타가와 가라고 해도 아무 관계도 없는 가족까지 봐줄 수는 없으니까 말이지.

—글쎄, 어떤 사람들인지 알 수 없으니까 우리 쪽에서 적절하지 않다고 생각하면 얌전하게 나가겠다는 내용의 각서를 써달라고 하지요.

만일 조카 부부가 집세를 치른다면 나쁜 얘기는 아니었습니다.

연말이 다가왔을 때 로쿠 씨 조카 일가가 이사 왔습니다. 우타가와 가의 셋집 두 채는 판자 담으로 나뉘어져 있었지만, 안에 있는 우물은 양쪽에서 자유롭게 왕래할 수 있게 담이 우물 앞에서 끊어져 있었습니다. 그러니까 우타가와 가 뒷마당에 나가면 각도에 따라서는 로쿠 씨네 집 툇마루와 현관이 그대로 보였습니다.

그날 밤, 우연히 뒷마당에서 낙엽을 쓸던 나는 저도 모르게 대나무 빗자루를 움켜쥐었습니다.

마치 거지떼가 이사 온 것 같았습니다.

1956년이라면 전쟁이 끝나고 십 년 이상 지난 시점입니다. '이미 전후가 아니다'라는 말이 항간에서 유행한 해였고, 정말이지 전후의 처참했던 나날은 실제로도 멀어지고 있었습니다. 그런데 다시 그날들이 로쿠 씨네 현관 앞에만 망령처럼 되살아난 것입니다.

로쿠 씨 조카와 그 부인은 커다란 보퉁이를 양손에 들고, 어깨에 뭔지 끈으로 동여맨 더러운 짐을 비스듬히 매달고 있습니다. 아직 삼십대라고 들었는데 예순은 돼 보입니다. 아이들은 남자아이 세 명이 있었는데, 역시 어깨에 끈으로 묶은 더러운 짐을 매달고 있었습니다.

위의 둘이 중학생 정도, 밑의 아이는 좀더 작고, 세 명 다 영양부족으로 머리카락에 갈색 기가 보입니다. 그리고 제일 밑의 아이만이 마치 자기는 이 가족의 일원이 아니라고 말하고 싶은 듯 조금 떨어진 곳에서 있었습니다. 모두가 번들번들 무서울 만큼 굶주린 눈이었지만, 그 꼬마의 눈은 굶주림을 넘어 유리처럼 무표정했습니다.

그것이 다로 군이었습니다.

일요일 아침, 주인님께 인사를 드리겠다며 로쿠 씨가 조카를 데리고 부엌으로 왔습니다. 우물가 부근에서 부인과 위의 두 아이가 우타가와가 쪽을 빤히 들여다보고 있었습니다. 그 착한 로쿠 씨가 저렇게 끔찍한 것을 짊어지게 되었다고 생각하니, 남의 일이라 해도 참 암담했습니다. 로쿠 씨가 살고 있는 곳은 한 가족이 살 수 있게 지은 집으로, 사 조 반짜리 방 두 칸에 마루가 깔린 이 조짜리 부엌과 화장실이 붙어 있어 일단은 독채로서 구색을 갖추고 있었습니다. 당시로서는 노인 혼자 살기에는 과분한 집이었지만, 가족 다섯 명이 한꺼번에 늘어도 괜찮은 집은 아닙니다. 나 자신도 여기에서 삼 조짜리 방을 혼자 쓰게 되어 몸도 마음도 사치스러워져버렸기 때문에, 모두 같이 겹쳐서 자는 생활 같은 것은 상상만 해도 숨이 막힐 것 같습니다. 게다가 전원이 잘 수 있을 만큼 이불이 있는지도 알 수 없었습니다. 갖고 왔는지조차 확실하지 않았습니다. 얼마 지나 아무래도 침구 같은 것이 없다는 것을 알게 되자, 할머니가 어쩔 수 없이 안 쓰던 이불을 터진 데를 꿰매서 주었습니다. 아침에는 서리가 내리고 저녁에는 찬 겨울바람이 불어 누렇게 병든 잎사귀가 발밑에서 춤추는, 점점 더 추워지는 계절이었습니다.

로쿠 씨 조카는 생각보다 빨리 일자리를 얻었습니다. 십대 시절 선반공을 했기 때문에 솜씨는 둔해졌어도 기본적인 움직임은 몸이 기억하고 있었던 터라, 새해가 된 지 얼마 되지 않아 고슈(甲州) 가도에 있는 공장에서 일하게 된 것입니다. 시세보다는 많이 적었지만 일단 집세를 내게 되었고, 할머니는 그것을 당신 용돈으로 쓰지 않고 우타가와 가의 생활비로 돌렸습니다. 이윽고 조카의 아내도 근처의 공장에서 일하기 시작했습니다. 아내의 직장은 식기를 만드는 동네 공장이었지만, 이름만 공장일 뿐 농갓집의 부업 정도의 규모였습니다. 시장에 가는 도중에 보면 닭이 꼬꼬댁꼬꼬댁 뛰어다니는 마당 중앙에 멍석을 깔고 여자들이 큰 소리로 떠들면서 두툼한 국대접을 쌓아서 끈으로 묶는 모습을 볼 수 있었습니다. 부부 둘이 벌기 시작하고 나서도 할머니가 로쿠 씨에게 돈을 계속 주었던 것은, 로쿠 씨가 호의로 부부를 불러들였는데 역으로 애물단지 취급 당하면 안 된다고 생각해서였을 것입니다.

로쿠 씨의 성은 '아즈마'였고, 조카는 아즈마 씨라고 불렸습니다. 그 부인은 '쓰네(常)' 씨였습니다.

제일 어린 남자아이에게 내 신경이 쏠리기 시작한 것은 얼마 지나지 않아서였습니다.

조카의 부인인 쓰네 씨는 성질이 못된 여자였습니다. 원래 성격이 안 좋은데다가, 이국에서의 패전, 억류, 귀환 등 보통 사람의 몇 배 되는 고생이 겹쳐 마음이 점점 더 가난해진 탓이겠죠. 헌 옷감이니 냄비 등을 주는 우타가와 가 사람에게는 거의 말을 안 하고 머리만 숙이고 있었지만, 실제는 얌전한 여자가 아니었습니다. 부엌이나 뒷마당에서 일하는 경우가 많은 나는 금방 알 수 있었습니다. 우선 목소리가 컸습니다. 그 큰 목소리로 웃을 때도 있지만, 대개는 아이들에게 소리를 지르고 있었습니다. 그리고 제일 아래 남자아이에게 소리 칠 때는 귀를 막고 싶을 정도로 독기에 찬 말투였습니다.

다로라고 불리는 막내는 분명히 가족 가운데서 혼자 동떨어져 있었습니다. 위의 두 아이들이 흐리멍덩한 얼굴인 데 비해, 어린아이답지 않게 까무잡잡하고 잘 다듬어진 얼굴이었습니다. 손발도 가늘고 길며, 움직임도 민첩했습니다. 자세히 보면 제일 괜찮은 아이인데, 형들이 입고 또 입었던 옷을 물려입고 있어서인지 유난히 초라한 모습이었고, 목욕탕에 데리고 가는 횟수도 적은지 목덜미와 머리카락의 때도 두드러지게 눈에 띄었습니다. 게다가 제일 어린데도 혼자만 계속 심부름을 했습니다.

형들의 괴롭힘도 끔찍했습니다. 변성기가 된 남자아이의 소리치는 목소리는 유별나게 듣기 싫은 법이지만, 그 노성에다가 때리고 차고 폭행을 가하는 소리도 섞여 들려왔습니다. 또 한쪽 셋집에 사는 맞벌이 중년 부부는 아이가 없어 늘 조용했기 때문에 아즈마 가의 소리가 한층 더 야비하게 뒷마당에 울려퍼집니다. 가끔 로쿠 씨가 그러지 말라고 말리는 소리도 들려옵니다. 꼬마를 괴롭히는 것은 아즈마 씨가 없을 때에 한해서이고, 아즈마 씨가 일하고 돌아오면 대체로 조용했습니다.

의붓자식인지도 모르겠다, 라고 막연하게 생각했습니다.

그 다로 군이 요코 아가씨와 같은 사쿠라가오카 초등학교 2학년에 편입하여 같은 반이 되었습니다. 요코 아가씨는 그렇게 더러운 아이가 자기네 집 뒤뜰에 산다는 것만으로도 창피한 듯, 통학하다가 우연히 마주치는 것도 싫어했습니다.

어느 날 학교에서 돌아오자 현관에 운동화를 난폭하게 벗어던지고 가방을 짊어진 채, 후미코 언니! 빨리 끊어줘, 빨리, 빨리, 라며 엄지손가락과 둘째손가락으로 원을 만들어 그것을 지혜의 고리*처럼 얽히게 하고 눈앞에 내밀었습니다.

　―뭔데요?

　―어쨌든 이거 끊어줘.

　―어떻게?

　―한 손으로 이렇게 끊어주면 되는 거야.

　그렇게 말하고는 오른손을 원에서 떼어내서 공수도의 손놀림처럼 한가운데를 끊는 흉내를 내더니, 다시 꼼꼼하게 양손의 원을 얽히게 했습니다.

　―아즈마 군을 만진 애가 있어서 얼른 다른 애를 만졌는데, 이번에는 그 아이가 나를 만졌어. 그러니까 누군가가 인연 끊는 주술을 해주지 않으면 나는 계속 인연이 이어지게 돼.

　나는 그런 묘한 놀이를 한 적은 없었지만, 일단 시키는 대로 공수도 같은 손놀림으로 끊어주었습니다. 요코 아가씨는, 아, 다행이다, 라고 과장되게 안심하면서 가방을 내려놓았습니다.

　그 아이가 학교에서도 괴롭힘당하고 있는 모습이 눈에 떠올랐습니다.

　불쌍하다고는 생각했지만, 언제나 퍼런 콧물 두 줄기를 흘리고 있고 옆에 가는 것도 꺼림칙할 만큼 더러운데다가, 예의 유리구슬 같은 날카로운 눈초리 때문에 말을 걸 마음이 들지 않았습니다.

　어느 날 아침, 배달된 우유병을 갖고 오려고 부엌문을 열자, 또 오줌을 싸고! 라는 비명도 질책도 아닌 목소리가 나더니, 요란하게 때

---

* 여러 개의 금속 고리를 끼웠다 뺐다 하며 노는 장난감.

리는 소리가 들려왔습니다. 남자아이는 너무 괴롭힘을 당해서 신경이 날카로워졌는지 자주 오줌을 싸는 것 같았습니다. 그때부터 주의해서 보니, 쓰네 씨의 화난 목소리가 들린 아침에는 언제나 회색빛의 더러운 솜이 삐져나온 얄팍한 방석 하나가 툇마루에 널려 있었습니다. 아무리 시간이 지나도 방석이 널려 있을 뿐 이불이 널려 있던 적은 없습니다. 다로 군이 혼자만 따로 부엌 마룻바닥에서 얄팍한 방석을 깔아놓고 잔다는 것을 알게 된 건 훨씬 뒤의 일입니다.

다로 군이 아즈마 씨 여동생의 아이라는 것, 게다가 아무래도 일본인이 아닌 것 같다는 얘기는 할머니가 안 계신 틈을 타서 '사틴 카페'에 가자고 수작을 거는 예의 생선장수한테서 들었습니다. 어느 날 그 생선장수가 할머니가 방에서 나오지 않을 듯한 낌새를 눈치채고는 털썩 부엌 문턱에 앉아, 갑자기 음탕한 웃음을 띠고 낮은 목소리로 그 얘기를 하기 시작했던 것입니다. 우타가와 가는 동네 사람들과 왕래 없이 살고 있었고 나도 동네 사람들하고는 인사만 하는 정도였기 때문에, 어딘지 소설 같은 다로 군의 출생의 비밀을 알게 된 것은 그 일대에서는 거의 마지막 축에 속하는지도 모릅니다.

아즈마 씨의 여동생이라는 사람은 아즈마 씨가 결혼해서 만주에 건너갈 때 같이 따라가서 일본 음식점인가 어딘가에서 일하고 있었다고 하는데, 전쟁이 끝난 뒤 한족(漢族)도 만주족도 아닌 어딘가의 산에서 온 산적 대장한테 납치되었다고 합니다. 소문에 의하면 아내와 아이가 일본 병사에게 살해당한 보복이었다고 합니다. 그런데 그 산적 대장이 얼마 있다가 병으로 죽어버리고, 그 뒤 어떻게 찾아냈는지 여동생은 한 늙은 중국인이 데려다주어 아즈마 씨에게 돌아왔지만, 남자아이를 낳고는 산후조리를 잘못해서 죽어버렸다고 합니다.

—그게, 엄청난 미인이었는데 미치광이였대.

—미치광이?

—그래. 그 누이동생 말야.

어렸을 때부터 신들린 구석이 있어서 저주를 하면 고양이가 죽어버리거나 하여 주위에서 두려워했다고 합니다. 죽을 때에도 허연 눈을 치켜뜨고 손가락으로 똑바로 하늘을 가리키면서, 이 아이가 어른이 될 때까지 아즈마 씨 내외가 자기네 아이로 잘 키우지 않으면 식구 전부를 저주해서 죽이겠다고 위협하고는, 바로 뚝 숨이 끊어졌다고 합니다.

어디까지가 쓰네 씨가 만들어낸 이야기인지 알 수 없었지만, 분명한 것은 그 여동생의 아이인 다로 군을 아즈마 씨 부부가 이역만리 일본까지 데려왔다는 사실입니다. 아마 쓰네 씨는 도중에 몇 번이고 다로 군을 버리려고 했을 것이고, 그때마다 아즈마 씨의 맹렬한 반대에 부딪혔을 것이 틀림없습니다. 그 이야기를 듣고 나서 다로 군에게 모질게 대하는 쓰네 씨를 동정하는 마음도 생겼습니다. 자기 두 아이에 갓난아이를 데리고 움직이는 비참함—한모금의 물, 한 조각의 음식마다 가족의 목숨이 걸려 있는데 또다른 하나에게 나눠주지 않으면 안 되는 억울함—버리고 싶다, 아니면 죽여버리고 싶다고 생각하는 게 당연하고, 그 원한이 길게 꼬리를 끈다고 해도 어쩔 수 없었습니다.

우타가와 가 사람들이 그 얘기를 알게 된 것은 몇 주 지난 어느 일요일 아침이었습니다.

일요일은 주인님이 적어도 아침나절은 느긋하게 계시기 때문에, 나쓰에 씨가 얌전하게 앞치마를 두르고 서양식 아침식사를 만듭니다. 두 주일에 한 번 쉬는 나도 그것을 먹고 외출합니다. 알루미늄 퍼

컬레이터의 커피 향기가 온 집안에 풍기고, 나쓰에 씨가 오븐으로 팬케이크를 굽거나 프라이팬으로 프렌치토스트를 굽는 냄새가 거기에 더해집니다. 주인님은 아이들을 위해 장작을 때는 룸펜 스토브라는 간이 스토브에 초콜릿을 녹이기도 하십니다. 할머니도 일요일 아침만은 양식을 드십니다.

그날 아침도 주인아저씨께서는 아이들한테 서비스하느라고, 녹인 초콜릿으로 팬케이크 위에 알파벳으로 글자를 써 'Yuko'라고 쓴 것은 유코 아가씨에게, 다음에 'Yoko'라고 쓴 것은 요코 아가씨에게 건네줬습니다.

— 아즈마 군, 사실은 한 살 많대.

요코 아가씨가 팬케이크를 좋아라 받아들면서 말했습니다.

귀환했을 당시 정황이 어수선해서 초등학교에 가는 것이 일 년 늦었다는 것 같았습니다. 나중에 알았지만, 호적상에는 1947년 5월 5일생으로 되어 있어도 사실은 조금 더 먼저 태어난 모양으로, 그러면 마사유키 군, 마리 아가씨, 유코 아가씨와 같은 학년일 가능성도 있습니다.

— 그런데 말이야, 히라가나도 제대로 못 읽어, 이제 곧 3학년인데.

손가락에 묻은 초콜릿을 핥으면서 아주 깔보는 투로 말합니다.

— 할 수 없이 야마나가 선생님이 읽으면 그 뒤에 우물우물 흉내만 내는 거야. 그렇게 못 읽는 건 큐피뿐이야.

요코, 하고 나쓰에 씨가 주의를 주었습니다. 큐피라는 것은 뇌질환을 앓은 지진아 아이의 별명이었습니다.

지진아인가? 하고 주인아저씨가 혼잣말처럼 말씀하시자, 얼굴은 형제 가운데서 제일 똑똑해 보이던데, 라고 할머니가 대답하셨고, 그래서 나도 비로소 할머니도 다로 군에 대해 알고 계시단 것을 깨달았습니다.

그러자 요코 아가씨가 말했던 것입니다.

―아즈마 군은 일본 사람이 아니래. 그래서 일본어를 못 읽는 거래.

―일본인이 아니라고?

주인아저씨가 바로 되물었습니다.

―응, 아니래. 중국 사람이래.

―그럼 저 부인이 중국인인가?

―아니, 저 집에서는 아즈마 군만 일본인이 아니래

나는 그때 대화에 끼어, 생선장수도 그렇게 말했다는 것, 제일 밑의 사내아이는 대륙에서 죽은 아즈마 씨의 여동생과 중국인 사이에서 태어난 아이라는 소문이 동네에 나 있다고 말씀드렸습니다.

―우리 반에도 중국애가 하나 있어. 고라고 해. 높을 고. 아주 부자라 집에 요리사도 있대.

유코 아가씨가 말하자, 그런 중국인과는 격이 다르단다. 라고 나쓰에 씨가 대답했습니다.

내가 주인아저씨에게 직접 얘기하는 일은 보통 없었지만, 그때는 내가 먼저 물었습니다.

―중국에 중국인 아닌 사람도 있나요?

―음, 있는 것 같더군.

주인아저씨가 안경 낀 얼굴을 나한테 돌렸습니다.

―굉장히 넓은 나라잖아. 우리가 보통 생각하는 중국인과는 다른 사람들도 있지. 대만에도 있잖나.

―그 아버지란 사람이, 아무래도 보통 중국인은 아닐 것 같다는 얘기였어요,

—음, 과연.

주인아저씨는 고개를 끄덕인 뒤, 혼자 납득하시고 말씀하셨습니다.

—참, 세상 여러 가지군.

나쓰에 씨가 입을 조금 삐죽 내밀면서, 아즈마 씨도 처음부터 자기 아이 아닌 아이도 하나 있다고 우리에게 말했어야 하잖아, 라고 말씀하셨고, 할머니는 할머니대로 다로 군의 얼굴을 떠올리고 있었는지, 그러고 보니 어딘지 일본 사람하고는 다른 것 같아, 라는 등 혼잣말을 하고 계셨습니다.

—어떤 아이인데요?

세이조 왕복으로 바쁜 나쓰에 씨는 아즈마 씨 일가 사람들을 아직 파악하지 못한 것 같았습니다. 할머니가 뭐라고 대답해야 하나 하는 얼굴로 나를 보셨기 때문에 내가 일단 시원찮은 대로 설명해드렸습니다. 그러자 나쓰에 씨가 고개를 끄덕였습니다.

—아, 그애 말이구나. 본 적 있어. 맞아, 엄청 더럽지만 제법 잘생긴 아이가 있구나 생각했었지. 걔가 중국인 아이구나.

뭐 중국인 아이면 어때, 상관없잖아, 라고 주인아저씨가 말씀하시고 요코 아가씨 쪽을 돌아봤습니다.

—이번에 모두가 그런 소리하면, 일본인이 아니면 어때, 아니 일본인이 아닌 쪽이 훨씬 낫다고 그렇게 말하렴.

—여보, 또 금방 극단적인 말씀을 하시고.

—그렇지만 그런 바보 같은 전쟁을 시작했잖나. 일본인이라는 건 말야.

거기에서 이야기는 끝났습니다.

그렇게 해서 다시 일요일 아침식사 시간이 돌아왔습니다. 커피 향기가 떠도는 가운데 요코 아가씨가 주인아저씨께 물었습니다.

— 계모라는 게 뭐야?

그러자 언니인 유코 아가씨가 대답했습니다.

— 나, 알아. 진짜 엄마가 아니라서 아이를 학대하는 거야.

— 진짜 엄마가 아니라서 아이를 학대한다고는 할 수 없지. 아주 좋은 계모도 많단다.

주인아저씨가 일부러 아무렇지도 않게 말씀하셨습니다.

유코 아가씨도 요코 아가씨도 할머니가 주인님의 진짜 어머님이 아니라는 것을 어렴풋하게는 알고 있었지만, 어린아이였기 때문에 그것이 계모에 해당한다는 사실은 모르고 있었습니다.

— 그렇지만 아즈마 군이 집에서 괴롭힘을 당하는 것은 아즈마 군 엄마가 계모이기 때문이래.

— 누가 그런 말을 하지?

— 반 아이들.

— 만화를 너무 많이 본 거 아니야?

— 그렇지만 진짜 엄청 괴롭힘 당하고 있는 것 같아.

주인아저씨를 독점해서 얘기할 거리가 생겨 요코 아가씨는 조금 흥분했습니다. 어머니인 나쓰에 씨의 사랑이 언니인 유코 아가씨 쪽에 기울어 있는 것에 대해서는 체념하고 있었지만, 아버지의 사랑만이라도 조금 더 받으려고 기를 쓰는 것입니다.

— 형들은 놀고 있는데, 아즈마 군은 놀지 못해. 언제나 심부름을 하고 있어.

— 하지만 아직 어리잖아.

— 응, 그렇지만 나보다 하나 위인데.

둘째손가락을 세우고 인생의 중대사처럼 말합니다.

— 저런 아이가 도움이 될까?

주인아저씨가 나를 돌아보셨습니다. 나도 다로 군이 놀고 있는 것을 거의 본 적이 없다는 것, 그 대신 냄비를 들고 두부를 사러 가거나, 우물가에서 빨래를 하는 모습을 자주 본다고 말씀드렸습니다.

— 하기야, 생각해보면 예전에는 어린애한테 아이를 보게 하는 일도 흔했으니까.

주인아저씨는 그쯤에서 대화를 그만두고 싶으신 것 같았지만, 요코 아가씨가 말을 이었습니다.

— 게다가 자주 맞는 것 같아.

조금 볼이 상기되어 할머니 쪽을 힐끗 본 것은, 어린 자기가 그런 일을 알고 있는 것이 할머니에게 미안하게 생각되어서일지도 모릅니다.

주인아저씨는 노골적으로 불쾌한 얼굴이 되었습니다.

— 흠, 아즈마 씨는 아무 말 안 하나?

— 아저씨가 없을 때만 그래. 아저씨가 없을 때 아줌마랑 형들이 때리는 거야.

요코 아가씨는 뒤꼍에서 일어나고 있는 사태를 내가 생각했던 것보다도 훨씬 많이 파악하고 있는 것 같았습니다.

— 로쿠 씨는 어떻게 된 거야?

주인아저씨가 나를 보고 물으셨습니다.

로쿠 씨는 원래 마음이 약한데다가, 최근 걸핏하면 몸이 안 좋아져 자리에 누워 쓰네 씨 신세나 지는 일이 많아서 참견을 잘 못 하는 것 같다고 말씀드렸습니다.

—참 어쩔 수 없군.

그 사내아이 일은 날이 갈수록 익숙해지기는커녕, 점점 더 신경이 쓰였습니다.

우물에서 삼 미터 정도 떨어진 곳에 커다란 나무 그루터기가 있었는데, 어디에 숨겨놨는지 자기 키 정도 되는 가는 막대기를 한 손에 들고 와서 그 나무 그루터기를 힘껏 내리치기도 합니다. 양손을 다 잘 쓰는 듯 왼손과 오른손을 계속 바꿔가면서 내리칩니다. 어린아이라서 막대기를 휘두른다기보다 막대기에 휘둘리고 있는 것처럼 보였지만, 본인은 상상 속에서 여러 사람에게 복수를 하고 있는 것이 틀림없습니다. 표정이라는 것이 전혀 없어 으스스했습니다. 쓰네 씨도 형들도 아직 없는 시간이었습니다. 물론 우타가와 가 사람에게 들킬 리 없다고 생각하고 있는 것입니다. 저녁때도 아니었고 전깃불도 켜지 않았기 때문에 내가 부엌에 있는 것을 알아차리지 못했던 것이겠죠. 운 나쁘게 가까이 다가온 고양이에게 막대기를 휘두르기도 합니다. 막대기를 휘두르는 일에 싫증이 나면, 그루터기에 쭈그리고 앉아 고개를 푹 숙이고 양다리를 끌어안고 있기도 합니다. 그렇지만 그것도 오랜 시간은 아닙니다. 쓰네 씨가 공장에서 돌아오기 전에 시킨 일을 끝내라고 한 듯 바로 빨래판과 세탁거리가 든 대야를 들고 나옵니다.

일곱 살 정도였을 때 시모노세키에서 가출을 한 일이 있는데, 삼 일 뒤에 스스로 돌아왔다고 합니다. 쓰네 씨가 공장 여자들에게 비웃으면서 얘기한 것이 돌고 돌아서 또 생선장수를 통해 듣게 된 얘기였습니다.

주인아저씨가 요코 아가씨에게 물었습니다.

—학교는 다니겠지?

―응. 남자애들이 더럽다고 요전에 백묵가루를 뿌리고 DDT라고
했어.

주인아저씨는 아이들의 장난이 재미있는 듯 자기도 모르게 웃으셨
지만, 웃음을 그친 뒤에 이렇게 말씀하셨습니다.

―어쨌든지 요코는 다른 아이들하고 같이 그 아이를 못살게 굴면
안 된다. 모두가 못살게 굴거든 말려줘야 해.

요코 아가씨는 3학년 때도 또 다로 군과 같은 반이 되었습니다. 그
래서 요코 아가씨도 결심이 선 것 같았습니다.

벚꽃이 전부 졌을 때쯤이었습니다.

요코 아가씨가 머리를 흔들며 빨간 가방을 딸그락거리면서 학교
에서 돌아오자마자, 할머니가 계시는 방으로 뛰어들어가서 보고했습
니다.

―오늘 방과 후에 또 모두가 아즈마 군을 놀렸어. 끈질기게. 그래
서 일본인 아닌 쪽이 훨씬 낫다고, 아빠가 그랬다고 그렇게 말했어.

―어머, 어머나.

할머니는 조금 곤혹스러운 얼굴로 요코 아가씨를 보셨습니다.

―그랬더니, 모두 깜짝 놀라서 얌전해졌어.

―그래, 참 착하네. 잘했어요.

요코 아가씨는 소위 집안대장이라, 밖에 나가면 긴장해서 갑자기
얌전해지고 학교에서도 리더 격이라고는 생각되지 않았습니다. 반장
으로 뽑히는 일도 없습니다. 그렇지만 이 부근에서는 큰 집에 살고
있고 주인아저씨가 훌륭한 선생님이라는 것은 반 아이 모두가 어렴
풋이 알고 있었을 터이고, 언니인 유코 아가씨와 사촌인 마리, 에리

아가씨들이 차례차례 물려주는 옷 덕택에 항상 눈에 띄게 고급스러운 옷을 입고 있었습니다. 그런 것들이 쌓여 아이들 눈에 한 수 위로 보였기 때문에 그런 말을 할 수 있었던 것이지만, 본인은 자기 용기에 완전히 만족하여 빨리 주인아저씨에게 보고하고 싶어서 그날은 할머니 방에서 놀고 있어도 마음이 들떠 차분하게 있지 못했습니다.

그러다 저녁에 드물게 주인아저씨께서 일찍 돌아오셨습니다. 와, 아빠다, 하고 현관으로 뛰어간 요코 아가씨는 주인아저씨가 신발을 벗는 것도 기다리지 못하고, 혼자 수줍어하면서 양손을 등뒤로 깍지를 끼우고 온몸을 꼬면서 보고합니다.

―그것 참 잘했군.

주인님의 대답은 그뿐이었습니다. 거실에 들어오시자마자, 나쓰에 씨가 안 계신 것을 보고 엄마는 오늘도 늦는데? 하고 물으셨습니다.

―응.

요코 아가씨는 윗눈질을 하며 고개를 끄덕이고 나서, 주인아저씨가 순간적으로 기분이 나빠지시는 것을 숨을 죽이고 보고 있습니다. 주인아저씨는 그 이상 아무 말씀 안 하시고 어두운 계단을 걸어 서재로 올라가셨습니다.

그즈음부터 주인아저씨의 마음이 예전에 비해 나쓰에 씨로부터 멀어져간 것은 아닐까요? 나쓰에 씨의 마음이 치토세후나바시가 아닌 세이조에 있었으니 무리도 아닙니다. 집도 치토세후나바시 쪽은 살풍경하게 내버려두고 있습니다. 나쓰에 씨가 말하기로는 할머니에게 눈치가 보여서 자기 취미를 밀어붙이지 않으려고 한다지만, 비록 그런 생각이 처음에 있었다고 해도 어느 틈엔지 완전히 흥미가 없어진 것 같았습니다. 세 자매 중에서도 나쓰에 씨의 뛰어난 아름다움에 현

혹되고 그 천진난만함을 사랑하여 결혼을 간절히 바랐던 주인아저씨도, 세월이 흐르는 동안에 나쓰에 씨의 천진난만함이라는 것이 단순히 믿을 수 없는 인품에 지나지 않는다는 것을 점차 깨닫게 되신 거겠죠. 곁에서 보면 어딘지 쓸쓸해 보였습니다.

주인아저씨가 갑자기 돌아오셔서 부엌은 대혼란이었습니다.

요코 아가씨는 부지런히 일하고 있는 할머니 허리에 매달려서 다시 자랑하려고 했지만, 할머니는 주인아저씨와의 얘기는 몰랐어도 요코 아가씨가 칭찬받고 싶어하는 것을 알기 때문에, 참 잘했어, 착하지, 라고 일하는 손을 쉬지 않고 되풀이하셨습니다. 요코 아가씨는 그것으로 조금은 위로받은 것 같았습니다.

나쓰에 씨는 여느 때처럼 밤 여덟시 반이 지나 돌아오셔서, 주인아저씨의 불쾌한 얼굴을 보자 자기가 먼저 불평했습니다.

─전화를 해주시면 되지 않아요? 전화도 없이 갑자기 돌아오시고.

주인아저씨가 세이조에 전화를 거는 데 저항감이 있다는 것을 알면서 한 말이었습니다. 치토세후나바시에 전화가 있다면, 이쪽으로 전화를 주시면 내가 세이조에 연락할 수 있었겠지만, 이사했을 때 신청했다고 하는데도 아직도 전화가 들어와 있지 않았습니다.

아이 나름으로 반대급부를 얻었다는 것을 안 것은, 그러고 나서 며칠 뒤 요코 아가씨가 학교에서 돌아오자마자 깡충깡충 뛰면서 할머니 방으로 보고하러 왔을 때였습니다.

─체육시간 릴레이 경주 때 말이야, 아즈마 군이 대신 뛰어줬어. 그래서 우리 팀이 이겼다. 아즈마 군, 참 빨라.

발이 느린 요코 아가씨가 운동회의 달리기에서 간신히 꼴찌를 면하는 것은, 키 순서로 언제나 같이 달리는 큐피가 달리기의 의미를 몰라서 천천히 걷기 때문이었습니다. 달리기에서 늦는 것은 어쩔 수 없다고 해도 역시나 릴레이는 릴레이여서 — 필드의 반을 직선으로 뛰어갔다가 되돌아오기만 하는 간단한 것인 것 같지만 — 한 사람이 늦으면 팀 전체에 폐가 되기 때문에, 그날 체육시간에도 우울했던 것 같았습니다. 그러자 이미 한 번 달리고 줄 제일 뒤에 있던 다로 군이 그것을 알아본 것이겠죠. 쭈그리고 앉아서 차례를 기다리는 요코 아가씨 어깨를 살짝 건드려, 더러운 애가 갑자기 만져서 눈을 휘둥그렇게 뜨는 요코 아가씨에게, 자기 코를 가리키면서 내가 대신 달리겠다고 했다는 것입니다. 같은 팀 애들은 알아차렸지만 자기들에게 득이 되는 일이기 때문에 실실 웃으면서 잠자코 있었다고 합니다.

　— 야마나가 선생님은 눈치 못 챘다. 어쨌든 이겼어.

　바느질을 하고 있는 할머니 등에 업히듯이 매달리면서 말합니다.

　— 그래서 내가 연필 두 자루를 주었어. 아직 길고 지우개도 거의 안 쓴 걸로.

　— 연필을?

　할머니는 조금 놀랐는지, 돋보기를 아래로 내리면서 요코 아가씨를 돌아보았습니다.

　장지문을 열고 옆방에서 다림질을 하고 있던 나도 얼굴을 들었습니다.

　— 응, 사실은 전부터 주고 싶었거든.

　— 연필도 없니?

　— 있을 때도 있고, 없을 때도 있어.

　요코 아가씨가 덧붙였습니다.

　— 아즈마 군은 노트도 없어. 뭐든지 금방 형한테 뺏기나봐.

따끈따끈한 현미빵이요!

그날 자전거 짐칸에 과자와 빵 상자를 올려놓은 빵장수가 왔을 때였습니다. 그 말을 들은 순간 할머니와 나는 동시에 퍼뜩 같은 생각을 떠올렸습니다. 내가 다림질하는 손길을 멈추고 얼굴을 드는 것과 거의 동시에 할머니가 둥글게 굽히고 있던 등을 쭉 폈습니다.

튀김빵인가 뭔가 하는 것을 넉넉히 사서 이웃집의 그 남자아이에게 주자고 할머니가 말씀하셨습니다. 나는 지갑을 들고 나막신을 걸치고 자갈길로 뛰어나갔습니다.

문제는 어떻게 그 아이에게 건네느냐였죠.

그즈음 쓰네 씨는 공장을 그만두고 낮에도 집에 있었습니다. 마을 공장에서 몇십 개씩 묶은 식기를 삼륜차에 실었다 내렸다 하는 작업 때문에 금방 허리가 나빠졌다고 하여, 신학기부터 장남이 중학교를 졸업하고 일하기 시작한 것을 계기로 자기는 일을 그만두고 집에서 할 수 있는 부업으로 바꿨던 것입니다. 로쿠 씨가 자리에 누워 있는 날이 많아진 것도 이유였다고 합니다.

쓰네 씨와 상대하고 싶지 않았던 나는 다로 군이 심부름이나 다른 일로 마당에 나오길 기다리며 광을 정리하면서 눈치를 살피고 있었지만, 좀처럼 나타나지 않았습니다. 요코 아가씨가 가끔 부엌문을 열고 아직이야? 하고 묻기도 합니다. 저녁이 되어 부엌에서 저녁식사 준비를 시작해도 다로 군은 나타나지 않습니다. 오늘은 안 오는가보다 하고 반쯤 체념하고 있는데, 여섯시 가까이 되어서야 시장바구니를 들고 현관을 나서는 모습이 겨우 눈에 띄었습니다.

두 채의 셋집은 툇마루도 현관도 남쪽을 향해 있었기 때문에, 우타가와 가 북쪽 창에서 잘 보고 있으면 그들이 드나드는 것이 판자담 너머로 거의 보였던 것입니다.

—잠깐!

부엌문을 열고 뛰어나갔습니다. 다로 군은 걸음을 멈추고는, 순간 의아한 듯한 표정을 띠고, 다음 순간에는 조심스러운 표정이 되어 갑자기 나타난 나를 보았습니다. 나는 밖에 나가 우물가에 가서 말했습니다.

—이쪽으로 와봐!

우물가에 서서 튀김빵을 싼 갈색 꾸러미를 보이고 손짓으로 불렀습니다.

—네가 다로지?

땅거미 가운데 다른 표정이 나타나는 것이 보였습니다. 턱이 약간 위로 올라가고, 입술이 일그러지면서 사람을 무시하는 표정이 되었습니다.

—자, 이거 튀김빵이야.

나는 튀김빵을 내밀었습니다.

—여기 할머니가 너한테 주래.

다로 군이 꿈쩍도 안 하기에 용기를 내서 말했습니다.

—여기서 먹어버리면 돼.

지금도 어째서인지 확실히 알 수는 없지만, 그날 다로 군은 끝까지 튀김빵에 손을 대지 않았습니다. 평소에 간식 같은 것을 먹을 리도 없고 군침이 입 안에 가득 찬 것이 눈에 보이는데도, 쇠줄에 꽁꽁 묶인 것처럼 움직이지 않았습니다. 남에게 받는 것에 저항이 있는가 하고, 우물 쪽으로 천천히 가서 맹수의 먹이처럼 예의 나무 그루터기에 가만히 올려놓았지만 그래도 꿈쩍 안 합니다. 나와 기름이 밴 갈색 꾸러미를 무표정한 눈초리로 번갈아 노려볼 뿐이었습니다. 그리고 갑자기 몸을 돌리더니 시장바구니를 크게 흔들며 사라졌습니다.

박쥐가 땅거미를 향해 날아간 것 같았습니다.

심부름 갔다 돌아오면 가져갈지도 모른다는 생각에, 튀김빵을 그루터기에 둔 채 부엌으로 돌아가 할머니께 그렇게 보고하자, 그래, 라고만 하셨습니다. 그러고 나서 오 분 정도 지나 도마에서 얼굴을 드시고는, 불쌍한 아이구나 하고 덧붙이셨습니다.

그날 밤은 비가 내렸습니다. 자기 전에 창에서 새어나오는 부엌 불빛에 의지해서 우산을 반쯤 펴고 살그머니 담을 따라가보니, 아직 나무 그루터기 위에 갈색 꾸러미가 남아 있었습니다.

비가 지붕을 두드리는 소리를 들으면서, 꿈속에서 밤새 갈색 튀김빵 꾸러미에 쫓겼습니다. 가정부 방이 북향이었기 때문에 좀더 신경이 쓰였는지도 모릅니다. 갈색 꾸러미가 사라지면 이번에는 자부심 높은 맹수처럼 서 있던 삐쩍 마른 모습이 눈앞을 싸늘하게 가로막습니다. 유리알 같은 눈동자도 떠오릅니다. 저 어린아이가 저런 인생을 살고 있다는 사실이 빗소리 가운데서 맥락 없이 가슴을 억눌렀습니다.

봄비는 아침까지 그치지 않았습니다.

다로 군이 또 오줌을 쌌는지, 우유병을 가지러 가려고 부엌문을 열자, 또 오줌을 싸고! 라는 쓰네 씨의 여느 때 같은 욕설이 들려왔습니다. 아즈마 씨는 벌써 집을 나간 뒤인지, 형들이 때리고 차는 요란한 소리도 났습니다. 부엌에 돌아와서 유리창으로 담 저쪽을 들여다보자 문턱에서 툇마루에 걸쳐 또 얇팍한 방석이 널려 있었습니다.

기름이 밴 갈색 꾸러미는 비에 젖어 지저분하게 반쯤 녹아 있었습니다.

그 여름 가루이자와에서 돌아온 후 얼마 지나지 않아서였습니다.

그 당시는 이미 집에서 기모노를 빨아 다시 꿰매는 사람이 줄었지만, 할머니는 계절이 바뀔 때면 날씨가 좋은 날을 골라서, 평상복인 메이센* 정도는 아직 당신이 우물가에서 직접 빠시고, 최활침**을 대고 옷 안감과 치맛자락은 풀을 먹여서 재양판에 말리는 작업을 되풀이합니다. 보통은 마당에 나간다 해도 남쪽 마당밖에 나가지 않는 요코 아가씨도 그런 날은 학교에서 돌아오면 가방을 놓자마자 뒷마당에 나와 재잘거리면서 도움도 안 되는 심부름을 하려고 합니다.

나중에 생각하니 다로 군은 얼마 동안 그런 요코 아가씨를 엿보고 있었던 것 같습니다.

소리도 없이 우물가에 나타났던 것입니다.

할머니가 그 모습을 보자 자연스럽게 손짓으로 불렀습니다. 요코 아가씨는 순간적으로 할머니 뒤로 숨어서 할머니의 멜빵 묶은 소매 밑으로 둥근 얼굴을 내밀고 있습니다. 저 아이가 순순히 올 리가 없다고 내가 생각하고 있는데, 다로 군이 눈 깜짝할 사이에 할머니 앞에 와 섰습니다.

할머니가 다정한 목소리로 말씀하셨습니다.

—네가 다로구나.

다로 군은 할머니 얼굴에 힐끗 시선을 보냈을 뿐, 소맷자락에서 얼굴을 내밀고 있는 요코 아가씨 눈을 포착하고는 갑자기 왼쪽 주먹을

---

* 銘仙. 꼬지 않은 실로 거칠게 짠 비단 옷감.
** 빨래나 염색을 할 때 천의 폭이 죄어들지 않게 양쪽에 건너지르는 가는 대나무 가지.

활짝 폈습니다.

그 순간 가을의 투명한 햇살 아래 가지각색의 것이 빛났습니다.

손바닥 위에 하얀 돌이 세 개 올려져 있었습니다.

모서리가 깎여 동그래진 하얗고 작은 돌로서, 각각에 초록, 파랑, 노란색이 아름답게 흐르고 있었습니다. 요코 아가씨는 그 세 개의 작은 돌을 이상한 듯이 보고 있었지만, 다로 군은 아이한테도 그런 것이 있다는 것을 처음으로 알게 될 정도로 온몸으로 결사적인 기합을 발하며, 거기에 자기 자신이 밀릴 듯하면서 펼친 손바닥을 요코 아가씨 가슴께에 들이댔습니다. 그 세 개의 작은 돌멩이를 줍는 일이 그 아이의 여름방학의 전부였다는 사실이, 힘주어 젖힌 다섯 손가락에 그대로 나타나 있었습니다.

그 순간 연민이라고도 경멸이라고도 감동이라고도 할 무언가가 목구멍까지 치밀어올랐습니다.

할머니도 다로 군의 모습에 놀란 듯 두 아이들을 보고 계셨습니다.

그때 쓰네 씨의 화난 목소리가 들려왔습니다.

—다로!

가을의 높은 하늘 아래 어른이라는 존재의 역겨움을 발하는 목소리였습니다.

—다로!

두번째 소리가 나고, 마치 그 소리에 재촉을 받은 듯이 요코 아가씨가 기계적으로 손을 뻗어 작은 돌을 받아들었습니다.

—어디 있어? 또 게으름 피우고!

쓰네 씨의 그 말을 들은 할머니는, 다로 군을 쓰네 씨로부터 얼마 동안 해방해주려고 생각한 것인지 허리를 구부리고 다로 군을 들여다보면서 말씀하셨습니다.

　—이 아이한테 들었는데, 네가 애보다 나이가 많다며?

　다로 군은 요코 아가씨가 작은 돌멩이를 받아주어서 어지간히 기뻤던 모양인지, 공허해진 눈초리에 할머니의 목소리도 들리지 않는 것 같았습니다.

　—애보다 크다면, 너는 이제 심부름도 할 수 있겠네?

　다로 군은 아직 반응하지 않았습니다. 그러자 요코 아가씨가 입을 열었습니다. 마치 자기 말이라면 다로 군의 귀에 들어갈 것이라고 처음부터 알고 있었던 것 같았습니다.

　—저 말이야, 할머니가, 아즈마 군은 크니까 이제 심부름 할 수 있지? 라고 하셨어.

　다로는 정신을 차리고 할머니를 보고는, 전에도 보인 조심스러운 표정으로 고개를 끄덕였습니다.

　다로 군 손을 빌리고 싶다는 말을 쓰네 씨에게 하러 가는 것은 당연히 내 몫이었습니다. 아즈마 씨 일가가 이사 온 뒤로는 할머니가 싫어해서 로쿠 씨네 집에 한 번도 얼굴을 내밀지 않으시기 때문입니다. 나도 쓰네 씨하고 얘기하는 것도, 그런 생활을 보는 것도 괴로웠기 때문에 가는 것이 내키지 않았습니다. 툇마루에 다가가자 유리 창문이 열려 있었고, 그렇지 않아도 좁은 사 조 반짜리 방이 비정상적으로 보일 정도로 어질러져 있는 것이 눈에 들어옵니다. 다다미 위에서 작은 산을 이루거나 뒤집혀져 있는 것이 부업 도구라는 것, 최근 다로 군이 별로 마당에 나오지 않는 것이 이 부업을 거들고 있기 때문이라는 것을 순간적으로 알 수 있었습니다. 지저분한 앞치마를 두른 쓰네 씨는 툇마루에 무릎걸음으로 나와서, 내 말에 예, 라고도 네, 라고도 할 수 없는 대답을 할 뿐, 가정부라고 깔봐서인지 다소 무례하게 대응하는 바람에 마음속으로 무엇을 생각하고 있는지 알 수 없었습니다.

그러자 로쿠 씨의 약한 목소리가 들려왔습니다.

—아, 네, 네. 다로를 써주세요.

장지문이 꼭 닫혀 있었고, 그 너머 사 조 반짜리 방에 누워 있는 것 같았습니다.

그날은 사실 다로 군에게 심부름시킬 만한 일도 없고, 쉽게 감기에 걸리는 요코 아가씨가 밖에 너무 오래 있는 것이 걱정되어 슬슬 일을 끝내고 집에 들어가서 간식이라도 먹을까 하던 참이었습니다. 할머니도 처음에 말을 건 것은 부엌에서 과자라도 좀 주어야겠다 하는 가벼운 마음이었을 것입니다. 그것이 쓰네 씨의 목소리를 듣고 두 아이의 모습을 직접 보고는, 얼마 동안 아즈마 가에서 떼어내어 둘이 놀게 해주려고 생각하게 되신 것 같습니다.

그러나 일이 점점 커진 것은, 방에 들이기에는 다로 군이 너무 더러웠기 때문이었습니다.

부엌에 올라온 다로 군을 위아래로 살펴보신 할머니는 조금 난처한 얼굴을 하고, 이가 옮으면 안 되는데, 라고 한숨을 쉬셨습니다. 그래서 할머니와 요코 아가씨가 먼저 방에 들어가고, 다행히 어젯밤에 쓴 목욕물이 남아 있는 것을 생각해낸 내가 다로 군의 머리를 감겨주었습니다. 그런데 막상 목욕탕에 데려가서 씻겨주기 시작하자 온갖 것이 다 더러워서 한도 끝도 없는 것이었습니다. 어쩔 수 없이 무서운 얼굴로 옷을 벗기고 온몸을 벅벅 문지르고, 그 김에 넝마 같은 옷도 빨래대야에 던져넣었습니다. 그리고 잠깐 미안한 생각이 들었지만, 나중에 빨아두면 되지 싶어 유코 아가씨의 얇은 하늘색 잠옷을 입혀서 할머니 방으로 데리고 갔습니다.

다로군은 여자아이의 파자마인 줄 모르는 듯 별로 싫어하지 않았습니다.

그때, 다로 군이 유코 아가씨의 잠옷을 입고 있었던 때문이었는지, 좋은 비누 냄새가 났기 때문이었는지, 혹은 벅벅 문지른 피부가 약간 분홍기를 띠고 조금 길게 자란 까만 머리가 반들반들 빛나며 이마에 늘어져 이루 말할 수 없이 귀여웠기 때문인지 모르겠습니다. 잘생긴 아이라고는 생각하고 있었지만, 그렇게까지 귀여운 아이 —여자아이처럼 귀여운 아이라고는 생각도 못 했습니다.

그 귀여운 다로 군이 문지방에 서서 옆으로 길게 찢어진 눈을 뜨고, 할머니 옆에서 바느질함 정리를 하고 있는 요코 아가씨의 모습을 찾아내고는 진지한 눈길로 노려봅니다.

요코 아가씨는 아주 깨끗해져서 유코 아가씨의 잠옷을 입고 서 있는 다로 군을 보자 깜짝 놀라더니, 다음 순간에는 치마 위의 것을 떨어뜨리고 일어서고는 뛰듯이 다가왔습니다. 아, 다행이다, 깨끗해졌네, 라고 목덜미 근처에 얼굴을 갖다대고는, 음, 좋은 냄새, 라고 콧구멍을 벌렁거리며 냄새를 맡습니다. 다로 군도 콧구멍을 부풀리면서 살그머니 요코 아가씨의 냄새를 맡고 있는 것 같았습니다. 요코 아가씨는 체온이 높은 탓인지 목덜미 부근에서 언제나 밀크 같은 달콤한 냄새가 나기 때문에 그것을 맡고 있었는지도 모릅니다. 앞으로 이 두 아이가 어떻게 될까 하는 생각은 전혀 않고, 나는 그저 이 어린 남자아이의 가슴속을 생각하고 마음을 놓은 것 같습니다. 온몸에서 힘이 빠지는 것을 느꼈습니다. 생각해보면 그렇게 열심히 씻겨준 것도 그 아이의 마음을 헤아렸기 때문인 것 같습니다. 머리 하나는 작은 요코 아가씨의 곱슬머리가 다로 군의 턱을 간질이고, 다로 군은 기쁨을 참지 못한 나머지 오히려 약간 화가 난 듯한 얼굴을 하고 있습니다.

그날 오후, 나는 독서를 포기했습니다.

무척 늦어졌지만 모두에게 간식을 내고 나도 먹은 뒤에, 어쩐지 세탁기를 쓰는 것도 미안해서 손으로 다로 군의 옷을 빨았습니다. 방에 돌아가자 다로 군과 요코 아가씨가 할머니 서궤 앞에 나란히 앉아 교과서를 펼치고 있는 것이 보였습니다. 아까의 그 작은 돌 세 개는 책상 가장자리에 가지런히 놓여 있었습니다. 요코 아가씨는 의기양양해서 숙제 같은 것을 설명해주고 있습니다. 사쿠라가오카 초등학교가 분교되어 지금은 두 아이 다 사사하라(笹原) 초등학교라는 곳으로 옮겼는데, 거기에서도 같은 반이었던 것입니다. 내가 옆방에서 다로 군의 내의와 옷을 다림질하고 있는 동안에도 요코 아가씨가 흥분해서 재잘거리는 소리가 들렸습니다. 떨어진 곳을 꿰매고 있는 동안에도 그 소리는 그치지 않았습니다. 이윽고 마룻방과 이어진 어린이 방으로 갔는지, 그 소리가 여전히 멀리서 들려왔습니다. 다로 군의 목소리는 귀를 기울여도 잘 들리지 않았습니다.

요코 아가씨의 열에 들뜬 듯한 재잘거림이 계속 이어졌고, 그것이 다로 군이 천상의 행복과 연옥 사이를 평생 동안 방황케 할 관계로 끌려들어가게 된 시초였습니다.

하권에서 계속

옮긴이 **김춘미**

이화여자대학교 영문과를 졸업하고 한국외국어대학교 일본어과에서 석사학위를, 고려대학교 국문과에서 문학 박사학위를 받았다. 일본 도쿄 대학 비교문학연구실 객원교수, 고려대학교 일문과 교수, 한국일본학회 회장 등을 역임했으며 현재 고려대학교 명예교수이자 일본학연구센터 원장으로 재직중이다. 지은 책으로『김동인 연구』등이 있다. 옮긴 책으로『바람의 노래를 들어라』『물의 가족』『밤의 기별』『밤의 검은 원숭이』『여름의 흐름』『메이지 문학사』『해변의 카프카』『인간 실격』『나의 소소한 일상』『무라카미 하루키론—해변의 카프카를 정독하다』등이 있다.

문학동네 세계문학

본격소설 上

1판 1쇄 │ 2008년 9월 8일
1판 3쇄 │ 2023년 10월 23일

지은이 미즈무라 미나에 │ 옮긴이 김춘미
책임편집 양수현 박여영 이연실
디자인 박진범 유현아 │ 저작권 박지영 형소진 최은진 서연주 오서영
마케팅 정민호 서지화 한민아 이민경 안남영 왕지경 황승현 김혜원 김하연
브랜딩 함유지 함근아 고보미 박민재 김희숙 정승민 배진성
제작 강신은 김동욱 이순호 │ 제작처 한영문화사

펴낸곳 (주)문학동네 │ 펴낸이 김소영
출판등록 1993년 10월 22일 제2003-000045호
주소 10881 경기도 파주시 회동길 210
전자우편 editor@munhak.com │ 대표전화 031) 955-8888 │ 팩스 031) 955-8855
문의전화 031) 955-1927(마케팅) 031) 955-2684(편집)
문학동네카페 http://cafe.naver.com/mhdn
인스타그램 @munhakdongne │ 트위터 @munhakdongne
북클럽문학동네 http://bookclubmunhak.com

ISBN 978-89-546-0654-7
    978-89-546-0656-1 (전2권)

www.munhak.com